Zu diesem Buch

Wie Roger Martin du Gard, der in dem achtbändigen Zyklus «Die Thibaults» (1922–40) die Wechselbeziehungen zwischen individuellem Schicksal und historischer Realität bis zum Ersten Weltkrieg sichtbar macht, und John Dos Passos, dessen «USA»-Trilogie (1930–36) ein Panorama der Herrschaftsstrukturen und ihrer sozialen und moralischen Wirkungen entwirft, unternimmt auch Upton Sinclair den Versuch, die erste Hälfte des 20. Jahrhunderts literarisch zu dokumentieren. In mehr als hundert Romanen, Erzählungen, Dramen, Essays, Pamphleten und soziologischen Untersuchungen hat er, auf den zahlreiche Reformen und Gesetzesnovellen zurückgehen, eine Chronik der nordamerikanischen Gesellschaft geschaffen. Das Arsenal seiner Themen ist unerschöpflich: Er attackiert die Wall Street- und Erdölmagnaten, ergreift Partei für den Bergarbeiterstreik von Colorado und die zum Tod verurteilten Sozialisten Sacco und Vanzetti, beschäftigt sich mit den Folgen der Prohibition, bringt Licht in die Machenschaften der Religionsgemeinschaften, klagt die Fließbandarbeit bei Ford an, kritisiert das Schulwesen, setzt sich mit der Käuflichkeit der Presse und dem zeitgenössischen Kunstbetrieb auseinander, enthüllt die Geheimnisse der Filmindustrie von Hollywood usw.

Wegen seines politischen Engagements wird Sinclair in Anspielung auf eine Figur aus John Bunyans Allegorie «Eines Christen Reise nach der seligen Ewigkeit» (1678/84) von Präsident Theodore Roosevelt 1906 bei Erscheinen des aufsehenerregenden Romans «Der Dschungel» als ‹Muckraker›

(Schmutzaufwirbler) bezeichnet, was einer Gruppe von gleichgesinnten Journalisten und Schriftstellern unter der Ägide von Joseph Lincoln Steffens den Namen gibt.

Geprägt durch die Entbehrungen der Kindheit, von den «Lehren des armen Zimmermannssohnes Jesus von Nazareth» sowie den Visionen Shelleys, greift Sinclair immer wieder aktiv in die gesellschaftliche Praxis ein: 1906 gründet er in New Jersey die utopisch-sozialistische Kooperative ‹Helicon Home Colony›, der sich auch Sinclair Lewis anschließt; ebenfalls seit 1906 kandidiert er wiederholt für den Kongreß; in den dreißiger Jahren bewirbt er sich als Gouverneur und verfaßt darüber zwei Streitschriften: «Ich, Gouverneur von Kalifornien» (1933) und «Ich, Kandidat für den Gouverneursposten und Wie ich geschlagen wurde» (1935).

«So macht man Dollars», der Roman einer klassischen amerikanischen Karriere, erscheint 1930 unter dem Titel «Mountain City»: Jed Rusher, ein Habenichts aus der Rindergegend des Mittelwestens, steigt zum «Napoleon des Erdöls» auf. Er, der die Macht lange zu respektieren gehabt hat, begehrt sie jetzt in aller Skrupellosigkeit: schon das Grundkapital für sein künftiges Imperium stammt aus einem Vertrauensbruch. Im Zenit der wirtschaftlichen und politischen Macht verläßt ihn seine Frau Lulu Belle, die er als Fünfzehnjährige in einer sie desavouierenden Lage berechnend geheiratet hat, während sich gleichzeitig die Konkurrenten darauf vorbereiten, ihn wegen einer geringfügigen Unkorrektheit «mit der tödlichen Waffe des Strafgesetzes» zu vernichten.

Rowohlt Jahrhundert

Herausgegeben von Bernd Jentzsch

Band 24

UPTON SINCLAIR

SO MACHT MAN DOLLARS

ROMAN

AUS DEM AMERIKANISCHEN
ÜBERSETZT VON
PAUL BAUDISCH

ROWOHLT

Titel der amerikanischen Originalausgabe:
Mountain City

Veröffentlicht im Rowohlt Taschenbuch Verlag GmbH,
Reinbek bei Hamburg, Januar 1988

Umschlaggestaltung Peter Wippermann
(Foto des Autors: Bilderdienst Süddeutscher Verlag)
Satz Garamond (Linotron 202)
Gesamtherstellung Clausen & Bosse, Leck
Printed in Germany
1880-ISBN 3 499 40024 3

JETZT SAH JED MOUNTAIN CITY, und jetzt wollte er Mountain City besitzen. Er würde sich ein ordentliches Stück davon verschaffen, das wußte er schon, und er zitterte in der Erwartung kommender Kämpfe.

1. Kapitel

Rinder

I

Die Gleise der grossen Transkontinentalbahn liefen schnurgerade und unbeirrbar über die weiten, flachen Ebenen und durch das Dörfchen Alamito hindurch, vier ebenmäßige, fehlerlos gelegte Eisenschienen, glatt und blank in Sonne und Regen. Dem kleinen Jed Rusher erschienen sie als ein wunderbares Naturprodukt; seit er sich entsinnen konnte, hatten sie dagelegen, sie waren das Interessanteste in seiner Welt. Lange Züge mit einem Dutzend eleganter rotbrauner Waggons ratterten über sie hinweg, über dem Schornstein der Lokomotive flatterte eine schwarze Rauchfahne, und Staubwolken wälzten sich wie kleine Wirbelstürme hinterher. In den Wagen saßen Leute, man konnte sie an den Fenstern und auf der hinteren Plattform sehen, sie winkten mit der Hand, während sie in die Ferne entschwanden. Einmal verlangsamte der Zug seine Fahrt, ein Herr warf dem zerlumpten kleinen Jungen neben dem Schienenstrang einen Vierteldollar zu, und so erwuchs in Jed Rushers Leben ein ernstes Problem! Wenn er das Geldstück zeigte, würde sein Alter es ihm wegnehmen; wenn er es aber nicht zeigte, was hatte er dann davon?

Die transkontinentalen Blitzzüge geruhten Alamitos Dasein nur insoweit zu beachten, als einige Meilen vor der Station die Lokomotive zwei lange und zwei kurze Pfiffe ertönen ließ und das Warnungssignal dicht vor dem Bahnhof wiederholte, weil ein Stückchen weiter ein Bahnübergang kam. Diese Pfiffe ertönten bei Tag und bei Nacht zu bestimmter Stunde; ob Sommer oder Winter, ob gutes oder schlechtes Wetter, man konnte nach ihnen die Taschen- oder Wanduhr stellen, nur hatte der kleine Jed noch nie eine Taschenuhr gesehen, und die Wanduhr in seinem Vaterhaus ging schon so lange nicht mehr, daß die Kinder kaum wußten, wozu sie eigentlich da sei. Auf den Fahrplänen der Eisenbahn stand hinter dem Namen Alamito ein «h», und das bedeutete, daß die Züge in Alamito nur hielten, wenn Reisende aus Omaha und weiter östlich gelegenen Orten auszusteigen wünschten, oder auf ein besonderes Signal hin, um Passagiere nach Ogden und weiter nach dem Westen mitzunehmen. Aber nicht oft kamen so gewichtige Persönlichkeiten nach Alamito, und Jed bezog ohnehin Prügel von seinem Alten, wenn er auf dem Bahnhof umherlungerte, während es zu Hause eine Menge zu tun gab.

Für diesen kleinen Bauernjungen spielte die Eisenbahn dieselbe Rolle wie für glücklichere Kinder das Märchen. Sie war sein Zauberteppich, seine aladinische Wunderlampe, sein Knusperhäuschen, der Stoff seiner Phantasien, das Thema seiner Fragen. Wohin fahren die Züge, und wer sind die Leute, die in den Wagen sitzen? Kann jeder mit ihnen fahren, und wenn nicht, warum nicht? Warum laufen die vier blanken Schienen in der Ferne zusammen, und wie können sich denn die Wagen auf den Schienen halten, wenn die Schienen immer kleiner werden? Liza, Jeds älteste Schwester, lachte ihn aus und sagte, sie würden ja gar nicht kleiner, es sehe doch bloß so aus; aber warum es so aussah, das konnte man ihm nicht klarmachen.

Die Natur in Alamito war nicht sonderlich amüsant. Das Tal war breit und flach und das Gebirge sehr weit entfernt; ein kleiner Junge konnte gar nicht recht wissen, was ein Berg eigentlich ist. Es gab nur wenige Bäume, denn das Wasser wurde aus artesischen Brunnen heraufgepumpt, die Rushers mußten es in Fässern nach ihrer Hütte schleppen. Rinder sind langweilig, wenn es so viele gibt, und wenn man schon von frühester Kindheit an sie und an ihr Benehmen gewöhnt ist. Pferde sind schon interessanter, aber die zwei, die Jeds Vater kutschierte, waren ebenso schlapp wie ihr Lenker. So gab es also nur die donnernden Züge und die zauberischen Wesen, die in den Zügen wohnten. Wohnen sie immer in den Zügen, oder steigen einige aus und andere ein? Wie kann es nur so viele Menschen auf der Welt geben, und tun sie auch noch etwas anderes als nur umherreisen? Wie arbeiten denn die Lokomotiven, und wie kommt denn der Pfiff zustande? Was bedeuten die Worte, die an den Wagen stehen? Die Eisenbahn war nicht nur Jeds Zauberteppich und Knusperhäuschen, sie war auch seine Fibel.

Die Züge, die sich herabließen, in Alamito zu halten, waren fürs Vieh bestimmt. Schwere Lokomotiven brachten diese Züge meist nachts heran und verschoben dann die Waggons auf ein Nebengleis, an die Rampen vor den weißgetünchten Gattern. Die Viehtreiber trieben ihre Tiere über die Rampen, da gab es ein großes Brüllen und Muhen, die Pferde bäumten sich auf, die Treiber fluchten, dann wurden die Türen der beladenen Waggons fest zugemacht, eine neue Lokomotive kam gefahren, und das Brüllen und Muhen entschwand in die Ferne, «ein Viehhof, der mit einer Stundengeschwindigkeit von 40 Meilen durch die Nacht saust».

Keines dieser Rinder gehörte dem alten Rusher, der nur als Kutscher und Handlanger bei einem Viehzüchter namens Hinks beschäftigt war. Hinks war dick und rotbackig und besaß ungefähr 6000 Stück Vieh; mit dem Ertrag dieser Herden hielt er in der Nachbarschaft drei Weiber aus, die er verprügelte, so oft er betrunken war. Hie und da verprügelte er auch den kleinen Jed, wenn der Junge ihm in den Weg lief, und wenn er in Wut geriet, prügelte er Jeds Alten;

der Alte hielt sich dann an Jed und dessen Geschwistern schadlos. So wurde ihnen bereits im frühen Alter die Lehre zuteil, daß man die Macht zu respektieren habe; Jed aber lernte noch mehr, er lernte sehr bald auch den Besitz der Macht begehren. So weit er sich zurückerinnern konnte, hatte er Tag für Tag im Sommer um vier Uhr morgens und im Winter um fünf Uhr aufstehen müssen, um harte und unangenehme Arbeit zu verrichten; und unablässig grübelte er darüber nach, wie er diesem Leben entrinnen und sich der Klasse jener glücklichen Wesen anschließen könnte, die in Eisenbahnzügen wohnen.

2

ALS JED ACHT ODER NEUN JAHRE ALT WAR, MUSSTE eines von Hinks' Weibern verreisen, um an dem Begräbnis ihres Vaters teilzunehmen, und der feine Blitzzug bekam um ihretwillen Befehl, seine tosende Fahrt zu unterbrechen. Da stand sie nun federn- und pelzgeschmückt mit Schachteln und Koffern auf dem Perron, und der kleine Jed riskierte eine Tracht Prügel, um dem großen Ereignis beizuwohnen. Aus weiter Ferne ertönte das schrille Pfeifen, dann kam die lange Kette brauner Wagen herangerollt und hielt mit märchenhafter Präzision; ein weißgekleideter Schaffner öffnete eine Tür, stieg aus und stellte ein kleines Kistchen auf den Perron, die stolze Dame stieg ein, und einem halben Dutzend glotzäugiger Bauernlümmel wurde die Tür vor der Nase zugeschmissen.

Aber aus irgendeinem Grund fuhr der Zug nicht wieder

an. Lokomotivführer, Heizer, Bremser und Schaffner kamen sämtlich gerannt, eine Achse hatte sich heißgelaufen und rauchte, der Zug mußte warten, bis der Schaden repariert war.

Wunderbares Erlebnis für das wißbegierige Kind, sein erster Blick in die «große Welt». Die Wagentüren öffneten sich eine nach der andern, die weißgekleideten Schaffner stellten ihre kleinen Kistchen hin, und nieder stiegen jene himmlischen Wesen, die Jed an jedem Tag seines jungen Lebens mit einer Stundengeschwindigkeit von 40 bis 50 Meilen hatte vorüberwirbeln sehen. Herren in tadellos gebügelten Anzügen, die scheinbar frisch aus der Schneiderwerkstatt kamen (oder wo sonst diese Wunderwerke erzeugt wurden), Herren mit sauberen weißen Kragen, schönen, zartfarbenen Krawatten und fleckenlos blankgeputzten Schuhen, glattrasierte, rosige Herren, die eine unfaßbare, fast göttliche Atmosphäre des Wohlergehens um sich verbreiteten. Es war im Oktober und trotz der Mittagssonne recht kalt; der kleine Bauernbengel stand da und betrachtete mit weitaufgerissenen, melancholischen schwarzen Augen die Leute; er hatte nur zwei Kleidungsstücke an: ein blaues Hemd, das sein Vater gründlich abgetragen hatte, bevor es für den Jungen zurechtgeschneidert wurde, und eine lange Hose, die ihm auch noch etliche Jahre später nicht zu klein sein würde.

Damen stiegen aus den Wagen, einzeln oder zu zweien trippelten sie herab, zwitschernd, strahlend, weiche Pelze um den Hals, mit funkelnden Juwelen behangen, und das Haar so schön frisiert, daß es aussah wie das Werk eines Innendekorateurs. Sie hatten zartgeformte Fesseln in durchsichtig seidener Hülle und an den Füßen feinverzierte Schuhe, und hatten hellrosige Wangen, was Jed für bare Münze nahm, und waren von süßen Düften umgeben, wie es sich für himmlische Geschöpfe gehört. Einige schritten allein und mit Würde dahin, andere wieder plauderten mit den Herren oder tauschten im Vorübergehen witzige Worte. Es war eine Modenschau, eine Stunde Fifth Avenue oder Bois de Boulogne hier inmitten dieser öden Rindergegend.

Der Luxuszug hatte einen Speisewagen, und der Speisewagen war dicht neben Jed stehengeblieben, da, vor Jeds Augen, nur durch eine doppelte Glasscheibe von ihm getrennt, saß ein dicker Mann mit drei Fettwülsten vorn am Kinn und einem hinten am Nacken. Die Namen der Speisen, die der Herr aß, kannte Jed nicht, aber ihr köstlicher Geschmack schien ihm über das ganze Gesicht des Essenden ausgebreitet. Blankes Silber und schimmerndes Kristall, schneeiges Leinen, weißgekleidete Neger- und Mulattenkellner, die eilig hin und her flitzten, so also verzehren die Großen dieser Welt ihr Essen!

Nach einiger Zeit kam der dicke Herr auf den Perron, strahlte Wohlbehagen aus und wandte sich mit fröhlichen Bemerkungen an die feinen Damen; auf seinem Platz an dem Tisch saß jetzt ein kleiner Junge, der nicht viel älter war als Jed, aber in Aussehen und Benehmen ganz und gar anders. Er hielt eine Karte in der Hand, seine Mama saß ihm gegenüber, und Jed erriet, daß er, dieser kleine Junge, jetzt seine Wünsche zu äußern habe, anscheinend konnte er aussuchen, was er wollte, und bekam es auch, während Jeds Blicke jeden Bissen verfolgten, der im Mund des kleinen Jungen verschwand. In dem Blockhaus bei ihm zu Hause bekamen sie Milch zu trinken, solange die Kuh Milch gab, und Kohl und Rüben zu essen, solange der Wintervorrat reichte. Jed konnte sich nicht entsinnen, daß er sich jemals hätte sattessen können.

Schließlich riefen die Zugbeamten: «Alles einsteigen!» Die Reisenden stiegen ein, die Schaffner holten ihre Kistchen herauf und schlugen die stählernen Türen zu, mit einem Ruck begann der Zug aus der Station hinauszukriechen, und es dauerte nicht lange, da war er nur noch ein trüber Fleck, der in einer Wolke grauen Staubs entschwand. Jed ging nach Hause und nahm seine Tracht Prügel für die versäumte Arbeit entgegen, aber das brachte ihn nicht aus seiner erregten Stimmung. Er erzählte den Geschwistern von seinen Erlebnissen und bestürmte Liza mit Fragen, was dieses und jenes bedeute. Liza war bei einer der Mätressen Mr. Hinks' beschäftigt, sie wusch das Geschirr und scheuerte die Böden, und dort sah sie in Magazinen und Modeblättern die Bilder schöner Damen und Herren, solcher Damen und Herren, wie Jed sie soeben gesehen hatte, sowie die Abbildungen der großen Städte, in denen sie wohnten, und der wunderbaren Sachen, die zu ihrem Vergnügen geschaffen wurden.

Das alles beruhte auf einem magischen Etwas, das man Geld nennt. Jed wußte, was Geld ist, weil er schon oft in den Laden an der Straßenkreuzung geschickt worden war, der mit dem Bahnhof, der Garage und vier Baracken für die Streckenarbeiter das Dörfchen Alamito bildete. Er wußte, daß man dem Verkäufer ein paar Münzen gibt und dann von ihm bekommt, was man haben will. Es sei, erklärte ihm Liza, genau dasselbe, wenn man mit dem Zug fahren wolle; man bezahle den Eisenbahnleuten Geld für eine Fahrkarte. In der Stadt werde es auch nicht anders sein; man könne dort wohnen und alles kaufen, was in den Magazinen abgebildet ist, vorausgesetzt, daß man Geld habe.

Jed lernte diese Lektion, bevor er selber recht wußte, daß er sie lernte. Warum durfte der alte Hinks seine Weiber prügeln? Weil er Geld hatte, und sie hatten keins. Warum durfte er Jeds Alten verhauen? Aus dem gleichen Grund. Warum mußte Liza im Regen und im Schnee zu Hinks' Weibsbild laufen, um ihr die schmutzige Arbeit zu machen? Weil das Weib Geld von Hinks bekam und etwas davon an Liza bezahlte. Warum mußte die ganze Familie Rusher in einer öden Rindergegend hausen, in Staubstürmen ersticken und in Schneestürmen frieren? Weil sie nicht das Geld hatten, um anderswo hinzugehen. «Geld verdienen!» rief die Welt dem kleinen Jed Rusher zu.

Hinks hatte Geld, aber es gab keine Möglichkeit, ihm das Geld wegzunehmen. Zwei Mexikaner hatten das einmal versucht, und da hatte Hinks den einen niedergeschlagen und den anderen an einer Telegrafenstange aufgehängt; das war also offensichtlich nicht der richtige Weg. Man mußte vielleicht in eine große Stadt gehen, dort gibt es Geld, das gehört niemandem, und das kann man sich auf irgendeine Weise verschaffen. In den Städten wird das Geld gemacht; aber Jed hatte nur eine sehr unklare Vorstellung, wie dieses Geldmachen vor sich gehe. Ist es die Herstellung von Münzen und das Bedrucken grünen Papiers mit Ziffern und Männerköpfen und Büffeln? Gehören diese Dinger dem, der sie macht? Das hätte ihm eingeleuchtet.

15 Meilen weiter an der Bahnstrecke lag die Viehstadt Banner, die so groß war, daß dort täglich ein Zug hielt. Zack Rusher, Jeds Alter, mußte ab und zu für seinen Brotherrn hinüberfahren, und eines der Kinder mußte ihn begleiten, weil der Alte sich zu betrinken pflegte und dann vergaß, sich warm einzupacken, und glatt erfroren wäre, während die Gäule ihn nach Hause zogen. So hatte also der kleine Jed diese Viehstadt mehrere Male zu sehen bekommen, es gab dort Geld in Hülle und Fülle. Da schmissen es die Männer auf die grünen Tische in den Spielsälen, die nach der Straße zu offen und voller Menschen waren, da rollte es über die Schanktische in Kneipen, die nicht einmal so viel Anstand hatten, sich eine Schwingtür vorzubinden, da tanzte es in die Hände der Weiber, die in grellbunten Kimonos vor ihren Haustüren saßen, eine rote Laterne über der Tür und mitten auf der Straße ein leuchtend rotes Licht an dem Knopf einer Fahnenstange, das Wahrzeichen des Viertels, in dem die Damen ihrem Gewerbe nachgingen. Es war in dem Jahrzehnt vor dem Weltkrieg, und in dieser Rindergegend am Rand der hohen, einsamen Berge gab es kein wie immer ge-

artetes Alkoholverbot. Die Cowboys kamen herangaloppiert, der Lohn brannte ihnen wie glühende Kohlen in der Tasche; das war die Zeit, da Geld gemacht wurde. Leider wurde es nie von Zack Rusher gemacht, und Jed selber konnte nur dadurch ein bißchen verdienen, daß er ab und zu einem Reiter die Zügel hielt und ein Geldstück zugeworfen bekam.

3

JED WAR ERST VIER JAHRE ALT, ALS SEINE MUTTER starb, und er hatte nur eine sehr undeutliche Erinnerung an eine gebrechliche, von Sorgen gebeugte Gestalt und eine sanfte Stimme zurückbehalten. Von den sechs Geschwistern blieben vier am Leben. Jed war der jüngste, dann kam Tom, ein langsamer und schwerfälliger Bursche, der sein Lebtag ein armer Teufel bleiben sollte, dann Magde, die Hübsche, die vom Schicksal dazu auserwählt war, auf Abwege zu geraten, und schließlich Liza, die alle Mutterpflichten auf sich genommen hatte und den Haushalt versah. Liza schoß rasch in die Höhe, sie kam nicht dazu, ihre Formen auszufüllen, denn sie sorgte und plagte sich Tag und Nacht und nahm die Geschwister und mit der Zeit auch ihren Vater in ihre Zucht. Sie war eine fromme Seele, von fanatischem Eifer erfüllt. Sehr früh schon setzte sie ihre Hoffnungen auf den kleinen Bruder, den Begabtesten in der Familie. Von nun an gab sie besonders auf ihn acht, trieb ihn an und war ihm stets auf den Fersen, während er Schritt für Schritt seinen Aufstieg in die große Welt vollzog.

Als Liza sechzehn war und Jed zehn, gelang es ihr, durch Energie und Mut ihren nichtsnutzigen alten Vater kleinzukriegen. Er kam eines Sonnabends betrunken nach Hause und fing an, den Jungen zu prügeln, da sprang Liza zornig wie eine Löwin vor ihn hin: «Untersteh dich nicht! Untersteh dich nicht!» Bisher hatte Zack sich immer unterstanden, aber er machte jetzt einen verhängnisvollen Fehler: er hielt inne und starrte sie an, sein benebeltes Hirn erschrak vor dem Ausdruck ihres Gesichts, vor diesem Abscheu, den sein whiskyschwerer Atem, sein trüber Blick und sein zottiger brauner, noch vom Alkohol feuchter Schnurrbart erweckten. Liza war eine eifrige und schlichte Methodistin. Gestützt auf die ganze Macht, Majestät und Gewalt des Herrgotts schrie sie den Alten an: «Schäme dich! Schäme dich!» Zack fing zu streiten an, und da war sie natürlich als Frau dem Mann überlegen. Es war das letzte Mal, daß der Alte seine Kinder schlug.

Dann kam ein Wanderprediger nach Banner, Liza lockte ihren Vater in das Versammlungszelt und führte dort das Werk seiner Versklavung zu Ende. Der Prediger konzentrierte sich auf die Brandmarkung des Dämons Rum und entwarf lebhafte Bilder von zugrunde gerichteten Menschen und zerstörten Familien. Als der Augenblick kam, da die Bekehrten vorzutreten hatten, begann Liza ihrem Vater ins Ohr zu flüstern, ihn mit dem Ellbogen anzustoßen und ihn umherzuschubsen, so daß man auf ihn aufmerksam wurde und ein Schwarm von rufenden und singenden Menschen sich um ihn versammelte. Sie schleppten ihn schließlich zu der Klagebank, und Liza wurde das Oberhaupt des Hauses Rusher. Sobald der Alte Zeichen von Schwäche zeigte, rief sie die Nachbarn herbei, und vor dem Wohnzimmer des Blockhauses hob ein Beten und Singen an. Sie lauerten ihm sogar in Banner auf, fanatisierte Weiber folgten ihm in die Kneipen, so daß sein Erscheinen das Geschäft störte und er nicht länger ein gerngesehener Gast war.

Jetzt brachte also Zack seinen Lohn nach Hause, und Liza mußte nicht mehr bei Hinks' Weibsbild arbeiten, und der kleine Jed besaß ein Paar Schuhe für den mehrere Kilometer weiten Schulweg. Es stellte sich bald heraus, daß Jed ein kluges Köpfchen hatte, und Liza beschloß in ihrer Fanatikerseele, ihm eine gute Erziehung zu verschaffen. Abends, während sie Socken stopfte und Hosen flickte, sagte Jed seine Aufgaben her und trug so ebenso zu Lizas wie zu seiner eigenen Bildung bei. Sonntags lernte er getreulich eine Sonntagsschullektion, aber dieser Teil des Unterrichts trug keine besonderen Früchte. Jed wußte: er wird es niemals nötig haben, ein Betbruder zu werden, um nicht dem Alkohol zu verfallen. Sein Ziel war, in der Welt Karriere zu machen, und für die Kirche interessierte er sich nur insofern, als die Kirchenleute sich für ihn interessierten und ihm helfen würden.

Als Jed zwölf war und Liza achtzehn, kam ein sehr berühmter «scharfer» Bußprediger in die Viehstadt Banner. Sein Ruf verbreitete sich über den ganzen Staat, und angesehene Männer erschienen, um ihn zu hören. Einer dieser Besucher war, wie man sich zuflüsterte, ein reicher Bankier, und das Schicksal wollte, daß er sich als ein Jugend- und Spielkamerad des alten Zack Rusher entpuppte. Sie drückten einander die Hand, und Zack ließ seine Kinderschar aufmarschieren, alle sauber gewaschen und gekämmt und dem lieben Gott geweiht. Der große Bankier tätschelte jedem die Wange und sagte was Nettes.

Es war das erste Mal, daß Liza einem so einflußreichen Mann begegnete, und sie wußte nicht, ob es nicht das letzte Mal sei. Als die Familie gerade auf den Wagen klettern wollte, um die lange Heimfahrt anzutreten, erklärte sie zur Verblüffung ihres Vaters, er solle warten, während sie und Jed zu Mr. Crumback, gingen. Sie wollte ihrem Vater nicht sagen, was sie vorhabe, aber sie ließ Jed seine Schuhe abstauben, während sie selber sich das Haar zurechtstrich und eine frische Schleife in ihren blauen Gürtel knüpfte, und dann zogen sie los zu der alkoholfreien Familienpension, in der die gottesfürchtigen Besucher dieser Viehstadt abzusteigen pflegten, denn das einzige Hotel war eigentlich nur eine Schnapsbude.

Der große Mann empfing sie, und Liza, zitternd, aber unerschrocken, sagte ihr Sprüchlein her. Jed sei der klügste Junge in der Bezirksschule, und sie bemühe sich, ihn ordentlich vorwärtszubringen, aber was habe er denn für Chancen in diesem verlassenen Winkel, bei einem Brotgeber, der ein gottloses Leben führe und dem Vater einen erbärmlichen Lohn zahle? Zack sei jetzt ein nüchterner Mann, und die vier Kinder erfüllten fleißig ihre Kirchenpflichten, und ob nicht Mr. Crumback ihnen helfen könne, in seiner Heimatstadt Arbeit zu finden, damit Jed auf eine bessere Schule komme? Der Bankier, auf den das vernünftige Mädchen und die eifrige Miene des Bengels Eindruck machten, versprach, an sie zu denken.

Bald darauf kam ein Brief. Mr. Crumback schrieb, daß Zion, wo er wohne, sich zu einer Zuckerstadt entwickle; eine große Fabrik sei errichtet worden, und meilenweit im Umkreis lernten die Farmer Zuckerrüben bauen. Zufälligerweise habe seine Bank vor kurzem wegen einer unbezahlten Hypothek einen kleinen Hof von ungefähr 40 Morgen übernommen und sei bereit, diese Farm an Zack Rusher zu verpachten; sie würde ferner, nach einem System, das die Banken in der Rübengegend einführen wollten, seine erste Ernte finanzieren. Mr. Crumback erwähnte nicht, aus welchen Gründen der frühere Pächter seine Hypothekenzinsen nicht bezahlen konnte, er schrieb nur, daß die Familie bei harter Arbeit ordentlich verdienen und zu guter Letzt die Farm zu einem günstigen Preis erwerben könne. Er gab zu verstehen, daß das eine Angelegenheit zwischen Zack Rusher und der Bank sei; er, Mr. Crumback selbst, habe nichts damit zu tun, er wolle ihnen nur das Fahrgeld nach Zion leihen.

Der arme alte Zack, der sein Leben lang nichts anderes getan hatte, als Gäule anschirren und Drahtzäune flicken, würde lange gebraucht haben, um sich zu so einem verzweifelten Wagnis zu entschließen. Aber Liza nahm ihm die Entscheidung aus der Hand und trug Sorge, daß die ganze Familie für das neue Leben Feuer und Flamme war. Sie teilte dem alten Hinks den Entschluß mit und bot seinem stürmischen Zorn, da er seinen seßhaftesten Arbeiter verlieren sollte, seinen Drohungen, sie auf gerichtlichem Weg festzuhalten, sowie seinen Lockungen in Gestalt einer monatlichen Lohnerhöhung von 5 Dollar tapfer die Stirn. Sie mietete den Wagen, der ihre paar Habseligkeiten in das Land der Verheißung, in das Land des süßen Rübenhonigs befördern sollte. Hoch oben auf der gehäuften Ladung hockte die Familie (um das Eisenbahngeld zu sparen) neben etlichen Lattenkisten voll gackernden Geflügels, und die Jungens wanderten mit der einzigen Kuh hinter dem Wagen her.

2. Kapitel
Zuckerrüben

I

So fing die zweite Etappe in der Laufbahn Jed Rushers an. Die Rübengegend ließ sich mit der Rindergegend nicht vergleichen; fruchtbares Ackerland, wenn auch die Farmen nach der Sitte des Westens als Ranchs, das heißt Viehhöfe, bezeichnet wurden. Es gab hier mehr Kirchen und mehr Ordnung, und das Laster trat nicht mit der Ungeniertheit des Pioniers auf. Die ganze lokale Presse propagierte in ihrem Inseratenteil den Rübenbau, und dadurch wurden die Bodenpreise in die Höhe getrieben. «Schutzzoll und Hochkonjunktur» war die Losung der Politiker und Leitartikler.

Eine Gruppe von Großkapitalisten aus den Städten des Westens hatte mit überzeugenden Argumenten und mit noch überzeugenderen Bankkonten versehene Unterhändler in die Bundeshauptstadt geschickt und einen hohen Zoll auf eingeführten Zucker durchgesetzt. Die Verbraucher bezahlten fünfzig Millionen Dollar mehr für ihren Zucker, und die Kapitalisten konnten das Geld dazu benützen, eine heimische Zuckerindustrie aufzubauen. Überall in den Städten dieses Berglandes errichteten sie große ziegelrote Fabriken, sie hatten ihren langen Arm bis nach Alamito ausgestreckt und Zack Rusher samt seiner Familie der Produktion von Konservenfleisch entrissen, um sie für die Produktion von

Zucker zu verwenden. Und das hatten sie so geschickt gemacht, daß Zack und seine Familie gar nicht wußten, was geschehen war, sondern sich vielmehr für die freiesten aller Bürger in diesem großen Land der Bürgerfreiheit hielten.

Sobald der Frost vorüber war, das war im Februar, pflügte man den Boden und säte den Samen in breite Furchen, breit genug für die großblättrigen, ausladenden Pflanzen. Dann ging man, wenn man noch so klein war wie Jed Rusher, ein paar Wochen lang zur Schule, bis es an der Zeit war, die Pflanzen zu jäten; dabei mußte man auf Händen und Knien über den Boden kriechen, Säcke unter die Knie geschnürt, um die Haut zu schützen, und in der rechten Hand eine kurzstielige Haue schwingend. Wenn man ein wohlhabender Farmer war, verwendete man mexikanische Tagelöhner. Die Zuckergesellschaft erledigte in der gefälligsten Weise die ganze Angelegenheit, beförderte die Familien waggonweise aus Texas herbei und lieferte dem Farmer den Blankokontrakt, den er nur auszufüllen brauchte, ein Vater und eine Mutter und sechs oder acht Kinder zu einem von der allmächtigen und allweisen Gesellschaft festgesetzten Preis. Wenn man ein sich rackernder Schlucker war wie Zack Rusher, ein kleiner Pächter, über dessen Haupt das Damoklesschwert einer Grundstückshypothek hing, ließ man seine eigenen Kinder von früh morgens bis spät abends auf den Feldern schuften. Die Kinderarbeitsinspektoren und Schulbesuchskontrolleure waren während dieser Zeit so freundlich, anderswo hinzugehen.

Dann besorgten eine Zeitlang Sonne und Regen die weitere Arbeit, und die Kinder konnten wieder zur Schule gehen. Die Schule regulierte in freundlich-gefälliger Weise ihre Termine und Stundenpläne, und es gab sogar Wanderschulen für die mexikanischen Kinder, um ihnen die englische Sprache beizubringen, damit sie eines Tages wissen würden, was in den Verträgen stand, die sie unterschrieben. Dann, Anfang September, kam der herbstliche Hochbetrieb; die Ernte war reif und das «Köpfen» begann. Wieder kroch man die Furchen entlang, die jetzt vom Pflug aufgewühlt und mit großen, breitblättrigen Pflanzen überhäuft waren. Mit einem einzigen Hieb eines langen, scharfen Messers schnitt man die Krone ab; man versuchte zumindest, es mit einem Hieb zu tun, und wenn die Kräfte dazu nicht langten, wurde drauflosgehackt, bis man schließlich die längliche weiße Rübe auf den Haufen werfen konnte. Die Rüben wurden auf einen Wagen gegabelt und in die Fabrik gekarrt, deren unsichtbare Maschinen zu rattern begannen, und deren hoher, geschwärzter Schornstein bei Tag und bei Nacht Rauchschwaden zum Himmel spie. Die Arbeit der Fabrik dauerte ungefähr hundert Tage, dann waren die Felder kahl und die letzte Rübe aus der Erde hervorgeholt; und wie mit einem Schlag war alles wieder tot, die Mexikaner zogen fort, und die Kinder der Pächter gingen abermals für etliche acht Wochen zur Schule.

2

So spielte sich das Leben der Familie Rusher während der ersten Jahre in Zion ab. Sie schufteten zu jeder Tageszeit, solange man was sehen konnte, und manchmal auch bei Laternenschein. Von Zeit zu Zeit bekamen sie von der Gesellschaft Geld und bezahlten dann den Pachtzins für ihr Land und die Zinsen für die Hypothek; mit dem Rest des Geldes fristeten sie ihr Leben bis zum nächsten Herbst. Leider schien das Geld nicht recht zu langen. Sie aßen die billigste Nahrung und flickten ihre alten Kleider und Stiefel, aber sie konnten nicht vorwärtskommen. Die Kinder mußten sich, statt in die Schule zu gehen, nach allerlei Gelegenheitsarbeiten umsehen; und was kann es für Gelegenheitsarbeiten in einer Gemeinde geben, wenn ihre sämtlichen Bewohner sich auf die Zuckerrübe konzentrieren, die in den Inseraten des Konzerns als «des Farmers einzige Kassefrucht» gepriesen wird?

Überall unter den Rübenbauern im ganzen Gebiet herrschte grollende Unzufriedenheit, sie organisierten sich zu Genossenschaften. Der arme Zack Rusher, der keine Ahnung von Geschäft und Politik hatte und sich so schwer zu irgend etwas entschließen konnte, er hatte nun zu wählen: Wollte er der allmächtigen Zuckergesellschaft Trotz bieten, deren Agenten unermüdlich waren in ihren Drohungen und Intrigen, oder wollte er seine Nachbarn und Glaubensbrüder vor den Kopf stoßen, die Deputationen zu ihm schickten, um ihm ins Gewissen zu reden. Natürlich wollte Zack sich nach Mr. Crumback richten; aber Mr. Crumback sagte, er dürfe weder die Gesellschaft noch die Pächter verletzen. Am nächsten Tag aber kam ein Agent der Gesellschaft und flüsterte Zack Rusher zu, die Weisung der Bank laute, draußen zu bleiben, und so blieben die Rushers draußen, von ihren Nachbarn in Acht und Bann getan.

Als es an der Zeit war, den Preis der neuen Ernte festzusetzen, begaben sich die Vertreter der Genossenschaften, ungefähr hundert Mann stark, nach Mountain City und setzten sich mit den Vertretern der Rocky Mountain-Zuckergesellschaft an den Beratungstisch. Noch während diese Konferenz tagte, und bevor irgend etwas beschlossen war, wußte die *Mountain City Post*, das große Blatt, das das geistige Leben eines kleinen Reichs beherrschte, schon genau, was kommen würde, und ließ in ihrem ganzen Reich eine Extraausgabe verbreiten: «Neuer Rübenpreis sechsfünfzig pro Tonne. Rübenbau verdient 20000 Dollar. Gesicherte Konjunktur im Zuckergebiet.»

Unterdessen tobten, drohten, bettelten die Vertreter der Genossenschaften zwischen den vier Wänden eines Hotelspeisesaals; sie verließen wütend das Lokal und erklärten, ihre Gruppen würden nächstes Jahr keine Rüben mehr pflanzen. Nun begann ein Feldzug der Propaganda und Intrigen, ein Miniaturkrieg, der sich über die Ackerbaudistrikte mehrerer Staaten erstreckte, mit dem Ziel, eine genügende Anzahl von Pflanzern zu veranlassen, ihre Felder zu bestellen. «Des Farmers einzige Kassefrucht»: Die Zeitungen, die Bankiers, die Politiker, alle wiederholten sie diese Losung, während der Farmer die Marktberichte studierte, um vielleicht eine andere rentable Frucht zu finden, zaudernd, ängstlich, da das Leben seiner Familie auf dem Spiel stand.

Liza ging in fremde Häuser arbeiten. Magde, die Hübsche, war trotz ihren Protesten gezwungen, das gleiche zu tun. Tom fuhr einen Lieferwagen, und Jed ging zur Schule. Einerlei, wie hungrig sie waren, Jed mußte seinen Unterricht haben, weil er der Gescheite war. Einerlei, wie müde Liza war, sie büffelte mit ihm, um ihn leiten zu können. Sie schalt und trieb ihn an und war ewig hinter ihm her. Sonntags gingen sie in die Kirche, erstens, weil sie den Beistand des Herrgotts brauchten, und zweitens, weil sie dort unter der Kontrolle Mr. Crumbacks standen; und solange er sie fleißig beten sah, würde er wohl kaum das Herz haben, sie aus ihrem Heim zu verjagen. Jed Rusher erhielt die doppelte Lehre, daß man für die jenseitige Welt das zu tun habe, was der Prediger sagt, während man sich für diese Welt nach dem Herrn Chef und dem Bankier zu richten hat.

So lebte Jed zwei Jahre lang, bis zu dem Augenblick, da eine Explosion gewaltiger Kräfte das Schicksal der ganzen Menschheit im Nu veränderte. Die Völker Europas stürzten sich in einen Krieg, und das bedeutete, daß Millionen ihrer regelmäßigen Beschäftigung entrissen wurden und eine neue Aufgabe zugewiesen bekamen, nämlich die, fremdes Eigentum zu zerstören. Die großen Nationen begannen ihren Kredit auszuweiten und ihr Geld für immer neue Waren herzugeben. Zehn Millionen Menschen aßen soviel Zucker, wie sie noch nie zuvor gegessen hatten, und zur gleichen Zeit hörte plötzlich die Einfuhr von Rübenzucker aus Deutschland auf. So gellte in diesen Winkel des fernen Westens ein lauter Schrei nach Zucker, und zur gleichen Zeit trat Mangel an Arbeitskräften ein. Die Agenten der Rocky Mountain-Zuckergesellschaft waren plötzlich von einer überfließenden Großmut, die Mitglieder der Familie Rusher konnten Arbeit haben, soviel sie wollten, und höhere Löhne, als sie zu verlangen wagten. Dieser Zustand dauerte die vier kritischen Jahre in Jeds Leben an und bedeutete für ihn: gründlichen Schulbesuch und bessere Ernährung, so daß er die normale Größe der Bewohner des fernen Westens, nämlich einen Meter achtzig, erreichte. Daß er das nur der Niedermetzelung von Millionen seiner Mitmenschen in Europa verdankte, darüber machte er sich keine Gedanken; er nahm das als sein gutes Glück hin, während Liza mit Leib und Seele davon überzeugt war, daß hier eine gütige Vorsehung eingegriffen habe.

3

AN EINEM KALTEN OKTOBERTAG IM ZWEITEN JAHR des Weltkriegs schuftete Zack Rusher den ganzen Tag auf seinen Feldern, pflügte Rüben aus der Erde und stand dann schweißtriefend da und zankte sich mit einem Nachbarn, der ihn zum Eintritt in die Genossenschaft bewegen wollte.

Vielleicht mag der Umstand, daß Zack sich versündigt und mehrere Schluck aus einer Flasche getrunken hatte, zu dem Unheil mit beigetragen haben; auf jeden Fall bekam er noch in derselben Nacht eine heftige Erkältung, und der Arzt nannte es am nächsten Tag Lungenentzündung, und zwei Tage später nannte es der Leichenbestatter ein Geschäft. So war es nun vorbei mit den Rüben im Leben der Rushers; die Bank beschlagnahmte den Rest der Ernte als Deckung für die Hypothek, und Mr. Crumback erklärte sich aus purer Herzensgüte bereit, einen Teil des Darlehens weiterlaufen zu lassen, damit Liza ein Haus in der Stadt mieten und eine kleine Pension eröffnen könne.

Es war mitten in der Saison, die ganze Stadt war überfüllt. Die Zuckertramps, so nannte man die Arbeiter, die während der lebhaften hundert Tage in die Fabriken kamen, verdienten hohe Löhne und bezahlten gut für Essen und Wohnung; Mr. Crumback nützte seinen Einfluß auf die Zuckergesellschaft aus und veranlaßte sie, den Leuten das Pensionsgeld vom Lohn abzuziehen und es unmittelbar an Liza zu zahlen, so daß sie nun eine Art offizielle Pensionswirtin war. Das war der Lohn für die treue Weigerung des alten Rusher, in die Genossenschaft einzutreten. Der Bankier sicherte sich auf diese Weise seine Zinsen, und abermals lernte Jed, wie wichtig es sei, sich immer recht dicht an die Mächtigen ranzuhalten.

Tom Rusher verschaffte sich eine Stellung als Verkäufer in einem Geschäft, und da saß er nun für sein ganzes Leben fest; seiner Schwester war er ein braver Mieter, der regelmäßig bezahlte. Magde, die Hübsche, hatte die schwere Arbeit und Lizas strenges Evangelium des Vorwärtskommens satt, und eines Tages kam sie anmarschiert und teilte mit, sie habe sich soeben mit einem Autoschlosser verheiratet; damit also schied sie aus den Berechnungen der Familie aus. Jed trat in die High School ein, und in seiner Freizeit verrichtete er allerlei häusliche Arbeiten.

Schritt für Schritt kam er hinter das Geheimnis der Welt. In Alamito war ihm klargeworden, daß er keine Lust habe, Viehknecht zu werden, und hier in Zion, daß er auch nicht unter die Farmer gehen wolle. Wo immer Geld gemacht wurde, auf den Äckern sicherlich nicht. In den drei Jahren nun, die er als Hausgehilfe in der Pension verbringen mußte, merkte er, daß auch das nicht die richtige Beschäftigung für ihn sei. Man kann die Kostgänger nicht hindern, ohne Bezahlung zu türmen, man kann sie nie sattkriegen, und man kann sie nicht davon abhalten, in den Zimmern zu spielen und sich vollzusaufen.

Dann beobachtete Jed die Zuckertramps und hörte ihre Gespräche mit an, und da wurde ihm klar, daß er auch kein Arbeiter werden wolle. Furchtbar war die Arbeit in der Fabrik, unaufhörlich wurden die Leute hin und her gehetzt, unter dem brüllenden Lärm ratternder Maschinen oder in der Gluthitze der Kesselsäle; so kamen sie erschöpft von der Arbeit, daß sie in ihre Betten fielen und wie die Klötze schliefen. Sie arbeiteten in drei Schichten und logierten in drei Schichten, und so wurden die Betten nie kalt. Wenn Jed am Morgen zu arbeiten anfing, gingen gerade die Leute von der «Friedhofsschicht» nach Hause; im frühen Morgenlicht sahen sie ganz gespenstisch aus. Wenn sie aufwachten, setzten sie sich hin und erzählten sich Geschichten von Unglücksfällen in den Kohlen- und Kupfergruben, an den Hochöfen und in anderen großen Industrien dieser Gebirgsgegend. «Nur nicht Arbeiter sein!» sagte das Leben zu Jed Rusher.

Liza hatte gehofft, einen Prediger aus ihm zu machen, aber sie merkte mit der Zeit, daß es ihm an frommem Eifer fehlte und, schlimmer noch, daß er kein Redner war. Dann tippte sie auf Gymnasialprofessor, denn das war der feinste Beruf in der Stadt. Jed aber las in der Zeitung, was die Lehrer bezahlt bekamen, und seine Gedanken wandten sich sofort einer anderen Laufbahn zu. Die Stelle in Zion, wo das

Geld herkam, war die Bank, und Jed beschloß, etwas Ähnliches wie Mr. Crumback zu werden. Er fing an, diesen großen Mann, der sonntags immer im schwarzen Tuchrock zur Kirche ging und einen altmodischen, wohlgepflegten weißen Ziegenbart trug, genau zu beobachten. Mr. Crumback war hochgewachsen und hatte eine aufrechte, würdevolle Haltung. Jed schoß kräftig in die Höhe, und er wußte nicht recht, warum es ihm nicht auch gelingen sollte, würdig auszusehen, wenn er jemals über das Studium des Laufburschen hinauskäme. Er lernte schweigen und andere Leute reden lassen; da erfährt man so allerlei Dinge, die man mit nach Hause nehmen, überdenken und vielleicht verwenden kann.

Da er der gescheiteste Junge in der Schule war, bekam er in der Redaktion des Lokalblatts von Zion, beim *Star*, eine Nachtbeschäftigung, und damit begann ein wichtiger Abschnitt in seiner Laufbahn; denn nun erfuhr er Dinge aus dem Leben der Stadt, die er weder auf der High School noch in der Methodistenkirche hätte aufschnappen können. Herausgeber und Verleger der Zeitung war der sehr ehrenwerte Mr. T. Jerryman Andrews, im Kreis derer, die in der Redaktion verkehrten, bekannt als Jerry.

Jerry, Sheriff a. D., ein Faktor im politischen Leben der Stadt, wußte alles, was im Bezirk vorging, und pflegte alles weiterzuerzählen, wobei er über das ganze fette Gesicht lachte. «He, Jake, erzähle uns mal, wie die Reformer hinter dir her waren und du das Grafschaftsarchiv verbrannt hast!» Dann versetzte er Jake einen Rippenstoß und sagte: «Seht bloß! Er schämt sich!»

Jerry stand sehr gut mit den Direktoren der Rocky Mountain-Zuckergesellschaft, und Jed lernte wieder etwas Neues: daß dieser große Konzern die Gelder für die Wahlkampagne lieferte und dann, wenn die Wahlen kamen, die Kandidatenliste zusammenstellte. Er wußte genau, wer nominiert werden würde und welche Dienste jeder der Kandidaten geleistet hatte. Er merkte jetzt auch, auf welche Weise die Herausgeber gewisser kleinstädtischer Zeitungen ihr Geld verdienen. Da gab es zum Beispiel Meinungsverschiedenheiten über einen Beitrag zur Wahlkampagne – die Einzelheiten konnte Jed nicht erfahren, aber er sah den *Star* plötzlich das Erscheinen einer biographischen Skizze ankündigen, die sich mit dem politischen Agenten der Zuckergesellschaft für dieses Gebiet beschäftigen sollte. Die Erzählung, hieß es, werde in allen Einzelheiten der Wahrheit entsprechen, und es fehlte nicht der Hinweis, daß auch die Beziehungen des betreffenden Herrn zu der Gattin eines angesehenen Bürgers der Stadt Erwähnung finden würden.

Am Tag nach dieser Ankündigung kam Jed zufällig in das Büro seines Chefs, und der Chef telefonierte gerade mit einem Angestellten der Gesellschaft; nach beendetem Gespräch lehnte Jerry sich in seinen Drehstuhl zurück und erstickte fast vor Lachen. Die versprochene Biographie des Konzernagenten würde nie geschrieben werden; an ihre Stelle würde ein ganzseitiges Inserat treten, das zu einem Preis von wöchentlich 400 Dollar sechs Wochen hintereinander erscheint. Ja, freilich, die Inserate! Die beredten und von Edelmut triefenden Inserate, die den Rübenpflanzern verkünden, wie emsig die große Gesellschaft in ihrem Interesse tätig sei, und daß die wahre Grundlage amerikanischer Prosperität in der engen Zusammenarbeit der einzelnen, aufeinander angewiesenen Glieder der Wirtschaft bestehe.

Das war eine so erschütternde Entdeckung für Jed, daß er sich schämte, Liza davon zu erzählen, und sie für sich behielt, um allein über sie nachzudenken. Es gibt doch wirklich schlimme Dinge in der Welt, und ein junger Mensch, der daran geht, Dollars zu machen, muß sich vorsehen, daß er nicht in Versuchung gerät und seiner Schwester Schande bereitet. Es handelte sich hier um die größte Summe Geld, die Jed je in seinem Leben von einer Hand in die andere hatte wandern sehen; und ihn beunruhigte der Gedanke: wie denn, wenn sich herausstellt, daß alle Methoden, schnell Geld zu verdienen, so und nicht anders sind? Gesetzt der Fall, er hätte zu wählen, ob er sein ganzes Leben lang als Viehknecht oder als Zuckertramp schuften oder ob er jemanden erpressen solle, wie das Jerry Andrews dann und wann machte – wie würde seine Wahl ausfallen? Und wie würde er es Liza erklären?

4

LISA WAR JETZT 23 JAHRE ALT, UND IHR LEBENSweg lag so gerade vor ihr wie der Schienenstrang, der durch die Rindergegend und durch die Rübengegend lief. Sie war groß, mager, ernst, gewissenhaft und hatte feste Ansichten und Gewohnheiten. Sie haßte Faulheit, Trunksucht, Schmutz, Schlamperei und jede Art von Leichtsinn, und so oft ihr eine dieser Sünden begegnete, wetterte sie drauflos mit einer Stimme wie der liebe Gott selber. Frömmigkeit, Nüchternheit, saurer Fleiß und ein sittsames Betragen, das waren die Tugenden, an die sie glaubte; ihre Vorbilder wählte sie unter den angesehenen Persönlichkeiten in Kirche und Schule, und das Ziel ihres Lebens war, in den Kreis dieser Persönlichkeiten aufgenommen zu werden.

Mit Magde, der Hübschen, ging die Sache schief. Magde bewährte sich nicht als Frau eines Autoschlossers, sie bekam ein Kind und hielt weder das Kind noch ihre Wohnung sauber, statt dessen zankte sie sich mit ihrem Mann und mit ihrer Schwiegermutter, und eines Tages ließ sie alles liegen und stehen und verschwand unter Zurücklassung eines Briefchens; in dem Briefchen stand, daß sie sich noch ein wenig amüsieren wolle, bevor sie ein altes Weib würde. Sie war mit einem Tänzer durchgebrannt, der einer wandernden Theatergruppe angehörte. Magde schrieb, sie werde sich schon allein durchschlagen und man könne nichts Besseres tun, als sie ganz vergessen.

Jed dagegen entsprach, nach außen hin, völlig den Idealen seiner Schwester, er wuchs in dieser engen Farmergemeinde als ein wahrer Musterknabe heran. Jeden Sonntag ging er zweimal zur Kirche, im Alter von siebzehn Jahren leitete er eine Klasse an der Sonntagsschule und erfreute damit das Herz Mr. Crumbacks. Ferner gewann er in den Schülerwettbewerben zahlreiche Bücher und Zeichenkästen. Zur gleichen Zeit aber begann der Wurm des Zweifels an seiner Seele zu nagen. Was für einen Zweck hatte denn diese ganze Bildung, Geschichte und Literatur und weiß Gott was alles? Wie sollte ihm das in der Welt weiterhelfen? Freilich, es schien der übliche Weg zu sein, mit dem alle zufrieden waren, und so machte er eben mit; aber er konnte sich des Eindrucks nicht erwehren, daß das alles nur eine große Kraftverschwendung sei und daß jemand eine andere Art des Unterrichts erfinden müßte, bei der man auch das erführe, was man eigentlich wissen will.

Überflüssig zu erwähnen, daß Jed für die dekorativen Seiten der High School keine Zeit hatte. Er konnte weder Mandoline noch Saxophon spielen, er tapezierte auch nicht sein Zimmer mit Fähnchen und Indianerdecken aus. Was den Sport betraf, so brauchte er nur an seine Rinder- und Rübentage zurückzudenken, dann hatte er das Gefühl, er habe bereits für sein ganzes Leben genug körperliche Bewegung gemacht. Er arbeitete an einer wirklichen Zeitung mit, also hatte er keine Zeit für die Schülerzeitung. Von den geheimen Gesellschaften wurde er übergangen, und er stand auch nicht in intimen Beziehungen zu den vornehmen jungen Damen, deren Grübchen und Lächeln durch weichen Samt und teuren Pelz erst recht zur Geltung kamen. Jed suchte sich eine der Vornehmsten aus, ein Mädchen aus der reichsten Familie der Stadt, und betete sie vier Jahre lang an, ohne daß sie es wußte. Er hielt es für ausgemacht, daß ein so strahlendes Geschöpf einen Burschen, der auf den Rübenfeldern umhergekrochen war und dessen Schwester ein Speisehaus für Arbeiter hatte, verachten müsse, während in Wirklichkeit die junge Dame einen tiefen Respekt vor diesem finsteren Jüngling hegte, der immer für sich blieb, niemanden um einen Gefallen ersuchte und ohne ersichtliche Mühe eine Menge Preise davontrug. Jeds Entschluß, sich Mr. Crumback zum Muster zu nehmen, erzielte bereits die erwarteten Wirkungen.

Amerika trat in den Krieg ein, Tom wurde eingezogen. Jed fehlten noch ein Jahr und etliche Monate zum stellungspflichtigen Alter, und nun hing beständig dieser drohende Schatten über ihm. Er besaß nicht die geringsten soldatischen Neigungen, er haßte die Aussicht, sich einem militärischen Drill unterwerfen zu müssen; sein ganzes Leben lang war er gedrillt worden, und sein einziges Bestreben war, sich freizumachen, sein eigener Herr zu werden. Der Begriff des Ruhms sagte ihm nichts. Er hatte bei den Dorfkrämern die Veteranen auf den Zwiebackkisten umhersitzen sehen und von ihren Heldentaten erzählen hören; ihr Ruhm bedeutete 30 Dollar Staatsrente im Monat, und Jed hoffte, diese 30 Dollar nicht nötig zu haben. Vielleicht hatten die patriotischen Redner mit ihrer Behauptung recht, daß man dem Kaiser das Geschäft versalzen müsse, aber diese Arbeit konnten andere viel besser verrichten als Jed.

Um ganz ehrlich zu sein, er hatte Angst. Er las die Schlachtberichte in den Zeitungen, und es lief ihm kalt über den Rücken. Sollte sein Leben so vergeudet werden? Es gab genug junge Menschen, die denselben Gedanken hatten, aber zu stolz waren, sich etwas anmerken zu lassen. Jed war entschlossen, in den Krieg zu ziehen, falls er ausgehoben würde, und sich in sein Schicksal zu fügen; aber Begeisterung, kriegerischer Ehrgeiz, patriotische Lieder singen und Kriegsanleihe verkaufen – nichts zu machen! Gerade ein paar Tage, bevor er sich zu melden hatte, kam die Nachricht, daß der Waffenstillstand unterzeichnet sei, und unter all den Menschen in Zion, die auf die Straße liefen, um zu tanzen, zu schreien und zu singen, meinte es keiner so ehrlich wie Jed Rusher und Liza.

3. Kapitel

Die Universität

I

Aaron Grimes Crumback war nicht nur Präsident der First National Bank und eine Säule der Ersten Methodistenkirche, sondern auch Kurator einer methodistischen Universität in der Hauptstadt des Bundesstaates. Sie hieß Universität Mountain City, und um ihr Wachstum zu fördern, hatte Mr. Crumback eine Freistelle für ein vierjähriges Studium gestiftet, die alljährlich an den besten Schüler der High School von Zion verliehen wurde. Auf diese Weise studierten stets vier künftige Bürger der Stadt an dem großen Institut, alljährlich im Juni mußte der Bankier bei der Schlußfeier an der High School eine Rede halten und dem Jungen oder Mädchen, den oder das die Lehrer ausgewählt hatten, den Preis überreichen. Jed Rusher trug den Preis davon, und damit war sein Leben für die nächsten vier Jahre festgelegt. Man konnte unmöglich etwas zurückweisen, das man umsonst bekam – etwas, das noch dazu von anderen so begehrt war.

Jed wird in die Großstadt übersiedeln. Er wird zum erstenmal in seinem Leben mit einem jener transkontinentalen Blitzzüge fahren, die ihn während seiner ganzen Kindheit so verächtlich behandelt haben. Er wird auf der hinteren Plattform eines eleganten, braunlackierten Wagens stehen, während die Lokomotive zwei lange und zwei kurze Pfiffe ertönen läßt und ihn an dem kleinen gelben Bahnhofsgebäude von Alamito und an der einsamen Hütte, aus der er während seiner ersten zwölf Lebensjahre nach den Zügen geblickt hat, eilig vorüberreißt.

Liza wollte ihn begleiten. Es hielt sie jetzt nichts mehr in Zion zurück, Tom hatte eine Frau gefunden, und Lizas einzige Aufgabe war, Jed vor den Versuchungen der Großstadt zu beschützen. Sie ging abermals zu Mr. Crumback und schilderte ihm ihre Lage. Fast drei Jahre lang hatte sie den Beweis geführt, daß sie fähig sei, eine Hotelpension ordentlich zu leiten; und Universitätsstudenten würden offenbar mehr einbringen als Zuckertramps. Liza schlug vor, ihren kleinen Betrieb in Zion zu verkaufen, und falls Mr. Crumback bereit wäre, ihr das geliehene Geld für dieses größere Unternehmen zu belassen, würde sie ihren Bruder nach Mountain City begleiten, dort ein passendes Haus mieten und alles für die Eröffnung im Herbst vorbereiten. Mr. Crumback willigte ein, Liza und Jed aßen im Zug ihre frugalen Stullen und standen Seite an Seite auf der Aussichtsplattform, um das alte Vaterhaus vorüberhuschen zu sehen.

Heutzutage lernt das ländliche Amerika die Großstädte durch den Film kennen. Nichts aber kann das Entzücken des auf dem Land großgewordenen jungen Burschen vermindern, der zum erstenmal die von Menschen wimmelnden Trottoirs betritt, zu den Türmen der Bürohäuser emporschaut und diese Zeugen des Reichtums, des Stolzes, der Macht erblickt. Jed und Liza ließen ihr Gepäck an der Bahn, spazierten durch die Hauptgeschäftsstraße der Stadt vom Bahnhof bis zu dem mächtigen Parlamentsgebäude und betrachteten alles und jedes mit hemmungslosem Entzücken.

Liza war jetzt 26 Jahre alt; was sie je an Blüte besessen hatte, war vorbei. Ihr Gesicht war mager und faltig, aber sie war kräftig, sie hatte brave, tüchtige Hände, die in jeder Arbeit geübt waren. Sie trug ihr Haar in einem straffen

Knoten tief im Nacken und darüber einen Strohhut mit einem einfachen Band. Die Bluse hatte sie zur Feier des Tages mit eigener Hand gestärkt und gebügelt, der Rock reichte bis an die Knöchel. Jeder Kompromiß mit den unsittlichen Moden, die soeben, nach dem Krieg, aufzutauchen begannen, war sorglich vermieden.

Jed war mit seinen zwanzig Jahren größer als seine Schwester, er hatte lange Arme und Beine und eine kräftige Gestalt. Gesicht und Hals waren vom Wetter gebräunt, Sonne und Wind der kahlen Ebenen hatten ihn als ihren Sohn gezeichnet. Er trug einen neuen Strohhut und einen neuen Anzug, aber es war leider nicht abzuleugnen, daß jeder in ihm sofort den Bauernlümmel erkannte. Wenn er dastand, wußte er nicht, was er mit seinen Händen und Füßen anfangen sollte, und es dauerte viele Jahre, bis er lernte, unbefangen zu bleiben, wenn er einem Fremden vorgestellt wurde. Die eifrigen Bemühungen der Professoren hatten ihm gerade nur den Gebrauch der doppelten Verneinung abgewöhnt. Wie Liza zu sagen pflegte: «Das geht doch nicht, daß wir so daherreden, als ob wir ganz unwissende Leute wären.»

An seinem Gesicht war nichts Besonderes. Er hatte dichtes dunkles, von der häuslichen Schere kurzgestutztes Haar und dunkle Augen unter buschigen Brauen. Seine Nase war knochig und kühn gewölbt. seine Backenknochen erinnerten ein wenig an einen Indianer; sonst aber waren seine Züge ganz alltäglich, und niemand gönnte ihm einen zweiten Blick. Nur, wenn man etwas sagte, das ihn verletzte oder seine Begierde erregte, sah man ihn die Stirn runzeln und fühlte sich von zwei scharfen Blicken durchbohrt. Die Leute glaubten manchmal, er wolle sie hypnotisieren, aber von solchen Dingen wußte er gar nichts, er gab bloß seinen Gefühlen Ausdruck. Alles, was ihm in den Weg kam, wollte er begreifen, und wenn es begehrenswert war, wollte er es haben. Diese beiden Impulse erschienen ihm durchaus natürlich und schicklich, und nur in Geschäftsdingen bemühte er sich, sie zu verbergen.

Jetzt sah Jed Mountain City, und jetzt wollte er Mountain City besitzen. Er würde sich ein ordentliches Stück davon verschaffen, das wußte er schon, und er zitterte in der Erwartung kommender Kämpfe. In welchem dieser großen Bürohäuser würde sein Name an der Tür stehen? In welcher dieser Banken würde er Direktor sein? Welcher dieser luxuriösen Wohnpaläste würde ihm gehören, und was für Abenteuer würden sich in seinen Mauern abspielen?

2

DIE UNIVERSITÄT MOUNTAIN CITY LAG AM RAND der schnellwachsenden Metropole. Sie hatte reichlich Grund und Boden mit großen, schattenspendenden Bäumen, ihre Gebäude aber standen zumeist noch auf dem Papier. Die drei oder vier, die aus dem Land der Träume aufgetaucht waren, hatte man aus dunkelbraunem Sandstein in gotischem Stil erbaut, damit sie Menschen wie Liza und Jed imponierten, die diesen Stil nur in Bildern gesehen hatten und für die er der Inbegriff alles Ehrwürdigen und Erhabenen war. Das war echte Kultur, kein Vergleich mit den bläßlichen Nachahmungen, die das große Dorf Zion zu bieten hatte. Jed vergaß sein freches Mißtrauen gegen alle höhere Bildung, und fast ein Jahr verging, bevor es wieder in seinem Herzen erwachte.

Das Institut befand sich gerade im Sommersemester und wimmelte von ernsten, bildungshungrigen jungen Leuten, die dieselbe Denkungsart hatten wie Jed und Liza. Die neuen Gäste aber hatten vor den anderen etwas voraus: einen Empfehlungsbrief an den Leiter des Instituts mit der Unterschrift eines reichen Kurators. Ihr erstes war, diesen Brief zu überreichen, und man führte sie in das Amtszimmer des Kanzlers Saybuck, eines Methodistenpredigers, der genauso wie Jed als armer Farmerjunge begonnen hatte. Jetzt war er ein alter Mann, groß, gebeugt, mit einem dicken, glattrasierten Priestergesicht; er widmete sein Leben dem Aufbau der Universität, und wenn jemand kam, um ihm zu helfen, schüttelte er ihm beide Hände und war so tief gerührt, daß ihm die Tränen in die Augen traten. Die Fähigkeit des Dr. theol. Ernest Aloysius Saybuck, bei öffentlichen Anlässen zugunsten seines Lieblingsprojekts Tränen zu vergießen, hatte den größten Teil des Grundstücks erkauft und den größten Teil der Gebäude errichtet; Liza und Jed aber wußten das natürlich nicht, sie setzten den herzlichen Empfang auf ihr eigenes Konto, und der große Mann machte einen tiefen Eindruck auf sie. Ein paar Minuten lang – mindestens für die Dauer der Unterredung – glaubte Jed, er sei gekommen, um die Universität Mountain City zu unterstützen, nicht aber, um sie als Sprungbrett zu benutzen.

Liza ging auf die Haussuche und fand etwas Passendes; nur die Miete war viel höher, als sie gedacht hatte. Sie kaufte alte Möbel auf Wochenraten, und sie und Jed verfaßten mit viel Aufwand von Geist und Tinte ein würdiges Rundschreiben, das sie drucken ließen und mit der Post an die Eltern der Studenten verschickten, soweit sie ihre Namen feststellen konnten. Dazu gehörten auch alle die aus Zion und Umgebung stammten, ferner Schullehrer und Pastoren methodistischer Kirchengemeinden, Eltern, die Söhne und Töchter in die Großstadt schickten, würden sich freuen, ein Heim zu kennen, wo ihre Kinder in einer christlichen Atmosphäre lebten und vor jeder Versuchung geschützt wären. So kam es, daß im September, als das junge Volk herbeiströmte und die Mühlen der Universität zu mahlen begannen, Lizas Zimmer sämtlich vermietet wurden und Jed abermals zu spüren bekam, wie wichtig die Solidarität der Frommen sei.

Jed genoß freien Unterricht, mußte sich aber selbst erhalten. Er erkundigte sich bei einem Angestellten des Vereins Christlicher Junger Männer nach Arbeit und wählte den Posten eines Ofenheizers; das war keine leichte Arbeit, aber sie ließ sich rasch erledigen. Mit dem Oktober fing es an: Er stand um fünf Uhr morgens auf, klapperte seine vorgeschriebene Route ab, sprach in einem Dutzend Häuser vor, um die Öfen zu schüren und frische Kohle aufzuschütten, und dann, abends, nach beendetem Studium, wiederholte sich das Ganze noch einmal. Einmal wöchentlich kassierte er sein Geld ein, es genügte gerade zur Deckung seiner Pension bei Liza und seiner sonstigen Ausgaben, zum Beispiel für Bücher und Wäsche.

3

So begann Jed Rusher sein neues Leben als der unbedeutendste aller jungen Füchse an einer unbedeutenden Universität. An den Wintertagen stapfte er frühmorgens durch die Dunkelheit, unter den Füßen den Schnee, über dem Kopf die kalten weißen Sterne, und während er so dahintrottete, rang er unablässig mit dem Problem, wie er es anstellen solle, ein vornehmer Mann zu werden.

Es gab Studenten, die hatten Geld und stammten aus einflußreichen Familien, und diese Burschen wurden automatisch in die Verbindungen aufgenommen, der Weg war ihnen geebnet, und sie behandelten ihre gesellschaftlich tiefer stehenden Kollegen mit einer Höflichkeit, hinter der eine kaum verhohlene Geringschätzung steckte. Andere wieder hatten zwar nicht viel Geld, waren aber mit angelsächsischen Zügen, guter Kleidung und liebenswürdigen Manieren gesegnet; sie wußten sich in Gesangsvereinen, Theaterklubs und bei den Universitätszeitungen nützlich zu machen, und nach einer gewissen Bewährungsfrist bekamen sie, was sie wollten. Dann gab es Bauernsöhne, die ebenso ungeschliffen waren wie Jed, aber derbe Knochen und Muskeln hatten und imstande waren, ihre Rivalen auf dem Footballplatz niederzutrampeln. Auf diese Weise wurden sie zu Helden und hatten überall Zutritt. Wenn aber ein Mensch Öfen heizen, in einer Pension mithelfen und in seiner freien Zeit mit seiner Schwester zur Betstunde gehen muß, was hat er dann für Möglichkeiten?

Sollte er versuchen, sich durch seine Leistungen hervorzutun? Der Umstand, daß er das in Zion fertiggebracht und den Crumback-Preis gewonnen hatte, nützte ihm hier gar nichts; er mußte wieder ganz von vorn beginnen. Eine Vorlesung über sphärische Geometrie und eine über die Geschichte der deutschen Reformation und eine über die Geographie des Heiligen Landes (die letztere besuchte er Liza zu Gefallen) – was nützte es ihm, wenn die Welt erführe, daß er von diesen Dingen mehr versteht als alle anderen, außer den Professoren? Sieh dir bloß an, was die Professoren verdienen! Manche nur 100 Dollar im Monat.

Jed sprach oft mit Liza über diese Frage, und sie behauptete, er werde sich eine Reihe nur scheinbar unbedeutender Vorteile erarbeiten, die er jetzt noch nicht begreifen könne. Er werde ein zivilisierteres Benehmen bekommen und nicht mehr der abgestempelte Bauernbursche sein. Er werde die Dinge kennenlernen, für die die Reichen sich interessieren, er werde sich ihre Sitten und Anschauungen aneignen und allmählich seinen Weg unter ihnen machen. Er solle nur erst einmal in die letzten Semester kommen, dann würden ihn die stolzen Herrn Studenten, die ihn jetzt, solange er ein junger Fuchs war, völlig übersahen, längst achten gelernt haben, er würde mit ihren Schwestern und Eltern bekannt werden und auf diese Weise die richtigen Freunde für seine Zukunft finden.

Unterdessen erwarb Liza, um ihn vorzubereiten, ein Buch mit Anstandsregeln, studierte es emsig und verabreichte es ihrem Bruder in kleinen Dosen, wie er sie gerade vertragen konnte. Das männliche Temperament sträubt sich gegen Anstandsregeln; aber Liza ließ nicht locker und stellte Jed immer wieder vor die Frage: Ob er sein ganzes Leben lang ein Bauernlümmel bleiben wolle? Ob er der Welt laut verkünden wolle, daß er als Bauernknecht angefangen habe? Andernfalls müsse er lernen, Messer und Gabel richtig zu halten und den Hut abzunehmen, wenn er mit einer Dame in einen Lift steige. Das erste Ergebnis ihrer Studien war, daß Liza in die Stadt fuhr und in einem Einheitspreisladen ein paar Dutzend Fischbestecke für ihre Pension erwarb, auf diese Weise den gesellschaftlichen Ton des Hauses um ein beträchtliches steigernd.

Von allem Anfang an genoß Liza den Beistand einer ihrer Mieterinnen, einer Miss Meecham, Assistentin des Abteilungsleiters in einer Großbank von Mountain City. Miss Meecham stammte ursprünglich aus Zion und war in Mr. Crumbacks Bank beschäftigt gewesen; jetzt in der Großstadt studierte sie fleißig die Sitten der vornehmen Welt. Sie machte Liza auf den sehr subtilen Umstand aufmerksam, daß es zwar richtig sei, seinen Knigge zu studieren, aber man dürfe ihn nie erwähnen, denn die Leute sollten annehmen, man habe sein ganzes Leben lang schon immer das Richtige getan. Miss Meecham kannte sämtliche Kunden der Bank, wußte, wieviel Geld sie hatten und wo sie wohnten; sie besaß ferner ein kleines, hübsch gepolstertes und im

Winter sogar geheiztes Auto, und am Sonntagnachmittag pflegte sie mit ihrer Wirtin und dem prächtigen jungen Bruder ihrer Wirtin auszufahren.

Das geschah, wie Liza sofort merkte, nicht ohne besondere Absicht; Miss Meecham war mindestens dreißig und Jed offenbar ein Mann mit Zukunft. Aber als sie ihm das zu verstehen gab, lächelte er nur. Er war nicht allzu empfänglich für weibliche Reize, und er wußte, daß er erst heiraten würde, wenn er es schon zu etwas gebracht hatte. Inzwischen freilich war es sehr lehrreich, in Mountain City mit einer stellvertretenden Abteilungsleiterin umherzufahren, die immer in die vornehmsten Viertel fuhr, einem die Häuser der Plutokratie zeigte und bei jedem Haus etwas über den Inhaber zu erzählen wußte.

«Das ist das Haus Schuyler, der alte Schuyler war Präsident der Gasgesellschaft, und er hat das große Denkmal gebaut, das wir im Park gesehen haben. Und dort an der Ecke steht das Haus Plattner; den Plattners hat früher die Wassergesellschaft gehört, bevor sie an die Stadt verkauft wurde, und es heißt, der Alte hat die Stadträte bestochen, ich weiß natürlich nicht, ob das wahr ist, man hört so vielerlei Tratsch. Dieses große Ziegelgebäude ist das Haus Richter Steers, seine Frau ist ihm vor ganz kurzer Zeit mit einem italienischen Opernsänger durchgebrannt. Das mit dem wilden Wein dort ist Haus Danforth, er ist Vizepräsident der Western National und ein feiner Herr, er gibt viel Geld für die Spitäler und seine Frau spielt eine prominente Rolle in den Clubs.»

4

NATÜRLICH KONNTEN SICH DIE NEULINGE DAS ALles beim erstenmal nicht gleich merken, aber sie hörten beständig von diesen Leuten reden und bekamen immer wieder ihre Häuser zu sehen. Und es dauerte gar nicht lange, da wußte Jed Rusher, was er vom Leben wollte: ein Haus aus braunem Sandstein oder aus Marmor oder aus roten Ziegeln oder aus weißen Ziegeln, in einem dieser exklusiven Wohnviertel, ein stattliches Gebäude in einem fremden Stil, altenglisch oder italienische Renaissance oder Drittes Kaiserreich, Jed wußte das eine nicht vom andern zu unterscheiden, aber das würde er mit der Zeit lernen, ein Haus mit einer mächtigen Fassade, mit hohen, spitzstachligen Gitterzäunen und Toren, mit einer Garnitur schattiger Bäume und breiten Rasenflächen, auf denen die Gärtner arbeiten und an heißen Sommertagen Springbrunnen sprühen, das wollte er haben, und das würde er sich verschaffen. Drinnen würden eine Bibliothek, Marmorstatuen, zahlreiche Gemälde und ein Klavier sein, o ja, Jed wußte, wie so was aussehen müsse; und was noch wichtiger war, er wußte, er würde sich dann jederzeit jemand kaufen können, der ihm das sagt, was er, Jed, selber nicht weiß.

Wenn man das erst einmal hat, fängt das Leben erst richtig an; da ist man von allem Dreck und Unbehagen, von aller entwürdigenden, körperlichen Arbeit, von Hunger, Angst und Demütigung befreit, von all den Plagen, die die ersten zwanzig Lebensjahre Jeds ausgefüllt hatten. Wenn man das erst einmal hat, ziehen die Leute vor einem den Hut, die Autos fahren am Tor vorbei, und die Chauffeure sagen: «Das ist das Haus Rusher. Der alte Jed Rusher hat sich sein Geld mit... verdient.» Jed wußte noch nicht, welches Wort sie einfügen würden, aber er glaubte sie bereits zu hören.

Er war zum Kampf gerüstet, wachsam und gespannt wie ein Preisboxer, der den Ring betritt. Er wußte natürlich, daß es ein harter Kampf werden würde, denn die Konkurrenz war groß. Tausende von Automobilen fuhren in diesen exklusiven Wohnvierteln umher, und in ihnen saßen Leute, die ihre Augen und Ohren ebenso weit aufsperrten wie Carrie Meecham, Liza und Jed Rusher. Es gab regelmäßig verkehrende Autobusse, mit denen man jeden Vormittag und Nachmittag für einen Dollar eine Rundfahrt machen konnte, während ein Mann mit einem Megaphon einem die Paläste zeigte und von ihren Besitzern erzählte. Alle die Schaulustigen in den Autobussen waren voller Begehrlichkeit, ein großer Prozentsatz von ihnen besaß Ehrgeiz, und zweifellos würden nicht sehr viele ihr Ziel erreichen. Diese Paläste sind ja gerade deshalb begehrenswert, weil nur wenige Auserwählte sie besitzen dürfen. In der Pension, an der Universität, überall, wo Jed hinkam, fand er alle Aufmerksamkeit auf die wenigen glücklichen Mitglieder der Plutokratie konzentriert; jedermann dachte an sie, sprach über sie, strebte danach, sich das Leben nach ihrem Vorbild einzurichten. Die Zeitungen waren voller Klatsch, sonntags erschienen ganze Spalten mit «Nachrichten aus der Gesellschaft», Bildern der Reichen, ihrer Frauen, ihrer Kinder, ihrer Häuser und sonstigen Besitzungen. Hunderttausend Hausfrauen, an den endlosen, öden täglichen Trott gefesselt, nährten ihre Seele mit phantastischen Träumen von diesen Glücklichen, die frei und herrlich und selig sind. Die Unglücklichen drängten sich zu den Hochzeiten, Begräbnissen und öffentlichen Feiern, um die Glücklichen zu sehen, sie fuhren oder spazierten durch die exklusiven Wohnviertel, starrten die Prunkpaläste an und berechneten, was sie kosteten. Es gab Tausende, die waren mit der Stadt groß geworden und hatten alle diese Paläste entstehen sehen, aber noch nie Gelegenheit gehabt, auch nur die Schwelle eines einzigen zu überschreiten.

Aber Jed Rusher besaß die Seele eines Eroberers; er würde als Sieger einziehen. Daran glaubte er mit der ganzen Kraft seines Wesens, und seine Sinne lauerten nur auf einen Wink, wie es anzupacken sei. So oft er irgendeine Information über die Reichen erwischen konnte, schleppte er sie weg und behandelte sie so wie ein hungriger Hund einen Knochen. Wenn ein Tag verging, ohne daß er etwas aufgeschnappt hatte, war er unruhig und irritiert; er kam nicht vorwärts, und was hatte dann dieser ganze Quatsch von der feineren Lebensart für einen Sinn?

Die Reichen taten so, als ob ihnen gar nichts an ihrem Geld läge. Das war zuerst verblüffend, dann aber merkte man, daß sie damit nur andeuten wollten, sie hätten schon immer Geld gehabt. Als Bluff nicht schlecht; aber was wären diese Leute ohne Geld? Wie weit würden sie es bringen? Jed mochte Liza zuhören und sich bereit erklären, ein feiner Mann zu werden; stets aber loderte in den Tiefen seiner Seele die Verachtung für das widerwärtige Getue, als ob irgend jemandem nichts am Geld läge! Diese Dummheit sollte man Leuten überlassen, die es in ihrer Kindheit wirklich nicht nötig gehabt haben, im Winter frühmorgens, vor Tagesanbruch, das Vieh zu versorgen, während Hände und Füße im Blizzard erfrieren, oder im Dreck herumzukriechen, ein Stutzmesser schwingend und schwere Rüben schleppend, bis ein Krampf die Muskeln lähmt.

5

Gleich und gleich gesellt sich gern, an der Universität wie überall, und die Studenten, mit denen Jed in nähere Berührung kam, waren arbeitende Menschen wie er selbst, für die das Institut nur ein Sprungbrett sein sollte. Sie unterhielten sich über die verschiedenen Vorlesungen und wie man mit dem geringsten Aufwand durchrutschen könne; und sie erörterten auch die verschiedenen Mittel und Wege, das Geld für Wohnung, Essen und Wäsche zu verdienen. Die Sommerferien boten Gelegenheit, sich etwas für den Winter beiseite zu legen. Sie tauschten ihre Erinnerungen aus. Einige waren als Erntearbeiter untergekommen, einer hatte bei der Eisenbahn mit Hacke und Schaufel geschuftet, einer hatte Zementsäcke verladen. Andere, die höhere soziale Ansprüche stellten, waren als Kellner in Sommerhotels beschäftigt gewesen und wußten peinliche Geschichten von überfüllten Schlafquartieren unter dem Dach und von kalten, schmutzigen Speiseresten zu erzählen. Jed hörte zu und vernahm von neuem die große Lehre des Lebens: «Geld verdienen!»

Die Aristokratie dieser Schicht, das waren die, welche die Gabe hatten, gute Verkäufer zu sein. Es gab da einen ganz fürstlichen jungen Mann, der sich rühmte, jeden Sommer über 1000 Dollar zu verdienen. Die Natur hatte ihn mit hübschen zarten Zügen, braunem, an den Schläfen anmutig gewelltem Haar und einem Lächeln gesegnet, das das Herz jeder Hausfrau entzückte. Er hatte eine so leichte, sichere Art, wenn er erklärte, daß jeder sich schämen müsse, der nicht imstande sei, im Verlauf eines Tages 25 bis 30 Dollar aus den Weibern herauszuquetschen. Dick Sunstorm – das war sein pittoresker Name – hatte damit begonnen, einen Fünfzig-Cent-Apparat zum Schärfen der Küchenmesser zu verkaufen; das aber, erklärte er, sei ein Fehler gewesen, etwas Billiges zu verkaufen, koste fast ebensoviel Energie, wie etwas Teures zu verkaufen, er würde nie wieder eine Sache unter 30 Dollar anrühren, und am liebsten seien ihm fünf.

Dick war eben jetzt sehr bei Kasse, nachdem er mit einer Biographie des neugewählten Präsidenten Harding einen tüchtigen Fischzug gemacht hatte. Da gab es anscheinend sogenannte Subskriptionsverlage, deren Spezialität es war, riesige Auflagen schöngebundener, illustrierter Bände über neuaufgetauchte Berühmtheiten oder große Ereignisse, wie zum Beispiel den Untergang der «Titanic» oder das Erdbeben in San Francisco oder den Eintritt Amerikas in den Weltkrieg, auf den Markt zu schleudern. Sie sammelten Fotografien, plünderten die Bibliotheken nach Material und beauftragten mehrere Lohnschreiber, das Zeug zurechtzukleistern; sie ließen ein halbes Dutzend Pressen in drei Schichten laufen, und binnen zehn Tagen nach dem Ereignis waren bereits die Probeexemplare des Buchs an zwanzig- bis dreißigtausend Agenten in den ganzen Vereinigten Staaten versandt.

Der hübsche, lächelnde Dick widmete eine halbe Stunde der Durchsicht des Bandes und entwarf einen Verkaufsspeech, wie er es nannte. Dann zog er los in die einsamen Farmergegenden, wo gewöhnlich nur die Weiber zu Hause und die Männer abwesend waren. Er schob den Fuß in die Tür und präsentierte den schönen, in blaßblaue Seide gebundenen, mit blanken Goldleisten versehenen Band und die schönen Bilder des statuesken Senators Warren Gamaliel Harding, den die Republikanische Partei soeben als ihren Präsidentschaftskandidaten nominiert hatte. Es sei die Pflicht jeder amerikanischen Familie, über die politischen Vorgänge auf dem laufenden zu sein, und hier handle es sich um eine Laufbahn, die vorbildlich sei für jeden amerikanischen Jüngling; dieser große Mann habe sich aus den

Schichten des arbeitenden Volks emporgearbeitet; ob die gnädige Frau wisse, daß er einmal in einem Dorforchester Posaune geblasen habe? Viele derartige hochinteressante Enthüllungen in einem prächtigen, fast fünfhundert Seiten starken Band – nebst sämtlichen höchst anregenden Reden des Kandidaten – für nur 5 Dollar: Jede amerikanische Mutter sei es ihren Kindern schuldig, ihnen dieses anspornende Beispiel bürgerlicher Rechtschaffenheit und uneigennütziger Staatstreue vor Augen zu führen.

«Wenn sich bloß ein Kind blicken läßt!» sagte Dick Sunstorm. Wenn er bloß Gelegenheit hatte, sich über die Schönheit, Intelligenz und liebenswürdige Art des zukünftigen Senators aus der Rinder- oder Zuckerrübengegend auszulassen! Wenn er es nur so weit bringen konnte, daß man ihn ins Haus einlud, wenn er dann nur das Kind auf die Knie nehmen und ihm die Bilder zeigen konnte! Es könne, sagte Dick, nur einen Fall geben, wo er nicht imstande sei, der Frau Geld abzuknöpfen: wenn sie keins im Haus habe. Eine Anzahlung von einem Dollar genügte, und wollte der Herr des Hauses den Kontrakt nicht ratifizieren, na, so hatte Dick seinen Dollar; ein Dollar hier und ein Dollar dort ergaben nach beendetem Tagewerk einen recht netten Gesamtverdienst.

Noch mehr zum Nachdenken reizte Jed die Geschichte des Ignatius O'Grady, dem sein Name ermöglichte, Subskriptionen für ein in Chicago erscheinendes römisch-katholisches Magazin zu sammeln und dabei sein Auskommen zu finden. O'Grady, ein sehniger kleiner Ire mit scharfen, schwarzen Äuglein, beeilte sich zu versichern, daß er sich weder vom Papst noch von sonst wem zum Narren halten lasse; er war sehr radikal und glaubte an gar nichts und redete so empörendes Zeug, daß es Jed kalt über den Rücken lief. Religion sei Mumpitz, aber sie nähre ihren Mann. Er zeigte ihnen das Magazin mit den Bildern heiliger Männer und Jungfrauen, dicker Erzbischöfe, die statt einem Hut einen gestickten Teewärmer auf dem Kopf tragen, heiliger Knochen, wunderbarer Heilungen und geweihter Amulette, die man um den Hals hängt. Man muß nur eine Gegend finden, in der es viele Iren oder Polen oder Italiener gab, und die Weiber starrten ehrfürchtig die heiligen Symbole an, während der unternehmungslustige Agent beteuerte, daß Vater Shilleleh oder Vater Spaghetti oder wie der Seelenhirt dieses Viertels sonst hieß, die Publikation genehmigt habe. Er legte sie reihenweise um wie die Kegel, und von jedem subskribierten Drei-Dollar-Stück blieben 1 Dollar 35 in seiner Tasche.

«Geld verdienen!» sagten diese klugen jungen Leute. Das erste Tausend sei das Schwerste, darin waren sich alle einig; nachher hat man Kapital und kann sich selbständig machen. Ein Sprungbrett haben! Vorwärtskommen! Nicht sein Leben damit vergeuden, daß man für einen anderen schuftet! In bezug auf die Universität gingen die Meinungen auseinander; einige waren nur ihrer Mutter oder ihrem Mädchen zu Gefallen hier, während andere derselben Ansicht waren wie Liza, daß der Aufenthalt auf der Universität gewisse, wenn auch schwer zu fassende Vorteile bringe, man werde «heller» und bekomme einen weiteren Gesichtskreis. Als ob man in die Luft emporstiege, sagte Dick Sunstorm. Und Jed sah sich als einen Adler auf starken Schwingen immer höher und höher steigen, ohne aber auch nur eine Sekunde lang seinen Blick von der Erde, von der Beute abzuwenden, auf die er eines Tages niederstoßen würde.

4. Kapitel
Schwere Zeiten

I

Jed Rusher beendete sein erstes Jahr an der Universität, und Dick Sunstorms Rat befolgend, zog er los, um den Bauernweibern eine Mappe mit zwölf hübschen Porträtradierungen der berühmtesten lebenden Amerikaner zu verkaufen und auf diese Weise sein Glück zu machen. Die Serie enthielt unter anderen den Erfinder des elektrischen Lichts, den Erfinder des Flugzeugs, den Schöpfer des billigen Automobils, einen durch seine Flüche berühmten Wanderprediger und einen Baseballspieler, der den Weltrekord im Homerun hielt. Für jeden Geschmack etwas, Preis nur 75 Cents. Zu billig, Dicks Meinung nach, aber es sei eine ganz gute Übung; er half Jed, einen Verkaufsspeech auszuarbeiten, und versorgte ihn mit Daten aus der Psychologie der einsamen Hausfrau.

Leider aber wendeten jene gesellschaftlichen Kräfte, die Jed Rusher während der letzten fünf Jahre begünstigt hatten, sich jetzt plötzlich gegen ihn. Ein erstaunliches Ereignis trat ein, ein Ereignis, das in allen Gegenden Amerikas, überall wo Samen gesät und Lebensmittel für den Markt gebaut wurden, Entsetzen verbreitete: mit einemmal schien es keinen Markt mehr für Lebensmittel zu geben, die Preise fielen so tief, daß die Hälfte der Farmer im Land an den Rand des Bankrotts geriet.

Die durch den Krieg entfesselte Inflation hatte ihren Lauf genommen, und nun mußte jemand die Kosten bezahlen. Wer anders sollte das sein als die unorganisierten und hilflosen Sklaven der Erde? Die Sache war sehr einfach; sobald der Zeitpunkt für die Verfrachtung der Ernten heranrückte, wies der Federal Reserve Board seine Mitgliederbanken an, in den Farmergegenden den Diskontsatz für Leihgeld zu erhöhen. Aber niemand erklärte das Jed Rusher und seinen Freunden; kein Lehrgang der Universität Mountain City rührte an dieses Problem. Jed merkte nur, daß er Tag für Tag in der Lage war, die Dick Sunstorm einmal geschildert hatte: nicht möglich, aus der Farmersfrau Geld herauszuquetschen, denn sie hatte keins! Es gab Zeiten, da Jed nicht einmal sein Nachtlogis bezahlen konnte und darum bitten mußte, in einem Heuschober oder in einer Scheune schlafen zu dürfen. Es gab nicht einen Augenblick, da er nicht mit Freuden eine Serie seiner kulturellen Fotografien gegen ein Gericht von jenem Weizen verhandelt hätte, den die Farmer kommenden Winter in ihren Öfen verbrennen würden, weil sie nicht das Geld hatten, Kohlen zu kaufen.

Als Jed nach Schluß der Saison in die Stadt zurückkehrte, sah er, daß die große Krise sich auch auf seine Alma Mater erstreckt hatte. Es kamen nicht mehr allzu viele Studenten, und von denen, die kamen, konnten viele das Pensionsgeld nicht erschwingen, sondern suchten nach billigen Zimmern und ernährten sich von Zwieback und Milch. Und damit die Sache noch schlimmer wurde, schrieb Mr. Crumback, er könne das Darlehen nicht mehr erneuern; die Landbanken befänden sich in einer schrecklichen Lage, Hunderte gingen pleite, und das Land der Rübenpflanzer werde versteigert, um die Steuern zu decken. Die arme Liza mußte dem Bankier ihre Ersparnisse schicken, und mit dem Pensionsbetrieb wäre es zu Ende gewesen, wenn nicht Carrie Meecham, die etwas Geld auf der Bank hatte, ihnen ihre Hilfe angeboten hätte.

Geld verdienen! sagte das Leben zu Jed Rusher. Genug verdienen, damit man nicht vor Angst in die Hosen macht, wenn eine Krise kommt! Damit man nicht eine junge Dame anpumpen muß, die gar nicht mehr so jung ist, wie sie behauptet, und die einen mit Schafaugen anstarrt und Gelegenheiten sucht, einen im Auto mitzunehmen! Ein aufreizender Gedanke für Jed: seine Schwester an Carrie verschuldet und er sollte dafür mit seiner Freiheit und seiner Zukunft bezahlen. Warum konnte sich denn so ein Weib nicht mit der guten, gesicherten Stellung, die sie sich geschaffen hatte, zufrieden geben? Wenn sie durchaus einen Mann haben mußte, warum suchte sie nicht irgendeinen älteren Witwer zu erwischen, der sich seinen Platz in der Welt bereits erobert hatte? Und was sollte das heißen, daß Liza ihn immerfort ermahnte, höflich zu sein! War sie denn wirklich bereit, ihn für ein Darlehen zu verschachern – ein Pfanddarlehen plus etlichen tausend Dollars, die Carrie Meecham in Vorstadtgrundstükken angelegt hatte?

2

JED WAR JETZT IM DRITTEN SEMESTER UND KEINE SO unbedeutende Person mehr. Er studierte Gleichungen zweiten Grades, englische Literatur von Milton bis Pope, europäische Geschichte des 19. Jahrhunderts und – Liza zu Gefallen – Exegese des Neuen Testaments; aber was, zum Teufel, sollte ihm das alles nützen? Dieser Kulturluxus, während die Leute in seinem Heimatstaat, bis auf ein paar Glückliche ganz oben auf der Spitze, in tödlicher Angst und verzweifelter Not lebten! Jed hatte das Gefühl, daß er keinen Schritt weiterkomme. Er lernte keine einflußreichen Leute kennen. Immer nur dieselben Kerle, die sich allein in der Welt durchschlagen mußten und nun schreckliche Geschichten erzählten, wie sie es fertig gebracht hatten, den Sommer zu überstehen, wie sie mit arbeitslosen Landarbeitern um die Arbeitsplätze in Bergwerken und Hütten hatten kämpfen müssen. Jed konnte jetzt noch drei Jahre so weitermachen, und dann würde er zum Schluß ein handgeschriebenes, schön verschnörkeltes, pergamentenes Diplom in Händen halten, das ihm gestattete, eine Stellung an der High School von Zion mit einem Gehalt von monatlich 110 Dollar zu bekleiden. Sollte das sein Leben sein?

Er merkte jetzt leider, daß das In-die-Stadt-Ziehen noch keine Garantie für den Erfolg war. Auch in den Städten gibt es eine Menge gescheiterte Existenzen. Manchmal, wenn sie unterwegs waren, um sich die Paläste der Plutokratie anzuschauen, mußte Carrie durch die Armenviertel fahren, und dort sah man die endlosen Blocks kleiner, unscheinbarer Ziegelhäuschen, in denen Menschen sich von einem Monat zum andern hinquälen, mit einem kargen Verdienst, gerade nur das nackte Leben fristend. Zehntausende kleiner Ziegelhäuser, und in jedem eine vielgeplagte Familie. In dem älteren Teil der Stadt, unten am Bahnhof, standen auf einer Fläche von einigen Quadratmeilen uralte Gebäude, in denen sich früher einmal die Wohnungen der großen Herren, die Geschäftsbüros, die Hotels und Kneipen einer vergangenen Zeit befunden hatten und die jetzt völlig in Verfall geraten waren, schmutzige Quartiere für Arbeiter und Herumtreiber. Mountain City, die Bergstadt, lockte Tausende von Lungenkranken herbei, und andere Tausende kamen auf der Flucht vor dieser Krankheit hierher. Sie kamen aus allen Gegenden des Landes und suchten nach jeder erdenklicher Arbeit, um sich nur über Wasser zu halten; sie drückten die Löhne und drängten die ganze arbeitende Bevölkerung an den Rand bitterer Not.

In diesem Krisenjahr sprang die Hexe Sorge zum erstenmal auf Jed Rushers Buckel und stürzte ihn in Verzweiflung. War es möglich, daß seine strahlenden Ruhmesträume erlöschen sollten, daß er stranden und hilflos zurückbleiben sollte, einer dieser unscheinbaren kleinen Leutchen, ein Ladengehilfe wie sein Bruder Tom oder vielleicht ein Versicherungs- oder Grundstücksagent? Würde er sich niederlassen und seiner Schwester helfen müssen, eine drittklassige Pension zu führen, wöchtenlich einen Dollar beiseite legen und auf die Sparkasse tragen und vielleicht eines Morgens aufwachen und in der Zeitung lesen, daß die Bank pleite sei? Nein, tausendmal nein. Jed sagte es laut vor sich hin, während er seinen Rundgang machte, um die Öfen zu schüren.

Ein scharf umrissener Entschluß reifte in ihm heran: er mußte ein paar reiche Leute kennenlernen. Das war der springende Punkt. Solange man nur arme Leute kennenlernt, hört man nur das Gerede der armen Leute, infiziert sich mit den Gedanken der armen Leute und muß sich mit den Chancen der armen Leute zufriedengeben. Wenn man aber zu den Reichen kommt, erfährt man, wie sie leben und wie sie ihr Geld verdienen; man schnappt Ideen auf und gewinnt Freunde, die einem allerlei Chancen zeigen. Die reichen Leute haben alles, sie beherrschen sämtliche Tore zum Erfolg, sie streuen, während sie durchs Leben schreiten, mit beiden Händen reichliche Gaben aus. Der Weg zum Glück: halte dich in ihrer Nähe, lenke ihre Aufmerksamkeit auf dich und überzeuge sie von deiner Fähigkeit, ihnen ganz besonders nützlich zu sein.

3

DER ZUFALL WOLLTE, DASS CARRIE MEECHAM eine reiche Dame kannte, die Tochter eines alten Pioniers, der mit einem Tragesel ins Land gekommen war und eine Goldmine entdeckt hatte. Diese Miss Hugins, eine alte Jungfer, hatte sich mit allen ihren Verwandten verzankt, weil sie ihr ihr Geld wegnehmen wollten; sie wohnte ganz allein in dem von ihrem Vater erbauten Palast. Ab und zu kam sie in die Bank, und Carrie Meecham fertigte Papiere für sie aus.

So waren sie miteinander bekanntgeworden, und eines Tages hatte die reiche Dame die arme Dame zu sich eingeladen. Von dieser Zeit an durfte Carrie ungefähr einmal im Monat bei ihr speisen und ihre Schätze bewundern, Perlen und Schmucksachen, ganze Klumpen reinen Goldes aus der Mine ihres Vaters, und die Andenken, die sie aus China und dem Heiligen Land mitgebracht hatte.

Sie erzählte Carrie die neuesten Nachrichten von den Missetaten ihrer Neffen, und Carrie kehrte in die Pension zurück und erzählte es Liza, und am nächsten Morgen beim Frühstück erzählte sie es den Pensionsgästen, und alle unterhielten sich darüber und brachten diese Neuigkeiten mit dem zusammen, was sie anderswo über die bösen Neffen und Nichten gehört hatten. Zwei bis drei Tage lang waren dann die reiche Miss Hugins, ihr Palast, ihre Kunstschätze und ihre Verwandten das Gesprächsthema für die Gäste der Pension Rusher. Die Aussicht, diese reiche Dame kennenzulernen und in ihren Palast eingeladen zu werden, war einer der Köder, die Liza und Jed vor sich baumeln sahen, so oft sie mit dem Gedanken spielten, Jed könnte in Carries Schlingen geraten.

Es gab in der Pension auch noch andere Gäste, die mit

reichen Leuten bekannt waren. Einer der Studenten hatte einen Onkel, den er stolz hervorholte, so oft Carrie Meechams Prestige allzu sehr in den Vordergrund trat. Ein anderer wieder hatte einen entfernten Vetter, der der Besitzer einer großen Eisenhandlung war und ihn jede Weihnachten zu sich einlud; sobald also das Innere eines reichen Hauses beschrieben wurde, beschrieb dieser Student das Haus seines Vetters, und wenn Carrie erzählte, was Miss Hugins zu Mittag esse, erzählte dieser Student, was sein Vetter zu Mittag esse. Ein dritter Student war in Europa gewesen und hatte dort einen Millionär getroffen, der sich in den Gängen der Museen nicht zurechtfinden konnte; die beiden waren ein Stück miteinander gereist, daher konnte dieser junge Mann gleichfalls mitreden, wenn es um die Frage ging, was die reichen Leute essen, was sie für Fragen stellen und was sie sagen. Es gab in der Pension Rusher kaum eine noch so arme und obskure Person, die nicht ihr kleines Teil zu der Konversation beigesteuert hätte. Dadurch, daß sie ihre Schätze miteinander teilten, gelang es ihnen, einen beträchtlichen Vorrat an feinen Manieren anzuhäufen und Fremden, die zu Besuch kamen, gehörig zu imponieren.

Jed sog das alles gierig in sich ein und grübelte darüber nach, während er seinen Rundgang von Ofen zu Ofen machte. Alles Gute im Leben kommt von den Reichen: alle Freiheit, Schönheit, Macht, ja auch alle Sicherheit. Ein Student zum Beispiel hatte eine Tante, die war Haushälterin bei einer reichen Dame gewesen, und als diese Dame starb, hinterließ sie der Haushälterin 2000 Dollar. Der Besitzer der Eisenhandlung half seinem studierenden Vetter die Schulgelder bezahlen. Miss Hugins schenkte Carrie Meecham ihre abgelegten Kleider und machte ihr Weihnachtspräsente, die Carrie sorgsam aufbewahrte und allen Bekannten zeigte, genauso wie Miss Hugins ihr, Carrie, ihre Juwelen und Goldklumpen zeigte.

Lerne die Reichen kennen! sagte das Leben zu Jed Rusher. Aber wie macht man das? Sicherlich nicht so, daß man ihre Öfen schürt, denn da muß man durch den Nebeneingang gehen und sieht nur die Dienstboten. Und es waren nicht einmal wirklich reiche Leute, die Jed beschäftigten; ganz reiche Leute halten einen oder mehrere Bedienstete, die unter anderem sich auch um die Heizung kümmern. Jeds Kunden waren Leute aus dem Mittelstand, dem Bereich der Krise nicht gänzlich entrückt, und mehrere von ihnen hatten es in diesem schweren Winter vorgezogen, ihre Öfen selber zu heizen.

Es war auch gar nicht leicht, durch die Universität an die Reichen heranzukommen. Die meisten Söhne aus reichem Haus besuchten die großen Universitäten im Osten, während die reicheren Studenten in Mountain City arg versippt waren, ihre eigenen Verbindungen hatten und in ihren eigenen Autos zu ihren eigenen Vergnügungen fuhren. Wenn sie im Hörsaal oder auf dem Hof mit dir sprachen, so verhielten sie sich dabei recht reserviert, als ob sie dich im Verdacht hätten, du wolltest dich einschleichen, dich vordrängen und nach oben kommen. Jed Rusher machte ihnen diese Haltung nicht zum Vorwurf, sondern hielt sie für ganz natürlich und angemessen.

Jed hatte nicht viele Romane gelesen und kam auch selten ins Kino, erstens, weil er kein Geld hatte, und zweitens, weil seine Schwester gegen alles war, was nach Theater aussah. Er hatte es also sehr schwer, sich Mittel und Wege des Eindringens vorzustellen oder zu ersinnen. Auf den Gedanken etwa, daß er eine der Plutokratentöchter retten könnte, wenn das Pferd mit ihr durchginge, kam er nie; er sah zwar diese Töchter hin und wieder ausreiten, aber stets war der Gaul genauso würdevoll und stolz wie die Reiterin. Und es fiel ihm auch nicht ein, eine Dame aus einem brennenden Haus retten zu wollen; er sah nur ein einziges Mal einen Brand, und da war die Feuerwehr früher da als er. Einmal hatte er Gelegenheit, einer jungen Dame, die so aussah, als könnte sie reich sein, das Taschentuch aufzuheben; sie bedankte sich mit gelassener Würde und ging weiter, und was hätte er denn tun sollen? Es schien, als sei bereits alles auf der Welt vollkommen geregelt und in Ordnung gebracht; die Reichen haben alles, was sie brauchen, und nirgends hat man Verwendung für Jed.

4

Diese Lage der Dinge dauerte den ganzen Winter an, und Jeds Gereiztheit wuchs von Tag zu Tag. Im April kam der Höhepunkt, denn da hatte das Ofenheizen ein Ende, während die schweren Zeiten um keinen Deut leichter wurden. Gerade aber, als die Verzweiflung ihn packen wollte, fand er endlich das, was er suchte, eine anständige, ja, sogar sehr würdige und eindrucksvolle Art, die Bekanntschaft reicher Leute zu machen. Für ein solches Geheimnis würde Jed seine halbe Zukunft verpfändet haben (eine recht große Summe); aber er erhielt es frei, gratis und umsonst – von dem frommen alten Kanzler seiner Universität.

Das Methodistische Institut bekam genauso wie alle anderen die finanzielle Klemme zu spüren. In den letzten paar Jahren war der Wert des Dollars ohne jede Rücksicht auf die Universitätsstiftungen um ungefähr 30 Prozent gesunken; und nun ließ der Besuch nach, während die Gebühren pro Kopf unverändert blieben. Der arme alte Kanzler Saybuck hatte längst seine Garnitur sorglich gepflegter Geldgeber abgeklappert, und das Ergebnis war recht spärlich gewesen; bis er schließlich in seiner Verzweiflung die Studentenschaft zusammenrief, um seine Bürde auf sie abzuwälzen. Diese jungen Leute, seine wohlbehütete Brut, die doch wissen mußte, was seine Erziehung ihnen wert sei, sollten sich auf die Beine machen und der Welt ihre Sorgen verkünden. Eine Stiftungskampagne für die liebe alte Alma Mater mit Prämien, Reklamespeeches und all dem Klamauk, den der Krieg gezüchtet hatte. Und für Jed Rusher eine Chance, die Reichen in ihren geheimen Schlupfwinkeln aufzusuchen, sich an sie heranzudrängen und ihnen mit jenem Schwung und Pfiff und Grips und jener allgemeinen Draufgängerei zu imponieren, die Amerika zu den Höhen einsamen Ruhms unter den Völkern der Erde emporgerissen hat.

Jed eröffnete diese Kampagne mit einem Eifer, der vielleicht Argwohn erregt haben würde, wenn sich jemand um seine Tätigkeit gekümmert hätte. Aber man war ja im Land der Freiheit und in der Heimat des Strebers, und jeder folgte seinem eigenen Genius. Jed vergaß alles, was ihn an den Gleichungen zweiten Grades, an Popes Gedichten, an Moltkes Strategie und an der Exegese des Neuen Testaments je geärgert hatte, und gab sich völlig einer rasenden Liebe zu seiner Alma Mater hin. Nur ein Haken war bei der Geschichte, nämlich: er hatte keine Ahnung, an wen er sich wenden solle. Der einzige reiche Mann, den er kannte, war Mr. Crumback, und der hatte sich bereits auf seine Mittellosigkeit berufen. Er dachte an Miss Hugins; aber sowohl Liza wie Jed hatten deutlich zu verstehen bekommen, daß Miss Hugins ihren Preis habe, und von dem Preis war nichts abzuhandeln: ein Heiratsantrag Jeds an Carrie.

Sollte er aufs Geratewohl losziehen, nach den Adressen im Telefonbuch? Oder mit einer Liste von Studierenden? Sollte er in den vornehmen Vierteln von Haus zu Haus trotten? Er war gerade dabei, einen Entschluß zu fassen, als der blinde Zufall ihn auf die richtige Spur brachte. Oder war es die allgütige Vorsehung, wie Liza frommen Gemüts glaubte? Dann arbeitete aber die Vorsehung mit sehr mysteriösen Methoden; denn Jed, in tiefer Seelenqual, griff nicht nach der Bibel, sondern nach einer Nummer der Familienausgabe der *Mountain City Post*; sie war auf rosarotes Papier gedruckt, und die ganze Seite war mit grellen schwarzen Schlagzeilen in kleinen Kästen übersät. In einem dieser Kästen las er die Nachricht, daß der wohlbekannte Finanzmann Claudius G. Warrener heute morgen die Südwestecke der Fifth und Jefferson Street zu einem Preis verkauft habe, der nicht genau in Erfahrung zu bringen sei, aber sich den Gerüchten zufolge in der Nähe von 235 000 Dollar bewege.

«Ein bemerkenswertes Beispiel dafür, wie man mit Grundstücksverkäufen in der Innenstadt ein Vermögen verdienen kann», schrieb die *Post*; Mr. Warrener habe vor elf Jahren für den Besitz noch keine 40 000 Dollar bezahlt. Käufer seien die Warenhausbesitzer Lipsky und Isaacson, und dieser Häuserkauf sei ihre Antwort auf das Geschwätz von den schweren Zeiten und dem Abstieg der amerikanischen Prosperität. Dann wurde Lipskys und Isaacsons sensationeller Aufstieg aus dem Detailwarenhandel geschildert, und schließlich erfuhr man einiges über Claudius G. Warrener, das Oberhaupt einer der ältesten Familien der Stadt, Gründer der Fourth National Bank und angeblicher Besitzer ihrer Aktienmajorität – «Aktien, die ihr Gewicht in Radium wert sind», schrieb das neckische, aber hochanständige Blatt.

So also sah Jed Rusher seinen Weg deutlich vor sich! Sicherlich würde ein Mensch, der soeben bei einem Grundstücksverkauf 200 000 Dollar verdient hatte, in einer glücklichen und großmütigen Stimmung sein. Sicherlich würde er ein paar Tausender für ein so edles Unternehmen wie die Universität Mountain City erübrigen können. Sicherlich auch würde er genügend Einblick in den menschlichen Charakter besitzen, um in Jed Rusher einen der kommenden

Männer der Stadt zu erkennen. An diesen Claudius G. Warrener heranzukommen, ihm die Hand zu drücken, ihm in die Augen zu sehen und bestimmt, aber höflich mit ihm zu reden, wurde Jed Rushers einziges Lebensziel.

5

Als erstes schlug Jed den Namen seines Opfers im Telefonbuch nach. Er fand ihn sogleich, und dahinter stand ein gewichtiges Wort: Bankier, und die Adresse: Fourth Natl. Bk. Building. Jed telefonierte nicht, sondern schwänzte den Unterricht und ging um 11 Uhr vormittags in das Büro seines Opfers, denn er glaubte, um diese Zeit sei ein reicher Mann am ehesten anzutreffen.

In einem geräumigen Anmelderaum sah er sich einer jungen Dame gegenüber, die ihn durch messinggelbes Gitterwerk mit abweisenden Blicken betrachtete. «Ist Mr. Claudius G. Warrener da?» fragte er mit fester Stimme.

«Werden Sie erwartet?» erwiderte die Dame.

«Ich komme vom Universitätskanzler Saybuck», sagte Jed.

Das war zwar nicht mathematisch exakt, Jed aber meinte, daß es für diesen praktischen Zweck der Wahrheit genügend nahe komme. Der Kanzler hatte die ganze Studentenschaft auf die Suche nach Geld geschickt, wo immer sie es fänden, und er würde sie sicherlich bei allen notwendigen Schritten unterstützen.

«Bitte, nehmen Sie Platz», sagte die junge Dame, und Jed setzte sich auf einen der Stühle, die der Reihe nach an der

Wand standen. Die junge Dame mußte auf einen Knopf gedrückt oder irgendein Zeichen gegeben haben, denn nach einiger Zeit erschien aus einem inneren Gemach ein eleganter junger Herr, der Jed mit festen und geübten Blicken musterte. Der Besucher hatte seinen besten Anzug angezogen und sich so fein herausgemacht, wie es die schweren Zeiten nur erlaubten; er wußte, daß er würdig auftreten müsse und weder schüchtern noch zudringlich erscheinen dürfe.

«Sie wünschen Mr. Warrener zu sprechen?» fragte der junge Mann.

«Ja», sagte Jed.

«Sie kennen Mr. Warrener persönlich?»

«Kanzler Saybuck von der Universität hat mich beauftragt, mit ihm zu sprechen.»

«Worum handelt es sich?»

Jed überlegte: hatte denn dieser junge Mann wirklich nichts von der Kampagne gehört, über die die Zeitungen des langen und breiten berichteten? Jedenfalls durfte er nicht verraten, daß er hier sei, um zu betteln; er erwiderte also: «Ich habe den Auftrag, das Mr. Warrener persönlich zu erklären.»

Der Sekretär sagte: «Ich habe den Auftrag, niemanden vorzulassen, bevor ich nicht weiß, worum es sich handelt.»

Jed, der einen ganzen Sommer lang Mappen verkauft hatte, hatte gelernt, nicht so schnell lockerzulassen. «Die Sache ist für Mr. Warrener von großem Interesse», erklärte er.

«Ich habe den Auftrag, selber zu beurteilen, ob etwas für Mr. Warrener von Interesse ist», sagte der Sekretär und erwiderte Jeds entschlossenen Blick. Es war seine Aufgabe, jeden Tag ein Dutzend fremder Leute abzuwehren, die mit Mr. Warrener über Dinge sprechen wollten, die für ihn angeblich von größtem Interesse waren.

«Es wird wohl, glaube ich», sagte Jed mit Würde, «das

Beste sein, wenn ich schreibe. Wird Mr. Warrener den Brief zu sehen bekommen?»

«Mr. Warrener liest seine ganze Post selbst», lautete die Antwort; und Jed sagte: «Besten Dank, guten Tag», entfernte sich und ließ den abgebrühten Sekretär in einer etwas unsicheren Stimmung zurück. Habe ich mich vielleicht geirrt? dachte der Sekretär.

6

JED ABER VERLIESS DAS GEBÄUDE, SCHLUG ABERmals im Telefonbuch nach und überzeugte sich, daß die Privatadresse seines Opfers dort nicht verzeichnet war. Es gab da einen Clive A. Warrener, Jed sagte sich, das sei vielleicht ein Verwandter, und vielleicht wohne der große Mann bei ihm. Er rief die Nummer an, und eine Männerstimme antwortete, nein, Mr. Claudius G. Warrener wohne hier nicht. Als Jed seine Adresse verlangte, erwiderte die Stimme: «Fourth National Bank Building.» Da sagte Jed: «Ich meine seine Privatadresse.» Die Stimme antwortete kalt: «Wir geben seine Privatadresse nicht bekannt.» Und damit war es aus.

Beim Abend am Pensionstisch brachte Jed das Thema, das sein ganzes Denken beherrschte, zur Sprache. Ob jemand die Notiz über einen gewissen Claudius G. Warrener gelesen habe, der zweimal 100 000 Dollar bei einem Grundstücksgeschäft verdient hatte. Ja, mehrere hatten sie gelesen, und alle waren bereit, darüber zu schwatzen. Sie wußten von dem großen Warrener. Er wohnte in einem jener

Häuser an der Fremont Plaza, die Carrie Jed und Liza gleich bei ihrer ersten Ausfahrt gezeigt hatte: ein herrliches Haus aus braunem Sandstein auf etwas erhöhtem Grund, ein ganzer Häuserblock, an drei Seiten mit einer Veranda versehen, und oben drauf ein Wald von Schornsteinkappen und Giebelchen, eines der größten Häuser der Stadt; die Leute sagten, es habe 200000 Dollar gekostet. Jed gestand, daß er sich mit dem Gedanken getragen habe, etwas von Mr. Warreners Geld für die Universität zu ergattern, aber nicht imstande gewesen sei, seine Privatadresse im Telefonbuch zu finden. Und da erklärte eine Studentin, die bei der Telefongesellschaft beschäftigt gewesen war, daß diese großen Männer fast nie ihre Namen im Telefonbuch hätten, sie besäßen vielmehr sogenannte Geheimnummern.

Das Gespräch konzentrierte sich auf die Familie Warrener. Ja, es seien tadellos feine Leute; Mrs. Claudius gehöre zu den Frauen, die in gesellschaftlichen Dingen tonangebend sind, sie sei eine sittenstrenge Dame, aber zugleich sehr wohltätig, und sei bei allen Spitalkomitees und ähnlichen Geschichten immer mit dabei. Es gebe dann noch einen Sohn, Clive, und dessen Frau, die seien aber die meiste Zeit im Osten oder im Ausland; sie würden bei Hof vorgestellt, seien mit französischen Herzoginnen intim und dergleichen; Mountain City sei ihnen nicht gut genug.

Jeds Vorrat an Informationen wurde ferner dadurch bereichert, daß einer der Studenten für eine Tochter der Familie Warrener den Rasen gemäht hatte. Es gab anscheinend drei Töchter, und die, um die es sich hier handelte, war mit dem Präsidenten der Farmer- und Kaufmannsbank verheiratet; sie hätten ein hübsches Haus und seien recht nette Leute, für die sich gut arbeiten lasse. Mrs. Evarts komme oft in den Garten, um selber ihre Rosen zu schneiden, und dann unterhalte sie sich mit den Leuten. Carrie Meecham hatte bei einer Veranstaltung des Roten Kreuzes im Krieg die alte Mrs. Warrener gesehen; ihr Haar sei weiß, sie habe eine doppelte Perlenkette getragen und damals, oh, eine so wirksame Rede gehalten. Sie interessiere sich auch für Musik, ja, es seien sehr gebildete Leute. Mrs. Clive sei eine Sanderson, die Petroleumleute (Sie wissen doch), und sie habe eine vornehme Schule im Osten besucht, an der auch eine von Miss Hugins Nichten gewesen sei. Das sei schon viele Jahre her; jetzt seien sie alle schon ältere Leute, und es gebe da eine Menge Enkelkinder, darunter sei ein nicht unbekannter Tennisspieler, man lese oft von seinen Turniersiegen.

So plätscherte der Strom der Rede dahin, und Jed stopfte jedes Wort in sich hinein wie ein Eichhörnchen, das sich seine Backentaschen mit Nüssen vollstopft. Je mehr er von der Familie Warrener zu hören bekam, desto besser gefiel sie ihm, und desto fester wurde sein Entschluß, in diesen Sandsteinpalast, der 200000 Dollar gekostet hat, einzudringen. Er sah jetzt, welchen Fehler er gemacht hatte, in das Büro zu gehen, wo einen der Sekretär empfängt. In Zukunft wird er die Reichen in ihren Häusern aufsuchen, denn dort hat man zumindest eine gewisse Chance, sie zu überrumpeln, wenn sie nicht gerade allzusehr auf ihrer Hut sind.

5. Kapitel

Entree

I

Jed berechnete theoretisch, dass 17 Uhr 30 der beste Zeitpunkt sei, um einen älteren Multimillionär zu Hause anzutreffen, denn dann ist er gerade aus dem Geschäft oder von einer Spazierfahrt zurückgekehrt und hat noch nicht angefangen, sich zum Essen umzukleiden. Zu dieser Stunde also, abermals in seinem besten Anzug, die Schuhe schön geputzt und das Haar unter dem grauen Filzhut glatt gebürstet, spazierte Jed Rusher vor dem Sandsteingebäude an der Fremont Plaza auf und ab, versuchte seine zitternden Knie zu beruhigen und rezitierte im Geist die Redewendungen, die er sich ausgedacht hatte, um den verschiedensten Zwischenfällen begegnen zu können. Schließlich stieß er das schwere Gittertor auf, stieg die Treppe zu der Veranda empor und drückte auf den Knopf neben der großen Tür.

Fast augenblicklich öffnete sich die Tür, Jed war völlig überrumpelt; als habe gleich dahinter ein Mann gesessen und auf zufällige Besucher gewartet! Ein älterer Mann, glattrasiert, schwarz gekleidet: Jed wußte gleich, das müsse jener Funktionär sein, von dem er oft gehört, den er aber noch nie leibhaftig vor sich gesehen hatte, ein Butler. Der Besucher sagte hastig, aber mit fester Stimme: «Ich wünsche Mr. Warrener sen. zu sprechen.» Das war eine gute Formulierung, denn man ersah aus ihr, daß er mit den Familienverhältnissen Bescheid wisse.

«Werden Sie erwartet?» fragte der andere. Wieder diese ärgerliche Frage.

Aber Jed war nicht so dumm, nein zu sagen. «Ich bin Mr. Rusher», sagte er. «Ich komme im Auftrag von Mr. Saybuck, um mit Mr. Warrener zu sprechen.» Oh, gebe die gütige Vorsehung, daß der Butler nichts von der Bettelkampagne gelesen hatte! Seine Haltung war ein kleines bißchen zögernd, und Jed nahm seinen Vorteil wahr. «Sagen Sie ihm nur, Mr. Rusher sei da», sagte er. «Er weiß schon Bescheid.»

Riskieren, einfach riskieren, was kann es denn schaden? Der große Mann denkt vielleicht, daß ihn sein Gedächtnis im Stich gelassen habe, vielleicht auch empfindet er eine ganz ordinäre Neugier. Es ist mehr als wahrscheinlich, daß er den Kanzler kennt, vielleicht ist er sogar sein allerintimster Freund. Vieles konnte der Fall sein, und Jed würde auf jeden Fall seinen schnellen Verstand nützen, um nicht hinter den Chancen zurückzubleiben.

O Freude, er hatte die erste Runde gewonnen! «Treten Sie bitte ein», sagte der Butler und trat zurück, und da lag vor Jed ein ungeheurer Saal, wie das Vestibül eines Hotels, nur etwas schummerig, wie eine Kathedrale (soweit Jed über Kathedralen informiert war). Er war klug genug, um zu wissen, daß er nicht umherstarren dürfe. Nein, nur ruhige Fassung; nimm den Hut ab und leg ihn auf den Kleiderständer neben der Tür, als ob du es gewohnt wärst, jeden Tag ein herrschaftliches Haus zu betreten, guten Empfanges sicher!

«Bitte nehmen Sie Platz», sagte der Butler, schritt durch die Halle und verschwand.

Nun hatte Jed Gelegenheit, sich umzusehen; seine Blicke durchwanderten die weiten Hallen: eine breite Mitteltreppe, mit geschnitzter Balustrade, die sich oben nach rechts und links teilt, Parkett, mit dicken Teppichen bedeckt, ein riesiges schwarzes Klavier, eine Bronzestatue im Hintergrund, lebensgroße Ölgemälde – oh, das war das Richtige!

Aber Jed durfte nicht den Kopf verlieren; nein, bleib gefaßt, das sind ja schließlich nur Dinge, und wenn du mal Geld verdienst, kannst du sie dir auch kaufen. Offenbar ist der alte Herr zu Hause; und wenn er sich entschließt, dich zu empfangen, welchen Plan sollst du versuchen, den direkten Angriff oder die zwanglose Konversation? Fummle nicht mit den Händen herum und laß deine Lippen nicht so trocken werden!

Der Butler kommt durch die große Halle zurück. Er scheint wattierte Pantoffeln zu tragen wie ein Chinese. Er bringt Jeds Schicksal; was wird er sagen? Auf jeden Fall fest bleiben, ruhig bleiben, es ist ja nur ein Bedienter. Er kann nicht mehr als ‹Nein› sagen.

2

Der Butler wartete, bis er dicht bei Jed war – in diesen großen, reichen Häusern muß alles ganz leise geschehen. Dann sagte er: «Mr. Warrener erwartet Sie, Sir.» Jed hüpfte das Herz, es verschlug ihm den Atem. Er hatte die zweite Runde gewonnen!

Wortlos stand er auf und folgte dem Butler. Jetzt festbleiben! Was soll es nun sein: direkter Angriff oder zwanglose Konversation? Ganz verzweifelt suchte er nach einem Entschluß, während er durch die Vorhalle ging und die Entdeckung machte, daß Teppiche auf gebohnertem Parkett leicht ins Rutschen kommen und tückisch sind.

Durch eine breite Flügeltür betrat er eine Bibliothek, und abermals hatte er den flüchtigen Eindruck unendlich hoher Wände und trüben Lichts. Eine Lampe mit grünem Schirm, ein einzelner Lichtfleck auf einem riesigen Tisch aus schwarzem, poliertem Holz. Neben diesem Tisch ein weicher Ledersessel, und in seinen Tiefen ein Mann. Hier sollte sich nun Jeds Schicksal entscheiden, und alle seine Sinne, alle Fähigkeiten, die er besaß, konzentrierten sich auf diese Entscheidung.

Der Butler war dicht an der Tür stehen geblieben, und Jed mußte den Rest des Weges allein zurücklegen. Er trat vorsichtig auf, hielt sich aber gerade, während sein rascher Blick das Opfer musterte: ein Mann von mindestens 70 Jahren, groß, dick, mit einem Doppelkinn, einem nicht sehr kurz gestutzten grauen Schnurrbart und spärlichem, nicht sehr sorgfältig gebürstetem Haar; ein breites, gut mit Fett gepolstertes rötliches Gesicht, hier und dort ein kleines, purpurnes Äderchen; ein freundlicher, aber forschender Blick. Jed sah sogleich, daß das nicht das Gesicht eines harten Menschen, eines Sklaventreibers sei, sondern das Gesicht eines Mannes, der sein Geld geerbt und das Leben stets leichtgenommen hat.

Der Besucher blieb in respektvoller Entfernung stehen und sagte: «Mr. Warrener?» Als der andere mit einem Nicken bejahte, fügte er hinzu: «Mein Name ist Jed Rusher.»

«Nehmen Sie Platz», sagte der andere. Jed nahm sich einen Stuhl ein paar Schritte von Mr. Warrener entfernt, er saß nicht auf der Kante, sondern ganz bequem, wie jemand, der länger zu bleiben gedenkt. Mr. Warrener selbst lag tief in seinem großen Fauteuil begraben, die Weste verknüllt, eine massige, schlaffe Gestalt. Er rührte sich nicht – nur das eine Mal hatte er mit dem Kopf genickt – und hielt den Blick auf seinen Besucher gerichtet.

Jetzt war der kritische Augenblick da; Jed wußte, daß seine Zukunft von den nächsten Minuten abhing. «Mr. Warrener», begann er, «ich bin Student im dritten Semester an der Universität Mountain City. Ich bin in der Rindergegend aufgewachsen, nicht weit von der Stadt Banner, wenn Sie wissen, wo das ist.»

Er hatte sich für die zwanglose Konversation entschieden und wartete jetzt den Bruchteil einer Sekunde, um dem Hausherrn Gelegenheit zu geben, seine Vertrautheit mit der Geographie des Landes anzudeuten. «Dann übersiedelten meine Leute in die Zuckerrübengegend nach Zion. Ich habe als Kind auf dem Feld gearbeitet, es war ein schweres Leben. Ich habe mich von frühester Kindheit an allein durchschlagen müssen, mein Vater war Tagelöhner und ein Trinker, leider; ich wurde als Kind sehr schlecht behandelt. Jetzt büffle ich an der Universität, und meine Schwester hat eine Pension für Studierende.»

Endlich begann der alte Herr zu reden. «Sie sagten, daß Sie von Kanzler Saybuck kommen?»

«Ja, Mr. Warrener.»

«Weshalb schickt er Sie hierher?»

Jed hatte gehofft, diese Frage hinausschieben zu können, aber jetzt mußte er sie ohne Ausflüchte beantworten.

«Mr. Warrener, als Student der Universität weiß ich natürlich die Vorzüge des Unterrichts, den ich genieße, sehr zu schätzen, denn für mich bedeutet das Studium mehr, als ich sagen kann, es hilft mir, einer äußerst elenden Lage zu entrinnen. Und nun höre ich von dem Kanzler, daß das Institut sich in Schwierigkeiten befinde, es hat unter den schweren Zeiten ernstlich zu leiden –»

«Oh, Sie wollen also, daß ich etwas beisteuere!»

«Sehen Sie, Mr. Warrener, die Stiftungsgelder sind dieselben geblieben, während der Krieg sämtliche Preise in die Höhe getrieben hat.»

«Ja, das weiß ich alles.»

«Und so sind wir Studenten –»

«Auch das weiß ich; ich lese die Zeitungen. Aber was ich wissen will: Warum hat Saybuck Sie zu mir geschickt?»

«Nun, sehen Sie, Mr. Warrener, er kennt Ihr großes Interesse für das Bildungswesen –»

«Aber nein, davon kann gar keine Rede sein; er weiß, daß ich das so ziemlich alles für dummes Zeug halte.»

Heißen Dank der allgütigen Vorsehung für Jeds dreimonatige Mappentournee, durch die er gelernt hatte, sich in schwierigen Lagen zurechtzufinden und sich den Überspanntheiten des menschlichen Temperaments anzupassen! Er schöpfte Atem und sagte sehr schnell: «Natürlich, wir alle wissen, Mr. Warrener, daß die Lehrer nicht unfehlbar sind und daß nicht alle Vorlesungen so sind, wie sie sein sollten –»

Aber diese alte Herr, der Geld geerbt und sein ganzes Leben lang seinen Willen gehabt hatte, ließ sich durch keinerlei noch so wirksame und packende Redensarten ablenken. Er sagte: «Was ich wissen will: hat Ihnen Saybuck ausdrücklich gesagt, Sie sollen zu mir gehen?»

Jed war gefangen. Es gab keinen anderen Weg mehr, als ein Geständnis abzulegen, so schnell und so elegant wie nur möglich. «Nein, Mr. Warrener. Er hat mich nur beauftragt, Geld aufzutreiben.»

«Oh, ich verstehe!» Es schien dem alten Herrn Spaß zu machen, daß er erreicht hatte, was er hatte erreichen wollen; ein Lächeln umspielte seine Lippen. «Sie haben also Ihre Wahl selber getroffen?»

«Ja, Mr. Warrener.»

«Wo haben Sie von mir gehört?»

«Ich habe viele Leute von Ihnen sprechen hören.»

«Was sagen diese Leute?»

«Daß Sie viel Geld haben und sehr freigebig sind und sich für kulturelle Fragen interessieren –»

«Wer erzählt so dummes Zeug von mir?»

«Nun, sehen Sie, wir haben viele Studenten in unserer Pension –»

«Oh, die Studenten in der Pension reden über mich, wie?»

«Ja, Sir.»

Eine Pause, und plötzlich ging dieser alte Büffelbulle abermals auf Jed los. «Sie haben natürlich etwas über mich in der Zeitung gelesen, wie, so war die Sache?»

«Ja, Sir.»

«Sie haben gelesen, daß ich soeben etwas Grund und Boden verkauft habe?»

«Ja, Sir.»

«Und wieviel ich dafür bekommen habe?»

«Ja, Sir.»

«Und Sie dachten, Sie könnten vielleicht etwas von diesem Geld ergattern, bevor ich es festgelegt habe.»

Jed litt sehr, seine Wangen und Ohren brannten. Er schlug einen demütig flehenden Ton an: «Sie müssen begreifen, Mr. Warrener, ich komme vom Land, ich bin fremd in der Stadt, und ich wollte dem Kanzler auf irgendeine Weise behilflich sein.»

«Schon recht, junger Mann», sagte der andere, und seine Stimme klang jetzt freundlicher, obgleich noch immer ein höhnisches Lächeln auf seinen Lippen lag. «Sie sind ein tüchtiger Kerl, Sie werden Ihrer Alma Mater Ehre machen. Ich habe gehört, daß man an unserem berühmten Institut eine neue Sorte Draufgänger heranzüchtet, und ich wollte schon immer gern wissen, was da eigentlich los ist. Wenn Sie in Ihre Pension zurückkehren, sagen Sie den Studenten, daß ich täglich ungefähr 25 Briefe bekomme mit Ratschlägen, wie ich diese Summe verwenden soll, und wenn ich sämtliche Ratschläge befolgen wollte, würde ich dreimal mehr ausgeben müssen, als ich überhaupt habe.»

3

NUR FESTBLEIBEN, JED RUSHER! ES VERLÄUFT nicht so, wie du erwartet hast, aber vergiß nicht die Hauptsache: du bist bei einem der reichsten Männer der Stadt, und während er dich vielleicht auslacht, bekommt er wohl oder übel einen Eindruck von deiner Persönlichkeit und gewinnt Interesse an dir.

«Ich fürchte, ich habe mich sehr dumm benommen, Mr. Warrener, aber ich konnte mich natürlich nicht in Ihren Angelegenheiten auskennen, ich habe bisher nur einen einzigen reichen Mann kennengelernt, und das ist der Bankier in Zion, dessen Stipendium ich an der High School gewonnen habe, auf diese Weise kam ich überhaupt erst an die Universität. Und während ich jetzt hier meinen freien Unterricht genieße, erfahre ich plötzlich, daß sich das Institut in Schwierigkeiten befindet und finanzielle Unterstützung braucht. Ich weiß, was Sie mit den Mängeln des Erziehungswesens meinen; ich habe schon bemerkt, daß vieles, was man da lernt, nicht gerade sehr zweckmäßig und brauchbar ist. Aber ich habe eine gute moralische Schule durchgemacht, Sir, und ich versichere Ihnen, ich habe viel Nützliches gelernt, seit ich aus der Zuckerrübengegend hierher gekommen bin.»

Der alte Herr durchbohrte Jed mit seinen Blicken, und Jed merkte das und gab sich redliche Mühe, das Richtige zu finden, aber er tappte im dunkeln, denn er konnte die Gedanken dieses Mannes nicht entziffern und hatte keine Ahnung, was er gern hören würde.

«Sagen Sie mir», sagte der alte Herr plötzlich, «Sie haben gelesen, daß ich bei einem Grundstücksgeschäft ein Vermögen verdient habe; was haben Sie sich dabei gedacht?»

«Nun», erwiderte Jed, und jetzt sprach er zum erstenmal

durchaus aufrichtig, «ich habe mir gedacht, daß das ein kluger Streich war.»

«Weiter nichts?»

«Nein. Ich habe natürlich viel darüber nachgedacht. Ich habe da erst gemerkt, wie wichtig es ist, Kapital zu haben. Ich habe gar kein Kapital; ich habe den ganzen Winter Öfen geheizt, um mich durchzuschlagen, und jetzt, wo das zu Ende ist, stehe ich vor dem Problem, mir neue Arbeit zu beschaffen.»

«Sie haben also gemerkt, daß Ihre Karten nicht besonders gut sind.»

«Nein, Sir, das möchte ich nicht sagen, aber ich habe mich plötzlich sehr einsam gefühlt, und ich hätte gern einen Freund gehabt oder jemanden, der mir eine Chance gibt.»

«Oh, Sie waren also vielleicht nicht ganz uninteressiert, als Sie mich aufsuchten?»

Jed errötete; aber man konnte diesen unbarmherzigen Inquisitor nicht belügen. «Mr. Warrener», plädierte er, «kann ein Mensch ganz uninteressiert sein, wenn er sich allein durchschlagen muß und wenn die Zeiten so schwer sind wie gerade jetzt?»

Der alte Herr schwieg, und Jed saß innerlich zitternd da. Hatte er das Richtige getroffen? Er konnte das auch nicht im entferntesten erraten, und er traute sich daher nicht, weiterzusprechen.

Der andere dachte nach, und Jed konnte nichts tun als warten.

Endlich tat der große Mann den Mund auf. «Vielleicht ist es mir möglich, Ihnen zu helfen, Mr. Rusher.»

«Ja, Sir?» sagte Jed und bemühte sich, seine Erregung zu beherrschen.

«Vielleicht würde ich unter gewissen Bedingungen der Universität eine Schenkung machen, eine Stiftung von, sagen wir, 50000 Dollar.»

Die große Bibliothek mit ihren Wänden voller Bücher

und Bilder begann plötzlich vor Jed Rushers Blick zu schwanken und sich im Kreis zu drehen. Er wollte kaum seinen Ohren trauen. 50000 Dollar! Wenn es ihm gelänge, eine solche Summe zu verschaffen, würde er der größte Mann an der Universität sein. In der Wochenzeitschrift der Studentenschaft würde ein Bericht mit seinem Bild erscheinen und vielleicht sogar auch in der *Post*.

«Ja, Mr. Warrener?» stieß er mühsam hervor. «Was für Bedingungen würden das sein?»

«Meine Absicht wäre», erwiderte der andere, «einen Lehrstuhl für Bodenreform zu errichten.»

Bodenreform! Nun wußte Jed Rusher, was das Wort Boden bedeutet, und er wußte auch, was das Wort Reform bedeutet, aber soweit er sich erinnern konnte hatte er die beiden Worte noch nie in Verbindung miteinander gehört, und sie sagten ihm absolut nichts. Doch war es eine der Verhaltungsregeln, die er sich eingedrillt hatte: Niemals seine Uniwssenheit verraten, wenn es anders möglich ist!

Bodenreform, das mußte irgendeine Idee oder Lehre sein, etwas, worüber man Vorlesungen hält; und wenn der große und reiche Mr. Warrener das so wünschte und dafür bezahlen wollte... «Gut, Sir», sagte Jed prompt, «ich bin überzeugt, daß es sich machen läßt.»

Wieder jenes spöttische Lächeln auf den Lippen des alten Herrn, jenes Lächeln, das Jeds Argwohn hätte erregen müssen, wenn er nicht so von seinem Erfolg berauscht gewesen wäre. «Sprechen Sie jetzt mit Ermächtigung des Kanzlers?»

«Nein», sagte Jed, «aber ich zweifle nicht daran, daß er sehr erfreut sein wird.»

«Ich nehme an, daß gegenwärtig keine Vorlesungen über Bodenreform gehalten werden.»

«Nein, Sir, ich glaube nicht; ich wenigstens habe nichts davon gehört.»

«Sie wissen gar nichts davon?»

«Nein, Sir. Aber beurteilen Sie bitte die Universität nicht nach mir, ich bin erst zwei Jahre hier, und ich komme vom Land.»

«Aber Sie haben die High School besucht?»

«Ja, in Zion, vier Jahre lang, Sir.»

«Und dort hat man Ihnen nie gesagt, was Bodenreform ist?»

«Nein, Sir.»

«Na, gehen Sie zum Kanzler und unterbreiten Sie ihm meinen Vorschlag, und wenn die Sache in Ordnung geht, mache ich einen Vertrag mit der Universität und stifte 50000 Dollar in Staatsanleihe, die ungefähr 2500 Dollar jährlich abwerfen.»

«Mr. Warrener, ich weiß nicht, wie ich Ihnen danken soll –»

«Schon gut, junger Mann, Sie können sich später bedanken.» Wieder jenes wunderliche Lächeln auf den Lippen des alten Herrn, jenes Lächeln, das Jed nicht bemerkte, weil er zu aufgeregt war. «Gut, Sir», sagte er. «Ich werde sofort mit dem Kanzler sprechen. Ich bin überzeugt, daß er sehr erfreut sein wird.»

4

JED WÜNSCHTE SICH FLÜGEL, UM SCHNELLER SEIN Ziel zu erreichen. Er würde eine Droschke bestiegen haben, wenn ihm die Existenz eines solchen Beförderungsmittels zum Bewußtsein gekommen wäre. Seine langen Beine legten in zwanzig Minuten zwei Meilen zurück, und er langte gerade zur Essenszeit vor dem mäßig großen Haus unweit der Universität an.

Das Dienstmädchen mit der weißen Haube, das ihm die Tür öffnete, sagte, die Herrschaft sitze bei Tisch; Jed aber sagte: «Sagen Sie dem Kanzler, ich habe sehr, sehr wichtige Neuigkeiten, es handle sich um die Stiftungsgelder.» Er war überzeugt, der alte Herr werde nichts dagegen haben, um einer solchen Summe Geldes willen Messer und Gabel aus der Hand zu legen; und freilich, da kam er herangewatschelt, den Bissen noch im Mund und die Serviette unter dem Kinn (vielleicht hatte das der Knigge seiner Jugendzeit erlaubt). «Nun, Rusher?»

«Herr Kanzler, ich habe 50000 Dollar für die Universität!»

«Wie?» Ernest Aloysius Saybuck, Doktor Theologiä, riß den Mund auf, das ganze Essen war zu sehen. Er blieb wie angewurzelt stehen, streckte beide Hände aus. «Junger Freund! Junger Freund! Wer?»

«Warrener.»

«Warrener? Welcher Warrener?»

«Claudius G. Warrener.»

Grenzenloses Erstaunen malte sich in den Zügen des alten Herrn. «Aber – unmöglich!»

«Bin eben bei ihm gewesen, Herr Kanzler. Er will 50000 Dollar in Staatsanleihe geben.»

«Aber – wofür?»

«Für eine Professur für Bodenreform.»

Nun hatte Jed Rusher in seinem Leben viele Überraschungen erlebt. Er hatte wilde Gäule geritten, er war von einem Stier überfallen worden und hatte versucht, mit einem betrunkenen Vater fertig zu werden; er hatte Blizzards und Sandstürme, einen Weltkrieg und alle Nöte schwerer Zeiten durchgemacht, aber noch nie in seinem ganzen Leben hatte er einen so jähen Schlag, einen so verblüffenden Schock erhalten wie in diesem Augenblick. Ernest Aloysius Saybuck, Dr. theol., schrak zurück, seine ausgestreckten Hände begannen zu zittern und zu flattern, das Blut stieg ihm in Hals, Wangen und Stirn, bis er so krebsrot war wie ein Neugeborenes, seine Haare schienen sich zu sträuben, seine Augen funkelten, er sah aus wie ein tanzender japanischer Dämon, während er Jed Rusher anschrie: «Sie unverschämter Bengel!»

Der arme Jed zuckte zusammen, als hätte er eine Ohrfeige erhalten. Er konnte bloß stammeln: «Aber Herr Kanzler! Aber Herr Kanzler!»

«Wollen Sie sich über mich lustig machen? Halten Sie das für besonders witzig?»

«Aber Herr Kanzler!» Jed traten die Tränen in die Augen. «Was habe ich denn getan? Was ist denn los?»

Tränen rollten über Jeds Wangen, der alte Herr sah diese Tränen und begann die Wahrheit zu ahnen. «Junge, Sie wissen gar nicht, wovon Sie reden?»

«Ich habe keine Ahnung, was Sie meinen, Herr Kanzler. Ich wollte mich an der Stiftungskampagne beteiligen! Ich dachte –»

«So ist dieser abscheuliche Kerl! Mit seinem widerwärtigen Humor! Ihnen einen solchen Auftrag zu erteilen, mich zu verhöhnen, mich zu beleidigen!»

«Aber Herr Kanzler, sagen Sie mir, was los ist!»

«Sie wissen nicht, was Bodenreform ist?»

«Ich habe nie in meinem Leben davon gehört.»

«Er hat es Ihnen also nicht gesagt?»

«Er sagte bloß, daß er eine Professur dafür haben will. Was ist es denn, Sir?»

«Rote Irrlehre, Radikalismus!»

«Oh, Herr Kanzler!» Jetzt war an Jed die Reihe, eine entsetzte Miene zu machen. Er sah, was er angerichtet hatte, dem Leiter seiner Universität mit dem Vorschlag zu kommen, radikale Lehren zu verbreiten.

«Enteignung des Besitzes!» sprudelte der Kanzler hervor.

«Den Wert des Grund und Bodens durch eine Steuer konfiszieren! Eine dieser schändlichen Lehren, mit denen man das Volk verführen will, indem man an die niedrigsten Instinkte der Habgier und des Neides appelliert!»

«Aber Herr Kanzler!» Alles drehte sich in seinem Kopf, er konnte seine Gedanken nicht zusammenhalten. «Wie ist denn das möglich? Mr. Warrener ist doch ein reicher Mann!»

«Er hat ein verderbtes Gemüt, er ist ein Spötter, er verhöhnt alles, was heilig ist, er liebäugelt mit dem Unglauben, mit dem Freidenkertum.»

«Aber will er denn sein eigenes Geld verlieren?»

«Er hat sich sein Geld nicht verdienen müssen, und er tut so, als ob er keinen Wert darauf lege. Er wendet sich gegen seine Klasse, ein Vogel, der sein eigenes Nest beschmutzt.»

«Und dann geht er hin und verdient Geld mit einem Grundstücksgeschäft.»

«Er macht sich einen Spaß daraus; sagt, es sei ein Verbrechen, das die Gesellschaft ihm erlaubt. Er unterstützt mit seinem Geld eine Propaganda, die einen Wert des Bodens konfiszieren und den Witwen und Waisen die letzten Ersparnisse rauben will. Aber das hält er nun für einen guten Witz, Ihre Unwissenheit auszunützen und Sie mit einem Vorschlag zu mir zu schicken, von dem er sehr gut weiß, daß ich ihn entrüstet zurückweisen werde, er kennt den Kampf, den ich geführt habe, um allen Radikalismus und allen Unglauben von diesem Institut fernzuhalten, um die jungen Seelen zu schützen, die meiner Obhut anvertraut sind.»

5

IM WIRBEL SEINER STÜRMISCHEN EMPFINDUNGEN mußte Jed sich zusammennehmen und rasch überlegen. Man hatte ihn zum Narren gehalten, aber es war nicht so schlimm, wie es aussah. Die Sache hatte das Gute gehabt, daß der Kanzler ihn dabei kennenlernte, da standen sie jetzt und drückten einander die Hand, Jed bat um Verzeihung, und der Kanzler gewährte ihm die Bitte und meinte, es sei nicht Jeds Schuld, es sei dieser böse Mann gewesen, der sich seine Herzensunschuld zunutze gemacht habe.

Ja, Jed hatte jetzt sogar Gelegenheit, klar zu beweisen, daß er kein gewöhnlicher Student, sondern ein kluger Mann sei. Ein jähes Licht ging ihm auf, wie man den äußerst listigen Claudius G. Warrener überlisten und ihm mit gleicher Münze heimzahlen könnte.

«Herr Kanzler», sagte Jed, «50000 Dollar sind furchtbar viel Geld.»

«Ja, gewiß, junger Freund.» Und die Stimme des alten Predigers klang melancholisch.

«Wirklich nicht schön, darauf verzichten zu müssen!»

«Ja, aber es geht nicht anders.»

«Mr. Warrener sagt, es müßten Vorlesungen über Bodenreform gehalten werden, aber er sagt nicht, was der Vortragende über Bodenreform zu sagen hat. Das kann er doch auch gar nicht kontrollieren, nicht wahr?»

«Er würde es versuchen, da seien Sie ganz sicher.»

«Aber wird es ihm gelingen? Wenn die Sache gefährlich und radikal ist, kann er doch niemanden zwingen, sie zu loben. Der Vortragende hat doch ganz sicher das Recht, die Leute vor der Bodenreform zu warnen.»

Ein froher Ausdruck trat in die Züge des Dr. theol. Ernest Aloysius Saybuck.

«Rusher», sagte er, «Sie haben ein kluges Köpfchen.»

«Ich bemühe mich, die 50000 Dollar zu retten, die Sie so viel besser verwenden könnten als dieser gottlose Mensch. Sagen Sie mir, wie ist denn das in solchen Fällen, den Vortragenden würden Sie ernennen, nicht wahr?»

«Die Universität.»

«Er kann nicht in den Vertrag hineinschreiben, wen er haben will?»

«Das war noch nie da!»

«Na also, dann könnten Sie doch jemanden ernennen, der das Geld benützt, um die Verruchtheit der Bodenreform anzuprangern.»

Ein Lächeln breitete sich über das rundliche Antlitz des alten Herrn aus. Der Gedanke war köstlich, wenn ihm auch sein gesunder Menschenverstand sagte, daß es nur ein Traum sei.

«Wir könnten den Spieß umkehren», fuhr Jed fort, «und einiges dazu tun, diese gefährlichen Ideen zu unterdrücken.»

«Ich fürchte, Sie erfassen die Lage nicht ganz, junger Freund. Es würde nur ein großes Geschrei geben, und das ist es gerade, was die Radikalen wollen.»

«Aber man muß ihnen doch antworten, Herr Kanzler! Die Leute müssen doch wissen, was an ihren Ideen falsch ist.»

«Ja, aber das muß in aller Stille geschehen, ohne öffentliche Kontroverse. Wenn wir Geld nehmen, um die Bodenreform zu behandeln, und dann das Geld benützen, um gegen sie aufzutreten, werden die Anhänger der Bodenreform ein furchtbares Geschrei erheben, daß man sie betrogen habe, und das gibt dann einen Skandal, und die Universität ist ruiniert.»

«Aber Herr Kanzler, würde dann nicht wenigstens alle Welt wissen, daß wir auf seiten des Eigentums und der Ordnung stehen?»

«Die Situation ist schwierig, Rusher. Sehen Sie, diese Unruhestifter sind schlaue Kerle, sie verstehen es, in der Sprache des Idealismus zu reden, sie schwatzen von sozialer Gerechtigkeit, lauter schöne Phrasen, so daß es schwer ist, ihnen in einer öffentlichen Diskussion entgegenzutreten.»

«Ich verstehe, was Sie meinen, und Sie müssen es ja am besten wissen, Herr Kanzler. Aber ich halte es für einen Fehler, die Studenten nicht aufzuklären, sie können dann leicht in Schwierigkeiten geraten, so wie es mir passiert ist.»

«Das ist richtig», sagte der Kanzler, «und ich habe unsere Volkswirtschaftslehrer angewiesen, vor diesen bösen Lehren zu warnen und sie ausführlich zu erläutern. Aber das muß im Hörsaal geschehen und nicht mit großem Tamtam in der Presse! Die bloße Nachricht, daß die Universität Mountain City 50000 Dollar genommen habe, um einen Lehrgang über Bodenreform einzurichten, würde uns in der öffentlichen Meinung ruinieren, uns auf die Dauer viel mehr kosten als 50000 Dollar. Ich würde mir's mit den reichen Männern und Frauen verderben, um deren Zufriedenheit ich mich all diese Jahre bemüht habe.»

«Ich verstehe», sagte Jed, «ja, natürlich, daran müssen Sie zuallererst denken.»

Bei diesem mitfühlenden Worten überflutete eine Woge des Selbstbedauerns den armen alten, geplagten Prediger. «Mein lieber junger Freund», rief er, «Sie haben keine Ahnung, was das bedeutet, eine solche Last auf den Schultern zu haben. Auf die Gnade reicher Leute angewiesen zu sein, ihnen schmeicheln und schöntun zu müssen! Es sind gute Menschen, die Besten im Land, edel, großmütig, fleißige Arbeiter im Weinberg des Herrn, aber gleichzeitig sind es eben Menschen, und sie haben nebst ihren Tugenden auch ihre menschlichen Schwächen. Es genügt ihnen nicht das Bewußtsein, daß sie mit ihrem Geld mithelfen, junge Männer und Frauen auf den Pfad der Redlichkeit zu führen; sie wollen ihren Namen mit irgendwelchen Gebäuden und

Denkmälern verknüpft sehen, man muß sie vor der Öffentlichkeit lobend erwähnen, und wenn der eine mehr gelobt wird als der andere, dann plagen sie mich mit ihrem Neid und ihrer Lieblosigkeit! Ich muß sie besuchen, ich muß an ihren Tischen sitzen und ihr Lob singen, muß sie am Krankenlager besuchen und sie unterhalten, mit ihnen ausfahren, sie bedienen, ihre Launen studieren, Zeit und Gelegenheit abpassen. Erst gestern mußte ich über zwei Stunden bei einem reichen Mann in einem türkischen Bad sitzen, ich wäre fast dabei gestorben, und alles umsonst – er sagte zum Schluß, sein Wohltätigkeitsbudget sei erschöpft!»

Damit war die Beichte noch nicht beendet, es folgten noch allerlei Geschichten von sozialer Mißachtung und seelischer Folter, mitten in seiner Rede fiel dem hochwürdigen Dr. theol. Ernest Aloysius Saybuck plötzlich sein Essen ein, und er erinnerte sich auch, daß dieser arme Student sich ehrlich bemüht habe, ihm zu helfen, und vom Schicksal übel mißhandelt worden sei. Um das wiedergutzumachen, lud er ihn ein, mit ihm sein Mahl zu teilen, eitel Entzücken für die Seele Jed Rushers, dessen emsiger Geist jedes Wort von den Anekdoten des Kanzlers liebevoll in sich aufnahm. Er bereitete sich auf eine hohe Lebensaufgabe vor: diesem heldenhaften alten Mann zu helfen und ihm so viel wie möglich von seiner Bürde abzunehmen, jener harten Pflicht, an den Tischen der Reichen zu essen, sie an ihrem Krankenlager aufzusuchen und ins türkische Bad zu begleiten.

6. Kapitel

Diplomatie

I

Jed Rusher kehrte zu seinem Studium zurück; und wie langweilig, platt und zahm kam ihm das alles jetzt plötzlich vor, nachdem er die hohe Freude gekostet hatte, mit Millionären und Kanzlern zu plaudern! Nein, er hatte nicht das Zeug dazu, sich mühsam zu rackern. Unmöglich, noch weiter so zu tun, als sei er an Gleichungen zweiten Grades, an Popes Gedichten, Moltkes Strategie oder vielleicht an der Exegese des Neuen Testaments interessiert, während er eigentlich in der Welt vorwärtskommen müßte.

Ein Gedanke drängte sich in den Vordergrund: daß er zum erstenmal in seinem Leben das Haus eines reichen Mannes betreten habe. Mit allen Poren hatte er die Eindrücke in sich eingesogen. So muß man leben! Das ist Würde, das ist Macht! Jed war wie der Tiger, der Blut geleckt hat.

Der letzte Ofen war für den Sommer gesäubert, Jed hatte keine Arbeit mehr und wußte nicht, wie er Liza bezahlen sollte. Was tun? Nach dem Liebesmahl bei dem Kanzler konnte er sicherlich zu ihm gehen und ihn um Hilfe bitten; aber was hatte er da zu erwarten? Der alte Herr würde ihn als Rasenmäher und Teppichklopfer irgendwohin empfehlen, und Jed würde mit schwerer und mühsamer Arbeit 35 Cents die Stunde verdienen. Sollte er so seinen Sommer verbringen?

Ein Gedanke freilich ließ ihn nicht los; er hatte Gelegenheit, noch einmal das Haus Claudius G. Warreners zu betreten; man würde ihn vorlassen, ja, er sollte sogar kommen und Bericht erstatten! Sollte er nun diese Gelegenheit ungenützt lassen, nur weil Kanzler Saybuck Mr. Warrener für einen schlechten Menschen hielt? Jed interessierte sich nicht für Warreners Moral, sondern für sein Geld; und war sein Geld etwa nicht gut? «Pecunia non olet», sagt der römische Kaiser; und vor kurzem hatte das irgendein robuster Universitätsprofessor auf amerikanisch wiederholt, indem er bei einem öffentlichen Anlaß ausrief: «Nur her mit eurem schmutzigen Reichtum!»

Der Kanzler war ein alter Mann, der leicht in Wallung geriet und seine Ideen ernst nahm; Jed aber war jung und derb, und er würde nie auf den Gedanken kommen, sich um politische Lehren den Kopf zu zerbrechen. Hatte er nicht in der Redaktion des *Star* in Zion gearbeitet und hinter die Kulissen der Politik geblickt? Die eine Clique befindet sich in Amt und Würden und verteilt unter sich die Beute, und eine andere Clique versucht, mit ranzukommen. Jede dieser Cliquen wirbelt mit ihren Streitigkeiten eine Menge Staub auf, um zu verbergen, was sie eigentlich tut, jede dieser Cliquen wählt sich eine Plattform und ein Programm, und Jed sah in all dem nur den Köder.

Wenn er an die Szene mit Warrener zurückdachte, merkte er, daß der alte Herr ihn während ihres Gesprächs fast ununterbrochen ausgelacht hatte. Aber das war schon recht, Jed machte sich nichts daraus, ausgelacht zu werden, wenn das zum Geschäft gehörte. Er wußte, er würde nicht mehr lange brauchen, um sich in der Welt zurechtzufinden, und dann würde ihn keiner mehr auslachen! Warrener schien ein gutmütiger Mensch zu sein, vielleicht schämte er sich ein wenig dieses boshaften Streichs, den er einem armen Teufel vom Land gespielt hatte, und man mußte ihm dazu Gelegenheit geben.

Das Steckenpferd des alten Herrn, seine Achillesferse, war diese Geschichte mit der Bodenreform; natürlich mußte Jed in Erfahrung bringen, was damit los sei. Da er keine rechte Lust hatte, in der Universitätsbibliothek nachzufragen, ging er in die städtische Bibliothek und verlangte von der allwissenden Dame, die im Katalogzimmer saß, schüchtern Schriften über Bodenreform. Sie gab ihm ein Buch, betitelt *Fortschritt und Armut*, und eine Broschüre, herausgegeben von einer Propagandagesellschaft; Jed wählte die Broschüre, weil sie dünn war, und binnen einer halben Stunde hatte er alles Wesentliche erfaßt. Diese Leute wollten, daß der Staat den Wertzuwachs des Bodens wegsteuere und so die Bodenspekulation beseitige. Und das ist ja recht schön, wenn man kein Land besitzt, oder wenn man so viel Geld hat, daß man sich's leisten kann, seinen Grundbesitz abzustoßen. Jed fand die Bodenreform nicht gefährlich, sondern nur dumm. Er studierte sie so eifrig, daß er eine Prüfung in jenem Fünfzigtausend-Dollar-Lehrgang hätte bestehen können, der an der Universität Mountain City nie abgehalten werden sollte. Dann, eines Nachmittags, ohne seiner Schwester etwas von dem moralischen Risiko, dem er sich aussetzte, zu sagen, machte er sich abermals auf und begab sich zu dem Sandsteinpalast an der Fremont Plaza.

2

Mr. Warrener ist nicht zu Hause», sagte der Butler.

«Er hat mich beauftragt, Kanzler Saybuck eine Mitteilung zu überbringen und ihm dann Bericht zu erstatten», sagte Jed.

«Er muß bald nach Hause kommen, Sir», erwiderte der Mann respektvoll. «Wollen Sie warten?»

Jed wollte warten. Er setzte sich auf einen Stuhl in dem großen Vestibül, oder wie das Ding hieß, und der Mann ging weg und ließ ihn inmitten der Kunstschätze zurück. Jed hätte gern gewußt, wie die Reichen sich vor Diebstahl schützen; offenbar hatte man viel Vertrauen zu ihm. Er war freilich auch ein Dieb, aber er stahl nur Gedanken und Empfindungen; er ließ seine Blicke von einem Gegenstand zum andern schweifen und eignete sich hundert Einzelheiten an. Eines Tages würde Jed die richtigen Phrasen beherrschen und imstande sein, sie so ganz nebenbei anzuwenden, wie einer, der im Herrenhaus zur Welt gekommen ist. Er würde wissen, daß ein Klavier nicht groß oder klein ist, sondern ein Flügel oder ein Pianino, er würde wissen, daß mit Bildern bemalte hängende Tücher Gobelins heißen, er würde den Unterschied zwischen persischen und chinesischen Teppichen kennen und wissen, was jeder einzelne wert ist. Er würde wissen, ob man von ihm erwarte, daß er umherschlendert und sich alle diese Schätze ansieht, oder ob es vornehmer sei, sitzen zu bleiben und die Neugier zu verbergen.

Die Haustür ging auf, und Mr. Warrener erschien. «Hallo, Rusher», sagte er freundlich, legte seinen Hut ab und die Aktenmappe, die er unter dem Arm trug, reichte Jed die Hand und führte ihn in die Bibliothek. Dann ließ er sich mit einem tiefen Seufzer, als ob er müde sei, in den großen Stuhl fallen und holte zwei Zigarren aus der Tasche. «Rauchen Sie?»

«Nein, Sir, danke», sagte Jed.

«Dann werden Sie Geld sparen», bemerkte der andere. Da er es nicht nötig hatte, Geld zu sparen, zündete er sich eine Zigarre an und betrachtete den Besucher mit wunderlichem Blick. «Na, was gibt es Neues?»

«Ich habe mit dem Kanzler gesprochen, Mr. Warrener.»

«Und was sagt er?»

Jed zögerte. «Es fällt mir schwer, davon zu erzählen. Sehen Sie, der Kanzler ist ein alter Herr, und ich fürchte, er neigt zu einer etwas konservativen Denkungsweise.»

«Was Sie nicht sagen!»

«Ja, Sir. Er scheint der Ansicht zu sein, daß die Bodenreform etwas sehr Gefährliches ist und daß es nicht angehe, an der Universität von ihr zu sprechen. Er meint, wenn einige seiner reichen Gönner das erführen, würde er nicht mehr von ihnen empfangen werden.»

«So, hat er das gesagt?» Die Bemerkung machte Mr. Warrener offenbar sehr viel Spaß, denn seine wohlgepolsterten Wangen runzelten sich zu einem Kichern. «Und was hat er noch gesagt?»

«Nun, Sie wissen, wie das ist, er hat mit mir im Vertrauen gesprochen, und ich glaube, es wäre nicht anständig von mir, alles zu wiederholen. Die Sache ist die, daß er nicht gewillt ist, eine Professur für Bodenreform zu errichten.»

«Nicht einmal, um zu erläutern, was Bodenreform ist?»

«Er hält es anscheinend für besser, erst gar nicht davon zu reden, Sir. Ich kann das verstehen, denn ich selber bin in die Stadtbibliothek gegangen und habe dort einiges nachgelesen, und ich sehe, daß es nicht leicht ist, sich den Argumenten zu entziehen.»

Wieder das freudige Lächeln in des anderen Gesicht. «Sie fanden es interessant, he? Hat es Sie überzeugt?»

«Nun, Mr. Warrener, Sie werden begreifen, ich bin an neue Ideen nicht gewöhnt, ich bin sehr religiös erzogen worden, und davon macht man sich nicht mit einem Schlag frei. Aber ich möchte mich genauer informieren.»

«Was haben Sie denn gelesen?» Als Jed ihm den Titel der Broschüre nannte, sagte er: «Ich kenne sie; aber Sie sollten *Fortschritt und Armut* lesen, das ist die Bibel der Bodenreformer, da steht alles drin.»

Jed versprach, das Buch zu lesen, und der alte Herr skizzierte den Inhalt und erzählte ihm, wie es zustande gekommen war, erzählte ihm allerlei von Henry George und dessen wunderbarer Theorie, mit deren Hilfe Armut und Ungerechtigkeit vom Erdboden zu vertilgen wären. Jed hörte zu und warf hie und da ein höfliches Wort ein, und Mr. Warrener redete und redete und redete. Es wurde Jed klar, daß er in Zukunft nicht die mindeste Schwierigkeit haben würde, zu jeder beliebigen Stunde dieses wunderschöne Sandsteingebäude zu betreten, sofern er nur bereit war, den Lehren Henry Georges zu lauschen und merken zu lassen, daß er, wenn auch noch so langsam, auf dem Weg sei, ein Bekehrter zu werden.

Mr. Warrener redete, bis seine Zigarre ausgebrannt war, dann zündete er sich eine zweite an und redete, bis diese zweite Zigarre aus Mangel an Pflege erlosch. Er hißte sich mit einiger Mühe aus seinem tiefen Fauteuil empor, zeigte Jed ein Bildnis seines bärtigen Propheten, zeigte ihm ein Exemplar der ersten Ausgabe der Bodenreformer-Bibel mit eigenhändiger Widmung des Propheten, wie sich's gehörte, öffnete eine Schublade, in der er einen Vorrat von Broschüren hatte, und traf eine Auswahl für seinen neuen Proselyten. Er amüsierte sich so prächtig, daß er den ganzen Abend hätte weiterschwatzen mögen, aber da kam ein Mädchen und meldete, daß Miss Lucile gesagt habe, es sei Zeit, sich zum Essen umzuziehen. Mr. Warrener schüttelte also Jed die Hand und forderte ihn auf, wiederzukommen, sobald er diese ganze Literatur ausgelesen habe; der Besucher versprach, zu kommen, und entfernte sich mit dem Bewußtsein, daß er in seinem Boxkampf mit dem Schicksal abermals eine Runde gewonnen habe.

3

JED STUDIERTE SÄMTLICHE BROSCHÜREN UND zähmte vier Tage lang seine Ungeduld. Dann versuchte er, um halb neun Uhr abends einen Besuch zu riskieren. Der Butler empfing ihn jetzt sehr gnädig, sie waren bereits alte Freunde, er wurde ohne jede einleitende Frage aufgefordert, Platz zu nehmen. Dann kam der Butler zurück, meldete, daß der gnädige Herr ihn empfangen wolle, und überließ es Jed, allein den Weg in die Bibliothek zu finden.

Mr. Warrener saß in demselben Stuhl, wie das letzte Mal, er legte einen Bleistift in das Buch, in dem er gerade las, und sagte, er freue sich sehr, seinen Besucher zu sehen. Der Besucher berichtete über das Material, das er verarbeitet hatte, machte ein paar kluge Bemerkungen und stellte einige kluge Fragen, und so kam der alte Herr in Schwung. Nachdem das Gespräch eine Stunde gedauert hatte, sagte sich Jed, daß Warrener jetzt genügend warm geworden und es an der Zeit sei, den nächsten Schritt zu tun.

«Mr. Warrener», sagte er, «ich habe eine gewisse Scheu, mich an Sie zu wenden, denn ich nehme an, daß Sie sehr viele Sorgen haben. Aber ich stehe vor dem Problem, mich entscheiden zu müssen, was ich in diesem Sommer arbeiten werde, und ich dachte mir, vielleicht würden Sie so freundlich sein, mich anzuhören und mir einen Rat zu geben.»

Mr. Warrener war so freundlich; und Jed erzählte von seinem Verlangen (das doch hoffentlich nicht unanständig sei!), in der Welt emporzukommen und nicht in Unwissenheit und Unsicherheit dahinzuvegetieren. Er sei ein ernster Mensch, und alles, was er in die Hand nähme, würde er mit der nötigen Aufmerksamkeit besorgen. Er habe einmal Mr. Crumback sagen hören – Mr. Crumback sei Präsident der First National Bank in Zion und Stifter der vierjährigen Freistelle an der Universität, die Jed als Schüler der High School im Wettbewerb gewonnen habe –, Mr. Crumback also habe erklärt, daß es für jeden administrativ tätigen oder mit Besitz gesegneten Menschen besonders schwer sei, jemanden zu finden, dem man eine Verantwortung übertragen könne; es sei leicht, Leute zu finden, die Befehle durchführen, aber schwer, Leute zu finden, die genügend Hirn haben, um Befehle zu erteilen. Für Jed war es ausgemacht, daß er zu den letzteren gehöre; er würde seine Arbeit erlernen, gleichgültig, was für Arbeit es sei, und sich irgend jemandem unentbehrlich machen. Vielleicht würde Mr. Warrener mit seinen vielfältigen Interessen die Dienste solch eines Mannes brauchen können.

Mr. Warrener dachte nach und antwortete dann. Es sei ganz natürlich, daß Jed vorwärtskommen wolle. Er, Warrener, habe momentan keine freie Stelle in seinem Büro, und er könne ihm auch gar keinen Vorschlag machen. Aber er wisse Jeds ernste Vorsätze zu schätzen und werde versuchen, sich auf etwas zu besinnen. Unterdessen, falls sein Besucher sehr in Not sei, würde er ihm gern ein wenig Geld leihen –

Jed beeilte sich, ihn zu unterbrechen. Er habe nie Schulden gemacht. Er sei für das Angebot dankbar, aber er könne arbeiten und sei Arbeit gewöhnt; den ganzen Winter hindurch habe er Öfen geheizt, sicherlich würde sich jetzt irgendwelche Gartenarbeit oder etwas Ähnliches finden lassen. Warrener erwiderte, sein Gärtner brauche jeden Frühling und Sommer einige Aushilfen, und da sei zweifellos auch für Jed Arbeit zu haben. Jed war sehr dankbar und ließ es nicht an sichtlicher Begeisterung fehlen, aber er wußte genug von gesellschaftlichen Verhältnissen, um zu begreifen, daß er, wenn er je im Haus der Warreners eine manuelle Arbeit übernähme, nicht mehr von dem Butler respektvoll empfangen und in die Bibliothek geleitet werden würde.

Er erzählte Warrener von seinem Leben auf den einsamen Ebenen, vom alten Hinks und seinen Rindern, Pferden und Weibern, und wie er Jed geprügelt hatte, von der Rinderstadt und ihren Spielhöllen und Kneipen, und von den langen Kämpfen mit seinem Vater. So etwas hatte Warrener nie in seinem Leben kennengelernt, und es kam ihm sogar noch schwerer vor, als es in Wirklichkeit war. Er schilderte, wie der Eisenbahnzug stehengeblieben war und ihm zum erstenmal in seinem Leben reiche und behaglich lebende Menschen gezeigt hatte.

Er erzählte von der Übersiedlung nach Zion und von dem Dasein der Rübenpflanzer, von den Zuckertramps und der Fabrik, von den Weibern und Kindern, die auf den Feldern umherkriechen und schwere Arbeit verrichten. Warrener wollte das alles genau wissen; er sammelte anscheinend statistische Daten, die dann in einer Zeitschrift der Bodenreformer veröffentlicht wurden. Jed berichtete, wie die Mexikanerfamilien, Mann, Frau und ein halbes Dutzend Kinder, für die Arbeit eines ganzen Jahres in all ihren verschiedenen Etappen – Pflanzen, Jäten, Köpfen und Ernten – nicht mehr als 600 Dollar bekämen. Warrener sagte, das sei schrecklich, er besitze einige Rocky Mountain-Zuckeraktien, die Dividende habe im letzten Jahr 33 Prozent betragen, aber die Gesellschaft behaupte, sie sei nicht imstande, den Landarbeitern einen auskömmlichen Lohn oder den Rübenpflanzern einen hinreichenden Preis zu zahlen. Das alles rühre nur von dem Umstand her, daß es den Bodenspekulanten gestattet sei, das Land der Bearbeitung zu entziehen und eine riesige Armee von landlosen Leuten zu schaffen, die einander auf dem Arbeitsmarkt unterbieten.

Wieder das Steckenpferd des alten Herrn! Lest Henry George! Er legte mit einem neuen Vortrag los, den Jed sich teilnahmsvoll anhörte, wenn auch Warrener genau dieselben Dinge wiederholte, die er vor einer knappen halben Stunde erzählt hatte. Jed merkte schon, daß das endlos so weitergehen werde; der alte Herr würde immer wieder genau dasselbe sagen, was er zuvor gesagt hatte, aber von seinem Zuhörer erwarten, daß er es mit ebenso großem Interesse wie das erste Mal entgegennehme. Nur am Schluß seines Vortrags plagte ihn ein wenig das Gewissen, er lächelte schuldbewußt und sagte: «Aber ich habe Ihnen das alles schon gesagt, Sie finden mich sicher schrecklich langweilig.»

Jed antwortete schnell: «Nein, durchaus nicht, die Sache ist so wichtig, daß ich sie gründlich verstehen will», worauf sein Gönner sich ermächtigt fühlte, noch einmal von vorn anzufangen. Jed machte nun jene Erfahrungen, über die der arme Kanzler Saybuck sich so bitterlich beklagt hatte. Mußte sich etwa der Kanzler von seinen Gönnern die elementaren Grundsätze evangelischen Christentums und die dringende Notwendigkeit einer religiösen Erziehung für die Jugend erklären lassen, und wie wichtig es sei, das Eigentum zu schützen und die Roten niederzuwerfen?

4

WARRENER VERSPRACH, DEN VERSUCH ZU MACHEN und darüber nachzudenken, ob sich nicht eine Möglichkeit finden ließe, Jed Rushers Talente zu verwerten; und Jed entfernte sich und richtete sich aufs Warten ein, so geduldig er nur konnte. Er wartete einen Tag, zwei Tage, drei Tage, kam zu den Mahlzeiten in die Pension und fragte ängstlich nach einem Brief. Die Pensionsgäste hatten erfahren, was er vorhatte, sie waren genauso erwartungsvoll wie er und durchsuchten die Post, die zweimal täglich kam. Die ganze Pension wartete – vier Tage, fünf Tage; Jed diskutierte mit seiner Schwester, ob es nicht ratsam wäre, einfach noch einmal hinzugehen, da kam plötzlich einer der Studenten mit einer herzzerreißenden Nachricht aus der letzten Ausgabe der *Rocky Mountain Post*.

«Angesehener Bürger erleidet Schlaganfall. Claudius G. Warrener bricht in seinem Büro zusammen.»

Der Bericht schilderte, wie das Oberhaupt einer der ältesten und reichsten Familien von Mountain City in seinem Büro im Fourth National Bank Building eine Schlaglähmung erlitten habe und mit dem Krankenauto nach Hause befördert worden sei. Mehrere Ärzte seien herbeigerufen worden, aber das Ergebnis ihrer Untersuchung stehe noch aus. Das war ein lähmender Schlag für Jed Rushers Hoffnungen und Träume. Das ganze Studium, das er auf die Familie Warrener verwendet, die Unmenge von Daten, die er über die Psychologie eines Multimillionärs und Bodenreformers angesammelt hatte: verschwendete Mühe, vergeudete Kraft!

Der Pensionstisch summte vor Aufregung. Was würde Jed jetzt machen? Würde er einen Besuch machen, um sein Beileid auszudrücken? Wenn Mr. Warrener stürbe, würde er an dem Begräbnis teilnehmen? Wer würde seiner Meinung nach das Vermögen erben? Die Bodenreformer?

Am nächsten Morgen teilte die Zeitung mit, es sei zu erwarten, daß der hervorragende und in weiten Kreisen beliebte Bürger unserer Stadt, Mr. Warrener, den Schlaganfall überstehen werde, aber er habe den Gebrauch der unteren Gliedmaßen verloren, und die Ärzte bezweifelten, daß er ihn je wieder zurückerlangen werde. Die Namen der Ärzte wurden genannt, und das war für diese Herren Spezialisten mehr wert als eine goldene Medaille aus dem Ausland. Den Berichten zufolge weilten mehrere Mitglieder der Familie Warrener am Lager des schwergeprüften Mannes, und die ganze Größe der Familie, ihr Reichtum, ihre Beziehungen, ihre Leistungen für die Öffentlichkeit wurden ausführlich dargelegt, als wären nicht nur Warreners Beine abgestorben, sondern der ganze Warrener.

Armer Jed Rusher! Ikarus, der zu hoch flog, so daß seine Flügel in der Sonnenhitze schmolzen, und er zur Erde stürzte, war mehrere Tage lang das geeignete Symbol für seinen Gemütszustand. Diese ganze Arbeit umsonst! Das ursprüngliche Problem, wie es möglich sei, in die vornehme Gesellschaft einzudringen, mußte von neuem angepackt werden. Jed ärgerte sich über sich selber, weil er so tollkühn gewesen war, das angebotene Darlehen zurückzuweisen. Er hätte vielleicht gleich 100 Dollar bekommen, damit hätte er dann seine Pension für den Sommer bezahlen können und freie Hand gehabt, um die Bekanntschaft eines Dutzends von Millionären zu machen. Statt dessen war er nun elendiglich gestrandet, mußte zu mühsamer Arbeit zurückkehren und sogar noch um eine Stelle betteln.

Er würgte seinen Ärger hinunter, so gut er konnte, und besuchte Saybuck, der ihn aufmerksam machte, wie hier die Vorsehung einen schlechten Menschen, der über heilige Dinge spottete, mit strenger Strafe heimgesucht habe. Jed erwähnte natürlich mit keinem Wort, daß er noch einmal bei

Warrener gewesen war, sondern schilderte dem Kanzler seine Notlage und erhielt eine Empfehlung an eine der Patronatsdamen der Universität, eine reiche alte Dame, die Jed für 35 Cents die Stunde engagierte und ihn eine Dachkammer säubern ließ, die offenbar seit der Erbauung des Hauses noch nicht angerührt worden war. Jed wirbelte eine ungeheure Staubwolke auf und füllte seine Lungen mit Dreck, und als er zum Vorschein kam, da sah er aus, als hätte er einen jener Sandstürme durchgemacht, die der Schrecken der einsamen Rindergegend waren.

Er kam nach Hause, hängte seine Kleider in den Hinterhof, klopfte sie mit einem Besenstiel aus, wusch und duschte sich in der einzigen Badewanne, die den Bedürfnissen von einem Dutzend Pensionsgästen genügen mußte, und kam dann grimmig und mürrisch zum Essen herunter, nicht im geringsten empfänglich für die Teilnahme, mit der Carrie Meecham Balsam in seine Wunden zu träufeln versuchte. Sie brauchte nicht zu glauben, daß ihr dieser Plan glücken könne. Er war zu Boden, aber nicht so schlimm, daß er sich für drei Vorstadtgrundstücke verkaufen würde.

Das Essen war gerade im Gang, da läutete die Türklingel. Ein Eilbote. Jed hörte seinen Namen nennen und sprang auf. Ein Brief, ein großes Kuvert aus elegantem Büttenpapier; Jeds Herz hämmerte los. Während die Blicke sämtlicher Pensionäre auf ihn geheftet waren, öffnete er den Brief und las:

«Lieber Mr. Rusher! Mr. Claudius G. Warrener läßt Sie bitten, so freundlich zu sein und ihn heute abend in seiner Wohnung zu besuchen. Hochachtungsvoll Mary E. Newcomb (Mr. Warreners Sekretärin).»

5

Die Kleidung des Butlers sah noch schwärzer und seine Miene noch ernster aus, als er Jed an der Tür empfing. «Ein trauriges Erlebnis, Sir, ein schreckliches Ereignis», gestattete er sich zu sagen; offenbar war es den Butlern nicht verboten, sich in Trauerfällen menschlich zu zeigen. Diesmal führte er Jed in ein höheres Stockwerk hinauf, und der Besucher entdeckte mit ehrfürchtigem Staunen, daß es in diesem Haus einen Aufzug gab, einen großen Aufzug mit imposantem bronzenem Gitterwerk; man trat ein, drückte auf einen Knopf, und der Aufzug führte einen zauberhaft, wohin immer man wollte. Jed schritt auf weichen Teppichen durch einen weiß-goldenen Korridor und kam in ein großes Zimmer mit Fenstern an beiden Seiten und einem großen weißen Bett. In dem Bett lag, auf dicke Kissen gestützt, sein Freund, der Millionär und Bodenreformer.

Ein trauriger Anblick: Jed mußte sich sehr zusammennehmen, um nicht seine Bestürzung zu verraten. Alle rosige Farbe war aus dem Gesicht des alten Herrn verschwunden; es war grau, von tiefen Falten durchfurcht, die Wangen fielen faltig über die Backenknochen, das Fettpolster unter dem Kinn hing lose herab. Schlaff lagen die Hände auf der blaßblauen Decke, sie schienen zu schwach, um sich zu bewegen. «Hallo, Rusher», sagte eine matte Stimme.

«Guten Abend, Mr. Warrener.» Jed trat näher und sah, daß eines an seinem Freund noch lebendig war: seine Augen konnten noch sehen, und Jed sollte sehr bald erfahren, daß sie ihre Fähigkeit behalten hatten, über die Welt zu lächeln.

«Na, Rusher, der böse Feind hat mich erwischt!»

«Ich war ganz erschüttert, als ich die Nachricht hörte, Mr. Warrener.»

«Wir wissen nie, wann die Axt fällt, junger Freund. Memento mori!»

«Wir wollen das Beste hoffen, Sir –»

«Die Ärzte sagen, ich kann mich vielleicht noch eine Weile so hinschleppen; Sie haben also eine Chance, Rusher! Würden Sie mithelfen wollen, mich zu pflegen?»

«Natürlich, Mr. Warrener, mit größter Freude!»

An der anderen Seite des Betts stand ein rotwangiger junger Mann mit einer Brille, in einer schneeweißen Uniform. «Das ist Mr. Davis, mein Tagpfleger», sagte der Patient; und nachdem die beiden einander begrüßt hatten, fuhr er fort: «Mr. Davis wird auch weiter für mich sorgen, aber er muß ein paar Stunden frei haben, und ich brauche jemanden, der von zwei bis fünf bei mir ist. Es wird keine schwere Arbeit sein; Sie werden mir vorlesen, und während ich schlafe, können Sie sich mit Ihren Studien beschäftigen. Ist es Ihnen möglich, sich für diese Stunden einzurichten?»

«Gewiß, Sir, ich werde mich ganz nach Ihnen richten.»

«Ich weiß nicht, was ich Ihnen anbieten soll. Ich glaube, ein Dollar die Stunde wird richtig sein, falls Sie einverstanden sind?»

«Gewiß, Mr. Warrener.» Das war dreimal so viel, wie Jed für das Aufräumen einer Dachkammer bekommen hatte.

«Nun also, können Sie morgen anfangen?»

«Ich werde Punkt zwei Uhr hier sein. Wollen Sie, daß ich noch ein Weilchen bleibe?»

«Das wäre kein schlechter Gedanke», sagte die matte Stimme. «Mr. Davis wird ganz gern ein bißchen an die Frühlingsluft gehen.»

So saß nun Jed am Bett des kranken Mannes, bereit, sich angenehm zu machen, und da kam er auf den Gedanken, ein kleines, psychologisches Experiment zu versuchen. «Mr. Warrener», sagte er, «ich habe das erste Kapitel von *Fortschritt und Armut* gelesen.»

Das Lebenslicht schien in den Augen des Kranken aufzuflackern, eine leichte Farbe stieg in die grauen, schlaffen Wangen. «Was Sie nicht sagen, junger Freund! Und wie finden Sie es?» Es dauerte nicht lange, da versuchte er mit seinen schwachen Kräften einige neue Entwicklungsmomente in der Bewegung zu schildern. Es gebe eine Gruppe von Bodenreformern, die zu den Sozialisten neigten, während die anderen strenge Individualisten seien, die den anarchistischen Standpunkt begünstigten. Jed gelang es, seinen Abscheu vor diesen teuflischen Worten zu unterdrücken, und er nahm mit respektvollem Interesse die Mitteilung entgegen, daß sein Brotherr zu der letzteren, der anarchistischen Gruppe gehöre. Alles Staatliche sei ein Übel, sagte Warrener, je weniger es davon gebe, desto besser.

Und so weiter – bis ein Arzt, ein älterer Herr, erschien, die Temperatur des Patienten maß, ihm den Puls fühlte und erklärte, daß eine Besserung festzustellen sei. Als der Patient den Grund nannte – daß er über sein Steckenpferd habe sprechen dürfen –, lächelte der Arzt Jed wohlwollend zu und forderte ihn auf, in dieser Behandlung fortzufahren, aber seinem Patienten nur nicht zu widersprechen und ihn nicht aufzuregen. Warrener lachte mit den Augen und sagte, gerade deshalb könne er Jed so gut leiden, er sei stets mit allem einverstanden und viel zu höflich, um sich's anmerken zu lassen, wenn er sich langweile.

7. Kapitel

Die Familie

I

Jed Rusher, der die Reichen beobachten wollte, sah sich nun in eine sehr günstige Lage versetzt. Er saß gleichsam in der ersten Reihe des Theaters, während die Schauspieler einer nach dem anderen auf der Bühne erschienen und ihre Rolle herunterspielten; sie zogen ihre Seelen nackt vor ihm aus, und er betrachtete sie durch ein starkes Glas. Zuerst fand er es etwas peinlich, er dachte, er müsse sich zurückziehen, wenn ein Mitglied der Familie zu Besuch kam; aber nachdem der Besucher sich entfernt hatte, sagte sein Arbeitgeber: «Verlassen Sie nie das Zimmer, Rusher, bleiben Sie bei mir.» Seine Augen lächelten, es war ein Gemisch von Belustigung und Kummer, ein Ausdruck, den Jed nun allmählich verstehen lernte. «Wenn meine Angehörigen zu mir kommen, dann wollen sie was von mir, und in Ihrer Gegenwart werden sie vielleicht etwas weniger zudringlich sein.»

Die Personen in der Reihenfolge ihres Auftretens – so steht es auf den Theaterzetteln. Als erste erschien auf der Bühne der Warreners Miss Lucile Abercrombie, eine jüngere Schwester der Herrin des Hauses. Miss Lucile, wie sie genannt wurde, war eine arme Verwandte und eine Art bessere Haushälterin, die anscheinend den Beruf hatte, sich ewig Sorgen zu machen. Sie hatte eine gewisse Ähnlichkeit mit Liza, denn sie war mager, groß, verrunzelt und pedantisch. Es hat den Anschein, als müsse in jedem großen Haushalt ein weibliches Wesen vorhanden sein, das Schönheit, Gesundheit und Reize opfert, um die Dienstboten zu regieren und mit den Lieferanten zu kämpfen. Von Mr. Warrener wollte Miss Lucile weiter nichts, als ihm unangenehme Sachen erzählen zu dürfen; da die Ärzte das verboten hatten, fing sie einen Satz an: «O Claude, dieser Schlächter, den du so absolut begönnerst», und fügte dann hinzu: «Aber ich soll dich ja in Frieden lassen.»

Miss Lucile litt an Ischias, einer Krankheit, die ein sehr gutes Gesprächsthema abgibt, aus dem einfachen Grund, weil sie eine sehr launische Krankheit ist. Miss Lucile war gut erzogen und erkundigte sich immer erst nach den Symptomen ihres Schwagers, bevor sie von *ihren* Symptomen redete. Sie war eine wahrhaft herzensgute Dame und geriet nur dann in Zorn, wenn die Leute ihre Pflicht nicht erfüllten und nicht einsehen wollten, wie wichtig es sei, Nippsachen gut abzustauben und wertvolle Möbel zu polieren. Als sie entdeckte, daß Mr. Warreners neuer Pfleger ein ernster junger Mann sei, begann sie ihn mit einem Redestrom zu überschütten, und es dauerte nicht lange, da ersuchte sie ihn, ihr die Verfehlungen der Dienstboten zu melden.

Als zweite trat Miss Newcomb auf, Mrs. Warreners Sekretärin: eine Dame so ungefähr in den Dreißigern und ganz anders als die Sekretärinnen, von denen Jed bisher gehört hatte, tadellos onduliert, bis in das letzte Fältchen hinter den Ohren gepudert und einen köstlichen Duft verbreitend, gleichsam eine Fährte, die man durch das ganze Haus hätte verfolgen können. Sie beeilte sich, Jed mitzuteilen, daß sie eine Gesellschaftssekretärin sei, das heißt, daß sie in Mountain City jeden, der Jemand ist, kenne und auf der Stelle aus dem Gedächtnis sein genaues gesellschaftliches Gewicht angeben könne.

Wenn die große Mrs. Warrener eine Einladung akzeptierte oder ausschlug, war es die Pflicht der Gesellschaftssekretärin, die Briefe zu schreiben und ihnen die passende Formulierung zu geben. Wenn Mrs. Warrener eine Ansprache zu halten hatte, verfaßte die Gesellschaftssekretärin das Konzept, half ihr beim Auswendiglernen und brachte ihr sogar die Gesten bei; Jed wußte das, weil er zufällig einmal Zeuge des Vorgangs geworden war. Wenn Mrs. Warrener einen Empfangsabend veranstaltete, bereitete die Gesellschaftssekretärin eine Liste der Gäste vor, rief jede der Damen an, um sich zu erkundigen, was für ein Kleid sie tragen werde, schrieb das alles auf der Maschine nieder und übergab es den Zeitungsreportern. Kein Wunder, daß solch eine Persönlichkeit anfangs geneigt war, Jed Rusher von oben herab zu behandeln; als sie aber erfuhr, daß er kein berufsmäßiger Pfleger, sondern ein Universitätsstudent sei, wurde ihr Benehmen sehr herzlich, und zwar dermaßen herzlich, daß Jed gegen sie ein ebenso tiefes Mißtrauen faßte wie gegen Carrie Meecham. Ein Mann in seiner Lage muß sich vor den Weibern und vor den köstlichen Düften, die sie verbreiten, in acht nehmen.

Dann kam Mr. Jermin, Warreners Sekretär, jener elegante junge Mann, der Jed Rusher im Büro nicht vorgelassen hatte. Er erschien einmal und zuweilen auch zweimal täglich, um seinen Chef um Rat zu fragen, sich Notizen zu machen und Weisungen entgegenzunehmen. Für Jed war es eine Quelle stiller Genugtuung, daß der Chef selber ihm den jungen Mann vorstellte. Sobald der Sekretär mit ihm allein war, benützte er die Gelegenheit und entschuldigte sich, und Jed, der viel zu klug war, um sich unnötigerweise einen Feind zu machen, beruhigte ihn schnell. Er, Jed, kenne sehr wohl die Habgier und den Mangel an Rücksicht jener Leute, die sich an die Reichen herandrängen, und auch er würde diese Zudringlichkeiten nie gestatten.

2

DIE WAHREN SENSATIONEN SEINES NEUEN BERUFS fingen am Nachmittag des zweiten Tages an, denn da erschien die große Mrs. Lydia Abercrombie Warrener, um sich nach dem Befinden ihres Gatten zu erkundigen. Mrs. Warrener hatte ihre Gemächer am anderen Ende des weiß-goldenen Korridors, auf dem Jed seltsam aussehenden Ausländern zu begegnen pflegte, den verschiedenen Experten, deren Aufgabe es war, die Person des weiblichen Diktators der Gesellschaft von Mountain City zu verschönern und bei guter Gesundheit zu erhalten. Zu ihnen gehörten Signor Zappelli, der ihre Finger- und Fußnägel manikürte, Monsieur de Fouchardière, der ihr einmal im Monat Dauerwellen machte, und Dr. Lindgren, ein Naturheilkundiger mit einer besonderen Methode der Muskelmassage, die den Blutkreislauf fördern und Falten verhindern sollte. Dazu kamen die Schneider, Modistinnen, Juweliere, Kupferstecher, Künstler, Musiker und so weiter. Obgleich die vornehme Dame zweimal im Jahr nach New York und Paris pilgerte, gab es immer noch genug nachträgliche Einfälle, Änderungen und neue Inspirationen.

Nie ließ Mrs. Lydia sich außerhalb ihrer Gemächer blicken, bevor diese verschiedenen dienstbaren Geister ihre Arbeit vollendet hatten. Dann kam sie zum Vorschein, ein vollendetes Meisterwerk, und widmete sich ihrer Aufgabe, Anmut und Liebreiz an den Tag zu legen. Wenn sie zu ihrem kranken Gatten kam, um ihm ihre Aufwartung zu machen, ließ sie stets zuerst durch ihre Zofe ganz formell anfragen, ob es ihm auch recht sei. Noch nie war Jed in seinem engbegrenzten Dasein etwas Ähnliches wie diese Vision erschienen: eine hochgewachsene Dame mit schneeweißem Haar, in einem creme- und silberfarbenen Kleid, um den Hals eine

Perlenschnur und an den Fingern zahlreiche Brillanten. Von dem Reiherturban oder Federnball, oder was das war, das ihre Frisur krönte, bis zu den Spitzen ihrer Seidenschuhe war das eine einzige Pracht, und der arme Bursche vom Land erstarrte in Ehrfurcht und Scheu. Sie mochte fünfzig Jahre alt sein, vielleicht aber war sie schon siebzig, er war nicht schlau genug, um dieses Rätsel zu lösen.

Mrs. Lydia war zu einem Empfang unterwegs, den das leitende Komitee des Barmherzigkeit-Spitals im vornehmen Hotel *Trianon* veranstaltete. Jed hatte sich unter einem Spital eine Stätte vorgestellt, in der Kranke gepflegt werden; aber nachdem er fünf Minuten lang die leidenschaftlichen Äußerungen dieser großen Dame mitangehört hatte, wußte er, daß das Barmherzigkeits-Spital eine Institution zur Propaganda für eine unerträgliche Person namens Mrs. Jeremiah Lyncum sei. Jed hatte von den Lyncums gehört, sie waren Kohlespekulanten und Besitzer einer großen Brennstoffirma, der Great Western Fuel Company; nun sah es so aus, als wüßten sie mit ihrem Geld weiter nichts zu tun, als den Versuch zu machen, die Freunde der Mrs. Warrener aus dem leitenden Komitee des Spitals hinauszudrängen, um einem gewissen Vetter der Lyncums den Direktorposten zu verschaffen.

«Ich weiß, worauf dieses Weib eigentlich abzielt», rief Mrs. Lydia. «Sie will erreichen, daß der neue Flügel Lyncum-Flügel getauft wird, und sie wird nicht eher Ruhe geben, als bis das ganze Spital sich in eine Familienreklame verwandelt hat! Sie weiß sehr gut, daß kein Mensch an ein Spital gedacht hat, bis ich dann mit Dr. Peckham sprach, und *er* bat mich um die Erlaubnis, ihm den Namen Warrener-Spital geben zu dürfen. Ich habe mir eingebildet, daß es von mir geschmacklos wäre, aber heutzutage, wo die Spitzen der Gesellschaft ihre Namen und ihre Gesichter hergeben, um für Zigaretten und Matratzen Reklame zu machen, wo soll das bloß hinführen, Claude? Du müßtest eigentlich mit Peckham telefonieren und ihm mitteilen, was diese Intrigen bedeuten – nein, natürlich, du kannst ja nicht telefonieren, armer Kerl, ich sollte dich gar nicht mit solchem Kram belästigen, aber nach dem Empfang findet eine Komiteesitzung statt, und ich bin fest entschlossen, diesem Weib meine Meinung zu sagen, ihr rundheraus zu sagen, wie ich über sie und die Schmarotzer denke, die sie in das Institut eingeschmuggelt hat – ja, ich weiß, die Lyncums sind an der Bank beteiligt, aber wir brauchen doch ihr Geld nicht, aber, ach, Claude, du siehst ja schrecklich aus; versuch doch, wieder gesund zu werden, versuch's doch, um meinetwillen!»

Trotz all ihren weltlichen Sorgen liebte Mrs. Lydia wirklich ihren Mann. Jäh traten ihr die Tränen in die Augen, bedrohten das kunstvolle Werk ihres Kosmetikers, und das hatte sie offenbar nicht beabsichtigt. Sie zog ein winziges Taschentuch nach dem andern hervor und dämmte die Flut zurück. «Pflegen Sie ihn gut, Mr. Rusher», sagte sie, «sorgen Sie dafür, daß ihn niemand belästigt.» Jed war ihr vorgestellt worden, eine Höflichkeit, die Warrener gewissenhaft beobachtete, sowie einer seiner Angehörigen die Szene betrat. «Versuchen Sie doch, diese schrecklichen Leute von ihm fernzuhalten, die ihm Geld für diese schreckliche Bodenreform abknöpfen wollen! Sorgen Sie dafür, daß sein Name nicht im Zusammenhang mit solchen Geschichten in die Zeitungen kommt!»

Jed wußte nicht, wie er diesen Appell beantworten sollte. Auf dem Bett lag deutlich sichtbar ein Exemplar einer von den Bodenreformern herausgegebenen Zeitschrift, aus der er seinem Brotherrn vorgelesen hatte, und drüben an der Wand stand ein Kartothekschrank voller Zeitungsausschnitte, die der alte Herr mit seinem unermüdlichen Blaustift angestrichen hatte. Seine Frau sah das alles, und Jed ahnte, daß ihr scherzhafter Ton ebenso erkünstelt sei wie ihr Teint; sie tastete verzweifelt nach einem Mittel, um ihren

Mann von seinem Steckenpferd abzubringen. Das war nun ein Problem, das Jed zu denken gab: ob seine Zukunft besser bei Mrs. Warrener oder bei Mr. Warrener aufgehoben sei.

3

Es erschien Claude jun. mit seiner Frau, der älteste Sohn Clive Warreners, auf den Namen seines Großvaters getauft. Der Enkel und seine Frau waren in Europa gewesen, wo der Vater bei den soeben im Gange befindlichen finanziellen Auseinandersetzungen bestimmte Bankinteressen vertrat; Claude jun. war sozusagen der ehrenamtliche Gesellschaftssekretär seiner Eltern. Als sie die Nachricht von dem Schlaganfall ihres Großvaters erhielten, hatte das junge Paar den schnellsten Dampfer und dann ein Flugzeug genommen; jetzt aber, da sie angelangt waren, konnten sie keinen rechten Grund für diese überstürzte Eile entdecken. Sie wußten hier nichts mit sich anzufangen und fanden die ungehobelte Gesellschaft dieses «groß gewordenen Goldgräberlagers», wie sie ihre Geburtsstätte nannten, zum Sterben langweilig.

Die beiden standen im Anfang der Zwanziger und waren für Jed Rusher das verwirrendste Phänomen, das das Leben ihm bisher gezeigt hatte, so gänzlich seinem Bereich und Umkreis entrückt, daß er sich nicht klar werden konnte, ob sie der Gipfel menschlicher Kultur seien oder nur zwei gerissene Schwindler. Alles an ihnen hatte einen Stil und einen Schnitt, wie man ihn in einem Goldgräberlager noch nie gesehen hatte. Wenn Mr. Claude jun. nach einer Zeitung griff, um hineinzuschauen, zog er mit achtloser Gebärde aus seiner Westentasche ein einzelnes Augenglas an einer schwarzen Schnur und klemmte es zwischen Braue und Wange. Was sollte denn das heißen? Sah er wirklich auf dem einen Auge schlecht? Oder wollte er nur etwas tun, wofür er in einem richtigen Goldgräberlager gelyncht worden wäre? Als Jed Mrs. Claude jun. das erste Mal sah, trug sie ein engsitzendes schwarzes Herrenkostüm und hielt in der Hand einen Spazierstock, dessen Anblick Jed so glatt zu Boden schmetterte, als hätte sie ihm richtig eins über den Schädel gegeben. «Mein Renommierprügel», bemerkte sie nebenhin, und Jed hätte gern gewußt, ob sie sich diese Posen und dieses Getänzel selbst erfunden hatte oder ob es Fachleute für Renommierprügel gab.

Ein anderes ihrer Lieblingsworte war «famos». Es war der Inhalt ihres Lebens, famos zu sein: Das heißt, man tut alle Dinge seiner Umgebung in einer so überlegenen Art ab, daß man sie nicht einmal bemerkt. Man fühlt sich durch keinerlei gewöhnliche menschliche Verpflichtungen gebunden, und alle gewöhnlichen menschlichen Begriffe sind durch eine Sammlung von Slangworten charakterisiert, die Jed Rusher bis dahin unbekannt geblieben waren. Im Laufe der Zeit kam er dahinter, daß das Ganze eine Zauberformel sei, die dazu diente, gewöhnliche menschliche Begriffe auf den Kopf zu stellen oder umzustülpen. Alles, was er für richtig hielt, war nun «eklig», während bisher unrechte Dinge «famos» waren.

Warum dieses junge Paar etwas so Ekliges gemacht hatte, nämlich rund um ein Viertel des Erdballs zu rasen, um den halbgelähmten alten Großvater zu besuchen, war Jed ziemlich klar; sie interessierten sich für das Testament des alten Knaben. Jetzt aber, da sie angelangt waren, verpfuschten sie sich selber das Geschäft; es wurde ihnen schwer, dem alten Knaben nicht ins Gesicht zu gähnen, und anscheinend konnten alle Reichtümer der Welt sie nicht dazu bewegen, ihre Mißbilligung der Bodenreform zu verbergen. Nachdem sie ihm von ein paar Bekannten erzählt hatten, Amerikanern, die entweder zu ihrem Vergnügen oder um Geld zu verdienen in Europa waren, blieb weiter nichts zu erörtern als politische Fragen, und für sie gab es nur *eine* politische Frage: die Gefahr, die der ganzen Welt von dem Ansturm des Bolschewismus drohe. «Jedermann» in Europa, und das bedeutete jedermann, der «famos» war, arbeite fleißig mit, um einen Damm gegen die Ausbreitung des roten Terrors in Deutschland und Mitteleuropa zu errichten. Jed bekam die ganze Geheimgeschichte der Verschwörungen und Gegenverschwörungen zu hören. Für den alten Warrener war natürlich an alldem nur das schlechte Bodensystem Europas schuld. Das erklärte er Jed später, nachdem seine Enkelkinder sich entfernt hatten, aber er versuchte nicht, es auch ihnen klarzumachen; statt dessen schüttelte er traurig den Kopf und sagte: «Ich dachte immer, ich könnte mit dem Leben Schritt halten, aber es ist mir in jeder Hinsicht glatt entwischt!» Das junge Paar meinte, er spiele auf den Bolschewismus an, während Jed sehr wohl begriff, daß das dem jungen Paar galt.

4

Die neue Wendung in Jeds Geschicken war natürlich die Sensation in der Pension Rusher und bei Jeds Freunden an der Universität. Alles sprach davon, alles wollte ihn erzählen hören. Aber Jed kam plötzlich auf den

Gedanken, daß es nicht anständig wäre, die Angelegenheiten seines Arbeitgebers zu erörtern. Er fütterte die hungrigen Pensionäre gerade nur so lange, bis sie in Schwung kamen, denn dann konnte er weitere Einzelheiten über «seine» Familie und ihre zahlreichen Verzweigungen aufschnappen.

Die älteste der drei Töchter, Mrs. Evarts, deren Mann die Farmer- und Kaufmannsbank leitete, war Jed bereits bekannt, da einer der Pensionäre sich mit dem Mähen ihres Rasens beschäftigt hatte. Jed wußte, wie sie aussah, welche Kirche sie besuchte und wie viele Kinder sie hatte. Er wußte nicht, daß Mrs. Evarts eine erbitterte Fehde gegen ihre jüngste Schwester Mrs. Macy führte, die Frau des Grundstücks- und Versicherungsspekulanten, der anscheinend den Verkauf sämtlicher vornehmen Wohnhäuser von Mountain City, soweit sie verkäuflich waren, und fast alles erstklassige Baugelände, besorgte. Wenigstens sah man überall in der Stadt, wohin man auch fuhr, an den Schildern den Namen Wallace J. Macy, und in den Sonntagsblättern las man seine ganzseitigen Inserate.

Als dann Mrs. Evarts ihren Vater besuchen kam, erfuhr Jed von der Fehde. Mrs. Emily, wie der Butler und die älteren Dienstboten sie nannten, eine vollbusige, aber immer noch schicke Matrone, trug ein sehr elegant aussehendes perlgraues Tuchkleid; sie hatte dunkelbraune Augen, einen durchbohrenden Falkenblick und eine Zunge, die die Wirkungen eines Wirbelsturms zu erzielen wußte. Die Ärzte hatten sie ermahnt, ihren Vater nicht aufzuregen und nicht anzustrengen, aber sie hielt es im Interesse sämtlicher Enkelkinder für ihre Pflicht, ihm ihre Meinung über Jane und ihren Mann mitzuteilen, und was sie dazu zu sagen habe, daß Jane und ihr Mann über den ihnen zustehenden Anteil hinaus, unter Schädigung der Rechte aller übrigen Erben, soviel Geld erhalten hatten. Da es Papas Geld sei, mit dem das Grundstücks- und Versicherungsgeschäft Wallace J.

Macys finanziert worden war, warum sollte Papa nicht eine regelrecht eingetragene Beteiligung an der Firma erhalten, deren Erträgnisse dem Familienvermögen zufallen und unter sämtlichen Erben verteilt werden würden? Und welche Schritte Papa unternehmen wolle, um für eine sachgemäße Verwaltung seines Grundbesitzes zu sorgen, der jetzt dem rücksichtslosen, unsystematischen, um nicht zu sagen skrupellosen Wallace anvertraut sei? Natürlich habe Jane nicht Verstand genug, um zu begreifen, was ihr Mann mache, aber wenn sie auch nur einen Funken von Treue gegenüber ihren Schwestern und ihrem Bruder besäße, würde sie ihren Mann zwingen, in irgendeiner Weise Rechnung zu legen.

Die schwächliche Hoffnung des armen Papas, Jed Rushers Anwesenheit könnte dazu beitragen, die Bestrebungen seiner Familie, ihm was abzuknöpfen, ein wenig zurückzudämmen, erwies sich als trügerisch; die herrschsüchtige Mrs. Emily schenkte Jed nicht die mindeste Beachtung. Er las, als sie hereinkam, gerade ein Buch, und er tat so, als lese er weiter. Es war, wie er merkte, unter diesen Großen der Erde allgemeines Übereinkommen, daß Dienstboten und andere Angestellte nicht existierten. Als der alte Herr, der einen gequälten und hilflosen Eindruck machte, die Flut der Proteste dadurch einzudämmen versuchte, daß er seinen Gesellschafter vorstellte, antwortete Mrs. Emily mit einem kurzen Nicken ihres hochmütigen Hauptes und mit dem denkbar knappsten «Guten Tag» und fuhr dann sogleich mit der Bemerkung fort, daß ihr Mann in der Bank verläßliche Informationen bezüglich des finanziellen Status der Firma Wallace J. Macy, Grundstücke und Versicherungen, besitze, und es sei eine Tatsache, daß nur das Prestige des Namens Warrener ihr, der Firma, ermöglicht habe, die letzte Krise zu überstehen.

Jed hielt unablässig das Buch dicht vor die Augen, aber er ließ sich nicht ein Wort dieses Gesprächs, nicht eine Schattierung entgehen. Er merkte, daß er nicht existiere, und dieser Gedanke brannte ihn wie schweflige Säure. Eines Tages würde er soweit sein, dieser hochmütigen Dame beizubringen, daß auch er eine Seele besitze. Noch lag das Ereignis hinter den Schleiern der Zukunft verborgen, aber binnen vier Monaten sollte Miss Emily für ihr hochmütiges Nicken gegenüber Jed Rusher eine hübsche Summe Geld bezahlen, in den Staatsarchiven der Vereinigten Staaten ist sie mit 73482 Dollar und 76 Cents beziffert.

5

Hatte Mrs. Jane Macy, die Frau der Grundstücks- und Versicherungsfirma, einen Spion im väterlichen Haus, der sie über den Fortgang der Fehde auf dem laufenden hielt? Jed wußte das nicht, aber es fiel ihm auf, daß am nächsten Tag Mrs. Jane erschien und anscheinend über alles informiert war. Mrs. Jane hatte blondes Haar und einen hellen Teint, sie war jünger als ihre Schwester, aber in ihrem Auftreten nicht weniger energisch. Sie verschmähe es, ihren Vater mit Familienzänkereien zu belästigen, sie wolle ihm bloß versichern, daß Wally in geschäftlichen Angelegenheiten die personifizierte Rechtschaffenheit sei, und sie beide seien die Dankbarkeit selber. Natürlich habe Papa seinen Kindern helfen wollen, vorwärtszukommen, und wenn einige heller seien als die anderen, so sei das sicherlich nicht die Schuld der Hellen. Jed lächelte hinter seinem Buch, denn er merkte, daß die helle jüngere Tochter es recht gut verstand, Hiebe zu parieren und große Worte zu machen.

Mrs. Jane betätigte sich eifrig für die Bischofskirche vom Heiligen Michael, und ihre Liebe und Dankbarkeit gegenüber dem Vater äußerten sich vor allem in dem beharrlichen Bemühen, ihn von der Lektüre der gottlosen Bücher abzubringen, die seine Regale füllten. Mrs. Jane wußte offenbar nicht recht, wie sie das anpacken sollte; sie wollte ihrem Vater zu verstehen geben, daß er im Schatten des Todes liege und daß seine unsterbliche Seele gefährdet sei; aber es schien in dem bischöflichen Institut ein Übereinkommen zu herrschen, daß derlei Dinge, wie der Schatten des Todes und die unsterbliche Seele, nur in der Kirche erwähnt werden dürfen. Für Jed war das schwer zu begreifen, unter den Bewohnern der Rinder- und Rübengegenden hatte man solche Etikette nicht gekannt. In Banner und in Zion wäre Mr. Warreners Krankenzimmer von einem Dutzend frommer Zeloten überfallen worden, die sich auf die Knie geworfen und mit tränenüberströmten Wangen der bedrohten Seele die Schrecken des flammenden Abgrunds ausgemalt hätten, in die hinabzufahren sie jetzt im Begriff sei.

Warrener schob die Anspielungen seiner Tochter sanft beiseite, und nach einiger Zeit begann die schöne blonde Dame von jenen Zügen des kirchlichen Lebens zu sprechen, über die der Bischofskirchler unbehindert reden darf. Sie und ihr Mann hätten doch die neue Kirche in dem vornehmen Villenviertel, in dem sie wohnten, angekurbelt und dreimal Geld beigesteuert, um sie in Gang zu halten, jetzt aber weigere sich der neue Pfarrer, ihren Geschmack in Altardecken und ihre Ideen in bezug auf Kerzen und sonstige elegant-rituelle Utensilien zu berücksichtigen. Es gehe ein abscheuliches Gerücht um, daß er zu einem Mitglied der Schwesternschaft gesagt habe, er brauche keinen Laienpapst in seiner Kirche, und wenn sich das als wahr herausstellte, würde Mrs. Jane sofort zur Kirche vom Heiligen Stefan zurückkehren.

«Aber du interessierst dich ja nicht für diese Dinge,

Papa!» Die Dame wechselte taktvoll das Thema. Lulu Belle verlange stürmisch nach ihrem Großpapa, und obgleich sie nicht glaube, daß er sich kräftig genug fühle, um Kinder zu empfangen...

Der alte Herr unterbrach sie. Er würde nichts lieber als Lulu Belle sehen, aber er fürchte die Wirkung seines traurigen Zustands auf das Kind. Nun entspann sich ein Wettstreit in menschenfreundlicher Gesinnung, mit dem Kind als Einsatz. Mrs. Jane erklärte, sobald sie nach Hause käme, würde sie Lulu Belle mit der Gouvernante herschicken, aber das Kind dürfe nicht zu lange bleiben und den Patienten mit seinem Geplapper über seine Püppchen ermüden. Jed war es sonnenklar, daß der alte Herr viel lieber Lulu Belle über ihre Püppchen als Jane über ihre Pfaffen und ihre Altardecken würde plappern hören.

6

EINE STUNDE SPÄTER ERSCHIEN LULU BELLE. JED, der das Gerede über die Püppchen mitanhören mußte, hatte ein kleines Kind erwartet, das aber war ja ein erwachsenes Mädchen – absichtlich in ihrer Entwicklung zurückgeschraubt, wie es schien –, kindisch gekleidet, mit Röcken, die kaum bis über die Knie reichten. Sie war, wie er nachher erfuhr, vierzehn Jahre alt; ihr üppiges goldblondes Haar, das dort, wo die Sonne es traf, rötlich und grünlich erglänzte, war am Hinterkopf durch eine blaßblaue Schleife zusammengehalten, sie trug ein blaues Kleid von leichtem Stoff und passende Strümpfe und Schuhe. «Blaue Belle, blaue Schönheit!» begrüßte ihr Großvater sie, und man sah sofort, daß sie sein Liebling war.

«O Großpapa, das tut mir ja so leid!» Sie stand auf der Schwelle und starrte sein abgezehrtes Gesicht an. «O Großpapa!» Sie lief zu ihm hin und kniete neben dem Bett nieder und packte seine Hand und benetzte sie mit Tränen. «Großpapa, wirst du nicht mit mir in den Garten gehen können?»

«Weine nicht, Liebling», sagte der alte Herr. «Der Doktor sagt, ich bekomme einen hübschen Rollstuhl, und ich lasse mir eine Gleitbahn in den Garten machen, und Mr. Rusher wird mich in die Sonne hinausrollen. Das ist Mr. Rusher, der mich pflegt und alles tut, worum ich ihn bitte.»

«Guten Tag, Mr. Rusher», sagte Lulu Belle. «Das ist riesig nett von Ihnen, und bitte, tun Sie Ihr Bestes, denn Großpapa ist zu nett, und ich habe fast die ganze Nacht geweint, als ich hörte, daß er krank ist, und weil man mich nicht zu ihm lassen wollte! Bitte sagen Sie mir, wenn ich etwas sage, was ich nicht sagen soll, denn man hat mir gesagt, ich darf nur dann herkommen, wenn ich ihn nicht belästige. O Großpapa, wir haben holländische Tulpenzwiebeln bekommen, und ich habe dir ein paar mitgebracht. Unsere sind schon auf, so was Hübsches hast du noch nicht gesehen.»

Jed merkte im Laufe der Zeit, daß es in dieser großen Familie einen Menschen gab, der den alten Warrener wirklich liebte. Nicht, daß Lulu Belle zu jung gewesen wäre, um selbstsüchtig zu sein – es gibt andere, noch kleinere Kinder, die durch und durch unaufrichtig sind, die genauso geläufig wie ihre Eltern über Geld reden und genau Bescheid wissen, wer dieser und jener ist und warum er es ist. Lulu Belle aber war der Ansteckung entronnen. Vielleicht war daran ihr wohlbehütetes Leben schuld; sie hatte nie eine Schule besucht außer der Tanzschule, und auch die immer nur in Gesellschaft ihrer Gouvernante, einer steifen alten Jungfer, deren Frömmigkeit den Vorschriften der Heiligen-Michael-Kirche entsprach. Lulu Belle war einziges Kind und spielte mit ihren Püppchen in einem großen Garten. Wie sollte sie wissen, was Geld bedeutet, da sie nie mit Geld zu tun hatte, sondern alles, was sie haben wollte, nur zu verlangen brauchte, um es wie durch einen Zauber erscheinen zu sehen?

Dieses Kind ließ Jed immer an Liza denken, weil die beiden so verschieden voneinander waren; sie verkörperten den Gegensatz der Klassen. Er erinnerte sich an die vierzehnjährige Liza – damals hatte er gerade begonnen, seine Umgebung zu beobachten. Liza hatte bereits die Last eines Haushalts schleppen müssen, damals schon das hagere, grimmige, schwergeplagte, nie geschonte und schonungslose Geschöpf, das sie nun mit der doppelten Bürde an Jahren war. Sie hatte einen fünfköpfigen Haushalt geführt, dreimal täglich gekocht und abgewaschen, mit dem Dämon Alkohol gerungen, für die moralische Erziehung einer jüngeren Schwester und zweier Brüder gesorgt, die Schlaftrunkenen aus dem Bett gejagt und an die Arbeit getrieben oder in ihre geflickten Kleider gesteckt und in die Kirche geführt: Das alles – und dazu noch die üblichen Unglücksfälle und Katastrophen, Armut, Krankheit und Tod.

Hier dagegen: ein Liebling der Götter, der zum reifen Weib heranblüht, aber von seiner Mutter, die sich gegen das Altwerden sträubt und nicht durch eine erwachsene Tochter ihr Unglück vor aller Welt enthüllt haben will, als Spielzeug und lebende Puppe behandelt wird. Lulu Belle war anscheinend nicht nur in ihrer Kleidung, sondern auch in ihrem Denken zurückgeschraubt worden; ihr Geplapper war so kindlich, daß Jed nicht wußte, ob sie bei vollem Verstand war. Auf jeden Fall war sie hübsch anzusehen mit diesem Teint wie Milch und Blut, der so rasch vergeht und sich durch keine Kunst des Kosmetikers nachahmen läßt. Sie war Sonnenschein in einem Krankenzimmer, sie sprudelte vor Fröhlichkeit über wie ein Springbrunnen. Nicht einmal das graue Gesicht ihres kranken alten Großvaters konnte sie traurig stimmen, denn dieser nette Mr. Rusher würde ihn ja in den Garten fahren und ihm die Stelle zeigen, wo sie die holländischen Zwiebeln eingepflanzt hatten, und dann würden sie aufpassen, bis die ersten grünen Triebe kämen.

Aber der Vergleich zwischen Lulu Belle und Liza erweckte kein Klassenbewußtsein in Jed, aus dem einfachen Grund, weil er sich eigentlich nie als zugehörig zu den «Verdammten dieser Erde» betrachtet hatte. Er gedachte emporzusteigen, und hier war eines der Ziele, die ihn lockten. Er beobachtete das Kind mit tiefer Neugier, verschlang es gleichsam mit seinen Gedanken. Er hatte seine zweite Schwester, Madge, die Hübsche, zum Weib werden sehen, und er sah, daß dieses Kind sich jetzt in dem gleichen Stadium befand. Es wird nicht lange dauern, und sie müssen Lulu Belle einen Rock anziehen, der wenigstens bis über die Knie reicht, denkt Jed Rusher bei sich.

Ihre Mutter hatte das anscheinend auch schon gemerkt. «Großpapa», sagte das Kind, «glaubst du, daß es etwas Unrechtes ist, wenn ich mit meinen Püppchen spiele?»

«Nein, Liebling, warum?»

«Mama sagt, ich bin schon zu alt, und sie will sie mir wegnehmen. Aber Großpapa, ich weiß nicht, was ich dann anfangen soll, ich werde ja so einsam sein. Ich habe die entzückendste neue Puppe, so etwas hast du noch nie gesehen, sie ist so groß wie ein richtiges Baby, und wenn ich sie hätschle, macht sie Lärm; sie hat dieselben Augen wie ich, Papa sagt, er hat es so ausgesucht, und ich habe ihr das Haar hinten mit einer Schleife gebunden, wie bei mir, und ich habe ihr die hübschesten Kleider gemacht, Tante Lucile hat mir die Stiche gezeigt, und ich habe ihr ein gesticktes Nachthemd gemacht, und sie liegt die ganze Nacht in meinem Arm. Großpapa, ich könnte ja auf meine anderen Püppchen verzichten, aber glaubst du nicht, daß ich wenigstens Gladys behalten könnte?»

«Ich weiß es nicht, Liebling, du mußt tun, was Mama sagt. Sie weiß es am besten.»

«Mama will, ich soll sie einem kleineren Mädchen schenken, aber woher weiß ich denn, daß sie dort auch immer gut angezogen ist und das Haar ordentlich gebürstet hat, und das alles? Und die reizende Bettdecke, die ich ihr zu ihrer Wiege gemacht habe, was soll ich denn damit machen? Ich wollte Mama gehorchen, aber ich weinte so sehr, ich mußte ganz einfach weinen, und ich konnte gar nicht aufhören, bis sie sagte, ich darf Gladys noch eine Woche länger behalten.»

8. Kapitel

Die Börse

I

Der alte Walter Evarts war der Vater des Präsidenten der Farmer- und Kaufmannsbank und der Schwiegervater von Warreners ältester Tochter. Als reicher Mann, der in mehreren Banken seine Safefächer hatte, schlenderte er von einer Bank zur andern, öffnete die Fächer und schnitt mit einer Klappschere, die er in der Westentasche bei sich trug, die Coupons ab. Außerdem erhielt er Briefe voller Dividendenscheine, und am Vormittag, wenn die Börsen in New York und Chicago eröffneten, saß er einige Stunden lang im Publikumssaal einer Maklerfirma und beobachtete das Labyrinth der Ziffern, die geschäftige junge Herren vom Tickerstreifen ablasen und mit roter, blauer, weißer oder gelber Kreide an die Tafel schrieben. Am Nachmittag zog sich der alte Herr in den Katonah Country Club zurück, spazierte über den Golfplatz und schmiß etliche Bälle in den künstlichen See. Da er unbedingt keine Golfmütze aufsetzen wollte, war seine Glatze dunkelbraun gebrannt, und mit seinem runden, heiteren Gesicht sah er aus wie ein richtiger Bronzebuddha.

Wenn es regnete und er nicht auf dem Golfplatz umherwandern konnte, ging er seinen kranken Freund Claude Warrener besuchen. Jed mußte einen kleinen Klapptisch neben das Bett stellen und das Cribaggespiel hervorholen.

Dann setzte sich Jed ans Fenster und vertiefte sich angeblich in seine Studien, in Wirklichkeit aber ließ er sich kein Jota von den Gesprächen entgehen, die in den Pausen zwischen zwei Partien geführt wurden. Der alte Evarts kannte die Geschäftswelt, die Finanz, die Politik und die Mode von Mountain City, seine Gespräche waren eine wahre Fundgrube von Anekdoten, Kommentaren und Tips. Seine Haltung gegenüber diesem Getriebe aber war die eines Astronomen vom Mars, der die Szene durch ein Teleskop betrachtet. Unglaublich, was diese menschlichen Insekten nicht alles anstellten; der alte Herr aber fand es ganz glaubhaft, und so oft er eine Geschichte erzählte, platzte er mit einem lauten Kichern heraus.

Aus diesen Gesprächen erfuhr Jed, ohne sonderlich erstaunt zu sein, daß Mountain City in seinen politischen Zuständen sich nicht von Zion unterschied: das heißt, die eine Clique war an der Macht und beschäftigte sich damit, aus den Konzessionen, die die Stadt zu vergeben hatte, Geld herauszuschinden, während eine andere Clique, die in Amt und Würden kommen wollte, gegen die Clique Nummer 1 ihre Anklagen schleuderte. Kapitalgruppen, die von dieser oder jener mächtigen Persönlichkeit kontrolliert wurden, erwarben die städtischen Konzessionen und steuerten die nötigen Gelder bei, um im Sommer die Kandidaten für die verschiedenen Ämter aufzustellen und sie im November auch wählen zu lassen. Jed erfuhr die Namen der Mächtigen und der Trusts, die sie beherrschten. Er hörte wilde Geschichten von Fehden und Kriegen, aus Vergangenheit und Gegenwart, von Raubzügen und Skandalen jeglicher Art. Ihn überraschte nicht der gewalttätige Charakter dieser Geschehnisse, denn er war im Bergland groß geworden und wußte, wie ein großgewordenes Goldgräberlager aussieht.

Jed erfuhr auch einiges aus dem Privatleben dieser Mächtigen, und es wunderte ihn nicht, daß sie, genauso wie in

Zion, ganze Nächte hindurch Poker spielten, zu viel tranken und einander ab und zu die Fresse zerschlugen; ihre Weiber verschwanden gelegentlich, und man ertappte sie dann in den Armen irgendeines Liebhabers oder bei einer Knutschpartie im Auto. Jed erfuhr, daß es Menschen gab, an der Peripherie der Gesellschaft, die sich's zur Praxis machten, derlei unklugen Streichen nachzuspüren: sie bestachen die Dienstboten, sie mieteten Detektive, sie drohten, die Presse zu informieren, und auf diese Weise machten sie ihren Fang und sackten große Summen Geldes ein.

Da Jed einmal ein Telefongespräch zwischen dem Herausgeber des *Zion Star* und einem Angestellten der Zuckergesellschaft von Rocky Mountain mitangehört hatte, war er gar nicht erstaunt, als er erfuhr, daß die größten Beutelschneider in Mountain City, die Eigentümer der berühmten Zeitung, der *Post*, Gammon und Goodson, auf dem höchsten Wachtturm des gebirgigen Reichs saßen, bewaffnet mit einer ganzen Batterie von Ferngläsern, und eine Armee von zweihundert geschulten Beobachtern befehligten, ein tadellos organisiertes System zur Aufdeckung der Verbrechen und kleinen Sünden sämtlicher Einwohner innerhalb eines Umkreises von etlichen hundert Meilen. Erpressungen zu verüben hätten sie gar nicht nötig, sagte der alte Evarts und kicherte in seiner explosiven Art; er habe sich einmal mit dem Geschäftsführer des Blattes darüber unterhalten, und der habe ihm erklärt, sie hätten weiter nichts zu tun, als sich die Nachrichten zu besorgen, und dann kämen die Leute gelaufen und flehten sie an, das Geld zu nehmen.

Gefährlich ist das Leben in einem großgewordenen Goldgräberlager, wo dein gesellschaftlicher Wert davon abhängt, ob du hübsch erzählen kannst, wie du den oder jenen geblufft und um sein Eigentum erleichtert hast. Darauf gründete sich wenigstens die Beliebtheit dieser beiden wackeren Kerle, Gammon und Goodson. Pat Gammon hatte seine Laufbahn als Barmixer in dem alten Hotel *Empire* begonnen, und er erzählte den versammelten Bankettgästen der Handelskammer, wie er angefangen hatte. «So oft ich einen Silberdollar hereinbekam, schmiß ich ihn an die Decke, und wenn er kleben blieb, gehörte er dem Chef, und wenn er herunterfiel, gehörte er mir.» Die versammelten Bankettgäste der Handelskammer brüllten vor Begeisterung.

Goodson aber – Thomas Jarocks Goodson, im Kreis seiner Vertrauten «T. J.» genannt – hatte als hitziger Grundstücksspekulant angefangen und städtische Bauplätze an Neureiche verkauft, mit besonderem Vergnügen pflegte er zu erzählen, wie er in den Besitz des Hunderttausend-Dollar-Palastes gekommen sei, in dem er hauste: ein Heim, das sein Erbauer mit unendlicher, liebevoller Sorgfalt errichtet und keine vier Wochen lang bewohnt hatte.

Es handelte sich da um einen gewissen Rosenstein, einen Juden und Besitzer einiger Warenhäuser, dessen erwachsener Sohn eine Schwäche für Knaben hatte; er mußte viele Knaben haben, und sie mußten jung sein, und diese Passion war recht gefährlich und für den Vater eine Quelle des Kummers. Die Tatsachen kamen T. J. zu Ohren, und T. J. wartete geduldig auf die Vollendung des Palastes, den Rosenstein mit so liebevoller Sorgfalt bauen ließ. So versessen war der Bauherr auf sein Werk, daß er schon einzog, während noch die Maler an der Arbeit waren und die letzte Hand an die Fresken legten.

T. J. aber wartete, bis alles fertig war; unterdessen mieteten seine Reporter eine Wohnung neben der, in der die Knaben verführt wurden, installierten ein Diktaphon, bohrten ein Loch in die Wand und machten ein paar Fotos, die zur Veröffentlichung in der *Post* bereitgelegt wurden. T. J. bereitete es großen Spaß, seinen nächsten Freunden diese Geschichte zu erzählen, und wie sie geendet habe: «Als Rosensteins Haus fertig war, da war auch mein Bericht fertig, er zog aus und ich zog ein!»

2

Warrener hielt jede Bodenspekulation für ein Verbrechen, aber sie sei ein Verbrechen, das die Gesellschaft zu gestatten beliebe, und er selber könne es nicht beseitigen, daher beteilige er sich daran bis zu dem Zeitpunkt, da die Öffentlichkeit erwachen würde. Ja, es machte ihm sogar eine Art boshaften Vergnügens, soviel Profit wie nur möglich einzuheimsen: er sah sich als Verkörperung der Vorsehung jene Leiden verhängen, die allein den Menschen zum Nachdenken zwingen. Er schloß ein einträgliches Geschäft ab und schrieb dann an eine Bodenreformer-Zeitschrift: «Seht, was die Gesellschaft alles zuläßt!»

Er spekulierte auch an der Börse. Evarts und einige andere intime Freunde erörterten die Aktienkurse, brachten Informationen über dieses und jenes Papier, und Warrener ersuchte Jed, seinen Makler anzurufen und 500 Stück Rocky Mountain-Zucker oder Western-Pete, oder was es gerade war, zu kaufen. Er tat so, als mache er das ganz nebenbei, als sei er an dem Ergebnis gar nicht interessiert, aber Jed sah sofort, daß das nur eine Pose war. Es war für den alten Herrn ein Spiel wie das Cribagge, und er wollte gewinnen, wenn auch die Einsätze für ihn nur eine Bagatelle waren.

Jed sah sich jetzt in die Lage versetzt, von der er geträumt hatte, er durfte endlich einen Blick hinter die Kulissen tun. In ganz Amerika schwärmten die Menschen an die Aktienbörse wie die Mücken ans Bogenlicht; sie versengten sich die schönen, schimmernden Flügel – ihr Geld – und fielen zuckend zu Boden. Wer aber steckte das Geld ein? Jed kam jetzt dahinter, und das war das Lebensgeheimnis, nach dem er getastet hatte. Männer wie Evarts spekulierten nicht in Aktien, sie manipulierten sie. Sie hatten ihre Machtpositionen, die ihnen ermöglichten, Ereignisse herbeizuführen. Evarts, Aufsichtsrat bei der Rocky Mountain-Zucker, vereinbarte mit den anderen Aufsichtsräten, an einem bestimmten Tag eine Dividende zu streichen, dann fixierten sie insgeheim die Aktien und brachten bei dem Krach ihr Schäfchen ins trockene. Sein Vetter Soundso war Beamter bei der Western-Pete, und von ihm bekam Evarts den Tip, daß die Ausschüttung einer fetten Dividende zu erwarten sei; dann kaufte Evarts die Aktien auf Marge und erschien am Nachmittag mit der Zeitung in der Hand, fröhlich kichernd, weil er einen guten Tag gehabt hatte; er berichtete, was er «gezogen» und was seine Frau «gezogen» habe.

So sah nun Jed den breiten Weg zum Erfolg vor sich; nur eines machte ihn hilflos – sein Mangel an Geld. Eine Chance nach der andern ging vorbei, und er rechnete sich aus, was er hätte verdienen können, wenn er bloß imstande gewesen wäre, dies zu kaufen oder jenes zu verkaufen. Wie jämmerlich kam ihm der Scheck vor, den er jeden Sonnabend von Warreners Sekretär erhielt. 21 Dollar! Wie weit würde er damit in einem Maklerbüro kommen?

Er besprach die Sache mit Liza. Zuerst empörte sie der Gedanke, an der Börse zu spielen; das Argument aber, daß Millionen Menschen an der Börse spielten – und wenn die Mitglieder der Kirche allen Profit den Gottlosen überließen, wie sollte das der Sache des Herrn nützen? –, machte einigen Eindruck auf sie. Liza seufzte, denn sie selber hatte kein Geld: jeden Monat mußte sie ihren Profit an Carrie Meecham abliefern. Carrie hatte Geld, und Carrie würde auch keine Skrupel kennen. Jed aber erklärte, er denke nicht daran, mit Carrie ein Kompaniegeschäft zu machen, das sei zu gefährlich. Das letzte Mal, als sie ihn in ihrem Auto mitnahm, habe sie sich an ihn angelehnt, und es hätte nicht viel gefehlt, so wäre daraus eine richtige Knutschpartie geworden, wie sie Liza nicht genug zu tadeln wisse.

3

Oft passierte es, dass der alte Herr einschlief, während Jed vorlas. Jed schlich sich leise in den Nebenraum, der als eine Art Vorzimmer diente; dort warteten gewöhnlich die Dienstboten und die Pfleger und auch die Besucher, wenn der Patient sie nicht gleich empfangen konnte. Jed machte die Tür zu und vertiefte sich in sein Studium, bis ihn dann wieder das Surren einer kleinen Klingel ins Krankenzimmer rief.

Bei einer dieser Gelegenheiten erschien Mr. Claude jun. «Schläft der Alte?» fragte er, und dann rückte er mit seinem Stuhl dicht an Jed heran. «Möchte gern mit Ihnen etwas besprechen, Rusher.»

«Ja, Sir?» sagte Jed respektvoll.

«Ich bin in einer schwierigen Lage, mein Vater kann nicht kommen, und ich besitze nicht so richtig das Vertrauen des Alten. Sie haben zwei Ohren, und ich nehme an, daß Sie über die Intrigen, die sich hier abspielen, unterrichtet sind.»

«Ja, Mr. Claude.»

«Ich weiß, Onkel Wallace und meine Tante haben dem Alten ziemlich viel Geld abgeknöpft, und ich habe allen Grund zu glauben, daß Mrs. Evarts ihn dazu kriegen will, ihr dieses Haus zu vermachen. Sie glaubt, Ansprüche darauf zu haben, weil sie Großmutter viele Jahre lang den Haushalt hat führen helfen. Haben Sie schon etwas von diesem Vorschlag gehört?»

«Ja, Sir, sie hat davon gesprochen.»

«Und was sagte sie?»

Jed erzählte ihm alles, Wort für Wort, aus seinem ausgezeichneten Gedächtnis. Und Mr. Claude holte aus der Brusttasche eine schwarzlederne Brieftasche hervor und entnahm ihr etwas ganz Wunderbares, desgleichen Jed noch nie gesehen hatte. Eine Banknote mit gelbem Rücken, glatt und spröde, ohne ein Fältchen, ohne einen Knick. War er auf der Bank gewesen und hatte eigens diese Note besorgt, um Jeds gierigen Blick zu erfreuen? 100 Dollar mit einem Schlag.

«Stecken Sie das ein», sagte Mr. Claude. «Halten Sie die Augen offen und berichten Sie mir immer, was die anderen tun. Ich werde Sie laufend für Ihre Mühe entschädigen.»

«Danke, Mr. Claude», sagte Jed und brachte den Geldschein in Sicherheit, aber ohne jede unschickliche Hast und ohne mit den Fingern zu zittern.

«Noch etwas», sagte der andere, «vielleicht haben Sie Gelegenheit, bei dem Alten ein gutes Wort für mich und meinen Vater einzulegen.»

«Ich fürchte, dazu kenne ich ihn nicht gut genug», sagte Jed bescheiden; dann nach einer kurzen Pause: «Darf ich ganz offen reden, Sir?»

«Gewiß. Was denn?»

«Ich wollte nicht den Lauscher machen, Mr. Claude, aber Sie wissen ja, ich muß alles mitanhören.»

«Gewiß.»

«Und ich habe den Eindruck, Sie verzeihen schon, daß Sie einige Gelegenheiten verpaßt haben, sich bei dem alten Herrn beliebt zu machen.»

«Wie meinen Sie das?»

«Nun, der alte Herr fühlt sich sehr einsam und ist mit der Welt im allgemeinen recht unzufrieden, und er legt großen Wert auf ein wenig Anteilnahme. Er hat, wie Sie wissen, ein Steckenpferd –»

«Ich weiß – Gott steh uns bei!»

«Ja, Mr. Claude, aber wenn Sie ein bißchen Interesse dafür aufbringen könnten und sich die Sache von ihm erklären lassen würden –»

«Das also ist es!» Dem jungen, eleganten Mann schien

plötzlich ein Licht aufzugehen. «Haben Sie sich auf diese Weise eingeschmuggelt, Rusher?»

«Ich würde doch diesen Ausdruck nicht gebrauchen, Mr. Claude. Ich habe lediglich Ihrem Großvater erklärt, daß ich gegen die Bodenreformer bin und sehr daran zweifle, ob ich zu bekehren wäre; ich wüßte aber, daß das immerhin eine wichtige Lehre sei, und an der Universität erführen wir gar nichts davon, obgleich das doch nötig wäre, für mich sei es immer ein Vergnügen, seine Gedankengänge zu hören und mit ihm zu diskutieren. Und ihm macht das riesigen Spaß.»

«Ich verstehe», sagte der hochmütige Mr. Claude jun. in unerwartet bescheidenem Ton.

«Sie kennen ja die Lage in Europa, Mr. Claude. Ließe sich da nicht irgendein Ländchen finden, dem mit einer gerechteren Form der Bodensteuer geholfen wäre? Das würde keinem von uns in Amerika weh tun, Sie wissen.»

«Donnerwetter, Rusher!» rief der junge Aristokrat in stürmischer Begeisterung. «Sie haben ein Köpfchen auf den Schultern! Sie werden es weit bringen!»

4

Die kleine Klingel surrte, und die beiden Männer gingen ins Krankenzimmer. Jed machte es seinem Patienten bequem, während Mr. Claude sich in einen großen Lehnstuhl lümmelte und nach einiger Zeit bemerkte: «Nebenbei, Großvater, ich habe eben einen Brief von meinem Alten bekommen; er schreibt, man bestürmt sie um

Anleihen für Lettland und Litauen, diese lausigen kleinen baltischen Staaten. Aber der Alte will nicht recht, er sagt, es kann dort jeden Tag wieder zu einer Revolution kommen.»

«Was ist denn los?»

«Na, eine Clique von Adeligen hat seit Jahrhunderten den ganzen Boden monopolisiert, die Bauern sind eigentlich lauter Sklaven, und jetzt werden sie von den Bolschewiki aufgeputscht.»

«Es sind nicht die Bolschewiki, Claude. Dreißig Jahre lang habe ich versucht, deinen Vater aufzuklären – das Bodensystem in diesen Ländern ist ein Fluch!»

«Ja, ich glaube, der Alte ist jetzt endlich dahinter gekommen, denn er schreibt, man wird die großen Güter beschlagnahmen, zerlegen und an die Bauern verkaufen.»

«Aber was soll denn das nützen? Mein Gott, Junge, damit fängt ja die Sache nur von vorne an! Die, die das Land bekommen, werden reich, ziehen in die Stadt und verzehren ihre Rente, der Bodenpreis wird weiter steigen und die Profite fließen in die Taschen der Spekulanten.»

«Du willst es durch eine Steuer schaffen!»

«Natürlich, natürlich! Eine Steuer in der Höhe des Rentenwerts – und niemand wird mehr Land besitzen wollen, als er selber bebauen kann. Dein Vater könnte nun wirklich viel tun, aber die einzigen Leute, die genügend Verstand haben, um eine wissenschaftlich fundierte Bodensteuer anzuwenden, sind diese Bolschewiki, die ihr alle ausrotten wollt.»

«Ja, ich weiß nicht recht, Großvater, vielleicht wäre es gar nicht schlecht, Vater auf diesen Gedanken hinzuweisen und ihn zu veranlassen, daß er auf dieser oder jener Konferenz die Frage zur Diskussion stellt. Das wäre doch ein recht interessantes Experiment.»

«Besonders, da es weit genug von Mountain City entfernt wäre, so daß es unseren eigenen Spekulanten nicht zu Ohren käme!» Genau dasselbe, was Jed gesagt hatte.

Warrener fuhr fort, das Bodenproblem zu erörtern, wie es sich in Mitteleuropa gestaltet hatte; er kannte die Bodenprobleme jedes Landes von China bis Peru, nicht zu vergessen New York und Los Angeles und was dazwischen liegt. Sie diskutierten lebhaft, bis der Pfleger kam, um Jed abzulösen. Dann erhob sich der Enkel und sagte: «Ich muß weiter.»

Er fuhr mit Jed im Aufzug hinunter, und als sie auf die Straße kamen, sagte er: «Kommen Sie mit mir im Auto mit» – ein ganz unvorstellbarer Beweis von Herablassung. Jed sah, daß der junge Herr sehr stolz auf seine Leistung war. «Na, wie war das?»

«Fein», sagte Jed. «Nur so weiter.» Bei sich selber sagte er: ‹Du Dummkopf, nicht in hundert Jahren wäre dir das eingefallen, wenn es auf dich angekommen wäre.› Jed verglich sich mit den Großen der Erde und erkannte, daß er diesen eleganten Claude jun. jederzeit in die Tasche stecken könne. Der Sohn der öden Rinderranch hatte sich allein durchschlagen müssen und war daher stets aktiv und elastisch geblieben; dem jungen Claude aber hatte man alles auf dem silbernen Teller serviert, und er hatte sich außer bei Tennis und Golf nirgends anstrengen müssen.

«Nebenbei, Mr. Claude», sagte Jed, «spekulieren Sie?»

«Hin und wieder», gab der andere vorsichtig zu.

«Na, ich höre natürlich zu, wenn die Freunde Ihres Großvaters mit ihm reden, und da gibt es oft erstklassige Tips. Leider kann ich sie nicht verwenden, da ich kein Geld habe.»

«Ich könnte ja ab und zu ein paar Aktien für Sie mitnehmen.»

«Sehr schön, Sir, dafür wäre ich Ihnen sehr dankbar. Sie könnten erst einmal Continental Steel verkaufen, denn Mr. Walter Evarts sagt, die Fusion, von der so viel die Rede war, würde nicht durchgehen und die Kurse seien stark überhöht.»

«Gut. In Börsendingen ist der olle Walt ein schlaues Aas!» Jed stellte mit Interesse fest, daß Mr. Claude jun., sowie es sich um Geldverdienen handelte, sein vornehm maniriertes Gehabe verlor und sich in nichts mehr von irgendeinem anderen jungen Streber in seinem heimatlichen Goldgräberlager unterschied.

Als einige Tage später die Continental Steel ihren sensationellen Zusammenbruch erlitt, brachte Mr. Claude jun. Jed noch zwei jener glatten gelbrückigen Banknoten und sagte, das sei sein Profit aus dem kleinen Fischzug. Jed winkte gelassen ab und sagte: «Behalten Sie die Scheine, Mr. Claude, und verkaufen Sie für mich ein paar Anteile der Bonanza Gold. Mr. Evarts sagt, sie wollten in diesem Quartal die Dividende kürzen.»

«Aber Rusher», wandte der andere ein. «Diese Leutchen scheffeln nur so das Geld!»

«Ich weiß, aber Mr. Evarts sagt, die Direktoren brauchten es zu irgendwelchen privaten Zwecken, und daher wird der Gewinn auf die Reserven verrechnet.»

5

Lulu Belle kam abermals zu Besuch. Diesmal war sie eine rosarote Schönheit, von der Schleife in ihrem Haar bis zu den Schühchen an ihren Füßen; ein Farbenschema, das auf ihre Wangen statt auf ihre Augen abgestimmt war. Der Großvater schlief, sie kam also auf Zehenspitzen ins Vorzimmer, setzte sich auf die Kante eines Stuhls, legte die gefalteten Hände in den Schoß und heftete ihre großen blauen Augen auf den netten jungen Pfleger. «Ich mußte versprechen, daß ich es Großvater nicht sage, weil er nichts Trauriges hören darf, aber es schadet doch nichts, wenn ich es Ihnen sage, nicht wahr, Mr. Rusher?»

«Ich glaube kaum, Lulu Belle», sagte er. «Was ist es denn?»

«Mama hat mich gezwungen, Gladys wegzugeben.» Tränen traten in ihre großen blauen Augen, und sie blickte rasch nach der geschlossenen Tür, als wollte sie sich bereit halten, die Tränen sogleich zu unterdrücken. «Ich habe sie meiner Kusine Polly geschenkt. Sie hat mir versprochen, sehr gut auf sie acht zu geben und alle ihre Kleider instandzuhalten, ganz wie bei mir, und so weiß ich, daß alles in Ordnung sein wird, aber, Mr. Rusher, als ich nach Hause kam, oh, da war das so schrecklich, das Kinderzimmer war so leer, es war geradeso, als ob sie gestorben wäre. Haben Sie schon einmal etwas Totes gesehen. Mr. Rusher?»

«Manchmal», sagte Jed.

«Ich hatte einen Vogel, und den hatte die Katze erwischt, ich konnte sie noch verjagen, aber es war schon zu spät, der Vogel starb, und ich mußte ihn begraben; das war sehr traurig, aber es war lange nicht so schlimm wie mit Gladys, weil ich damals noch klein war und es nicht so begreifen konnte. Glauben Sie, Mr. Rusher, daß eine Puppe auch eine Seele hat?»

«Ich habe noch nicht darüber nachgedacht, Lulu Belle. Vielleicht haben Sie ihr eine gegeben.»

«Das habe ich doch auch zu Mama gesagt. Aber Mama sagt, das ist nur ein Stück von meiner Seele gewesen weil ich mir so vieles eingebildet habe. Sehen Sie, ich habe ja alles für sie getan, als ob sie ein richtiges Baby wäre, ich habe manchmal den halben Tag lang mit ihr gespielt, Miss Partington konnte mich zu gar nichts anderem bekommen.»

«Sie werden sie jetzt wohl schrecklich vermissen», sagte Jed. Das war nun eine sogenannte feine Konversation, und auch das mußte man lernen. Wie sonderbar, daß ein Geschöpf, das fast erwachsen war, sich so kindisch benahm!

«Mama und Miss Partington – das ist meine Gouvernante – wußten nicht, was sie mit mir tun sollten, schließlich aber sagte Mama, wenn ich aufhöre, so unglücklich zu sein, läßt sie mich Kusine Marians wirkliches Baby anschauen. Wußten Sie, daß meine Kusine Marian Barton ein neues Baby hat?»

«Ich habe davon gehört.» Jeds Gedanken wanderten rasch in die Pension zurück, wo die Informationen über die Sippe der Warreners gesammelt und kollationiert wurden. Derselbe Student, der bei Mrs. Evarts den Rasen mähte, hatte jetzt eine Stellung bei Mrs. Barton bekommen, die früher Marian Warrener geheißen hatte, einer Tochter Mr. Clive Warreners und Mr. Claudes Schwester. Das neue Baby war folglich ein Urenkel von Jeds Arbeitgeber, und Carrie Meecham hatte aus den Gesellschaftsnachrichten der *Post* ein Bild der reizenden jungen Mutter ausgeschnitten.

«Oh, Mr. Rusher, das ist das süßeste kleine Ding, das Sie je in ihrem Leben gesehen haben! Aber vielleicht haben Sie schon einmal ein ganz neues Baby gesehen.»

«O ja», sagte Jed und bemühte sich, nicht verlegen zu werden. «So was gibt's doch sehr häufig, nicht wahr?»

«Oh, wenn ich so ein richtiges Baby haben könnte, dann würde ich Gladys wirklich vergessen! Sie hat die winzigsten kleinen Händchen, und so rosig und warm, so kleine Finger, man möchte gar nicht glauben, daß es so etwas Winziges geben kann, aber die kleinen Nägel sind dran und alles; sie packt den Finger und hält ihn fest, so was Aufregendes habe ich noch nie erlebt. Und sie sieht einen richtig an, sie verfolgt einen mit den Blicken, und ab und zu lacht sie ganz komisch, wissen Sie, sie hört, was man sagt, und lacht mit einem mit. Ich finde, es ist doch zu wunderbar, daß so was Kleines lebt, aufwächst und das alles.»

«Ja, allerdings», sagte Jed vorsichtig.

Lulu Belles große blaue Augen blickten in des jungen Mannes dunkle Augen, und ein ernster Ausdruck trat in ihr Gesicht. «Mr. Rusher, vielleicht werden Sie es mir sagen.»

«Was denn, Lulu Belle?»

«Jemand soll mir sagen, wo die Babies herkommen.»

Das Blut begann in Jeds Kragen emporzuwallen, so heftig, daß er fürchtete, Lulu Belle würde es merken. «Ja», sagte er und hielt inne. «Ich glaube, da werden Sie Ihre Frau Mama fragen müssen.»

«Oh, aber ich habe sie ja gefragt, und sie will es mir nicht sagen. Sie sagt immer, der heilige Ruprecht bringt die Babies, aber das hat natürlich gar keinen Sinn, ich glaube nicht mehr an den heiligen Ruprecht, und er würde doch auch nicht im Frühling kommen? Dann sagte Mama, der Doktor bringt sie in einer Tasche mit, und als ich sie fragte, wo der Doktor sie her hat, da sagte sie, aus dem Spital, und ich fragte sie, wie sie denn ins Spital kommen, und da wollte sie mir nichts mehr sagen. Mama scheint zu glauben, mit den Babies stimmt was nicht, so wie mit den Püppchen, wenn man schon zu groß ist, aber sie will es mir nicht sagen, und jedesmal, wenn ich sie frage, sagt sie, sei still.»

Jed, der auf einer Rinderranch groß geworden war, hatte immer gemeint, kein Kind wachse auf, ohne den Vorgang der Zeugung zu kennen. Eine seiner frühesten Erinnerungen galt der Familienkuh, die die frische Milch für die Kinder gegeben hatte; es wollte mit dem Kalben nicht recht gehen, die alte Kuh brüllte schon seit vielen Stunden, da kam Zack Rusher auf einem Pferd nach Hause galoppiert, entblößte seine Arme, wusch sie in einem Eimer, versenkte sie dann in den Körper der Kuh und besorgte das blutige Geschäft eines Geburtshelfers, während die vier Kinder in einer Reihe dabeistanden und mit entsetzter Neugier zusahen. Auch hatte Jed seine Schwester einer Nachbarin die Geschichte erzählen hören, daß er selber vorzeitig zur Welt gekommen sei und daß seine Mutter niemanden bei sich gehabt habe außer der sechsjährigen Liza; sie, Liza, habe die Qualen ihrer Mutter mitansehen und das glucksende, würgende Neugeborene in ihren zitternden Armen halten müssen, während die Mutter ihm die Nabelschnur abband. Vielleicht war das der Grund für die leidenschaftliche Sorge, mit der sie Jed von Anfang an betreute und ihn auf dem Weg zum Erfolg vorwärtsstieß.

6

Gerade in diesem Augenblick surrte die kleine Klingel. «Das ist Großpapa», sagte Lulu Belle, und Jed ging hinein und meldete ihre Anwesenheit. Es war ein sonniger Mainachmittag. Warrener bat das Kind, in den Garten hinunterzugehen, er werde nachkommen. Nun folgte eine mühsame Prozedur, die von Jed und einem der Gärtnergehilfen, einem jungen, stämmigen, gleichfalls frisch vom Land gekommenen Burschen ersonnen worden war. Der Gärtnergehilfe wurde geholt, der Lesetisch aus dem Weg geräumt, der Holzstuhl neben das Bett gerollt. Dann schoben sie ein glattpoliertes Brett unter die 200 Pfund des alten Herrn, und mit Hilfe dieses Bretts wurde er, halb gleitend, halb gehoben, über den Rand des Rollstuhls auf den Sitz befördert. Er konnte mit den Armen helfen, sich im Gleichgewicht zu halten, seine armen Beine aber waren hilflos, und man mußte sie zurechtlegen und mit einem Schal zudecken. Dann wurde er zum Aufzug gebracht und über eine an eine Veranda angebaute Gleitbahn in den Garten hinabgerollt.

So wanderten nun Lulu Belle und ihr Großpapa Seite an Seite über die gewundenen Pfade. Das Tierleben war vergessen und das Pflanzenreich rückte in den Mittelpunkt: alle die zarten hellgrünen Triebe, die sich mit ihren Köpfen über die Erde hinaufgearbeitet hatten und jetzt ihre Pracht im Sonnenschein entfalteten. Im Pflanzenreich gibt es anscheinend nichts Unanständiges oder moralisch Unzulässiges, und Miss Partington hatte ihrem Schützling von den Sporen, Stempeln, Pollen, von den Bienen und den Samen erzählt. Lulu Belle kannte sämtliche Blumen und Sträucher und ihre verschiedenen Wachstumsstadien, sie erteilte dem netten Mr. Rusher eine Unterrichtsstunde in Botanik und zeigte ihrem Großpapa die Stelle, wo die holländischen Tulpenzwiebeln eingepflanzt worden waren, und sie musterten gemeinsam die glattgeharkte braune Erde, fanden aber nicht die Spur eines Triebes. In der einen Ecke des Grundstücks stand ein großes Treibhaus, und in der feuchten Hitze unter seinem Glas inspizierten sie die blühenden Bananenpflanzen, die Orangenbäume mit ihren goldenen Früchten, den scharlachroten Hibiskus, die Orchideen und andere seltsame Pflanzen, von denen der nette Mr. Rusher noch nicht einmal die Namen gehört hatte.

Jetzt war Jed obenauf. Das war es, wovon er geträumt hatte, das war Luxus, das war Macht! Nicht Zuckerrüben pflanzen, die man für weniger als die Herstellungskosten an eine kaltherzige Aktiengesellschaft verkauft, sondern riesige rote American-Beauty-Rosen mit 90 Zentimeter langen Stengeln züchten, die dann eine Königin der Salons in einem Ballsaal trägt! Nicht im Dreck herumkriechen, Schwielen an Händen und Knien, sondern in herrischer Pracht umherschlendern – oder auch nur in einem Rollstuhl gefahren werden –, während respektvolle Gärtner die Mützen ziehen und glücklich sind, wenn du ihre Arbeit lobst!

Ja, so würde Jed eines Tages leben, und bis dahin war es gar nicht mehr so weit. Er beschloß plötzlich, sich gleichfalls ein Treibhaus mit Bananen, Orangen, Hibiskus und Orchideen anzuschaffen, ebenso würde er eine goldhaarige Tochter des Luxus besitzen, irgendeine blaue oder rosarote Schönheit, die ihm botanische Lektionen erteilt und ihm die Stelle zeigt, an der die holländischen Zwiebeln eingepflanzt worden sind. Und da er gerade dabei war – Jeds rasche Phantasie machte gewaltige Sprünge –, warum nicht diese Belle da? Sie war hübsch genug, um seinen hochfliegenden Ehrgeiz zu befriedigen, und was noch mehr ins Gewicht fiel, sie war in greifbarer Nähe, er hatte die Chance, sie zu gewinnen. Was würde er tun müssen, um diesen Preis zu erringen? Er wußte die Antwort, ohne auch nur eine Sekunde zu zögern – er würde viel Geld verdienen müssen. Ohne diese Voraussetzung wäre seine Werbung eine Unverschämtheit, ja, fast ein Verbrechen. Ferner würde er sein Geld schnell verdienen müssen, denn Lulu Belle würde nicht auf ihn warten, die Prozesse der Natur sind nicht aufzuhalten.

9. Kapitel

Der Blitz

I

Vormittags setzte Jed sein Universitätsstudium fort. Eine Vorlesung, die nachmittags stattfand, mußte er ausfallen lassen, aber er wollte das im Sommersemester nachholen. Wenn nur die Parzen, die sein Geschick in Händen hatten, den alten Warrener am Leben erhielten, damit Jed diese wunderbare Stellung den ganzen Sommer hindurch behalten kann, statt im Land umherwandern zu müssen, um den Weibern bankrotter Farmer Mappen oder Subskriptionsbände oder Melkmaschinen oder patentierte Abziehriemen aufzuschwatzen.

Die Nachricht von seinem Glück war den meisten seiner Kollegen zu Ohren gekommen und hatte ihm einen Namen gemacht. Viele wußten, wie wichtig es sei, in die Nähe der Reichen zu gelangen, aber nur wenige hatten selbst in ihren kühnsten Träumen von einer so schönen Gelegenheit geträumt, wie sie diesem großen jungen Bauernburschen zugefallen war. Seine zurückhaltende Art begann plötzlich Eindruck zu machen, die Leute konnten über ihn nachdenken und sich allerlei einreden, das viel interessanter war als die Wirklichkeit.

Kanzler Saybuck hielt ihn auf dem Universitätshof an. «Was höre ich da, Rusher? Sie sind bei Mr. Warrener beschäftigt?»

«Ja, Sir, er hat mich holen lassen, ich sollte ihn pflegen, und das konnte ich natürlich nicht ausschlagen.»

«Was machen Sie denn da?»

«Ich bin jeden Nachmittag drei Stunden bei ihm. Was er dann eben so braucht. Meistens lese ich ihm vor.»

«Was lesen Sie?»

«Zeitungen, Magazine, was er mir gibt.»

«Auch radikale und gottlose Schriften?»

«Ja, Sir, leider auch das; aber ich lasse mich dadurch nicht beeinflussen; es geht mir zum einen Ohr hinein und zum andern wieder hinaus.»

«Nur vorsichtig, junger Freund, ich werde für Ihr Seelenheil beten. Nie würde ich mir das verzeihen, wenn einer meiner Schützlinge in die Schlingen des Versuchers fiele! Vergessen Sie nicht, der Satan ist listig, und er versteht seinen Köder mit Schlauheit zu wählen.»

«Ja, Sir, ich glaube zu verstehen, was Sie meinen; aber ich werde mich nicht fangen lassen.»

Jeds Antwort klang sehr zuversichtlich; in Wirklichkeit aber fühlte er sich gar nicht so sicher. In seinem Herzen gingen Dinge vor, die er sich selber nicht eingestehen wollte, er schob sie beiseite und schloß die Augen. Fast täglich bestürmten ihn seltsame Gedanken; Gedanken, von denen er noch nie gehört hatte. Es handelte sich nicht so sehr um besondere Argumente, als vielmehr um einen ganz allgemeinen Gesichtspunkt: daß es besser sei, die Tatsachen des Lebens nach den Regeln des gesunden Menschenverstandes einzuschätzen, statt ein System von Lehren hinzunehmen, von dem einem die Eltern, die Lehrer und Pastoren erzählen, daß es heilig sei.

Vergebens sagte sich Jed, daß ihn diese Dinge alle nicht interessierten, daß er nur in der Welt vorwärtskommen wolle. Dieser gefährliche, neue, verführerische Gedanke wurde seiner Seele Tag für Tag zugeflüstert. Hier auf der einen Seite sein Arbeitgeber, der irgendeine schlaue Frage stellt oder eine ganz nebensächliche Bemerkung fallenläßt, die ihn beschämen soll, weil er immer noch an dumme, kindische Dinge glaubt, weil er Angst hat, mit seinem Gehirn an die Probleme des Lebens heranzugehen. Und auf der anderen Seite Liza, die ihn beobachtet und voller Angst ist, die kostbare Seele ihres jüngeren Bruders könnte um weltlichen Vorteils willen durch den Kontakt mit einem bösen, lästerlichen Atheisten gefährdet werden. Achte auf deine Schritte, Jed Rusher!

2

MR. CLAUDES KLEINER FISCHZUG IN BONANZA-Gold nahm einen günstigen Ausgang, und ein neuerlicher Versuch, der sich auf die Meldung gründete, daß ein Ring gebildet worden sei, um pazifisches Öl in die Höhe zu treiben, glückte ebenfalls. Jed begann ein kleines Kapital anzuhäufen, sehr bald würde er imstande sein, auf eigene Faust zu spekulieren. Er erzählte niemand außer Liza von seinen Gewinnen, und das Geld deponierte er bei der Postsparkasse, das fiel nicht auf. Die einzige Neuerung, die er sich erlaubte, war ein eleganter Anzug nach letzter Mode, nebst einer sogenannten Garnitur, das heißt Hut, Krawatte, Schuhe, passende Socken und Handschuhe, für besonders feierliche Gelegenheiten. Er gründete seine Zukunft auf die Überzeugung, daß man, um reich zu werden, sich zu den Reichen gesellen müsse, und einer der ersten ganz unerläßlichen Schritte dazu war, so angezogen zu sein wie sie, und nicht wie die verlorenen Geschöpfe, die vor ihren Palästen auf und ab spazieren und durch die Gitter spähen.

In seinem Benehmen wurde Jed noch reservierter als bisher. Es war für ihn eine Quelle beständigen Ärgers, daß die Leute versuchten, sich an ihn heranzumachen und Informationen aus ihm herauszulocken. Sollten sie doch selber hingehen und sich Bescheid holen! Daß diese Pensionäre sich einbildeten, Jed werde ihnen helfen, Lebensversicherungen, Automobile oder elektrische Kühlschränke an seine reichen Freunde zu verkaufen. Oder Carrie Meecham, die ihm allen Ernstes den Vorschlag machte, ihre Miss Hugins für Mrs. Claudius G. Warrener einzutauschen. Carrie war auf den Gedanken gekommen, Mrs. Warrener könnte mit Carries Bank ein Geschäft machen und dadurch Carries Prestige erhöhen; sie gab zu verstehen, daß sie, wenn Jed das arrangierte, ihre Miss Hugins veranlassen würde, Liza und Jed einmal zum Essen einzuladen. Carries alte Dame wurde immer älter, vielleicht würde sie jemanden brauchen, der sie pflegt. Als ob Jed Rusher den Rest seines Lebens damit verbringen wollte, quengelige alte Krüppel zu bedienen!

Auch an der Universität gab es Leute, die ein Stück von Jeds Weihnachtskuchen zu ergattern hofften: Sommerarbeit im Garten der Warreners, eine Chauffeurstelle oder einen Posten als Hauslehrer. Einige der ganz Schlauen, die gehört hatten, daß Jed mit großen Finanziers bekannt sei, wie zum Beispiel mit dem «Alten Walt» – so hieß Mr. Evarts in sämtlichen Maklersälen –, begannen nach Tips zu angeln und mußten ruhig, aber entschieden in ihre Schranken verwiesen werden.

Alle bis auf einen: Dick Sunstorm. Jed wußte, daß Dick ein wirklich tüchtiger Bursche war. Er konnte verkaufen, und früher oder später würde Jed etwas zu verkaufen haben, in großem Maßstab, über ganz Amerika. Ein Mann wie Dick, der mit einer Hausfrau fertig werden konnte, würde auch mit einer Million Hausfrauen umzugehen wissen, und Jed würde sich seine Talente zunutze machen: kein Kompaniegeschäft, nichts, wodurch Jed gebunden wäre, sondern ein festes Gehalt und eine Tantieme, die Dick im Schwung erhalten würde. Jed ließ ihn strenge Verschwiegenheit schwören und weihte ihn dann in das Geheimnis des Rings ein, der pazifisches Öl in die Höhe treiben sollte. Dick hatte nicht viel Geld erspart, aber er riskierte es, sich etwas zu borgen, und schleppte vereinbarungsgemäß die Hälfte der Aktien für Jed; beide schnitten glänzend ab. Von nun an spielte Dick die Rolle des hungrigen Hechts, der in Jeds Karpfenteich umherschwamm. Diesen Sommer ging er nicht aufs Land, um Subskriptionslisten auszutragen, sondern verschaffte sich Arbeit in der Stadt und wartete auf den nächsten Tip. Er bewies seine Tüchtigkeit, indem er Jed nicht lästig fiel, sondern sich darauf beschränkte, immer bei der Hand zu sein.

3

Tag für Tag lernte Jed neue Mitglieder der Familie Warrener kennen und bereicherte seine Kenntnis der Sitten, Sprache, Kleidung, Ansichten und des «tout ensemble» der Plutokratie. Es erschien Charlie Eddystone mit seiner Frau, der zweiten Tochter des alten Warrener; im Haus wurde sie Mrs. Lou genannt. Charlie war ein eleganter Modeherr, Polospieler, Rennbahnhabitué und Sportenthusiast, rotbackig, braun und kernig, mit einer Neigung zum «embonpoint», die er durch alle möglichen körperlichen Anstrengungen zu bekämpfen versuchte, nur nicht durch die Willensanstrengung, weniger zu essen. Mrs. Lou war die richtige Frau für ihn; lustig, lärmend, leider, wie Jed meinte, ein wenig vulgär, obgleich er nicht wußte, ob er über die vornehme Welt genügend informiert sei, um solch ein Urteil fällen zu dürfen. Im Winter zeigte sich Mrs. Lou in einem gelben, lebhaft schwarzgefleckten Leopardenmantel, jetzt im Frühling trug sie chinesische Kimonos, scharlachrot mit goldenen Drachen oder himmelblau mit grünen und purpurnen Pfauen. Ihre Stimme war laut und durchdringend, mehr für den Poloplatz als für ein Krankenzimmer geeignet; wenn sie sich amüsierte, warf sie den Kopf zurück und lachte so laut, daß man es im ganzen Haus hörte.

Jed gefiel sie, weil sie sagte, was sie dachte, und für jemanden, der nach Informationen suchte, war das sehr nützlich. Sie erzählte die Wahrheit über die Familie, sie erzählte auch die Wahrheit über die ganze übrige Gesellschaft von Mountain City, obgleich sie den größten Teil ihrer Zeit auf Reisen verbrachte und mit ihrem Gatten Pferderennen, Polospiele, Yachtfahrten und andere Wettkämpfe zwischen Bar Harbor in Maine und Coronado in Kalifornien, von einem Ende des Kontinents bis zum andern, besuchte. «Papa», sagte sie, «ich habe nur ein Leben zu leben, und das werde ich so verleben, wie es mir paßt, und ich lasse mir nicht von den alten Katzen das Herz aus dem Leibe reißen! Ich komme eben von einer Bridgepartie, 28 Stück waren dort versammelt – mein Gott, dieses Geschnatter –, sie rissen einander den guten Ruf in Fetzen und hätten sich am liebsten in die Haare gekriegt. Jeden Tag schwöre ich einen neuen Eid, daß ich nur noch mit Männern verkehre; ich halte ihn auch, bis wieder an einem dieser warmen Frühlingsabende der Nächste anfangen wird, mir den Hof zu machen.»

Nun geschah etwas Erstaunliches. Warrener langte auf den Tisch neben seinem Bett, auf dem seine Zigarren und seine Zündhölzer standen, er nahm die Zigarrenkiste und hielt sie ganz nebenbei mitten im Gespräch seiner Tochter hin, und sie nahm ganz nebenbei mitten im Gespräch eine Zigarre, griff nach dem Zündholzständer, zündete sich die Zigarre an, tat ein paar Züge und betrachtete sie dann, um zu sehen, was für eine Sorte es sei. Sie paffte drauflos und erörterte mit ihrem Großpapa Familienangelegenheiten; Jed verbarg seine Verblüffung hinter seinem Buch. Er hatte sich mit der Tatsache vertraut gemacht, daß alle Damen der guten Gesellschaft Zigaretten rauchen; er hatte auch schon die alten Weiber auf den Rinderranchs ihre Pfeifen aus Maiskolben rauchen sehen; aber eine lange braune, giftige Zigarre – und noch dazu in Gegenwart des Vaters.

«Papa, ich will dir nur noch so viel sagen, ich weiß, sie angeln alle nach deinem Geld, sie wollen Mutters Schmuck haben und die Bilder und die alten Möbel und was nicht noch alles für ihre Wohnungen, und ich will dir nur sagen, mach, was du willst, verschenke, was du willst, Charlie und ich halten uns ganz leidlich über Wasser, und wir wollen dir wirklich nicht deine letzten Jahre verbittern. Ich fürchte, du hast nicht viel Spaß an deinen Kindern, aber du weißt ja, wie das ist, ich muß immer bei Charlie sein, um die Vamps zu verjagen – Gott weiß, was sie an diesem dicken Stück Rindfleisch finden, das jeden Tag massiert werden muß, aber sein Lächeln scheint etwas Aufreizendes zu haben, und ich muß immer auf dem Posten sein, um sie niederzuschreien, das ist ein Trick, den ich gelernt habe, ich rede zu ihnen ganz offen und ganz laut, so daß es der ganze Golfplatz hört, und dann machen sie kehrt und laufen davon.»

Mrs. Lou warf den Kopf zurück, ihr Mund öffnete sich und ein Gelächter kam aus ihm hervor, ein Gelächter, das der ganze Golfplatz hätte hören können, wenn er nicht mehrere Meilen entfernt gewesen wäre. Und Charlie saß freundlich grinsend dabei und schien nicht im mindesten böse zu sein, daß man von ihm als einem «dicken Stück Rindfleisch» sprach. Es ist eine alte Tradition des Westens, daß man Leute mit gewissen Schimpfnamen belegen darf, vorausgesetzt, daß man dabei lächelt.

Als Mrs. Lou schließlich zum Zimmer hinausfegte, seufzte ihr Papa etwas müde und sah lächelnd Jed Rusher an. Es war das erste Mal, daß Jed ihn seine Kinder kritisieren hörte, sicherlich nur aus dem Grund, weil Mrs. Lou selber die Kritik herausgefordert hatte und weil ihre Fehler so sehr an der Oberfläche lagen, daß niemand sie übersehen konnte. Der alte Herr sagte: «Schlecht erzogen, wie, Rusher?»

«Es ist schwer, immer das durchzusetzen, was man durchsetzen will», sagte der Jüngere mit der Miene des Philosophen.

«Jetzt weiß ich, was ich hätte tun müssen – jetzt, da es zu spät ist. Ich hätte keinem von ihnen auch nur einen Cent geben dürfen, und sie hätten sich selber ihren Weg machen müssen, so wie Sie das tun.»

«Ja, da wacht man wirklich erst auf, Mr. Warrener.»

«Das wußte ich ja, aber es war mir zuviel Arbeit. In der Welt draußen kann der Mensch seinen Willen durchsetzen, er kann sein Geschäft leiten und sogar für seine Ideen eintreten, zu Hause aber, da sind die Weiber, und die haben viel zuviel Mittel, einem das Leben zu verbittern, diesem Druck kann man nicht widerstehen. Mein Sohn mußte nach Yale, weil seine eleganten Freunde dort studierten, und er mußte Geld haben, um mit ihnen Schritt zu halten. Meine Töchter mußten in das allerteuerste Ausbildungsinstitut, das je eine Betrügerin ersonnen hat, um den Töchtern der Bergwerkskönige und Rinderbarone zu imponieren. Jetzt sind sie alle gebildet, und ich habe nicht den geringsten Einfluß mehr auf sie.»

Der arme alte Millionär seufzte abermals, griff nach der letzten Nummer seines Bodenreformerblatts und begann Ausschnitte anzustreichen, die mußte dann Jed in den Schrank verstauen, und weder er noch irgendwer sonst würde sie je wieder zu Gesicht bekommen.

4

Mrs. Marian Warrener-Barton brachte ihr Erstgeborenes, um es dem Oberhaupt der Familie vorzuführen. Sie erschien in königlichem Staat; eine weißgekleidete französische Bonne mit einer Haube, von der lange blaue Bänder über den Rücken baumelten, trug das kostbare Kind auf einem Spitzenkissen. Jed hatte so etwas noch nie gesehen, und er wußte sofort: das ist das Richtige. Auf den ersten Blick mußte die ganze Welt merken, daß das winzige Stück Leben auf diesem Kissen dazu bestimmt sei, aufzuwachsen, um ein Königreich des Stahls oder der Kohle oder des Petroleums oder der Zuckerrüben oder der Rinder zu regieren. Das Wurm hieß Lydia Abercrombie Warrener-Barton und war das vierte Urenkelkind; die Claudes hatten einen Sohn, und dann gab es noch eine ältere Enkelin, die einen Sohn und eine Tochter hatte.

Die junge Mutter war natürlich äußerst stolz auf die vollbrachte Leistung. Ein wenig blaß noch von den schweren Stunden, setzte sie sich schnell auf den bequemsten Stuhl; es sei, erklärte sie, ihr erster Ausgang, und sie sei sofort zum Großpapa geeilt, um ihm das Kind zu zeigen. Das Kissen mit der kostbaren Last wurde in Großpapas Arme gelegt, er betrachtete das Wurm, gab die üblichen Gaumenlaute von sich, von denen man annimmt, daß es menschlichen Würmern Spaß macht, versuchte, so gut es ging, das Lächeln des Wurms zu imitieren, und sagte, es sehe seiner Mutter ähnlich, aber noch mehr seiner Großmutter, aber nicht so sehr seiner Urgroßmutter. Sie erörterten die Frage, ob in Familie Warrener braune oder blaue und blaugraue Augen häufiger seien, ob braune Haare oder goldblonde, und welche Veränderungen mit der Farbe des Säuglingshaares vor sich gehen.

Das Leben spann seinen Zauber um den armen alten Warrener, stellte seinen gelähmten Füßen abermals eine Falle, ihn mit Liebe und Hoffnung zu ködern. Wie konnte man in dieses unschuldige kleine Gesichtchen mit seinem frisch vom Himmel importierten Lächeln, seinem weichen, zarten Fleisch, seinen winzigen, tastenden Fingerchen blicken und sich vorstellen, daß das zu einem vergnügungssüchtigen Frauenzimmer heranwachsen sollte, das sich's zur Aufgabe machen würde, jeden Idealismus in eines Mannes Seele zu zerstören, ihm Kinder zu gebären und zu verlangen, die Jungen müßten eine snobistische Universität und die Mädchen das teuerste Ausbildungsinstitut besuchen (das nur je eine Betrügerin ersonnen hat, um den Töchtern der Bergwerkskönige und Rinderbarone zu imponieren!). Nein, seine Urenkel würden sicherlich klüger und glücklicher sein, dachte der arme alte, reiche Mann, dessen Beine bereits im Grab lagen.

Jed beobachtete die junge Mutter und mußte abermals an Liza denken, die so ganz anders war. Sowie diese Damen aus der großen Welt älter wurden, machte sich ihre Herzenshärte im Gesicht bemerkbar: die Narben aus den Kämpfen um Liebe, um Geld, um Schmeichelei, um Prestige, um Aufmerksamkeit, um die Nahrung ihrer Seele. Mit 20 oder 22 Jahren aber, wie Mrs. Marian, waren sie reizend anzusehen: die Haut ohne Fältchen, die Stimme weich, das Benehmen anmutig, immer lächelnd, heiter und gelassen. Man hatte ihnen ganz genau beigebracht, wie sie sich frisieren und wie sie sich anziehen sollten, welche Farbe zu ihrem Teint am besten passe, welcher Schnitt und Stil die Vorzüge ihrer Gestalt am besten zur Geltung bringen; sie wußten, wie man in ein Zimmer tritt, wie man sich jemand vorstellen läßt, wie man sich in jeder Lage zurechtfindet.

Das Leben schützte sie vor allen überraschenden, schmerzlichen und verwirrenden Erfahrungen, ja, auch dann, wenn sie ein Kind bekamen. Es kam nicht zu früh, weil erfahrene Ärzte und Pflegerinnen auf dem Posten waren, die genau wußten, was zu machen sei, so daß zwei bis drei Wochen später die reizende junge Mutter ihr Haus verließ, ein wenig blaß, aber immer noch lächelnd, immer noch selbstsicher und fest überzeugt, daß Großpapa – durch einen Besuch in schicklicher Weise daran erinnert – seinem Testament eine magische Klausel anfügen werde, die der winzigen Lydia Abercrombie Warrener-Barton jenen Anteil an der Sicherheit und Macht gewährte, der ihr gebührt, ihr und ihren Kindern und Enkeln und Urenkeln bis ans Ende der kapitalistischen Zeiten.

5

Lulu Belle kam herein. Sie hatte von dem geplanten Besuch gehört und benützte die Gelegenheit, um sich noch einmal das neue Baby anzusehen. Sie lief hin und küßte ihre Kusine Marian, sie küßte ihren Großpapa auf die welke Wange, und dann eilte sie zu dem winzigen Stück Leben auf dem Kissen. Oh, das allerliebste Wesen, das allerentzückendste Wesen! Wenn sie bloß zu Hause auch so ein neues Baby hätten! «Oh, Kusine Marian, könntest du sie uns nicht eine Weile leihen? Oh, Kusine Marian, sie würde so süß aussehen in der Wiege, die ich für Gladys hatte!»

Lulu Belle war restlos in dieses neue, lebendige Püppchen verliebt, das so vieles konnte, was nicht einmal die teuersten Püppchen aus den Warenhäusern können. Sie war ganz zufrieden, wenn sie nur dastehen und das Wunder anstarren durfte. Erlaubte man ihr, das Tragkleidchen aufzuheben und zuzuschauen, wie die winzigen roten Zehen zappelten und sich krümmten, schrie sie vor Freude auf und verlangte, jemand müsse kommen und schauen, sei es auch nur der nette Mr. Rusher, wenn alle anderen zu sehr mit ihrer Unterhaltung beschäftigt waren. Lulu Belle konnte anscheinend französisch, sie plapperte gewandt mit der französischen Bonne, und das machte großen Eindruck auf Jed. Er hatte das Französische in der Schule nur sehr mühsam erlernt und nicht geahnt, daß jemand imstande sein könne, es so schnell und gewandt herunterzuhaspeln.

Nachdem das Baby sich empfohlen hatte, blieb Lulu Belle noch da, um mit ihrem Großpapa eine Partie Schach zu spielen; er konnte sie immer schlagen, machte aber Fehler, und zwar absichtlich, wenn Jed richtig vermutete. Auf jeden Fall amüsierten sie sich prächtig, und als der Tagpfleger kam, um Jed abzulösen, war auch zufällig gerade das Auto für Lulu Belle gekommen. So hatte also Jed das Vergnügen, mit dem Götterkind durch den ganzen Korridor zu spazieren, sie mit dem Aufzug hinunterzubringen und zur Haustür zu geleiten. Keine allzu ergiebige Gelegenheit, wenn man sie mit dem Minutenzeiger einer Uhr mißt, aber ergiebig genug, um einem jungen Burschen vom Land ein höchst erstaunliches Erlebnis zu bescheren.

Sowie sie das Krankenzimmer verlassen hatten, fing Lulu Belle an. «Oh, Mr. Rusher, Ma hat mir erzählt, wo die Babies herkommen!»

«Wirklich?» Jed gelang es nur mit äußerster Mühe, seiner Stimme einen normalen Klang zu verleihen.

«Ja, sie sagt, sie kommen aus dem Körper ihrer Mütter. Haben Sie schon so etwas Sonderbares gehört? Zuerst dachte ich, es ist bloß wieder so ein Märchen, das sie sich ausdenkt, aber sie sagt, es ist wirklich wahr, sie hat mich einmal unter ihrem Herzen getragen, und als ich geboren wurde, kam ich aus ihr hervor, ganz lebendig wie die kleine Lydia.»

Jed Rusher, du wolltest in die vornehme Gesellschaft aufrücken und elegante Konversation lernen – da hast du nun eine Probe davon! So unterhalten die Töchter des Reichtums ihre jungen Bekannten, während sie in ihres Großvaters Haus durch den Korridor schlendern. Und noch dazu ohne die mindeste Verlegenheit, ohne auch nur die Stimme zu senken, ohne jede Besorgnis, daß die Großmutter oder Tante Lucile oder der Sekretär oder die Haushälterin oder das Stubenmädchen oder der Butler es hören könnten.

«Haben Sie das gewußt, Mr. Rusher?» fuhr das Kind hartnäckig fort.

«Ja, ich habe es gewußt», sagte Jed. Sein Hals brannte, die Flammen griffen auf seine Ohren und Wangen über. Ein rascher Blick zeigte ihm, daß er und Lulu Belle allein waren; aber einige der Zimmertüren standen offen, und wenn dieses Gespräch belauscht würde, könnte das den Verlust seiner Stellung bedeuten.

«Und Sie wollten es mir nicht sagen!» sagte sie vorwurfsvoll. «Mama schien zu glauben, sie müßte sich schämen, aber ich fand das alles so reizend, ich habe sie jetzt nur noch um so lieber. Sie sagt, es hat schrecklich weh getan, als ich herauskam. Aber mehr hat sie mir nicht sagen wollen.»

Sie betraten den Aufzug. Jed schloß die beiden Türen und drückte auf den Knopf. Jetzt war er zumindest für ein paar Minuten in Sicherheit; das Gesurr der Maschinerie würde die Stimme des Kindes übertönen. Lulu Belle aber war das einerlei, sie hatte anscheinend gar nicht das Gefühl, daß das alles doch etwas ungewöhnlich sei.

«Sie wollte mir nicht sagen, wie man es macht, ein Kind zu kriegen. Wie ist es denn nun wirklich, Mr. Rusher? Geschieht das ganz von selbst oder muß man etwas dazu tun?»

Schweigen. Jetzt hatten die Flammen Jeds Stirn erreicht.

«Oh, Sie wollen es mir auch nicht sagen! Bitte, doch! Muß man schon ganz erwachsen sein, oder kann man auch ein Kind bekommen, wenn man noch so jung ist wie ich?»

Der Aufzug hielt im Erdgeschoß, und es war Jeds Pflicht, als ein Gentleman der guten Gesellschaft die beiden Türen zu öffnen und die Kleine vorausgehen zu lassen. Seine Knie aber waren schwach, seine Hände zitterten. Wie denn, wenn jemand da draußen stände – irgend jemand, ein Mitglied der Familie oder ein Dienstbote – und der Betreffende würde auch nur einen Satz dieses Gesprächs hören! Ja, bevor Jed die Klinke der Tür berührte, mußte er sich zu diesem Kind wenden und flüstern: ‹Still, Lulu Belle! Du bist ein unnatürliches und verdorbenes Geschöpf, es fehlt dir gänzlich an jener Bescheidenheit und Zurückhaltung, die jedem reinen und braven weiblichen Wesen angeboren ist.› Zumindest müßte er sagen: ‹Daß nur niemand dich hört! Man wird es nicht gern sehen, daß du solche Fragen an einen jungen Mann richtest.›

Aber in Jeds Kopf ging es drunter und drüber, und diesmal war sein Denken zu langsam. Er öffnete die innere Bronzetür und dann die äußere, und Lulu Belle trat hinaus und blieb wartend stehen, während er die beiden Türen wieder zumachte. Sie schaute sich nicht einmal um, ob jemand in der Nähe sei. Jed aber, in panischer Angst, sah sich nach allen Seiten um, während er sich noch an den Türen zu schaffen machte. Niemand zu sehen, Gott sei Dank! Aber da waren mehrere Türen in andere Räume, Flügeltüren, die weit offen standen, und dort im Schatten einige Stühle, auf denen jemand sitzen konnte! Schnell nachdenken, Jed, und achtgeben!

«Ich glaube, Lulu Belle, wenn Sie Ihre Mutter schicklich fragen, wird sie Ihnen alles erklären, was Sie wirklich zu wissen brauchen.»

«Sie will doch nicht, Mr. Rusher.» Seite an Seite spazierten sie durch das geräumige Vestibül zur Haustür. «Aber ich bin entschlossen, es herauszubekommen, und wissen Sie warum? Ich will selber ein Baby haben.»

«O nein, Lulu Belle!»

«Wenn Sie mir nicht sagen, wie man das macht, werde ich jemand anders finden, der es mir sagt. Ich dachte mir, ich wollte Sie fragen, weil Sie auf der Universität sind und alles wissen. Oh, bitte, Mr. Rusher, sagen Sie mir, wie! Denken Sie bloß, wie glücklich ich sein würde, wenn ich selber ein Baby haben könnte, ganz so reizend wie Lydia, das lege ich dann in die Wiege, in der Gladys gelegen hat, und wasche es und ziehe es an und pflege es immerfort. Ich wäre auch nicht zu alt, um es zu behalten, denn nur für die Püppchen wird man zu alt. Sehen Sie doch, Kusine Marian, die ist schon erwachsen, aber alle sind der Meinung, daß es für sie ganz richtig ist, ein wirkliches Baby zu haben.»

Sie waren an die Haustür gekommen; Jed öffnete. Seinem verwirrten Gehirn gelang es, folgende Gedanken zu fassen: ‹Meine Wangen brennen, mein ganzes Gesicht ist rot, der Chauffeur wird das bemerken, und vielleicht sitzt auch die Gouvernante im Auto. Auf jeden Fall würde es ihnen nicht recht sein, wenn ich Lulu Belle bis zum Auto begleite, ich darf sie eigentlich gar nicht kennen.›

Er blieb auf der Schwelle stehen. «Ich habe da etwas vergessen, was ich noch für Ihren Großpapa besorgen muß, Lulu Belle. Ich muß zurück.»

Die großen blauen Augen sahen ihn an, keine Spur von Verlegenheit war in ihrem Blick. «Bitte, sagen Sie es mir, Mr. Rusher! Oder sagen Sie mir, warum Sie es nicht sagen wollen.»

«Ich kann nicht, Lulu Belle, ich kann nicht. Leben Sie wohl!» Und der verwirrte Jüngling aus der Rindergegend eilte ins Haus, die große Tür hinter sich schließend.

10. Kapitel
Die Krisis

I

Mach einen langen Spaziergang, Jed Rusher, und versuche dieses Fieber aus deinem Blut zu verscheuchen. Laß das Essen in der Pension warten, während du durch die Straßen trottest, und denke alle die Gedanken, die dir in jenen unglaublichen drei oder vier Minuten nicht einfallen wollten.

Erstens: Ist es möglich, daß ein junges Mädchen so gar nichts von dem Wesen der Fortpflanzung, von der Bedeutung des männlichen und weiblichen Geschlechts, von den Vorgängen der Zeugung und Schwangerschaft weiß? Einem Sohn der Rindergegend fällt es wirklich schwer, das zu glauben. Jed dachte an hunderterlei Szenen, die er mitangesehen hatte, an das Verhalten verschiedener Tiere; Rinder, Pferde, Hunde, Hühner, wilde Vögel, alle hatten sie die Fragen des Bauernkindes beantwortet. Er mußte sich daran erinnern, daß Lulu Belle nie Gelegenheit gehabt hatte, solche Szenen mitanzusehen, und sie war vielleicht auch nicht genügend oft mit anderen Kindern allein gewesen, um ihre Witze und Anspielungen zu hören. Es schien wirklich wahr zu sein, ihre Unwissenheit war offenbar echt.

Es gehörte zu den Gewißheiten in Jeds Gedankenwelt, daß jede brave Frau mit einer angeborenen instinktiven Sittsamkeit begabt sei, die ihr sagt, was sie nicht tun, worüber sie nicht reden und nicht einmal nachdenken darf. Ja, in der Tat, das war für ihn der eigentliche Unterschied zwischen einer braven Frau und einer schlimmen Frau. Die Schlimmen reden ohne Scheu über derlei Dinge und frönen ihren Gelüsten wie das Vieh, während die brave Frau ihre Blicke abwendet und vor dem bloßen Abbild der Sünde flieht. Das tut sie ganz instinktiv, weil Gott in seiner Güte sie so geschaffen hat.

Liza war eine brave Frau – es gab keine bravere als sie –, und Liza hatte Jeds Denken in diese Richtung gelenkt. Die Fortpflanzung der Tiere nimmt man zur Kenntnis, denn Gott hat ihnen befohlen, sich auf diese Weise zu vermehren: «Männchen und Weibchen schuf er sich.» Das Leben des Farmers hängt von dieser Vermehrung ab, und so ist das eine einfache Notwendigkeit. Sobald es sich aber um den Menschen handelt, geht man dem Thema so weit wie nur möglich aus dem Weg, und wenn man davon spricht, dann immer nur mit einer gewissen Verlegenheit. Diese Atmosphäre ist der Beweis für deine Bravheit, für die Richtigkeit deines Instinkts und deiner Erziehung. Von diesem Gesichtspunkt aus war Lulu Belle durchaus nicht brav; so wenig brav wie nur möglich. Konnte aber Jed wirklich annehmen, daß sie schlimm sei? Oder hatte er da etwas nicht ganz begriffen? Liza warnte ihn immer vor der moralischen Verderbtheit der reichen Müßiggänger. Sie wußte anscheinend mehr als er, daraus entsprangen vielleicht ihre Besorgnisse? Wußte sie etwa, daß junge Mädchen, die in reichen Häusern mit Gouvernanten und zahlreicher Dienerschaft heranwachsen, die Gewohnheit haben, sich uneheliche Kinder zu wünschen? Das paßte nicht ganz zu der anderen Beschuldigung, die er oft gehört hatte: daß diese Sorte Frauen sich weigerte, überhaupt Kinder zu kriegen, daß sie vielmehr eine ganz verruchte Sache, die sogenannte Geburtenkontrolle, erfunden hätten, und lieber mit Angorakatzen und Pekineserhündchen auf den Armen umhergingen.

Es war das alles wirklich sehr verwirrend, und Jed versuchte sich zurechtzufinden; während er durch die Straßen und Parks von Mountain City spazierte, wurde sein Innerstes bis in die Tiefen aufgewühlt, und er war näher daran als je in seinem Leben, der nackten Wirklichkeit ins Auge zu sehen.

Ist es wahr, daß Reichtum korrumpiert? Glaubte er das wirklich, glaubte Liza es wirklich? Wenn ja, warum wollte er dann reich werden und warum half ihm Liza dabei? Nein, sie glaubte, daß es möglich sei, sowohl reich als auch brav zu sein; man hatte dafür das Beispiel Mr. Crumbacks und anderer reicher Mitglieder ihrer Kirchengemeinde. Man muß nur der richtigen Kirche angehören und eine Lehre besitzen, die einen gegen die Ränke des Satans sichert. Leute aber, die elegante und weltliche Kirchen besuchen, wie die Bischofskirchler, oder götzendienerische Kirchen, wie die Katholiken, diese Leute sind aufs höchste gefährdet, ob sie nun reich sind oder arm. Ein Mann wie Warrener, der das Wort Gottes völlig verwirft, muß natürlich erleben, wie seine Kinder sich gegen ihn wenden und die Wege des Bösen wandeln. Sagt nicht das Buch der Bücher, das brave Buch, daß die Sünden der Väter an den Kindern heimgesucht würden, sogar bis ins dritte und vierte Glied?

Lulu Belle war das dritte Glied, und sie mußte für die Sünden ihres Großvaters büßen. Der Umstand, daß sie persönlich unschuldig und nicht zu tadeln war, würde ihr gar nichts nützen, das ging aus dem Bibeltext zur Genüge hervor. Aber glaubte Jed auch wirklich daran? Oder hatte er sich, ohne es selber recht zu bemerken, zu Mr. Warreners Ansicht bekehrt, daß man eine Sache nicht deshalb akzeptieren dürfe, weil sie in der Bibel steht, sondern selber entscheiden müsse, ob sie vernünftig sei? Sollte man aufhören, Gott zu fürchten, und sich anmaßen, ein Urteil über Ihn zu fällen, Ihm zu sagen, was Er tun und lassen soll?

Das war keine abstrakte, theologische, sondern eine sehr

praktische, eine sehr brennende Frage. Denn sie bedeutete: würde Jed unbekümmert um Gottes Wünsche das Schicksal Lulu Belles in seine Hände nehmen dürfen? Jed verfolgte das Argument einen Schritt weiter und fragte: Gesetzt der Fall, es wäre Gottes Wille, daß er, Jed Rusher, sich einmische! Gesetzt der Fall, er, Jed Rusher, wäre als Werkzeug Gottes zur Rettung dieses Kindes auserwählt? Ein Gesichtspunkt, der für ein tatenlustiges und herrschsüchtiges Gemüt schon bedeutend angenehmer war. Und so sind die großen Taten der Weltgeschichte zustande gekommen, irgendein Mensch hat sich eingeredet, er handle im Auftrag des Allmächtigen.

2

Angenommen, Jed wollte etwas tun; was sollte er tun? Sollte er zu seinem Arbeitgeber gehen und sagen: ‹Mr. Warrener, es ist mir peinlich, Ihnen das mitteilen zu müssen, aber ich fühle mich dazu verpflichtet; Ihre Enkelin, Lulu Belle Macy, hat mir den und den Vorschlag gemacht, und ich glaube, man müßte ihre Mutter benachrichtigen, damit sie das Kind aufklärt und in ihre Zucht nimmt.› Jed war überzeugt, Warrener würde ihm dafür dankbar sein und seine Handlungsweise als die eines Ehrenmannes betrachten.

Wie aber würde Mrs. Macy das aufnehmen? Sie würde entsetzt und vor Scham außer sich sein, sie würde vielleicht Lulu Belle bei Wasser und Brot in ihr Zimmer sperren. Welche Haltung aber würde sie gegenüber dem Denunzianten einnehmen? Jed besaß nicht viel Lebenserfahrung, doch ein Instinkt flüsterte ihm zu, daß der Träger schlimmer Nachrichten selten willkommen ist. Jed würde der stolzen Frau stets ein Dorn im Auge sein und sie immer wieder an ein Erlebnis erinnern, das sie gern vergessen möchte. Sie könnte sich's in den Kopf setzen, ihn aus ihrem Gesichtskreis zu entfernen; und hatte nicht Jeds Brotherr zugegeben, daß er der Schwächere sei, wenn er mit den Frauen seiner Familie aneinandergeriet?

Oder sollte Jed mit Lulu Belle selbst sprechen und ihr ins Gewissen reden? Nun wußte er abermals nicht, ob er sich damit einen Freund oder einen Feind machen würde. Es war notwendig, sich über das Leitmotiv seiner Unterredung schlüssig zu werden – würde er in ihrem oder in seinem Interesse mit ihr sprechen? Eine Frage, die Jed abermals aufs Glatteis führte; er hatte es hier mit den grundlegenden Prinzipien des Lebens zu tun, des Lebens, wie er es zu leben gedachte. Er hatte die feste Absicht gehabt, Lulu Belle zu heiraten; wenn sie aber nun eine schlimme Frau war, würde er sie doch sicherlich nicht heiraten wollen! Oder doch? Würde er eine schlimme Frau heiraten, die zufällig eine reiche Erbin ist? Und für wie schlimm hielt er denn eigentlich Lulu Belle? Doch nicht für so schlimm, daß sie nicht durch einen braven Mann gebessert werden könnte? Und angenommen, er würde sie bessern wollen, würde er das vor der Hochzeit oder nach der Hochzeit tun?

Länger als 24 Stunden rang Jed mit diesen Problemen, bevor ihre finsteren und unheimlichen Seiten ihm zum Bewußtsein kamen. Am zweiten Abend unternahm er abermals einen ziellosen Spaziergang und versuchte, seine Gedanken zu ordnen. Als er aufbrach, schien der Mond, aber noch bevor er wieder zu Hause war, hatten finstere Gewitterwolken sich am Himmel emporgewälzt, und über den Bergen, die den westlichen Horizont der Stadt begrenzten, zuckten Blitze und rollten dröhnende Donner. Begleitet von dieser Teufelsmusik machte Jed Rusher seinen ersten Besuch in der Hölle, das heißt, er stürzte in jene Tiefen der Menschenseele hinab, die den Begriff einer höllischen Region und böser, dem schwachen Sterblichen feindlicher Kräfte erzeugt haben.

Der Gedanke traf sein Hirn wie einer jener Blitzschläge, die in den Bergen den Stamm einer Kiefer zerschmettern. Er hatte Lulu Belle heiraten wollen, er hatte an diese Heirat wie an ein fernes und schwieriges Ziel gedacht, das erst nach der Besiegung vieler Drachen, Einhörner und Riesen zu erreichen ist. ‹Ich werde mindestens eine Million verdienen müssen›, das war sein Gedanke gewesen, und er hatte nicht genau vorhersehen können, wie ihm das in vier bis fünf Jahren gelingen sollte. Hier aber zeigte sich ein leichter und kurzer Weg, der mit fast hundertprozentiger Sicherheit zum Ziel führen mußte. Lulu Belle wollte ein Kind haben, und zwar sofort; wie, wenn er, Jed Rusher, ihr das Kind verschaffen würde, würde er dann noch irgendwelche Schwierigkeiten haben, sie zu heiraten? Würde nicht im Gegenteil die Familie hinter ihm her sein, entschlossen, ihn zur Heirat zu zwingen? So war es in der Welt, die Jed Rusher kannte, und er war so naiv zu glauben, es könne bei den Reichen nicht anders sein.

Von dem Augenblick an, da dieser erste Blitzstrahl in seine Seele fuhr, wußte Jed, daß das ein ganz verruchter Gedanke sei. Der Krach erschreckte ihn, das Echo seiner Gefühle verursachte Herzklopfen. Aber es war ein Gedanke, dem er nicht entrinnen konnte, der ihm keine Ruhe ließ: die große Versuchung seines Lebens, die Wiederkehr jener alten Legende, von der er gelesen hatte: «Der Teufel führte ihn auf einen gewaltig hohen Berg und zeigte ihm alle Königreiche der Welt und ihre Pracht.»

Ja, wenn er das einzige Kind Wallace J. Macys heiratete, würde er den Gegenwert eines Königreichs besitzen und die Möglichkeit erhalten, neue Königreiche zu erobern, gar kein Zweifel! Die Macys und Warreners mochten anfangs wütend sein und ihn als einen Verführer und Halunken beschimpfen; aber sie würden darüber hinwegkommen, denn er würde dann der Sippe angehören, in den Augen der Welt allen anderen Mitgliedern ebenbürtig sein und seine Schande wäre ihrer aller Schande. Der Öffentlichkeit würde die Familie einreden wollen, daß sie sich diesen prächtigen jungen Universitätsstudenten, der den Crumback-Preis gewonnen hatte und so fest auf eigenen Füßen stand, seines Charakters wegen als Bräutigam ausgesucht hätten. Jed sah bereits den Bericht vor sich, den die Gesellschaftssekretärin Miss Newcomb verfassen und der Presse übergeben würde.

3

Ein Sturmwind, der die Bäume längs der Straße schüttelte, und ein Sturm der Begierden, der Jeds Seele durchtobte. Er hatte sich sein Leben als eine mühsame Kletterei vorgestellt, bei der seine Kraft sich erschöpfen könnte, bevor er den Gipfel erreichte; hier aber waren zwei Flügel, mit denen er fliegen konnte. Es schien fast zu einfach, um möglich zu sein; wenn der Gipfel des Erfolgs auf diese Weise zu erreichen ist, warum geschieht das nicht öfter? Vielleicht aber geschieht es, wie sollte Jed das wissen? Vielleicht gibt es viele große Familien, die einen unerwünschten Schwiegersohn adoptiert und den Skandal mit Erfolg vertuscht haben. Jed begann sich an die Skandalgeschichten aus den Zeitungen zu erinnern, an die reichen Erbinnen, die mit Stallknechten und Reitlehrern, Chauffeuren und Musikern, Schauspielern, Dichtern und so weiter durchgebrannt waren, ja, das hatte es schon gegeben, und das könnte also wieder einmal passieren.

Seine Gedanken pendelten von einem Extrem zum andern. Ein so reizendes Kind wie Lulu Belle konnte doch unmöglich einen so empörenden Schritt tun, wie er ihn sich ausmalte. Sie stellte Fragen in ihrer Unschuld und Unwissenheit; wenn aber die Fragen erst einmal beantwortet wären, dann würde sicherlich der Rückschlag kommen. Dann würde sich sicherlich die instinktive Sittsamkeit behaupten.

Aber – Jed begann nach der anderen Seite hin zu pendeln –, wie sollte er das wissen? Wie sollte er das in Erfahrung bringen, außer durch einen Versuch? Wenn er ihre Fragen beantwortete, so einfach und offen, wie sie sie stellte, würde ihn das zumindest ihr näher bringen und es ihm in Zukunft leichter machen, um sie zu werben und sie zu gewinnen. Und wenn sich herausstellte, daß sie wirklich schlimm war und bereit, «bis zum Äußersten zu gehen», wie es die Draufgänger unter den jungen Leuten an der Universität zu bezeichnen pflegten, na, warum nicht mit dem netten jungen Mr. Rusher, dem sie sich genähert hatte? Wenn er ihr sagte, daß ein Mann dazu nötig sei, würde ihre Antwort so ziemlich auf der Hand liegen: Wollen Sie dieser Mann sein?

Rollender Donner am Himmel über Jed Rushers Haupt und ein Erdbeben in den tiefsten Tiefen seiner Seele! Er begann sich auszumalen, was es bedeuten würde, die kleine Lulu Belle zu besitzen, und bei diesem Gedanken brach in ihm ein Aufruhr los, den er sich nie hätte träumen lassen. Ein Zittern befiel seine Knie, so daß er kaum gehen konnte; er erschrak, er mußte stehen bleiben und sich an einem der Baumstämme am Straßenrand festhalten. Der Gedanke an das Kind, an ihre Wünsche und an die Rolle, die er dabei spielen könnte, warf ihn um; aber er konnte ihm nicht entrinnen, er würde nie imstande sein, ihm zu entrinnen.

Bereits zweimal in seinem arbeitsreichen Leben war Jed

den moralischen Grundsätzen untreu geworden, die seine Schwester ihm eingeprägt hatte: zuerst mit einem Mädchen auf der Schule in Zion und dann auf seiner Verkaufstour mit der Tochter eines Ranchers. Beide Male hatte Jed gewußt, daß das, was er tat, unrecht sei, beide Male war er voller Scham und Angst gewesen und hatte schnell die Beziehungen abgebrochen. In keinem Fall war auch nur eine Spur von Idealismus dabei gewesen; das konnte auch nicht anders sein angesichts der Gefühle, die Jed bewegten. Alles Sexuelle bedeutete für ihn etwas Schmutziges, Tierisches und Menschenunwürdiges, etwas, das Gott und die Menschen verdammen, die große Falle, die Satan den jungen Männern stellt, und die Ursache zahlloser gescheiterter Existenzen, die am Weg zum Erfolg liegen bleiben.

Jetzt aber, so schlau und mächtig ist der Versucher, jetzt hatte er es so eingerichtet, daß die Liebe oder Sexualität, oder wie man es nennen will, nicht ein Hindernis auf dem Weg, sondern der Weg selber sein sollte. Bisher hatte Jed gesagt: Wenn ich dieses Weib ansehe, um sie zu begehren, kann mich das meine Zukunft kosten; jetzt aber sagte er: Es wird mir meine Zukunft sichern; und wie schnell sich da seine Gefühle änderten! Lulu Belle wurde plötzlich der schönste, der verlockendste aller Gegenstände, die das Leben ihm bisher gezeigt hatte. Jed erinnerte sich an ihre körperlichen Reize, die er gesehen hatte, und malte sich die aus, die er nicht gesehen hatte; und rings um diese Reize gleißte ein Glorienschein, der nicht von Geld und auch nicht von Diamanten war, denn alle diese Bilder sind, an dem modernen Standard der Reichtumsproduktion gemessen, vulgär und billig. Man hätte nicht einmal sagen können, es sei der Glorienschein einer Million Dollars; man hätte hier die geheimnisvolle, unendlich mächtige Glorie schildern müssen, die Million Dollars, Generationen lang im Besitz einer einzigen Familie, erschaffen haben, und die der Welt durch tausenderlei schlau ersonnene Künste offenbart wird.

Noch bevor jene schreckliche Nacht zu Ende war, hatte der Satan sich Jed Rushers Seele bemächtigt. Wenn Lulu Belle ein Kind haben wollte, warum sollte sie nicht eins haben, und warum sollte nicht Jed ihr dabei behilflich sein? Freilich würde es Hurerei und Sünde sein, wenn er sie aber so bald wie möglich heiratete, würde dadurch nicht alles wieder in Ordnung kommen? Wenn erst einmal das Baby da wäre, würde sie ganz sicherlich solide werden und sich als liebevolle Frau eines emporstrebenden jungen Finanzgenies zufriedengeben. Nimm den flüchtigen Augenblick wahr, Jed, denn das gerade unterscheidet den großen Mann von der gemeinen Menge!

4

BLASS UND UNWICHTIG MUSSTE DIE UNIVERSITÄT einem Mann erscheinen, der sich mit solchen Gedanken trug. Kindisch und trivial war diese ganze sogenannte studentische Tätigkeit, langweilig waren die Gleichungen zweiten Grades, die Gedichte von Pope und alles übrige. Jed konnte kaum seine Unruhe zügeln. Er vernachlässigte das Studium, er wußte mit seinen Kollegen nichts mehr zu reden, und er pflegte des Abends weite Spaziergänge zu machen, von den Stürmen seltsam vermischter Gefühle gepeitscht: Jubel, Angst, Trotz, Zaudern, Sehnsucht.

Er wollte Lulu Belle wiedersehen. Jeden Tag, wenn er zur Arbeit ging, hatte er nur den einen Gedanken: Wird sie kommen? Er malte sich aus, wie sie ins Zimmer träte, und jedes Pochen an der Tür machte sein Herz hüpfen. Er überlegte: Was werde ich zu ihr sagen? Wie werde ich es anstellen, um mit ihr allein zu sein? Wenn er dann weggehen mußte, ohne daß sie gekommen war, war er ganz krank vor enttäuschter Hoffnung. Er verschmähte sein Essen, er irrte wieder blindlings durch die Straßen, den Kopf voll von verrückten Plänen: sie anzutelefonieren, ihr einen Brief zu schreiben, ihrem Großvater irgendeinen Grund zuzuflüstern, warum er sie einladen müsse.

Er stellte fest, wo sie wohnte; sie wohnte in einem prunkvollen Gebäude in einer der hypermodernen Villengegenden Wallace J. Macys, Grundstücke und Versicherungen. Immer wieder, unvermeidlich, trugen ihn seine Füße dorthin, aber wenn er dann vor dem Haus angelangt war, konnte er nichts weiter tun als vorüberspazieren, denn Mr. Macy glaubte als ein echter Immobilienmann an die Macht der Reklame, und sein ganzer Besitz lag offen vor den Blicken der Rundfahrtpassagiere ausgebreitet. Auf dem ausgedehnten Rasenplatz gab es keine Hecke, ja nicht einmal einen Strauch, hinter dem ein liebestoller Jüngling sich hätte verstecken können. Jed mußte weiterspazieren, er konnte nur nach den hellen Fenstern blicken und sich fragen: In welchem Zimmer wohnt Lulu Belle, und was macht sie jetzt?

Und unablässig dieses unangenehme Zittern in den Knien, das kalte Rieseln, das über den Rücken läuft, die heiße Röte, die seine Wangen bedeckt! Jed hatte Angst um sich, denn noch nie hatte er eine solche Unruhe und Verzweiflung durchgemacht. Er konnte nicht essen, nicht schlafen, nichts funktionierte mehr. Werden die Menschen in solchen Krisen verrückt? Oder was machen sie bloß? Jed hatte keine Ahnung, und er wußte niemanden, dem er sein Geheimnis hätte anvertrauen wollen. Er gelobte sich, nicht mehr an die Sache zu denken, er versuchte, sich auf sein Studium zu konzentrieren; plötzlich aber, von irgendwoher, kam eine Welle der Erregung, die seinen Vorsatz wieder über den Haufen warf.

5

Eine Woche verstrich, Jed war schon ganz verzweifelt und auf dem Sprung, Mr. Warrener zu fragen, ob Lulu Belle vielleicht krank sei; da kam das Glück ihm zu Hilfe. Der alte Herr war soeben eingeschlummert, Jed saß mit einem Buch im Vorzimmer, als plötzlich die Tür aufging – und Lulu Belle erschien. Diesmal in einem orangefarbenen Complet.

«Oh, wie geht es Ihnen, Mr. Rusher?» sagte sie in ihrer einfachen, freundlichen Art.

«Wie geht's, Lulu Belle?» Er beschloß, diesmal, einerlei was sie sagen würde, ruhig und gelassen zu bleiben. «Ihr Großpapa ist soeben eingeschlafen.»

«Ich werde solange zu Großtante Lucile gehen.»

Jed beeilte sich. «Ich möchte mit Ihnen etwas besprechen, wenn Sie nichts dagegen haben. Ich habe mich entschlossen, Ihre Frage zu beantworten.»

«O Mr. Rusher!» Sie sah ihn mit ihren ernsten großen blauen Augen an. «Ich habe es schon herausbekommen.»

«Sie haben es –?»

«Ja. Ich habe einen Jungen kennengelernt und mich bei ihm erkundigt, und er hat es mir gesagt.»

In Jeds Kopf begann wieder alles sich zu drehen, aber er behielt seine beherrschte Miene bei. «Er hat es Ihnen gesagt? Und dann?»

«Nun, er sagte mir, was wir tun müßten, damit ich ein Kind bekomme, und er schien Bescheid zu wissen, so haben wir es eben gemacht.»

Jeds hochgetürmte Hoffnungen stürzten ein und schlugen in einer Wolke von Staub zu Boden. Die Stimme versagte ihm, er konnte nur dasitzen und sie anstarren.

«Es war sehr komisch», fuhr das Kind fort. «Ich habe so

etwas Sonderbares noch nie erlebt, und ich war nicht ganz sicher, ob der Junge wirklich Bescheid wußte. Er ist ein sehr netter Junge, und er sagte, er weiß genau Bescheid.»

Immer noch konnte Jed keine Worte finden. Er saß mit geballten Fäusten da, seine Züge waren eine Maske, hinter der Enttäuschung, Zorn, Abscheu, Neugier und – so seltsam und empörend es erscheinen mag – Begierde sich sämtlich zu einem panischen Wirbel vereinigten.

Unterdessen plapperte Lulu Belle weiter, ohne zu ahnen, wie ihm zumute sei. «O Mr. Rusher, ich bin so aufgeregt, wenn ich daran denke, daß ich vielleicht wirklich ein Baby bekomme! Sagen Sie mir, wie es ist!»

«Was denn, Lulu Belle?»

«Kann ich sicher sein, daß es richtig war?»

«Ja, was haben Sie denn eigentlich getan?»

Unheilige Neugier veranlaßte ihn zu dieser Frage. Nun aber erwachte in dem Kind endlich der Instinkt der Selbstverteidigung, der so lange geschlummert hatte. Sie antwortete, zu gleicher Zeit aber begann ein Erröten ihre Wangen und ihren Hals zu überfluten, und sie verstummte, bevor sie noch ganz fertig war. «War das richtig, Mr. Rusher? Werde ich davon wirklich ein Kind bekommen?»

«Vielleicht, Lulu Belle.»

«Aber ich kann nicht ganz sicher sein?»

«Erst nach einiger Zeit.»

«Das hat der Junge auch gesagt. Wann werde ich es wissen?»

«Schwer zu sagen. Vielleicht in zwei bis drei Monaten.»

«Und wie werde ich es dann wissen?»

Jed entsann sich der Weibergespräche, die er als Kind mitangehört hatte, wenn sie der Meinung waren, er sei noch zu jung, um aufzupassen oder gar das Gehörte zu verstehen. «Sie werden sich wahrscheinlich ein bißchen sonderbar fühlen. Es wird Ihnen vielleicht übel und schwindlig werden.»

«Wie komisch! Warum soll mir denn schwindlig werden, wenn ich ein Kind bekomme?»

«Nun, das weiß ich nicht, aber so hat man es mir erzählt.»

Er hielt einen Augenblick inne. Er wollte das Gespräch fortsetzen, er konnte sie jetzt nicht weggehen lassen. Und außerdem mußte er sie in ihrem eigenen Interesse warnen. «Wenn es soweit ist und Sie ganz sicher sind, werden Sie es Ihrer Mutter sagen müssen. Ich fürchte, es wird ihr nicht viel Freude machen, Lulu Belle.»

«Das glaube ich auch. Sie hat so sonderbare Ansichten! Können Sie sich irgendeinen Grund denken, warum es ihr nicht recht sein sollte, wenn ich ein Baby bekomme?»

«Ja, sehen Sie, ein junges Mädchen soll kein Kind bekommen, bevor es nicht verheiratet ist und einen Mann hat.»

Das kam ihr komisch vor. «Was, um Gottes willen, würde ich mit einem Mann anfangen? Ich bin ja doch noch ein Kind!»

«Das weiß ich, aber so denken nun einmal die Eltern; behalten Sie lieber das Geheimnis für sich, solange es geht, und sagen Sie bitte niemandem, daß Sie mit mir gesprochen haben. Man würde mir Vorwürfe machen. Während ich mich nur bemühe, Ihnen zu helfen, nicht wahr?»

«Oh, gewiß, Mr. Rusher, und ich bin Ihnen sehr dankbar.»

«Wenn Sie Schwierigkeiten haben, holen Sie sich bei mir Rat. Ich glaube, es wird am besten sein, wenn Sie ständig mit mir in Verbindung bleiben.» Jed hatte jetzt seine Fassung wieder, und er nahm sich sehr in acht wie ein schlauer Mann von Welt, denn so einer wollte er ja werden. «Lassen Sie weder Ihre Mutter noch sonst jemand sich einmischen, ohne es mir zu sagen, denn ich bin Ihr Freund, und ich will nicht, daß Sie zu Schaden kommen.»

«Oh, vielen Dank, Mr. Rusher! Ich werde Ihren Rat befolgen, aber ich glaube nicht, daß es mir schaden kann, denn, sehen Sie, Mama hat mich riesig gern, wenn sie auch sonderbare Ansichten über Babies hat, und ich habe noch nie etwas getan, was ihr nicht recht gewesen wäre, deshalb wird sie mir dieses eine Mal verzeihen.»

«Noch etwas, Lulu Belle, der junge Bursche, von dem Sie sprachen: Ist er ein Freund der Familie?»

«Oh, ja.»

«Ihre Mutter würde nichts gegen ihn einzuwenden haben?»

«Nein, Mama kennt seine Mutter sehr gut.»

«Sollten Sie mir nicht lieber seinen Namen sagen, damit ich mich im Notfall mit ihm in Verbindung setzen kann?»

«Oh, ich habe ihm versprochen, es niemand zu sagen, Mr. Rusher – nie, nie! Sehen Sie, es geht ihn ja gar nichts an, er hat ja bloß getan, was ich von ihm verlangt habe, und er sagte, Mama würde vielleicht auf ihn böse werden.»

«Ich verstehe», sagte Jed. «Nun seien Sie nur verschwiegen und sagen Sie ja nichts von mir. Aber Sie sollten versuchen, mich hin und wieder zu sehen und mir mitzuteilen, wie Sie sich fühlen und so weiter. Wenn Sie dann etwas wissen wollen, kann ich in den Büchern nachschlagen oder vielleicht jemand fragen. Ich will alles tun, was in meiner Macht steht, um Ihnen die Sache zu erleichtern.»

«Oh, vielen Dank!» sagte Lulu Belle, und ihr Kindergesicht strahlte vor Dankbarkeit für diesen netten Mr. Rusher. «Es ist doch gut, wenn ein Erwachsener in das Geheimnis eingeweiht ist, denn ich habe natürlich ein bißchen Angst, weil es das erste Mal ist, daß ich etwas mache, ohne Mama zuerst zu fragen. Vielleicht wird sie mich ausschelten, aber sie wird denken –»

Die Klingel aus dem Krankenzimmer läutete, und so konnte Jed für diesmal nicht erfahren, was Lulu Belles Mama denken würde.

11. KAPITEL

SOMMER

I

DIE PRÜFUNGEN STANDEN BEVOR, UND JED RUSHER mußte sich verdammt zusammenreißen, sich alle seine Aladin-Träume aus dem Kopf schlagen und sich an die Wirklichkeiten einer kalten und gleichgültigen Welt halten. Statt auf einem goldenen Teller Liebe, Reichtum und Ruhm serviert zu bekommen, mußte er einen dunklen Kampf mit den Formeln, quadratischen Gleichungen, mit den Gedichten Popes, mit Moltkes Strategie und der Exegese des Neuen Testaments führen. Er mußte die fiebrige Begierde in seinem Herzen ersticken. Es gelang ihm nur zum Teil. Er würde nie wieder der Alte sein, er hatte vom Baume der Erkenntnis gegessen und konnte nicht mehr die Reize der Weiber hochmütig verachten. Er fühlte sich gezwungen, sie anzuschauen, und er kam zu der Überzeugung, daß er doch wohl früher eine Frau brauchen werde, als er anfänglich gedacht hatte.

Seine Prüfungen absolvierte er mit leidlichem Erfolg. Das fiel ihm nicht schwer, wenn er sich nur ordentlich konzentrierte; aber er merkte jetzt, daß er alle diese Gegenstände haßte und ganz und gar nichts mehr von der höheren Bildung hielt. Er würde noch in diesem Sommer die Universität verlassen haben, wäre nicht die gesellschaftliche Position gewesen, die er als Student genoß. Er wußte, daß nur aus diesem

Grund Carrie Meecham und die elegante Miss Newcomb zu ihm so freundlich waren. Er wußte, es würde ihm, falls er ein reiches Mädchen heiraten wollte, sehr nützlich sein, ein Barett aufzusetzen (oder einen Talar anzuziehen) und sich das Doktordiplom überreichen zu lassen.

Der alte Warrener blieb auch weiterhin am Leben, ja es ging ihm sogar ein wenig besser; ab und zu hatte er etwas Gefühl in den Beinen, und da regte sich eine leise Hoffnung in seinem müden Herzen. Jeden Tag wurde er massiert; Jed saß geduldig da und hörte sich das Register der Symptome mit an, er saß geduldig da und hörte zu, während dann diese selben Symptome sämtlichen Familienmitgliedern, die zu Besuch kamen, weitläufig geschildert wurden. Jeds Mitgefühl kannte keine Grenzen, und seine Kenntnis der Bodenreform mit ihren vielverzweigten Zusammenhängen war eine ganz hervorragende geworden. Natürlich verachtete er diese Theorien nach wie vor, aber er verstand sie jetzt und konnte klug über sie reden. Die Belohnung blieb nicht aus: Sein Arbeitgeber beschäftigte ihn täglich eine Stunde länger, wodurch sein Einkommen auf 28 Dollar die Woche stieg, eine Summe, die noch vor ein bis zwei Jahren dem Bauernburschen fürstlich erschienen wäre.

Langsam erholte sich das Land von den Wirkungen der Krise, und es wuchs die Zahl der Studenten, die das Sommersemester absolvierten; Lizas Pension gedieh, sie zahlte allmählich ihre Schulden ab. Mit den beiden schien alles gut zu stehen, sie kamen vorwärts und hätten eigentlich zufrieden sein müssen, wäre nicht jene Unersättlichkeit gewesen, sie Jed als einen großen Mann kennzeichnete. Er interessierte sich nicht für das langsame Anhäufen kleiner Gewinne, er interessierte sich überhaupt nicht für kleine Erfolge, er sehnte sich nach den Höhen des Ruhms und träumte davon, sie mit ein paar raschen Sprüngen zu erreichen. Da ihm das nicht gleich gelang, tobte und wütete er; er war ein hungriger Wolf, der die Mauern des schönen Gartens der Götter umschlich.

2

Im Sommer war die Arbeit weniger interessant, weil so viele von Warreners Angehörigen und Freunden sich in die verschiedensten Weltgegenden zerstreut hatten. Die Reichen konnten, wie es schien, die sommerliche Hitze in der Stadt nicht recht vertragen, sie hatten ihre Landhäuser an den Gebirgsseen, dort fuhren sie Boot, fischten, spielten Golf und Tennis. Ihre Stadthäuser wurden zugesperrt, die Jalousien sämtlich heruntergelassen, nur die Hausmeister wohnten über den Garagen, und Gärtner sprengten den Rasen, stutzten die Hecken, jäteten das Unkraut aus den Blumenbeeten. In den Gesellschaftsspalten der Zeitungen las man, daß «alles» verreist sei, und man zweifelte nicht daran. Die hunderttausend arbeitenden Menschen in der Stadt und ihre Familien, sie blieben da und schufteten weiter, ohne sich um die Hitze zu kümmern. Aber an diese Hunderttausend auch nur zu denken, hieß sogleich: die gesellschaftliche Ordnung bedrohen.

Die Warreners besaßen ein sorgfältig eingerichtetes Sommerhaus, dort bewirtete Mrs. Lydia ihre Angehörigen und Freunde. Der Kranke aber wollte nicht mitkommen; an ihm sei soviel zu befördern, sagte er mit einem melancholischen Lächeln. Er hatte in der Stadt alles, was er brauchte; Davis, Rusher, der Nachtpfleger Burke, der Sekretär Jermin, der Butler Wilkins und Norah, die zweite Köchin, würden für seine Bequemlichkeit sorgen, während die Kinder auf der Suche nach Vergnügungen im Land umhervagabundierten. Er hatte Markisen an den sechs Fenstern seines Zimmers und einen großen elektrischen Ventilator, der sich nach allen Seiten drehte; man führte ihn in den Garten, unter die schattigen Bäume, der Butler brachte ihm eisgekühlte Getränke, seine Gesellschafter lasen ihm vor oder spielten mit ihm

Cribagge und ließen sich von ihm schlagen, es war gar kein so übles Leben.

Die bodenreformerischen und sogenannten liberalen Zeitschriften liefen regelmäßig ein, wurden gelesen, angestrichen und ausgeschnitten; sie brachten es fertig, jede Woche irgendein schreckliches Manko an ihrem Land zu entdecken, und das bereitete dem alten Herrn eine tiefe Befriedigung, bestärkte ihn in seinem Glauben, daß die Welt elendiglich vor die Hunde gehe, weil sie sich weigerte, den Rentenwert des Bodens wegzusteuern. Er schrieb Briefe an die Herausgeber seiner Lieblingsblätter, und ab und zu antworteten sie ihm. Jed merkte, daß das meistens dann geschah, wenn sie Geld brauchten. Warrener führte eine große Spendenliste, er versorgte etliche umstürzlerische Organisationen mit regelmäßigen Beiträgen und ernährte ferner ein kleines Heer von Rentnern, denen es gelungen war, auf die eine oder andere Weise seine Sympathie zu erringen: arme Verwandte, frühere Dienstboten und Angestellte, Witwen und Waisen alter Freunde; Jed sah, wie das Bündel von Schecks unterzeichnet wurde, und der Sekretär erzählte ihm, die Gesamtsumme betrage jährlich an die 70000 Dollar. Jed konnte den Kummer der Familie angesichts dieses schrecklichen Lecks begreifen.

Ein friedliches, bukolisches Dasein, aber etwas reizlos für Jed Rusher, aus dem einfachen Grund, weil er jetzt nicht mehr seine kostbaren Tips für die Wall Street bekam. Der alte Walter Evarts hatte sich mit seiner Familie an den Meeresstrand von Kalifornien begeben, wo sie in einem prunkvollen Hotel wohnten, in dessen Vestibül sich der unentbehrliche Komfort eines Maklerbüros mit Tickerdienst befand, so daß der alte Herr den ganzen Vormittag dasitzen und die Notierungen verfolgen konnte. Er kam nun nicht mehr in Warreners Krankenzimmer geschlendert, und Jed Rusher hätte ebenso gut seinen Sommer in der sonnenlosen Arktis verbringen können.

Auch Mr. Claude jun. und seine Frau waren verreist; man konnte wirklich von so eleganten Leuten nicht erwarten, sie sollten ihre Kleider und ihren Teint den ordinären Wirkungen des Schwitzens aussetzen. Mr. Clive Warrener, Claudes Vater, war aus Europa zurückgekehrt, aber nicht nach Mountain City. Er schrieb, daß die finanzielle Lage die Fusion einiger der von ihm kontrollierten Unternehmungen zu begünstigen scheine, und er müsse in der Nähe von New York bleiben, während die Verträge ausgearbeitet würden. Sofern sein Vater ihn zu Hause brauche, wolle er mit seiner Frau das sommerliche Hauptquartier nach Newport verlegen. Mr. Clive hatte dort, wie Jed von dem Sekretär Jermin erfuhr, ein Häuschen, und Jed mußte seine Auffassung von dem Sinn dieses Wortes bedeutend revidieren, als er aus einem der Briefe laut vorlesen hörte, daß die Familie ein Dutzend Gäste habe.

Es war offenbar eine Leidenschaft Mr. Clives, große Häuser zu bauen und ihnen dann ganz bescheidene Namen zu geben. Zwei bis drei Stunden von Mountain City entfernt hatte er ein «Lager», das in diesem Sommer von einer seiner verheirateten Töchter bewohnt wurde. In Miami in Florida hatte er einen «Bungalow», und jeden Winter fuhr er dort für ein paar Monate hin. Seine Frau mußte überall, wohin sie kamen, ein eigenes Haus haben, weil sie das Zusammenleben mit fremden Leuten im Hotel nicht leiden konnte. Jetzt, da ihr Mann so viele Geschäfte in Europa zu erledigen hatte, plante sie, sich in Paris ein modernes Haus zu bauen; kaufen konnten sie keines, weil es keine modernen Häuser dort gab. Zumindest behauptete das Claudes Frau in einer Nebenbemerkung.

Jed Rusher, der die Ohren spitzte, erfuhr, daß ein moderner Mensch seine Geschäfte nicht mehr im Büro erledigt. Wenn man erst einmal ein genügend großer Herr ist, läßt man das Geschäft zu sich kommen und verhandelt in seiner Bibliothek oder während man Billard oder Golf spielt. Vielleicht sind nur ein paar Worte dazu erforderlich, oft auch nur die Nennung eines Preises, und man schreibt ein paar Zahlen in sein Notizbuch, und später sorgt dann der Sekretär für die Ausfertigung der Dokumente, und die Rechtsanwälte sehen sie durch und kommen zum Dinner ins Haus, und nach dem Essen, am Abend, bespricht man die ganze Sache. Jed konnte das so manches Mal in Warreners Krankenzimmer beobachten; er sah, wie auf solche Weise Hunderttausende von Dollars gemacht wurden, das imponierte ihm ganz gehörig, und er beschloß, das Leben mit dieser selben königlichen Gelassenheit zu nehmen.

3

WALLACE J. MACY STARTETE EIN PRÄCHTIGES SIEDlungsprojekt am Katahdin-See im Eureka Cañon, mitten im Gebirge, etwas über 100 Meilen von Mountain City entfernt. Der See sei in knapp zwei Stunden vom Zentrum Mountain Citys aus zu erreichen, verkündete er in stolzer Mißachtung der staatlichen Verkehrsgesetze. Er inserierte nicht in der ordinären Presse, er beschaffte sich die Mitgliederlisten verschiedener exklusiver Clubs und schickte an diese Adressen von Zeit zu Zeit einen reichillustrierten Prospekt der Grundstücksgesellschaft Katahdin, die angeblich ein genossenschaftliches Unternehmen war. (Und das würde sie zu guter Letzt auch sein, sobald erst einmal Mr. Macy seine Verkaufskampagne glücklich beendet hatte.) Man wurde nicht etwa aufgefordert, ein Grundstück zu kaufen, sondern: doch so liebenswürdig zu sein, sich von einem exklusiven und eleganten Club bewirten zu lassen; wenn man dann zu verstehen gab, daß einen die Sache interessiere, kam ein mächtiges Auto vorgefahren, gesteuert von einer Verkaufskanone, und man konnte nach dem Mittagessen absausen und zum Dinner wieder zu Hause sein.

Eine der Sehenswürdigkeiten des Ortes war das neue «Lager», das Mr. Macy für sich selbst gebaut hatte – zehn herrschaftliche Appartements mit Bad für die Gäste. Ein imposantes Bauwerk, und erst nachdem die Interessenten ihre Käufe getätigt hatten, entdeckten sie, daß das «Lager» die meiste Zeit leer stand. Das lag an einem Zwist zwischen dem geschäftstüchtigen Gründer und seiner aristokratischen Gemahlin; sie wollte sich nicht immer als Köder für seine Geschäfte benützen lassen. Das sei jetzt, erklärte sie ihrem Vater, das dritte Mal, daß sie in einen neuen Wohnbezirk übersiedle, und es werde auch das letzte Mal sein. Sie wolle dort ein Haus haben, wo ihre Freunde wohnten; und diesen Sommer fuhr sie zu ihnen auf Besuch.

So kam es, daß Lulu Belle Macy ziemlich viel umherreiste, und jedesmal kam sie mit ihrer Mutter durch Mountain City, und dann machte sie Station, um das Oberhaupt der Familie zu besuchen und ihm das Neueste mitzuteilen.

Zweimal fand dieser Besuch am Nachmittag statt, und Jed erfuhr von den Sorgen der Frau Mama. Beim zweitenmal hörte er, daß sie zu Mrs. Warrener unterwegs seien und daß Kusine Marian Barton dort sei, und Lulu Belle sei außer sich vor Entzücken, weil sie das Baby Lydia wiedersehen sollte. «Ich muß sagen», sagte die Mutter, «ich kann die närrische Vorliebe des Kindes für Babies nicht verstehen, ich glaube, wenn sie dürfte, würde sie sich den ganzen Sommer lang mit dem Säugling abgeben.»

Der nette Mr. Rusher war während dieser Besuche im Zimmer anwesend, aber er hatte keine Gelegenheit, mit dem Kind ein paar Worte unter vier Augen zu sprechen. Hie und da tauschten sie rasch einen Blick oder ein Lächeln, bloß um sich gegenseitig an das Geheimnis zu erinnern, das sie miteinander hatten. Jed brauchte Lulu Belle nur anzusehen, und er wußte gleich, daß alles in Ordnung sei; ihre Wangen, Arme und Schultern waren mit Sommersprossen bedeckt, es sei abscheulich, erklärte ihre Mutter, aber was könne sie tun, das Kind sei einfach nicht vom Wasser wegzubringen, und die Badekostüme, die die Frauen heutzutage tragen, vernachlässigten jeden ästhetischen Gesichtspunkt. Wenn Jane Macy von diesen Kostümen sprach, klang es genauso, als ob Liza geredet hätte, nur daß sie mehr ins Detail ging, aus dem einfachen Grund, weil sie die jungen Leute, die diese Kostüme trugen, jeden Tag zu sehen bekam, während Liza nur die Bilder in den illustrierten Sonntagsblättern sah.

Lulu Belle saß freundlich lächelnd da und verstand überhaupt nicht, warum Mama sich so aufregte. Das Kleid ohne Kragen und Ärmel, so bequem an diesem heißen Julinachmittag, war ihr gerade recht. Sie liebte kurze Röcke, weil man in kurzen Röcken besser laufen kann, und wenn sie die übereinandergeschlagenen Beine herunternahm und den Rocksaum über die Knie zog, so nur deshalb, weil Mama sie finster ansah und ihr wütend Zeichen machte. Mama hatte gedroht, ihr längere Röcke anzuziehen, jetzt aber fingen zum Glück die erwachsenen Damen an, ihre Röcke kürzer zu machen, so daß man sie kaum noch von kleinen Mädchen unterscheiden konnte. Die ganze Welt wurde anscheinend jünger, sogar die Großmamas, und wenn sie ihre Wangen und Lippen schminkten, fand Lulu Belle das komisch und hätte es auch gern versucht.

Jed verschlang sie mit seinen Blicken, soweit er das wagen durfte, und von neuem erwachte das Fieber in seinem Herzen. Er war sich jetzt endgültig darüber klar geworden, daß er eine große Gelegenheit versäumt hatte; er überlegte, ob er noch einmal eine passende Gelegenheit finden würde, und tat einen Eid, sie dann um keinen Preis zu versäumen. Seine Ungeduld wuchs von Tag zu Tag, er kam nicht vorwärts, er erfuhr keine Geheimnisse, er verdiente kein Geld, er vergeudete nur seine Zeit, um einem armen alten, kranken Mann zuzuhören, der dieselben Dinge immer wieder von vorn erzählte.

4

MRS. EMILY EVARTS, DIE ÄLTESTE TOCHTER DER Warrener-Linie – jene stolze Dame, die Jed, als er ihr vorgestellt wurde, durch ihr gleichgültiges Nicken so sehr beleidigt hatte –, war mit ihren zwei Töchtern Janet und Claudia zur Saison nach London gefahren; von dort wollten sie nach Deauville, um zu baden, und dann nach Paris, um Einkäufe zu machen. Claudia, die nach ihrem Großvater getauft war, hatte etwas von einem Wildfang und ähnelte dem Alten in ihrer eigenwilligen und offenen Art. Jed hatte sie noch nie gesehen, weil sie in einem Pensionat im Osten erzogen wurde; jetzt aber schrieb sie lange, geschwätzige Briefe in vornehmer Handschrift, deren Vornehmheit man daraus ersah, daß sie das teure Büttenpapier in erschreckenden Mengen verbrauchte.

Der alte Warrener hatte Beschwerden mit seinen Augen, so mußte also Jed die Briefe laut vorlesen, und sie waren außerordentlich bildend. Jed erfuhr die Namen etlicher britischer Earls, und wie sie aussähen, und die Namen ihrer Schlösser, und was in den Schlössern sich befinde, Gemälde und Ritterrüstungen, in denen Menschen stecken mochten oder auch nicht. Anscheinend könne man sich, schrieb sie, nicht mehr auf britische Titel verlassen, sondern müsse sie sorgfältig prüfen, man finde darunter nämlich ganz ordinäre Bierbrauer, Konservenfabrikanten und Eisenwarenhändler, Leute, denen man auch in Mountain City begegne; was also habe es dann für einen Zweck, einen Kontinent und ein Weltmeer zu durchqueren? Es gebe Diamantenhändler aus Südafrika, die hätten ihre Laufbahn damit begonnen, daß sie unregistrierte Steine über die Grenzen schmuggelten, und jetzt hätten sie sich einen Titel gekauft, dabei aber, schrieb die lebhafte Miss Claudia, redeten sie über Onkel Paul, der sich in den Senat eingekauft habe. Bei dieser Stelle begann der alte Warrener zu kichern und ließ Jed aus seinem Archiv unter der Rubrik «Senat der USA, Unterabteilung Korruption», einen Artikel hervorsuchen, der den Unterschied zwischen England und Amerika erläuterte: in letzterem Land sei es verboten, sich einen Sitz im Oberhaus zu kaufen, während es in England althergebrachte Sitte sei.

Dann Deauville, und das unterhaltsame Schauspiel des höchsten europäischen Familien- und Finanzadels, der sich in luftigen Kostümen für die illustrierten Sonntagsbeilagen der ganzen Welt fotografieren lasse. Das meiste könne man seinem Großpapa gar nicht schildern, schrieb die sittsame Claudia; an diesem Vormittag aber habe sie einen Spaziergang mit dem entzückenden Comte de Pistache (oder so ähnlich) gemacht, zuerst habe er versucht herauszubekommen, wie reich eigentlich ihre Familie sei und wieviel sie für einen Mann bezahlen würden, dann habe er ihr am Strand die frühere Geliebte seines Bruders gezeigt und eine zweite köstlich geschminkte Dame, die einmal seinen Onkel erpreßt habe, und eine dritte, die eine berühmte Spielerin sei und momentan einen Fürsten aus dem Senegal aushalte. Am Abend zuvor sei sie, Claudia, aus ihrem Hotel entwischt und habe in einem Spielcasino mehrere hunderttausend Francs gewonnen, aber das Schlimme sei, daß der Franc so schnell falle – was man an dem einen Abend gewonnen habe, sei am nächsten Morgen nichts mehr wert.

Dann Paris: die Champs-Élysées, die schönen Bauten und die großen Plätze – warum wir so etwas nicht auch in Amerika haben könnten? Und der Louvre, sie habe sich Reihen um Reihen von Madonnen angesehen, bis sie ihr alle vor den Augen verschwammen, aber die dummen Touristen mit den kleinen roten Baedekern würden nicht müde, vor Begeisterung zu toben. Und der große Triumphbogen mit dem Grab des Unbekannten Soldaten – und die vielen Tausende bekannter Soldaten, die auf den Straßen betteln oder Streichhölzer verkaufen. Und die Taxichauffeure, die einem bleierne Francs geben und zu streiten anfangen, wenn man sie nicht nehmen will. Und die Geschäfte mit den raubgierigen Geschäftsleuten und einem halben Dutzend verschiedener Preiskategorien, die niedrigste für die Franzosen, die nächsthöhere für die Italiener und Spanier, dann für die Südamerikaner, dann für Deutsche, dann für Engländer und schließlich – höher als alle zusammengenommen – für jeden, der wie ein Amerikaner aussieht oder spricht. Mama habe es gelernt, mit ihnen zu handeln; sie gehe in die allerbesten Geschäfte, lasse sich erst alles anprobieren und anpassen und so weiter, dann biete sie den halben Preis, und sie schlügen die Hände über dem Kopf zusammen und stürben fast vor Entsetzen, und Mama gehe hinaus, und sie ließen sie gehen, und dann kämen sie auf die Straße hinter ihr hergelaufen und akzeptierten ihren Preis. Die meisten Amerikaner aber hätten nicht den Mut dazu und bezahlten die geforderten Preise; so hole sich das französische Volk das Geld für die Kriegsschuld zurück, das es, erklärte die weise Claudia, gar nicht bezahlt habe und auch nie bezahlen werde.

Dann abermals ein Brief; sie würden in ein paar Tagen nach Hause fahren, sie hätten bereits ihr Billett für die «Ruritania». Mama habe die reizendsten Sachen gekauft, Kleider und Schmuck für die ganze Familie; die Zollgebühren würden sie bankrott machen. Mama habe eine Doppelschnur ausgesucht schöner Perlen gefunden, die köstlichste Kette, die sie je gesehen habe: es gehe das Gerücht, daß sie aus Rußland geschmuggelt worden sei und früher einmal einer der Großfürstinnen gehört habe. Man könne das natürlich nicht ganz sicher wissen, aber in Europa passierten jetzt oft solche Dinge. Der Preis sei in Dollar gewesen, da ja die anderen Währungen keinen Wert mehr hätten. Mama habe einen Vertrauensmann aus London kommen lassen, der die Perlen schätzte, und darauf bestanden, daß sie dann, während um den Preis geschachert wurde, bei einer amerikanischen Bank zu treuen Händen deponiert würden. Das alles sei jedoch recht anstrengend gewesen, jetzt aber hätten sie sie in Sicherheit, sie seien in eines von Mamas Strumpfbändern eingenäht.

5

JED RUSHER WUSSTE ZU WENIG VON DEN ANGELEgenheiten der großen Welt, um zu merken, was diese letzte Feststellung eigentlich bedeute; aber er erfuhr es einige Tage später, als ein gütiges Schicksal wollte, daß Mrs. Lou Eddystone, Warreners zweitälteste Tochter, auf dem Weg nach Kalifornien, wo sie Freunde besuchen und sich ein berühmtes Golfturnier ansehen wollte, an ihres Vaters Krankenbett erschien. Warrener holte den Brief seiner Enkelin hervor, Mrs. Lou las ihn laut vor und erörterte dann seinen Inhalt in ihrer offenen und unbekümmerten Art. Jed befand sich zufällig nicht im Krankenzimmer, sondern saß lesend im Vorraum, und die Tür zwischen den beiden Räumen war geschlossen. Mrs. Lou war sich nicht klar darüber, wie weit ihre dröhnende Stimme trug, vielleicht auch war es ihr einerlei – wer sollte das entscheiden?

Jed wagte nicht, am Schlüsselloch zu horchen, denn es hätte jemand aus dem Flur in das Vorzimmer kommen und ihn erwischen können. Aber er schob seinen Stuhl so dicht an die Tür heran, daß es gerade noch nach Zufall aussehen konnte, und dann tat er so, als lese er, während er die Hand vor die Ohrmuschel wölbte und angestrengt horchte. Er verstand nicht jedes Wort, erfaßte aber den Sinn.

«Emily will sie wohl wie gewöhnlich hereinschaffen, ohne sie zu deklarieren... Ich weiß ja, daß alle es machen, aber sie reden nicht alle davon... Eines Tages wird man sie erwischen... der Staat... Belohnungen angeboten... in Inseraten werden Angeber gesucht... der Schutzverband der Juweliere... Anschläge auf sämtlichen Dampfern... die Behörden bezahlen hohe Belohnungen... 25 Prozent der sichergestellten Summe... ewig von den Dienstboten bespitzelt... Kriminalbeamte, die jeden Tratsch aufschnappen... der Name wird nicht genannt... erinnere dich, wie sie Mrs. Jimmie Clyde erwischt haben...»

Jed Rusher war in seiner Ungeduld und seinem getäuschten Ehrgeiz wie ein Jäger, der die Abzugsrast seiner Flinte so weit abgefeilt hat, daß sie bei der leisesten Berührung losgeht. Nie wieder würde er sich überrumpeln lassen! Nie mehr eine Gelegenheit versäumen, wenn sie ihm in den Weg kommt! Jetzt also, während immer noch die Stimme der Mrs. Lou dröhnend aus dem Nebenzimmer tönte, stand er auf, nahm seinen Stuhl und stellte ihn wieder ans Fenster, recht weit weg von der Tür; dann nahm er sein Buch, schlich auf den Zehenspitzen zur Korridortür und ging hinaus, ohne die Tür zu schließen. Er spazierte den Korridor entlang, die Treppe hinunter, in die Bibliothek. Warrener hatte einige Bücher erwähnt, die er haben wollte, und das war jetzt der richtige Augenblick, um sie zu holen, damit man Jed nie verdächtigen könne, er habe dieses Gespräch belauscht.

Abermals fiebrige Erregung, abermals ein Aladin-Traum! Aber stolpere diesmal nicht, Jed, zeige dich der schwierigen Lage gewachsen! Sei rasch, tüchtig, zielsicher, sei ein großer Mann! Laß dir genügend Zeit, um festzustellen, was du machen willst, und dann mache es!

25 Prozent der sichergestellten Summe. Jed hatte keine Ahnung, welche Strafen der Staat für einen Schmuggelversuch verhängte, aber wenn die Schmuggler dadurch abgeschreckt werden sollten, mußten die Strafen ziemlich hoch sein; sie mußten mindestens höher sein als der Zoll auf den importierten Artikel. Und Perlen sind wohl eine Masse Geld wert! Da Jed von den Dingen der großen Welt keine Ahnung hatte und immer noch an den plumpen Begriffen eines Bauernjungen klebte, vermutete er eine Perlenkette, die früher einmal einer russischen Großfürstin gehört hatte, könne 5000 bis 10000 Dollar wert sein. Er hatte ferner eine unbestimmte Vorstellung, daß die Zollgebühr 20 bis 30 Prozent betragen müsse, so daß die Belohnung sein jetziges Kapital verdoppeln und ihn in die Lage versetzen würde, sich im kommenden Herbst Mr. Evarts' Börsentips zunutze zu machen.

«Sie nennen nie den Namen», hatte Mrs. Lou gesagt, und diese wohltätige Organisation hieß Schutzverband der Juweliere. Er mußte feststellen, was da los sei; doch wie? Er schlug im Telefonbuch nach, offenbar aber gab es diese Organisation in Mountain City nicht.

Nachdem Mrs. Lou weggegangen war, kehrte Jed mit den verlangten Büchern in das Krankenzimmer zurück und entschuldigte sich umständlich wegen seiner langen Abwesenheit, um sie dem Gedächtnis seines Brotherrn einzuprägen. Er war kühl und gelassen, erledigte seine Arbeit und entfernte sich zur gewohnten Stunde. Sowie er in sicherer Entfernung vom Haus der Warreners war, ging er in eine Konditorei, die eine Telefonzelle hatte, warf einen Nickel in den Schlitz, rief das vornehmste Juweliergeschäft der Stadt an und verlangte den Geschäftsleiter.

«Können Sie mir über eine Organisation, die sich Schutzverband der Juweliere nennt, Auskunft geben?»

«Ja, das ist der Schutzverband amerikanischer Juweliere», erwiderte die Stimme. «Er befindet sich in New York.»

«Kennen Sie zufällig die Adresse?»

«Ich kann nachsehen.» Jed blieb also am Apparat, bis er die Adresse hatte, dann bedankte er sich und hängte ein. Er notierte die Adresse auf einen Zettel, rief dann einen anderen Juwelierladen an, verlangte den Geschäftsleiter, erkundigte sich höflich nach dem Zoll auf eingeführten Schmuck und erfuhr, daß er 80 Prozent des ausländischen Engroswertes betrage. Er bedankte sich herzlich für diese Auskunft und ging seines Weges, um ein Vielfaches reicher als vor dem Telefongespräch.

6

Das war nun ein Problem, das ein Mann ganz ruhig mit seiner Schwester besprechen durfte, und es würde Jed ein Trost sein, an Liza einen moralischen Rückhalt zu haben. Vielleicht hätte er gezögert, ihren Beistand zu verlangen, wenn er nicht so sicher gewesen wäre, ihn auch zu erhalten.

Er führte Liza in ihr Zimmer hinauf, versperrte die Tür

und erzählte ihr im Flüsterton, was er erfahren hatte. Was sie dazu meine? Ob er berechtigt sei, sich die Information zunutze zu machen, die er im Haus der Warreners bekommen hatte? Oder würde er damit zum Spion und Verräter werden?

Liza reagierte so, wie er es erwartet hatte. «Nun, die Frau ist doch eine Schmugglerin, nicht wahr?»

«Ja, gewiß.»

«Sie verletzt die Gesetze des Landes, sie betrügt den Staat. Es ist ganz einfach deine Pflicht, sie anzuzeigen.»

«Das habe ich mir auch gedacht.»

«Ja, wirklich, ich glaube, du bist verpflichtet, es zu tun; ein Rechtsanwalt würde sagen, du machst dich strafbar, wenn du es nicht tust. Das wäre eine Art Mittäterschaft bei einer Gesetzesübertretung.»

«Daran hatte ich noch gar nicht gedacht», sagte Jed tief getröstet. Man konnte schwerlich von ihm erwarten, daß er sich für eine Mrs. Emily Evarts, die ihn so beharrlich geschnitten hatte, würde einsperren lassen.

Liza wußte über die hochmütige Mrs. Emily ganz genau Bescheid, sie hatte alle, auch die kleinsten Informationen, die Jed von seiner Arbeit nach Hause brachte, gesammelt und kollationiert. Liza war viel klassenbewußter als ihr Bruder, da sie nicht so wie er die völlige Gewißheit hatte, in den Garten der Götter zu gelangen. «Diese egoistischen und skrupellosen Weiber glauben, sie stehen über jedem göttlichen und menschlichen Gesetz, und es ist sicher nicht unsere Aufgabe, sie dabei zu unterstützen.»

«Gut», sagte Jed, «ich werde sie anzeigen. Ob wir etwas von der Strafsumme bekommen oder nicht, wir werden sie lehren, den Staat nicht zu betrügen!» Jed hatte nicht zehn Jahre lang Mr. Crumbacks Kirche angehört, ohne zu lernen, wie man seine Handlungen mit den edelsten Moralgründen rechtfertigt, die gerade verfügbar sind.

«Wieviel Zeit haben wir?» fragte die Schwester.

«In dem Brief stand, ein paar Tage. Sie kommen mit einem Dampfer namens ‹Ruritania›.» Jed bekam plötzlich Angst; wenn er abermals zu spät käme!

Er wagte nicht vom Haus aus zu telefonieren, sondern ging wieder in eine Konditorei, in der es eine stille Telefonzelle gab. Von dort telefonierte er an die allwissende junge Dame in der Stadtbibliothek; sie verwies ihn an einen Auskunftsbeamten auf dem Bahnhof, der Beamte schlug nach und sagte, die «Ruritania» sei in drei Tagen, am Donnerstag, in New York fällig. Jed würde also den Telegrafen benutzen müssen, und dadurch entstand ein neues Gefahrenmoment.

Er kehrte zu Liza zurück; beide gemeinsam arbeiteten einen Feldzugsplan aus, den sie für sicher hielten. Jed eilte zum Bahnhof, nahm einen Abendzug, und zwei Stunden später stieg er in dem Städtchen Edmonton aus, das für ihn nichts als ein Name war. Er ging in das Bahnbüro und legte dem vielbeschäftigten Telegrafisten ein Nachtbrieftelegramm vor, adressiert an den Schutzverband amerikanischer Juweliere in New York:

«Mrs. Thomas J. Evarts ankommt Dampfer ‹Ruritania› mit wertvollem, unverzolltem Schmuck, eingenäht am Körper. Brief folgt mit Angaben über Person betreffenden Gewährsmannes. Henry T. Jones.»

Der vielbeschäftigte Telegrafist nahm diese Depesche, zählte die Worte und blickte nicht einmal zu Jed auf. Verkaufsangebote, Börsenaufträge, Einladungen zum Dinner, Anfragen nach sterbenden Verwandten, für ihn gehörte das alles zu seinem nächtlichen Tagewerk. «65 Cents», sagte er; Jed legte das abgezählte Geld hin und machte sich dünn. Er spazierte in den Straßen der langweiligen kleinen Stadt umher, bis der nächste Zug nach Mountain City zurückging.

Am nächsten Tag in aller Frühe schickte er einen eingeschriebenen Brief an den Schutzverband amerikanischer Juweliere und teilte mit, daß er die Person sei, die aus Edmonton eine Depesche mit Angaben über Mrs. Thomas J. Evarts abgesandt habe. Er habe seinen wirklichen Namen nicht telegrafieren wollen, jetzt aber gab er ihn an und verlangte, daß die Belohnung an ihn ausgezahlt werde.

Und nun halt den Atem an, Jed Rusher! Halt den Atem an, Liza, und übt zwei Tage und drei Nächte lang Geduld! Völlig zwecklos, in der Zwischenzeit irgendwelche Nachricht zu erwarten, unmöglich würde jemand an Bord der fürstlichen «Ruritania» das Strumpfband einer hochmütigen Matrone, die mit ihren beiden Töchtern eines der teuersten Appartements auf dem obersten Deck bewohnt, anrühren. Keine Nachricht, bevor nicht der Dampfer am Pier liegt und die Zollrevision im Gange ist und die Agenten der Regierung sich an die Arbeit gemacht haben, während ihnen die Agenten des argusäugigen Journalismus über die Achsel schauen.

7

Am Morgen jenes kritischen Donnerstags saß Jed wie auf Nadeln. Er hatte keine Ahnung, um welche Zeit der Dampfer in New York ankommen könne, aber er wußte, in dem Augenblick, da die telegrafische Meldung in der Redaktion der *Mountain City Post* eintraf, würde das Telefon neben Warreners Bett klingeln, und wenn Jed zufällig da wäre, würde er die Aufgabe haben, eine gleichgültige Miene zu machen, bis der alte Herr ihm die Neuigkeit mitteilte, worauf er dann gebührendes Entsetzen würde mimen müssen. Eine richtige schauspielerische Aufgabe, die Jed mehrmals probte, ohne ganz mit sich zufrieden zu sein.

Zufälligerweise aber blieb ihm diese Prüfung erspart. Der Dampfer legte um zwölf Uhr mittags an, das war nach Ortszeit zehn Uhr vormittags, und ungefähr eine Stunde später stand Jed vor einem Anschlagbrett vor dem Gebäude der *Post*, als ein Angestellter herauskam und folgende Nachricht anklebte:

«New York. Auf dem Zollamt wurde heute Mrs. Thomas J. Evarts aus Mountain City, die mit dem Dampfer ‹Ruritania› aus London ankam, angehalten und durchsucht, und man fand an ihrer Person eine Anzahl wertvoller Schmuckstücke, die sie nicht deklariert hatte. Zu den beschlagnahmten Gegenständen gehören eine doppelte Perlenschnur und zahlreiche Diamanten, die sämtlich in Mrs. Evarts' Kleidung eingenäht waren. Die Zollbehörde erklärt auf Grund einer ersten Besichtigung, daß sie den Wert der Juwelen auf mindestens 100000 Dollar schätzt.»

Jed drehte sich um und entfernte sich schnell. Er mußte stehen bleiben und sich an einem Briefkasten an der Ecke festhalten. Mindestens 100000 Dollar! Der Zoll würde 80000 und Jeds Anteil 20000 Dollar betragen. Sein Glück war gemacht! Sein Kampf war gewonnen.

12. Kapitel

Der Ölsucher

I

Schreckliche Aufregung in den Gesellschaftskreisen von Mountain City, das heißt, nicht nur unter den Reichen, sondern auch unter den Zehntausenden von Schmarotzern und Lesern des Zeitungstratsches. Die *Post* brachte die Meldung auf der ersten Seite mit einer Balkenüberschrift:

FÜHRENDE DAME DER GESELLSCHAFT
VON DEN ZOLLBEHÖRDEN ERWISCHT!
DIE JUWELEN WAREN IM STRUMPFBAND
VERSTECKT, MAN HAT SIE ABER GEFUNDEN!

Die telegrafische Meldung wurde durch allerlei Details über die Familien Evarts und Warrener, ihre Beziehungen, ihre Besitzungen und früheren Mißgeschicke ergänzt, Jed erfuhr später, daß zwischen dem Bankier Evarts und T. J., dem Herausgeber der *Post*, ein politischer Konflikt bestand, und daraus erklärte sich die Aufmachung der Nachricht.

Jemand erschien mit einem Exemplar der Frühausgabe am Mittagstisch der Pension, und nun ging ein schreckliches Geschnatter los. Alle diese reichen Weiber schmuggeln unaufhörlich, in der Regel gelingt es ihnen, diesmal aber ist eine reingefallen. Jemand muß sie angezeigt haben, wahrscheinlich hat sie auf dem Dampfer dumm geredet. Was wird sie jetzt machen? Wird man sie einsperren? Kann man eine reiche Frau einsperren? Wieviel wird sie zahlen müssen? Oder wird der Einfluß der Familie sie freibekommen? Die Pensionäre hatten keine Informationen, und Jed und Liza blieben stumm, kein Wort, weder jetzt noch in Zukunft.

Jed sah der Begegnung mit seinem Brotherrn an diesem Nachmittag nicht ohne Unruhe entgegen, aber er fand, daß er sich keine Sorgen zu machen brauche. Der alte Warrener nahm das Mißgeschick seiner ältesten Tochter mit erstaunlichem Gleichmut hin. Sie sei mündig, sagte er, und wenn sie unter die Schmuggler gehen wolle, sei das ihre Sache. Die Haltung des alten Herrn gegenüber der moralischen Seite der Angelegenheit war verblüffend. Jed hatte das unmöglich vorhersehen können. Der alte Warrener war nicht der Ansicht, daß seine Tochter den Staat habe bestehlen wollen, er war der Ansicht, daß der Staat seine Tochter bestohlen habe. Eine Steuer auf eingeführte Waren sei ein reiner Gewaltakt, der allem natürlichen Recht widerspreche. Eine Steuer auf den Bodenwert sei gerecht, weil der Boden ein Geschenk der Natur sei, industrielle und handwerkliche Erzeugnisse aber, wie zum Beispiel verarbeitete Edelsteine, seien das Produkt menschlicher Arbeit, und der Staat habe kein Recht, irgend jemanden um die Früchte seiner Arbeit zu bringen. Jed hörte respektvoll zu, während ihm das in der Pause zwischen zwei Telefonanrufen klargemacht wurde.

Verwandte riefen an, um ihr Entsetzen zu äußern, Freunde, um ihre Teilnahme auszusprechen. Nach einiger Zeit kamen die Ferngespräche: Warreners Frau, anscheinend dem Weinen nahe, denn ihr Mann begann ihr zuzureden wie einem Kind, das sich die Nase angestoßen hat. Nein, sie seien nicht für immer mit Schande bedeckt, sie würden bald wieder das Haupt aufrecht tragen; das Publikum habe ein kurzes Gedächtnis. Ja, es sei peinlich, daß Emily ein so undezentes Versteck gewählt habe, schließlich aber trügen so ziemlich alle Leute Strumpfbänder, und das Geheimnis lasse sich auf die Dauer nicht bewahren. Für Emily werde gesorgt sein; Tom sitze im Zug nach New York, er werde die besten Anwälte nehmen, und die würden alles regeln. Nein, natürlich hätten sie sie nicht eingesperrt, sie hätten nur den Schmuck beschlagnahmt und gedroht, ihn zu konfiszieren, aber das würden sie natürlich nicht tun. Tom werde in New York und Washington einige Drähte ziehen, und sie würden eine Geldstrafe bezahlen, die groß genug sei, um die Zeitungen zu befriedigen, und Emily werde beim nächsten Ball ihre Juwelen tragen und noch obendrein von der Reklame profitiert haben. Das mußte Mrs. Lydia mißfallen haben, denn der alte Herr kicherte und fügte hinzu: «So ist es recht, laß es an mir aus, statt an Emily, die Telefongebühren sind billiger.»

Jed hörte zu, und was er hörte warf neues Licht auf seine Angelegenheiten. Thomas J. Evarts war nach New York gefahren, um die besten Rechtsanwälte zu engagieren, seinen politischen Einfluß aufzubieten und die Belohnung herabzudrücken, auf die Jed einen rechtmäßigen Anspruch hatte. Entrüstung loderte in seinem Herzen auf, aber er konnte sich doch nicht gut einen Anwalt nehmen und verlangen, daß Mrs. Evarts die volle Strafe bezahle. Er würde hilflos dasitzen müssen, während die Intrige ihren Fortgang nahm und sein eben erst erworbenes Vermögen zu Wasser würde. Aber er lernte seine Lektion; binnen kurzem würde er herausbekommen haben, wo diese unterirdischen Drähte liefen, und dann würde auch er imstande sein, die besten Anwälte zu mieten und in New York und in Washington für den Schutz seiner Interessen zu sorgen.

Jed war innerlich froh, daß Warrener dieses Familienunglück so leicht nahm. Schließlich war er doch sehr freundlich zu Jed gewesen, und Jed hätte ihm nicht gern weh getan.

Vor allem war Jed froh, daß Warrener keinerlei Verdacht zu hegen schien. Jed verstand nicht, wie es möglich war, ihn nicht zu verdächtigen, und er faßte den stillen Entschluß, sich nie von einem Menschen so betrügen zu lassen, wie er hier seinen Brotherrn betrogen hatte.

Ein Glück, daß Mrs. Lou am Tag vorher den Zug nach Kalifornien bestiegen hatte. Sie würde sich sicherlich ihrer Worte noch entsinnen und auch der Tatsache, daß Jed sie vielleicht belauscht haben könnte. Würde sie das ihrem Vater schreiben?

Anscheinend tat sie es nicht, denn die Tage vergingen, und Jed merkte nichts von irgendwelchem Mißtrauen oder Argwohn. Der alte Herr behielt sein ruhiges Lächeln, das Jed immer ein wenig ärgerte, denn aus diesem Lächeln schien ein Gefühl der Überlegenheit zu sprechen; Warrener machte sich über all das lustig, woran Jed glaubte und was er heiß begehrte. Er ließ Bemerkungen fallen, wie zum Beispiel, daß Geld in Wirklichkeit gar nicht so wichtig sei, wie andere Leute glaubten. Unterdessen aber benützte er sein Geld, um in einem Palast zu wohnen und sich unablässig von acht bis zehn kräftigen Männern und Weibern bedienen zu lassen. War er, Jed, nicht in moralischer und jeder anderen Hinsicht genauso viel wert wie solche Leute, die sich närrischerweise einredeten, sie brauchten kein Geld?

2

Einige Tage nach der Episode mit der unverzollten Perlenschnur kam Jed ins Krankenzimmer und traf seinen Brotherrn in einer seiner spöttischen Launen an. Der Alte musterte den jüngeren Mann mit schlauem Lächeln und sagte: «Rusher, wüßten Sie einen Grund, warum ich mich bemühen sollte, noch mehr Geld zu verdienen?»

«Schwierige Frage, Sir», sagte Jed, bemüht, ihm entgegenzukommen. «Ich habe noch nie Ihr Bankbuch gesehen.»

Der andere sagte: «Alle Augenblicke schreibt mir jemand wie und wo ich Geld verdienen könnte. Aber warum soll ich denn das Geld verdienen?»

«Meistens sind es die anderen, die das Geld verdienen wollen, Mr. Warrener.»

«Sie schlagen mir Kompaniegeschäfte vor, sie haben alles, was man sich nur denken kann, vom Perpetuum mobile bis zu Heilmitteln gegen den Krebs. Ich weiß nicht, wo sie meinen Namen herkriegen, es muß Schröpflisten zu kaufen geben, und ich stehe auch darauf.»

«Sie begehen den Fehler, daß Sie zu gutmütig sind», bemerkte Jed taktvoll.

«Dieser Brief da ist heute morgen angekommen.» Der alte Herr langte auf seinen Tisch hinüber. «Was der Mann schreibt, klingt plausibler als sonst im Durchschnitt, und vielleicht steckt was dahinter. Aber ich habe mir überlegt: warum soll ich denn noch mehr Geld verdienen wollen?»

«Es gibt andere, die es gut gebrauchen könnten, Sir.»

«Wirklich, Rusher? Ich schaue den Leuten schon lange zu, wie sie versuchen, ihr Geld gut zu gebrauchen, und es kommt nicht viel dabei heraus.»

Eine Pause. Jed starrte den Brief an, den der Alte ihm

offenbar zeigen wollte, und deshalb fand er diese allgemeinen philosophischen Bemerkungen überflüssig.

«Sagen Sie mal», sagte der andere plötzlich, «verstehen Sie etwas von Petroleum?»

Jed wollte schon sagen: «Gar nichts», aber er hielt sich zurück. Es war eine der Regeln, die er als Ergebnis seiner Beobachtungen bei den Reichen und Mächtigen festgelegt hatte, daß man nie seine Unwissenheit zugeben dürfe, es sei denn, man werde dazu gezwungen. Schweig, und man wird dir eine ganze Menge mehr Klugheit zutrauen, als du in Wirklichkeit besitzst. «Ich habe Freunde, die in dieser Branche beschäftigt waren», sagte er. «Ich habe natürlich viel erzählen hören und auch einige Kenntnisse aufgeschnappt.»

«Lesen Sie», sagte der andere und reichte ihm ein kleines Blatt liniierten Papiers von einem Schreibblock, das in einer verkrampften Handschrift mit Bleistift beschrieben war.

Liber Herr!
Ich bin der Herr Jim Nichols wo sein Vater vor Jahren für Ihren Gärtner gearbeitet hat. Er hat uns diese Ranch hinterlassen sie taucht nich is vil zu trocken und es is gar nicht gegangen aber ich glaube jetzt wir haben Petroleum. Wir haben vile Anzeichen in der Erde und andere Leute sagen es auch aber es is so weit weg, die Petroleumleute haben nie zu uns gefunden es is 26 Meilen von der T. und W.-Zweigbahn und die Straße is schlecht und schwer zu erreichen aber wenn Sie kommen wollen um sich anzusehen mein Bruder und ich wir zeigen es Ihnen und wir beide könnten dabei Geld verdinen. Wir sind keine Schweine sondern beides anständige Menschen und wir haben 320 Morgen am Fuß des Koyoten-Arroyo.

Hochachtung
Herr Jim Nichols.

«Na», sagte der alte Herr, «was meinen Sie dazu?»

«Klingt ehrlich», sagte Jed behutsam.

«Ich glaube mich an Nichols zu erinnern, aber ich weiß es nicht genau, so viele Menschen kommen und gehen. Aber man sollte vielleicht der Sache nachgehen.»

«Ja, Sir», sagte Jed erwartungsvoll. Er kannte sehr genau die Psychologie des alten Herrn. Mr. Warrener wurde zu einer Pokerpartie aufgefordert, seine Hände fieberten nach den Karten, aber er trödelte und tändelte noch eine Weile umher und tat so, als sei er über diese Schwäche einer sterblichen Seele erhaben. Jed mußte vorsichtig sein und ihn ja nicht drängen, sondern ihn geschickt zappeln lassen wie einen Fisch an der Angelschnur.

«Es gibt genug Petroleumleute, die froh wären, wenn sie sich das mal ansehen könnten», meinte Jed.

«Die Familie meiner Schwiegertochter macht in Petroleum, die Sandersons; ich könnte mich an sie wenden. Das Schlimme ist bloß, wenn es unter den Petroleumspekulanten anständige Kerls gibt, so habe ich leider noch nie das Vergnügen gehabt, einen von ihnen kennenzulernen. Verdammt große Konkurrenz in dieser Branche!»

«Das habe ich auch schon bemerkt», sagte Jed weise. «Es ist wahrscheinlich die Unsicherheit, das Risiko, das man dabei eingeht.»

«Mir ist folgendes eingefallen, Rusher: Möchten Sie nicht Urlaub machen?»

«Darüber habe ich noch nicht nachgedacht, Mr. Warrener.»

«Ich versuche, jedem meiner Angestellten ein paar Wochen Urlaub zu ermöglichen.»

«Aber ich bin ja noch nicht lange genug bei Ihnen, Sir!»

«Vier Monate, glaube ich, wie? Da haben Sie jedenfalls auf acht Tage Anspruch. Hätten Sie Lust, rüberzufahren, sich das Terrain anzuschauen und mir Bericht zu geben?»

«Und wie werden Sie ohne mich auskommen?»

«Meine Schwägerin will unbedingt in die Stadt zurück, und ihr macht es Spaß, mir vorzulesen. Für die paar Stunden am Tag, die Sie jetzt bei mir sind, könnte ich mich mit einem der Dienstmädchen behelfen. Ich habe mir folgendes gedacht: Sie sind zwar kein Petroleumfachmann, aber Sie sind ein Menschenkenner, und Sie könnten mit den beiden Burschen reden und sich anhören, was sie zu sagen haben, und wenn es dann der Mühe wert scheint, schicke ich einen Petroleummann hin, der die Sache näher untersucht. Sie hätten wohl nichts gegen diese kleine Spritztour einzuwenden?»

«Es würde mir riesigen Spaß machen, wenn ich wüßte, daß es Ihnen keine Unannehmlichkeiten bereitet.»

«Sie beziehen weiter Ihr Gehalt und bekommen darüber hinaus Ihre Reisespesen. Ich glaube nicht, daß es mit der Eisenbahn mehr als fünf bis sechs Stunden in das Städtchen sind, Sie könnten also die ganze Sache in einer knappen Woche erledigen. Wollen Sie es versuchen?»

«Gewiß, Mr. Warrener, ich bin Ihnen für so viel Vertrauen dankbar.»

«Gut, ich weiß, Sie wollen vorwärtskommen, und hier bietet sich Ihnen vielleicht eine Gelegenheit. Wenn was dabei herausschaut, beteilige ich Sie. Inzwischen würde ich mit keinem Menschen darüber reden; das ist eine der ersten Lehren, die ein Geschäftsmann zu beherzigen hat, ganz besonders wenn es sich um einen Spekulationsgegenstand wie Petroleum handelt.»

«Gewiß, Mr. Warrener, verlassen Sie sich auf mich, ich sage kein Wort. Wann soll ich fahren?»

«Miss Lucile will übermorgen hier sein, und dann ist mir jeder Tag recht. Sie können die Züge nachsehen und Ihre Pläne machen.»

3

JED SCHLUG DEN FAHRPLAN NACH, ABER VERschwendete nicht viel Zeit daran; er hatte jetzt Wichtigeres zu tun. Er ging zu der allwissenden Dame am Auskunftsschalter der Bibliothek und erfuhr, daß es Artikel in den Lexika gebe und wissenschaftliche Bücher über die Bohrtechnik, über Erdölgeologie und so weiter. Jed nahm diese Bücher mit nach Hause, blieb fast die ganze Nacht auf, verschlang ihren Inhalt und machte sich Notizen. Das war ein Studium, dem er sich wirklich mit Herz und Seele widmen konnte. Hätte er nicht in der Zeit, die er auf dummes Zeug wie Dichtkunst und Weltgeschichte verschwendet hatte, verschiedene Zweige der modernen Industrie und Finanz kennenlernen und sich so für die Zukunft vorbereiten können? Oh, was für eine Komödie, diese sogenannte Bildung!

Dennoch mußte er zugeben, daß die Universität Mountain City ihm genützt hatte. Wäre nicht jene Stiftungskampagne gewesen, er hätte nie in Warreners Nähe gelangen können, und ohne Student zu sein wäre er auch niemals in ein reiches Haus aufgenommen worden. Doch, Universitäten haben ihren Zweck, wenn auch einen sehr dunklen Zweck, den nur ein klarblickender Geist wie der Jeds ergründen kann.

Die allwissende Bibliothekarin sagte ihm, im Lesesaal lägen Fachzeitschriften aus, die sich mit Erdöl beschäftigten, und man könne sie an jedem Zeitungsstand bekommen. Seitenlange Tratschmeldungen und Gerüchte über die verschiedenen Ölfelder in diesem und in anderen Staaten, die Kurse der Aktien und ihre Aussichten, Artikel über die Bohrtechnik und das Raffinieren, über die Weltvorräte und die Marktlage, über die Personalien der verschiedenen großen Tiere in der Branche, zahllose Inserate von Bohrtürmen und Gerüsten, Werkzeugen und Garnituren, kurz allem, was mit der Arbeit zusammenhängt, das war es, was die Petroleumspezialisten selbst ihm zu erzählen hatten. Er brauchte nur noch die unvermeidlichen Geschäftslügen in Anschlag zu bringen, und dann blieb ihm eine wirkliche Kenntnis einer Industrie, in der über Nacht Vermögen verdient wurden.

Jed ging in die Antiquariate und kaufte sich etliche Bücher, die zusammen mit den Zeitschriften seinen Handkoffer füllten. Im Zug, auf der Hin- und Rückfahrt und in der freien Zeit in den Hotelzimmern schlachtete er unermüdlich den Inhalt dieser Publikationen aus und verstaute ihn in sein gefräßiges Gedächtnis. So ungeduldig, so lernbegierig war er gewesen – und nun hatte er endlich einen Ausgangspunkt gefunden! Freie Bahn für Jed Rusher, den Petroleummann!

Rasch aber fing er an, diesen Titel genauer zu definieren; er würde nur in einem gewissen Sinn und bis zu einem gewissen Grad Petroleummann sein. Es gab Menschen, die auf die Felder gingen und das Bohren neuer Brunnen leiteten, und das waren Petroleumleute, aber sie lebten ein arbeitsreiches und unruhiges Leben, ihr Risiko war groß, und sie hatten nur eine sehr ungewisse Chance, den großen Profit zu erwischen. Daneben aber gab es andere, die in ihren Büros am Schreibtisch saßen und Befehle erteilten; sie organisierten Konzerne, emittierten Aktien, gründeten Holdinggesellschaften, führten Fusionen durch und was nicht alles, und das waren die, die das eigentliche Geld verdienten, die in Sicherheit saßen, einerlei, was auf dem Feld geschah: versiegende Quellen, Salzwasser, Feuer, Explosionen, Arbeiterunruhen, alle die Lasten und Sorgen, die der Umgang mit widerspenstigem Material und noch widerspenstigeren Menschen mit sich bringt. Freie Bahn für Jed Rusher, den Petroleumfinanzier!

4

AM MORGEN DES 1. SEPTEMBER HATTE JED SICH soeben seine Fahrkarte nach Mesa Verde an der T.- und W.-Bahn gekauft und war bereits reisefertig, als er ein Exemplar der Frühausgabe der *Post* zur Hand nahm und auf der ersten Seite in grellen Schlagzeilen las:

«Leuchte der Gesellschaft muß Strafe zahlen! Juwelenschmuggel kostet ein Vermögen!»

Pochenden Herzens las er, daß Mrs. Thomas J. Evarts aus Mountain City ihren Streitfall mit den Zollbehörden durch die Bezahlung der Zoll- und Strafgebühren im Betrag von 73482 Dollar und 76 Cents beigelegt habe. Jed hatte viele Male im Geist die verschiedensten großen Summen durch vier dividiert. Nun ging er abermals an diese Aufgabe heran und stellte fest, daß er von dem Schutzverband amerikanischer Juweliere 18370 Dollar und 79 Cents zu bekommen habe. Gebt acht, daß ihr euch beim Dividieren nicht irrt, oh, ihr wohltätigen und schutzreichen Juweliere, und laßt die Cents nicht weg!

Jed nahm die Zeitung mit nach Hause, Liza und er sperrten sich in Lizas Zimmer in dem heißen obersten Stockwerk des Pensionshauses ein und feierten einen stillen Triumph. Dann hatten sie ein Gespräch miteinander, ein für Liza erschreckendes Gespräch, denn es ist keine einfache Sache, in der Kutsche eines großen Mannes zu fahren. Jed sagte: «Kann sein, daß ich noch vor meiner Rückkehr das ganze Geld in Petroleumländereien angelegt habe.»

«Aber Jed, du hast es doch noch gar nicht.»

«Ich muß es bekommen; die Sache ist erledigt, ich habe einen gesetzlichen Anspruch auf das Geld. Das habe ich alles in der Bibliothek nachgelesen.»

«Aber wie kannst du es denn ausgeben, bevor du es hast?»

«Darüber möchte ich mit dir sprechen. Gesetzt den Fall, ich finde da draußen etwas wirklich Lohnenswertes, willst du, daß ich es schlittern lasse, ja? In der Petroleumbranche kann es morgen schon zu spät sein, irgendein anderer kommt dir zuvor.»

«Jed, du verstehst ja gar nichts von Petroleum.»

«Du täuschst dich, ich verstehe etwas davon, und bin ich erst einmal dort, dann werde ich noch mehr davon verstehen. Ich lasse mich von niemand hochnehmen! Aber ich will freie Hand haben, wenn ich was sehe, wo es zupacken heißt.»

«Was willst du denn also machen?»

«Ich will Geld mitnehmen, damit ich Land kaufen kann, wenn ich finde, daß es etwas taugt. Man kann den Handel mit einer kleinen Anzahlung perfekt machen, und den Rest des Geldes muß man erst erlegen, wenn der Kaufvertrag ausgefertigt ist.» Nicht umsonst hatte sich Jed zwei Jahre lang von Carrie Meecham, der Gehilfin eines Abteilungsleiters einer Großbank, umwerben lassen. Carrie hatte unaufhörlich von Grundstückskäufen erzählt, wie man das mache und was für Klippen dabei zu umschiffen seien; jedes Komma dieser Informationen lag nun wohlgeordnet, nachgeprüft und gebrauchsfertig in Jeds Gedächtnis verstaut.

«Wieviel brauchst du, Jed?»

«Ich habe fast 800 Dollar auf der Postsparkasse, die werde ich abheben und mir einen Bankscheck geben lassen oder irgend so was, das so gut wie Bargeld ist. Du solltest deine 200 Dollar auch mit dazulegen, ein Tausender ist eine bequeme runde Summe. Vielleicht kaufe ich eine ganze Menge Land, ich hätte nämlich nichts dagegen, auch noch eine Hypothek aufzunehmen; das schadet gar nichts, wenn es sich um Petroleum handelt.»

«Jed, du machst mir angst und bange!»

«Schon gut, Liza, man kann auf dieser Welt nichts erreichen, ohne was zu riskieren. Sei überzeugt, ich werde kein

Risiko auf mich nehmen, das sich vermeiden läßt. Wenn du dein Geld mit dazulegst, wirst du vielleicht einen Gewinn erzielen, der dich für dein ganzes Leben gesund macht.»

Zu guter Letzt überredete er seine Schwester, sich von ihren kläglichen Ersparnissen zu trennen, die sie dadurch zusammengekratzt hatte, daß sie schuftete, bis sie nur noch ein Skelett war, daß sie eine Magd und eine Köchin schuften ließ, um ein Dutzend Pensionsgäste zu verpflegen, und daß sie die ganze übrige Arbeit selber machte. Einen Teil des Geldes war sie eigentlich Carrie Meecham schuldig, aber Carrie konnte warten, wie sie bisher gewartet hatte. Lizas Nesthäkchen, und was daraus wurde, sollte den Stoff für eines der klassischen Wundermärchen aus der amerikanischen Finanzwelt liefern, die in den Zeitungen und in den Tratschmeldungen der Petroleumfachblätter tausendmal wiederholt werden, um so pittoresker noch durch die Umstände, unter denen Liza erschreckten Herzens, mit zitternden Fingern den Scheck unterschrieb und ihn dann, flehende Angst in den Augen, ihrem verrückten Bruder überreichte. «O Jed! Sei vorsichtig! Es ist der letzte Cent, den wir haben!»

5

ALS JED AUF DEM EINSAMEN KLEINEN BAHNHOF von Mesa Verde den Zug verließ, wütete gerade ein Sandsturm. Die Luft war von blendendem, erstickendem Staub erfüllt, es war unmöglich, weiterzureisen, und er mußte in einem ländlichen Hotel liegenbleiben. Es war dieselbe Gegend und dieselbe Unbotmäßigkeit der Elemente, wie sie Jed in Alamito zur Genüge kennengelernt hatte, und er wurde auf das lebhafteste an den Wandel in seinen Geschicken erinnert. Wie sehr bedauerte er die armen Teufel in Khaki- und blauen Baumwollhemden, die auf diesen gottverlassenen Ebenen leben und den Verrücktheiten der Natur Trotz bieten mußten, von Winden gepeitscht, am Staub erstickend, von der Sonne geröstet, in Stürmen frierend, schuftend und schuftend und schwitzend ohne Unterlaß! Welch ein Kontrast zu dem Leben der Warreners in ihrem Palast, sicher vor allen Stürmen, mit einer Zentralheizung im Winter und elektrischen Ventilatoren im Sommer, ganz zu schweigen von den Sommerlagern am Bergsee! Welcher Kontrast in der Arbeitsweise, an einem großen, polierten Mahagonischreibtisch zu sitzen, eine Reihe von Klingelknöpfen und ein Telefon vor sich, und Orders zu erteilen, die für Tausende dieser hilflosen und unwissenden Michel Wohlstand oder Ruin, Leben oder Tod bedeuten!

Jed unterhielt sich mit dem Hoteldirektor und einigen Gästen, die vor dem Sturm geflüchtet waren, und informierte sich so gut er konnte über den Charakter des Landstrichs. Er lag mehrere hundert Meilen von Jeds Geburtsort entfernt, aber es waren dieselben kahlen Ebenen, auf denen Schafe und Rinderherden weideten, umgrenzt von Bergen, in deren Tälern, soweit sie Wasser führten, Weizen und etwas Obst gediehen. Niemand sprach von Petroleum, und auch Jed sagte kein Wort. Nachdem er alles erfahren hatte, was zu erfahren war, schloß er sich in sein Zimmer ein und las in seinen Büchern, wobei er nie vergaß, sie in den Pausen des Studiums sorgfältig in den Koffer einzuschließen.

Am nächsten Morgen ging die Sonne rot hinter einem Staubvorhang auf. Es war im September, seit einem Monat hatte es nicht geregnet, und ein Wagen, der über die Ebene fuhr, ließ eine halbmeilenlange Staubwolke hinter sich. Jed hatte für 10 Dollar den Tag einen zerbeulten alten Ford gemietet, nebst einem Chauffeur, der auf den Namen Jake hörte. Jed sagte, er suche eine Viehranch; er sei auf einer solchen Ranch in Alamito aufgewachsen, habe jetzt etwas Geld geerbt und wolle sein eigenes Stück Land haben. Da gäb's massig zu verkaufen, sagte Jake; so ziemlich alles, was nicht schon der Bezirk für unbezahlte Steuern eingesackt habe. Falls der Besucher echtes Bargeld bei sich habe, na, Bargeld hätten die Rancher hier schon lange nicht mehr zu sehen bekommen.

Wohin sie fahren sollten, fragte Jake; und Jed sagte, er habe gehört, droben gegen den Koyoten, Arroyo zu sei das Land nicht schlecht. Jake erwiderte, was zum Teufel, dort brächten sie überhaupt nichts zustande, wenn es regnet, kommt das ganz plötzlich und schwemmt alles weg. Jed aber sagte, er würde sich gern in der Nähe des Gebirges ansiedeln, wegen der Jagd und des Fischens. Jake sagte, na ja, wenn er von Fischen und Wildbret leben wolle, aber er, Jake, hätte gedacht, Jed rede von Rindfleisch.

So fuhren sie also dem Gebirge zu, und nach einiger Zeit verließen sie die Landstraße, auf der sie eine Geschwindigkeit bis zu 15 Stundenmeilen erreicht hatten, um sich auf Wegen fortzubewegen, auf denen fünf Meilen ein guter Durchschnitt waren. Die Hopser waren von jeglicher Größe, je größer, desto besser; man fuhr in die ausgetrockneten Rinnsale hinunter und kam an der anderen Seite wieder hoch, und das einzig Schlimme war, daß einige der Felsblöcke für ein Auto zu groß waren, Jed und der Chauffeur mußten abwechselnd aus dem Wagen springen und die Blöcke zur Seite wälzen. Immer wieder verzweigte sich der Weg, die verschiedenen Pfadsucher hatten versucht, den Felsen und Schluchten auszuweichen. Jake aber behauptete, er kenne den Weg, und er schien auch die Wahrheit zu sagen.

Jake war eine wahre Fundgrube an Informationen, die Jed emsig ausbeutete. Sie sprachen über Land und Bodenpreise; man könne in jeder beliebigen Gegend für den Acre einen bis hundert Dollar bezahlen und arg hereinfallen, wenn man nicht wisse, was man haben will und wie man rangehen muß. Es gebe da etwas Kali, und das liege gleich neben dem besten Land, und deshalb könne man leicht hochgenommen werden. Jeder zweite da droben in den Bergen sei überzeugt, er habe Gold oder Kohle oder irgend so was, und das sei ein ewiges Graben und Suchen, und dann holten sie Kapitalisten her und täten alles, damit die anbeißen, aber die wollten immer nicht recht ran. Wie will man aus so 'ner Gegend die Sachen bloß wegtransportieren?

6

Gegen Mittag sollten sie die Waldregion erreichen, vorher aber mußten sie noch einen kahlen Sattelrücken überqueren. Jake hielt es für besser, Station zu machen und auf einer Ranch unter den Bäumen Mittag zu essen; gehört 'nem Burschen namens Cudliff, hat früher mal unten in Mesa Verde gewohnt, hat hier 'n paar tausend Morgen und, komische Sache, hat 'ne kleine private Petroleumquelle, so ganz für sich allein.

«Wieso denn?» sagte Jed so gleichgültig wie nur möglich.

«Ja, sehen Sie, er grub sich 'n Wasserbrunnen, und 'ne Zeitlang kam gutes Wasser, dann aber fing es an schaumig zu werden, und da wußte man gleich, es taugt nischt, weil obendrauf Petroleum ist; das Öl aber sprudelte immer weiter und füllte den ganzen Wasserbrunnen an. Nu geht Ed her, nimmt 'nen Eimer an 'nem Strick und holt sich ein Faß Öl rauf.»

«Was macht er mit dem Petroleum?»

«Er hat sich so 'ne Art Dampfmaschine angeschafft, mit der betreibt er 'ne Pumpe und bewässert sein Land. Es heißt, er will junge Apfel- und Birnbäume pflanzen.»

«Wie lange geht das schon?»

«Weiß nicht genau. Hab's erst vor zwei oder drei Monaten erfahren.»

«Jammerschade, daß das eine so gottverlassene Gegend ist», sagte Jed, «hier würde es sich gar nicht verlohnen, einen richtigen Brunnen zu bohren.»

Es war ein niedriges Blockhaus, nach Norden und nach Westen zu schützten es Reihen von Pappeln vor den Bergwinden. Der Ford hupte, und nun erschien Mr. Edward Cudliff, ein Priemchen kauend, wie es den Anschein hatte; er war einen Meter achtzig groß, sonnenverbrannt, braun wie Leder, und er hatte offenbar soeben, bevor er essen ging, Erdöl geschöpft, denn an der einen Seite des Hofs stand ein Karren mit einem Faß darauf, Karren und Faß schwärzlich beschmiert. Auch auf Cudliffs Wange saß ein Schmutzfleck, und man sah, daß er sich zwar die Hände, aber nicht die Handgelenke gewaschen hatte. In seinem Kragen stak eine Serviette, in seinem Mund ein Brocken Pökelfleisch, und er forderte die Besucher auf, nur hereinzukommen und sich hinzusetzen. Eine große Schar junger Cudliffs war um den Tisch versammelt, alle hatten den Mund voll, saßen stumm und mit aufgerissenen Augen da, und Ed machte neben sich zwei Plätze frei, den einen für Jed und den anderen für Jake, und alle drei aßen das Essen, an das sie von Kindheit auf gewöhnt waren, und führten jene Gespräche, die der Rancher sein ganzes Leben lang führt.

Nach einiger Zeit ließ Jack verlauten, daß Jed hierhergekommen sei, um eine Ranch zu kaufen; und wie jeder Rancher im ganzen Westen hatte auch Ed ein Stück Land, das zu einem vernünftigen Preis zu haben wäre, und er fing an, es zu loben. Nirgendwo in dieser Gegend besserer Boden, keine Spur von Alkali, ein Flüßchen, das nie austrocknet, ein anständiger Wald – sehen Sie sich bloß das Haus an – und Zäune in tadellosem Zustand, gesundes Vieh – und was das feinste ist, dieses Wunder da, das ihm passiert war –, na, kommen Sie doch mal mit und schauen Sie sich unseren Ölbrunnen an!

Jed sagte, ja, er habe schon davon gehört, aber das schlage nicht in sein Fach, er verstehe nichts von Petroleum, und was könne man denn hier draußen mit Petroleum anfangen?

Ed sagte, er wisse bereits 'ne ganze Menge damit anzufangen, und es ließe sich noch viel mehr machen; eines Tages würde er sich einen Petroleumofen anschaffen und mit ihm das Haus heizen.

«Ja», sagte Jed, «aber wenn man genug Holz hat, macht es genausoviel Mühe, das Petroleum zu fördern.»

«Gar keine Mühe, man schöpft es bloß rauf», sagte Ed.

«Aber nachher muß man sich das Gesicht waschen», warf Jake ein, denn Jake war ein spaßhafter Mensch, und die Schar der Kinder fing an zu kichern.

Sie stritten hin und her, Ed lobte die Ranch und Jed setzte sie herab, und das gehörte eben zum Handeln mit dazu, auf das sie beide sich gut verstanden. Jed sagte, diese kleinen, oberflächlichen Vorkommen von Erdöl bedeuteten gar nichts, worauf Ed argwöhnisch erwiderte: «Ich dachte, Sie verstünden nichts von Petroleum?»

«Soviel weiß doch jeder Mensch», erwiderte Jed. «Wenn man nach Erdöl bohren will, muß man 300 oder vielleicht sogar 1500 bis 1800 Meter tief gehen, so wie drüben in Kalifornien. Aus diesen kleinen Tümpeln an der Oberfläche ist bisher noch nie was geworden.» Das war nicht ganz richtig, wie Jed aus den Büchern wußte, die er in seinem Koffer hatte; der Koffer aber war versperrt, und versperrt sollte er bleiben.

Nachdem sie gegessen hatten, fragte Ed, ob er den Erdölbrunnen sehen möchte, und Jed sagte, nein, aber er würde sich die Ranch ansehen, falls Ed zu einem Preis verkaufen wolle, über den sich reden ließe. Ed führte ihn also auf die Hügelkuppe hinauf, von dort aus hatten sie einen Überblick über die ganze Gegend, und er zeigte ihm die Grenzen seines Besitzes, eine Meile nach der einen und fast zwei Meilen nach der anderen Richtung; er sprach von seinem Wald und zeigte ihm sein Flüßchen und Proben seiner Zäune und verwies auf den Zustand des Viehs, das Vieh wolle er nicht verkaufen, sondern nur das Land, er trage sich mit dem Gedanken, näher an die Bahn zu ziehen, es sei ein bißchen zu weit für sein Weib, sie sei etwas kränklich, und er möchte sie gern an einem Ort wissen, wo ein Doktor erreichbar sei. Jed stimmte zu, es sei recht unangenehm, so weit von jeder anständigen Straße entfernt zu sein. Auch liege der größte Teil des Bodens zu hoch und lasse sich nicht bewässern und sei also gar nichts wert. Er schwatzte von Dürre und schlechten Straßen, bis Ed in seiner Verzweiflung wieder den Erdölbrunnen heranholen und darauf bestehen mußte, daß Jed ihn besichtige.

Jed besichtigte ihn: ein Loch in der Erde, an den Seiten und am Rand ganz verschmiert und in der Tiefe schwarz wie Tinte. «Ich will mal den Eimer hinunterlassen und es Ihnen zeigen», sagte Ed; aber Jed sagte, einerlei, das interessiere ihn nicht, denn die einzige Möglichkeit, Erdöl aus dieser Gegend fortzuschaffen, wäre eine Rohrleitung, und die würde eine Million Dollar kosten. Er drehte sich um und betrachtete die Berge und sagte, er hätte Lust zu bleiben und auf die Jagd zu gehen. Wann die Rotwildjagd beginne? Worauf Ed erwiderte, hier im Hinterwald gebe es keine Schonzeiten, Jed könne jederzeit ein Reh schießen gehen, Ed würde ihm helfen, es nach Hause zu schaffen, und die Kinder würden ihm helfen, es aufzuessen.

Sie schlenderten zum Haus zurück, und Jed sagte zu Jake: «Na, fahren wir weiter.» Sie stiegen ins Auto, und Jed wollte für das Essen bezahlen, aber Ed sagte, Teufel, nein, sie hätten hier kein Wirtshaus, sie seien froh, wenn ihnen jemand Gesellschaft leiste. Dann kurbelte Jake den Motor an, und Ed, dem die Enttäuschung im Gesicht geschrieben stand, bemerkte, das Rattern überschreiend: «Sie glauben nicht, daß Sie den Hof haben wollen?»

«Vielleicht», sagte Jed, «aber Sie würden ja zuviel verlangen.»

«Sie haben mich ja noch gar nicht gefragt, was ich verlange.»

«Das weiß ich, aber ich merke es an Ihren Reden. Sie scheinen nicht zu wissen, daß wir eine Krise hinter uns haben und daß die Preise für Weideland schrecklich gesunken sind. Ich muß mir einen Rancher suchen, der das weiß.»

«Was bieten Sie mir für das Stück Land?»

«Es ist nicht meine Sache, zu bieten, Sie haben Ihren Preis zu nennen. Was verlangen Sie?»

«Na, ich dachte mir, so vierzigtausend müßte ich kriegen.»

«O mein Gott», sagte Jed, «und ohne das Vieh und alles? Sagen Sie lieber zwanzig, dann komme ich wieder und handle mit Ihnen. Adjüs.»

7

Sie fuhren weiter und sahen sich noch einige andere Höfe an, die alle an der Längsseite dieser Kuppe lagen, und gegen Abend sagte Jake, daß gleich da vorn zwei Burschen wohnten, namens Nichols, und es wäre vielleicht gar nicht schlecht, dort zu übernachten. So lernte Jed Herrn

Jim Nichols und seinen Bruder Ranny kennen: zwei lebhafte, schwatzhafte kleine Kerls, die Jed an ein Paar geschäftiger brauner Eichhörnchen erinnerten. Sie hausten allein, abgesehen von einem Neffen, der schwachsinnig war. Sie waren so froh, Gesellschaft zu haben, daß sie zum Abendbrot zwei Hühner schlachteten, eine Wabe Honig und dicke Sahne aus einem Kühlhaus über der Quelle holten, und der schwachsinnige Neffe buk heißen Zwieback, der gelb von Natron war, und grinste von einem Ohr zum andern, als Jed ihm sagte, er habe das Salz vergessen, sein Verstand war nicht mehr fähig, sich alle Zutaten zu merken.

Während des Essens redeten sie über die Gegend, über die Berge, das Wasser, den Boden, die Ernten, die Fische, das Wild, die Stürme, die Straßen – über hunderterlei Dinge. Es dauerte nicht lange, und sie kamen auf das Erdöl zu sprechen. Jake sagte, sie hätten sich Ed Cudliffs Petroleumbrunnen angesehen, und Jim sagte, er und Ranny könnten so was auch haben, wenn sie nachgraben würden; überall auf dem ganzen Grundstück komme das Petroleum zutage, er werde es ihnen morgen früh zeigen, Risse im Boden voller Erdöl und am Hügelhang eine kleine Höhle, über und über verschmiert. Ranny sagte, es bleibe ihnen an den Schuhen hängen, und er streckte seinen Fuß hin.

Jim fuhr fort: er habe an einen reichen Kapitalisten in Mountain City geschrieben, an Mr. Warrener, schon mal von ihm gehört? Jed bejahte, aber es sei schwer, diese großen Herren so weit zu bringen, daß sie sich mit Kleinigkeiten abgeben, und ein Rancher habe eben nicht das Kapital, um an eine Sache ranzugehen. Wieder verhielt er sich gegenüber dem Petroleum recht gleichgültig und interessierte sich nur für das Vieh und für die Weide, so daß die Brüder Nichols von ihren Rindern erzählten, und das Ende vom Lied war, sie würden ihre Ranch verkaufen, samt dem Vieh und allem, 320 Morgen, für 15 000 Dollar. Jed sagte, das sei zu viel, aber er wolle sich morgen früh das Grundstück ansehen.

Als er dann allein in seinem Schlafzimmer war, holte er seine Bücher hervor und studierte drei Stunden lang bei Kerzenlicht jeden Passus über Tagmerkmale und geologische Formationen, in denen ölhaltige Sandschichten vorkommen können, sorgfältig durch. Wenn er bloß so schlau gewesen wäre, an der Universität Geologie zu hören, damit er die verschiedenen Gesteinsarten und die Lagerung der Schichten erkennen könnte. Aber da saß er nun und mußte nach eigenem Ermessen seine Entscheidung treffen. Er wußte, wenn er einen Petroleumfachmann hinzuzöge, würde das den Preis des Bodens vielleicht verdoppeln.

Am nächsten Morgen besichtigte er die Besitzung der Nichols und kümmerte sich nicht im mindesten um alle die Petroleumanzeichen, die sie ihm unbedingt zeigen wollten. Parallel mit der Hauptkette des Gebirges über eine Strecke von fünf bis zehn Meilen lief eine lange Hügelkuppe, und längs dieser Kuppe hatten sowohl Cudliff wie die Nichols ihr Erdöl gefunden. Es war vermutlich eine einheitliche, zusammenhängende Formation, und Jed malte sich ein großes Reservoir in den Tiefen des Hügels aus, bis ihm das Bild so lebendig wurde, daß er es für eine Eingebung zu halten begann. Wenn dieses Reservoir wirklich vorhanden war, dann lag hier das Vermögen, nach dem er suchte, und der offene Ölbrunnen würde genügen, um irgendeinen Luftspekulanten zu veranlassen, erst einmal auf einer Tantiemenbasis sein Glück zu versuchen. Sollte es sich als ein trockenes Loch erweisen, na schön, dann würde Jed das Land so gut wie möglich losschlagen und etwas anderes probieren.

8

Jed sagte den beiden kleinen braunen Eichhörnchen, er fürchte leider, ihr Land sei zu trocken, man könne da nichts herausholen, und dann fuhr er mit Jake davon, während die Brüder sehr niedergeschlagen zurückblieben. Er sah sich noch weiter in der Gegend um und schlug vor, auf dem Rückweg bei Cudliffs Hof Station zu machen und sich nach der Jagd zu erkundigen. Da waren sie nun also wieder bei Ed, er sagte, sie könnten seine Flinten haben, wenn sie wollten, aber sie sollten lieber warten und sich einen ganzen Tag nehmen und in aller Frühe losziehen. Nach einiger Zeit hatte er es so weit geschafft, daß sie wieder über das Land sprachen. Ob Jed was Passendes gefunden habe? Jed brummte etwas über den Wassermangel, und daß es einen Menschen ruinieren müsse, wenn er das ganze Winterfutter heranzuschleppen habe, und deshalb stoße auch Ed jetzt einen Teil seines Viehs ab, nicht wahr? Ed leugnete nicht, daß dem so sei.

Er bat sie dringend, wieder zum Essen dazubleiben, und Jed sagte, er würde bleiben, wenn er dafür bezahlen dürfte, und Ed sagte, gut, wenn er sich dann wohler fühlte, die Frau würde was Extrafeines richten. Nach einer kleinen Weile erklärte Ed, er habe sich die Sache überlegt, und er würde mit dem Preis heruntergehen, er würde mit 35 000 Dollar zufrieden sein, wenn es in bar wäre, abgesehen von der Zehntausend-Dollar-Bankhypothek. Jed lachte und sagte, er glaube nicht, daß es momentan in ganz Amerika, außer in der Wall Street, soviel Bargeld gebe. Diese Behauptung beunruhigte Ed, er kam immer wieder auf das Thema zurück, so oft Jed versuchte, es zu verlassen; die Frau wollte, wie es schien, unbedingt wegziehen, und ob nicht der Besucher ein ernstes Angebot machen wolle? Jed sagte, das verlohne sich kaum, weil der andere so völlig übertriebene Begriffe von den jetzigen Preisen des Weidelands im Westen habe. Was nützten 1000 Morgen hügeligen Landes, die die eine Hälfte des Jahres das Vieh ernährten und es in der zweiten Hälfte verhungern ließen? So aßen sie also ihr Mittagsmahl, und als Jed und Jake sich reisefertig machten, rief Ed den ersteren beiseite und sagte, er wolle noch weiter heruntergehen, ob ihn 32000 Dollar interessieren würden? Jed sagte, nein, es tue ihm leid, er glaube nicht, daß er auch nur einen Cent über 20000 Dollar hinausgehen würde, es habe also gar keinen Zweck, darüber zu reden. Ed sagte, er, Jed, begehe einen großen Fehler, er werde verdammt wenig Höfe mit einem so abwechslungsreichen Gelände finden, es seien das 200 Morgen wirklich guter Erde, die auch ordentlich zu bewässern seien. Jed sagte, ja, aber sie könnten ebensogut auf dem Mond liegen, was solle man mit den Erträgnissen anfangen? Und dazu noch ein Petroleumbrunnen, warf der andere ein; aber Jed sagte, das sei doch ein Witz. Sie saßen im Auto und wollten abfahren. Es war einer jener altmodischen Fords, die man noch ankurbeln mußte, und Jake bückte sich gerade, um die Kurbel zu packen, da sagte Ed: «Nein, wartet. Sie haben hier eine Gelegenheit, Herr, sich ein wirklich feines Stück Land einzuhandeln, wenn Sie bloß noch mit 'n bißchen mehr herausrücken wollten!»

«Was ist das Mindeste?» fragte Jed.

«Na, 28000 Dollar.»

«Nein, das interessiert mich kein bißchen. Mann, Sie hätten die Höfe sehen sollen, die man mir angeboten hat, das ganze Land mit Bewässerungsgräben durchzogen, so daß man Alfalfa bauen könnte. Los, Jake!»

«Nur ein Momentchen noch, lieber Freund. Was ist das Äußerste, das Sie geben würden?»

«Ich will Ihnen was sagen: ich habe keine Zeit zu handeln, ich will mir noch vor Dunkelwerden ein anderes Gütchen ansehen; aber ich sage 22000 Dollar, das ist das Äußerste, und zwar bar auf den Tisch, mit Ausnahme der Hypothek, ich zahle 1000 Dollar auf den Kaufvertrag an, und an dem Tag, an dem die Bank mir mitteilt, daß die Sache im Grundbuch geregelt ist, wird die Restsumme bezahlt.»

«Mann, das ist ein unmöglicher Preis! Hören Sie doch zu, was ich alles für Verbesserungen in diesen Hof hineingesteckt habe –»

«Das alles interessiert mich nicht, Ackerland ist heute keinen Pfifferling wert, und es handelt sich nicht darum, was ein Mensch hineingesteckt hat, sondern darum, was er herausholt. Los, Jake!»

«Halt! Ich will 25000 Dollar sagen, und Gott sei mein Zeuge, Mann –»

«Nein, ich erhöhe nicht mehr. Ich habe Höfe gesehen, die ich zu diesem Preis viel lieber nehmen würde, und wenn es nicht wegen Ihrer Frau wäre, hätte ich diese 2000 Dollar auch nicht zugelegt. Geben Sie mal eine Annonce auf, dann werden Sie sehen, was für Antworten Sie bekommen; Sie werden vielleicht ein ganzes Jahr lang kein bares Angebot mehr kriegen.»

«Lassen Sie mir Ihre Adresse da, guter Freund –»

«Nein, solche Späße mache ich nicht; ich habe in meiner Tasche einen Bankscheck über 1000 Dollar, und ich gedenke ein Stück Land zu kaufen, bevor ich nach Hause fahre.»

Jed war erst 22 Jahre alt, er fühlte sich nicht ganz so sicher, wie seine Reden vermuten ließen; aber er hatte dieses herrische Benehmen sorgfältig einstudiert und eine Zeitlang geübt. Seine zweijährige Bekanntschaft mit Carrie Meecham hatte ihn ferner mit sämtlichen Finessen des Grundstückshandels vertraut gemacht. «Jetzt oder nie», bemerkte er. «Los, Jake!»

Der arme Rancher stand mit geballten Fäusten da, er war vor Aufregung leichenblaß. Jake riß die Kurbel herum, der Motor begann zu spucken und zu rattern; Jake sprang in den Wagen und wollte eben rückwärts losfahren, da hob Ed die Hand, kam näher heran und sagte: «Wenn ich Ihr Angebot annehme, wollen Sie dann das Geschäft gleich perfekt machen?»

«Ich bin ein Mann von Wort», sagte Jed. «Sie können zu mir ins Auto steigen, wir fahren zur nächsten Bank, und wenn der Grundstücksbeamte zu finden ist, machen wir noch heute abend Kontrakt.»

Der Rancher stand drei Schritt von dem Wagen entfernt. Nach seiner Miene zu schließen, hätte man meinen müssen, es handle sich für ihn darum, seine Kinder und vielleicht auch die Olle zu verhandeln. Plötzlich schluckte er einen dicken Brocken Luft hinunter und dann noch einen und sagte: «Schön, lieber Freund, der Hof gehört Ihnen!»

13. Kapitel

Der Roman

I

Jed Rusher kehrte nach Mountain City zurück und erzählte seiner Schwester, was er getan hatte, und sie machte eine genauso bestürzte Miene wie Ed Cudliff beim Verkauf seines Landes. Jed sagte ihr, da Ed voller Angst gewesen sei, brauche sie keine Angst zu haben, denn Eds Verlust sei ihr Gewinn. «Ich habe jetzt ein feines Stück Land, Liza», versicherte er ihr, «und ich brauche nur noch 11000 Dollar hinzulegen; die Zehntausender-Hypothek ist erst in einem Jahr fällig. Jetzt muß ich ein paar Ölspekulanten finden, die sich die Sache mal ansehen.»

«Willst du Mr. Warrener beteiligen?»

«Warum? Ich habe den Auftrag erledigt, den er mir erteilt hat, ich werde ihm Bericht erstatten, und dann kann er ja, wenn er Lust hat, einen Sachverständigen hinschicken, der sich das Land der Nichols anschaut.»

«Aber der Sachverständige wird erfahren, daß du einen Hof gekauft hast.»

«Was geht mich das an? Es ist kein Verbrechen, Land zu kaufen.»

«Was aber wirst du sagen, wo du das Geld her hast?»

«Ich habe deine und meine Ersparnisse genommen und mir einiges hinzugeborgt und eine Anzahlung geleistet auf die Chance hin, daß ich einen Petroleummann finde, der mich finanziert. Das ist kein Eingriff in Warreners Rechte.»

«Du willst es dir doch nicht mit ihm verderben, Jed?»

«Wenn es nicht sein muß, nein. Aber ich gedenke nicht mehr lange für ihn zu arbeiten, verlaß dich drauf, wenn ich erst mal dieses Geschäft perfekt habe, werde ich nicht mehr den halben Tag bei einem kranken Menschen verhocken, für 4 Dollar die Sitzung.»

Jeds erste Frage, als er das Haus betrat, war: Ob das Geld aus New York gekommen sei. Nein, und Liza begann sogleich sich Sorgen zu machen. Wann Jed den Rest der Kaufsumme zu bezahlen habe? In 30 Tagen, sagte er. Wie aber, wenn das Geld aus New York noch länger brauchte? Liza gab nicht nach, bis Jed den Vorschlag machte, ein Telegramm zu schicken, um sich zu erkundigen. Es könne jetzt nichts schaden, zu telegrafieren, ohne den Namen Mrs. Evarts' zu erwähnen; der Name Jed Rusher würde dem Telegrafenbeamten gar nichts sagen. Liza stimmte zu, Jed schickte das Telegramm ab, und ein paar Stunden später kam der Knockout. Der Schutzverband amerikanischer Juweliere teilte Jed Rusher mit, daß die Zahlung immer erst nach frühestens sechs Monaten erfolge.

«Da hast du deinen Staat!» schrie Jed wütend. «Sechs Monate um einen Scheck auszuschreiben, den eine Privatfirma in einem Tag erledigt! 25 verschiedene Schreibtischpolitiker müssen ihr ‹Genehmigt› daruntersetzen, und jeder läßt ihn eine Woche lang auf seinem Tisch liegen!» Jed hatte Mr. Walter Evarts etwas Ähnliches sagen hören, und das hatte ihm imponiert.

Liza war außer sich vor Angst; ihr Bruder aber erholte sich rasch. Ein Mann muß lernen, Schläge zu nehmen. «Kopf hoch, Liza! Es kann nichts Schlimmeres passieren, als daß ich mein Petroleumland verliere.»

«Und unsere 1000 Dollars, Jed?»

«18000 Dollar sind unterwegs, ich kann also die tausend verschmerzen. Aber glaube mir, ich behalte mein Land. Mich ärgert nur eines: Ich werde jemand mitnehmen müssen und dadurch den halben Profit verlieren.»

Er dachte eine Weile nach, dann sagte er: «Vielleicht wird es das beste sein, wenn ich dem alten Warrener Bescheid sage und ihn dazu bringe, daß er mir unter die Arme greift. Er wird mir wahrscheinlich leichtere Bedingungen stellen als jeder andere. Einen Tag will ich mir Zeit lassen, um mir die Sache zu überlegen; er weiß nicht, daß ich schon wieder zurück bin, weißt du, und wenn ich mich nicht viel außerhalb blicken lasse, kann er es auch nicht erfahren.»

So schritt nun Jed Rusher in seiner Bodenkammer auf und ab, wie ein Tiger im Käfig, und ließ im Geist alle Bekannten und alle Leute, von denen er je gehört hatte, Revue passieren, ob sie vielleicht 11 000 Dollar besäßen und sich von diesen 11 000 Dollar trennen würden. Crumbsack, der Bankier in Zion, und Hinks, der Viehzüchter in Alamito, Carrie Meecham und ihre Miss Hugins, der Eisenwarenhändler, dessen Vetter in der Pension wohnte, und ein Verleger, für den Dick Sunstorm Bücher verkauft hatte; Jed dachte sogar an den alten Kanzler Saybuck, der zweifellos einen Teil seines Gehalts aufgespart hatte. Seine Gedanken schweiften zu einem Inserat, wie er es bei der Arbeitssuche oft in den Zeitungen gefunden hatte; es würde in der Rubrik «Teilhaber gesucht» stehen, und Jeds rascher Geist entwarf bereits die Sätze: Habe ein Geschäft, für das 11 000 Dollar erforderlich sind. Wer über diese Summe verfügt, hat hier die größte Chance seines Lebens. Solide Unterlagen. Nur ernsthafte Vorschläge erwünscht. Unter 142 X an die Administration der *Post*.

2

Es war Essenszeit, und Liza hielt es für ihre schwesterliche Pflicht, ihn rufen zu lassen und ihm bei dieser Gelegenheit einen Brief zu schicken, den soeben der Postbote gebracht hatte. Jed sagte zu dem Mädchen: «Gut», und nahm den Brief entgegen, der in einer unbekannten Frauenhandschrift auf teures Papier geschrieben war. Er trug den Vermerk «Persönlich» und war nach Warreners Büro im Gebäude der Fourth National Bank gegangen, von wo der treue Jermin ihn in die Pension weitergeleitet hatte. Jed riß ihn auf und las:

Lieber Mr. Rusher!
Sie haben mich aufgefordert, Ihnen zu schreiben, wenn ich in Schwierigkeiten komme, und so teile ich Ihnen jetzt mit, daß es mir schrecklich geht. Ich mußte Mama alles sagen, und sie ist so böse, ich habe so etwas Furchtbares noch nie gesehen. Sie will mich nicht aus dem Zimmer lassen, und ich darf mit niemanden sprechen, kommen Sie also bitte zu mir, wenn es möglich ist, weil ich so unglücklich bin, ich weiß nicht, was ich denken oder tun soll.

Ihre ergebene
Lulu Belle Macy.

Das war nun etwas Neues, und der Mittagstisch der Pension mußte sich ohne Jed behelfen.

Seit drei Monaten hatte er diese Situation kommen sehen, und er glich dem tüchtigen Generalstab einer Armee, der für jeden nur erdenklichen Kriegsfall seine Pläne mit allen Einzelheiten entworfen hat und im letzten Augenblick nichts weiter zu tun braucht, als zu seinem Aktenschrank zu gehen und Mappe 17 T 198 herauszuholen. Jed faltete im Geist die Papiere mit der Bezeichnung «Petroleumranch» zusammen, legte sie beiseite und holte eine neue Mappe mit dem Vermerk «Lulu Belle und Mrs. Jane» hervor. Dann setzte er seinen Hut auf, verließ das Haus und bestieg eine Straßenbahn, die ihn zum Haus der Macys brachte.

Diesmal kein Zögern, kein Aufundabgehen, sondern jene Schnelligkeit des Handelns, die in den Plänen sämtlicher Generalstäbe vorgesehen sind. Jed stieg die Stufen zu dem prunkvollen, aus gelben Ziegeln erbauten und mit Marmor verzierten Gebäude hinauf und drückte auf die elektrische Klingel. Zu dem Butler sagte er: «Ich wünsche Mrs. Macy zu sprechen. Sagen Sie ihr, hier ist Mr. Rusher aus dem Haus ihres Vaters.»

«Nehmen Sie Platz, Sir», sagte der Mann und entfernte sich; und Jed setzte sich hin, in einer Halle, die zwei Stockwerke hoch war und an drei Seiten eine außerordentlich imposante Galerie hatte. Aber Jed dachte jetzt nicht an Architektur; er redete sich gut zu, um seine Hände und Knie zu beruhigen, die etwas ganz merkwürdig Zittriges hatten. Ruhig jetzt! Das ist die große Prüfung, das ist der entscheidende Augenblick, da du dich als ein fähiger Kerl beweisen mußt!

Mrs. Macy tauchte unversehens aus einem Korridor hervor, sie trug ein blaßblaues Hauskleid. Als sie sich ihrem Besucher näherte, sah er, daß ihren sorgsam gepflegten Reizen übel mitgespielt worden war; dunkle Schatten lagen auf ihrem schönen weißen Gesicht. Ihre Haltung aber war ruhig. Wenn es auch Unglück in der Familie gab, dieser Angestellte durfte nichts davon merken. «Ja, Mr. Rusher?» sagte sie in einem Ton, demzufolge es selbstverständlich war, daß er in einer Familiensache gekommen sei, da er ja andernfalls nicht gewagt haben würde, hier zu erscheinen.

Jed kam sogleich zur Sache: «Mrs. Macy, ich komme wegen Ihrer Tochter.»

«Wegen meiner Tochter?» Ein jäher arktischer Wandel im Tonfall der großen Dame! «Was soll das heißen?»

«Ich glaube», sagte Jed, «es wäre wünschenswert, wenn wir uns in einen Raum begäben, wo keine Möglichkeit besteht, daß man uns belauscht.»

Einen Augenblick lang malte sich Entsetzen in ihrem Gesicht. Dann wurde dieses Gesicht zur Maske. Sie sagte: «Kommen Sie», führte ihn in ein Empfangszimmer und schloß hinter sich die Tür.

3

Jetzt, Jed, nicht die Nerven verlieren, und für Sie, Mrs. Jane, gilt dasselbe! Denn hier beginnt ein Zweikampf der Willenskräfte, von dem das Schicksal mehrerer Menschenleben abhängt. Jed sieht vor sich eine Dame, die eine gewisse Ähnlichkeit mit einer zornigen Löwin hat und sich mit dem Rücken gegen die Tür lehnt, als wollte sie jedes gefährliche Wort, das er vielleicht zu sagen gedächte, festhalten und sorgsam wegschließen. Sie ist einmal eine Schönheit gewesen wie ihre Tochter, jetzt aber ist das Gold ihres Haares und das Blau ihrer Augen verblichen, und ihr Teint verträgt nicht mehr das Tageslicht. Sie neigt zur Dicklichkeit, das Fleisch an Wangen und Kinn beginnt herabzusacken, aber sie ist immer noch die Dame, die es gewohnt ist, daß man ihr gehorcht, und aus ihrer Stimme spricht Entrüstung über dieses jungen Mannes Frechheit. «Was soll das heißen, Mr. Rusher?»

«Mrs. Macy, ich habe soeben einen Brief von Ihrer Tochter erhalten, in dem sie mir mitteilt, daß sie sich in Schwierigkeiten befinde und mich bittet, sie zu besuchen.»

«Oh, meine Tochter wendet sich also an Sie!» Plötzlich wurden die blaßblauen Augen weit aufgesperrt, die Dame ballte die Fäuste und rief: «Sie also sind der Mann!»

Dieser Schritt war von dem fähigen Generalstab vorhergesehen und in die ausgearbeiteten Pläne mit einbezogen worden. «Mrs. Macy, ich wüßte nicht, daß wir durch eine Erörterung dieser Frage irgendwie weiterkämen.»

«So! Sie leugnen nicht, daß Sie der Verführer meines unschuldigen Kindes sind! Elender! Schlange!» Es war wie in einem altmodischen Melodram. Die stattliche Matrone verlor plötzlich jede Spur jener Selbstbeherrschung, die sozusagen ihr Betriebskapital war. Ihre geballten Fäuste zitterten, sie ging auf Jed Rusher los, als wolle sie ihn an der Gurgel packen.

«Beherrschen Sie sich, Madame», sagte Jed mit einer wahrhaft prächtigen Würde, er hatte das mindestens ein dutzendmal geprobt. «Sie sind zu derartigen Annahmen nicht berechtigt. Ich wiederhole, durch eine Erörterung dieser Frage kommen wir nicht weiter. Ich bin hier, um mit Lulu Belle zu sprechen.»

«Sie bilden sich ein, daß ich Ihnen erlauben werde, mit ihr zu sprechen?»

«Ich weiß, daß Sie es erlauben werden, wenn Sie erst einmal meine Gründe kennen.»

«Was soll das heißen?»

«Erstens will ich eines klarstellen – ich weiß, was für Maßnahmen Sie in dieser schwierigen Lage erwägen!»

«Oh, wirklich? Darf ich fragen, woher Sie das wissen?»

«Sie dürfen fragen, aber ich werde Ihnen nicht antworten. Ich teile Ihnen nur die Tatsache mit, daß ich es weiß und daß ich nicht die Absicht habe, es zuzulassen.»

«Und wieso bilden Sie sich ein, daß Sie mir in meinem eigenen Haus Befehle erteilen könnten?»

«Ich habe das Recht jedes Staatsbürgers, Mrs. Macy, das Recht, ein Verbrechen zu verhindern. Was Sie vorhaben ist ein Verbrechen gegen das göttliche wie gegen das menschliche Gesetz, und ich sage Ihnen, ich denke nicht daran, ein solches Verbrechen an diesem unschuldigen Kind zuzulassen.»

In den Plänen des Generalstabs war vorgesehen, daß in diesem Stadium des Feldzugs noch nicht genau bekannt sei, ob Lulu Belles Mama ein Verbrechen gegen die göttlichen wie gegen die menschlichen Gesetze plane; aber es war als fast sicher anzunehmen, daß sie es plante, und um es genau herauszubekommen, müsse man ihr die Beschuldigung entgegenschleudern und dann ihre Miene beobachten. Jed sah nun sein Opfer erbeben und erblassen, und er merkte, daß er einen Treffer verzeichnen durfte und diese Angriffslinie weiter zu verfolgen habe.

«Mrs. Macy, ich will Ihnen meine Absicht klarmachen, ohne noch länger zu zögern oder auf den Busch zu klopfen. Lulu Belle soll ihr Kind bekommen.»

«Oh, Sie Ungeheuer!»

«Sie soll ihr Kind bekommen, wie es ihrem Wunsch entspricht und wie es ihr gesetzliches und moralisches Recht ist, und niemand wird sie daran hindern. Ich werde jetzt mit ihr sprechen und ihr erklären, welche Rechte sie besitzt und was für ein Verbrechen sie begehen würde, wenn sie dem Rat ihrer Mutter folgte. Ist das klar?»

Die Dame starrte Jed mit einer so intensiven Wut an, daß er wirklich nicht wußte, ob sie ihm nicht im nächsten Augenblick eine Ohrfeige versetzen würde. Aber nein; sie trat plötzlich zur Seite und riß die Tür auf. «Mr. Rusher, haben Sie die Güte, sofort mein Haus zu verlassen!»

Jed holte ein kleines Notizbuch aus seiner Brusttasche hervor und schlug es auf. «Es ist besser, Sie machen die Tür wieder zu, Mrs. Macy. Ich will Ihnen eine Stelle aus der Gesetzessammlung dieses Staates vorlesen, Legislaturperiode

1891, Seite 122, Abschnitt 1.» Jed begann mit ernster und feierlicher Stimme vorzulesen: «Und jede Person, die irgendein derartiges Gift, irgendeinen Stoff oder irgendeine Flüssigkeit verabreicht oder verabreichen läßt oder die irgendein Instrument, welcher Art auch immer, anwendet oder anwenden läßt in der Absicht, bei einer sich im Zustand der Schwangerschaft befindlichen weiblichen Person eine Fehlgeburt herbeizuführen...»

Jed hielt gerade nur den Bruchteil einer Sekunde inne, um seiner Zuhörerin zu gestatten, hastig die Tür zu schließen. Dann setzte er sein langsames, abgemessenes Lesen fort:

«... soll ordnungsgemäß für schuldig erklärt werden und mit einer Zuchthausstrafe bis zu drei Jahren und einer Geldstrafe bis zu 1000 Dollar belegt werden; und falls eine weibliche Person auf Grund einer solchen Behandlung stirbt, ist die Person oder sind die Personen, die ein derartiges Gift, einen derartigen Stoff oder eine derartige Flüssigkeit verabreichen oder verabreichen lassen oder irgendein Instrument wie oben erwähnt anwenden oder anwenden lassen, des Mordes für schuldig zu erkennen, und, falls überführt, demgemäß zu bestrafen, sofern nicht erwiesen ist, daß die Fehlgeburt von einem Arzt oder auf den Rat eines Arztes herbeigeführt oder angestrebt wurde in der Absicht, das Leben der weiblichen Person zu retten oder ernstliche und dauernde körperliche Schädigungen zu verhindern.

Nun, Mrs. Macy», sagte Jed, «im Fall Lulu Belles kann von einer solchen Gefahr nicht die Rede sein –»

«Das Kind ist kaum fünfzehn!» rief die verzweifelte Mutter.

«Jeden Tag gebären Mädchen dieses Alters, Mrs. Macy, und keine wäre körperlich geeigneter als Ihre Tochter.»

«Das zu beurteilen, Mr. Rusher, überläßt das Gesetz dem Arzt und nicht Ihnen.»

«Das Gesetz wird es nicht einem Arzt überlassen, den Sie bezahlen, Mrs. Macy. Und im übrigen hat das gar nichts mit meiner Absicht zu tun, denn meine Absicht ist, Lulu Belle klarzumachen, welche Rechte sie besitzt, und ihr den Paragraphen vorzulesen.»

«Sie werden meine Tochter nicht zu sehen bekommen, junger Mann; verschonen Sie mich also mit Ihren Frechheiten!»

«Ist das Ihre endgültige Entscheidung?»

«Ja.»

«Gut, Madame. Ich sehe, daß Sie ein Telefon auf dem Tisch haben, und ich bin so frei, es zu benutzen.»

Er ging zum Apparat, während die Dame dastand, ganz bestürzt über sein neues Manöver. Er nahm den Hörer ab, verlangte «Argyle 5000» und wartete.

«Was haben Sie vor?»

Jed gab keine Antwort. Eine Stimme meldete sich im Telefon: «*Mountain City Post*», und Jed sagte: «Ich wünsche Mr. T. J. Goodson zu sprechen.»

Mrs. Jane Macy stieß einen qualvollen Schrei aus und sprang vor Jed hin, verzweifelt die Hände ringend. «Nein! Nein!» Für die Mitglieder der reichen und vornehmen Welt von Mountain City war der Name, den Jed soeben genannt hatte, buchstäblich der entsetzlichste aller Namen, die es gab; der des Satans war nichts dagegen. «Nein! Nein! Nein!» sagte Mrs. Jane immer wieder in einem Ton, der am besten als ein geflüstertes Kreischen zu bezeichnen wäre. «Nein! Nein! Nein!»

«Hallo, T. J.», sagte Jed plötzlich. «Hier ist Ihr Freund Jed –»

In diesem Augenblick machte Lulu Belles Mama einen Satz, packte das Telefon, riß es ihm aus der Hand und legte die Hand über die Muschel. «Nein! Nein! Sie sollen Ihren Willen haben! Sie sollen sie sehen!»

Jed trat vom Telefon zurück, Mrs. Macy hängte ab und sank dann halb ohnmächtig auf einen Stuhl. «Oh, Sie Ungeheuer!» hörte er sie flüstern, aber das störte ihn nicht, denn jeder große Mann muß sich beschimpfen lassen. Er stand da und wartete, bis sie ihre Selbstbeherrschung wenigstens zum Teil wieder zurückerlangt hatte. Unterdessen lächelte er bei dem Gedanken an den Herausgeber der *Mountain City Post* am anderen Ende der Leitung, wie der sich wundern müsse, was da passiert und wer denn sein geheimnisvoller Freund Jed sei. Unnötig zu erwähnen, daß Jed Rusher den großen Menschenfresser von Mountain City gar nicht kannte, sondern ganz einfach gemäß dem Feldzugsplan seines äußerst tüchtigen Generalstabs einen Bluff vom Stapel gelassen hatte.

4

Wie hatte Jed sich alle diese Informationen verschafft, die ihm gestatteten, die Rolle des Schutzengels bei Lulu Belle und die eines Sendboten der Hölle bei Lulu Belles Mutter zu spielen? Jed hatte drei Monate zur Verfügung gehabt, um die Kette dieser Ereignisse vorzubereiten, und in diesem Zeitraum kann ein wirklich tüchtiger Mensch so ziemlich alles in Erfahrung bringen. Er war zu seinem Freund Dick Sunstorm gegangen, der, da er sich mehrere Sommer lang als Bücheragent und Hausierer in der Welt umhergetrieben hatte, in den Künsten der Galanterie nicht unerfahren war und das nötige Wissen besaß, um «mit den Weibern fertig zu werden». Jed hatte ihn zuerst über das Thema der Scherereien, in die ein Mädchen geraten könne, ausgeholt, und der tüchtige Geschäftsmann hatte sich sehr gefreut und es für selbstverständlich gehalten, daß Jed, der fromme Methodist, ebenso wie alle anderen Universitätsstudenten ein wenig über die Schnur gehauen habe. Vergebens beteuerte Jed, daß er die Auskünfte nicht für sich selber, sondern für einen Freund brauche. Von Dick hatte er den größten Teil der Informationen erhalten, die er suchte. Das Gesetzeszitat, das auf die arme Mrs. Macy eine so tiefe Wirkung übte, hatte er auf eine sehr einfache Weise bekommen: indem er sich bei der allwissenden Dame am Bibliotheksschalter nach einer Sammlung der Staatsgesetze erkundigte und dann im Sachregister das Wort «Abortus» nachschlug. So leicht ist es, Allwissenheit zu simulieren, wenn man vier Jahre High School und zwei Jahre Universität hinter sich hat, die einen auf die Schliche bringen!

Mrs. Jane rief den Butler und befahl ihm, Lulu Belle herzuschicken. Als Lulu Belle erschien, sagte die Mutter: «Mr. Rusher wünscht mit dir zu sprechen», und dann setzte sie sich auf einen Stuhl in der Absicht, die Unterredung zu überwachen. Jed sah sich genötigt, höflich, aber fest zu sagen: «Sie werden entschuldigen, Mrs. Macy, aber ich muß mit Lulu Belle allein sprechen, und ich muß Ihre Zusicherung haben, daß niemand unser Gespräch unterbrechen oder belauschen wird.» Die große Dame holte tief Atem, eine Explosion schien bevorzustehen; aber sie sah die Blicke des Ungeheuers wieder zu dem Telefonapparat wandern, und ohne ein weiteres Wort rauschte sie aus dem Zimmer.

Arme Lulu Belle! Sie war anscheinend mit einemmal ein erwachsener Mensch geworden. Melancholische Falten liefen an ihren Mundwinkeln herab, die Farbe war aus ihren Wangen gewichen und in die Augenlider gewandert.

«Sie haben viel durchgemacht?» sagte Jed teilnahmsvoll.

«O Mr. Rusher», stieß sie hervor, «das können Sie sich nicht vorstellen! Mama hat die schrecklichsten Dinge zu mir gesagt! Sie hat mich beschimpft, ich weiß nicht einmal, was das alles heißt, aber sie sagt, ich bin ein verdorbenes Geschöpf, und kein anständiger Mensch wird mehr mit mir reden; ich habe die Familie ruiniert, sie vor der ganzen Welt beschämt. Wie kommt das, Mr. Rusher, wenn das, was ich getan habe, so schrecklich ist, warum hat sie mich nie davor gewarnt? Warum wollte sie mir nichts sagen, mir nicht Bescheid sagen, als ich sie wegen der Babies fragte? Hätte sie mir nicht sagen können, was die Leute tun, wenn sie verheiratet sind, und daß man es nicht tun darf, bevor man verheiratet ist? Woher sollte ich das wissen?»

«Sie hätte es Ihnen sagen müssen, Lulu Belle. Wenn ich hätte ahnen können, daß sie es nicht tun wird, hätte ich es sicherlich selber getan.»

«Oh, wenn Sie nur so freundlich gewesen wären!»

«Als Sie das erste Mal mit mir sprachen, kannte ich mich nicht aus. Das zweite Mal war es zu spät. Natürlich hätte ich Ihnen vorhersagen können, daß Ihre Mutter sehr böse sein wird, aber ich wußte, das würde Sie nur unglücklich machen, und was hätte es für einen Zweck gehabt, da doch die Möglichkeit bestand, daß Sie überhaupt kein Kind bekommen?»

«Ich hätte nie geglaubt, daß meine Mutter solche Worte zu mir sagen kann. Ich habe seither ununterbrochen geweint...»

Sie schien ihm das beweisen zu wollen, und Jed, der eine Abneigung gegen Weibertränen hatte, sagte schnell: «Jetzt aber müssen wir eine Entscheidung für die Zukunft treffen. Was sagt Ihre Mutter?»

«Sie sagt, ich brauche das Baby nicht zu bekommen, sie kann mich zu einem Doktor führen und er wird es so einrichten, daß es nicht passiert.»

«Ich wußte ja, daß sie das sagen würde, Lulu Belle; deshalb bin ich sofort hierhergeeilt, als ich Ihren Brief erhielt. Ich muß Ihnen sagen, daß das eine der gottlosesten Handlungen ist, die ein Mensch begehen kann, und Sie dürfen es nicht zulassen! Sie tragen in sich ein Menschenleben, und wenn der Arzt tut, was Ihre Mutter von ihm verlangt, begeht er einen Mord, und ebenso Ihre Mutter, wenn sie ihn dafür bezahlt.»

Abermals zog Jed sein Notizbuch hervor und las dem erschreckten Kind die grimmigen Thesen des Gesetzes vor. «O Mr. Rusher! Davon weiß Mama ganz sicher nichts!»

«Sie weiß davon, Lulu Belle, weil ich es ihr soeben vorgelesen habe. Es war für sie nichts Neues, das gab sie deutlich zu verstehen.»

«Sie meinen, Mama wäre bereit, wissentlich ein so schlimmes Unrecht zu tun?»

«Ich meine folgendes: Ihre Mutter ist außer sich und nicht verantwortlich für das, was sie sagt. Sie würde jede Gefahr auf sich nehmen, um die Schande abzuwenden, daß ihre Tochter vor ihrer Verheiratung ein Kind bekommt! Sie müssen einfach einsehen, Lulu Belle, daß Sie in dieser schwierigen Lage nicht mit Ihrer Mutter rechnen können; Sie werden Ihre Entschlüsse selbständig fassen müssen.»

«Papa kommt bald, er wird sicher nicht so sein.»

«Ich fürchte, er wird genauso sein, Lulu Belle. Wo ist er?»

«Er war in Chicago, und Mama hat ihm telegrafiert; sie sagt, er wird heute abend hier sein.»

«Ich will Sie nicht erschrecken», sagte Jed, «aber Sie müssen sich darauf gefaßt machen, daß er noch wütender ist als Ihre Mutter. Er wird alles tun, um Sie zu einem Arzt zu schleppen und diese schreckliche Sache an Ihnen vollziehen zu lassen. Man nennt es Abortus, und es ist eine teuflische, gräßliche Sache!»

Arme Lulu Belle! Der letzte Rest von Farbe entwich aus ihren Wangen, und ihre Augen wurden zu Tränenbrunnen. «Mr. Rusher, was soll ich tun?»

«Machen Sie sich klar, daß Ihre Zukunft auf dem Spiel steht und daß Sie selber Ihren Weg zu finden haben. Sie haben ein Recht auf Ihr Kind, und Sie müssen Ihr Kind bekommen, einerlei, was alle anderen sagen. Wenn Sie sich zu einem Arzt schleppen lassen, wie leicht könnten Sie da an Blutvergiftung sterben, und dann würden Ihre Eltern Mörder sein und ihr ganzes Leben lang an der Blutschuld zu tragen haben. Schließlich könnte auch ein Unfall passieren, der Arzt könnte Sie so zurichten, daß Sie in Ihrem ganzen Leben nie wieder ein Kind bekommen können. Dann würden Sie ewig unglücklich sein, und auch Ihr Mann würde unglücklich sein, wenn Sie sich verheiraten, Ihr ganzes Leben wäre verpfuscht.»

Sie starrte ihn mit weit aufgerissenen Augen an. «Ich kann nicht glauben, daß meine Eltern mir so etwas antun würden.»

«Sie sind zu allem auf der Welt bereit, Lulu Belle, nur um dieser Schande zu entgehen.»

Lulu Belle neigte sich über den Tisch, an dem sie saß, und brach in Schluchzen aus. «Oh, was soll aus mir werden?»

«Das erste, was Sie tun müssen, ist: den festen Entschluß fassen, das Kind kommen zu lassen. Lassen Sie sich ja nicht beschwatzen, und vor allem, lassen Sie keine Eingriffe zu. Man wird es nicht wagen, Gewalt anzuwenden.»

«Aber Mama sagt, ich bin ein schandbares Geschöpf, und sie will mich nicht mehr in ihrem Haus haben. Was tue ich nur, wenn sie mich hinauswirft?»

Jed stand auf, ging zur Tür, öffnete sie und blickte hinaus. Dann machte er sie wieder zu und kehrte zu dem Kind zurück. Was er bisher gesagt hatte, hatte er auch zu Lulu Belles Mama gesagt; jetzt aber hatte er etwas zu sagen, das nur für Lulu Belle bestimmt war.

5

Er zog seinen Stuhl näher heran und begann mit leiser Stimme: «Hören Sie zu, Lulu Belle, es gibt einen Ausweg aus Ihren Nöten, und den werde ich Ihnen erklären. Hören Sie, bitte, zu weinen auf.»

Sie schämte sich ihrer Tränen; zweifellos sagte ihr Instinkt ihr, daß Tränen nicht hübsch seien. Sie drehte den Kopf zur Seite, trocknete sich mit dem Taschentuch die Augen und blickte dann den netten Mr. Rusher aus ihren großen, runden blauen Augen an.

«Sie müssen wissen, ich habe über die Sache ununterbrochen nachgedacht, seit Sie mir erzählten, was Sie gemacht haben. Ich wußte gleich, daß Sie in eine schwierige Lage geraten und daß Ihre Eltern sich sehr grausam und gemein benehmen werden. Glauben Sie also nicht, daß das ein plötzlicher Einfall ist, ich habe darüber gründlich nachgedacht und alle Gesichtspunkte in Betracht gezogen. Es gibt einen Ausweg aus Ihren Nöten: Sie müssen mich heiraten.»

Lulu Belles Mund öffnete sich ebenso weit wie ihre Augen, und sie klammerte sich an den Armlehnen ihres Sessels fest. «Wir beide? Heiraten! Was für ein Einfall!»

«Überlegen Sie nur, wie das wäre! Sie hätten einen Mann, so daß es für Sie sofort ganz selbstverständlich wäre, ein Kind zu kriegen. Niemand ist blamiert, und niemand hat einen Grund böse zu sein. Statt Sie hinauszuwerfen, wird man Ihnen hübsche Geschenke schicken, genauso wie Ihrer Kusine Marian, als die ihr Baby bekam.»

«Ja, aber warum kommt denn Mama nicht auf diesen Gedanken?»

«Sie konnte sich wahrscheinlich auf niemanden besinnen, der Sie heiraten würde. Sie glaubt, daß Sie sich durch Ihre Handlungsweise um Ihre Ehre gebracht haben und daß kein anständiger Mann bereit sein würde, Sie zu heiraten. Aber ich weiß, wie es in Wirklichkeit war, Lulu Belle, ich weiß, daß Sie gar nicht so schlecht sind, wie Ihre Mama glaubt, es geschah ja bloß, weil Sie so unwissend waren und nicht wußten, was Sie tun. Ich wäre also bereit, Sie zu heiraten.»

Das waren die ersten freundlichen Worte, die Lulu Belle seit zwei Tagen zu hören bekam, und ein Leuchten begann in ihren Zügen aufzudämmern. «Das würden Sie tun, nur um mir in meiner Not zu helfen?»

«Nein, nicht nur. Sondern ich weiß, wenn das alles vorüber ist, werden Sie wieder glücklich sein und mich lieben lernen und mir eine gute Gattin sein.»

«Das ist sehr gütig von Ihnen, Mr. Rusher, und ich bin Ihnen ja so dankbar. Aber Sie wissen ja, wie das ist, ich habe Angst, weil ich doch nie ans Heiraten gedacht habe. Ja, ich kenne Sie ja fast gar nicht!»

«Gewiß, Lulu Belle, aber das Schlimme ist, Sie werden finden, daß Sie kaum jemand anderen besser kennen als mich. Alle Ihre Verwandten und Ihre Freunde werden sich, wenn sie von Ihrem Baby hören, genauso verhalten wie Ihre Mutter, und Sie werden ganz allein dastehen.»

Wieder strömten die Tränen. «Oh, ich weiß nicht, wie ich das alles verstehen soll! Die ganze Welt scheint verrückt geworden zu sein.»

«Und ich sage Ihnen, liebes Kind», sagte Jed sanft, «das Beste ist, die Leute ein Weilchen verrückt sein zu lassen und einfach wegzugehen. Ich kenne keine andere Lösung als die, die ich Ihnen geschildert habe. Ich werde sagen, daß das Baby von mir ist – daß ich der Vater bin –, und niemand wird den wahren Sachverhalt erfahren. Ihre Mutter glaubt das sowieso schon.»

«Wie meinen Sie das?»

«Als ich hierherkam, mußte sie natürlich annehmen, daß ich der Mann bin, der an dem Baby schuld ist; was sollte ich sonst mit Ihnen zu tun haben? Andere Männer würden einfach sagen, Sie seien ein schlechtes Geschöpf, und Sie meiden. Sie hat mich rundheraus beschuldigt, und ich habe weder ja noch nein gesagt, weil ich Sie bitten wollte, mich zu heiraten, und wenn Sie dazu bereit sind, werden wir Ihre Mutter einfach bei ihrem Glauben lassen. Das wird besser sein, denn die Leute – und das ist wieder etwas, was Sie vielleicht nicht verstehen werden – würden es nicht für richtig halten, wenn sie wüßten, daß ich für das Kind eines anderen sorge. Sie würden es für eine Schande halten und mich auslachen.»

«Dann würden Sie also wirklich in meinem Interesse ein Opfer bringen, Mr. Rusher?»

«Es wäre ein Opfer, wenn die Wahrheit herauskäme; aber das ist doch kaum möglich. Der junge Mann wird das Geheimnis wahren, wie?»

«O ja, das wird er bestimmt! Er ist wirklich ein netter Kerl!»

«Und sonst wird es außer uns beiden niemand wissen. Das heißt nur noch einer: Ihr Großpapa. Ich würde sofort zu ihm gehen und ihm die Wahrheit sagen; denn, Sie begreifen, wie das ist, er hat mir Beschäftigung gegeben und mir sein Vertrauen geschenkt, in seinem Haus habe ich Sie kennengelernt, und wenn ich jetzt ohne die Erlaubnis Ihrer Mutter mit Ihnen durchbrenne und Sie heirate, würde er das für unanständig halten, sofern er nicht den wahren Grund kennt.»

«Sie glauben, er würde nicht sagen, daß ich ein gottloses Geschöpf bin?»

«Er ist ein kluger und freundlicher alter Herr, und wenn Sie ihm erzählen, wie das alles gekommen ist, wird er Ihnen glauben.»

«Mama wollte mir nicht glauben, Mr. Rusher. Nach einer Weile dann sagte sie, sie glaubt mir, aber ich weiß nicht genau, ob sie mir innerlich auch wirklich glaubt. Ich kann nicht herausbekommen, was sie eigentlich von mir denkt oder was denn an der ganzen Sache so gottlos sein soll.»

«Das alles wird in dem Augenblick vorüber sein, wo wir heiraten, Lulu Belle; es wird wie das Erwachen aus einem schlimmen Traum sein. Und auch Ihre Mama wird wieder glücklich sein.»

«Warum müssen wir denn aber weglaufen? Warum können wir es ihr nicht sagen?»

«Wir werden es ihr sagen, sobald es vorüber ist. Sehen Sie, es gibt ja außer dem Baby noch einen anderen Punkt: Ihre Mutter hält mich für einen armen Teufel, sie hat mich bei Ihrem Großpapa arbeiten sehen, und sie würde meinen, daß ich nicht imstande sei, für Sie zu sorgen. Aber das alles hat sich in den letzten paar Tagen geändert, meine Schwester und ich, wir haben etwas Geld geerbt, und ich war soeben auf dem Land und habe mir eine große Ranch gekauft, 1000 Morgen, und es gibt dort Petroleum, und sehr bald werde ich ein reicher Mann sein, vielleicht noch reicher als Ihr Papa. Dann werde ich also sehr gut für Sie sorgen können, und Ihre Mama braucht sich keine grauen Haare wachsen zu lassen.»

«Warum kann man ihr das nicht sagen?»

«Sie würde es mir nicht glauben, Lulu Belle. Sie würde sagen, ich heirate Sie, um Ihr Geld zu bekommen und vielleicht auch das Geld Ihres Großpapas. Nein, das ist Ihre Angelegenheit, ich sage Ihnen die Wahrheit, genauso wie Sie mir die Wahrheit gesagt haben, und Sie müssen sich entscheiden, ob Sie mir Ihr Vertrauen schenken wollen.»

Sie saß da und heftete den Blick ihrer großen, aufrichtigen blauen Augen auf sein Gesicht. «Würden Sie wirklich gut zu mir sein, Mr. Rusher? Sie würden mich nicht verachten, weil ich schlecht gewesen bin?»

«Nein, sicher nicht, weil ich Sie ja kenne. Ich habe mir das alles sehr lange überlegt. Wenn ich nicht wüßte, wie es gekommen ist, würde ich nicht mein Leben an das Ihre knüpfen wollen. Ich habe es nicht nötig, ein Mädchen zu heiraten, nur weil seine Eltern reich sind, glauben Sie mir, ich kann mir meinen Weg selber machen, und es wäre nicht schwer für mich, eine Frau zu finden und mein eigenes Baby zu haben.»

«Was würden wir denn tun, Mr. Rusher? Ich könnte doch nicht mehr hierbleiben, nachdem wir geheiratet haben, nicht wahr?»

«Wir würden uns prächtig amüsieren, Lulu Belle. Ich habe die entzückendste Ranch gekauft, die Sie je gesehen haben, ganz hoch oben, dicht an den Bergen, eine wunderbare Aussicht, und man kann dort prächtig reiten, jagen, angeln. Und ein reizendes Haus, wir würden Kaninchen und Hühner halten und Hunde, wenn Sie gern Hunde haben, und Pferde. Ich habe an Sie gedacht, als ich die Ranch kaufte, denn sehen Sie, seit Sie mir damals Ihre Lage schilderten, habe ich immerfort an Sie gedacht, und ich wußte, was wahrscheinlich kommen wird. Wir können mit dem Kind dort auf dieser Bergranch leben, natürlich müssen Sie zur Niederkunft in eine Stadt, um einen Arzt in der Nähe zu haben, aber dann können Sie wieder zurückkommen, und wir bleiben dort, wenn es Ihnen gefällt, oder ziehen anderswo hin. Ich habe die Absicht, nach Petroleum zu bohren und viel Geld zu verdienen, aber 1000 Morgen sind reichlich viel Platz, und es wäre keine Verschwendung, wenn wir uns dort ein hübsches Haus bauen ließen.»

Fasziniert starrte sie ihn an. Was für ein sonderbarer Gedanke, zu heiraten und einen Mann zu haben! Jed sah, wie sie ihn mit neuen Augen musterte; er konnte sich die Reihe der Gedanken ausmalen, die durch ihren Kopf wanderten. Hatte sie jetzt begriffen, was Ehe bedeutet? Zweifellos; aber er fuhr fort, von Ranches, Haustieren, Babies, Petroleum und anderen ungefährlichen, unterhaltsamen Dingen zu sprechen.

«Ich weiß nicht», sagte sie schließlich, «es ist ein so komischer Einfall. Ich würde also keine Gouvernante mehr haben und auch nicht in die Schule gehen können, von der Papa gesprochen hat.»

Jed lächelte mitleidig. «Liebes Kind, Sie begreifen die Lage nicht. Sie könnten auf keinen Fall die Schule besuchen oder eine Gouvernante haben.»

«Sie meinen – wegen des Babys?»

«Gewiß, man würde Sie in keine Schule hineinlassen. Es läßt sich nicht geheimhalten, weil man es an Ihrem Körper merken wird, und sowie man es bemerkt, würde man Sie hinauswerfen. Und Ihre Gouvernante – wie heißt sie nur? – Miss Partington, die würde entsetzt davonlaufen, wenn sie so etwas nur ahnen würde!»

Wieder begannen Lulu Belles Augen sich mit Tränen zu füllen. «Mama hat sie schon weggeschickt; sie hat zu ihr gesagt, ich komme jetzt auf die Schule.»

«Sehen Sie, meine Liebe, es ist alles genauso, wie ich sagte! Ich vermute, daß sie es auch vor den Dienstboten geheimhält.»

«Sie hat schreckliche Angst, sie könnten es erraten.»

«Aber die Leute müssen doch merken, daß da etwas nicht in Ordnung ist, wenn sie sehen, daß Sie gar nicht mehr ausgehen. Binnen kurzem werden die Skandale beginnen, allerlei Leute werden versuchen, Ihre Mutter zu erpressen, das heißt, ihr Geld abzunehmen, dafür, daß sie das Geheimnis hüten. Es gibt hier in der Stadt einen ganz bösen Menschen, der eine Zeitung herausgibt, die Dienstboten tragen ihm derartige Geheimnisse zu, und dann müssen die Leute riesige Gelder bezahlen, damit er ihre Schande nicht öffentlich bekannt macht. Davor hat auch Ihre Mutter solche Angst!»

Lulu Belle saß da, ein Tränenschleier hing vor ihren Augen. Die ganze Welt hatte sich in einen einzigen, gigantischen Alptraum verwandelt; hier aber war dieser kluge, allwissende Mr. Rusher, der einzige vernünftige Mensch, der einzige Freund, und er reichte ihr hilfreich die Hand. «Sie sind überzeugt, wenn ich – wenn Sie mich heiraten, würde das alles vorüber sein?»

«Gewiß, meine Liebe. Überlegen Sie doch selber! Sie werden einen Mann haben, und das ändert die ganze Sache. Wenn Sie einen Mann haben, ist es hochanständig, Babies zu bekommen, so viele Sie nur wollen. Man wird es nicht mehr geheimhalten müssen, und niemand kann Ihnen böse sein.»

Da ballte Lulu Belle die Fäuste und sprang plötzlich vom Stuhl auf. «Gut!» flüsterte sie. «Los!»

14. Kapitel

Der Ritter

I

JED BEGAB SICH IN DIE KANZLEI DES GRAFSCHAFTSsekretärs und sagte: «Ich möchte mich verheiraten.» Ein Lizenzformular wurde ihm überreicht: «Allen kundzutun durch dieses Zertifikat, daß jeder vorschriftsmäßig ordinierte Priester des Evangeliums, der seine Befugnisse nach den Vorschriften und Gebräuchen einer Kirche christlicher oder hebräischer Konfession oder der religiösen Körperschaft, der er angehört, besitzt, oder jeder Richter und Friedensrichter, dem dieses selbige vorgelegt wird und ihm keine dagegen vorliegenden gesetzlichen Hindernisse bekannt sind, hierdurch Befugnis und Vollmacht erhält, die Trauriten zwischen Jed Rusher aus Mountain City und Lulu Belle Macy aus Mountain City zu vollziehen usw., usw.»

Es waren eine Menge Rubriken auszufüllen: «Früher verheiratet…, geschieden…» und so weiter, aber nicht über das Alter der Eheschließenden oder über die Einwilligung der Eltern. Jed dachte, das würde ihm erspart bleiben; als aber der Sekretär soweit war, seine Unterschrift unter das Dokument zu setzen, fragte er: «Wie alt sind Sie?» und dann: «Wie alt ist die Dame?» Jed antwortete auf die erste Frage: «Zweiundzwanzig», und auf die zweite: «Neunzehn». Da sagte der Sekretär: «Da ich weder Sie noch die Dame kenne, muß ich Sie bitten, an Eidesstatt zu versichern, daß sie beide befugt sind, eine Ehe einzugehen.» Er fertigte das Formular aus, und Jed legte seinen Eid ab, freilich nicht ohne innerlich zu beben. Er hatte soviel von Erpressungen gesehen und gehört, daß er fest entschlossen gewesen war, nie ein Gesetz zu verletzen, ohne vorher den Rat eines tüchtigen Anwalts eingeholt zu haben. Jetzt ging er die Straße entlang und wußte, daß er einen Meineid geschworen hatte, und es war ihm recht unbehaglich zumute.

Lieber nichts riskieren! Er ging in eines der großen Bürohäuser, fuhr mit dem Aufzug in den letzten Stock, wanderte auf den Gängen umher und suchte nach dem Schild eines Anwalts, das hinreichend billig aussah. Schließlich trat er aufs Geratewohl ein und sah vor sich einen schlanken, dunkelhaarigen jungen Mann mit nachdenklichen, aber lächelnden Zügen. «Ich bin Werkstudent, von der Universität», begann Jed, «ich möchte mich verheiraten, und ich brauche den Rat eines Anwalts, der mir nicht allzuviel berechnet.»

Der andere sagte ernst: «Ich berechne Ihnen 5 Dollar, die ich der Braut als Hochzeitsgeschenk vermache. Was ist denn los?»

«Ja, wir müssen heiraten, Sie verstehen, aber das Mädchen ist noch minderjährig, und ich glaube, ihre Eltern wären nicht mit mir einverstanden, weil ich mir meinen Lebensunterhalt verdienen muß. Ich ging zum Grafschaftssekretär, und er fragte mich nach ihrem Alter, und da sagte ich neunzehn, und dann ließ er mich schwören, und das macht mir natürlich Sorgen, und ich dachte mir, ich müßte einmal nachfragen, ob man damit in sehr große Scherereien geraten kann.» Jed war während dieser Rede ziemlich rot geworden, und jetzt stand er da, mit einem Rückfall in seine alten Bauernmanieren, hielt den Strohhut in beiden Händen und wußte nicht recht, was er mit ihm anfangen sollte.

Auf der Schwelle einer Innentür stand der Partner des jungen Rechtsanwalts, ein Engländer mit rundem, rosigem

Gesicht und recht wenig Haaren auf dem Kopf. «Junger Mann», sagte er, «Sie haben vor sich die bedeutendste Autorität unseres Staates in punkto Ehegesetzgebung. Er hat soeben einen Prozeß gewonnen.»

«Ich will Ihnen die Geschichte erzählen», sagte der andere Anwalt. «Ein junger Bursche, der Sohn eines Farmers, war neunzehn, aber seine Eltern wollten ihn nicht heiraten lassen, er schwor also, daß er einundzwanzig sei, und heiratete, und dann ließen ihn seine Eltern wegen Meineids verfolgen. Ich habe ihn verteidigt und folgendermaßen argumentiert: Unser Gesetz legt nicht ausdrücklich fest, daß der Mann einundzwanzig und die Frau achtzehn Jahre alt sein müssen, um heiratsfähig zu sein, es bestraft lediglich den Priester, der wissentlich Minderjährige ohne Einwilligung der Eltern traut. Da das Gesetz das Alter nicht festlegt, gilt das gemeine Recht, das heißt zwölf für das Mädchen und vierzehn für den Mann. Der Sekretär hatte also kein gesetzliches Recht, meinen Klienten zu fragen, ob er großjährig sei, und da es kein Meineid ist, eine gegenstandslose Frage falsch zu beantworten, bitte ich die Klage abzuweisen. Das Gericht schloß sich meinen Ausführungen an, und da haben Sie die ganze Chose!»

«Vielen Dank», sagte Jed, «dann brauche ich mir eigentlich keine Sorgen zu machen?»

«Wenn Sie in Schwierigkeiten geraten, werde ich Sie durch denselben Trick freibekommen. Aber wenn es Ihnen nicht gelingt, den Priester, der Sie traut, zu beschwindeln, muß er eventuell 100 Dollar Strafe zahlen.»

«Noch einmal besten Dank», sagte Jed. «Ich werde mich bemühen, ihn anzuschwindeln.»

Er zog seine Börse, aber der Rechtsanwalt lachte und sagte: «Schon recht, geben Sie es der Braut mit meiner Empfehlung.» Jed also bedankte sich noch einmal und bedankte sich auch bei dem Engländer mit dem runden, rosigen Gesicht und der Glatze. Während er zum Aufzug ging, sagte er bei sich: «Was für eine Menge Schliche gibt es in den Gesetzen, und wie muß man da aufpassen!» – und er dachte: «Das sind nette Leute, aber wenn ich mir mal einen Rechtsanwalt nehme, dann muß es ein ganz ausgekochter Lump sein.»

2

JED GING ZU DER NÄCHSTEN TELEFONZELLE UND rief in der Wohnung Hochwürden Alonzo Timothy Glaubs an, des jungen Hilfspredigers an der methodistischen Erlöserkirche von Mountain City, die Liza und Jed seit ihrer Ankunft in der Stadt besuchten. Der junge Prediger hatte, als er sein Amt antrat, eine Zeitlang in Lizas Pension gelebt, und jetzt bewohnte er mit seiner alten Mutter eine kleine Villa. Es konnte keinen gutmütigeren oder anständigeren Menschen geben als ihn, und Jed war fest entschloßen, ihn keine 100 Dollar Strafe zahlen zu lassen.

«Ist Hochwürden Glaub zu Hause?» fragte er, und dann eine Minute später: «Hochwürden Glaub, hier Jed Rusher. Wie geht's? Wie geht es Ihrer Mama? Das freut mich. Ja, in der Pension ist alles gesund. Hochwürden Glaub, ich möchte Ihnen mitteilen, daß ich mich verheiraten will. Ja, ja, danke schön. Sie ist eine Enkelin meines Arbeitgebers, eine sehr nette junge Dame. Ja, ich habe mich gefragt, ob Sie vielleicht die Zeremonien vollziehen würden? Danke schön, das ist sehr freundlich von Ihnen. Meine Schwester kommt natürlich mit. Es soll gleich sein, das heißt, sobald es Ihnen paßt. Nein, diese Mühe werden wir Ihnen nicht machen, wir kommen zu Ihnen in die Wohnung, wenn Ihnen das recht ist. Ja, danke schön, ja. Ich habe die Lizenz. Die eine Zeugin wird meine Schwester sein, und Ihre Mutter kann als zweite Zeugin fungieren, wenn sie nichts dagegen hat. Danke schön, das ist sehr freundlich von Ihnen. Wir werden bald da sein. Ja, noch einmal besten Dank. Auf Wiedersehen.»

Dann rief er Liza an, die um diese Zeit gewöhnlich in der Küche war, um dafür zu sorgen, daß die Köchin den Braten und das Gemüse zurechtmachte und mit dem Kochen anfing.

«Liza», sagte er, «bitte sei nicht zu sehr bestürzt, wenn ich dir eine Neuigkeit mitteile: Ich werde Warreners Enkelin Miss Lulu Belle heiraten. Ja, Liza, es ist alles schon arrangiert. Der Grund war der, ich wußte nicht, ob sie mich haben will. Ja, natürlich, sie ist ein braves Mädchen das bravste, das es geben kann, da brauchst du dir keine Sorgen zu machen. Hochwürden Glaub wird uns trauen, in seiner Wohnung, jetzt gleich, und du mußt so schnell wie möglich hinfahren. Ja, natürlich, ich würde nicht daran denken, es ohne dich zu machen, aber ich will, daß du dich beeilst, bitte, lauf hinauf, zieh schnell dein bestes Kleid an, und ich schicke dir ein Taxi vors Haus und gebe dem Mann die Adresse. Sie steht im Telefonbuch, falls etwas nicht klappt. Ja, ich habe mit Hochwürden Glaub telefoniert, und ich habe auch die Lizenz. Das ist das Schlimme, ich glaube nicht, daß ihre Eltern einwilligen würden, sie sind schreckliche Snobs, du weißt ja, aber wenn es erst einmal vorbei ist, werden sie sich damit abfinden müssen. Das ist ein Grund, warum du unbedingt kommen mußt, und laß Hochwürden Glaub nicht merken, daß es so plötzlich ist, benimm dich ganz natürlich und ungezwungen; es heiraten doch fortwährend Leute! Und bitte, Liza, sei nett zu Lulu Belle; sie wird sich natürlich fürchten, und das alles wird auf sie einen tiefen Eindruck machen, und ich will, daß sie dich ihr ganzes Leben lang gern hat, gib ihr also recht deutlich zu verstehen, daß du ein guter Kerl bist und begrüße sie als deine Schwägerin. Nein, du brauchst dir keine Sorgen zu machen, ich bin kein Dummkopf, ich weiß, was ich bekomme; ich habe mir das drei bis vier Monate lang überlegt. Ja, das sagte ich dir doch, gewiß, es ist nichts gegen sie einzuwenden; sie geht in die Bischofskirche und hat eine bischöfliche Gouvernante. Wenn von ihrem Alter die Rede ist, dann überlaß das bitte mir, mach dir keine Sorgen, ich habe zwei tüchtige Rechtsanwälte konsultiert, und ich weiß genau, was ich tue. Ich habe jetzt keine Zeit mehr, und halte dich nicht so lange mit deiner Toilette auf, der Wagen wird vor der Tür sein.»

Dann lief Jed auf die Straße und rief ein Taxi heran, mit ihm ging es jetzt aufwärts, also kann er sich das Leben bequemer machen. Er instruierte den Chauffeur, bei der Pension vorzufahren und von dort eine Dame an die Adresse Hochwürden Glaubs zu befördern. Es sei sehr wichtig, sagte er, und gab dem Mann einen halben Dollar, um ihm das Gedächtnis zu schärfen; ganz nebenbei notierte er sich die Nummer des Autos, um sicher zu sein, daß ihm der Mann nicht mit dem halben Dollar durchbrenne. Dann hielt er ein zweites Auto an und befahl dem Chauffeur, in das vornehme Villenviertel zu fahren, in dem sich Wallace J. Macys Grundstück mit dem italienischen Renaissancepalast aus gelbem, marmorverziertem Ziegelstein befand.

3

Abermals war ein Jungdagobert aus den Wäldern gekommen, und der Umstand, daß es die Rocky Mountains waren und nicht die Wälder des romantischen Mittelalters, änderte nichts an seinen Gefühlen; ebensowenig der Umstand, daß er nicht von einer Pferdekraft, sondern von 30 Pferdekräften getragen wurde. Jeds Herz pochte so heftig, daß es ihm weh tat. Der kritische Augenblick war da, und wenn es ihm gelang, mit dieser Sache durchzukommen, war seine Zukunft gesichert. Es war nicht Feigheit oder ein Übermaß an Nerven, sondern gewöhnlicher Menschenverstand, der ihn veranlaßte, sich jede mögliche Schwierigkeit, die ihm begegnen konnte, im voraus auszumalen. Gesetzt den Fall, man hätte Lulu Belle eingesperrt? Gesetzt den Fall, ihre Mutter ertappte sie bei dem Versuch, sich aus dem Haus zu schleichen, und bemächtigte sich ihrer? Gesetzt den Fall, es käme zufällig ein Polizist vorüber? Gesetzt den Fall, Wallace J. Macy, Grundstücke und Versicherungen, käme mit einem früheren Zug aus Chicago an und erschien vor der Tür seines Hauses? Jed hatte ihn einmal in Warreners Krankenzimmer kennengelernt: ein kräftiger blonder Herr mit kurzgestutztem, borstigem Haar, der sich bester Gesundheit und eines sehr energischen Benehmens erfreute; er würde weit schwerer einzuschüchtern sein als seine Frau.

Das Programm, das Jed für Lulu Belle entworfen hatte, war so einfach wie nur möglich. Sie sollte ihrer Mutter sagen, sie fühle sich schlecht und wolle auf ihr Zimmer gehen und sich hinlegen, und das Gespräch mit dem Besucher gar nicht erwähnen. Lulu Belles Zimmer lag an der Vorderseite des Hauses, sie konnte dort aus dem Fenster schauen, und sobald sie an der anderen Straßenseite ein Taxi stehen sähe, sollte sie die Treppe hinunterlaufen und sich aus dem Haus schleichen. Sie hatte Jed geschworen, das unbedingt zu tun, und wenn sie sich gewaltsam losreißen müsse. Er hatte sie dringend gebeten, sich ja nicht zurückhalten zu lassen, denn ihre ganze Zukunft hänge davon ab, im äußersten Notfall müsse sie ans Fenster laufen und nach ihm rufen, dann würde er versuchen, ihre Mutter zu überreden.

Das Auto fuhr an der bestimmten Stelle vor, und Jed sagte zu dem Chauffeur: «Halten Sie hier, ich erwarte eine junge Dame. Lassen Sie den Motor laufen.» Da der Chauffeur einen guten Eindruck machte, und da alle Welt, ausgenommen die Verwandten, mit jungen Rittern zu sympathisieren pflegt, fügte Jed hinzu: «Wir wollen heiraten, und wenn wir schnell und heil von hier wegkommen, bekommen Sie einen Dollar extra.»

Da sagte der Chauffeur: «Das muß 'ne Dame sein, die aus diesem Haus kommt.» Er sah Jed bewundernd an, und der junge Ritter kostete zum erstenmal jene Freudenschauer, die ihm als einem Angehörigen der Warrener-Macy-Sippe zuteil werden sollten.

Der Motor des Taxis lief schnell, aber Jeds innerer Motor noch viel schneller. Nie hätte er vermutet, daß ein Menschenherz dermaßen gegen die Rippen pochen oder durch ganz einfache Gedanken in einem menschlichen Hirn veranlaßt werden könne, zu bocken, stillzustehen und wieder loszuhasten, etwa durch das Bild eines Ringkampfs zwischen einer vornehmen Matrone und ihrer Tochter, das Bild eines Polizisten, der die Straße entlangschlendert, das Bild eines Vaters, der plötzlich aus Chicago ankommt.

Aber nichts dieser melodramatischen Art geschah. Die Vordertür des italienischen Renaissancepalastes öffnete sich, und über den breiten Rasenplatz kam die Dame mit der ganzen Schnelligkeit ihrer langen, unbeschwerten Beine gelaufen. Dem Himmel sei Dank für diese neue Rockmode, die es unmöglich macht, einen Backfisch von einer Großmutter zu unterscheiden! Jed riß die Tür auf, rutschte zur Seite, und herein kam ein keuchender Wirbelwind. «Alles in Ordnung?» flüsterte er, und dann zu dem Chauffeur: «Ordentlich Gas!» Er streckte die Hand aus, warf die Tür zu, der Motor ratterte los, und fort ging es...

4

Sie kamen zum Haus des Predigers, Jed bezahlte den Chauffeur und sagte: «Wir fahren bald weiter, falls Sie warten wollen.» Er reichte Lulu Belle die Hand, um ihr aus dem Auto zu helfen, nahm dann ihren Arm, um sie zu stützen, falls sie schwach würde, und sie gingen miteinander hinein. Da waren der Prediger und seine Mutter und Liza in ihrem Sonntagskleid mit einer Frisur, an die sie erst in einem schnell fahrenden Taxi die letzte Hand gelegt hatte. Einige Minuten lang hatte sie im Salon des jungen Priesters gesessen, innerlich bebend, aber nach außenhin eine ruhige Miene wahrend. Ja, sie wisse seit einiger Zeit von der Verlobung ihres Bruders, ja, eine reizende junge Dame, ihre Eltern seien reich, aber Liza wolle ihnen das nicht übelnehmen, da sie brave Leute seien. Leider gehörten sie der Bischofskirche an, aber sie hoffe, die junge Frau würde die Kirche ihres Mannes besuchen. Arme Liza, sie hatte ihren Bauernkarren an einen Kometen gebunden und wurde nun so schnell durch den Raum gewirbelt, daß sie weder die Landschaft sehen noch irgend etwas anderes tun konnte, als sich festzuhalten.

Allgemeines Händeschütteln; Liza befolgte Jeds Instruktionen aufs genaueste – kluge Liza –, küßte die erschreckte Lulu Belle auf beide Wangen und dachte zugleich entsetzt: ‹Das ist ja noch ein Kind! Kann Jed es riskieren, mit einem so jungen Ding durchzubrennen?›

Aber Jed gab keinerlei Erklärungen ab. Zu dem sonngebräunten jungen Prediger – der geradeso wie Jed frisch vom Land kam – sagte er: «Hier ist die Lizenz, Hochwürden Glaub. Damit sind Sie bevollmächtigt, die Zeremonie zu vollziehen.»

Der andere nahm das Dokument und las es sorgfältig durch; dann räusperte er sich zweimal – offenbar war ihm etwas unbehaglich zumute – und sagte: «Wie alt ist die Braut, Mr. Rusher?»

«Neunzehn», sagte Jed, ohne mit der Wimper zu zucken.

«Sie – äh – das heißt, sie sieht nicht – äh –»

«Ich weiß, Hochwürden Glaub, sie sieht jung aus, aber sie ist neunzehn. Nicht wahr, Lulu Belle?»

«Ja, Sir», sagte Lulu Belle, der eingeschärft worden war, das und kein Wort mehr zu sagen, außer «Guten Tag» und vielleicht «Danke schön».

Dann sagte Jed, der Mann der Tat: «Ich habe in der Kanzlei des Grafschaftssekretärs unter meinem Eid erklärt, daß sie nach den Vorschriften des Gesetzes heiratsfähig ist, und damit sind Sie, Hochwürden Glaub, von aller Verantwortung befreit. Diese Lizenz ist Ihre Vollmacht, und Sie brauchen sich darüber hinaus um nichts zu kümmern.»

«Nein, wahrscheinlich nicht», sagte der junge Mann. Offenbar hatte er die Gesetze nicht so gründlich studiert wie sein Besucher. «Wahrscheinlich stimmt alles, aber wie ist es mit den Eltern? Geben sie ihre Einwilligung?»

In diesem Augenblick griff ganz unerwarteterweise die Vorsehung ein. Es war die Stimme Lizas, und sie klang fest und entschlossen: «Hochwürden Glaub, ich weiß genau, daß die junge Dame neunzehn ist.»

«Oh», sagte der andere sehr erleichtert, «dann ist alles in

Ordnung.» Ohne weiteres Getue begann er die magischen Fragen zu stellen, Jed und Lulu Belle gaben die richtigen Antworten und wurden zu Mann und Frau erklärt.

Nun bekam Jed seinen ersten Kuß, und es war schwer zu sagen, wer von den beiden erschrockener war, er oder seine junge Frau. Liza tat etwas Hübsches; ihr Instinkt sagte ihr, daß da etwas nicht ganz stimme, aber für Liza hieß es immer nur: Jed und Jeds Eigentum gegen die ganze Welt, und so lud sie Lulu Belle in die Pension zu sich ein. Jed sagte nein, sie reisten weg, nur müßten sie zuerst noch den Großvater der jungen Frau, Mr. Warrener, besuchen. Es war interessant, die erstaunte Miene des jungen Predigers zu sehen, denn er hatte bisher die gesellschaftliche Bedeutung des Ereignisses, bei dem er den Vorsitz führte, noch nicht begriffen.

Jed bat, das Telefon benutzen zu dürfen, er rief im Haus Macy an und verlangte Lulu Belles Mutter. In ruhigem und gemessenem Ton sprach er wie folgt:

«Mrs. Macy, hier ist Jed Rusher. Ich möchte Ihnen mitteilen, daß Lulu Belle und ich geheiratet haben. Ja, geheiratet. Wir befinden uns in der Wohnung des Priesters, der die Zeremonie vollzogen hat. Ich möchte Ihnen mitteilen, daß Lulu Belle wohlauf ist. Natürlich werden Sie für die Veröffentlichung in den Zeitungen sorgen wollen, ich will also bemerken, daß der Priester mein guter Freund ist und daß ich ihn bitten werde, nichts von dem, was Sie der Öffentlichkeit mitzuteilen wünschen, abzustreiten. Falls Sie erklären wollen, daß Sie bei der Zeremonie anwesend waren und daß auch Mr. Macy anwesend war, so wird das durchaus in Ordnung sein, und niemand wird erfahren, daß es anders war. Lulu Belle und ich unternehmen jetzt eine kleine Reise. Wir werden vor der Abfahrt noch einmal bei Ihnen anrufen; jetzt wollte ich Ihnen nur mitteilen, daß alles in Ordnung ist. Der Geistliche heißt Hochwürden Glaub – G-l-a-u-b. Auf Wiedersehen, Mrs. Macy.»

Dann sagte Jed zu dem sprachlosen Prediger und seiner

Mutter: «Lulu Belle ist die Tochter Mr. Wallace J. Macys, und falls die Eltern zu erklären wünschen, daß sie der Zeremonie beigewohnt haben, dann widersprechen Sie bitte nicht! Das wird niemandem weh tun, und Sie werden nichts sagen müssen, was nicht der Wahrheit entspräche. Wenn jemand Sie fragt, sagen Sie nur, daß Sie uns heute getraut haben und daß alle Auskünfte über dieses Ereignis bei den Eltern der Braut einzuholen sind. Mehr sollten Sie nicht sagen.»

«Oh, gewiß, gewiß!» sagten die beiden im Chor, und Liza staunte über das Benehmen des häßlichen kleinen Entleins, das sie zu einem großen Schwan erzogen hatte. Wie wenig hatte sie sich träumen lassen, während er aus dem Knigge seinen Unterricht bekam und der feinen Konversation der Pensionsgäste und Universitätsstudenten lauschte, daß er die Psychologie der Herrenklasse so vollkommen begreifen und sich zu eigen machen würde. So daß er von der ersten Minute an, da er mit den Mächtigen der Erde in Berührung kam, niemals ihre zarte Empfindlichkeit verletzen, und von dem Augenblick an, da er zu ihrer Sippe gehörte, so handeln und reden würde, als hätte er sein ganzes Leben im Garten der Götter verbracht!

5

JETZT BESUCHEN WIR MR. WARRENER», ERKLÄRTE Jed, und sie verabschiedeten sich von Liza und gingen zu dem wartenden Taxi hinaus, dessen Chauffeur ein einziges großes Grinsen war. Als sie zu dem Palast an der Fremont Plaza kamen, sagte Jed zu Lulu Belle, sie solle in der Bibliothek warten, während er die Nachricht überbringe. Er ging hinauf; die treue Miss Lucile saß bei dem Patienten und las ihm vor.

«Da sind Sie also wieder, Rusher!» sagte der alte Herr, und seine Miene leuchtete freudig auf. «Na, was haben Sie entdeckt?»

«Das ist eine ziemlich lange Geschichte», sagte Jed. «Vielleicht wollen Sie jetzt nicht gestört werden.»

«Nein, nein, meine Schwägerin wird froh sein, daß Sie Ihren Posten wieder antreten.» Solchermaßen taktvoll entlassen, klappte die alte Dame das Buch zu, raffte ihr Nähzeug zusammen und zog sich zurück.

Jed Rusher räusperte sich. Das war nun eigentlich der schwierigste Teil seines Abenteuers. «Mr. Warrener», sagte er, und fühlte, wie das Blut ihm in Hals und Wangen zu steigen begann, «seit wir uns das letzte Mal gesehen haben, ist so vieles geschehen, daß ich kaum weiß, wo ich beginnen soll. Ich habe etwas getan, das Sie mir hoffentlich nicht übelnehmen werden.»

«Was ist es denn, Rusher?» Der alte Herr lächelte eines seiner wunderlichen Lächeln. «Haben Sie einen Ölbrunnen zu bohren angefangen?»

«Viel schlimmer als das, Mr. Warrener. Hoffentlich werden Sie nicht allzu böse sein. Ich bin Ihr Schwiegerenkel geworden.»

Das Lächeln verschwand wie ein ausgeknipstes Licht, und Verwunderung malte sich im Gesicht des alten Mannes. «Sie – was?»

«Ich habe soeben Lulu Belle geheiratet.»

«Sie – Lulu Belle – sind Sie verrückt?»

Jed begann sehr schnell zu sprechen: «Es ist eine sonderbare Geschichte, Mr. Warrener, und nicht leicht zu erzählen. Ich fürchte, Sie werden es nicht glauben, aber Lulu Belle wartet unten, und Sie können sich bei ihr erkundigen –»

«Wo haben Sie Lulu Belle geheiratet?»

«In der Wohnung meines Pastors Hochwürden Glaub.»

«Wissen ihre Eltern davon?»

«Mrs. Macy weiß es, ich habe soeben mit ihr telefoniert. Vorher wußte sie nichts davon.»

«Was – was – wie ist das gekommen?»

«Sie müssen mich die Geschichte erzählen lassen, Mr. Warrener, sonst können Sie das alles nicht verstehen. Vor drei oder vier Monaten kam Lulu Belle zu mir – Sie schliefen gerade, und ich saß im Nebenzimmer –, und da fragte sie mich, wie man Kinder bekommt. Sie war ganz unglücklich, weil ihre Mutter ihr die Puppe weggenommen hatte, und sie hatte eben das neue Baby ihrer Kusine Marian gesehen und wollte jetzt selber eines haben. Natürlich sagte ich ihr, sie solle mit diesen Fragen zu ihrer Mutter gehen, aber sie sagte, ihre Mutter wolle ihr absolut nicht Bescheid sagen. Ich überlegte mir die Sache ein paar Wochen lang und wußte nicht recht, ob ich mit Ihnen darüber sprechen soll. Dann beschloß ich, herauszubekommen, ob ihre Mutter sie gewarnt habe, ich fragte sie also, und sie sagte mir, sie habe mit einem Bekannten, einem jungen Burschen, darüber gesprochen, und dieser junge Bursche habe ihr Bescheid gesagt und sich bereit erklärt, ihr zu helfen, ein Baby zu kriegen, falls sie seinen Namen nie verraten würde.»

In immer neuen Wellen stieg Jed das Blut ins Gesicht, während er drauflos redete, so schnell seine Zunge konnte. Er wußte, daß das eine völlig unglaubwürdige Geschichte war, und der Umstand, daß sie sich wirklich ereignet hatte, nützte ihm wenig.

«Jed Rusher», sagte der alte Herr streng, «haben Sie das Kind verführt?»

«Gott sei mein Zeuge, Mr. Warrener, ich habe sie nie auch nur mit einem Finger angerührt. Ich hatte ihr noch nicht einmal die Hand gegeben. Den ersten Kuß gab ich ihr nach der Trauung im Haus des Geistlichen. Sie können sich weigern, mir Glauben zu schenken, Sir, aber Lulu Belle wird Ihnen sagen, wie es war, und Sie wissen, daß sie nicht zu den Menschen gehört, die Lügen erzählen.»

«Weiter, Rusher.»

«Nun, Sir, natürlich wußte ich nicht, was ich tun sollte. Ich dachte mir, ich müßte mit Ihnen sprechen, aber ich wußte, das würde dem armen Kind viel Kummer bringen, und vielleicht würde es gar nicht nötig sein, vielleicht war sie gar nicht in anderen Umständen. So schob ich es immer wieder hinaus; bis heute mittag, da war ich gerade vom Land zurückgekommen und wollte zu Ihnen gehen, als ein Briefchen von Lulu Belle kam – sie hatte natürlich meine Adresse nicht, aber sie hatte es riskiert und über Ihr Büro an mich geschrieben –, hier ist der Brief, Sir, und das Kuvert, Sie können selber sehen.»

Jed reichte ihm den Brief, und Warrener las ihn durch. «Weiter.»

«Ich fuhr zu Mrs. Macy und sagte ihr, ich bestünde darauf, mit Lulu Belle sprechen zu dürfen. Sie wollte das nicht erlauben, aber ich sagte ihr, ich wüßte, was sie vorhat – eine Abtreibung vornehmen zu lassen –, und das wäre schrecklich, Mr. Warrener. Ich war entschlossen, das nicht zuzulassen. Ich wollte Lulu Belle warnen. Ich weiß nicht, wie Sie darüber denken –»

«Warum sind Sie nicht zu mir gekommen, Rusher?»

«Ich wußte nicht, was ich tun sollte, Mr. Warrener, ich war ganz verzweifelt. Ich hatte nur den einen Gedanken: zu verhindern, daß Lulu Belles Mutter einen Arzt ruft oder sie zu einem hinbringt! Ihre Mutter hat sie schrecklich beschimpft, und das Kind war in einem so verzweifelten Zustand, daß ich beschloß, sofort zu handeln. Ich wußte, wenn sie mich heiratet, kann sie in aller Ruhe ihr Kind kriegen, und ich war bereit, sie zu heiraten, weil ich wußte, daß sie ein braves und liebes Wesen und nur durch Unwissenheit in dieses Unglück geraten ist. Natürlich ist es nicht so angenehm, das Kind eines fremden Mannes zu haben, aber die Sache war nun einmal geschehen und ließ sich nicht mehr ungeschehen machen, und ich habe es für meine Pflicht gehalten, ihr zu helfen. Ich bot ihr also diesen Ausweg an, und sie war einverstanden, und ich holte die Lizenz, und sie schlich aus dem Haus und traf sich mit mir, und wir ließen uns trauen. Dann fuhren wir zuallererst hierher, weil Sie der einzige Mensch sind, dem ich verpflichtet bin, und Sie werden hoffentlich einsehen, daß ich nicht besser handeln konnte.»

«Ich finde, Sie wären es mir schuldig gewesen, mich um Rat zu fragen, bevor Sie einen solchen Schritt taten, Rusher!»

«Das habe ich deshalb nicht getan, Mr. Warrener, weil ich mich selber besser kenne als jeder andere. Ich wußte, daß ich Lulu Belle glücklich machen kann, ich wußte, daß ich sie nicht nur aus ihrer jetzigen Notlage befreien, sondern ihr auch ein guter Gatte sein werde.»

«Sie haben sehr viel Selbstvertrauen, junger Mann.»

«Nun, ich bemühe mich, vernünftig zu urteilen und nichts anzupacken, was ich nicht auch zu Ende führen kann. Wenn man aber weiß, daß man über gewisse Kräfte verfügt, ist es pure Heuchelei, sich das nicht einzugestehen. Ich habe Lulu Belle oft gesehen, und ich glaube, sie zu verstehen; ich weiß auch, daß ich mir meinen Weg machen und imstande sein werde, für sie zu sorgen. Seit ich in Mountain City bin, habe ich eine Menge Menschen kennengelernt, und ich glaube nicht, daß mein Hirn unter dem Durchschnitt ist.»

Nun folgte ein Pause, und Jed hatte das Gefühl, als durchwühlten die Blicke des alten Herrn seine Seele. Schließlich sagte der alte Herr: «Ich möchte mit meiner Enkelin sprechen.»

«Ja, Sir», sagte Jed eifrig. «Ich werde sie heraufschicken

und unten warten, bis Sie mich holen lassen.» Er ging in die Bibliothek hinunter und informierte seine junge Frau. «Alles in Ordnung, er nimmt es sehr nett auf. Du mußt ihm nur die Wahrheit sagen.»

«Gewiß», sagte Lulu Belle.

6

Als Jed abermals in die allerhöchste Nähe gerufen wurde, sah er Tränenspuren in den Augen des alten Herrn und wußte, daß Lulu Belle und ihr Großpapa Versöhnung gefeiert hatte. Ebenso wußte Jed, daß seine Zukunft gesichert war, denn jeder Schaden, der ihn treffen würde, träfe nun zugleich auch Lulu Belle.

«Na also, was habt ihr Kinder denn vor?» fragte der Spender aller Gaben.

«Ich möchte mit Lulu Belle verreisen, Mr. Warrener; ich glaube, alle Beteiligten haben jetzt eines nötig: nämlich Ruhe. Ihr Vater kommt heute abend nach Hause, und es ist wohl besser, einige Zeit verstreichen zu lassen, bevor er Lulu Belle oder mich sieht. Er würde wahrscheinlich Dinge sagen, die er nachher bereuen müßte.»

Warrener lächelte zustimmend.

«Ich dachte mir, ich fahre mit Lulu Belle auf die Ranch. Das aber ist eine Geschichte, die ich Ihnen noch nicht erzählt habe.»

So fing also Jed an und gab einen Bericht über seine Fahrt in die Berge, zu Cudliffs Ranch mit dem offenen Ölbrunnen, und über seine Verhandlungen; ferner über den Hof der Nichols und über die beiden kleinen braunen Eichhörnchen selbst; dann, wie er wieder umgekehrt sei und mit Ed Cudliff abgeschlossen habe. Nur in einer Einzelheit wich er von der Wahrheit ab; er sagte nicht, daß er das Geld mitgenommen hatte, er habe vielmehr, als er wieder auf der Station war, an seine Schwester telegrafiert, und sie habe ihm etwas von dem ererbten Geld geschickt.

Als sein Schwiegerenkel mit diesem Bericht zu Ende war, lachte Warrener und gab ihm den von der Bank ausgefertigten Kaufvertrag zurück, in dem der Preis und sämtliche Einzelheiten des Geschäfts verzeichnet waren. «Junger Mann», rief er, «ich komme mit Ihnen nicht mit!»

«Nun, Mr. Warrener, was sollte ich tun? Da lag das Petroleum, offen vor aller Augen, jeden Augenblick konnte jemand daherkommen und es wegschnappen. Ich überlegte mir, daß das Risiko nicht sehr groß ist; ich war überzeugt, Sie würden die Sache mit meinen Augen ansehen, und wenn nicht, dann wäre ich eben zu irgendeinem richtigen Petroleumspekulanten gegangen.»

«Natürlich werde ich Sie unterstützen, jetzt, da Sie sich einmal engagiert haben und noch dazu zur Familie gehören! Können Sie die Ranch sofort übernehmen?»

«Das wird nicht gut möglich sein, Ed Cudliff muß sich erst einen neuen Hof kaufen und mit seiner ganzen Familie übersiedeln, und das dauert einige Zeit. Ich dachte mir folgendes: Wir könnten inzwischen den Hof der Nichols kaufen.»

«Oh, diese zweite Ranch wollen Sie auch noch kaufen!»

«Ich möchte eine ganze Reihe von Grundstücken kaufen, Mr. Warrener, falls ich Sie dazu bringen kann, die geschäftlichen Möglichkeiten zu sehen. Überlegen Sie nur; da ist eine lange Hügelkuppe, ungefähr eine Meile breit und fünf bis zehn Meilen lang, und nicht nur auf Cudliffs Hof gibt es Petroleum, sondern auch auf der Nichols Boden, und es besteht durchaus die Möglichkeit, daß die Erdölschicht unterirdisch die ganze Kuppe entlangläuft.»

«Sie können nicht die ganze Ölindustrie des Landes besitzen, Rusher!»

«Nein, aber ich kann dieses eine Feld besitzen, falls Sie mich finanzieren. 50000 oder 60000 Dollar Bargeld, und ich würde in aller Stille ein riesiges Terrain zusammenkaufen. Sie sehen doch, was das Wunderbare dabei ist, das Land ist fast wertlos, auch als Weideland. Es liegt zu hoch und ist zu trocken, daher ist es so billig zu haben; und Sie wissen, in welcher Klemme sich jetzt die Rancher befinden, ein bißchen Bargeld ist für sie wie ein Geschenk des Himmels. Ich würde auf diese Weise die ganze Geschichte fest in der Hand haben, noch bevor ich zu bohren anfange oder auch nur das Wörtchen Petroleum fallenlasse.»

«Wie stellen Sie sich das Bohren vor? Wollen Sie Petroleumleute mit hineinnehmen?»

«Nein, Sir, das ist das Letzte, was ich tun würde, wenn es nach mir geht, die Kerls würden bloß versuchen, alles selber einzusacken, und von Anfang an wäre der Kampf im Gange. Wenn ich Sie überreden könnte, sich mit dem halben Kapital zu beteiligen und mich im übrigen machen zu lassen, würde ich in drei bis vier Monaten dort ein Bohrloch angelegt haben.»

«Sie würden es in Auftrag geben?»

«Nein, Sir, nicht einmal das würde ich tun. Ich habe sämtliche Fachliteratur gelesen, die ich mir verschaffen konnte, und ich sehe, daß das Bohren als Auftragsgeschäft eine mißliche Sache ist, es gibt dabei so viele Unsicherheitsfaktoren und Verzögerungen. Mein Plan wäre, die gesamte Ausrüstung selber anzuschaffen, die Bohrarbeiter selber zu engagieren und die ganze Geschichte selber durchzuführen. Ich würde mit dabei sein, damit ich aufpassen kann und genau weiß, was ich für mein Geld bekomme. Technische Kenntnisse zu kaufen ist gar nicht schwer; die Hauptsache ist, Menschen beurteilen zu können und ihnen auf die Finger zu schauen, und ihnen klarzumachen, daß man sich nicht beschwindeln läßt.»

«Ich verstehe», sagte Warrener voller Respekt. «Sie verfügen also bereits über einen genauen Plan.»

«Na, ich hatte massenhaft Zeit, um darüber nachzudenken, natürlich fing ich an, Pläne zu machen.»

«Sie sprachen davon, daß Sie sofort diese andere Ranch beziehen wollten. Was werden die Nichols tun?»

«Sie wollen das Vieh und alles verkaufen, sie könnten also sofort ausziehen; sie haben auch keine Weiber und keine Kinder. Ich dachte mir, ich würde die beiden in meine Dienste nehmen, sie sollen die Arbeit machen; es sind freundliche kleine Kerls, die mal ganz gute Aufseher und Vorarbeiter abgeben werden. Ich könnte sie vorerst für ein paar Wochen in Zelten unterbringen, bis Cudliff seinen Hof geräumt hat, und dann würde ich ein Pächterhäuschen aufstellen lassen; man bekommt fertige Häuser zu kaufen, die im Nu aufgebaut sind.»

«Alles sehr gut. Glaubst du, Lulu Belle, du möchtest eine Zeitlang auf einer Ranch leben?»

«O Großpapa, das wäre reizend! Mr. Rusher – das heißt Jed, sagt, ich kann Reitpferde haben und alle möglichen Tiere. Wenn ich nur nicht immer daran denken müßte, daß Mama und Papa mit mir so böse sind.»

«Das werde ich erledigen», sagte der alte Herr, nahm das Telefon und rief im Haus Macy an. Während er wartete, warf Jed rasch ein: «Ich sagte Mrs. Macy, sie könne den Bericht über die Hochzeit der Presse übergeben und mitteilen, daß sie und Mr. Macy mit dabei gewesen seien. Sie könne sagen, die Trauung habe erst nach seiner Rückkehr aus Chicago stattgefunden. Der Geistliche hat mir versprochen, seinen Mund zu halten.»

«Ein guter Gedanke», sagte Warrener. «Wenn es Ihnen gelingt, auf Ihrem Lebensweg immer an alles zu denken, dann werden Sie die Welt mühelos schlagen, Jed!» Der jüngere Mann lächelte vergnügt, denn das war ja gerade seine Absicht. Er merkte auch, daß er nun in die Familie aufgenommen sei, denn zum erstenmal hatten sowohl sein Arbeitgeber wie seine Frau ihn bei seinem Vornamen Jed genannt.

7

«JANE», SAGTE MR. WARRENER ZU SEINER TOCHTER durchs Telefon, «Lulu Belle und ihr Mann sind hier in meinem Zimmer, und wir haben die Sache besprochen. Ja, ich gebe zu, daß es etwas plötzlich war, aber es wird besser ausgehen, glaube ich, als du denkst. Er ist ein vernünftiger junger Mann, ohne die gottlosen und radikalen Ideen deines Vaters, und du wirst ihn als Schwiegersohn lieb gewinnen. Er ist für meinen Geschmack ein bißchen zu sehr aufs Reichwerden versessen, aber du hast ja in diesem Punkt keine Bedenken, und ich sage dir im voraus, er und Wallace werden dicke Freunde werden.»

Warrener warf Jed bei diesen Worten einen lächelnden Seitenblick zu, und Jed lächelte zurück, denn er hatte nichts dagegen, aller Welt zu sagen, daß er reich zu werden gedenke. Er hatte auch gegen Wallace J. Macy, Grundstücke und Versicherungen, nichts einzuwenden, außer daß er das Unternehmen für recht schäbig hielt: eine Unmenge Kleinarbeit und sehr kleine Profite.

Mrs. Macy am anderen Ende der Strippe äußerte offenbar ihre Besorgnisse, denn der alte Herr hörte eine Weile zu und sah abwechselnd teilnahmsvoll und belustigt drein. «Ich finde, du bist bei dieser Affäre ziemlich gut weggekommen, Jane. Schuld bist du selber, weil du deine Tochter nicht aufklären wolltest. Die beiden verreisen jetzt, und es wird nicht den mindesten Skandal geben, wenn nicht ihr beide, du und Wallace, den Skandal dadurch heraufbeschwört, daß ihr mit Grabesmienen umhergeht. Das beste, was ihr tun könnt, ist: euch schnell aufheitern und darüber nachdenken, wie ihr die richtigen Notizen in die Presse lanciert. Nein, da besteht gar keine Gefahr. Sagt, daß die Hochzeit in meinem Haus stattgefunden hat, im engsten Familienkreis, wegen meines schlechten Befindens; sie hat heute abend stattgefunden, und du und Wallace, ihr ward mit dabei. Der Bräutigam ist Student an der Universität Mountain City, und das junge Paar hat sich auf eine 1000 Morgen große Ranch in den Roten Sandbergen begeben, die dem Bräutigam gehört. Ja, sie gehört ihm wirklich. Nein, er hat sie mit seinem eigenen Geld gekauft. Dein Schwiegersohn wird mehr Land besitzen, als dein Mann sich je hat träumen lassen; er wird vielleicht uns alle noch einmal vor dem Armenhaus retten. Ja, sie reisen heute abend ab; ich werde ihnen eines meiner Autos geben.»

Diesmal hatte Jed gegen die spöttischen Launen des alten Warreners nichts einzuwenden, denn jetzt war ein anderer das Opfer, während Jed ernst genommen, seine Fähigkeiten und Talente gewürdigt wurden: er gehörte der mächtigen Sippe an, und man machte sich Sorgen um seine Zukunft. «Ich werde ihnen eines meiner Autos geben»: So einfach lösen die Großen der Erde ihre Probleme!

Der alte Herr legte den Hörer auf und wandte sich wieder zu dem jungen Paar. «Gut, jetzt das Geschäft», sagte er. «Jed, ich finanziere Ihr Petroleumabenteuer, und wenn die Sache nicht glückt, so haben Sie dann wenigstens eine große Farm. Ich werde morgen früh 100000 Dollar in der Fourth National Bank für Sie bereitstellen, dann gehen Sie mal los und kaufen den Rest des Landes zusammen, den Sie haben wollen, und schaffen sich Ihren Bohrturm an. Ich verlange dafür nur, daß Sie Lulu Belle einen halben Anteil sowohl an dem Landbesitz wie an dem Petroleumunternehmen als ihr separates Eigentum überschreiben.»

«Gewiß, Mr. Warrener, aber das genügt nicht, Sie müssen gleichfalls einen Anteil bekommen. Es war ursprünglich Ihr Unternehmen.»

«Nein, mein Anteil gehört meiner Enkelin. Sie hat das Recht, etwas von mir zu verlangen, alle anderen haben bereits das ihre bekommen, und jetzt, da sie geheiratet hat, ist sie an der Reihe. Aber sprecht mit niemandem darüber, denn das geht niemand etwas an, und ihr sollt versuchen, den Familienstreitigkeiten aus dem Weg zu gehen, wenigstens solange ich lebe.»

«Da können Sie ganz sicher sein, Mr. Warrener, wir beide gehen unseren eigenen Weg.»

«Gut also, das wäre erledigt. Telefonieren Sie, bevor Jermin das Büro verläßt, und sagen Sie ihm, er soll hierherkommen. Er ist Notar, er kann die Papiere in der Bibliothek ausfertigen, und wir unterschreiben gleich alle, bevor wir vergessen, was wir abgemacht haben und zu streiten anfangen. Und noch etwas: das, was ihr mir über eure Angelegenheit erzählt habt, muß geheim bleiben, und niemand darf von diesen Geschichten etwas erfahren. Ich sehe, daß Jane der Ansicht ist, Sie, Jed, seien verantwortlich für Lulu Belles Zustand. Gut, es wird Ihnen nicht schaden, wenn sie bei dieser Ansicht bleibt. Sie haben getan, was Sie konnten, um die Sache ins reine zu bringen, und alles ist in Ordnung. Klar?»

«Ja, Sir», sagte Jed, und Lulu Belle begann plötzlich und unerwarteterweise wieder zu weinen, küßte ihren armen alten Großvater auf beide Wangen und sagte ihm, er sei so gütig und sie so glücklich.

15. Kapitel

Der Teereimer

I

Jed Rusher war der Bauernjunge, der eine Wünschelrute gefunden hat; er hatte reichlichen Gebrauch von ihr gemacht und sich alles herbeigewünscht, was das Herz eines Bauernjungen nur begehren kann. An diesem Abend rollte er in einem Luxusauto zur Stadt hinaus, in der Brusttasche eine wohlgefüllte Brieftasche und neben sich auf dem Sitz ein blühendes junges Weib. Sie verbrachten die Nacht in einem fürstlichen Hotel bei den Quellen, saßen am nächsten Morgen an einem zauberhaften Frühstückstisch, der von Silber und Kristall und schneeweißem Leinen glänzte, und ein Kellner, ganz Lächeln und Verbeugung, stellte vor jeden von ihnen eine mit zerkleinertem Eis gefüllte Silberschale hin, in der sich eine halbe große gelbe Grapefruit befand.

Neben seinem Teller – das sind die Triumphe der Zivilisation – lag die *Mountain City Post* von demselben Tag, die mit einem Frühzug eingetroffen war, damit Jed seiner jungen Frau die zugleich romantische und hochanständige Geschichte vorlesen könne, wie sie gestern abend im Haus des Großvaters der Braut getraut worden seien. Dem Bericht zufolge war es eine Liebesheirat zwischen einem Universitätsstudenten und der Erbin zweier der großen Vermögen der Stadt. Dann folgten ausführliche Einzelheiten über die

Machtstellung sowohl der Warreners wie der Macys, und eine würdevolle Erklärung dahingehend, daß wegen der Krankheit des Großvaters die Zeremonie an seinem Bett stattgefunden habe, wobei nur einige wenige Angehörige zugegen gewesen seien, einschließlich der Eltern der Braut, ihrer Großtante und der Schwester des Bräutigams, Miss Elizabeth Rusher.

Jed stellte sich den Niagara des Klatschs vor, der sich jetzt über den Frühstückstisch der Pension ergießen würde! Und den Neid aller seiner Freunde und Studienkollegen, die sich zum neuen Semester versammelten! Jed würde nicht mehr dabei sein, Jed war mit dem Studium fertig; Jed hatte den Sprung vom Sprungbrett getan und zerteilte die Wogen eines Meeres von Gold – nein, dieses Gleichnis taugte nichts –, es mußte etwas mehr Tempo haben! Sagen wir mit den Worten, die er in den Vorlesungen über die Dichtkunst von Milton bis Pope gelernt hatte: «Er flog mit höchster Gewalt durch die azurnen Tiefen der Lüfte!»

Tatsächlich hatte Jed noch nie in seinem Leben seinen Namen in das Meldebuch eines Luxushotels eingetragen, und noch nie hatte er eine dieser geheimnisvollen großen gelben Grapefruits gekostet. Aber er nahm es mit ruhiger Würde hin, denn er wußte, daß Lulu Belle von Kindheit auf an diese Dinge gewöhnt war und bei dem Gedanken erschrekken würde, jemand anderes sei nicht daran gewöhnt. Sie sollte nur glauben, seine Begeisterung, sein strahlendes Lächeln rührten von dem Umstand her, daß er sie errungen hatte! Das war die richtige Art, sie glücklich zu machen.

Bevor sie ihre Fahrt fortsetzten, machten sie einige Einkäufe. Lulu Belle war nicht für eine Reise ausgerüstet; er sagte ihr, sie solle sich alles Nötige besorgen, und auf der Stelle erteilte sie ihm eine drastische Lehre in bezug auf die vornehmen Klassen. Es war nicht ihre Schuld, sie war so erzogen worden, das mußte sich Jed immer wieder in Erinnerung rufen, und er lächelte tapfer, während sie in die teuersten Geschäfte ging, alles kaufte, was ihr gefiel, und nicht daran dachte, sich nach den Preisen zu erkundigen. Es war ein fürchterlicher Wust, der so ziemlich den ganzen Hintersitz des Wagens überschwemmte und das Banknotenbündel in Jeds Brusttasche merklich verkleinert hatte. Aber das schadete nichts, dort, wo dieses Geld hergekommen war, gab es noch viel mehr davon, und die Hälfte würde immer Lulu Belle gehören.

Kurz nach Mittag kamen sie in Mesa Verde an und warteten auf den Zug aus Mountain City, dem ein hochgewachsener, breitschultriger junger Mann in einem auffälligen, braunkarierten Anzug entstieg, in jeder Hand einen ledernen Koffer und auf dem Gesicht ein strahlendes Lächeln: Jeds Busenfreund (soweit man bei Jed von Freundschaft sprechen konnte) Dick Sunstorm, der erst heute morgen aus der Stadt abgefahren war, zufolge eines Telefongesprächs, das Jed am Abend zuvor mit ihm geführt hatte. «Dick, ich muß dir einige Neuigkeiten mitteilen, fall nicht um, ich habe die Enkelin meines Chefs geheiratet und habe Geld wie Heu und gedenke, mich mit Viehzucht zu beschäftigen, nach einem ganz neuen Plan, mit großen Kapitalien, was willst du noch länger deine Zeit mit dieser dummen Universität vergeuden? Komm mit mir mit, ich mache dich zu meinem geschäftlichen Leiter und gebe dir für den Anfang 300 Dollar im Monat, im voraus zahlbar, und sowie das Geschäft wächst, bekommst du mehr, wir wollen uns morgen treffen, und dann nehme ich dich mit und zeige dir die Ranch.»

Da war nun der brave alte Dick mit seinen welligen, braunen Locken, hübsch, geschwätzig und, wie Jed wußte, etwas ordinär, aber gutmütig und treu, ein Mensch, mit dem man arbeiten und dem man Befehle erteilen konnte, in dem Bewußtsein, daß sie ausgeführt werden, ein Bursche mit dem gesunden Verstand eines Geschäftsmannes, trotz seiner etwas prahlerischen Manieren, und ebenso begierig wie

Jed, etwas zu lernen und vorwärtszukommen. Jetzt war er so durcheinandergebracht, daß er kaum wußte, wie man einen Bahnsteig entlanggeht und vor einer Dame den Hut zieht. Er hatte die Morgenzeitungen gelesen und konnte den Blick nicht von Lulu Belle wenden; er hatte nicht einmal den Mut, ihre Hand zu berühren. Seine Aufregung war für Jed Nektar und Ambrosia, aber er behielt seine ruhige Haltung bei und schob Dick ganz im stillen einen Scheck über 300 Dollar zu.

Dann führte er ihn zum Auto und verstaute ihn zwischen die Pakete mit Wäsche, Wolljacken, Toilettegegenständen, Konserven, Bergstiefeln, Spitzentaschentüchern und so weiter, was eben Lulu Belle alles eingefallen war. Jed setzte sich ans Steuer, und los fuhren sie, nie wäre man auf den Gedanken gekommen, daß Jed gestern zum erstenmal in seinem Leben einen großen Wagen gesteuert hatte und daß seine ganzen Erfahrungen aus der Zeit stammten, da er, während sein Bruder Tom mit Ziegenpeter zu Bett lag, aushilfsweise das Lieferauto eines Kolonialwarenhändlers hatte steuern müssen.

2

Sie kamen noch an demselben Abend auf der Ranch der Nichols an, und Jed sagte, er habe seine Frau und einen Freund mitgebracht, sie wollten ein wenig jagen. Davon, daß er soeben erst geheiratet hatte und von seinen geschäftlichen Plänen sagte er kein Wort. Lulu Belle hatte er bereits erklärt, daß von Erdöl nicht gesprochen werden dürfe, nicht einmal mit Dick; das könne alles später kommen, nachdem das Land gekauft sei. Noch bevor der Abend vorüber war, hatte Jed die beiden kleinen braunen Eichhörnchen beiseite genommen, damit die Schlachtungsprozedur Lulu Belle nicht verletze, und hatte den Preis für die Ranch und ihr Vieh von 15 000 auf 9500 Dollar heruntergedrückt. Er setzte einen Kaufvertrag auf, der eine Anzahlung von 100 Dollar vorsah, und ließ ihn unterschreiben, wobei Dick als Zeuge fungierte.

Dann schlug er ihnen vor, sie sollten in seine Dienste treten und die Aufsicht über diesen Hof und über den Hof Cudliffs, den er gekauft hatte, übernehmen; er bot ihnen für die Person 50 Dollar im Monat und volle Verpflegung, und sie willigten sehr schnell ein und glaubten nun reiche Leute zu sein. Sie waren bereit, am nächsten Tag mit ihrer gesamten Habe einschließlich des schwachsinnigen Neffen aus dem Hauptgebäude in einen alten Wagenschuppen zu ziehen, wo sie sich vorübergehend würden einrichten können, bis man nach der größeren Ranch übersiedelte.

Am nächsten Morgen ließen Jed und Dick Lulu Belle unter der Obhut der liebenswürdigen Eichhörnchen zurück und zogen los, um, wie sie behaupteten, sich die Gegend anzusehen, in Wirklichkeit aber, um Land zu kaufen. Im Laufe des Vormittags mietete Jed auf einer der benachbarten Ranches ein Auto, so daß nun er und Dick getrennt arbeiten konnten; und als sie sich des Abends auf dem Hof der Nichols trafen und ihre Notizen verglichen, da sahen sie, daß sie für eine Reihe von Ranches am Hang der Hügelkuppe die Vorkaufsrechte besaßen, die durch kleine Anzahlungen gesichert waren; die Preise rangierten von 5 bis 15 Dollar für den Morgen. Dick entdeckte zu seinem Triumph, daß er weniger bezahlt hatte als Jed, und das war Jed ganz recht. Es war ihm ein Beweis, daß er einen erstklassigen Geschäftsmann engagiert hatte. Auch störte es ihn nicht, daß sein Freund ihn für verrückt hielt;

er hörte lächelnd zu und sagte, es sei schon gut, er wisse, daß in dieser Gegend das Wasser spärlich sei, aber er habe einen ganz neuen Plan, der tadellos funktionieren werde, und Dick habe bloß zu gehorchen und seinen Mund zu halten.

Tags darauf erschienen fast sämtliche Rancher aus dem Koyoten-Arroyo mit ihren Weibern in der Stadt, und die Grundstücksabteilung der Bank hatte mehr zu tun als in irgendeinem der letzten Monate. Die Rancher kamen natürlich zusammen und merkten, daß etwas los sei, ein reicher Kapitalist aus der Stadt kaufte die ganze Gegend auf, und sie errieten sehr rasch den Grund. Sie gelangten zu der Ansicht, daß sie «beschwindelt» würden, aber was sollten sie tun? Sie hatten die Anzahlung angenommen, und sie und ihre Frauen hatten ihre Unterschrift unter den Kaufvertrag gesetzt, der, wie der Grundstücksbeamte in der Bank ihnen sagen mußte, bindend war; und die gleiche Auskunft erhielten sie von dem einzigen Rechtsanwalt, dessen das Städtchen sich rühmen konnte. Jed hatte inzwischen von dem treuen Jermin, Warreners Sekretär, einen Kreditbrief geschickt bekommen, den er der Bank präsentierte; er verfügte nun über 100000 Dollar, und sämtliche Käufe wurden ordnungsgemäß erledigt, alle bis auf einen, denn da wurde die Frau hysterisch und weigerte sich, zu unterschreiben, und weil es sich um eine Siedlung handelte, war ihre Unterschrift nötig. Aber das störte Jed nicht, er hatte nun einen Prozeß zu führen, der ein bis zwei Jahre dauern und ihn ein paar hundert Dollar kosten würde, aber zum Schluß würde er den Eigentumstitel ja doch bekommen.

Unterdessen war Jed nicht müßig, denn er mußte eine Straße zu seinem Terrain haben, auf der schwere Maschinen transportiert werden konnten, und das erforderte einige Unterhandlungen. Hier kam ihm seine genaue Kenntnis des Charakters der Bezirkspolitik zustatten, die er sich in der

Redaktion des *Zion Star* erworben hatte. Er gab sich nicht erst mit dem Straßenaufsichtsamt ab, sondern verschaffte sich die Adresse des Mannes, der den republikanischen Parteiapparat dirigierte, besuchte ihn und überreichte ihm 1000 Dollar in bar, ohne eine Quittung zu verlangen und ohne daß Zeugen zugegen waren. Er brauche eine Straße, und er brauche sie sofort, und er gedenke in dieser Gegend zu leben und zu arbeiten...

«Sie wollen nach Erdöl bohren?» fragte der Herr, er war früher Tierarzt gewesen, lebte jetzt im Ruhestand und war Vorsitzender des zentralen Bezirkskomitees.

«Ich habe die Absicht, ein großes und gewinnbringendes Unternehmen anzukurbeln», sagte Jed, «vorausgesetzt, daß meine Nachbarn mir das dadurch ermöglichen, daß sie staatsbürgerlichen Geist und Verstand zeigen. Ich gedenke Hunderttausende von Dollars, vielleicht sogar Millionen auszugeben, und, was für Sie wichtig ist, ich werde die üblichen Wege einhalten und mit dem Apparat zusammenarbeiten. Wenn Sie Wahlgelder brauchen, dann wissen Sie, wohin Sie sich zu wenden haben. Tun Sie also Ihr Teil dazu und werfen Sie mir keine bürokratischen Knüppel zwischen die Beine! Beweisen Sie mir, daß hier eine Gemeinde aufgeweckter Amerikaner ist und nicht ein hinterwäldlerisches Mistloch!»

Dann begab sich Jed zu dem Bezirksdirektor der Telefongesellschaft, erläuterte ihm seine gewaltigen Pläne und bat diesen Herrn, ihm eine Leitung über die vielen Meilen öden Landes bis zur Cudliff-Ranch zu verschaffen. Das magische Wort Öl war natürlich auch zu diesem Telefonbeamten gedrungen; Jed aber sagte bloß, es sei ein sehr großes Unternehmen, Hunderte Dollars jeden Tag für Ferngespräche. Als er sich aus dem Büro des Direktors entfernte, ließ er wie durch Zufall ein Kuvert mit 500 Dollar liegen, und der Zufall wurde ihm nie gemeldet. Zu Anfang der folgenden Woche sah er die Arbeiter der Telefongesellschaft Stangen aufpflanzen und Drähte spannen und die Straßenkolonnen und Erdräumer die Felsblöcke vor seinem Wagen beiseite wälzen, so daß er statt 5 bis 6 Meilen die Stunde jetzt 15 bis 20 fahren konnte.

3

Und es gab noch vieles andere, um das ein energischer junger Geschäftsmann sich kümmern mußte. Telefongespräche mit dem treuen Jermin, der den Auftrag erhalten hatte, Rusher stets zu Diensten zu stehen. Durch Jermin wurde vereinbart, daß zweimal die Woche eine Sendung mit frischem Obst und Gemüse nach Mesa Verde komme; wer dann gerade nach der Ranch fuhr, nahm die Sachen mit.

Mit einem ortsansässigen Händler, der nebenbei auch mit Vieh handelte, arrangierte er den Verkauf des Viehbestandes der Nichols-Ranch, denn die Brüder Nichols sollten ihn und Lulu Belle bedienen und nicht ein paar hundert Stiere. Er brauchte für den Hof drei bis vier gesunde, frische Kühe, und die kaufte er. Er mietete ferner von einer der Ranches ein erwachsenes Mädchen für die Hausarbeit und für die Küche, damit Lulu Belle und ihr noch ungeborenes Baby nicht von dem gelben Natronzwieback des schwachsinnigen Neffen würden leben müssen. Dann schickte er einige Zimmerleute aus der Gegend nach dem Cudliffschen Hof und ließ dort Unterkunftsräume für Dienstboten und Angestellte bauen.

In allen diesen Dingen war Jed der Herr; er schwang seinen Zauberstab und sah auf seinen Befehl Menschen hin und her hasten. Das war das Leben, das er sich seit seiner Kindheit erträumt hatte; jetzt war er erst 22 Jahre alt und hatte es bereits geschafft! Sein Herz war voller Triumph, jede einzelne Handlung brachte ihm immer neue besondere Freuden; er konnte nicht genug davon bekommen, ins Auto zu springen, hierhin und dorthin zu eilen, Orders zu unterzeichnen, Gelder auszuzahlen, nach diesem und jenem zu telefonieren. Aber er verlor nicht den Kopf, jeder seiner Schritte war nach einem bestimmten Ziel gerichtet, das er keine Sekunde lang aus den Augen verlor. Wenn er sich Extravaganzen gestattete, so geschah das nicht in seinem Interesse, sondern Lulu Belles wegen, und auch das war eine geschäftliche Angelegenheit. Sie war an ein extravagantes Leben gewöhnt, sie hatte Anspruch darauf, und wenn es sie glücklich machte, so war das die allerbeste Kapitalanlage. So oft er mit Warrener telefonierte, sagte der alte Herr: «Mach es nur dem Kind recht bequem, laß sie ja nicht in diesem einsamen Winkel leiden, besorge alles, was sie braucht, ich werde es bezahlen.» Und nach einiger Zeit ließ auch die hochmütige Mrs. Jane sich erweichen und schickte ihrem kleinen Liebling einen Scheck über 5000 Dollar nebst ihren Gebeten und Tränen. Natürlich mußte Lulu Belle dies und jenes haben. Natürlich mußten Dienstboten umherlaufen, um sie zu bedienen, und Zimmerleute Räume für die Dienstboten bauen; ein Telefon mußte da sein, damit sie ihre Wünsche äußern könne, und eine Straße, damit Automobile und Lastwagen die Aufträge erfüllen konnten. Nichts, woran sie gewöhnt war, durfte fehlen, und neue Dinge mußten hinzukommen, noch bevor sie selber daran dachte. So zum Beispiel ein junger Schäferhund, braun, seidig und warm, mit weichen Augen und weichem Bauch, voller Dummheiten, einfach bezaubernd! Jed fand diesen Schatz in der Futterhandlung, in der er für seine Kühe einen Einkauf zu machen hatte, er kaufte ihn für 5 Dollar und warf ihn ins Auto, und als sie nach Hause kamen, sah er sich reich belohnt, denn Lulu Belle schrie vor Entzücken auf und nahm den Hund in ihre Arme und war von nun an kaum noch von ihm zu trennen, nicht einmal beim Schlafengehen. Oh, es war das entzückendste Geschöpf, das klügste Geschöpf, das netteste Geschöpf von der Welt; es trat an die Stelle des längst verlorenen Püppchens und war fünf bis sechs Monate lang Verheißung und Vorwegnahme des erwarteten Babys. Übrigens waren das *alle* jungen Tiere auf der Ranch, ein Wurf kleiner Kätzchen, ein Brutofen voller Küken, weiche und zarte kleine Dinger, an denen Lulu Belle ihre mütterlichen Regungen auslassen konnte.

4

JED KEHRTE IN DIE STADT ZURÜCK UND ERSTATTETE dem alten Warrener Meldung. Der rief Perry Sanderson an – einen Bruder der Mrs. Clive Warrener, einen der reichsten Ölspekulanten im ganzen Westen – und schilderte ihm Jeds Pläne. Jetzt war das Petroleum kein Geheimnis mehr, und Warrener bat Sanderson, seinem neu angeheirateten Verwandten einen seiner erfahrenen und verläßlichen Vorarbeiter zu leihen. Der andere erwiderte, sehr gern, gewiß, und fügte eine Einladung für Jed hinzu; sie wollten sich im *Mountain City Club* treffen, um miteinander zu essen und die Sache zu besprechen.

Ein neues Erlebnis für Jed: zum erstenmal in einem Club, und noch dazu in einem sehr vornehmen und imposanten Club! Hier versammelten sich die Auserwählten der herrschenden Klasse der Stadt inmitten einer ruhigen Pracht;

bedient von geschulten Kräften nahmen sie ein Mittagsmahl oder ein Abendbrot zu sich und erledigten dabei die Probleme der Industrie, der Finanz und des Staates. Perry Sanderson, einen Meter achtzig groß, ein früherer Viehtreiber, der sich seinen Weg in die Gesellschaft der Großen gebahnt hatte, verstand Jed und Jeds Absichten und verschwendete keine Zeit mit langen Vorreden. Beide waren sie hinter dem Zaster her, und gleich bei dieser ersten Begegnung maßen sie ihre Klingen und schätzten einander ab. Der Präsident der Central Pete warnte Jed in gewichtigem und etwas barschem Ton vor dem Petroleumgeschäft, es sei für einen Novizen nicht leicht, und wenn er eine große Organisation hinter sich hätte, würde sein Risiko geringer sein. Er bot ihm zu diesem Zweck seine eigene Organisation an und gab deutlich zu verstehen, daß sein frischgebackener Verwandter das Angebot zu akzeptieren habe.

Jed aber, der gerade das erwartet hatte, wich aus. Es sei, sagte er, eine Laune von ihm, diese kleine Spekulation auf eigene Faust zu wagen; wenn er sie einer der großen Gesellschaften übergäbe, wäre ihm der ganze Spaß verdorben. Der andere brachte es fertig, höflich zu bleiben, und sagte, er werde Jed einen tüchtigen Mann für die Bohrarbeiten besorgen. Als Jed auf das Feld zurückkehrte, erfuhr er, daß bereits einige Späher sich nach allen seinen Maßnahmen erkundigt hätten und rings umher das Land zusammenkauften; und er war nicht überrascht, als nach einiger Zeit durchsickerte, daß das Vertreter der Central Pete gewesen waren.

Jed aber bekam seinen Vorarbeiter, einen sehnigen alten Veteranen aus zahlreichen Schlachten mit den unterirdischen Mächten. Zusammen mit ihm kaufte er Gerüstbalken, Bohrmeißel, Drehtische, Pumpgeräte, Mischmaschinen und den großen Standmotor, der das alles in Bewegung setzen sollte. Die Maschinen wurden auf eine Karawane von Lastautos verladen und traten die lange Fahrt nach dem Ölfeld an. Eine Belegschaft wurde gedungen und mit Autos oder per Bahn an ihren Arbeitsplatz verfrachtet; binnen zwei Wochen stand der Bohrturm da, überdacht und mit Brettern umkleidet, sauber und schmuck: das Bohren sollte im Winter beginnen. Eine große Sensation für die ganze Umgegend: aus einer Entfernung von 200 Meilen kamen die Leute gefahren, um sich das anzusehen, und die Bodenpreise im Koyoten-Arroyo, die sich bereits einige Male verdoppelt hatten, stiegen abermals auf das Doppelte.

Der Bohrturm befand sich unmittelbar über dem handgegrabenen Loch Ed Cudliffs, und der Eimer und Strick, mit deren Hilfe er das Petroleum heraufgeschöpft hatte, wurden als Kuriosum aufbewahrt. Es machte Jed Spaß, den Vorfall für die Nachwelt zu bewahren, indem er sein erstes Unternehmen «Teereimer-Gesellschaft» taufte, und davon wurde nach einiger Zeit der Name «Teereimerfeld» abgeleitet. Es dauerte nicht lange, da lag der ursprüngliche Eimer unter einer großen Glasglocke, und diese Glasglocke ihrerseits wurde in einem Blockhaus aufgestellt, eine heilige Reliquie, der Talisman des Unternehmens und die Maskotte seines Besitzers. Ab und zu wurde der Eimer auf ein Auto verladen und in eine Ausstellung gebracht, die Zeitungen räumten ihm stets reichlichen Platz ein und erzählten die Geschichte immer wieder von neuem, eine bessere Reklame für das «Teereimer»-Benzin, für das «Teereimer»-Schmieröl und die anderen Produkte der «Teereimer»-Raffinerien konnte es gar nicht geben.

Denn es dauerte nur drei Monate, da stießen Jeds Arbeiter auf petroleumhaltigen Sand, rasch sickerte die Neuigkeit durch und der große Sturm auf das Feld setzte ein. Dann kam jener wunderbare, unvergeßliche Tag, an dem «Teereimer-Rusher-Nummer-eins» – so hieß die Quelle – sein glorreiches Unglück widerfuhr, «sich den Kopf in die Luft zu blasen» und eine riesige, 70 Meter hohe Säule des kostbaren schwarzen Goldes emporzuschleudern. Man schätzte den Schaden, den diese Eruption anrichtete, auf über eine Million Dollar täglich, und infolge der einsamen Lage des Feldes dauerte es mehr als zwei Wochen, bevor der Vergeudung Einhalt getan werden konnte. Aber das war eine Kleinigkeit, unter der Erde lag noch viel mehr Petroleum; binnen einem Jahr hatte sich die Zahl dieser Petroleumfontänen vervielfacht, und über eine Strecke von 5 bis 10 Meilen längs der Hügelkuppe und ins Tal hinab erhoben die Bohrtürme ihre Häupter. Es war das neueste und größte der Glücksfelder und sollte die 37000 Millionäre von Amerika um einige weitere Hunderte vermehren.

Und Jed Rusher saß mittendrin! Ihm gehörte der ‹Entdeckungsbrunnen›, er saß im Zentrum der Petroleumschicht! Es gehörte nicht *alles* ihm; unglücklicherweise machte die Sattellinie unten im Tal eine Biegung, aber er hatte immerhin genug, um einer der großen Männer des Staates und einer der Helden der Pionierlegenden zu werden. Dieser dreiundzwanzigjährige Universitätsstudent (er hatte gerade, bevor das Petroleum stieg, seinen Geburtstag gefeiert), dieser Bauernjunge, der Vieh gehütet hatte und im Dreck der Rübenfelder umhergekrochen war und dann die Tochter eines reichen Mannes geheiratet und für seine junge Frau ein vielfach größeres Vermögen verdient hatte, als ihr Vater es je gesehen hatte – das war eine Geschichte wie bestellt für Feuilletonartikel und Sonntagsbeilagen! Jed wanderte auf die Titelseite der *Mountain City Post*, die den Erfolg, das Land und seine Institutionen, welche den Erfolg erst möglich machten, tief verehrte und nie eine Nummer erscheinen ließ, ohne das beste aller Länder und die beste aller Institutionen und die beste aller Zeitungen zu lobpreisen.

Die Reporter kamen in Autos und sogar in Flugzeugen angesaust, so gierig war die Nachfrage des Landes nach Bildern von dem Feld, von der Fontäne und ihrem glücklichen jungen Besitzer. Sie hätten Jed in hunderterlei Stellungen und hunderterlei Kostümen fotografiert, wenn sie ihn hätten bewegen können, lange genug mit seiner Arbeit auszusetzen, um eine Pose einzunehmen oder auch nur, um sich zu rasieren. Aber Jed hatte nicht einmal Zeit, mit ihnen zu reden, er jagte bei Tag und bei Nacht auf dem Feld umher, hager, unrasiert, mit Petroleum beschmiert, und probierte einen Plan nach dem andern, um diese schreckliche Verschwendung einzudämmen. Sie konnten ihn nur dann in verhältnismäßiger Ruhe erwischen, wenn er am Telefon saß, um neue Maschinen zu bestellen oder zu toben, weil irgend etwas nicht rechtzeitig eingetroffen war.

5

Einige Zeit vor Ausbruch der Quelle war Lulu Belle mit ihrer Gouvernante, ihrem jungen Hund und ihrem Kätzchen in einen Schlitten verpackt worden, dem ein zweiter Schlitten voller Koffer, Hutschachteln und Reisetaschen folgte. Das Cudliffsche Ranchhaus war kein passendes Heim mehr für die Tochter der Götter, es wurde von einer zahllosen Menge von Schaulustigen, Reportern, Spekulanten, Arbeitern und wem nicht alles überlaufen; es war das Zentrum eines Industriedorfes, das binnen weniger Wochen aus Brettern und Teerpappe entstand und binnen einiger Jahre zu einer Stadt mit einer doppelten Reihe von Ziegelhäusern, einer Bank und Kinos heranwachsen sollte. Außerdem hatte Lulu Belle einen Zustand erreicht, der sich nicht länger vor der Welt verbergen ließ, und das war deshalb peinlich, weil das Datum ihrer Hochzeit sämtlichen

Zeitungen bekannt und zu dem Zeitpunkt, da die Quelle losging, abermals veröffentlicht worden war. Jed war auf einer Ranch aufgewachsen und kannte die scharfen Zungen der Landbewohner, er sah bereits den Augenblick kommen, da es das Witzwort des ganzen Feldes sein würde, daß sowohl seine Quelle wie seine Frau frühzeitig «losgegangen» seien. Er war also heilfroh, als Lulu Belles Mama die Lage erfaßte und darauf bestand, mit ihrer Tochter nach Kalifornien zu reisen, das Kind dort zur Welt kommen zu lassen und nachher so lange dort zu bleiben, bis niemand mehr das Alter des Kindes feststellen und dadurch einen Skandal entfachen könne.

Das war eine äußerst wichtige Entscheidung im Leben Jeds und seiner jungen Frau. Wenn Lulu Belle auf der Ranch hätte bleiben können, würde sie eine praktische Erziehung genossen haben, die für sie unschätzbar gewesen wäre; sie würde gelernt haben, Entschlüsse zu fassen und eine Verantwortung zu tragen. Sie würde auch einiges von den Geschäften ihres Mannes in ihrem frühesten Stadium erfahren haben, darüber hätte sie sich dann in künftigen Jahren mit ihm unterhalten können. Kurz, sie hätten als Kameraden miteinander gelebt. Statt dessen aber mußten sie, bevor sie überhaupt Zeit gehabt hatten, einander näherzukommen, sich trennen und fast ein Jahr lang getrennt bleiben. Lulu Belle, die ein lebendes Püppchen zur Welt bringen sollte, sollte auch weiterhin wenig mehr als ein Püppchen sein – behütet und verwöhnt, von Dienstboten umgeben – und nichts anderes verstehen, als das Geld ihres Mannes hinauszuwerfen. Unterdessen verdiente Jed das Geld und lernte sich allein zu behelfen, ohne Kameraden, ohne Sympathie.

Freilich, Jed war gerade jetzt fast zu beschäftigt, um überhaupt zu wissen, daß er eine Frau hatte. Er hatte nun, was er haben wollte, Geld, Ruhm und Macht; aber er merkte, daß er noch etwas anderes mitbekommen hatte, das er gar nicht hatte haben wollen und um das er gar nicht gefeilscht hatte, tausend Probleme, die auf seinen Schultern lasteten, tausend Sorgen, die ihn Tag und Nacht verfolgten. Aber das sei schon recht, sagte er sich, das sei nur vorübergehend; wartet nur, bis er erst einmal alles organisiert und ordentlich in Gang gebracht hat, dann wird er ebenso kultiviert und würdevoll sein wie Warrener, Evarts und andere reiche Leute, die er kannte. Nur solange er seine Organisation ankurbeln, sich seine verantwortlichen Organe auswählen, seine Lagertanks bauen, seine Röhrenleitungen legen lassen und die Machinationen seiner Rivalen vorhersehen und durchkreuzen muß, nur für die Dauer dieser kurzen Periode wird er täglich achtzehn Stunden arbeiten und hinterher manchmal eine schlaflose Nacht verbringen müssen.

Im Laufe der Zeit merkte Jed, daß er immer seltener auf dem Feld anwesend sein konnte. Er kümmerte sich jetzt nicht mehr um die Bohrungen und die technische Behandlung des Öls. Nein, dafür hatte er einen famosen Betriebsleiter namens Dick Sunstorm. Dick, dessen Gehalt auf 1000 Dollar monatlich erhöht worden war, wobei er noch einige Aktien als Gewinnanteil erhalten hatte, blieb im Cudliffschen Ranchhaus, überwachte Jeds Geschäfte und erstattete ihm Tag für Tag telefonisch und brieflich Bericht. Jeds Platz war in Mountain City, dort lag das Geld aufgehäuft und wanderte von einer Hand in die andere, dort wurden mit Hilfe der Banken und Makler, die ihre privaten Leitungen nach Chicago und New York hatten, die großen Geschäfte gedeichselt.

Jetzt endlich wird Jed Rusher jene erhabene Rolle spielen, die er sich vor sechs Monaten als Ziel gesetzt hat, die Rolle eines Petroleumfinanziers! Er wird seine Büroräume im Gebäude der Fourth National Bank haben und einen Privatsekretär anstellen, der der jüngere Bruder des treuen Jermin ist; Jeds Jermin wird sein Spitzname in der Familie sein. Er wird einen Bürochef haben, einen Stab von Buchhaltern und Stenotypistinnen, und in seinem Privatbüro wird ein polierter Mahagonischreibtisch stehen, mit einer großen Glasplatte, einem Telefon und einer Reihe von Klingelknöpfen, jenen Bequemlichkeiten, die zugleich Symbole der Macht und des Erfolgs sind. Freie Bahn für Jed Rusher!

16. Kapitel

Die Finanz

I

Die Teereimer-Gesellschaft war gegründet worden, bevor das Bohren begann, sie hatte tausend Anteile zu einem Nennwert von je 100 Dollar emittiert. Vierhundertundfünfzig gehörten Jed Rusher und die gleiche Anzahl Lulu Belle; Elizabeth Rusher erhielt siebzig Stück und Dick Sunstorm dreißig. Auf Grund dieses Arrangements besaß Jed die Majorität, wenn nur seine Frau oder seine Schwester zu ihm hielten. Der Verwaltungsrat dieser Muttergesellschaft bestand aus drei Personen, Liza, Jed und Dick: Jed war Vorsitzender, Liza stellvertretende Vorsitzende und Dick Schatzmeister. Jed hatte auch Claudius G. Warrener einen Verwaltungsratsposten angeboten, aber der alte Herr sagte nein, er sei dem nicht mehr gewachsen. Er gab freundlich zu verstehen, daß Jed eigentlich einen in Finanzdingen erfahrenen Fachmann hinzuziehen müßte, aber Jed erwiderte, er wolle nicht einen Fremden mit drin haben, mit dem er sich vielleicht nicht vertragen würde. Er werde sich selber im Verlauf der Dinge die nötigen Erfahrungen erwerben und binnem kurzem auch ein tüchtiger Finanzmann sein. Er werde auch nie versäumen, zu Warrener zu kommen und ihn um Rat zu fragen. Habe er sich nicht bisher allen Aufgaben gewachsen gezeigt?

Diese einfache Gründung, die jeder verstehen konnte,

leistete ihre Dienste so lange, bis der Brunnen zu funktionieren begann. Dann aber war über Nacht die Lage eine andere geworden; der Geist hatte die Flasche verlassen und sein Schatten begann den Himmel zu verfinstern. Die Teereimer-Gesellschaft verfügte über eine Menge Rohöl, das sie an die Oberfläche befördern, einlagern, verfrachten und auf den Markt bringen mußte. Es entstand ein unmittelbares Bedürfnis nach Vorratstanks und einer Rohrleitung, nach Frachtkontrakten mit den Eisenbahnen und komplizierten Verträgen mit Raffinerien und Vertriebsgesellschaften, eine ganze Welt neuer Verflechtungen, mit denen Jed nicht Bescheid wußte. Mit einemmal umschwärmte ihn eine Schar in Finanzdingen erfahrener Fachleute, deren Fachkenntnis ausschließlich in ihrer Fähigkeit lag, Jed das Geld aus der Tasche zu ziehen und es in die eigene Tasche zu befördern: genau das Gegenteil der Fachkenntnis, für die Jed zu haben war.

Er sah sich umringt von einem tobenden Mahlstrom, von einer Meute ihn umkreisender Wölfe, die große Brocken aus seinem Fleisch herauszuschnappen versuchten und durchaus fähig gewesen wären, ihn auf einen Bissen hinunterzuschlucken. Tag und Nacht hielten sie sein Telefon im Gang, sie schickten ihm Dutzende dringender Telegramme von beträchtlicher Länge, sie schickten ihm eingeschriebene Eilbriefe und schließlich energische junge Draufgänger, die seine Tür belagerten. Wenn dann die Draufgänger unverrichteter Dinge abziehen mußten, nahmen die Chefs selber die Sache in die Hand, dicke, geschwätzige Herren mit Doppelkinn und Stiernacken, bewaffnet mit Empfehlungsschreiben der größten Großbanken in New York und Chicago und einer Mitglieds- oder Gastkarte des *Mountain City Club*.

Ihre Vorschläge bezogen sich auf die Finanzierung der Teereimer-Gesellschaft. Sie kamen allein oder mit ihren Advokaten und Sachberatern, und wie die Spinnen spannen sie aus ihrem Innersten hervor die kunstvollsten Netze, wie Seidenraupen flochten sie sinnreiche Kokons, um sich selber und Jed Rusher und seiner Teereimer ein schützendes Obdach zu bieten: Betriebsgesellschaften, Verkaufsgesellschaften, Dachgesellschaften, Holding- und Finanzierungs-, Schürf- und Aufschließungs-, Schluck- und Verdauungs-, Verschleierungs- und Verzehrungs-, Verwirrungs- und Verschlingungsgesellschaften. Nachdem Jed diese geistreichen Konstruktionen gründlich geprüft und den Wesenskern dessen, was ihre Erfinder sorgfältig verbergen wollten, herausgeschält hatte, zeigte sich, daß er nur einen kleinen Anteil an den Erträgnissen seines Unternehmens und die Erfinder den Löwenanteil erhalten sollten, während das Publikum das Nachsehen haben würde.

Für einen jungen Mann ohne jede Erfahrung auf finanziellem Gebiet entwickelte Jed eine außerordentlich erfolgreiche Technik. Sie bestand darin, daß er immer wieder und immer wieder sagte: «Nein, danke schön.» Nie machte er sich einen überflüssigen Feind, nie verhöhnte er jemand, nie beschimpfte er jemand, nie machte er eine finstere Miene, wenn sie ihn mit ihrer Zudringlichkeit belästigten, nie schlug er auf den Tisch oder wies ihnen die Tür. Er erklärte nur immer wieder und wieder in der herzlichsten Weise, er danke ihnen schön für ihr großes Interesse an seiner Teereimer, aber er sehe momentan keine Möglichkeit, ihre Vorschläge zu akzeptieren, er wolle das Unternehmen erst ganz allmählich vergrößern und die Leitung selber in der Hand behalten, bis er einen genaueren Einblick in die Lage und ihre Entwicklungschancen habe. Sein Sekretär lernte diese Formel auswendig und wiederholte sie in Telegrammen und Briefen und in seinen mündlichen Antworten an die jungen Draufgänger wie auch an die dicken, geschwätzigen Herren mit Doppelkinn und Stiernacken und Empfehlungsbriefen.

Das bezog sich sogar auf den engsten Familienkreis. Und

auch auf die Sandersons, die angeheirateten Verwandten des einzigen Sohnes des alten Warrener. Perry Sanderson hielt es für ausgemacht, daß der Teereimer ein Familieneimer werden müsse, und als er merkte, daß es anders kam, ärgerte er sich sehr. Er kam mit immer neuen Vorschlägen zu Jed, jedesmal gewährte er ihm einen größeren Anteil an den Werten der geplanten neuen Gesellschaften, und er versuchte sogar, ihn mit einem kleinen Paket innerer Anteile der Central Pete zu verführen, es handelte sich da um jene Aktien, auf die die eigentlichen Profite entfielen und die ein sorgsam gehegter Familienbesitz waren; sie kamen nie auf den Markt, und man hörte auch nur selten von ihnen. Jed war voller Freundlichkeit und Neugier, und erst, nachdem zahlreiche Sitzungen abgehalten und zahlreiche Vorschläge verworfen worden waren, merkte der energische Perry, was hier eigentlich los sei, nämlich daß Jed Rusher ihn ausgeholt habe, um genau zu erfahren, wie diese Gesellschaften im Innern organisiert seien und wie man dem Publikum einrede, daß es den Weizen bekomme, während es in Wirklichkeit nur die Spreu bekommt.

Das Endergebnis war, daß Perry Sanderson und seine Gesellschaft trotz aller Höflichkeit Jeds seine erbitterten Feinde wurden und daran gingen, ihm auf jede erdenkliche Weise, sowohl in der Produktion wie bei den Banken, Hindernisse in den Weg zu wälzen. Aber das störte Jed nicht weiter, das machten sie alle, das war durchaus zu verstehen und zu erwarten. Die Sandersons hatten Petroleum zu verkaufen, und es kam zuviel auf den Markt, so daß die Preise ewig sanken. Natürlich sahen sie es nicht gern, wenn ein neuer Konkurrent auf dem Feld erschien, sie erschraken über das neue Vorzeichen am Himmel: ein gigantischer Teereimer, aus dem sich endlose Niagaras schwarzen Goldes ergießen! Die Sandersons werden nun Jed bekämpfen, und Jed wird die Sandersons bekämpfen, durch Intrigen, Bespitzelung, Bestechung, jede Partei wird wissen, was die andere macht, und wenn sie einander dann im Vestibül des *Mountain City Club* oder im *Katonah*-Landklub oder bei einem Gesellschaftsabend im Haus Warrener oder im Haus Macy begegnen, werden sie genau so herzlich zueinander sein wie alle die anderen Dickhäuter, die den Dschungel der Finanzen und Industrie durchstreifen.

2

Aber Jed brauchte Geld, sehr viel Geld, und zwar schnell. Es gab in ganz Amerika Zehntausende, die sich in der gleichen Lage befanden wie er, und die Banken, Trustgesellschaften, Finanzierungs- und Hypothekenbanken waren eigens zu dem Zweck da, die dringenden Bedürfnisse dieser Zehntausende auszunützen und sie zu zwingen, als Entgelt für die Summen, die sie brauchten, um ihre Unternehmungen in Gang zu halten, sich von dem größeren Teil dieser Unternehmnungen selbst zu trennen. Unter normalen Verhältnissen wäre es Jed Rusher ebenso ergangen. Ihn rettete nur die Tatsache, die ihm bisher jeden einzelnen seiner Dollars verschafft und ihm ermöglicht hatte, die Ranchs zu kaufen und ein Bohrloch zu bohren: die Tatsache, daß er der Sippe der Macy-Warreners angehörte und auf alle die Privilegien und Gerechtsame Anspruch hatte, die mit dieser Funktion verknüpft waren. Lulu Belle, die Enkelin Claudius G. Warreners und Tochter Wallace J. Macys, war in gleichem Maße wie Jed an den Gewinnen oder Verlusten beteiligt, infolgedessen mußten die Sippen sich zusammenscharen und ihre hohen, königlichen

Vorrechte und Gerechtsame verteidigen: Jed Rusher durfte nicht wie ein gewöhnlicher Abenteurer und Eindringling in den Dschungel der Finanzen geplündert und gerupft werden, sondern man mußte, wie der anmutige und tröstliche, in der Bankenbrüderschaft gebräuchliche Ausdruck lautete, «sich seiner annehmen».

Er war ein Kunde der Fourth National Bank, und der alte Warrener besaß den Gerüchten zufolge, die auch allgemeinen Glauben fanden, die Aktienmajorität dieses großen Instituts; sowohl Warrener wie Wallace J. Macy saßen im Verwaltungsrat, und deshalb kam Jed auf den Gedanken, sein Geld dort aufzunehmen. Die Fourth National sollte den Ausbau der Teereimer finanzieren, und zwar zu dem üblichen Satz für gewöhnliches Leihgeld, der 7 Prozent betrug, ohne einen einzigen Dollar für Prämien, Provisionen, Kommissionsgebühren, auch ohne heimliche Aktiengeschenke an Angestellte und Direktoren, also ohne all jene Mittelchen, durch die Amerikas Bankiers die reichsten Leute der Welt geworden sind, die sich ihre prunkvollen Paläste aus weißem Marmor und grauem Granit erbauen, mit einer Unmenge eleganten bronzenen Gitterwerks und Stahlgewölben mit blankem Mechanismus und so wunderbar ausbalancierten Türen, daß ein Kind sie mit einem Finger schließen, aber kein noch so geschickter Knacker sie vor werktags früh halb neun Uhr öffnen kann.

Jed nahm an einer Sitzung des Kreditkomitees der Fourth National teil, und hier erlaubte er sich zum erstenmal, mit einigem Nachdruck zu sprechen. Er sei ein Kunde dieser Bank und würde vielleicht ihr größter Kunde werden; ob sie ihn zu ihren Konkurrenten auf der anderen Seite der Straße treiben wollten? Oder ob sie ihn zwingen wollten, selber ein Bankgeschäft aufzumachen? Wozu sei denn eine Bank da, wenn nicht dazu, um notwendige Industrien zu finanzieren, um es einem Unternehmer möglich zu machen, Waren zu erzeugen, nach denen öffentliche Nachfrage besteht?

Diese etwas naive Ansicht von den Pflichten des Bankiers pflegten die Bankiers selber für Magazinartikel und Festreden zu reservieren; sie waren es nicht gewohnt, sie in ihren privaten Sitzungszimmern zu hören, und sie räusperten sich verlegen und sagten, Mr. Rusher erwarte zu viel von einem einzigen Bankinstitut. Freilich, sein Besitz ruhe auf gesunden Grundlagen, aber die Ölproduktion sei stets eine unsichere Sache und ebenso der Absatz, und das bedeute für den Bankier ein ernstliches Risiko. Kurz, sie wollten genau dasselbe wie alle anderen, einen Anteil an Jeds Unternehmen, sie wollten die Anteile der Teereimer-Gesellschaft nicht als Deckung, sondern als Beteiligung haben. Und jetzt kam der Augenblick, da Jed auf den Tisch schlug, der Welt eine imponierende Faust unter die Nase hielt und den Bankiers zu verstehen gab, daß er nicht eines ihrer Opfer, sondern einer der ihren sei.

Er ging mit der Sache zu dem alten Warrener, und nun entstand eine amüsante Situation. Jeds angeheirateter Großvater, der bedeutsamste Aktionär der Fourth National Bank, erklärte, daß sämtliche Bankiers Piraten und Erpresser seien; sie spielten die gleiche Rolle wie in alten Zeiten die Raubritter, die ihre Burgen an den Handelswegen errichteten und von jeder vorüberziehenden Karawane ihren Tribut erhoben. Es sei ein einziger riesenhafter, staatlich geschützter Betrug. Jed wurde beauftragt, zu dem wohlbekannten Archiv zu gehen und die Rubrik «Bankwesen», Unterabteilung «Nationalbankensystem», nachzuschlagen; er würde dann sehen, wie der Staat den Nationalbanken die Erlaubnis gewähre, Banknoten zu emittieren, für die sie dem Staat 2½ Prozent bezahlten, während sie an das Publikum siebenmal soviel Geld zu einem Satz zwischen 7 und 70 Prozent verliehen. Hier zum Beweis der Bericht eines früheren Notenbankrevisors, aus dem hervorgehe, daß die Mehrzahl der Nationalbanken im ganzen Land, ihrem eigenen Eingeständnis zufolge, fortgesetzt das Verbrechen des Wuchers begingen und daß sie für kurzfristige Darlehen, wenn man die Kommissionsgebühren und andere Kosten hinzuschlage, häufig bis zu 70, 80 und 100 Prozent berechneten. Nein, sagte Warrener, diese Bande von Gaunern an der Ecke der Seventh und Broad Street sollten nicht glauben, daß sie Jed und Lulu Belle plündern könnten: Und wenn er eine Verwaltungsratssitzung in sein Schlafzimmer einberufen und sie alle zum Teufel jagen müßte! Der alte Herr fuhr in seiner humoristischen, spöttischen Art zu schimpfen fort, so daß Jed nicht recht wußte, wer ihm tadelnswerter erschien, die Bankiers, die die Petroleumleute plündern wollten, oder die Petroleumleute, die das Publikum plündern wollten.

3

Im Verlauf einer dieser Beratungen erschien zufällig nach einiger Zeit der alte Walter Evarts und wandte sich an Jed. «Das Schlimme mit Ihnen ist, lieber Freund, daß Sie um zehn Jahre zurück sind. Sie gehen zu einer Bank, um Geld zu bekommen, aber das tut heute kein vernünftiger Mensch mehr.»

«Was tut man denn?» fragte Jed, stets bereit, eine kostenlose Information entgegenzunehmen.

«Wenn Sie zu einer Bank gehen, um Geld zu holen, müssen Sie bezahlen; aber Sie können Ihr Geld vom Publikum bekommen und die Leute für das Vorrecht, Ihnen ihr Geld leihen zu dürfen, noch obendrein *zahlen* lassen.»

«Wie macht man das, Mr. Evarts?»

«Emittieren Sie eine Million Aktien und verkaufen Sie sie dem Publikum. Bei der Reklame, die für die Teereimer gemacht wird, wird die Emission ein dutzendmal überzeichnet werden.»

«Dann verliere ich aber die Kontrolle.»

«Unsinn! Gründen Sie eine Betriebsgesellschaft oder eine Finanzierungsgesellschaft, oder wie Sie es nennen wollen, und behalten Sie die Stimmenmajorität in Ihrer Hand. Beschränken Sie das Stimmrecht auf einzelne gesonderte Anteile, sogenannte Gründeranteile. Verkaufen Sie dem Publikum Vorzugsaktien oder stimmrechtslose Aktien oder irgendeine ähnliche Erfindung. Dann können Sie soviel Aktien auf den Markt werfen, wie er verdauen wird, und trotzdem die ganze Sache in der Hand behalten.»

«Aber ich müßte dann meine Profite wegzahlen, Mr. Evarts, und ich dachte mir –»

«Sie dachten, Sie verstünden etwas von Geschäften, aber Sie brauchen einen tüchtigen Börsenmenschen, der Ihnen einige Ratschläge gibt. Sie müssen dem Publikum nicht mehr bezahlen, als Sie wollen, gerade soviel, um den Kurs Ihrer Aktien zu halten. Jeder ordentliche Rechtsanwalt wird Ihnen das so arrangieren, daß die eigentlichen Profite einem ‹Inneren Konzern› zufallen, der aus Ihnen und Ihrer Frau besteht. Oder Sie können die Profite als Reserve zurückbehalten und für Ihre eigenen Zwecke verwenden, das ist dann genau dasselbe, als ob sie einfach Ihnen gehörten. Reserven ist der neueste, modernste Kniff, denn dadurch werden Sie Ihr eigener Bankier, ohne durch irgendwelche Bankgesetze gebunden zu sein, ohne daß ein staatlicher oder bundesstaatlicher Revisor mit aufgehaltener Hand herangeschlichen kommt und Ihre Geschäfte beschnüffelt. Kein Konzern bedeutet heute noch etwas, wenn er nicht zwanzig bis dreißig Millionen verfügbares Geld in den Reserven stecken hat, und die ganz großen Tiere behalten sich zwei- bis dreihundert Millionen zurück. Mit soviel Geld ist man Hahn im Korb und kann dem Bankier eine Nase drehen, wie die Kinder sagen.»

«Das klingt alles sehr interessant», sagte Jed. Natürlich war er in Wirklichkeit gar nicht so naiv, er hatte bereits eine ganze Menge finanzieller Informationen gesammelt, aber er wußte, daß es der älteren Generation Spaß macht, die jüngere zu belehren.

«Wissen Sie, was Sie brauchen, Rusher? Einen Finanzberater, der zu den eingeweihten Kreisen gehört und die allerneuesten Schliche kennt.»

«Wollen Sie nicht mitmachen, Mr. Evarts? Es würde sich sicherlich für Sie lohnen, denn das wird noch mal eine wirklich große Sache werden.»

«Ja, junger Freund, viel zu groß, wie ich fürchte, man wird Sie Ihnen wegnehmen, besonders wenn Sie sich mit den Banken einlassen. Bei den ungeheuren Summen, die Sie in das Unternehmen hineinstecken müssen, um es auszubauen, werden Sie unvermeidlich in eine Geldklemme geraten. Die Banken werden Ihnen versprechen, alles zu finanzieren, werden Sie immer weiter lotsen und dann in der letzten Minute erklären, daß sie leider die Kredite nicht erneuern könnten. Gehen Sie dann zu einer anderen Bank, dann wird man Ihnen dort erklären, daß ihr die Etikette verbiete, Ihnen zu helfen, Sie müßten schon zu der Bank gehen, bei der Sie Ihr Konto haben. Und bevor Sie sich recht besinnen können, haben die Kerls Ihre Teereimer und alles, was dazugehört, eingesackt.»

«Kommen Sie, zeigen Sie mir, wie sie zu schlagen sind, Mr. Evarts.»

«Nein, ich will mich nicht mehr plagen. Ich will nur noch meinen Zeitvertreib haben. Und meine Bekanntschaft mit Ihnen soll mir bloß helfen, ganz nebenbei noch ein bißchen Geld zu verdienen. Eines Tages werden Sie mir einen Wink geben, daß Sie eine große Dividende ausschütten wollen, und dann decke ich mich mit Teereimer ein; oder ich merke vielleicht, daß Sie eine sorgenvolle Miene machen und Claude Ihnen etwas Bargeld leiht, und dann fixe ich Ihre Aktien.» Der rundbackige, kahlköpfige alte Bronzebuddha sagte das mit einem Lächeln, das seinen Worten die Spitze nahm, ohne Jed für einen Augenblick vergessen zu lassen, daß Evarts genau nach seinen Worten handeln würde.

«Nein, Jed», fuhr er fort, «ich will keine Pflichten mehr übernehmen. Aber bringen Sie mir Ihren Entwurf, wenn Sie ihn fertig haben, und ich werde ihn mit Ihnen durchgehen. Gehen Sie zu Abe Silberman und sagen Sie ihm, Sie kommen von mir, damit er Sie nicht hineinlegt. Das ist der richtige Rechtsanwalt für Sie, der regelt Ihnen die Sache so famos, daß Sie alle göttlichen und menschlichen Gesetze übertreten können und noch obendrein Geld dafür bekommen.»

4

Abraham Silberman aus der Firma Silberman, Gross und Wineman empfing Jed Rusher verabredungsgemäß in seinen nicht allzu prunkvollen Büroräumen im Gebäude der Kaufmanns- und Handelsbank. Ein unauffälliger alter Herr, ohne jede Pose: längliches, mageres Gesicht, vorspringende Nase, Hängebacken, dünnes, wirres Haar an den Schläfen und kleine, schlaue, blinzelnde Äuglein. Seine Ähnlichkeit mit einem Geier war unheimlich, um so mehr, da er ganz mit gekrümmten Schultern zusammengeduckt auf seinem Schreibtischsessel hockte. Zu Jed war er sehr freundlich; er wußte über ihn und seine Teereimer genau Bescheid und schmeichelte ihm durch seine wohl abgemessenen und haarscharfen Komplimente. Silberman hatte eine weiche Stimme, die an Samt erinnerte; er war ein kultivierter und gebildeter Herr, seine Jugend hatte er in Wien verbracht, und er besaß ein Heim voller Kunstschätze; im Laufe der Zeit wird er auch Jed diese Schätze alle zeigen und mit freundlichem Bemühen die Tatsache vertuschen, daß Jed von solchen Sachen ganz und gar nichts versteht. Silberman kannte Evarts; ein fähiger Kopf, sagte er, es gebe in der ganzen Stadt keinen Klügeren. Er kannte den alten Warrener; ein sehr ungewöhnlicher Mann, ein Typus, der in anderen Weltgegenden mehr Anerkennung finden würde als in seiner Vaterstadt, die sechshundert Grundstücksfirmen und kaum ein Dutzend Buchhandlungen besitze.

Dann kamen sie auf das Geschäftliche zu sprechen. Rusher wolle sein Unternehmen umgründen, um sich durch das investierende Publikum die nötigen Geldmittel für den Ausbau liefern zu lassen. Ganz recht, er, Silberman, habe das nicht anders erwartet; zweifellos würde der Markt einen ziemlich großen Betrag aufnehmen können, zehn bis zwanzig Millionen, man müsse sich bei einem Makler erkundigen. Silberman konnte eine Firma vorschlagen, die eine Filiale in Mountain City hatte, Almayer und Hartmann, sie habe viele der großen Emissionen am Ort besorgt, und Mr. Rusher werde klug daran tun, die Anteile auf dem regulären Weg in den Handel zu bringen. Jed erwiderte vorsichtig, das wisse er noch nicht genau, es werde davon abhängen, wieviel Provision die Makler verlangten. Bei sich selber dachte er: Wahrscheinlich bekommt dieser Kerl was ab.

Es war aber sehr angenehm, sich mit Silberman zu unterhalten, er verstand so gut, was Jed wollte, und nahm ihm gleichsam das Wort aus dem Mund. Ja, gewiß, Mr. Rusher wolle die Stimmrechtsmajorität in der Hand der Muttergesellschaft belassen; ein bequemes kleines Familienarrangement und heutzutage der einzig sichere Weg, denn nichts sei für den Konzern so gefährlich, wie den Konflikten und Vorgängen auf dem Aktienmarkt unterworfen zu sein. Jed würde sich bei dem investierenden Publikum einen guten Namen machen, man würde ihn als einen soliden Sachwalter kennen und zufrieden sein, wenn er die Leitung des Unternehmens in seiner Hand behielte. Die samtenen Phrasen des Advokaten schmeichelten Jed, ihm war zumute wie einer Katze auf dem warmen Ofen.

Das Ölgeschäft sei etwas «übersetzt», aber die schwächeren Konzerne würden an die Wand gedrückt werden und die Stärkeren zu guter Letzt das Rennen gewinnen. Jed müsse zu den Letzteren gehören, denn seine Lage sei in vieler Hinsicht vorteilhaft. Wenn die Presse den Teereimer-Springquell ordentlich ausbeutete, sei nicht einzusehen, warum man nicht eine wirklich große Geschichte aufziehen sollte. Es sei ratsam, ein hübsches Sümmchen an die Presse zu verteilen, sagte der Anwalt; ein kleiner Betrag, unmittelbar an die Wirtschaftsredakteure bezahlt, nütze oft mehr als eine Unmenge Reklame. Die Makler wüßten in dieser Hinsicht schon Bescheid.

Mr. Rusher habe ferner den Wunsch, fuhr der teilnahmsvolle Anwalt fort, das Ausmaß der Profite, die die Aktionäre bekommen würden, etwas zu begrenzen. (Das war das Prächtige an diesem Anwalt: er besorgte die dreckige Arbeit, er machte die habgierigen Vorschläge und ermöglichte es Jed, das ehrbare Kirchenmitglied zu bleiben, welches einfach gezwungen wird, Dinge zu tun, die in einer konkurrenzdurchtobten Welt nun einmal Sitte sind.) Es habe gar keinen Sinn, die Spekulationschancen den fremden Leuten zuzuschanzen, schließlich habe doch Jed Rusher den Teereimer entdeckt und das Risiko der Finanzierung auf sich genommen, und so gehörten die fetten Erträgnisse von rechtswegen ihm. Außerdem sei das Geld für den weiteren Ausbau nötig und dürfe nicht in Form von Dividenden verzettelt werden. Das Publikum könne lediglich ein anständiges Entgelt für sein Kapital beanspruchen, ohne Verschwendung und ohne Risiko: Geben Sie ihm 8 bis 10 Prozent und verteilen Sie den Rest des Reingewinns auf die Aktien der Muttergesellschaft. Jed stimmte dem zu, meinte aber, 8 Prozent seien genug.

Ein anderer sehr wichtiger Punkt: den Aktionären keinen zu großen Teil des Feldes überlassen! Mr. Rusher besitze ein ziemlich umfangreiches Terrain, und das meiste davon könne er ruhig für sich behalten. Die neue Gesellschaft solle einen Streifen Land kaufen oder pachten, auf dem sich der Entdeckungsbrunnen befinde, das sei natürlich für Reklamezwecke notwendig; aber 200 bis 300 Morgen würden genügen, und den Rest könne man für spätere Gründungen zurückbehalten. Außerdem – und das sei eine Frage, an die Mr. Rusher als Petroleumunternehmer zweifellos bereits gedacht habe – sollten die Grenzen dieses ersten Feldes so gezogen werden, daß der Brunnen genau im Mittelpunkt liege; dann könnten die neuen, später zu bildenden Gesellschaften das alte Feld abzapfen, indem sie rund herum dicht an den Rändern ihre Bohrungen vornähmen und den größten Teil des Petroleums zu sich herüberpumpten. Mit anderen Worten, der Rechtsanwalt machte Jed darauf aufmerksam, wie er es anstellen müsse, um dem Publikum ein Petroleumfeld zu verkaufen und ihm dann den größten Teil des Reichtums heimlich wieder zu stehlen, und Jed sah sogleich, daß das ein sehr wertvoller Gedanke war.

Dann merkte er, daß Silbermans Rede versiegte und in allgemeinen Phrasen unterging. Er begriff sofort: der Anwalt hatte ihm genug Ratschläge erteilt, um zu zeigen, er kenne das Spiel, und jetzt wartete er, daß Jed herausrücke. Jed reagierte prompt; er sagte, er wünsche Mr. Silberman als seinen ständigen Berater zu behalten und zog einen Scheck über 1000 Dollar hervor, der ihm die Dienste des Anwalts sichern sollte. Der andere nahm den Scheck – er würde natürlich bares Geld nicht zurückweisen –, doch erklärte er, seine Firma erhalte gewöhnlich bei der Durchführung derartiger Gründungen einen bestimmten Prozentsatz der Aktien; das sei auch viel anständiger, weil es eine Garantie dafür sei, daß die Firma zu der Arbeit, die sie unternimmt, auch Vertrauen habe; der Arzt, der seine eigene Medizin schluckt, sagte der höfliche Anwalt.

Jed war natürlich argwöhnisch; es gab so viele Leute, die ihr Vertrauen zu seiner Teereimer demonstrieren wollten. Er fragte, wie groß der Prozentsatz sein solle, und der Anwalt entgegnete, das richte sich nach der Menge der zu leistenden Arbeit, aber er werde ungefähr 5 Prozent betragen. Jed dachte schnell nach. Er fühlte sich sehr zu diesem genialen Juristen hingezogen, der immer so ganz genau wußte, was der Klient eigentlich haben will, und der ihm helfen würde, nicht nur dem Gesetz gegenüber sicherzugehen, sondern auch für den Rest seines Lebens aller moralischen Skrupel überhoben zu sein.

«Ich will Ihnen was sagen, Mr. Silberman! Sie brauche ich doch nicht zu bluffen. Ich bin ein junger Mensch, und das ganze Spiel ist mir in vielem noch neu. Ich suche jemand, der mir die Wölfe vom Leib hält.»

«Das brauchen Sie nicht erst zu erklären», sagte der andere mit seinem liebenswürdigen Lächeln. «Mich wundert, daß Sie sich so lange halten konnten.»

«Nun ja, ich würde Ihren Vorschlag in Erwägung ziehen, vorausgesetzt, daß Sie nicht nur der Syndikus, sondern der Freund des Unternehmens sein wollen, das heißt, daß Sie sich wirklich für das Unternehmen interessieren und mir ab und zu Ihren ehrlichen Rat erteilen. Natürlich werde ich jede besondere juristische Arbeit besonders bezahlen, ich habe nicht die Absicht, kostenlose Leistungen zu erpressen; aber ich möchte die Gewißheit haben, daß Sie auf meiner Seite sind und nicht auf seiten eines Konkurrenten, der mich erledigen will.»

«Genau das ist der Sinn meines Vorschlags, Mr. Rusher», sagte der Senior-Teilhaber von Silberman, Gross und Wineman. «Sind wir erst einmal an einer Gesellschaft beteiligt, dann können Sie überzeugt sein, daß wir uns für alle Zukunft um sie kümmern werden.»

5

Dann die Sitzungen mit den Maklern: Jed erfuhr, daß 300 Morgen des Teereimer-Felds mit einem Bohrturm im Zentrum, der 30000 Faß täglich lieferte, und sechs weiteren Türmen, die gerade angelegt wurden, mit zwanzig Millionen Dollar erfolgreich kapitalisiert werden könnten. Die Maklerfirma würde für die ganze Transaktion 30 Prozent der Aktien beanspruchen; als Jed das hörte, erhob er natürlich ein lautes Geschrei. Die Vertreter von Almayer und Hartmann, New York, Chicago, New Orleans, Mountain City, San Francisco und Los Angeles nahmen das als selbstverständlich hin und unterbreiteten ihm einen ausführlichen Voranschlag mit einer Schätzung der gesamten Kosten, die sie aus zahlreichen anderen Transaktionen hergeleitet hatten: Reklamespesen, Provisionen an diese und jene Hilfsorganisationen, Bestechungsgelder für die verschiedenen Ämter – auf Grund dieser Aufstellung würde der Profit der Makler, vorausgesetzt, daß die Aktien zu Pari verkauft wurden, noch keine 6 Prozent betragen.

Jed ging mit diesem Problem zu Walter Evarts, der ihm sagte, der Preis sei sehr hoch, und die Leute wollten ihn offenbar rupfen. Aber gleichgültig, wie ihr endgültiges Angebot aussähe, Jed solle es akzeptieren, des Prestiges wegen, das er sich erwerbe, wenn er sein Unternehmen auf dem normalen Weg lancierte. In diesem Fall würden die Banken die Aktien anerkennen, die Zeitungen sie hochtreiben und die Börsen sie einführen; wollte Jed hingegen seine Aktien durch eine Inseratenkampagne in der Presse oder durch Rundschreiben direkt an das Publikum verkaufen, dann würde er jedem Verdacht Tür und Tor öffnen, man würde ihn als einen Wilden, als einen Außenseiter bezeichnen, und ehe er sich noch recht besänne, könnte ihm die Staatsanwaltschaft auf den Fersen sein, nur, weil er etwas unternommen hätte, das, auf üblichem Weg, mit den üblichen, hochanständigen Mitteln unternommen, niemals angezweifelt werden würde. Das sah Jed sofort ein, und er beschloß, die vorgeschriebenen Grenzen zu beachten.

Zu dem Filialdirektor der Firma Almayer und Hartmann in Mountain City sagte er aber davon kein Wort. Im Gegenteil, er brummte und protestierte und leitete Verhandlungen mit einer konkurrierenden Emissionsfirma ein, und auf diese Weise brachte er Almayer und Hartmann dazu, seine Transaktion gegen eine Vermittlungsgebühr von 22½ Prozent durchzuführen.

Dann machten Silberman und seine Teilhaber sich ans Werk und verfaßten ein Delaware-Statut, das Jed ermächtigte, alles zu tun, was ihm einfiel, von der Gründung eines Bankennetzes bis zur Fabrikation von Damenwäsche. Da der Staat Delaware, die Pulverdomäne, völlig von privaten Interessen beherrscht ist, gestatten seine Gesetze auch dem privaten Eigentum alles, ohne jede Rücksicht auf die Interessen des Staates, der Aktionäre und der Konkurrenten. Unter diesem liebenswürdigen, reizenden System konnte also Jed Rusher, der nie in Delaware gewesen war und auch nie hinkommen würde, eine Delaware-Gesellschaft mit dem Sitz in Delaware gründen, die aus einem Namensschild an einer Tür bestand. Es gab da eine Registrierungstreuhandgesellschaft, die eigens zu dem Zweck existierte, fiktive Büros zu unterhalten, den Vertreter zu spielen und als Aushängeschild zu dienen.

Silberman erklärte, daß einer großen Firma wie der Jed Rushers diese reizende Agentur 100 Dollar jährlich berechnen würde, und sie garantiere ihm, binnen 24 Stunden nach dem Empfang der Unterlagen und des Schecks die Gesellschaft organisiert zu haben. Sie würde ihm drei Gründer liefern, die sich in ihren Büros treffen, für die Eintragung des Gründungszertifikats sorgen, dann die erste Sitzung als Gründer abhalten und die von Jed bestimmten Verwaltungsratsmitglieder wählen, worauf dann diese Verwaltungsräte ihre erste Sitzung nach Mountain City einberufen und das eigentliche Geschäft in Angriff nehmen könnten. Die Delaware-Gesellschaft durfte, sobald sie erst einmal gegründet war, an jedem Ort der Erde und des Mondes Aktionärsversammlungen und Verwaltungsratssitzungen abhalten; sie konnte so viele Obligationen emittieren, wie sie nur wollte, ohne behördliche Erlaubnis und ohne Stempelsteuer; sie konnte das Aktienkapital unbegrenzt erhöhen, auf Grund jeder beliebigen Gegenleistung, sei sie in bar oder nicht in bar, handle es sich um vorhandenen oder fiktiven Besitz, um tatsächliche oder vorgetäuschte Leistungen; einerlei, was sie auch tat, einerlei, was für Schulden sie aufnahm, keiner der Aktionäre konnte je dafür haftbar gemacht werden.

Es kam der glorreiche Tag, da Jed die ersten Exemplare jener wunderbar gravierten Zertifikate besichtigte, die serienweise mit roter Tinte numeriert, mit goldenen Siegeln bepflastert und mit den realistischsten Bildern von Bohrtürmen und Teereimern geziert waren: die Hundert-Dollar-Aktien der neuen Teereimer-Betriebsgesellschaft. Und dann kam der Tag, da die Inserate mit dem Angebotsprospekt in der gesamten Presse von New York, Chicago, New Orleans,

Mountain City, San Francisco und Los Angeles erschienen, ganz zu schweigen von London, Paris und Buenos Aires. Keine ganzseitigen Knalleffekte im Nachrichtenteil, wie Jed plumperweise erwartet hatte, sondern würdige Ankündigungen im Wirtschaftsteil, über der Signatur eines alteingesessenen Emissionshauses, dessen Garantie hundertprozentige Solidität bedeutete.

Natürlich gab es auch in den Nachrichtenspalten genug zu lesen; die Wirtschaftsredakteure, die man auf gebührende Weise mit herangezogen hatte, strengten sich bis zum Äußersten an. Die *Mountain City Post* brachte einen dreispaltigen Bericht, voll von den Wundern des Teereimers, mit einer Fotografie der Petroleumfontäne und einem Bild des «jungen Napoleons des Rocky Mountain-Öls», dieses erstaunlichen Jünglings von 23 Jahren, der plötzlich aus dem obskuren Dunkel eines Vorlesungssaals an der Mountain City-Universität zu einer Stellung emporgestiegen war, die die Petroleumkönige des Westens auf ihren Thronen erzittern ließ. Freie Bahn für Jed Rusher!

Und drei Tage später die allergrößte Freude: Der erste Scheck von Almayer und Hartmann über die Summe von 1482326,75 Dollar, der Anteil der Muttergesellschaft an dem Verkaufsergebnis des ersten Tages. Nun liefen Tag für Tag noch größere Schecks ein, bis die letzte der 155000 Aktien verkauft war. Noch vor Ablauf dieses Termins stieg der Kurs der Teereimer-Betrieb in New York außerbörslich auf fast 200 Prozent, und Jed merkte, daß er und seine Anwälte in der Beurteilung der Lage geirrt hatten, sie hätten das Grundkapital auf vierzig Millionen festsetzen müssen. Nie wieder würde er einen solchen Fehler begehen.

Endlich hatte Jed das erreicht, wovon er seit vielen Jahren träumte. Der Bauernjunge, der das Vieh gehütet hatte und im Dreck der Rübenfelder umhergekrochen war, hatte das moderne Aladin-Problem gelöst; er hatte herausgefunden, wo das Geld herkommt und wie es gemacht wird, und er hatte Geld gemacht. Ohne jede Hilfe hatte er sich seinen Weg in den heiligen Garten der Götter erzwungen und dort ein ziemlich großes Stück als sein Privatgehege abgesteckt. Jetzt standen ihm, und das würde so bleiben, unbegrenzte Summen zur Verfügung, er konnte alles kaufen, was er nur wollte: Bohrtürme, Vorratstanks, Rohrleitungen, Lastautos, Straßen und Bürogebäude, ganz zu schweigen von Politikern, Zeitungen, Banken und all den tausend anderen Dingen, die für den Ausbau des Teereimer-Unternehmens nötig waren. Jed wird dieses Geld nehmen und es klug verwenden; er wird alles Notwendige zu möglichst geringem Preis kaufen – ein vorsichtiger Hüter und Verwalter des Reichtums. Und nur in einem Punkt wird er unerbittlich sein: sämtliche Bohrtürme, Vorratstanks, Rohrleitungen, Lastautos und Bürogebäude müssen ihm gehören und keinem anderen auf der Welt.

17. Kapitel

Die gute Gesellschaft

I

Lulu Belles Eltern zögerten nicht lange, sich mit dem Unvermeidlichen auszusöhnen. Als die junge Frau noch auf der Ranch lebte, erhielt Jed während einer seiner Geschäftsreisen nach der Stadt ein herzliches Briefchen von seiner Schwiegermutter, die ihn und seine Schwester zum Essen einlud. «En famille», stand in dem Brief, und Liza wußte auch, was das heißt; er würde nicht zu einem Schneider laufen müssen, um sich einen Smoking machen zu lassen, und ebenso würde man von ihr nicht erwarten, daß sie ihre mageren Arme und ihren mageren Hals in einem jener schrecklichen unmoralischen Abendkleider zur Schau stelle. Punkt 19 Uhr stieg das Paar die Stufen zu dem italienischen Renaissancepalast empor; die Schwiegermutter kam ihnen lächelnd und huldreich entgegen und küßte zuerst Liza, und dann, zu Jeds Verblüffung, auch ihn auf die Wange. Keine sechs Schritt von der Stelle entfernt, an der sie vor knapp einem Monat gestanden und ihm befohlen hatte: «Mr. Rusher, haben Sie die Güte, sofort mein Haus zu verlassen!»

Und ebenso der Schwiegervater; kräftig und solide, berufsmäßiger Schulterklopfer, «Löwe» und «Einhorn», «Elch» und «Rentier», «Rotarier» – oder auch «Kiwanier» –, Mitglied mehrerer dieser Verbindungen, die es ihm leichter machten, eine große Zahl von Grundstücksinteressenten kennenzulernen. In der letzten Zeit, seit seine Firma größer geworden war, hatte er sich den Schwerverdienern und Großunternehmern im Landklub angeschlossen. Er küßte Liza und drückte seinem Schwiegersohn kräftig die Hand. «Willkommen in der Stadt!» – und es wurde ihm nicht schwer, das Wort «Jed» hinzuzufügen, weil das ein Grundsatz der Schulterklopfer war, sie mußten eine Geldstrafe zahlen, wenn sie einen Mann jemals anders als bei seinem Vornamen nannten.

Die vier saßen an einem einfachen und dennoch eleganten Tisch, als Beleuchtung dienten lange, dünne Kerzen, und die Männer fingen sogleich an, von Geschäften zu reden. Jed schilderte die Einzelheiten seiner Grundstückskäufe und beschrieb das Terrain, während sein Schwiegervater seine sachverständigen Bemerkungen über Qualität, Preis und Aussichten machte; er hatte viele Ölterrains gekauft und verkauft und wußte mit «gleichen Neigungswinkeln», «Sattelböschungen» und «Oberflächenspuren» Bescheid. Die Schlauheit und Initiative, die Jed bewiesen hatte, imponierten ihm natürlich sehr; noch bevor das Essen zu Ende war, hatte sich die Prophezeiung des alten Warrener, daß Jed und Wally intime Freunde werden würden, vollauf erfüllt.

Unterdessen saß Mama – so mußten Jed und Liza sie nennen – ihrem neuen Schwiegersohn gegenüber, und während sie nach außen hin ganz lächelnde Herzlichkeit war, beobachtete sie ihn mit ängstlich gespannter Seele. Wußte er, wie man Messer und Gabel hält? Gott sei Dank: ja! Stopfte er sich die Serviette unters Kinn? Gott sei Dank: nein! Wahrscheinlich hatte seine Schwester ihn dressiert, denn er rührte kein Messer und keine Gabel an, ehe er sah, was die Hausfrau tat. Ja, er bemühte sich, zu lernen, und sie würde ihm dabei helfen, in der taktvollen, unaufdringlichen Art der Dame von Welt.

Er gehörte zu derselben Kategorie von Männern wie Wally; scheinbar kann eine Frau in Amerika nichts anderes erhoffen. Er würde massenhaft Geld verdienen, so daß Lulu Belle ihre gesellschaftliche Stellung aufrechterhalten und ihre Kinder gut würde versorgen können; ist das erst einmal gesichert, dann darf sich eine Frau einigermaßen zufrieden geben. Sie würde nicht eigentlich glücklich sein, aber wer ist denn schon glücklich? Mit Hilfe der kirchlichen Lehren und der Angst vor jedem Skandal würde sie ihre Träume unterdrücken, sie würde lächelnd eine Maske tragen lernen und dem Mann, mit dem sie unter einem Dach wohnte, für immer unergründlich und unbekannt bleiben. Wenn aber der Mann in weit entlegene Städte reist, um an Zusammenkünften der Löwen und Einhörner und Rentiere und Elche und anderer wilden Tiere teilzunehmen und sich dort in wüsten Ausschweifungen zu ergehen, so gehört das wohl zum Wesen der wilden Tiere, und die Frau muß still ihren Abscheu unterdrücken, um sich so gut wie möglich in jenem Leben einzurichten, das ihr Gott, der Herr, in seiner Güte beschert hat.

Derlei Gedanken flogen Mrs. Jane Warrener Macy durch den Kopf, während sie dem Gespräch ihres Mannes und ihres Schwiegersohnes über die Teereimer zuhörte. Sie wandte sich Jeds Schwester zu, die ihr gegenüber saß. Worüber sollte sie mit diesem hageren, eckigen Bauernweib reden, das sich aufgeopfert hatte, um aus einem häßlichen Entlein einen Schwan zu machen? Offenbar viel älter als Jed und in ihn vernarrt; zweifellos in ihrem Herzen eifersüchtig auf Lulu Belle und argwöhnisch gegenüber Lulus Mama. Sie hatte eine Pension für Universitätsstudenten, oh, abscheulich! Jed mußte sie davon so schnell wie möglich abbringen.

Wahrscheinlich würde es jetzt das Beste sein, über Jed zu reden. Liza würde ebenso gern von ihm reden wie er von seinem Geld. «Diese Männer!» sagte Mrs. Jane. «Sie können ihre Geschäfte nicht im Büro und im Club erledigen, sie kommen nach Hause und schütten ihren Teer und ihr Öl über den ganzen Tisch. Ich glaube, wir werden sie allein lassen müssen.»

«Deshalb hat es mir auch leid getan, daß Jed von der Universität weggegangen ist», sagte Liza. «Ich hatte gehofft, er würde nicht so beschränkte und ganz einseitige Interessen haben.»

Oh, sie hatte also einen Begriff von Kultur und Bildung! dachte Mrs. Jane und wunderte sich darüber, denn sie hatte es in ihrem Hochmut für selbstverständlich gehalten, daß Viehzüchter, Rübenbauern und dergleichen Leute zur Kategorie der Untermenschen gehörten. Sie erkundigte sich nach der Universität, die sie bisher als ein methodistisches Institut nicht beachtet hatte; für sie war es selbstverständlich, daß man seine Söhne nach Harvard oder Princeton schickte. Und auch jetzt war ihr Interesse nicht ganz echt, abscheulich, diese Unmenge von Bauernburschen, die sich in alle Berufe drängen und es wagen, Lehrer und Prediger zu werden, während sie noch immer mir und mich kaum unterscheiden können, so wie diese magere, eckige Liza. Aber alles, nur um das Gespräch im Gang zu halten, um höflich zu sein, damit dieses Weib nicht die kleine Lulu Belle zu hassen beginne und das Gemüt ihres Bruders vergifte. Es würde sich nicht umgehen lassen, sie hin und wieder einmal zu Familienzusammenkünften einzuladen und, was noch schrecklicher war, zu ihren Empfängen zu gehen. Wie sollte man sie nur von dieser ordinären Pensionsgeschichte abbringen?

ZEIT IST GELD

KLEINER IM FORMAT, GRÖSSER IM ANSEHEN:
DER DOLLAR IM JAHRE 1930

IM ERSCHEINUNGSJAHR DIESES ROMANS
MACHT MAN DOLLARS ...

...die das neue einheitliche Format von 156 × 66 mm haben, sogenannte Small Size Notes, kleinformatige Scheine. Bis zum Jahre 1929 hatten sie ein Format von 189 × 80 mm. Im Volksmund wurden diese großformatigen Noten auch «horseblankets», Pferdedecken, genannt.

Mehr jedoch als das neue Format der Scheine dürfte ein anderes Ereignis die Gemüter erregt haben: der schwere Kurssturz vom 24. Oktober 1929 an der New Yorker Wall Street, der die Weltwirtschaftskrise einleitete. Was dem Dollar aber letztlich nichts anhaben konnte: Er blieb die Weltwährung Nummer 1, sein Ansehen war eher noch gestiegen.

Deutsche Mark verdient man bei uns heute mit den wichtigsten festverzinslichen Wertpapieren:

2

Aber Mrs. Jane brauchte sich wegen Liza keine Sorgen zu machen: Lizas Weg ging bergauf, und sie dachte nicht daran, ihres Bruders Zukunft mit einer Pension zu belasten. Als der Bohrer auf Petroleumsand gestoßen war und Liza wußte, daß sie reich werden würde, begann sie über den Verkauf ihres Anteils an der Pension zu verhandeln; nach einiger Zeit mieteten sie und Carrie Meecham eine Wohnung in einem hinlänglich prätentiösen Gebäude mit einem Liftboy an der Tür und Unmassen grüner Marmorverzierungen im Vestibül. Carries Miss Hugins war soeben gestorben, daher verfügte nun Carrie über eine Garnitur schwärmerischer Gefühle, die ganz unbeschäftigt waren, und die sie sogleich auf Liza und ihren wunderbaren Bruder übertrug, den jungen Napoleon des Rocky Mountain-Öls, nach dem sich alle Welt erkundigte; und wenn Carrie ihn auch nicht heiraten durfte, so durfte sie doch über ihn reden.

Inzwischen wurde Lulu Belle nach Südkalifornien gebracht, um dort den Winter im Sonnenschein zu verleben; sie lebte streng zurückgezogen, war aber restlos glücklich und schrieb ihrem Mann Briefe auf kostbarem Büttenpapier mit einer aristokratisch individuellen Orthographie. «Mama ist jetzt gut zu mir. Sie versteht, wie es gekommen ist, und sagt, es war ihr Fehler, weil sie meine Fragen nicht beantwortet hat. Ich fühle mich wohl, aber ich werde so dick, es ist komisch, du würdest es nicht glauben, wenn du mich sehest. Und o Jed, das Baby strambelt unaufhörlich, es ist das sonderbarste Gefühl, es verschlägt mir den Atem. Ich bin so aufgeregt, aber gar nicht engstlich, und ich weiß, ich werde glücklich sein, und ich bin dir so dankbar, weil du so gut gewesen bist.»

Jed las diese Briefe zwischen den geschäftlichen Mitteilungen, die die Post ihm brachte, und zerriß sie sogleich. Die Orthographie störte ihn nicht, aber die embryologischen und entbindungstechnischen Einzelheiten waren ihm jetzt ebenso widerlich wie damals, als Lulu Belle das erste Mal zu ihm kam; diese Offenheit entsprach nicht seinem Sittenkodex, und er wußte noch immer nicht recht, ob denn bei einem jungen Mädchen, das so schrieb und so sprach, auch wirklich alles in Ordnung sei. Oder waren sie alle so? Er fühlte sich nicht sicher, er sah auch keinerlei Möglichkeit, in diesem Punkt Gewißheit zu erlangen, und so konzentrierte er sein Interesse wieder ausschließlich auf die Petroleumlieferkontrakte.

Als er in die Stadt kam, lud sein Schwiegervater ihn ein, bei ihm zu wohnen; er wollte Gesellschaft haben und sich nicht zu einsam fühlen, während seine Frau verreist war. (Wally grinste natürlich, als er das sagte; er und seine wilden Mit-Tiere pflegten ein gewisses Lied zu singen: «Meine Frau ist aufs Land gezogen.») Jed hatte ein prunkvolles Gastzimmer mit einer Leselampe neben dem Bett und einem Telefon und einer Klingel, er konnte jederzeit einen Diener herbeirufen. Die Mahlzeiten waren jeden Tag fertig, ob jemand sich zu Tisch setzte oder nicht, und wenn Jed eine der zahlreichen Personen, mit denen er Geschäfte machte, nach Hause mitbringen wollte, brauchte er nicht einmal zu telefonieren. Ab und zu sah er seinen Schwiegervater, und die beiden unterhielten sich dann einen Abend lang über Jeds Probleme. Da Lulu Belle von allem die Hälfte bekam, war es eine Familienangelegenheit.

3

JA, EIGENTLICH WAR DAS EIN BISSCHEN ZUVIEL Familie. Diese zahlreichen Verwandten, die Jed und Liza kennenlernen mußten, diese zahlreichen Damen, die sich genötigt sahen, sie auf die Wange zu küssen und sie zum Essen einzuladen! Zuerst hatte die große Mrs. Lydia Abercrombie Warrener sie «en famille» zu Gast geladen; dann, nachdem sie festgestellt hatte, daß ihre Manieren es gestatteten, veranstaltete sie eine formelle Gesellschaft und stellte sie einigen bedeutenden Leuten vor, die auf den kommenden jungen Napoleon des Erdöls neugierig waren. Man braucht hier nicht erst zu erwähnen, daß die zynische Gesellschaft dieses groß gewordenen Goldgräberlagers die Geschichte nicht schlucken wollte, die die Warreners und Macys verbreiteten: Lulu Belle sei ermuntert worden, einen Werkstudenten an einer methodistischen Universität zu heiraten. Sie wußten, daß Jed bei dem alten Claude als eine Art Pfleger beschäftigt gewesen war, und sie glaubten nicht an den selbsterworbenen Reichtum des Burschen. Offenbar hatte ihm jemand Geld gegeben, damit er das Ölland kaufe, um auf diese Weise das Prestige der Familie zu wahren.

Ferner hatte diese so plötzlich zwischen einem Universitätsstudenten und einem fünfzehnjährigen Mädchen vollzogene Hochzeit einen komischen Beigeschmack. Und die geheimnisvolle Reise nach Kalifornien, niemand brauchte lange zu raten, was das bedeute. Die Stadt summte von Tratsch, und dieser Tratsch steigerte das Interesse an Jed Rusher, der es fertiggebracht hatte, einen so gewaltigen Coup zu landen. Jeder wollte ihn kennenlernen, und jeder, der ihn kennenlernte, stellte fest, daß der Mann es verstehe, den Mund zu halten und klug wie Salomo dreinzuschauen. Die zynischen Weltmänner, die die Gesellschaft bilden, sind genauso leicht zu beschwindeln wie gewöhnliche Menschen, nur sind dazu andere Fähigkeiten nötig, und diese Fähigkeiten besaß Jed.

Als das Petroleum der Teereimer zu fließen begann, wurde natürlich ihr Besitzer sofort ein Löwe der Salons. Die Männer wollten ihn aus Geschäftsgründen kennenlernen, und die Frauen wollten den Männern helfen. Jed und seine Schwester erhielten imposante, handgeschriebene oder lithographierte Einladungen, die ihnen zu Bewußtsein brachten, daß das große Ziel ihres Ehrgeizes erreicht war: sie hatten das «Sesam öffne dich» für die Türen jener stattlichen Paläste gefunden, die sie so sehnsuchtsvoll von Carrie Meechams Auto aus betrachtete hatten. Noch keine drei Jahre waren verstrichen, und da lagen die Einladungen; aber – das ist die Ironie des Schicksals – Jed Rushers Interesse war weg! Er hatte bereits die grausame Entdeckung gemacht, daß die gute Gesellschaft zum Sterben langweilig ist.

Und er war so sehr mit den Angelegenheiten seines riesenhaften Unternehmens beschäftigt, daß er wohl oder übel genötigt war, die eindrucksvollste aller Posen, die der Unnahbarkeit, einzunehmen. Wenn er die formellen Einladungen mit ein paar kurzen, bedauernden Zeilen beantwortete, fingen die Gastgeberinnen zu telefonieren an, in der Hoffnung, ihn durch ihre verführerische Stimme in ihre Schlingen zu locken. Zum Kummer dieser ganz Unwiderstehlichen sagte dann der Sekretär, daß Mr. Rusher bei einer Konferenz sei und nicht gestört werden dürfe. Der Sekretär versprach, ihm alles zu bestellen, und das war das Letzte, was die Gastgeberin zu hören bekam.

Jed akzeptierte die Mitgliedschaft im *Mountain City Club*, weil man dort sehr bequem Mittag essen und Geschäftliches in aller Ruhe besprechen konnte. Er akzeptierte auch die Mitgliedschaft in dem vornehmsten aller Landklubs, dem *Katonah Club*, weil er dachte, das würde Lulu Belle vielleicht angenehm sein. Momentan aber war er viel zu beschäftigt, um sich den Club auch nur anzusehen. Er ließ niemand zu sich, außer jenen wenigen Persönlichkeiten, die er bei seinen Geschäften brauchte, jene Mächtigen der Erde, die das Geld und die Eisenbahnen und die Raffinerien beherrschen.

Seine Abende verbrachte er ebenso wie seine Tage im Büro, vor sich auf dem Schreibtisch einen Haufen von Papieren: Landkarten, Berichte, Kaufangebote, finanzielle Aufstellungen, Gesellschaftsstatuten usw. Wenn er in eine fremde Wohnung ging, so nur, um in der Bibliothek oder im Rauchzimmer zu sitzen, über Pläne und Aussichten zu reden und sich von dem betreffenden Mann Informationen und Ratschläge erteilen zu lassen. So traf er sich mit dem alten Walter Evarts, mit seinem Schwiegervater und mit Abe Silberman in einem weitläufigen alten Gebäude, das der Rechtsanwalt gekauft und in ein privates, mit Beutestücken aus Europa und Asien vollgepfropftes Kunstmuseum umgewandelt hatte.

4

Eine gesellschaftliche Pflicht gab es, die Jed nie versäumte – ein- bis zweimal wöchentlich Lulu Belles Großvater zu besuchen. Er kam zu jeder Tag- oder Nachtstunde, wie es gerade dem alten Herrn am bequemsten war, und erzählte ihm die letzten Neuigkeiten, und er unternahm keinen wichtigen Schritt, ohne vorerst gehört zu haben, was Warrener dafür oder dagegen zu sagen habe. Der alte Herr betrachtete dieses junge Wunder des Westens, diesen jungen Alexander der Finanz, der nach neu zu erschließenden Ölfeldern seufzte, mit einer humorvoll bestürzten Miene, aber das störte Jed nicht, denn er wußte, daß der alte Claude in Wirklichkeit die großen Gelder gar nicht so sehr verachtete, wie er tat, und eigentlich eine ungeheure Bewunderung für das Draufgängertum seines neuen Enkels empfand. Warrener brachte zuerst seine Spötteleien an, und dann erzählte er Jed alles, was Jed von den geschäftlichen Vorgängen in der Stadt wissen mußte.

Mit dem alten Herrn ging es leidlich bergan, so gut man es eben erwarten konnte, und er war recht fröhlich, es sei denn, daß er gerade über den sündigen Zustand der Gesellschaftsordnung nachgrübelte. Am Abend nach der Trauung, bevor er seine Flitterwochen antrat, hatte Jed sich soviel Zeit genommen, um einen Universitätsstudenten auszuwählen, den er für die freigewordene Stelle eines Pflegers empfehlen konnte. Jed hatte telefoniert, und der Student hatte angerufen und war engagiert worden und erfüllte jetzt treu und bescheiden seine Pflicht, wie es Jed, der vorsichtige Beurteiler menschlicher Charaktere, vorhergesehen und geplant hatte. Ein junger Mann von idealistischer Gesinnung, der sich alles anhörte, was Warrener über die Bodenreform zu sagen hatte, und es Wort für Wort glaubte, der aber nie den Mut besitzen würde, gesellschaftlichen Ehrgeiz zu entfalten, sich in das Leben seines Brotherrn einzudrängen, gegen den guten Geschmack und jede Ehrenpflicht zu verstoßen und im Schlafzimmer seines Brotherrn Börsentips zu sammeln, um sie zu Spekulationszwecken wegzutragen.

Jed und Warrener unterhielten sich natürlich auch über Lulu Belle. Sie schrieb an ihren Großvater dieselben naiven und freimütigen Briefe über ihre künftige Mutterschaft, und der alte Herr fand diese Briefe reizend. Er bewunderte die – wie er sich ausdrückte – geistige Einfalt des Kindes und hatte nur Angst, daß es der Mutter im Laufe der Zeit gelingen werde, sie auf das öde Anstandsniveau aller vornehmen, strenggläubigen Damen herabzudrücken. Jed änderte Warrener gegenüber seine frühere Haltung nicht und sagte höflich zu allem ja. Lange bevor Lulu Belle Jeds Frau wurde, war sie die Enkelin des alten Claude gewesen.

Mrs. Jane hatte scheinbar große Angst um Lulu Belle, weil sie noch zu jung sei, um ein Kind zu bekommen. Die Ärzte waren anderer Meinung, und Mrs. Jane beschimpfte die Ärzte und erklärte, alle männlichen Ungeheuer seien einig in ihrem Bestreben, die Frauen zu quälen. Warrener erzählte Jed, daß seine Tochter bei der Geburt Lulu Belles schrecklich habe leiden müssen und sich seither weigere, ein zweites Kind zu bekommen. Nun habe ihr, schrieb sie, das Schicksal diesen unsäglichen Streich gespielt. Aber sie fügte hinzu, daß sie Lulu Belle gegenüber geduldig und freundlich sei und sie der scheußlichen Prüfung, die ihr bevorstehe, in seliger Unwissenheit entgegengehen lasse.

Die Zeit rückte heran, neun Monate waren seit jenem Junitag vergangen, an dem Lulu Belle ihr seltsames Experiment unternommen hatte. Irgendein Grundstücksgeschäft machte, zufälligerweise, Wallace Macys Anwesenheit in Südkalifornien wünschenswert, und er würde folglich in der Nähe sein, um, wenn Gefahr bestünde, tatkräftig einzugreifen. Er versprach, sofort zu telegrafieren, wenn auch in verschleierter Form. Außer Jed und dem Großvater durfte niemand von diesem Ereignis erfahren. Das Telegramm, das dann schließlich kam, machte dem etwas robusten Humor eines führenden Immobilienmannes alle Ehre. Folgendermaßen lautete die Nachricht, die Jeds Sekretär ihm eines Morgens auf den Schreibtisch legte:

«Feines Festessen mit neunpfündigem Truthahn Komma tadellos gebraten Stop ein sehr zartes und leichtes Essen Komma unsere Verdauung tadellos Stop wunderbare Gegend für Truthahnzucht Stop komm her und wir wollen uns noch einen gönnen Stop Grüße an alle.»

Endlich hatte Lulu Belle ihr Baby bekommen. Der Zufall wollte, daß Jed gerade an diesem Vormittag eine wichtige

Besprechung hatte. Dick Sunstorm war mit den Plänen für mehrere neue Türme, die in Angriff genommen werden sollten, vom Feld in die Stadt gekommen, und Jed hatte gerade nur soviel Zeit, um dem alten Warrener die Nachricht telefonisch mitzuteilen. Jed war natürlich froh, daß Lulu Belle die Gefahr überstanden hatte; was aber das Baby betraf, man konnte wirklich nicht von ihm erwarten, daß er es mit großer Begeisterung begrüßen sollte. Zuerst war es seine Absicht gewesen, die Sache ein für allemal zu überwinden, jetzt aber sah er, daß sie nie ganz abgetan sein würde, es würde ihn immer einige Mühe kosten, sich mit ihr abzufinden, und er würde stets daran denken müssen, daß er ohne dieses Baby nicht imstande gewesen wäre, die Teereimer ganz für sich zu behalten. Jed war froh, daß er mit niemand über die Sache zu reden brauchte. Warrener war zu zartfühlend, um etwas zu sagen, außer: «Sei gut zu Lulu Belle, mein Junge, sie ist ein reizendes Kind.»

5

FRÜHLING! MRS. EMILY EVARTS KEHRTE AUS FLOrida zurück, wohin sie sich geflüchtet hatte, bis ihre Freunde den Skandal mit den Zollbehörden vergäßen. Sie, die älteste Tochter Warreners, die Jed vor einem Jahr mit einem so kurzen Nicken begrüßt hatte, mußte jetzt ihre feinsten Fetzen anziehen und ihren hochbezahlten Küchenchef ein Festmahl für diesen Bauernburschen und seine bäuerische Schwester bereiten lassen. Das ließ sich einfach nicht vermeiden, denn der Bauernjunge war eine aufsteigende Größe am Horizont der Geschäftswelt, Tom wollte ihn als Kunden für seine Bank haben und sprach sogar von der Möglichkeit, ihn in den Aufsichtsrat zu nehmen. Die Tatsache, daß Mrs. Emily die Sippe der Macys haßte und daß Jed in ihres Vaters Zimmer gesessen hatte, während sie gegen sie wetterte, das alles mußte irgendwie beschönigt werden, man mußte Lulu Belles Mann bei sich aufnehmen, ihn einführen, ihn umschmeicheln...

Es war eine ganz formelle Abendgesellschaft, Jed erschien in einem Frack, der von dem teuersten Schneider der Stadt stammte, und Liza in dem am wenigsten ausgeschnittenen Kleid, das zu entwerfen ein Robes et Manteaux-Meister sich jemals in seiner Laufbahn herbeigelassen hatte. Der Zufall wollte, daß gerade an diesem Tag der Briefträger in Jeds Büro einen Brief aus New York ablieferte, dessen Absender der Schutzverband amerikanischer Juweliere war und dessen Inhalt aus einem Bankscheck über 18 370 Dollars und 69 Cents bestand. Der Betrag schien seit dem September vorigen Jahres ziemlich eingeschrumpft zu sein; aber es war echtes Geld, und Geld pflegte Jed nie zurückzuweisen. Er girierte den Scheck und war so vorsichtig, ihn bei einer Bank zu deponieren, mit der er Petroleumgeschäfte machte. Während er an Mrs. Emilys Tisch saß und höfliche Nichtigkeiten schwatzte, lächelte er innerlich ein niederträchtiges Lächeln: er stellte sich das Entsetzen in den Mienen dieser großen Dame vor, wenn irgendein kleiner Vogel ihr zuflüsterte, wie dieses Ehrengastes erster Schritt auf dem Weg zum Ruhm ausgesehen hatte.

Mrs. Lou Eddystone, die über Kalifornien von einer Europa-Reise zurückgekehrt war und sich herbeiließ, ein Weilchen in ihres Vaters Haus zu bleiben und die Landschaft mit gelben und scharlachroten Kimonos und seltsam gemusterten Schlafröcken aus Java zu beleben, hatte anscheinend vergessen (falls sie sich das überhaupt gemerkt hatte), daß sie mit ihrem Vater über die Schmugglergewohnheiten ihrer

Schwester Emily gesprochen hatte und daß Jed Rusher diese gefährlichen Worte habe hören können. Sie wollte den jungen Napoleon oder Alexander oder Kolussus oder Krösus kennenlernen, und so lud ihre Mutter Jed und Liza zu einem Abend ein, und die lebhafte Mrs. Lou – so unangezogen, daß Liza ihre Blicke von dem Schauspiel abwenden mußte – warf Jed alle möglichen Spottnamen an den Kopf – Napoleon, Alexander, Kolossus, Krösus – und ging dann weg und nannte ihn einen Roboter, ein Wort aus einem neuen Theaterstück, das sie in Europa gesehen hatte. Damit aber bewies sie nur ihre eigene Dummheit; denn der Umstand, daß Jed Rusher kein eleganter Plauderer war und sich auch nicht die Mühe gab, es zu sein, hinderte ihn nicht daran, Mrs. Lou und ihren rosigen Gatten gründlicher zu durchschauen, als sie beide vermuteten. Jed hätte Mrs. Lou sagen können, welche der unangezogenen Damen in dieser Abendgesellschaft soeben mitten in einem Flirt mit Charlie begriffen sei, etwas, was Mrs. Lou selbst noch nicht herausbekommen hatte.

Claude jun. und seine Frau kamen zu einem kurzen Besuch, und auch diese unaussprechlichen jungen Herrschaften stiegen von ihren hohen Rössern herab und schlossen mit ihrem neuen Verwandten Bruderschaft. Das war für Jed etwas peinlich, denn Claude jun. war der einzige in der Familie, der etwas wirklich Ehrenrühriges von ihm wußte. Wenn aber Jed mit gestohlenen Börsentips gehandelt hatte, so war Claude jun. daran beteiligt gewesen; und Jed vermutete mit Recht, daß die Sache über ein Blinzeln und Grinsen nicht hinausgehen werde. Jed besaß jetzt seine eigenen Börsentips, und der hochmütige Claude konnte sie kostenlos haben, wenn er sich herbeiließ, nicht zu hochmütig zu sein. Er ließ sich herbei.

Nun kam auch Claudes Vater, Mr. Clive Warrener, mit seiner Frau, einer Schwester Perry Sandersons. Der Gegensatz zwischen Jed Rusher und der Sanderson-Sippe war bereits im Entstehen, aber nicht deshalb wurde Jed von der großen Dame so kühl behandelt. Sie würde niemals einen Mann begrüßen, der ein fünfzehnjähriges Mädchen unter Umständen geheiratete hatte, von denen sie das Schlimmste annahm. Mrs. Clive war groß und mager, sittsam und in scharfer Opposition gegen alle Formen moderner Laxheit. Sie war eine tätige Kirchenhelferin, ganz so wie Liza, und deshalb hatte Jed trotz ihren zwei hervorstehenden Vorderzähnen und ihrer völligen Reizlosigkeit Respekt vor ihr.

Clive Abercrombie Warrener war ein Finanzmann, der sein Geld in einem Dutzend Großunternehmungen stecken hatte – auch im europäischen Reparationsgeschäft – und diese Kredite benutzte, um die Industrien der besiegten Länder aufzukaufen. Dergleichen Dingen widmete er seine ganze Zeit, und Jed interessierte es natürlich, von Handelsgeschäften zu hören. Clive war ein Mann in den Fünfzigern, dick wie sein Vater, aber stramm und etwas vulgär, ein ernster, pompöser Herr, der nicht einmal im Rauchzimmer aus sich herausging. Jed fand ihn dumm und schwerfällig, und diese Entdeckung interessierte ihn sehr, weil er sich mit vollem Bedacht mit jedem Mann verglich, den er in dieser neuen Welt kennenlernte. Gab es einen, dem er nicht gewachsen war, einen, den er fürchten mußte? Er fand keinen. Die alte Generation, die die Kämpfe durchgekämpft und sich gewaltsam ihren Weg zum Glück gebahnt hatte, sie war verschwunden, und jetzt wurde dieses großgewordene Goldgräberlager von Söhnen und Enkeln regiert, die ein bequemes Leben geführt, die Universität besucht, sich dort amüsiert, aber sich nie in einem wirklichen Kampf erprobt hatten, der die Kräfte bis zum Äußersten anspannt, langen Atem und Widerstandskraft entwickelt.

6

LULU BELLE SCHILDERTE MIT DEN INTIMSTEN EINzelheiten die Gefühle einer Mutter und die Wunder dieser lebendigen Puppe, die sie zum Spielzeug bekommen hatte. Nach ihren Briefen hätte man meinen können, das sei hier zum erstenmal in der Welt passiert: sie berichtete genau, wie dieses neunpfündige Baby aussah und sich benahm, wie es sich anfühlte, wie es gluckste, wie es lächelte, wie es würgte und spuckte, und die wunderbaren, unglaublichen Gefühle, die seine Mutter überkamen, wenn es an der Brust lag. Nie, nie habe Lulu Belle sich etwas so Entzückendes erträumt, nie, nie würde sie ihre Dankbarkeit gegenüber Jed vergessen, der ihr dieses Erlebnis erst ermöglicht habe. Jed las die Briefe, zerriß sie, warf die Schnitzel in die Toilette und spülte sie hinunter, um sicher zu sein, daß kein fremdes Auge sie zu sehen bekomme. Seine Antworten, wahre Muster der Zurückhaltung, diktierte er einer seiner drei Stenotypistinnen zwischen Verträgen und Überweisungsaufträgen.

Erst spät im Frühling kam für Lulu Belle der Augenblick, da sie vor der Außenwelt ein Baby haben durfte; und dann mußten Jed und Wally und der alte Claude die Komödie durchmachen, eine formelle Ankündigung in die Zeitungen zu setzen und die Gratulationen der Freunde und Verwandten entgegenzunehmen. Ein lästiges Erlebnis für Jed, sich Vater nennen zu lassen, das Kind eines Unbekannten zu adoptieren und Gefühle zu heucheln! Jed gab sich nicht viel Mühe zu heucheln, daher wuchs sein Ruf eines selbstbeherrschten und dominierenden Charakters, eines Übergeschäftsmannes.

Lulu Belle mußte nach Nordkalifornien übersiedeln, teils, weil es dort, wo sie jetzt war, zu heiß wurde, vor allem aber, damit nicht irgendeine Freundin sie besuchte und dieses Baby entdeckte, das so viel größer war, als ein Neugeborenes je sein konnte. Mrs. Janes Briefe an die Frauen der Familie betonten mit Nachdruck die außerordentliche Körpergröße dieses Babys, das von einem fünfzehnjährigen Kind geboren worden war. Das sei eben die Natur mit ihrer ungeheuerlichen und unmoralischen Fruchtbarkeit. Mrs. Jane mit ihren theologischen Ansichten war sich nicht völlig klar darüber, wie es komme, daß eine barmherzige Vorsehung das Bestehen dieser unbarmherzigen Natur gestattete; glücklicherweise aber konnte sie als Mitglied der Bischofskirche diese Fragen der amtlich berufenen Geistlichkeit überlassen.

In einer entzückenden Villa am Meeresstrand, unterstützt von einem Kindermädchen, hatte Lulu Belle nichts weiter zu tun, als mit einer Puppe zu spielen, wie sie so wunderbar noch nie in einem Warenhaus verkauft worden ist. Eine Puppe mit dem weichsten goldenen Haar, das je von einer Spindel gesponnen wurde, und mit großen blauen Augen, genau wie die ihrer Mutter. Wenn sie in irgendeiner Hinsicht dem Vater glich, so war Lulu Belle taktvoll genug, das mit keinem Wort zu erwähnen. Diese wunderbare Puppe fing an, Laute von sich zu geben, die die Mutter aufzuzeichnen versuchte; aber ob ihr Buchstabieren präzise war oder nicht, war völlig einerlei, denn Jed versuchte nie, die Laute zu reproduzieren, sondern zerriß die Briefe und beförderte sie aufs schnellste in den Abzugskanal.

Die besorgte, pflichteifrige Mrs. Jane schrieb, hoffentlich sei Jed nicht böse, daß ihm seine Frau so lange vorenthalten werde, aber das sei wirklich unumgänglich, falls der Ruf der Familie gerettet werden solle. Es sei ein Unglück, daß das Baby so groß sei und in einem nicht normalen Tempo wachse. Jed seinerseits beruhigte seine gewissenhafte Schwiegermutter; er sei jetzt und immer bereit, der Familie zu helfen. In Wirklichkeit aber war er unter Bergen von Geschäften vergraben und würde gar nicht bemerkt haben, daß ihm etwas vorenthalten wurde, wenn nicht Mrs. Jane ihn darauf aufmerksam gemacht hätte.

Endlich, im Herbst, hatte die Farce ein Ende. Eine genügende Zahl von Briefen war an die Verwandten und Freunde verschickt worden, um sie auf die monströse Körpergröße des Kindes vorzubereiten, mit dem Mutter Natur Lulu Belle bebürdet hatte. Mrs. Jane entledigte sich ihrer kalifornischen Dienerschaft, die zwar wußte, wann das Kind zur Welt gekommen war, aber nicht wußte, wann es hätte geboren werden sollen, und kehrte nach Mountain City zurück, wo die Dienstboten wußten, wann es angeblich geboren worden, aber nicht, wann das wirklich geschehen war. Und so betrachtete Jed endlich das Gesicht des kleinen Fremdlings, der angeblich Lulu Belle glich – und das stimmte auch bis zu einem gewissen Grad –, aber zugleich wie eine unbekannte Größe X aussah, über die Jed von nun an unbegrenzt nachgrübeln konnte. Welcher der zahlreichen «netten Jungen», die er in der vornehmen Welt der Macys und Warreners aufwachsen sah, welcher war denn nun der spezielle «nette Junge», dem der kleine Claudius Warrener Rusher besonders ähnlich war?

Jed mußte es Liza ermöglichen, ihren neuen Neffen zu sehen, er mußte zuhören, wie Liza ihrer Freude Ausdruck gab, und wie sie sagte, daß das Baby ihm ähnlich sehe. Ob Liza etwas vermutete? Sicherlich mußte dieses Bauernweib, das schon als Kind drei Babies großgezogen hatte, sicherlich mußte sie zumindest wissen, daß dieser drei Monate alte Sprößling in Wirklichkeit sechs Monate alt war. Sie würde aber, falls sie je auf diesen Gedanken käme, ihn keinem Menschen verraten, und am allerwenigsten ihrem Bruder, den sie, seit er alt genug war, um sich watschelnd fortzubewegen, allsonntäglich zur Kirche geführt hatte.

7

Lulu Belle, ihr Baby und ihr Mann sollten bei den Macys wohnen, die ein riesiges Haus hatten, in dem niemand weiter wohnte als ein einsames altes Ehepaar, und Jed hatte sich daran gewöhnt, es als sein Heim und Wally fast als seinen Kompagnon zu betrachten. Wally lebte in einem beständigen Entzücken, wenn er an die Erdölprofite dachte, die die Teereimer seiner Tochter in den Schoß schüttete, und an Jeds schlaue Pläne, dieses Geld in verschiedenen neuen Arten von Teereimer-Aktien fruchtbringend anzulegen. Wally teilte Jeds religiösen Glauben an das Investieren und Neuinvestieren und sah in ihm einen jungen Genius, der vom Himmel gesandt war, um in das stockende Leben dieses groß gewordenen Goldgräberlagers neue Energien zu pumpen.

Lulu Belle und Jed waren wieder beisammen; neue und seltsame Flitterwochen begannen. Das kindliche Mädchen war gewachsen und reifer geworden, sie blühte und strahlte, ein Wunder, eine lebende Antwort auf das Mißtrauen ihrer Mutter gegen die Natur. Unmöglich, ohne Rührung Lulu Belles Freude an dem Baby zu sehen, wie sie begeistert in die Hände klatschte, wie sie hastige kleine Freudenschreie ausstieß! Jed besuchte das Kinderzimmer, das in aller Schnelligkeit auf rationeller Basis eingerichtet worden war, weißgekleidete Kindermädchen, die wie in einem Sanatorium für hygienische Vollkommenheit sorgten. Er sah, daß alles in Ordnung war, daß er keinerlei Scherereien haben werde, und so konnte die Sache ruhig den Frauen überlassen bleiben.

Nur ein Problem mußte angepackt und erledigt werden: Und dafür sorgte Lulu Belle mit ihrem abnormen Freimut. Gleich am ersten Abend, an dem sie beisammen waren, fing sie an, noch immer ohne jedes Erröten: «Jed, Mama hat mir gesagt, was ich machen muß, um keine Kinder mehr zu bekommen , wenn ich nicht will. Wie denkst du darüber?»

Jed hatte bereits lange genug in der Geschäftswelt gelebt, um sich bei einem plötzlichen neuen Vorschlag keine Blöße zu geben. «Was meinst du?» fragte er zurück.

«Nun, ich wüßte nicht, warum ich keine bekommen sollte, solange es mir Spaß macht, und sie sind doch so nett. Mama sagt, ich habe keine Bildung, und ich müßte studieren, gerade als ob ich nicht verheiratet wäre; aber ich glaube, ich kann das auch ganz allmählich nachholen, und es ist besser für die Kinder, wenn sie ungefähr im gleichen Alter sind, nicht wahr?»

«Du scheinst Babies lieber zu haben als das Lernen?» sagte Jed immer noch recht vorsichtig.

«Ich dachte mir, es wäre doch nett, ein Kind zu haben, das auch dir gehört. Würde dir das nicht recht sein, Jed?» Jetzt endlich begann Lulu Belle zu erröten, und auch Jed errötete. Er war von einer altjüngferlichen Schwester erzogen worden, die die Ansicht des Apostels Paulus teilte, daß des Menschen Fleisch für des Menschen Würde entehrend sei; und so dauerte es eine ganze Weile, bevor er es lernte, diese Dinge auch nur mit seiner Frau zu erörtern. Um mit dem vorliegenden Problem fertig zu werden, wußte er keinen anderen Weg, als das elektrische Licht auszuknipsen.

18. Kapitel

Der Honigtopf

I

Mit schwerer Mühe und nach vielen lästigen Verzögerungen wurde Jeds Rohrleitung vom Teereimer-Feld bis zur Eisenbahn fertig, und nun floß durch die Rohre bei Tag und bei Nacht ein unaufhörlicher Strom schwarzen Goldes, mit geringen Kosten, getrieben von der eigenen Schwerkraft. Neben der Eisenbahn war wie durch Zauberei eine Tankfarm erstanden, die den Petroleumstrom mehrerer Tage aufnehmen konnte, damit Jed die Möglichkeit hatte, wegen der Preise zu verhandeln. Dann wurde die kostbare Flüssigkeit in Tankwagen verladen, die oben eine kleine, runde Kuppel hatten, und ein langer Eisenbahnzug setzte sich zu der Raffinerie in Bewegung, von wo aus zu guter Letzt das Benzin 2000 Meter tief hinabbefördert wurde, nach Chicago und St. Louis und den anderen Großstädten des flachen Mittelwestens. Amerika befand sich auf dem Weg zu jenem Freudentag, da jede Familie oder vielmehr jedes über zwölf Jahre alte Familienmitglied ein Automobil besitzen würde, und diese Wagen mußten doch Tag und Nacht im Gange gehalten werden, um die Menschen von einem Ort, an dem sie nicht wußten, was sie mit sich anfangen sollten, an einen anderen Ort von gleichem Charakter zu bringen.

Wer sollte nun das gesamte Benzin und Öl für diesen allgemeinen Kreislauf liefern? Jed Rusher glaubte es zu wissen, und mit dem Vorgefühl glorreichen Ruhms eröffnete er einen erbitterten Kampf um die Preise. Er wird die Central Pete und die Western Pete und alle übrigen Konkurrenten unterbieten, bis sie schließlich zu ihm kommen und ihm ein geheimes Abkommen vorschlagen; dann wird er den Vertrag unterzeichnen, und noch bevor die Tinte auf dem Papier trocken geworden ist, werden sie insgeheim die Abmachungen brechen, und Jed, der im vorhinein weiß, daß er nicht anderes von ihnen zu erwarten habe, wird ihnen darin zuvorgekommen sein. Das wird für den Konsumenten sehr schön sein, ein paar Monate lang, bis einige der Produzenten den Druck nicht länger aushalten können und – wie der höfliche Ausdruck für den Vorgang des finanziellen Aufgefressenwerdens lautet – fusioniert werden.

Jed hatte den Vorteil, daß sein Feld ganz frisch und seine Bohrungskosten niedrig waren. Sein Erdöl wollte einfach nicht mehr unter der Erde bleiben, es sprudelte unaufhaltsam hervor und versuchte gleichsam mit seiner eigenen blinden Energie auf den Markt zu gelangen. So konnte also Jed sich's leisten, den Pressevertretern die hohen Benzinpreise als einen nationalen Skandal hinzustellen, und während Käufer und Lieferanten seine Büros überfielen, befahl er Dick Sunstorm, ein Dutzend neuer Ausrüstungen zu bestellen und neue Bohrlöcher niederzubringen. Als die Central Pete gezwungen war, eine Dividende ausfallen zu lassen, begrüßte der Herr der Teereimer den düsteren Perry Sanderson beim Mittagessen im *Mountain City Club* mit einem strahlenden Lächeln.

Jed war das Schlachtroß, welches die Schlacht von fernher wittert, das Gedonner der Hauptleute und das Schreien. Nicht nur seine Teereimer war frisch, auch er selber kam frisch vom Land, frisch aus dem Mutterschoß der Natur, erfüllt von ihrer Energie und ihrer Lebensgier. Er brauchte nicht am Nachmittag seine Arbeit liegenzulassen, um in den

Landklub hinauszufahren und etwas für seine Verdauung zu tun. Nein, er wußte gar nicht, daß er eine Verdauung hatte, er trank ein Glas Milch, aß ein Stückchen Brot, das er aus einer Imbißstube im Erdgeschoß heraufholen ließ, und blickte unterdessen kaum von seinen Geschäftspapieren auf. Das Frühstück war für ihn die Zeit, da er in den Morgenblättern die Berichte vom Petroleummarkt und die Börsenkurse las, und Dinner bedeutete für ihn, Wally Macy zu erzählen, was er während des Tages getan habe und sich die Vorschläge anzuhören, die Wally ihm zu machen hatte.

Jed besaß die Konstitution eines jungen Präriestiers; er mußte sie haben, sonst wäre er in den Blizzards erfroren oder in der Sonne verdorrt oder in den Sandstürmen erstickt. Jetzt aber war er die moderne Version des Assyrers, der «wie ein Wolf in die Hürde einbricht», des barbarischen Eroberers, der eine verweichlichte Zivilisation über den Haufen wirft. Lächerlich, diese Söhne und Enkel, diese Stadtkinder, die die Universität besuchen und nach absolviertem Studium betriebswissenschaftliche Kurse besuchen – oder was sonst für pompöse Titel diese Kurse sich gaben –, Kurse, in denen einfache Dinge, deren Kern ein kluger Mensch binnen zehn Minuten herausschälen kann, auf das kunstreichste kompliziert werden, Kurse, in denen man eine Menge dummes Zeug über Ethik und Recht, und weiß der Teufel was noch, zu hören bekommt, während es eine einfache Tatsache ist, daß kein Universitätsprofessor je wagen würde, die Methoden und Praktiken der Hochfinanz und Großindustrie mit einfachen Worten als das zu kennzeichnen, was sie sind.

Jed Rusher hatte vor den anderen noch etwas voraus, das ihm ermöglichte, nicht nur die golfspielende Aristokratie des Landklubs, sondern auch alle die Bauernburschen, die gleich ihm «in die Hürde eingebrochen» waren, zu schlagen: er hatte eine engstirnige methodistische Erziehung genossen, und er besaß eine Schwester, die ihn wie ein Tigerweibchen behütete, mit all dem Prestige, das ihrer Doppelstellung als Pflegemutter und als Geschäftspartner entsprang. Von Lizas moralischem Standpunkt aus war es ganz in Ordnung, wenn Jed sich bemühte, soviel Geld wie nur möglich zu verdienen. «Siehest du einen Mann, der fleißig in seinen Geschäften? Er soll vor Königen stehen.»

Liza wird ihn also bei jedem seiner Schritte decken, die er wagen muß, um den Machinationen seiner Konkurrenten zu begegnen; aber sie würde bittere Tränen geweint haben und mit ihrer grausamen Zunge über ihn hergefallen sein, wenn sie ihn jemals einen Tropfen Schnaps hätte trinken sehen, oder wenn sie jemals hätte hören müssen, er habe an einer Pokerpartie teilgenommen. Folglich saß Jed nie bis zum Morgengrauen wach und vergeudete nie seine Energien in einer von Tabakrauch vergifteten Luft mit einem Spiel um gewaltige Einsätze, und er nahm auch nicht «Herrn Gambrinus» als Partner in sein Geschäft auf. Stets hatte er des Morgens einen klaren Kopf, und er sorgte dafür, daß alle, die in seinem Unternehmen eine verantwortliche Stellung bekleideten, sich dem gleichen strengen Regime unterwarfen.

2

JED LIESS AUF DEM TERRAIN DER TEEREIMER-BEtrieb so viele Türme errichten, daß er eine seiner Ansicht nach anständige Dividende bezahlen und eine reichliche Reserve anhäufen konnte; dann ging er daran, das Unternehmen einzuschnüren, indem er dicht am Rande des Geländes Nebenbrunnen niederbringen ließ. Eine neue Gesellschaft entstand in Delaware, diesmal hieß sie: Teereimer-Erweiterungs-Gesellschaft. Das Geld für diese neuen Bohrungen wurde der Erweiterungsgesellschaft von der Betriebsgesellschaft geliehen, denn Jed und Dick und Liza und Carrie Meecham saßen in den Verwaltungsräten sowohl der leihenden wie der verleihenden Firma. Mit Hilfe seiner verschiedenen Gesellschaften – binnen wenigen Jahren hatte er ein ganzes Dutzend, und an jeder hing das Zauberwort «Teereimer» – konnte Jed sich derartige finanzielle Taschenspielerkunststücke leisten; er konnte Geld aus der einen Tasche nehmen und es in eine andere stecken, er konnte zu 5 Prozent borgen und zu 100 Prozent verleihen, und niemand hatte das Recht, ihn zu kritisieren, niemand konnte auch nur das Mindeste davon erfahren. Die Statuten seiner Gesellschaften gestatteten alles und untersagten nichts.

Nach einiger Zeit stellte sich heraus, daß nicht das gesamte Land, das Jed längs der Koyoten-Arroyo-Kuppe gekauft hatte, ölhaltig war; die Petroleumschicht machte weiter unten am Hang eine Biegung, und Hunderte von Jeds Morgen waren wertlos. Das komplizierte natürlich die weitere Erschließung. Es dauerte zwei bis drei Jahre, bevor die genauen Grenzen des Feldes gefunden waren, und während dieser Frist befand sich Jed in derselben Lage wie jeder gewöhnliche Petroleummann, er wußte nie, wann er auf ein «trockenes Loch» stoßen würde. Er arbeitete folglich mit dem Beistand des schlauen Abe Silberman eine neue Methode der Erkundung aus. Die Bohrungen führte er auf seine persönlichen Kosten durch, wobei er das Geld leihweise aus der Reserve nahm, und das Schicksal des neuen Brunnens hing dann von dem Ergebnis der Bohrung ab. Dick Sunstorm, der auch inmitten der wüstesten Räubereien nie den Humor verlor, kennzeichnete das Verfahren folgendermaßen: «Wenn es gut wird, kriegt die Gesellschaft die Hälfte. Wenn es schlecht wird, kriegt sie alles.» Dieser Ausspruch wurde in der ganzen Stadt kolportiert und viel belacht, doch er wurde natürlich Jeds Schlauheit nicht ganz gerecht; erwies sich nämlich der Brunnen als wirklich gut, dann wurde ein 5 bis 10 Morgen großes Terrain, auf dem der Brunnen lag, an die ursprüngliche Muttergesellschaft überschrieben, die Teereimer-Öl, von der das Publikum wenig wußte und deren Anteile in verschiedenen Prozentsätzen Jed, Lulu Belle, Liza, Dick und der Firma Silberman gehörten.

So begann also dieses getarnte Unternehmen sehr schnell ungeheure Überschüsse anzuhäufen. Nur ein ganz geringer Teil dieser Summen wurde verteilt, denn sämtliche Interessenten wußten, daß sie nie eine Kapitalanlage finden könnten, die auch nur annähernd von so großem Wert wäre. Jed hatte diesen riesigen Kapitalblock ganz zu seiner Verfügung, um mit seiner Hilfe die Konkurrenten niederzuschlagen und ihre Angriffe abzuwehren; denn sämtliche anderen Teilhaber überließen ihm die Führung der Geschäfte. Jed dachte nicht daran, Lulu Belle ihres Anteils zu berauben, aus dem einfachen Grund, weil damit jene angenehmen Beziehungen zum Haus Macy zu Ende gewesen wären – ein Schwiegervater, der sich alles, was Jed von seinen Abenteuern zu berichten hat, mit ungeheucheltem Interesse anhört und ihn über seine Feinde, ihre Hilfsquellen, Verbindungen und schwachen Stellen informiert; eine Schwiegermutter, die mit wachsender Ehrfurcht zu ihm aufsieht und ihm eine fix und fertige aristokratische Wohnung liefert, ohne daß er sich darum zu kümmern braucht und ohne daß es ihn einen Dollar kostet! Nein, ein so vielbeschäftigter Mann wie Jed, der seine Zeit so dringend nötig hat, wird für eine derartige Umgebung gern einen hohen Preis bezahlen.

Und natürlich würde er auch Liza nicht betrügen, weil sie gleichsam ein Teil seiner selbst war und an ihm einen treuen Bruder hatte. Er würde auch Dick nicht betrügen, denn Dicks Anteil war klein, und Dicks Tüchtigkeit war ein fast ebenso wichtiges Aktivum wie das Haus Macy. Was nun

Abe Silberman betraf, so hätte ihn Jed nicht betrügen können, auch wenn er gewollt hätte, denn der Advokat war der einzige Mensch, der das verwickelte Netz der Teereimer-Gründungen völlig übersah, der wußte, wozu sie existierten und wie sie funktionierten. Er wußte mehr als Jed selber, denn er wußte, welchen nächsten Schritt er Jed empfehlen würde.

3

In den Jahren, da er auf den Rübenfeldern umherkroch und die Zuckertramps in der Pension beobachtete, hatte Jed eine instinktive Abneigung gegen alle Arten von produktiver Arbeit erworben. Er sprach davon nur selten, weil er wußte, daß andere Leute diese Arbeiten machen müssen, und je weniger sie darüber nachdenken, desto besser. Für Jed aber gab es nur eines, das die Mühe lohnte: *Geld*, das Zeichen, das für alle begehrenswerten Dinge dieser Welt steht und so viel leichter, so viel einfacher zu handhaben ist. Sollen andere Menschen Balken schleppen und Bohrtürme bauen, schwere Maschinen aufstellen, Löcher in die Erde bohren, Rohrleitungen legen, die Flut des Petroleums messen, es raffinieren, verkaufen und die Beträge an zehntausend Registrierkassen erklingen lassen, zu dieser Arbeit waren sie bestimmt, dazu und zu nichts anderem waren sie geeignet; Jed aber konnte allein in einem Büro sitzen und dadurch, daß er seinen Namen auf einen Zettel schrieb, alle diese Tausende verschiedener Menschen an die für sie passende Stelle befördern.

So kam es schließlich, daß Jed sich immer seltener auf dem Feld zeigte. Was hatte es für einen Zweck? An seiner Wand hing eine riesige Karte, auf der die Bohrtürme zu sehen waren, jeder Turm eine kleine Nadel, und die Nadelköpfe hatten verschiedene Farben, um anzudeuten, zu welcher Gesellschaft der Brunnen gehörte. Da waren die Straße, die Rohrleitungen, die Stadt mit den verschiedenen Verwaltungsgebäuden, die Tanks, die neue Zweigbahn, alles in genauem Maßstab, und Jed saß da wie ein General im Hauptquartier, der Brigaden und Bataillone dirigiert und weiß, daß alles seinen Befehlen untersteht. Täglich schickte Dick seinen Bericht ein, und Jed konnte jederzeit, binnen wenigen Minuten, seinen Betriebsleiter ans Telefon rufen lassen.

Braver alter Dick, nie würde Jed diesen Schatz unterschätzen! Man konnte sich durch seine fade Hübschheit täuschen lassen und den soliden Verstand, der darunter verborgen lag, übersehen; Jed aber hatte von Anfang an gewußt, wer Dick in Wirklichkeit war, der ideale Betriebsleiter, der ebenso leidenschaftlich darauf versessen war, Details in Ordnung zu bringen, wie Jed darauf versessen war, sie sich vom Hals zu schaffen. Dick baute den Apparat auf, überwachte sämtliche Glieder, sorgte für ein glattes Funktionieren und machte allen seinen Untergebenen zwei Dinge klar: erstens, daß Tüchtigkeit und rücksichtslose Antreiberei ihren unbegrenzten Lohn finden, und zweitens, daß jede Nachlässigkeit mit einem raschen und radikalen Hinauswurf bestraft wird.

Dick verstand es, Menschen zu finden, weiß der Teufel wie, Jed war viel zu beschäftigt, um sich danach zu erkundigen. Er übernahm mehrere Studienkollegen. Männer und Frauen ohne Unterschied, vorausgesetzt, daß sie Geld verdienen wollten und bereit waren, irgendein Fach zu erlernen, das mit Erdöl zusammenhing. Jed sah zu seiner Überraschung altbekannte Gesichter auftauchen: so zum

Beispiel jenen Ignatius O'Grady, der Jeds Empörung erregt hatte, weil er Subskribenten für römisch-katholische Magazine werben wollte, obgleich er der Meinung war, daß alle Religion dummer Kohl sei. Jetzt sollte er Gasolin verkaufen, oder vielmehr ein Verkäuferkader organisieren und leiten, um an tausend Registrierkassen die Benzinpreise erklingen zu lassen.

Denn Jed war mit den Preisen, die die Raffinerien ihm bezahlten, nicht zufrieden; er hatte sie im Verdacht, daß sie seine Konkurrenten begünstigten, er kaufte einen ihrer Buchhalter, und da erwies sich sein Verdacht als begründet, und so schwenkte er seinen Zauberstab, und in Mesa Verde an der Eisenbahn entstand eine riesige Raffinerie. Nun sollte den ganzen Mittelwesten eine Kette von Teereimer-Tankstellen überziehen, auf jedem Häuschen ein Teereimer aus Metall, ein wunderbares Fabrikzeichen, eine eingetragene Schutzmarke, die Millionen wert war. Arbeit für die überflüssigen Absolventen amerikanischer Universitäten, feine, eines besseren Herrn würdige Arbeit, bei der man einen schneeweißen Mantel tragen, in einem kleinen Kasten aus Glas und lackiertem Metall, geschützt vor Wind und Wetter, hausen kann, um dann mit einem freundlichen Lächeln hinauszueilen, den Autofahrer zu begrüßen, seinen Tank zu füllen, seinen Windschutz blank zu putzen und ihn zu fragen: «Öl brauchen Sie nicht?»

Jetzt wußte Jed endlich, wozu die Hochschulbildung gut ist. Jetzt verstand er den Sinn der Footballplätze und der Mannschaften und der Umzüge und der Hurraschreier und der rufenden Massen. Jetzt begriff er den Wert verfeinerter Sitten, guter Manieren, angelsächsischer Gesichtszüge, tadelloser Kleidung und körperlicher Gewandtheit, ganz zu schweigen von jenen Elementen, die zu betonen der alte Kanzler Saybuck nicht müde wurde: Ehrlichkeit, Treue und Ehrfurcht vor den amerikanischen Staatsinstitutionen. Jed prüfte O'Gradys Bericht nach, in dem der Prozentsatz junger Universitätsabsolventen festgestellt war, die als Leiter einer Teereimer-Tankstelle Verwendung fanden, er sah, daß es gut sei und erteilte Befehl, jede Tankstelle habe eine amerikanische Fahne zu hissen und sie bei Sonnenuntergang mit einem Salut einzuziehen, ferner müsse auf jeder Tankstelle je ein Exemplar der Bibel und der Verfassung der Vereinigten Staaten vorhanden sein. Er vergaß nicht, seinen Reklamechef davon zu benachrichtigen, und das gab eine gute Notiz für die erste Seite der *Mountain City Post* sowie der meisten anderen Zeitungen des in Betracht kommenden Gebiets.

4

DAS ALLES BRAUCHTE ZEIT, ABER NICHT SO VIEL Zeit, wie man glauben könnte, denn in Amerika, dem Land der unbegrenzten Möglichkeiten, schießen Neuorganisationen über Nacht empor, und Scharen von Menschen verrichten mit einemmal Arbeiten, die sie noch nie verrichtet haben. Tankstellen werden in den Katalogen der Stahlindustrie zu einem Preis von 400 bis 1700 Dollar das Stück annonciert, und es ist möglich, im Laufe eines Montas einige hundert Stück geliefert zu bekommen. Es gibt Baufirmen, die reisen für dich umher und richten die Stationen ein, so schnell du nur die Plätze mieten und die Aufträge erteilen kannst.

Dick Sunstorm wußte mit all dem Bescheid. Auch diesmal hatte Jed keine Ahnung, wie Dick zu seinem Wissen gekommen war; diese ganze Geschichte war Dicks Steckenpferd, und Jed ließ ihn seine eigenen Wege gehen; es machte Dick Spaß, einen vollständigen Apparat für den Verkauf der Teereimer-Produkte zu haben, und wenn er eine Masse Geld verschwendete, weil er es so eilig hatte, so schadete das nichts, denn die Teereimer sprudelte die Dollars immer schneller hervor. Jed duldete mit gutmütiger Verachtung Dick Sunstorms blinde Begeisterung für den Detailverkauf. Er selber konnte nicht einsehen, was es für einen Zweck habe, neue Tankstellen zu errichten, da es so leicht war, sie anderen Leuten en gros wegzunehmen. Was hat es für einen Zweck, etwas neu aufzubauen, wenn man riesige Summen machen kann, die genügen, um das Eigentum der Konkurrenten auf dem freien Markt aufzukaufen? Jed sah dem nahen Zeitpunkt entgegen, da es ihm nichts mehr ausmachen würde, wenn die ganze Teereimer über Nacht vertrocknete.

Sein Interesse wandte sich der Wall Street zu. Jeden Morgen erschien er jetzt vor acht Uhr in seinem Büro; denn um acht Uhr nach Ortszeit eröffnete die Börse in New York. Er ließ sich einen Ticker aufstellen und eine private Leitung zu einer Maklerfirma legen. An dem Ticker befand sich eine reizende neue Vorrichtung, ein sogenannter Translux, der die Zahlen hell beleuchtet an die Wand projizierte, so daß man gemächlich in seinem Stuhl sitzen und die Zahlen verfolgen konnte; und Jed widmete ihnen mehr Zeit als dem Studium der Produktionsberichte vom Petroleumfeld. Die Teereimer hatte sich in einen riesigen Honigtopf verwandelt, den Millionen geschäftiger Bienen umschwärmten. Das Publikum riß sich um diese wundertätigen Aktien, die Jed geschaffen hatte, diese Aktien mit den schönen goldenen Siegeln und den schön gestochenen Bohrtürmen und alten Holzeimern. Jeds Aufgabe war es, sie zu verkaufen, um sie sich dann wieder zurückzuholen; seine Aufgabe war es, das immer wieder von neuem zu tun, systematisch und unermüdlich, so wie eine Erntemaschine Millionen kleiner goldener Körner sammelt.

Die Teereimer-Betriebs-Gesellschaft, deren Anteile Jed viel zu billig an das Publikum verkauft hatte, erfreute sich an der Börse außerordentlicher Beliebtheit, und ihre Dividenden wurden zwei bis drei Jahre lang regelmäßig bezahlt. Eines Tages aber begannen Gerüchte zu entstehen, daß die Teereimer-Betrieb in Schwierigkeiten geraten sei; infolge der Überproduktion an Petroleum und der übermäßigen Ausdehnung ihrer Anlagen sei die Gesellschaft gezwungen, große Gelder aufzunehmen. Woher diese Gerüchte kamen, wußte das Publikum nicht; man hätte ebensogut fragen können, wo die Winde herkommen, die den Sand in wilden Stürmen über die Ebenen treiben. Aber Jed wußte es, denn Jed war der Herr der Winde – oder vielmehr nicht Jed, sondern sein schlauer Anwalt, der sich auf die Fabrikation von Gerüchten ebensogut verstand wie auf die Fabrikation von Delaware- und Arizona-Gründungen. Abe Silberman hatte einen berufsmäßigen und geschickten Skandalmacher beauftragt, das eigene Nest zu beschmutzen: die Gerüchte, die in Mountain City ihren Ursprung nahmen, waren eine Stunde später in der Wall Street.

In Wirklichkeit verfügte zu dieser Zeit die Teereimer-Betrieb über eine Reserve, die größer war als der Nennwert des Aktienkapitals; woher aber sollte das jemand wissen? In seinem letzten Bericht hatte Jed den Ertrag durch eine Anzahl imaginärer Verbindlichkeiten verschwinden lassen. Aus den Berichten, die Jed veröffentlichte, konnte man nichts über seine Gesellschaften erfahren; diese Berichte gehörten, wie Abe Silberman sich ausdrückte, in die Gattung der Weihnachts-, Geburtstags- und Tanzkarten. Das heißt, sie waren auf schweres Bütten gedruckt, mit goldenen Lettern, mit bunten Teereimer- und Bohrturm-Ornamenten geschmückt, und nur ganz wenig ordinäre Druckerschwärze störte die Schönheit des Ganzen. Eine wahre Bilanz gab es nicht, und im Status waren die Aktiva und Passiva in so große Posten zusammengezogen und mit so vagen

Bezeichnungen versehen, daß man nach ihrer Durchsicht nicht mehr über das Unternehmen wußte als vorher. So konnte also Jed zu jeder beliebigen Zeit den Aktionären erzählen, daß er am Rand des Zusammenbruchs stehe; ebenso konnte er ihnen erzählen, daß er der allererfolgreichste Petroleumhaifisch in den Meeren der Finanz sei.

Er teilte dem Publikum mit, daß er sich in Schwierigkeiten befinde, und Teereimer-Betrieb begann an der Börse abzubröckeln. Nun standen gerade eine Verwaltungsratssitzung und die Ausschüttung einer Dividende bevor; am Tag vorher nahm sich Jed Geld von seiner inneren Gesellschaft, der Teereimer-Öl, und benutzte dieses Geld, um Teereimer-Betrieb zu fixen. Das heißt, durch geheime Vermittlung einiger Makler in der Wall Street wettete er mit dem spekulierenden Publikum, daß die Kurse der Aktien sinken würden, und deponierte Geld, um seine Verluste zu decken, für den Fall, daß seine Vermutungen falsch wären. Aber es handelte sich hier natürlich nicht um Vermutungen, er war ja der Herr über die Teereimer-Betrieb und konnte sie zu allem zwingen. Die sorgfältig ausgewählten Verwaltungsräte versammelten sich in seinem Büro, bekamen jeder ein Zwanzig-Dollar-Goldstück extra für ihre Mühe und beschlossen, diesmal keine Dividende zu verteilen, das heißt, in diesem Quartal die Profite der Teereimer-Betrieb an die Aktionäre nicht auszuzahlen. Zugleich mit diesem Beschluß wurde eine Erklärung veröffentlicht, die Abe Silberman entworfen hatte und aus der hervorging, daß die Maßnahme dem Rückgang der Benzinpreise zuzuschreiben sei, daß aber der Aufsichtsrat für das nächste Mal auf bessere Zeiten hoffe.

Die Sitzung fand frühmorgens statt, und in dem Augenblick, da die Nachricht nach New York kam, purzelten Teereimer-Betrieb um etliche 30 Punkte herab, und an der Börse ereigneten sich die tollsten Szenen; die Makler trampelten einander nieder in ihrem irrsinnigen Bemühen, zu verkaufen. Aber die Kurse erholten sich sehr rasch; die Presse schrieb, es sei «durch Innenseiter eine kräftige Stützung erfolgt»; die «gelbe» Presse und die Winkelblätter schrieben, das Publikum habe sein Vertrauen zu der guten alten Teereimer und dem jungen Napoleon des westlichen Erdöls nicht verloren. Was sich wirklich ereignet hatte, war folgendes: Jeds Makler fingen an, sämtliche verfügbaren Aktien aufzukaufen und stellten ihre Käufe erst ein, nachdem sie den Kurs auf seinen früheren Stand und noch ein wenig darüber hinaus getrieben hatten. Als dieser Tag vorüber war, hatte Jed Rusher mehrere Millionen Dollar gewonnen und besaß noch obendrein einige 60000 Aktien seiner kostbaren Teereimer-Betrieb. Mit anderen Worten, er hatte das investierende Publikum früher einmal veranlaßt, eine riesige Zahl von Bohrtürmen, Rohrleitungen, Tanks, Straßen usw. zu bauen, und er hatte jetzt dasselbe Publikum gezwungen, ihm den dritten Teil aller dieser Anlagen zum Geschenk zu machen.

5

Aber das investierende Publikum hatte keinen Grund, traurig zu sein; es konnte sich seine Teereimer-Betrieb-Aktien zurückholen, wenn es sie wirklich haben wollte. Sechs Monate verstrichen, und das Publikum, das nie begriffen hatte, was mit ihm eigentlich geschehen war, hatte die Sache völlig vergessen; denn in der Zwischenzeit hatte es ja so viele andere Krachs und Krisen und Kursstürze, so viele Vorstöße von Fixern gegeben. Jetzt las das

Publikum in seiner Finanzpresse neue Gerüchte über die Teereimer-Betrieb, und diesmal lauteten sie günstig. Der Petroleumpreis sei wieder im Steigen begriffen, das große Unternehmen verzeichne einen riesigen Reingewinn und gedenke im kommenden Quartal eine Dividende auszuschütten.

«Fixt nicht Mountain City!» lautete der Schlachtruf der *Mountain City Post*, und «Fixt nicht Amerika!» war die Losung der großen Wall Street-Journalisten, deren Weisheit jeden Morgen in ein- bis zweitausend Zeitungen nachgedruckt wurde.

Zwei Tage, bevor der Verwaltungsrat zusammentrat, ging eine telegrafische Nachricht in die Welt hinaus: Auf dem Terrain der Teereimer-Betrieb sei eine neue Petroleumfontäne zutage getreten, die Gott weiß wieviel Barrels täglich speie. Niemand außer einigen Leuten auf dem Feld selbst wußte, daß das eine zahme Fontäne war; das heißt, der Brunnen hatte vor einigen Wochen zu fließen begonnen, man hatte ihn abgesperrt und das Erdöl aufgestaut, und die ganze Fontäne war ein sorgfältig inszeniertes Schauspiel, das nur für die Nachmittagsblätter und für die Morgenpresse das nächsten Tages laufen durfte. Teereimer-Betrieb begannen emporzuklettern; die zahmen Verwaltungsräte versammelten sich und setzten einen in Aktien zahlbaren Bonus von 200 Prozent und eine reguläre Vierteljahresdividende von 8 Prozent fest. Wieder gab es wilde Auftritte an der Börse, Jed Rusher verkaufte seine Aktien an das Publikum für fast den doppelten Preis, den er bezahlt hatte, und verdiente abermals etliche Millionen Dollar.

Wie sinnlos, seine Zeit zu verschwenden und über die Anlage von Röhrenleitungen und Raffinerien und die Errichtung von Tankstellen nachzudenken, wenn man dieses hübsche Spiel spielen kann! Es war eine riesenhafte Säge mit einem Handgriff an jedem Ende; an dem einen Handgriff stand Jed Rusher und an dem anderen Handgriff stand abermals Jed Rusher, und mit seinen mächtigen Finanzarmen zog und stieß er die Säge hin und her, und dieses Spiel wollte er fortsetzen, so lange die Zeiten des Finanzkapitals dauerten und seine Bauerngesundheit die Anspannung aushielt. Es gab keinerlei Möglichkeit, ihn daran zu hindern, keinerlei Möglichkeit, auch nur einigermaßen genau zu erfahren, was er eigentlich mache. Seine Statuten erlaubten ihm alles und boten nicht die geringste Handhabe, ihm Einhalt zu gebieten oder ihn auch nur zur Aufdeckung seiner Gewinne zu zwingen.

Jed war – um den Vergleich zu wechseln – eine gigantische Spinne, die im Mittelpunkt ihres Teereimer-Netzes saß: dieses Netz unterschied sich insofern von allen gewöhnlichen Netzen, als es unsichtbar war und außer einer Spekulantenspinne und einer Advokatenspinne keiner wußte, wie die Fäden liefen. Jed konnte sein Geld – seine verschiedenen Reserven – von einem seiner Unternehmen auf das andere übertragen; er konnte das eine zugrunde richten und das andere mästen, und die Aktien des ersteren fixen und die des letzteren auf Differenzdepot kaufen. Sechs Monate später, oder vielleicht schon nach einem Monat, konnte er das Verfahren umkehren, und nur einige wenige Eingeweihte und Freunde würden begreifen, was da vorging.

Wer hat denn eine Ahnung, warum die Masse der Aktien in der Wall Street so plötzlich steigt oder fällt?

Alle die großen Herren über die Trustgewinne, alle die großen Spinnen in ihren unsichtbaren Netzen spielten jetzt dasselbe Spiel. Man konnte an den Fingern einiger weniger Hände die großen Unternehmungen herzählen, deren Anteile nicht auf solche Weise manipuliert wurden, manipuliert durch jene Herren, die die Fonds beherrschten und das Aktienkapital kontrollierten. Das Ergebnis war eine Spekulationsorgie, wie sie die Welt bis dahin noch nicht gesehen hatte. Ganz Amerika und ein großer Teil der westlichen Zivilisation spielten das Wall Street-Spiel. Die Maklerfirmen eröffneten Filialen in den kleineren Städten, und wo immer eine größere Anzahl von Menschen zusammenkam, gab es Kurssäle und Winkelbanken. Die Farmer auf ihren einsamen Höfen erhielten telefonisch die Kurse zugesprochen und spekulierten. Das Leben in der Wall Street war eine Kette wilder Exzesse, die Zeitungen meldeten einen täglichen Umsatz von vier Millionen Aktien, dann von sechs Millionen, dann von acht Millionen, dann von zehn und zwölf Millionen, jeden Tag ein neuer Rekord, und der Ticker konnte mit dem rasenden Taumel des Kaufens und Verkaufens nicht länger Schritt halten.

Das war ein Leben, und da wurden Profite gemacht! Amerikas Geld und das Geld der ganzen Welt strömte herein, um bei der Gründung neuer Maklerbüros verwendet zu werden, um Scharen neuer Bankbeamter zu schaffen. Normale Geschäftsbetriebe wurden von den Banken nicht mehr beachtet; warum sollte denn ein Bankier oder auch sonst jemand einem Farmer oder Geschäftsmann Geld zu 6 oder 7 Prozent leihen, während die Häuser in der Wall Street 20 bis 30 Prozent für Tagesgeld bezahlten? Ja, das Bankgewerbe im gewöhnlichen Sinne begann zu veralten. Warum sollte eine Firma ihr Geld in der Bank deponieren, wenn sie ihre Überschüsse unmittelbar nach der Wall Street leiten und riesige Profite einstreichen konnte?

Aber was noch wichtiger war: Warum sollte denn irgendein leitender Angestellter oder Direktor die Gelder seiner Gesellschaft so verwalten, daß dabei die Aktionäre profitierten, wenn er mit demselben Geld für sich und seine Kollegen Profite machen konnte? Laut gesetzlicher Vorschrift durfte kein Bankdirektor sich selber Geld leihen, und aus diesem Grund hielt Jed die Banken für ebenso überlebt wie die großen Schlachtschiffe. Keine gesetzliche Vorschrift untersagte Jeds Delaware-Gründungen, ihm ihr ganzes Vermögen zu leihen. Keine Klausel in den Statuten konnte das verhindern; ja, es gab in den Statuten nicht einen Satz, der irgendeine oder sämtliche Teereimer-Gesellschaften daran gehindert hätte, ihre sämtlichen Aktiva auf Jed Rusher zu übertragen, als Gegenleistung für seine Dienste, nämlich dafür, daß er am Schreibtisch saß. Freilich, das Gesetz betrachtet den Verwaltungsrat als einen Treuhänder, der den Aktionären verantwortlich ist; jeder Aktionär hat das Recht, ihn zu verklagen, wenn er mit seinem Geld und seiner Zeit nichts Besseres anzufangen weiß. Was hat er für Chancen, wenn er sich keinerlei Fakten verschaffen kann, wenn er nicht herausbekommen kann, wieviel die Gesellschaft besitzt oder was sie eigentlich macht? In der Praxis vollziehen sich die Dinge so, daß Klagen nur von Erpressern eingebracht werden, der mißvergnügte Aktionär dagegen verkauft seine Aktien und damit gut. Nichts also konnte Jed daran hindern, mit dem Geld der Teereimer nach Belieben zu verfahren, vorausgesetzt, daß er so vorsichtig war, Abe Silberman die Dokumente aufsetzen und mit den gesetzlichen Vorschriften in Übereinstimmung bringen zu lassen.

19. Kapitel

Kommen und Gehen

I

Etwas über ein Jahr nach dem offiziellen Geburtsdatum des kleinen Claudius Warrener Rusher sah Lulu Belle abermals ihren Herzenswunsch erfüllt, und in dem Kinderzimmer erschien eine neue, lebende Puppe – diesmal weiblichen Geschlechts – und bekam den Namen Elizabeth Macy Rusher. Zwei Jahre später kam ein zweites Mädchen, Jane Warrener Rusher; so waren nun alle Beteiligten gebührend berücksichtigt worden. Es konnte kein Zweifel bestehen, daß die neuen Erdenbürger von Jed stammten, und er empfand die übliche Vaterfreude. Natürlich hätte er gewünscht, daß seine Kinder Jungens wären; aber er fand an dem kleinen Claude nichts auszusetzen, ein stilles, liebenswürdiges Knäblein, das von einem wissenschaftlich gebildeten Kinderfräulein mit Doktortitel vorzüglich betreut wurde.

Auch an seiner Frau fand Jed nichts auszusetzen; sie entsprach dem Programm, das er entworfen hatte und rechtfertigte sein gesundes Urteil. Sie ging völlig in ihren Babies auf; alles, was sie taten, war für sie ein neues Wunder, und sobald sie zu sprechen begannen, verwandelte sich Lulu Belles Gehirn in einen Phonographen, der die wunderbaren Laute aufbewahrte und wiedergab. Natürlich hatte das zur Folge, daß andere Leute sie langweilig fanden, aber sie waren viel zu höflich, um das zu sagen, und Jed kümmerte es nicht, weil er ja nur wenig zu Hause war. Die Großmama mochte sich Sorgen machen, daß Lulu Belle so ungebildet sei, daß sie nie würde orthographisch schreiben können, daß sie nie wissen würde, was in der Welt vorgeht oder worüber man in einer Abendgesellschaft zu sprechen hat; Jed aber merkte, daß die gebildeten Frauen oft sehr vergnügungssüchtig und keß oder aber bebrillt und grämlich seien, und er hatte weder nach der einen noch nach der anderen Sorte Verlangen. Eine Frau, die zu Hause blieb und mit den Kindern spielte und zu ihrem Mann aufblickte und ihn in Frieden ließ und ihm immer lächelnd entgegenkam, das war für ihn das Richtige. Der Umstand, daß Lulu Belle reich war, daß sie ihn mit ihrem Geld machen ließ, was er wollte, und alle Papiere, die er ihr brachte, unterzeichnete, ohne sie auch nur anzusehen, vollendete das Bild häuslichen Glücks.

Er besaß ferner eine vollkommene Schwiegermama, so schien es ihm wenigstens in diesem Stadium ihres Zusammenlebens. Sicherlich hatte Mrs. Jane ihre gesellschaftlichen und bischöflichen Vorurteile noch immer nicht abgelegt, aber sie hielt sie wohl verborgen und war die Verkörperung mütterlichen Takts. Unmöglich, keine Ehrfurcht vor einem Mann zu empfinden, der so unausdenkbare Summen Geld verdiente und in der Geschäftswelt so viel Staub aufwirbelte! Das war kaum noch ein gewöhnlicher Mann, den eine Frau lenken könnte, das war vielmehr eine Naturkraft, eine Wasserfontäne oder ein Zyklon, dem man Platz machen muß. Mrs. Jane hatte in jahrelangem Bemühen ihrem Mann die männliche Gewohnheit abgewöhnt, des Morgens beim Frühstück die Börsenberichte zu lesen; Jed aber würde seinen Kaffee und seine Eier mit Speck lieber in einer Frühstücksstube verzehrt haben, als sich eine solche Regel aufzwingen zu lassen; und unter dem Schutz seines Beispiels verfiel natürlich Wally in sein altes Laster zurück, grinsend wie ein großer blonder, borstiger Affe.

2

Jed Rusher war nicht nur Vater, er war auch mehrfacher Onkel geworden. Sein Bruder Tom schrieb jedesmal, wenn das Ereignis stattfand, einen Brief mit einer noch schlechteren Orthographie als Lulu Belle. Jed diktierte einem seiner Sekretäre eine Antwort und versäumte nie, einen Scheck über 100 Dollar beizulegen. Die beiden Brüder hatten einander, seit Jed in die Stadt übersiedelt war, nicht mehr gesehen; jetzt aber kam ein Brief, in dem stand, daß Tom ein paar Tage Urlaub habe, und er und Allie würden sich gern mal einen Ausflug in die Stadt gönnen. So standen sie nun auf dem Bahnhof, Jed und Liza holten sie ab. Ein breitschultriger, etwas schlottriger Bauernbursche, tief gebräunt, mit einem gutmütigen, ehrlichen Gesicht, sackige Hose und weitem Rock, und ein unscheinbares, vor Sorgen bereits welkes Dorfmädchen, in billigen, unmodernen Kleidern. Sie machten einen so kläglichen Eindruck, daß Jed gar nicht recht stolz sein konnte, während er sie zu seiner funkelnagelneuen Limousine führte. (Den Chauffeur in brauner Uniform und Mütze hatte seine Schwiegermama mit unfehlbarem, gesellschaftlichem Scharfblick ausgewählt.)

Was um Gottes willen sollte man mit einem solchen Pärchen anfangen? Sie in ein Hotel stecken, das nicht allzu prunkvoll sein darf, damit sie nicht in Verlegenheit geraten, und sie dann in das große Warenhaus mit dem achtzehn bis zwanzig Stock hohen Turm führen, von dem aus man die ganze Stadt und die Berge ringsum überschauen konnte. Ja, das würde ihnen gefallen. Jed selber wohnte schon seit fünf oder sechs Jahren hier und war noch nie auf dem Turm gewesen, jetzt aber würde er den stolzen Bürger einer gar nicht so kleinen Stadt spielen und Tom und Allie das große

Warenhaus mit seinen Luxuswaren zeigen und ihnen ein teures Geschenk kaufen und dann Eintrittskarten für den Turm lösen: oben, rund um in die steinerne Brüstung, sind Messingschilder eingelassen, mit sorgfältig gravierten Pfeilen, die auf diesen und jenen Berg zeigen; daneben steht die Höhe des Berges und sein Name. Tom und Allie benahmen sich wie alle Touristen. Sie blickten durchs Fernrohr, machten ihre Bemerkungen über die Klarheit der Atmosphäre und berechneten genau, wo ihre Heimatstadt lag. Die verschiedenen öffentlichen Gebäude wurden ihnen gezeigt: das Parlament mit seiner goldenen Kuppel, das Gericht, die Bibliothek, die Universität und die verschiedenen Bürohäuser, darunter auch das der Fourth National Bank, in dem Jed residierte; dann die Parks, die Landklubs und die protzigen Besitzungen der Reichen. Nachdem sie sich alles zweimal angeschaut und alles gesagt hatten, was ihnen nur einfallen wollte, fuhren die vier im Lift in das elegante Warenhausrestaurant hinunter, und Jed bestellte vom Besten und hörte zu, wie Tom von der Kolonialwarenhandlung erzählte, in der er beschäftigt war, und Allie von ihrem Heim und den Kindern. Dann schützte Jed dringende Geschäfte vor und überließ es Liza, sie im Auto umherzufahren und ihnen die Häuser der Plutokratie zu zeigen. Essen würden sie bei Liza und Carrie Meecham, und am Abend würde Jed mit ihnen allen, einschließlich Lulu Belle, in ein Kino gehen, Ende und Krönung eines vollkommenen Tages.

Jed kamen sie beide sehr mitleiderregend vor, sie selber aber schienen mit sich ganz zufrieden. Er hatte daran gedacht, Tom eine Bürostellung zu geben, aber er sah, das würde nicht gehen, Tom gehörte nicht in die Stadt, und so bescheiden auch seine Frau jetzt war, sie würde sicherlich gesellschaftlichen Ehrgeiz entwickeln, wenn sie in seiner und Lizas Nähe lebte. Nein, das Richtige war es, sie auf das Petroleumfeld hinauszuschicken und Dick Sunstorm zu beauftragen, Tom einzureihen; Tom war ein ehrlicher Kerl und konnte Vorarbeiter werden oder vielleicht Leiter einer Verkaufsstelle, Dick würde schon wissen, was. Auch würde Jed ihn vielleicht als Verwaltungsrat bei einigen seiner neuen Gründungen verwenden können, denn Jed brauchte immer Leute, die kamen, wenn man sie rief, und stimmten, ohne zu fragen, und Bestechungsgelder nicht nahmen, die die anderen gern gezahlt hätten.

3

DANN EIN ZWEITER FAMILIENBESUCH, DER FÜR JED weit weniger angenehm war. Die Sache fing so an, daß, als er eines Tages vom Mittagessen zurückkam, sein Sekretär, Jeds Jermin, der die Diskretion selber war und in einer tadellos geschnittenen und gebügelten Hose umherwandelte, eine Notiz auf seinen Schreibtisch legte: «Wachtmeister Patrick im Polizeipräsidium anrufen. Dringend.» Jed ließ sich also verbinden, und da war der Wachtmeister, nach seiner Stimme und seinen Worten zu urteilen die Diskretion selber, bloß diesmal in blauer Uniform. Unter seiner Obhut befinde sich eine junge Dame, die sich Madge Rusher nenne und die Schwester des Präsidenten der Teereimer-Öl zu sein behaupte. Sie sei soeben in der Stadt eingetroffen und werde auf Grund einer telegrafischen Benachrichtigung aus Omaha festgehalten, denn sie habe dort eine Reihe ungedeckter Schecks ausgegeben. Ob Mr. Rusher eine solche Schwester habe?

Das war ein hübscher Bissen, ein Dessert nach dem Mittagessen. Madge hatte mehrere Male an Jed geschrieben, ihre Operettentruppe war gestrandet, ihr Liebhaber hatte sie sitzenlassen, und sie war pleite. Jed hatte ihr Geld geschickt und dann, da er ihre allzuhäufigen Forderungen satt hatte, einen Absagebrief nach Omaha geschrieben; und alles übrige ergab sich von selbst. Sie war zu ihm in die Stadt gekommen, weil er sich hier würde um sie kümmern müssen. Einerlei, ob er sich noch so sehr ärgerte, er durfte die Sippen der Warrener und Macys nicht durch eine Schwägerin entehren lassen, die in einer Polizeizelle saß, weil sie Kaufleute und Hoteliers beschwindelt hatte.

Jed sagte dem Wachtmeister, er fahre sofort hin, aber er nahm sich noch die Zeit, die Chefredeakteure der beiden Zeitungen von Mountain City anzuklingeln, denn er wußte, diese Nachricht würde zu ihnen gelangen, und in den ersten Nachmittagsstunden arbeiteten die Pressen mit Volldampf. Jed sprach mit T. J., den er längst kennengelernt hatte und dessen Bekanntschaft er sorgsam pflegte; T. J. war ein wildblickender alter Knabe mit einem weißen, spitz gezwirbelten Schnurrbart. Jed erklärte ihm, er habe eine Adoptivschwester, die als Kind von zu Hause weggelaufen sei und jetzt beschuldigt werde, ungedeckte Schecks in Omaha ausgegeben zu haben. Die Sache könne in Omaha von Interesse sein, schwerlich aber hier, wo sie nur unschuldigen Menschen Kummer bereiten müßte. Jed unterhielt mit der *Post* die freundlichsten Beziehungen, er brauchte nicht erst auf die Zahl der Inserate hinzuweisen, die die Teereimer vergab, und der Zufall wollte, daß gerade in diesem Augenblick seine Agenten den Auftrag erhalten hatten, eine frische Serie von Inseraten für die neuen Tankstellen vorzubereiten, eine Angelegenheit von 5000 Dollar. Die Stimme am anderen Ende der Strippe war die Herzlichkeit selber: Jed könne sicher sein, daß in der *Post* nichts über seine Schwester erscheinen werde.

Von dem zweiten Blatt bekam er die gleiche Zusicherung, und dann fuhr er zum Polizeipräsidium, schob dem Wachtmeister eine Zwanzig-Dollar-Note für seine freundlichen Dienste zu, erkundigte sich nach dem fraglichen Betrag, es waren etwas über 500 Dollar, schickte die Summe telegrafisch nach Omaha und ließ den Haftbefehl gegen seine Schwester durch die zuvorkommenden Behörden aufheben – nur ein Versehen, sie dachte, sie habe das Geld auf der Bank usw. Dann nahm er das weinende Frauenzimmer in sein Auto und fuhr mit ihr zu einem Hotel, wo eine Aussprache stattfand. Madge wollte ihm des langen und breiten von ihrem Unglück erzählen, aber Jed schnitt ihr das Wort ab; er war nicht gewillt, dieser auffällig gekleideten, frechen jungen Person gegenüber, die zufälligerweise demselben Mutterleib entstammte wie er, Gefühle zu heucheln. Sie habe sich ihren Weg selber gewählt und die übrigen Mitglieder ihrer Familie aufgefordert, sie zu vergessen. Was sie also jetzt noch wolle?

Madges Tränen versiegten, und sie setzte eine freche Miene auf. Sie habe ein Recht, von Jed Hilfe zu fordern, ob sie ihm nicht in der Vergangenheit geholfen habe? Ob sie nicht mitgeschuftet habe, damit er die Schule besuchen und einen Ausgangspunkt für seine Laufbahn erhalten konnte? Jetzt sei er reich geworden und habe die Pflicht, seinerseits etwas zu leisten. Was sie denn haben wolle, fragte Jed abermals, und sie sagte, 500 Dollar genügten ihr, um nach New York zu fahren, wo die Engagements getätigt werden, und sich dort so lange über Wasser zu halten, bis sie Arbeit gefunden hätte. Dann würde sie in Zukunft niemand mehr belästigen.

Jed sagte, gut, das wolle er tun und noch mehr – er wolle es auch gleich sagen, damit die Sache erledigt sei –, er wolle ihr zeitlebens monatlich 100 Dollar schicken, gleichviel, wo sie sich aufhielte; damit würde sie vor dem Verhungern geschützt sein und keinen Vorwand zu Betrügereien haben. Die Pension werde so lange laufen, wie sie weder ihm in die Quere käme noch sich in Mountain City blicken ließe, noch ins Gefängnis wanderte. Die Zahlungen würden sofort aufhören, sowie sie noch einmal irgendwo, gleich unter welchen Umständen, seinen oder Lizas Namen benutze. Wenn sie diese Vorschriften nicht einhielte, würde Jed sich in aller Öffentlichkeit von ihr lossagen und den Skandal auf sich nehmen. Madge sagte, gut, das sei ein anständiger Vorschlag, und Jed gab ihr einen Scheck, fuhr mit ihr zum Bahnhof und setzte sie in den Zug.

4

So durfte nun Jed eine der Begleiterscheinungen des Reichtums genießen: eine Schar von Schmarotzern, die von seiner Großmut abhängig waren. Sehr bald tauchte ein älterer Bruder seines Vaters auf, der Invalide war und mit dem Armenhaus drohte, ferner eine Schwester seiner Mutter, die an unheilbarer Tuberkulose litt und in ein Sanatorium geschickt werden mußte. Sowie der Ruhm des Teereimers sich verbreitete, gaben eine Schar von Vettern verschiedenen Grades ihre Existenz und ihre Nöte bekannt. Es kamen auch allerlei süßparfümierte Wohltätigkeitsdamen in seine Wohnung und in sein Büro und sammelten für Kinderspitäler und Altersheime. Die Erfinder des Perpetuum mobile und der selbstschärfenden Rasierklinge, die früher an Claudius G. Warrener geschrieben hatten, begannen jetzt an den Präsidenten der Teereimer-Öl zu schreiben, und ehrgeizige Universitätsstudenten ersannen Vorwände, um den berühmtesten Sohn ihrer teuren alten Alma Mater kennenzulernen.

Wenn sie Jed nicht erwischen konnten, erwischten sie

seine Schwester, die wegen ihrer Tätigkeit in der Kirchengemeinde und ihres Glaubens an die menschliche Nächstenliebe viel zugänglicher war. Liza verfügte über ein großes Einkommen und hatte nichts zu tun, da alle Neuinvestierungen von Jed besorgt wurden. Sie wählte die Wohltätigkeit als ihren Beruf, trat zahlreichen Komitees bei und schuf sich eine zahlreiche Schar von Unterstützungsempfängern, die von ihr persönlich abhängig waren, deren Leben sie streng überwachte und deren Betragen sehr schnell den letzten Rest ihres Glaubens an die menschliche Natur zerstörte, der noch die Lehre von der Erbsünde überlebt hatte. Liza fand keinen unter ihren Schützlingen, der etwas anderes im Kopf gehabt hätte als den Wunsch, immer noch mehr aus ihr herauszupressen; sie entdeckte ferner, daß sie alle nicht so leben wollten, wie sie, Liza, es ihnen vorschrieb. In dem Maß, wie Lizas Kleider eleganter und ihre gesellschaftliche Stellung gehobener wurden, schien ihr Herz härter und ihre Zunge schärfer zu werden.

Aber das Schicksal hatte für die gewissenhafte Seele eine Belohnung auf Vorrat – in Gestalt jenes ernstgesinnten jungen Predigers, Hochwürden Glaub, der als Pastor an die Methodistische Erlöserkirche zurückgekehrt war. Hochwürden Glaub saß mit Liza in verschiedenen Komitees zusammen und half, ihre wohltätigen Gaben zu verteilen, gesellige Zusammenkünfte und Basare zu organisieren. Er hatte erstens wegen ihres Reichtums, und dann, weil sie vier Jahre älter war als er, sehr tiefen Respekt vor ihr, er fühlte sich geschmeichelt, wenn sie ihn einlud, und es dauerte nicht lange, da gab er ihr zu verstehen, daß ihm ihre Person angenehm sei. So mußte nun Liza dieses schwierige Problem erwägen, denn es handelte sich hier schließlich um die Verfügung über riesige Summen Geld.

Sie hatte ihr Leben den Geschwistern geopfert, die aber lebten jetzt ihr eigenes Leben. Jed, ihren Augapfel, sah sie nur selten, er war zu beschäftigt. Und wer sonst brauchte sie? Nicht einmal Carrie, die den ganzen Tag arbeitete. Liza war in den Dreißigern, und wenn sie Kinder haben wollte, war es höchste Zeit. So kam es, daß sie den jungen Geistlichen auf eine Autofahrt mitnahm und einige schüchterne Zeichen von Zärtlichkeit merken ließ, worauf er stammelnd seinen schüchternen Antrag machte. Es war beileibe keine Knutschpartie, keine jener gottlosen Affären, die Liza seit jeher zu brandmarken pflegte; nein, zwei fromme Seelen weihten sich dem Dienst Gottes, das führte zu einer entzückenden Hochzeit mit Blumen in der großen, kahlen Kirche, und Jed Rusher wurde von seiner Schwiegermama in ein tadelloses Brautführerkostüm gesteckt, Frack, gestreifte Hose, weiße Handschuhe, ja sogar Gamaschen und Zylinder.

Dann, nach ungefähr einem Jahr, wurde Jed abermals Onkel. Liza hatte viel zu leiden, zu guter Letzt aber kam es so, wie Salomon sagt, sie frohlockte, daß ein Mensch geboren sei, und sie taufte ihn Jed Rusher Glaub und verlangte in ihren Gebeten nicht mehr, als daß er ein ebenso aufrechter Bürger und frommer Kirchgänger werden solle wie sein Onkel und Pate. So fing Liza mit ihrer Arbeit wieder von vorne an, eine neue Generation zu erziehen, daß sie den geraden und schmalen Pfad der Tugend beschreite und den teuflischen Fallstricken der Skepsis und Zügellosigkeit entrinne, die heutzutage mit so vielen modernen Verbesserungen ausgestattet sind.

5

Eines Abends im Sommer empfing der alte Warrener den Besuch seines Schwiegerenkels und unterhielt sich mit ihm in fröhlichem Ton, lachte über seinen Entschluß, die Erdölindustrie des Westens in die Hand zu bekommen, und riet ihm, ein wenig mehr an seine Gesundheit zu denken und mehr Zeit der Gesellschaft seiner reizenden jungen Frau zu widmen. Dann drehte sich der alte Herr in seinem Bett um, löschte das Licht aus, schlief ein und wachte nicht wieder auf. Eine angenehme Art, seine Bürde lozuwerden.

Es konnte nichts Prächtigeres und Imposanteres geben als die Begräbnisfeier in der Michaelkirche vor der Bestattung der sterblichen Reste dieses alten Gottesleugners und Spötters. Die Kirche hat am Ende stets den Vorteil weg, denn sie ist mit dem Begräbnis bei der Hand, während ein Gottesleugner oder Spötter nur selten daran denkt, für diesen Notfall vorzusorgen.

Und es konnte auch nichts Würdigeres geben als die Zeitungsberichte über das Leben und die guten Werke des dahingeschiedenen Plutokraten. Seine Spöttereien und seine exzentrischen Ansichten über die Bodenreform wurden mit keinem Wort erwähnt. Aber als seine Rechtsanwälte das Testament öffneten, machte man leider die Entdeckung, daß der alte Herr eine Viertelmillion Dollar mit der Verfügung hinterlassen hatte, an den Universitäten Amerikas Lehrstühle für die Theorie der Bodenreform zu errichten. Die Hauptерben brauchten noch keine 24 Stunden, um sich zu versammeln und sich dahin zu einigen, daß dieses Vermächtnis der öffentlichen Moral widerspreche und daß sie es bei Gericht anfechten würden. Das taten sie auch, und das Geld wurde erst einmal unter Verschluß gelegt, während man die böse Klausel dem Urteil sieben älterer Herren unterbreitete, die von den großen Trusts des Staates ausgewählt worden waren und über die Bodenreform genau so dachten wie Kanzler Saybuck an der Universität Mountain City.

Es gab nur einen Menschen, der den freundlichen, aber schwachen alten Mann aufrichtig beweinte. Als Lulu Belle Rusher zum letztenmal seine wachsbleichen Züge betrachtete, brach sie zusammen, und ihr Mann mußte sie stützen und aus der Kirche hinausführen. Jed gehörte nicht zu den Leuten, die leicht weinen, trotzdem aber war ihm innerlich etwas sonderbar zumute; er wußte, er hatte einen Freund verloren, und diese Lücke in seinem Leben würde nicht mehr zu schließen sein. Der arme alte Mann mit seinen sinnlosen, utopischen Ansichten, was hatten sie ihm denn genützt? Er war tot, und seine Gedanken würden wie ein Rauchwölkchen vergehen. So dachte Jed, und er hätte weitergehen und dieselbe Erkenntnis auch auf sich und seine Teereimer anwenden können. Aber etwas in ihm ließ diese Schwäche nicht zu, etwas in ihm protestierte gegen jeden Gedanken an Alter, Krankheit und Tod, sofern es sich um Jed Rusher handelte. Nein, was Jed machte, das war etwas ganz anderes; er baute etwas Wirkliches auf, etwas, das bleiben würde, und er stand außerdem unter der Hut eines besonderen Geschicks, so daß er andere Menschen als Mittel zum Zweck benutzen konnte, wie zum Beispiel diesen armen alten Plutokraten, der da in seinem teuren Bronzesarg lag, weiße Rosen zu Häupten und gelbe Rosen zu Füßen, während ein vornehmer, weißgekleideter Prediger die alten Formeln herunterleierte, die er, der Tote, so tief verachtet hatte.

6

ALTE FREUNDE VERABSCHIEDETEN SICH UND NEUE kommen an. Dick Sunstorm oben auf dem Feld hatte eine der lebhaften jungen Kolleginnen seines Universitätssemesters zu sich genommen, und sie vermehrten nun pflichtgemäß die Bevölkerung, der erste ihrer Sprößlinge wurde Jed genannt. Natürlich konnte ein Mann in leitender Stellung wie Dick – er befand sich jetzt in der Jährlich-Hunderttausend-Dollar-Klasse – nicht in einer schäbigen Bretterbude wohnen bleiben, wie es Cudliffs Ranchhaus war. Dick hatte sich erst eine moderne Villa gebaut und dann, da er ehrgeizig wurde, eines jener imitierten Schlösser zu bauen angefangen, zwanzig herrschaftliche Schlafzimmer, jedes Zimmer mit Bad, Garagen für 30 Automobile und aller Zubehör in entsprechendem Größenverhältnis. Als dieses Gebäude vollendet war, mußten die Büros der Teereimer in Mountain City einen Tag lang ohne Aufsicht funktionieren, während die Beamten der Gesellschaft in ihren blanken neuen Limousinen zur Einweihungsfeier fuhren.

Jed und Lulu Belle kamen natürlich auch, und ebenso Liza mit ihrem Mann. Ein seltsames Erlebnis für Lulu Belle, die das Feld nicht mehr gesehen hatte, seit sie, unter dem Herzen das sündige Geheimnis, nach Kalifornien geflohen war! Jetzt bot es einen interessanten Querschnitt durch die Wunder des amerikanischen Fortschritts. In Mesa Verde eine riesige Raffinerie, Tanks, die eine Fläche von 200 Morgen bedeckten, gelbe Ziegelschornsteine, die fast bis zum Himmel ragten, und ein moderner, gepflasterter Boulevard, auf dem man in einer halben Stunde das Feld erreichen konnte, während man früher einen halben Tag gebraucht hatte.

Bald tauchten die ersten Bohrtürme auf, und dann, draußen auf der Hügelkuppe, sah man einen Wald von Türmen, den Hang hinauf und ins Arroyo hinab; längs der Straße Tanks, Lagerhäuser, Würstchenstände, Tankstellen und große Teereimer-Schilder; dann das Städtchen namens Rusher mit seinen neuen Ziegelhäusern, die Jed gehörten, einem Hotel, einer Bank, einem guten Restaurant und einem Kino, alles in knapp fünf Jahren erbaut, aber etwas Besseres war in ganz Amerika nicht zu finden! Das sagten alle die unternehmungslustigen jungen Angestellten. Jed blickte hin und sah: es war gut.

Und das graue Schloß, das irgendein junger Architekt für Dick gebaut hatte – einer seiner Studienkollegen –, zum Donnerwetter, das war ein Schlager! Jed mußte zugeben, daß er in dieser Beziehung noch was lernen konnte. Erstens hatte er nicht gewußt, daß es hier in den Bergen solche Steine gab; er würde sich das mal näher ansehen müssen. Ferner wäre er nie auf den Gedanken gekommen, sich in der Tiefe eines dieser Cañons ein Haus zu bauen, im Hintergrund die dunklen Kiefern und ein künstlich angelegter Wasserfall, der in den Garten hinter dem Schloß herabgesprungen kam und einen Forellenteich, ein Schwimmbassin, einen Eislaufplatz und einen Burggraben speiste! Dick und Clarice hatten ihren Spaß an diesen Wundern; warum sollten sich nicht Jed und Lulu Belle einen Architekten nehmen – vielleicht denselben Mann – und Mountain City einen neuen Gesprächsstoff liefern?

Dieser Gedanke schlummerte in Jeds Seele, seit er zum erstenmal einen Palast gesehen hatte; jetzt zerrte er ihn hervor, um ihn Lulu Belle mitzuteilen, und ihre erste Antwort war: «Es wäre doch so schlimm für Mama und Papa, wenn wir sie verlassen würden!» Jed aber sagte: «Mama und Papa können der Abwechslung halber bei uns wohnen. Wir wollen uns ein Haus außerhalb der Stadt bauen, dort haben die Kinder ordentlich Platz, wenn sie aufwachsen.» Sie redeten viel darüber, und Jed entwickelte grandiose Ideen. Er wollte mehrere hundert Morgen haben, unbekümmert um die Kosten, oder vielmehr, könnte man sagen, wegen der Kosten. Er wollte einen regelrechten Park haben mit einem künstlichen Wald, einem See, Spielplätzen und einem Theater, kurz, einen richtigen Landklub, dessen Gäste er auswählen würde. Lulu Belle verstand nicht recht, wie er denn auf diese Gedanken komme; doch als er fragte, was es für einen Zweck habe, eine Menge Geld zu besitzen und nichts damit anzufangen, da sah sie das ein.

Sie besprachen die Sache mit Jane und Wally. Der war sofort Feuer und Flamme, denn es handelte sich ja um ein Grundstücksgeschäft. Zufälligerweise wußte er gleich ein passendes Areal in einer Gegend, die eine mondäne Zukunft hatte; einige Interessenten hätten ihm zugeredet, es zu übernehmen und in Parzellen aufzuteilen. Jane meinte, ihr Haus werde dann ganz veröden, aber sie wolle gegen den Plan nichts einwenden, denn auf diese Weise würde das junge Paar ein wenig mehr in Gesellschaft kommen, es mache ihr ohnedies schon Sorgen, mit ansehen zu müssen, wie Lulu Belle nicht aus dem Kinderzimmer hervorzulocken sei. Sie müßten sich mehr zerstreuen, besonders Jed. Jed stimmte zu und dachte wirklich, sein Leben würde sich jetzt in diesem Sinn verändern.

In Wirklichkeit aber geschah folgendes: Er traf seine Anordnungen, dann wurden ihm die Einzelheiten langweilig, und er überließ anderen ihre Erledigung. Sie verstanden ihr Geschäft, sonst würde er sie nicht ausgesucht haben. Was hätte es für einen Zweck, wenn er versuchen wollte, Wally etwas von Grundstücken zu erzählen? Wally kannte das beste Terrain, er würde das Feilschen besorgen, ohne Jeds Namen mit hineinzuziehen und dadurch den Preis in die Höhe zu treiben. Wally konnte mit Unterstützung seiner Frau sagen, wer momentan der fashionabelste Architekt der Stadt sei, und als dieser Architekt mit seinen Skizzen und Entwürfen erschien, was sollte Jed Rusher, der ehemalige Viehknecht, ihm erzählen? Jed hörte zu und sah Bände teurer Fotografien und Radierungen durch: mittelalterliche Gotik, französische und italienische Renaissance, florentinisch und venezianisch, Louis XIV. und Baron Haussmann, Königin Elizabeth, Königin Anne, die fünf Georges – oder vielmehr sechs, einschließlich Washington – und die neun Henrys, einschließlich Ford.

Das Ergebnis war, daß Jed mit dem Finger auf ein bestimmtes Bild zeigte. «Bauen Sie mir das da, nur ungefähr dreimal so groß.» Es war das ein berühmtes altenglisches Rittergut, Haddon Hall, und der liebenswürdige Architekt sagte, Jed beweise einen ausgezeichneten Geschmack, leider aber würde es, wenn es dreimal so groß wäre, nicht mehr ganz so aussehen wie hier auf diesem Bild. Als Jed sagte, wieviel Zimmer er haben wolle, stellte der Architekt fest, daß dann das Gebäude mindestens sechsmal so groß sein müsse, und die gesamten Proportionen müßten geändert werden. Jed sagte, gut, nur los, ändern, und dann vergaß er einen Monat lang die ganze Geschichte. Als der Architekt mit den neuen Zeichnungen kam, war Jed gerade in eine Börsenschlacht verwickelt, er hatte keine Zeit, warf nur einen flüchtigen Blick auf die Zeichnungen und sagte, gut, nur los, man solle ihn nicht belästigen. So ging es mit dieser ganzen Geschichte: Es war ein Geschäftsunternehmen wie alle anderen, das tüchtige Angestellte zu dirigieren hatten. Als der Gartenbauarchitekt kam, um mit ihm zu beraten, sagte Jed, er wolle einen Wald haben, einen großen See und recht viel Garten und gewundene Pfade und Fahrwege; mehr wußte er zu dem Thema nicht zu sagen, alles übrige mußte der Mann erledigen, falls er etwas von seinem Geschäft verstand, und das behauptete doch Wally. Ebenso konnte Jed angeben, wie groß die Garage, das Theater und der Turnsaal werden sollten; er wußte, daß er zwei Schlafsäle für die Dienerschaft haben wolle, ferner einige Gärtner- und Wächterhäuschen, um den Sonntagswanderern den Zutritt zu versperren, und rund um das ganze Grundstück einen drei Meter hohen Bronzezaun mit nach außen gerichteten Stacheln.

Darüber hinaus hatte er nur die Rechnungen zu zahlen, und hie und da mußte er versprechen, einmal hinauszufahren und den Fortgang der Arbeiten zu kontrollieren. Oft aber war er so beschäftigt, daß er die Verabredung rückgängig machte oder sie recht schnell erledigte, um nur wieder ins Büro zu kommen und die Mitteilungen seiner Makler durchzusehen. Er hatte von der Sache bloß einen ganz allgemeinen Eindruck, den sämtliche Erbauer von Herrenhäusern, Palästen und Landschlössern kennen werden: Das verfluchte Ding kostete das Doppelte der veranschlagten Summe und seine Fertigstellung die doppelte Zeit. Eine Menge unerwarteter Ereignisse konnten in Jeds Leben passieren, bevor er soweit war, in dieses achtfach vergrößerte Haddon Hall übersiedeln zu können.

20. KAPITEL

DIE ARENA

I

EIN PAKET JENER AKTIEN DER FOURTH NATIONAL Bank von Mountain City, die ihr Gewicht in Radium wert waren, hatte Claudius G. Warrener testamentarisch seiner Enkelin Lulu Belle Rusher vermacht; so wurde nun Jed an Stelle des alten Herrn für den Verwaltungsrat der Bank vorgeschlagen. Jed willigte ein, und als er hinter die Kulissen kam, da merkte er, er habe dem Bankgewerbe Unrecht getan. Ein wahrhaft großartiges System, das einen instandsetzt, imaginäres Geld, bekannt unter dem Namen Kredit, im zehnfachen Betrag des tatsächlich vorhandenen, vom Publikum deponierten Geldes zu fabrizieren, und dann das imaginäre Geld gleichberechtigt mit dem echten Geld in die Welt hinauszuschicken, um dort aufzukaufen, was das Herz begehrt. Jed besaß in Form von Reserven eine Unmenge Geld, aber der Mensch hat nie genug, und seine Gewinne mit zehn multiplizieren zu können, würde ihn zehnmal so glücklich machen.

Taktvoll näherte er sich den anderen Mitgliedern der Familie, die einige dieser kostbaren Bankaktien geerbt hatten, und er kaufte diese Aktien zu Preisen, über die sich die Leute nur im Flüsterton unterhielten. Das Ergebnis war, daß Jed die Bank beherrschte, und wenn die Verwaltungsräte nicht taten, was er sagte, konnte er sie hinauswerfen und andere bestimmen. Nach gesetzlicher Vorschrift durfte Jed als Mitglied des Verwaltungsrats sich selber kein Geld leihen; aber er konnte es Firmen leihen, in deren Verwaltungsrat er saß, und seine tüchtigen Anwälte konnten derartige Firmen fabrizieren, nötigenfalls ein Dutzend an einem Tag.

Die Flugpost ermöglichte ihm jetzt, binnen einer Woche eine neue Delaware-Gründung steigen zu lassen, aber auch das war ihm noch nicht schnell genug, und er gewöhnte sich an, etliche in Reserve zu halten, so daß er nur in ein Fach greifen und eine hervorzuziehen brauchte, so oft er ein neues Feld anbohren oder ein besonders gutes Terrain für sich und seine Familiengruppe reservieren wollte.

Jed wurde ferner Verwaltungsrat in der Farmer- und Kaufmannsbank, deren Präsident Thomas J. Evarts, Lulu Belles Onkel, war. Das bedeutete natürlich, daß Jed Lust bekam, dieses Institut gleichfalls in seine Hand zu nehmen, und er begann so unauffällig wie nur möglich Aktien aufzukaufen. Binnen kurzem würde er nun eine Reihe von Banken besitzen und das Geld, das die Geschäftsleute von Mountain City Tag für Tag bei ihm deponierten, nehmen, mit zehn multiplizieren und so über eine riesige Menge Bargeld verfügen, mit dessen Hilfe er seine Aktien manipulieren und den Markt in Verwirrung bringen konnte. Seine Konkurrenten machten das auch so, die Sandersons, zum Beispiel, beherrschten die Mountain City National und hatten auf diese Weise die Central Pete finanziert und ausgebaut. Jetzt benutzten sie ihre Macht, um dem Herrn der Teereimer Schwierigkeiten in den Weg zu legen, und der Herr der Teereimer sammelte seine Kräfte und bereitete sich vor, den Krieg in Feindesland zu tragen.

Der alte Claudius G. Warrener war tot, aber sein Geist lebte in Jeds Gedächtnis fort, und dort führten die beiden lange Dispute über die neue Entwicklung in Jeds Leben. Der Geist des alten Claude lächelte wunderlich, weil Jed alles besitzen müsse und nicht ertragen könne, daß noch andere Konzerne in diesem Bergland Erdöl produzierten. Aber der junge Napolen des Öls erwiderte – mit denselben Worten, die der alte Napoleon Frankreichs gebraucht hatte –, daß er ein Mann des Friedens sei und nichts als Ordnung und Sicherheit wünsche; leider wollten seine Konkurrenten das nicht haben, sie bestünden darauf, gegen ihn zu intrigieren und sich zu seinem Sturz zu verschwören, und es könne also nicht eher Friede sein, als bis sie sich seinem Willen unterworfen hätten.

Jeds ursprünglicher Gedanke, die Teereimer auszubauen und dann ein müßiges, elegantes Leben auf seinem Landsitz zu führen, das war der eitle Traum eines Bauernburschen gewesen. In der rauhen Wirklichkeit trug das Produzieren und Verkaufen großer Mengen Petroleums den Charakter eines militärischen Feldzugs: Jed an der Spitze einer Armee, eingekreist von feindlichen Armeen, die durch tausend Künste und Kriegslisten ihn zu vernichten trachteten. Da in diesem Krieg, wie in allen anderen Kriegen, die beste Verteidigung der Angriff war, mußte Jed Mittel und Wege ersinnen, um seinen Konkurrenten ihre Aufträge und Profite und schließlich auch ihr Eigentum wegzunehmen.

Unmöglich, alles vorherzusehen, was da geschah, die Schlingen alle zu kennen, die man ihm legte! Es gab keinen Augenblick, da nicht ein Dutzend Prozesse gegen die verschiedenen Teereimer-Gesellschaften liefen: alte Ansprüche auf den Grund und Boden, mit mangelhaften Rechtstiteln begründet, Schadenersatzprozesse wegen Bergschäden, Prozesse um Wasserrechte, Klagen wegen persönlicher Beleidigung; ein ganzer Stab von Juristen war nötig, um alle diese Anschläge abzuwehren. Und immer wieder Betrügereien und einfache Erpressungen; Angestellte, die der Versuchung unterlagen und Jed für Geld verrieten oder, verführt durch Jeds Feinde, Handlungen begingen, die nachher eine Grundlage für einen Prozeß gegen Jed selbst liefern sollten. Endlos weit gingen die Verzweigungen der Komplotte durch diese ganze Welt des großen Geschäfts. Angestellte verübten Erpressungen an ihren eigenen Gesellschaften, befürworteten die schiedsgerichtliche Beilegung dieses oder jenes Falles, und dann stellte sich heraus, daß sie an den Profiten aus dieser Erledigung beteiligt waren. Und wenn Jed sie dann entließ, verklagten sie ihn als Aktionäre, auf Grund von Informationen, die sie als Angestellte bekommen hatten. Sie wollten Jed zwingen, seine verschiedenen Reingewinne zu verteilen, damit die Aktionäre einen Anteil daran erhielten, und er mußte sich schließlich die Mühe nehmen, Geld zu verlieren, das heißt, den Überschuß nach irgendeinem anderen Teil seines Spinnennetzes zu verschieben.

Er versuchte, seinen eigenen Konzern sauberzuhalten, damit meinte er, daß sämtliche Profite ihm zufließen sollten. Aber wie sollte er das erreichen, da er auf allen Seiten von wilder Habsucht umgeben war? Die Männer, mit denen er zu tun hatte, waren dermaßen geldgierig, daß selbst ihre Zerstreuungen noch ein Spekulieren waren. Ihr Golfspiel diente nicht der Erholung, sondern war eine Imitation des Geschäfts: Sie wetteten auf einen Ball ins nächste Loch, sie wetteten 1000 Dollar auf ein Match, erst dann wurde es für sie interessant. Nach einem harten Arbeitstag saßen sie die ganze Nacht wach und gewannen oder verloren am Pokertisch etliche Tausender. Das Fieber steckte auch die Weiber an, sie spielten Bridge am Nachmittag unter sich und abends mit den Männern. Sie zankten um Gewinn und Verlust, bekamen einander satt und jagten neuen Liebschaften nach; in der guten Gesellschaft von Mountain City pflegte man scherzenderweise die Central Pete als die Alimentengesellschaft zu bezeichnen, da sämtliche Direktoren, sowie sie reicher wurden, sich neue Bräute zugelegt hatten und von ihren Frauen in Scheidungsprozessen tüchtig geschröpft worden waren.

2

DAZU KAM NOCH DER NIE ENDENDE BÖRSENKRIEG. Die unverschämten Sandersons begnügten sich nicht, ihre Manipulationen auf die Papiere der Central Petroleum zu beschränken, sie unterfingen sich, in die Angelegenheiten der Teereimer einzugreifen. Sie bestachen Jeds Angestellte und setzten ihm Spione ins Büro und aufs Feld, um herauszubekommen, was er vorhabe; sowie er eine Attacke auf den Markt unternahm, merkte er, daß ihm jemand zuvorgekommen war, daß irgendeine geheimnisvolle Macht ihn in seinen Schritten hemmte. Natürlich machte ihn das wütend, er begann, der Central Pete Spione auf den Hals zu hetzen, und es dauerte nicht lange, da wußte er über ihre Aktiva und Einkünfte und über das kunstvolle Netz von Sicherheiten, das ihre Besitzer zu ihrer Bereicherung gesponnen hatten, aufs gründlichste Bescheid.

Jed vertraute niemandem das Geheimnis seiner Pläne an, nicht einmal Abe Silberman. Der Anwalt mochte verläßlich sein, aber andere Mitglieder seiner Firma waren es vielleicht nicht, und es bestand immer die Wahrscheinlichkeit, daß irgendeine Stenotypistin oder ein Prokurist mit dem Feind zu tun hatte. Jed stoppte den Ausbau seiner Anlagen und häufte eine Masse baren Geldes in den Banken von Mountain City und New York an, und als die Sandersons das nächste Mal die Papiere ihrer Hauptgesellschaft, als Vorspiel zur Streichung der Dividende, zu fixen begannen, griff Jed ein und kaufte alles auf, was sie anboten, und alles, was das erschreckte Publikum anzubieten hatte. Er trieb durch seine Gebote Central Pete um einige 60 Punkte in die Höhe, und als Perry Sanderson am nächsten Morgen aufwachte, entdeckte er, daß er eine große Anzahl von Aktien zu liefern hatte, die er nicht besaß, und daß seine wichtigste Gesellschaft in die Hände seines erbittertsten Konkurrenten geraten war.

Es war das für Perry eine viel ernstere Angelegenheit, als es für Jed in einer ähnlichen Lage gewesen wäre, denn die Organisation der Central Pete stammte aus der guten alten Zeit, da die stimmrechtslosen Aktien noch nicht erfunden waren und der Besitz der Aktien tatsächlich die Herrschaft über das Unternehmen bedeutete. Perry hatte nicht nur mehrere Millionen Dollar verloren, sondern er hatte auch seinen Todfeind in das Zentrum seiner Befestigung eindringen lassen. Er wird sich nun noch viele Jahre lang wehren und bei seinen Bemühungen, Jed zu schlagen, immer neue Gelder verlieren, aber das Ergebnis muß sein, daß die Central Pete fusioniert wird. Dann wird Jed seinen eigenen Verwaltungsrat ernennen, und so oft irgendeine Manipulation mit den Papieren stattfindet, wird Jed der Nutznießer sein.

Ein Krieg wie der Krieg der Titanen im Altertum, die die Bäume mit den Wurzeln ausrissen, um einander eins über den Schädel zu geben! Die Finanzwelt erzitterte unter den Erschütterungen des Kampfes, und die Wall Street nahm zur Kenntnis, daß im Westen ein neuer Riese erwachsen sei. Perry Sanderson hatte in New York Verbündete und Teilhaber, verschiedene Banken und Investitionsgesellschaften, die seine Unternehmungen mitfinanziert hatten und jetzt seine Sicherheiten in ihren unterirdischen Gewölben liegen hatten. Diese hochmütigen Herren sahen es nicht gern, daß ein Neuling sich den Weg in ihre Sphäre bahnte und außerdem noch ihre Ratschläge zurückwies, als sie Emissäre ausschickten, um mit ihm zu verhandeln. Neue Kriege begannen an Jeds Horizont aufzutauchen, er sah den Augenblick kommen, da er einigen dieser aufgeblasenen Burschen im Osten eine Lehre würde erteilen müssen. «Geld verdienen, Jed Rusher, Geld verdienen!» Dieselbe Lehre, die das Leben dem kleinen Jungen aus der Rindergegend erteilt hatte, als er ehrfurchtsvoll die Passagiere des großen transkontinentalen Blitzzugs anstarrte, dieselbe Lehre, die ihm durch bitteres Leiden auf den Rübenfeldern und in der Pension beigebracht worden war, hier wurde sie ihm abermals eingehämmert. Aus Mangel an Geld mußte Perry Sanderson sich von den kostbaren Aktien der Mountain City National Bank trennen, und das bedeutete, daß die Summen, die ihm zur Verfügung standen, noch weiter sinken würden. Aus Mangel an Geld konnten Jeds Konkurrenten die Preiskämpfe nicht ertragen, die er gegen sie führte. Aus Mangel an Geld konnten sie mit ihm bei der Pachtung neuer Terrains und dem Ausbau neuer Felder nicht Schritt halten. Aus Mangel an Geld würden sie sich alle zu guter Letzt fusionieren lassen müssen.

«Geld verdienen, Jed Rusher» – und das tat er auch! Geld strömte aus mehreren hundert Löchern hervor, die er in das Teereimer-Feld hatte bohren lassen, jedes Loch sorgfältig geschützt durch eine doppelte oder dreifache Mauer vierbis sechzehnzölliger Stahlrohre. Mit Hilfe des Labyrinths getippter und gedruckter Worte, das Abe Silberman ersonnen hatte und das ordnungsgemäß an den vom Gesetz vorgeschriebenen Orten registriert worden war, übte Jed Rusher über jeden Tropfen dieses kostbaren schwarzen Goldes seine Kontrolle aus; ein großer Teil davon gehörte ihm allein, den Rest überließ er dem Publikum unter Bedingungen, die *ihm* die Kontrolle sicherten. Ebenso beherrschte er sämtliche Wege der Verarbeitung, Verteilung und Feilbietung dieses Erdöls und seiner Nebenprodukte; nachdem er sie in bares Geld verwandelt hatte, deponierte er das Geld bei seiner eigenen Bank, und dann lieferte nach dem Bankgesetz jeder einzelne Dollar die Grundlage für die Fabrikation weiterer zehn Kreditdollars. Jed nahm diese 10 Dollar, oder den größten Teil davon, und legte sie bei einer anderen Bank an, und dort wurden sie abermals mit zehn multipliziert; oder er deponierte das Geld bei den Maklern in New York und kaufte mit ihm die Aktien zurück, die er ein paar Wochen oder Monate lang dem Publikum überlassen hatte. Das Publikum war froh, daß man ihm gestattete, einige Stücke Papier zu besitzen, die Jed hatte drucken und mit roten und goldenen Siegeln verzieren lassen – sie zu besitzen bis zu dem Augenblick, da Jed anzudeuten beliebte, daß die Aktien nicht mehr so viel wert seien und daß es besser sei, sie wieder an ihn zu verkaufen. Dann würde das Publikum froh sein, daß es ohne sie leben durfte, bis zu dem Augenblick, da Jed anzudeuten beliebte, die Stücke Papier seien mehr wert als der jetzige Preis und es wäre besser, sie zurückzukaufen.

3

JE LÄNGER DAS DAUERTE, DESTO GRÖSSER UND DESTO vielfältiger wurde Jeds Tätigkeitsfeld. Zum Beispiel die Welt der Politik, die er so sehr verachtete und von der er sich albernerweise eingebildet hatte, sie würde ihm niemals Kopfzerbrechen machen. Aber er sah, daß es für einen Petroleumfinanzier unmöglich ist, sich von der Politik fernzuhalten. Gleich zu Anfang hatten die Sandersons versucht, ihn an der Erlangung der Wegerechte für seine Rohrleitungen zu hindern; sie hatten versucht, ihm den Bau anständiger Straßen unmöglich zu machen; lauter Dinge, die er brauchte, um seine Schätze auf den Markt zu bringen. Und jener pensionierte Tierarzt, der das Bezirkskomitee der Republikanischen Partei leitete, der Jeds 1000 Dollar so prompt genommen und ihm die ersten Straßenverbesserungen verschafft hatte, dieser Halunke hatte von der Central

Pete weitere Tausende genommen und zu ihrem Terrain bessere Straßen bauen lassen. Daher sah Jed sich genötigt, in die lokale Politik einzugreifen.

Der tüchtige Dick nahm sich dieser Aufgabe an, ohne Jed weiter damit zu belästigen, er unterbreitete ihm nur einen allgemeinen Umriß seiner Pläne und einen Kostenanschlag. Dann holte er sich einige Kerls zusammen, die sich Demokraten nannten, finanzierte eine umfangreiche Organisationskampagne, kaufte ein Lokalblatt, engagierte einen tüchtigen Chefredakteur und begann die Unfähigkeit und Bestechlichkeit der Bezirksverwaltung zu enthüllen; der wurde nach einiger Zeit so brenzlig zumute, daß die Beamten die Archive in der Heizung des Gerichtsgebäudes verbrennen mußten. Die Sache erregte gewaltiges Aufsehen, bei der nächsten Wahl eroberte die demokratische Liste die Bezirksverwaltung, und von nun an war der freundliche Dick Sunstorm die «unsichtbare Regierung» von Red Sandy County. Die Inspektoren kamen zu ihm, um zu erfahren, was in der Frage der Straßen und auch sonst zu tun sei, und die Teereimer erhielt, was sie brauchte.

Dick konnte Jed vorrechnen, daß sie an einem einzigen Posten die gesamten Kosten der Kampagne wieder eingespart hatten: nämlich an den verminderten Steuern auf den Besitz der Teereimer. Die Höhe der Steuern, die dieser und jener bezahlte, wurde natürlich ganz willkürlich festgesetzt und hing vom Steuerausschuß ab; und es war für die Trusts, die das Geld bereitstellten, um die politischen Parteien am Leben zu erhalten, nur ein Gebot des gesunden Menschenverstandes, möglichst ihre Leute in den Steuerausschuß zu bringen. Nur wenige der großen Trusts bezahlten mehr als 5 bis 10 Prozent der Summe, die sie eigentlich schuldeten, und Jed bewies seine Klugheit und Weitsicht, indem er sich weigerte, seine Konkurrenten, die Central Pete-Clique, mit dieser neuen Steuerwaffe, die jetzt in seinen Händen war, völlig auszuplündern. Nein, sagte er zu Dick, das sei zu gefährlich; lieber nicht die Öffentlichkeit durch derartige Fragen in Bewegung bringen! So sehr Jed seine Konkurrenten von der Sanderson-Sippe haßte, noch mehr haßte er die Politiker und Demagogen, die die Massen mit ihrem Gerede vom Großkapital und seinen Privilegien zu verhetzen suchten.

4

FERNER MUSSTE SICH DIESER SELFMADE-GESCHÄFTSmann mit dem Arbeiterproblem beschäftigen.

Jed glaubte, die Arbeiter zu kennen. War er nicht einer der ihren gewesen, auf der Rinderranch und auf den Rübenfeldern? Hatte er nicht viele Male am Mittagstisch der Pension in Zion gesessen und die «Friedhofsschicht» der Zuckerarbeiter von ihren Mühen und Beschwerden erzählen hören? Er war überzeugt, jeder dieser Arbeiter habe dieselbe Chance besessen wie er, Jed Rusher, in der Welt emporzusteigen. Er wußte, daß viele von ihnen spielten, tranken, fluchten und randalierten, lauter Vergnügungen, die Jed sich versagte. Sie sparten nicht ihren Lohn, sie intrigierten und kämpften nicht, wie er es getan hatte, und das büßten sie damit, daß sie Gelegenheitsarbeiter blieben. Aber Jed hörte nicht auf, sie zu bedauern, arme Teufel! Manchmal führte ihn sein Weg aus Mountain City durch ein früher einmal sehr vornehmes Viertel, dessen altmodische Wohnhäuser mit ihren zahlreichen Giebeln und Zuckergußornamenten jetzt schmutzig und wurmzerfressen waren und als billige Arbeiterwohnungen dienten. Jed sah sie vor den Arbeitsnachweisen Schlange stehen und die Bekanntmachungen auf dem Schwarzen Brett lesen: gebeugte, mürrische, mutlos dreinschauende Männer jeglichen Alters, in Kordhosen, Filzröcken und mit breiten Westlerhüten oder in blauem Köper oder in Khaki, die Hosen in schwere Schaftstiefel gestopft. Ganze Straßen lang war ein Altkleider-Laden neben dem andern, reihenweise hingen die Kleidungsstücke zur Schau, und die jüdischen Händler lauerten in den Türen auf ihre Beute.

Ja, sie hatten es schwer, und Jed würde nie vergessen, wie nahe er daran gewesen war, einer der ihren zu werden. Er tat für sie, was er nur konnte, er baute große Baracken mit nur zwei Pritschen in jedem Raum und einer Brause für je zwölf Mann, und er gab Befehl, die Kantine so zu leiten, daß keinerlei Beschwerden laut würden. Er richtete einen Laden zu Selbstkostenpreisen ein, eröffnete ein Kino und half eine Methodistenkirche bauen, die die Arbeiter besuchen konnten, wenn sie Lust hatten, meistens waren sie allerdings nicht dafür zu haben.

Das wichtigste aber war, daß er ihnen Arbeit gab, Arbeit, von der sie lebten und die sie vor dem Untergang bewahrte. Es lag für Jed auf der Hand, daß er diese Arbeit geschaffen habe. Hatte nicht er den «Teereimer» entdeckt? Hatte nicht er das Unternehmen aufgebaut? Lieferte nicht er das Geld und das Hirn? Wehrte nicht er die Feinde ab, die die Maschine zu zertrümmern suchten? Ja, Jed war der Erbauer und Erhalter eines riesigen Systems, das Tausenden hungriger, obdachloser Menschen eine Lebensmöglichkeit gewährte. Sie kamen zu dem Feld gewandert, staubbedeckt und müde, die Decke auf den Rücken geschnallt, oder zu viert oder fünft in einem verbeulten alten Auto, das sie auf irgendeinem Müllhaufen aufgelesen hatten, mit dem letzten Liter Benzin gerade noch ihr Ziel erreichend, oder sie wurden auf den Arbeitsmärkten in Dutzenden von Städten zusammengefegt und hierher verfrachtet, um von Jeds Betriebsleitern angepackt, angelernt und dem wohlfunktionierenden Betrieb einverleibt zu werden.

Das alles war Jeds Werk, und er erwartete dafür von seinen Arbeitern Ergebenheit und Treue. Wenn er sich in seinen Erwartungen getäuscht sah, so hatte das seinen Grund in der angeborenen Verderbtheit der menschlichen Natur, in dem Impuls jedes Hundes, die Hand, die ihn füttert, zu beißen; ja, und ganz besonders in der Tätigkeit eigennütziger und verdorbener Individuen, die es angenehmer finden, von ihrer Rednergabe zu leben als von ihrer Muskelkraft. Diese Leute versuchten die Arbeiter in Gewerkschaften zu organisieren; die, die das Organisieren besorgten, hörten zu arbeiten auf, setzten sich statt dessen in ein Büro, zogen einen weißen Kragen an, besuchten Jed in seinem Büro und rauchten seine Zigarren, während sie ihm sagten, was er seinen Leuten zu bezahlen und wie viele Stunden er sie zu beschäftigen habe.

Natürlich paßte das Jed nicht. Gemeinsam mit sämtlichen anderen Petroleumfabrikanten machte er gegen die Gewerkschaften Front. «Open shop» oder «Der amerikanische Plan», so hießen die Theorien und öffentlichen Losungen, die auf den jährlichen Festtagungen des Industriellenverbandes verkündet wurden. In der Praxis aber ergab sich folgende Komplikation: In den Kriegen, die die Unternehmer gegeneinander führten, war zuweilen die Gewerkschaft eine handliche Waffe. Arbeiterführer konnte man kaufen wie alles andere in Amerika; und als Jed erfuhr, daß die Central Pete wichtige Aufträge erhalten habe, kam ihm natürlich der Gedanke, wie vorteilhaft es wäre, wenn zufälligerweise ein Streik ausbrechen und den Sandersons die Lieferung unmöglich machen würde.

Eine schlimme Versuchung, aber Jed widerstand ihr; er sagte, die Waffe sei zu gefährlich, und machte dem allzueifrigen Dick den Standpunkt klar. Aber es kam der Augenblick, da Dick einen Streik auf dem Teereimer-Feld gerade nur mit knapper Not verhindern konnte, indem er einige Gewerkschaftsorganisatoren niederknüppeln und ein Dutzend Unruhestifter aufs Pflaster setzen ließ. Dick konnte Jed den Beweis erbringen, daß diese Bewegung gegen die Teereimer von einem der Direktoren der Central Pete finanziert worden war; so wurden nun die Gesetze der Ritterlichkeit über Bord geworfen, Dick bekam einen Kriegsschatz zugewiesen, und zwei verschiedene Detektivagenturen begannen zu arbeiten: die eine hatte auf den Feldern der Sandersons unter den Arbeitern Unruhe zu stiften und die andere den Betrieb Teereimer mit einer Anzahl von Geheimagenten zu besetzen; diese Herren bezogen doppelten Lohn und sollten alle Aufwiegler ausfindig machen, die dann schnell aufs Pflaster flogen, noch bevor sie Gelegenheit hatten, die Arbeiter hinter sich zu bekommen.

5

Hier sah sich Jed abermals von dem Geist des alten Claude verfolgt, und er mußte mit ihm diskutieren. Warrener würde diese Agitatoren verteidigen und sagen, sie seien das Produkt eines schlechten Systems, das die Menschen zur Empörung treibe. Er würde sagen, daß Jed nicht berechtigt sei, das ganze Gelände der Teereimer und das Petroleum in der Erde zu besitzen; das Petroleum sei ein Geschenk der Natur und hätte Eigentum der Allgemeinheit bleiben müssen, und Jed müßte eigentlich eine Steuer leisten in der Höhe des Betrags, den ein beliebiger Petroleumunternehmer als Pachtzins für dieses Land bezahlen würde. Natürlich ärgerten Jed solche Gedankengänge, und bei diesen heimlichen Zweikämpfen der Seele sagte er dem alten Warrener seine Meinung so deutlich, wie er es im wirklichen Leben nie gewagt hatte.

Gerade auf dem Ölfeld konnte Jed Tag für Tag die Gefährlichkeit der Ideen sehen, die sein alter Freund und Wohltäter gefördert hatte. Wenn man dem alten Claude zuhörte, klang alles recht liebenswürdig und sanft; er schlug vor, seine Zwecke durch Abstimmungen und Wahlen zu erreichen, ohne die Gesetze und die Verfassung zu mißachten. Sobald aber diese Gedanken zu der rohen Masse der Arbeiter hinabsickerten, wurden sie zur Forderung nach direkter Enteignung, nach physischer, gewaltsamer Beschlagnahme von Jeds Eigentum. Agenten des roten Rußland schlichen sich unter seine Arbeiter ein, verbreiteten ihre aufrührerischen Ideen, schürten heimlich die Empörung. Und es gab daneben auch einheimische Produkte, die sogenannten Wobblies oder Industriearbeiter der Welt, deren Programm ein eindeutiger krimineller Syndikalismus war. Obgleich Gesetze erlassen wurden, die solche Agitatoren mit Gefängnisstrafen bedrohten, brachten sie es fertig, in die Arbeiterlager einzudringen, Versammlungen abzuhalten und ab und zu Streiks auszurufen.

Jed konnte nicht begreifen, wie das möglich sei; es war nur wieder einmal ein Beweis für die Unfähigkeit der Regierung. Nun war zwar Jed nicht imstande, im ganzen Staat den Gesetzen Geltung zu verschaffen, aber sein Eigentum konnte er zumindest schützen. Er schaffte sich eine gutbezahlte und gut ausgebildete Polizeitruppe an, und Dick Sunstorm, die unsichtbare Regierung des Bezirks, sorgte dafür, daß man ihnen staatliche Polizeibefugnisse verlieh. Sobald sie einen Arbeiterorganisator auf den Grundstücken der Teereimer erwischten, bekam er einen Tritt in den Hintern und flog hinaus. Jed bedauerte, daß er nicht schon damals, als er das Feld anlegte, mehr von diesen Dingen verstand. Er hatte den Fehler begangen, durch das Städtchen Rusher eine öffentliche Straße laufen zu lassen, statt ihm den Charakter eines privaten Lagers zu geben (wie das etwa bei den Lagern der Kohlenarbeiter der Fall war, die hier und dort in diesen Gebirgstälern verstreut lagen), mit verpfählten Toren und einer Kette quer über die Straße, so daß nicht einmal der Milchmann oder der Arzt Zutritt erhielten, wenn die Gesellschaft mit ihrem Benehmen nicht zufrieden war.

Aber das war weiter nicht schlimm, man brauchte sich nicht allzuviel um die Gesetze zu kümmern, wenn man in seinem Betriebsleiter den Mann hatte, dem ihre Durchführung oblag. Jed gehörte nicht zu den Naturen, die sich unnütze Sorgen machen, er litt auch nicht an besonderer Herzensgüte. Hinzu kam, daß er die Menschen, die für ihn arbeiteten, fast gar nicht sah; daher konnten sie auch seine Phantasie nicht beschäftigen; sie wurden, sowie seine Erweiterungspläne sich mehrten, zu Hunderten angeworben, und Jed kannte nicht einmal ihre Namen. Er besuchte nur selten das Städtchen Rusher, kannte es in der Hauptsache nur aus den Vierteljahresberichten Dicks, in denen verzeichnet war, wieviel die Kanäle und Wasserleitungen, die Bürgersteige, die Neubauten und Reparaturen gekostet hatten. Der Herr der Teereimer ließ seine Blicke über die verschiedenen Posten wandern und überzeugte sich, daß die einkassierten Mieten die Unkosten der Instandhaltung und die Zinsen auf das Kapital mehr als deckten. Solange der Saldo nicht mit roter Tinte geschrieben war, überließ er die Sache dem besten aller Generaldirektoren.

6

Der Herr der Teereimer näherte sich jetzt seinem 30. Jahr, und seine sämtlichen Jugendträume hatten sich erfüllt. Er war einer der reichsten Männer der Stadt, vielleicht der reichste, niemand konnte das so genau wissen. Man hörte Leute, die es wissen mußten, versichern, daß er mindestens seine hundert Millionen besitze; man konnte andere darüber lachen und behaupten hören, daß dreißig Millionen hoch geschätzt und vierzig das allerhöchste seien. In Wirklichkeit hing das völlig von der Grundlage der Berechnungen ab. Wenn man die Summe meinte, die Jed bei einem Barverkauf seines Besitzes hätte erzielen können, dann wäre der Betrag nicht so ungewöhnlich groß gewesen; aber er würde niemals gegen bar verkaufen, und deshalb hatte eine derartige Schätzung keinen Sinn. Jed verfügte über eine Maschine, durch die er Tag für Tag, Woche für Woche, Jahr für Jahr neue Geldströme in seine Taschen leitete. Die Leistungsfähigkeit dieser Maschine hing von seinem Gehirn ab, das sie regierte, und Jed hatte keine andere Absicht, als auf dem Sitz des Maschinisten sitzen zu bleiben und die Arbeit zu verrichten, die ihm so vertraut und so lieb war.

Er sagte sich, wie das jeder dieser großen Herren tut, daß er sich nicht für das Geld interessiere, sondern für das, was er mit seinem Geld anfangen könne, und das traf auch in gewisser Hinsicht zu. Es war sogar richtig, daß er sich gar nicht einmal mit Geld beschäftigte. Sicherlich nicht mit Metallmünzen und bedruckten Banknoten, denn es gab in ganz Mountain City nicht genug von dieser Ware, um die Teereimer in Gang zu erhalten. Das Material, mit dem Jed handelte, waren Zettel, die er drucken ließ und deren einziger Wert in seinem Namenszug lag. Mit anderen Worten: sein

Reichtum bestand aus dem Vertrauen des Publikums. Und er liebte es, darauf hinzuweisen, daß Tausende und Zehntausende von Menschen überzeugt waren, er würde das tun, wozu er sich ohnedies bereit erklärt hatte, und auch weiterhin auf dem Führersitz der Maschine sitzen bleiben. Unter den Tausenden, die für ihn arbeiteten, taten es einige, weil sie ihn bewunderten, und andere, weil sie ihn fürchteten, alle aber nur, weil sie wußten, daß sie am Ende der Woche oder des Monats von ihm ihre «Eßmarke» bekommen würden.

Eine ungeheure Verantwortung, die Jed jetzt endlich zu spüren begann. Er merkte allmählich, daß der Mensch unmöglich in seinen ersten Lebensjahren genügend körperliche Übung betreiben könne, um bis an sein Ende damit auszukommen; voller Abscheu dachte er daran, daß er sich vielleicht den Golfspielern würde anschließen müssen als ein Neuling und verflucht schlechter Spieler. Ferner entdeckte er, wie aus der Tatsache, daß er in seiner Jugend Stiefelsohlen hatte verdauen können, durchaus nicht folgte, daß er imstande sei, von einem mit Börsenberichten gemischten Frühstück und einem mit Maklertelegrammen gewürzten Mittagessen zu leben. Jedermann sagte ihm, er müsse sich ausruhen, und er hatte das auch vor, aber erst, nachdem er sein neues Geschäft abgeschlossen, nachdem er die Sandersons noch einmal verprügelt, nachdem er abermals eine Gelegenheit zu einem Börsenmanöver ergriffen hatte.

21. KAPITEL

DIE BOMBE

I

MRS. MACY HATTE ES NACH UND NACH FERTIGgebracht, Lulu Belle in das gesellschaftliche Leben der Stadt hineinzuziehen. Mit Hängen und Würgen, durch Zureden und Schmeicheln war es ihr gelungen, sie von dem absurden Gedanken abzubringen, ihr ganzes Leben im Kinderzimmer zu verleben und dort Dinge zu tun, die beruflich geschulte Fachkräfte viel besser erledigen können. «Mein Kind, du wirst eine vollkommene Einsiedlerin werden, wenn du gar nicht in Gesellschaft gehst. Was willst du denn machen, wenn die Kinder älter werden und dann von ihrer Mutter etwas geistige Anregung verlangen!»

Vorläufig einmal gingen Lulu Belle und ihre Mama Einkäufe machen. Früh morgens zogen sie los, um zu sehen, was es in der Stadt Neues gebe, und sobald sie aus ihrer Limousine stiegen, entwickelten die vornehmen Geschäfte eine fieberhafte Tätigkeit. Verkäufer, Direktricen und sogar die Eigentümer kamen gelaufen. «Bitte, Mrs. Macy, bitte, Mrs. Rusher, was wünschen Sie heute zu sehen?» Lulu Belle wünschte alles zu sehen, was da war. Sie liebte hübsche Sachen und rief bei ihrem Anblick: «O Mama, ist das nicht süß?» Und der Chor der Angestellten stimmte eifrig zu.

Weiche, hauchdünne Kleider, handgenähte Wäsche mit zarten Spitzen und Bändern in Pastellfarben, rosarot, blau, hellgelb; Strümpfe, so zart gewoben, daß es, wenn man sie anhatte, ein Problem für das Auge war, ob man sie anhabe oder nicht; Sommerkleider, so leicht, daß man sie zu faustgroßen Ballen zusammenquetschen konnte; schicke kleine Strohhüte, die schief auf dem Kopf saßen und einen flotten Eindruck machten; Abendkleider, von hochbezahlten Künstlern sinnreich ersonnen, um den Reizen ihrer blonden Schönheit gerecht zu werden, und so zugeschnitten und angepaßt, daß sie jede Rundung ihres Halses, ihrer Schultern, ihres Busens und ihrer Hüften zur Geltung brachten; und die erwähnten Künstler, sowohl männlichen wie weiblichen Geschlechts, tobten in Bewunderung ihrer Reize, die sie mit der Offenheit der Roßtäuscher und Preisochsenkäufer auf einem ländlichen Viehmarkt erörterten.

Da gab es Wintermäntel mit prächtigen Pelzen, die stammten aus fernen eisigen Zonen, wo Fallensteller zugrunde gehen müssen und Tiere Martern erleiden, die ein zartbesaitetes Kind der Götter sich gar nicht vorstellen kann. Da gab es funkelnde und schimmernde Edelsteine und eine Reihe kostbarer Toilettengegenstände, Schachteln und Fläschchen mit phantastischen Etiketts in französischer Sprache; ferner Spielzeug und Tand für die Kinder, ja, man konnte einen sehr angenehmen Vormittag damit verbringen, der bewohnbaren Erde ihre Schätze und dem menschlichen Hirn seine Launen und Erfindungen zu rauben.

Lulu Belle und ihre Mama aßen dann in dem vornehmen Hotel *Trianon* und gingen nachher in ein Kino oder vielleicht zu einem Empfang; wenn sie nach Hause kamen, war bereits der ganze Plunder vom Vormittag eingetroffen, die beiden Zofen hatten ihn ausgepackt und auf den Betten ausgebreitet und ihn erst einmal kräftig bewundert. Genauso wie Lulu Belle am ersten Tag ihrer Flitterwochen den Hintersitz des Autos vollgepackt hatte, so pfropfte sie jetzt ihr Boudoir, ihr Ankleidezimmer und ihren Salon voll und überschwemmte sogar Jeds Räume mit ihrem Kram. Man mußte ganze Stöße von dem alten Zeug, das höchstens ein- bis zweimal gebraucht worden war, einsammeln und verschenken, an die Zofen, an andere Dienstboten, an eine arme Kusine, an Carrie Meecham, an Tom Rushers Frau oder irgend jemand, den Lulu Belle kannte oder von dem sie gehört hatte.

Am Ende jeden Monats erhielt Jed die Rechnungen; und zuerst hatte er genauso wie jeder tüchtige Geschäftsmann sich veranlaßt gefühlt, sie nachzuprüfen, sich von ihrer Richtigkeit zu überzeugen. Aber wie sollte er das machen! Sollte er einen seiner Sekretäre zu seiner Frau schicken, um sie auszufragen? Und wie sollte sich Lulu Belle an alles erinnern können? Hatte sie am 17. zwei Sportjacken gekauft und dann am 19. noch einmal zwei, oder waren die beiden ersten zurückgeschickt und nicht gutgeschrieben worden? Solche Fragen nur zu stellen, hieß andeuten, daß Lulu Belle verschwenderisch sei; und das war nicht Jeds Absicht, sie mochte ruhig vier Sportjacken haben, wenn das sie glücklich machte. Solange sie sämtliche Geschäftspapiere, die er ihr brachte, bereitwillig unterschrieb, würde er für sie tausendmal mehr Geld verdienen, als sie je ausgeben konnte. Er beauftragte folglich seinen Sekretär, sämtliche Rechnungen seiner Frau ohne weitere Rückfragen zu bezahlen; die Geschäftsleute aber hatten das sehr bald heraus, und die Flut schwoll zu einer Sintflut an.

2

Allmählich verschlang das Landklubleben die reizende, reiche, beliebte Mrs. Rusher. Sie war jetzt nicht mehr das menschliche Kuriosum, das Kind, das drei Babies hatte; sie war jetzt fast 21 Jahre alt, ein blühendes Geschöpf wie jedes andere junge Weib in diesem Alter. Die Kleinen zu Hause, deren Ältestes fast schon sechs Jahre zählte, waren dem smarten jungen Volk nur noch ein Anlaß, um Witze zu machen; einige sahen, wie gut Lulu Belle das Abenteuer bekommen war, und fragten sich, ob es nicht ein glücklicher Gedanke sei, vorher die Kinder zu kriegen und sich dann erst um seine eigene Erziehung zu kümmern.

Lulu Belles Erziehung bestand aus Golf, Tennis und Tanzen, besonders dem letzteren. Da gab es Tanzfrühstücke, Tanztees, Tanzdinners und noch zwischendurch eine Menge Tanzerei; ferner eine smarte Konversation, die sich mit den Persönlichkeiten anderer smarter Leute, mit ihrem Golf, ihrem Tennis und ihrem Tanzen beschäftigte, ganz zu schweigen von ihren Liebschaften. Ab und zu hielt eine durchreisende Berühmtheit, die ein Buch über die intimen Geheimnisse einer Königsmätresse aus dem Ancien Régime geschrieben hatte, eine Vorlesung, ab und zu ging man ins Kino oder zu einem Theaterstück, das von der Mätresse eines modernen Finanzkönigs handelte.

Lulu Belle bemühte sich getreulich, ihren Gatten in dieses lehrreiche Leben mit hineinzuziehen; aber was hatte es ihm zu bieten? Er kannte die Leute nicht, über die geklatscht wurde, und wenn er sie kennenlernte, langweilten sie ihn. Er hatte noch nie von den Vortragenden gehört und auch ihre Bücher nicht gelesen, und wenn er dann einmal hinging, merkte er sofort, daß der Kerl nichts weiter wollte, als amerikanischen Provinzlern, die er verachtete, seinen vornehmen englischen Akzent zu verkaufen. Ging Jed ins Theater, so paßte er die erste Viertelstunde auf und fing dann an, sich die nächsten Manöver der Teereimer zu überlegen; und da störte ihn der Lärm auf der Bühne. Er tanzte nicht, und er rauchte und trank auch nicht; er saß bei Tanzabenden auf der Veranda und sprach mit irgendeinem anderen gelangweilten Ehemann über Geschäfte, und nach einiger Zeit fing er zu gähnen an und ließ Lulu Belle sagen, daß er nach Hause fahre und ihr den Wagen schicken werde. Entscheidend für Jeds Leben war, daß die New Yorker Aktienbörse nach Ortszeit sehr früh am Morgen eröffnete und er an manch einem Tag bereits am Frühstückstisch saß, bevor noch die Gäste aus dem Landklub vom Tanz nach Hause gekommen waren.

Gelöst wurde das Problem durch eine vollkommene Schwiegermama. Mrs. Jane hielt sich immer noch für eine smarte junge Matrone, die die ganze Nacht tanzen und zu gleicher Zeit die Anstandsdame spielen könne. So ließen Wally und Jed die beiden aufgeputzten Damen davonziehen, saßen bis zehn oder elf beisammen und redeten über die Teereimer. Lulu Belle und ihre Anstandsdame, umringt von einer Schar galanter Herren, amüsierten sich bis zum Morgengrauen und fuhren dann nach Hause, um zu schlafen und um zwölf Uhr zu frühstücken. Alles aber verlief in den Grenzen strengen Anstands, dank Mrs. Janes bigotter Erziehung und Lulu Belles Herzensunschuld, die sie sich trotz aller mondänen Konversation und aller erotischen Theaterstücke und Filme vom Broadway und aus Hollywood bewahrt hatte.

Das war das Winterregime, das sich während des Sommers insofern veränderte, als die Damen in ein sorgfältig ausgestattetes Lager an einem Bergsee übersiedelten, wo zu den anderen Zerstreuungen noch Kahnfahren und Schwimmen hinzukamen und wo sie noch weniger schliefen, weil die Morgen so entzückend waren. Die vielen anderen Lager in den Bergen, die telefonischen Einladungen! Und dann sauste man im Auto von einer Schwimmpartie zu einer Tennisgesellschaft oder zu einer Liebhabervorstellung. Lulu Belles vielbeschäftigter Gatte konnte nur über das Wochenende kommen, und auch dann nicht immer. «O Jed, warum hörst du nicht mit dem Arbeiten auf?» bat sie, und da lachte er und sagte, er werde schon aufhören, aber erst später. Solange er sie glücklich sah, war alles in Ordnung. Er war stolz auf sie und froh, sie zu besitzen, aber er hatte von Anfang an nicht viel mit ihr zu reden gewußt.

Die Kinder hatten unter diesem Regime nicht zu leiden. Ganz im Gegenteil, denn was könnte Lulu Belle anderes tun als sie verziehen und verwöhnen? Es war viel besser, ihre Erziehung gutbezahlten Fachkräften zu überlassen, die ihre Ausbildung an der Universität erhalten hatten und die allermodernsten Kniffe der kindlichen Psychologie, Hygiene, Diätetik usw. beherrschten. Diese ernsten Damen wußten genau, was der kleine Claude und die kleine Betty und die kleine Jane jeweils zu allen Tag- und Nachtstunden lernen und vorgelesen bekommen sollten. Sie sorgten dafür, daß die Kleinen glücklich waren und Beschäftigung hatten; und wenn ab und zu eine himmlische Vision in rosaroter oder lavendelfarbener oder blaßgelber Spitzenseide in das Kinderzimmer rauschte, süßer duftend als alle die Blumen im Garten der Götter, und auf die entzückten Kleinen mit einem Sturm von Umarmungen und Küssen herabfegte, nun, die Sachverständigen der Kinderpsychologie wissen mit Eltern Bescheid, und die in den Ausbildungskursen behandelte Technik umfaßt auch die Reparatur emotioneller Schäden und die Aufgabe, entgleiste Erziehungszüge wieder ins rechte Gleis zu bringen.

3

So verlief Jeds häusliches Leben in den zwei Jahren, die die Architekten brauchten, um das achtfach vergrößerte Haddon Hall zu entwerfen und zu erbauen. Das gewaltige Gebäude befand sich jetzt im Stadium der Innendekoration; aus dem Osten war irgend so ein Maler gekommen – mit einem verteufelt großen Ruf und dementsprechenden Preisen – und malte jetzt Fresken in das Vestibül, Indianer, Büffel, Auswandererkarawanen, Goldgräber, kurz, die ganze Geschichte des Wilden Westens. Es war alles erstaunlich lebensecht, und er brachte auch Jed Rusher mit hinein, als den Petroleumsucher, der in einem Khakihemd und Reitstiefeln neben seinem Tragtier steht und mit majestätischer Gebärde die Hand erhebt, während, dieser Gebärde gehorchend, aus der Teereimer-Kuppe die Phantome der Bohrtürme emporzuwachsen beginnen. So würde die Nachwelt den jungen Napoleon des Erdöls sehen; und Jed, grimmig lächelnd, unterließ es, jenen verbeulten alten Fordwagen zu erwähnen, der ihn auf seiner ersten Expeditionsfahrt zu den Ranches von Cudliff und Nichols gründlich durchgerüttelt hatte.

Nie hätte Jed sich träumen lassen, daß im Zusammenhang mit einem Haus so viele Einzelheiten zu erledigen seien. Die Architekten kamen zu ihm mit Proben des wunderbaren, rotkörnigen Marmors, den sie für die Wände und den Fußboden von Mrs. Rushers Badezimmer vorschlugen, ferner mit Proben pechschwarzen Marmors, den sie für Jeds Badezimmer ausgesucht hatten. Dieser Marmor würde in Verbindung mit goldenen Toilettegeräten einen ganz verblüffenden Effekt liefern, wobei es sich natürlich nicht um massives Gold handelte, sondern um eine neue Plattierungsmethode, deren Geheimnis nur durch eine chemische

Analyse zu enthüllen war. Einer der jüngeren Architekten gehörte zu Lulu Belles Clique aus dem Landklub und bereitete für sie einen kleinen Scherz vor. Der goldene Toilettensitz in ihrem Badezimmer sollte mit einem Glockenspiel verbunden sein, und wenn sie sich dann das erste Mal daraufsetzte, würde sie von einer fröhlichen Melodie überrascht werden.

Ferner die Probleme der Außendekoration. Einen ganzen Frühling und Sommer hindurch waren die Landschaftskünstler mit Dampfschaufeln und Geschwadern von Straßenscharren an der Arbeit gewesen, ungeheure Erdmassen von einer Stelle des Grundstücks an die andere befördern zu lassen. Es sei, erklärten sie, unmöglich, auf einer flachen Ebene Wirkungen der Ferne und Erhabenheit zu erzielen. Und jetzt waren sie soweit, den künstlichen Wald zu pflanzen; was für Bäume Mr. Rusher am liebsten habe? Der einzige Baum, den Jed kannte, war die Pappel; er war verteufelt froh gewesen, unter der sommerlichen Glut auf den einsamen Ebenen in ihrem Schatten Zuflucht zu finden. Nun hatte er sich angewöhnt, alle diese Probleme seiner vollkommenen Schwiegermama vorzulegen, denn sie war darin eine Autorität; oder hatte sie auch nur Jeds Trick entdeckt, die allwissende junge Dame in der Stadtbibliothek zu konsultieren? In Mrs. Janes Boudoir fand Jed eine Miniaturbibliothek de rerum elegantiarum. «Italienische Tiefgärten», «Echte antike Möbel», «Türen und Tore im Kolonialstil», «Amerikanische Rosenzucht», «Die häusliche Ökonomie im Haushalt des Millionärs» – so lauteten die Titel, und Jed lächelte im stillen, denn er hatte doch, als er zum erstenmal dieses Haus betrat, denselben Kniff gegenüber Mrs. Jane angewandt: «Ich werde Ihnen eine Stelle aus der Gesetzessammlung dieses Staates vorlesen, Legislaturperiode 1891, Seite 122, Abschnitt eins.»

4

DIE VOLLKOMMENE SCHWIEGERMAMA HATTE gemerkt, daß jeder Versuch, Jed seinen Geschäften zu entreißen, nutzlos sei; sie mußte ihm seinen Willen lassen und ihn auch weiterhin als Begleitung ihrer Tochter ersetzen. Jetzt aber, sowie das neue Heim sich der Vollendung näherte, begann sie, wenn auch ganz schüchtern, zu bohren; Jed hatte gleichsam das unbestimmte Gefühl, als zupfe ihn jemand an den Rockschößen. Sie wählte «Schloß Rusher» als das Thema zarter Andeutungen. «Jed, wenn du erst einmal das riesige Ding auf dem Hals hast, wirst du ihm wirklich ein wenig mehr Zeit widmen müssen... Jed, glaubst du nicht, du solltest ein wenig mehr ausgehen, damit du einige Leute kennenlernst, die diese vielen Spielplätze dann auch benutzen?» So ging es Tag für Tag, und Jed wurde ärgerlich; schlimmer konnte man ihm das neue Haus nicht präsentieren – als eine Bürde, die ihn in seinen Wünschen und Absichten störte. Wer würde der Herr dieses Hauses sein, er oder die Gesellschaft von Mountain City, die es besichtigen und sich in seinen Räumen amüsieren wollte? Erwarteten diese Leute aus dem Landklub, sie würden hierher übersiedeln und hier ihren geschmuggelten Alkohol kostenlos bekommen?

Er gab irgendeine scherzhafte Antwort und schob die Sache beiseite. Dann aber, ein bis zwei Tage später, kam die vollkommene Schwiegermama wieder anmarschiert. «Jed, glaubst du nicht, daß du vielleicht Lulu Belle ein bißchen mehr Zeit widmen könntest? Wirklich, du siehst sie ja kaum noch!»

Jed liebte Andeutungen nicht. Warum können die Menschen nicht mit der Sprache herausrücken und in einfachen Worten sagen, was sie auf dem Herzen haben? «Was ist denn los, Mama? Ist Lulu Belle nicht glücklich?»

«Ja, sie ist glücklich, Jed, aber sie wäre noch glücklicher, wenn sie ihren Mann öfter sehen könnte.»

«Na, sie darf doch tun, wozu sie Lust hat. Sie kann doch wirklich nicht die Arbeit machen, die ich mache.»

«Aber du könntest dir ein bißchen Zeit nehmen, um dich auszuruhen und zu amüsieren, Jed. Überlege dir einmal, wie das werden soll, wenn du niemals andere Interessen hast als die Teereimer.»

Jed versprach, darüber nachzudenken. Zufälligerweise aber hatte gerade um diese Zeit eine geheimnisvolle Macht im Osten eine Börsenattacke gegen seine Papiere unternommen, und er war mit dem Problem beschäftigt, diese Manöver zu durchkreuzen. Ferner lagen neue Erweiterungspläne vor, die eine Masse Geld kosten und lange Verhandlungen mit den Banken erfordern würden. Jed sah auch weiterhin seine reizende junge Frau nur beim Mittagessen, wenn sie nicht auswärts speiste, und beim Schlafengehen, wenn sie nicht tanzen war.

Dennoch ließ Mrs. Jane nicht locker. Offenbar hatte sie etwas auf dem Herzen, und sie kam wieder angerückt. «Jed, warum nimmst du nicht Lulu Belle mit, wenn du auf das Feld fährst?»

«Aber gern, Mama, ich fürchte nur, sie wird sich langweilen. Ich fahre in Geschäften, wie du weißt.»

«Lulu Belle kann Dick und Clarice gut leiden, und ich bin überzeugt, es würde sie interessieren, nach all diesen Jahren das Feld wiederzusehen. Warum lädst du sie nicht ein?»

Jed lud sie ein; und Lulu Belle plauderte sofort aus der Schule. «Mama hat mich gefragt, ob ich nicht gern mitfahren würde, Jed. Natürlich würde mir das Spaß machen, wenn ich dir nicht im Weg bin und dich nicht mit meinem Geplapper langweile.»

Sie fuhren im Auto aufs Feld, und Jed ließ Lulu Belle bei Dicks Frau, die mit ihr umherfuhr, ihr die Petroleumwunder zeigte und in Dicks großem, neuem Prunkpalast im

Cañon einen Empfang veranstaltete, zu dem die Frauen der Betriebsdirektoren in ihren phantastischsten Kleidern herbeiströmten, toll vor Neugier, die berühmte und strahlende Lulu Belle zu sehen, von der sie jede Woche in den Gesellschaftsspalten der Presse von Mountain City treulich lasen. Am zweiten Tag war es für Lulu Belle etwas langweilig, sie hatte nichts weiter zu tun als in Dicks Fischteich und Burggraben zu schwimmen, und das konnte man nicht lange, weil es kaltes Gebirgswasser war. Am Abend aber war Jed mit seinen Geschäften fertig, und sie beschlossen, nach dem Dinner zurückzufahren, und gegen ein Uhr morgens kamen sie in die Stadt, und es war alles in allem ein großer Spaß. Lulu Belle konnte über neue Leute reden, und Jed erzählte von seinen geschäftlichen Entschlüssen, und wenn Lulu Belle den Unterschied zwischen einem Vorratstank und einem Kessel nicht kannte, so war sie wenigstens klug genug, nicht danach zu fragen.

5

EINE WOCHE SPÄTER MUSSTE JED NACH CHICAGO fahren; und wieder kam Mrs. Jane mit ihren schlauen Plänen. Warum nicht Lulu Belle mitnehmen? Es würde ihr Freude machen, eine große Stadt kennenzulernen, einiges einzukaufen, ins Theater zu gehen und sich das Museum anzusehen. Gut, sagte Jed, sofern sie es aushalten könne, allein zu bleiben, während er seine Geschäfte und Konferenzen erledige. Wieder fragte Jed Lulu Belle, und wieder hörte er, daß die vollkommene Schwiegermama den Weg bereits geebnet hatte. Aber Jed war zu sehr mit seinen eigenen Plänen beschäftigt, um über diese Weiberpläne, die gegen ihn geschmiedet wurden, nachzudenken.

In den ersten Tagen der Teereimer-Gesellschaft war ihm etwas Sonderbares passiert. Ein junger Mann war mit Empfehlungen Kanzler Saybucks und des Professors für Elektrophysik an der Universität zu ihm gekommen. Dieser junge Mann, der anscheinend ein Genie war, hatte eine Idee, und zwar handelte es sich um eine Erfindung, mit deren Hilfe man Musik und andere Geräusche aus der Ferne hören konnte. Radio hieß diese Erfindung, die Zeitungen machten viel damit her. Zufälligerweise hatte Jed seine Schwester soeben von der Gefahr reden hören, engstirnig zu werden und nichts weiter zu sein als ein Petroleummann, womit sie anscheinend einen besonders ungeschliffenen Menschen meinte. So war nun Jed auf den Gedanken gekommen, sich an dieser Erfindung zu beteiligen und dadurch einen weiteren Horizont zu bekommen.

Er hatte dem jungen Harris gegen eine fünfzigprozentige Beteiligung an seinen Patenten ein paar tausend Dollar gegeben, und zum Teufel noch mal, war der Bengel nicht losgezogen und hatte in dieser Radio-Geschichte einen neuen Kniff erfunden? Sogar aus New York und Chicago konnte man jetzt Töne übertragen! Jed ließ das Ding im Salon der Macys aufstellen, und alle Welt kam, um zuzuhören, und wollte sofort eines haben. So schloß Jed abermals einen Vertrag mit dem jungen Harris, richtete ihm ein Laboratorium ein und sicherte sich eine fünfzigprozentige Beteiligung an allen seinen Patenten für die nächsten zehn Jahre. Jed hatte einen seiner Direktoren zu sich berufen und ihn beauftragt, eine Fabrik für Radioapparate einzurichten, und ehe sich Jed besinnen konnte, waren sie mit Aufträgen überhäuft; so viele Fabriken er auch baute, er konnte mit der Nachfrage nicht Schritt halten.

Und merkwürdiger noch: es stellte sich heraus, daß das

junge Genie ehrlich war. Statt seine Entdeckungen zu unterschlagen und zu behaupten, sie seien von seinem Bruder oder von sonst jemand gemacht worden, lieferte er sie getreulich ab, und einige von ihnen waren wahre Goldgruben. Wenn Jed einen ehrlichen Menschen traf, nahm er das als ein unerwartetes Geschenk der Natur hin; er ließ ihn weiter ehrlich sein und steckte die Profite ein. So mußte er nun nach Chicago fahren, um die endgültigen Pläne für eine Fabrikanlage der Rusher-Radio, die drei Millionen Dollar kosten sollte, zu genehmigen, und nebenbei einem seiner Generaldirektoren den Auftrag zur Ausarbeitung eines Fünfzigtausend-Dollar-Programms zu erteilen, auf Grund dessen die führenden Kunstkräfte und Varietéstars der Welt in ganz Amerika für die Erdölprodukte der Teereimer Reklame machen sollten.

Lulu Belle also verlebte abermals einige Feiertage mit ihrem Mann. Sie war nicht ein bißchen einsam, denn ihre Leute aus dem Landklub hatten voraustelegrafiert, und als sie ins Hotel kam, warteten bereits ein halbes Dutzend Einladungen auf sie, und mehrere Clubkollegen ihrer besten Freunde waren bereit, mit ihr von zwölf Uhr mittags bis zum Morgengrauen zu tanzen. Sie konnte Jed überreden, einmal mit ihr ins Theater zu gehen, und sie kaufte so viele neue Kleider und Mäntel, daß sie ein Dutzend neuer Garderobenkoffer brauchte, um sie nach Hause zu schaffen. Es war ein entzückender Urlaub.

Dann, zwei Tage nach der Rückkehr aus Chicago, fand Jed auf seinem Schreibtisch einen Brief mit dem Vermerk «Persönlich». In der Regel stammten solche Briefe von jungen Dichtern, die eine Unterstützung haben wollten, oder von Sträflingsfrauen, deren Kinder hungerten, oder von Erfindern oder von Leuten, denen eine neue Religion offenbart worden war. Mehrere Male aber hatte er auf diese Weise Informationen über seine geschäftlichen Konkurrenten erhalten, und so hatte er Befehl erteilt, alle «persönlichen»

Briefe ungeöffnet an ihn weiterzuleiten. Jetzt riß er diesen Brief auf und fand darin ein paar Worte, mit der Maschine geschrieben, deutlich zu lesen, wie folgt:

> Sie sollten lieber nicht schlafen und sich die Beziehungen Ihrer Frau zu dem jungen Gerald Lyncum genauer ansehen. Ein Freund

Das war alles, aber es genügte. Von nun an würde es Jed so gehen wie dem Mohren von Venedig vor langer Zeit:

> Mohnsaft nicht, noch Mandragora
> Noch alle Schlummersäfte der Natur
> Verhelfen je dir zu dem süßen Schlaf,
> Den du noch gestern schliefst.

Es war, als sei mit einemmal eine Leuchtrakete in Jeds Bewußtsein geplatzt. Das also war der Sinn all dieser ängstlichen Andeutungen Mrs. Janes! Ihrer Versuche, Jed zuzureden, er möge seiner Frau mehr Zeit widmen. Ihre Bemühungen, sie beide auf Reisen zu schicken, aufs Ölfeld und nach Chicago. Die vollkommene Schwiegermama hatte bemerkt, daß etwas nicht stimme, und versuchte nun in ihrer schlauen Weiberart, einen Riegel vorzuschieben.

Gerald Lyncum. Jed durchstöberte seine vagen Erinnerungen an die Abende im Landklub, und allmählich trat aus der Schar der jüngeren und älteren Galane und Tanzpartner Gesicht und Gestalt eines blonden Jünglings mit lachender Miene und etwas zu vollen, sinnlichen Lippen hervor, ja, Jed erinnerte sich jetzt an ihn, er war ein paarmal bei den Macys zum Dinner gewesen, und Lulu Belle hatte gesagt, er sei «ein so netter Junge».

Jeds Gedanken stockten, sein Herz setzte einmal aus. «Ein netter Junge» war es gewesen, der sich zum Vater des kleinen Claude gemacht hatte. Aber das war zweifellos nur eine zufällige Übereinstimmung der Phrasen. Es gab so viele «nette Jungen», die Landklubs wimmelten von ihnen, besonders im Sommer, wenn sie von der Universität nach Hause kamen und nichts weiter zu tun hatten, als die Frauen schwer arbeitender Geschäftsleute zu unterhalten. Gerald Lyncum war in Princeton gewesen, Jed glaubte irgendwo gehört zu haben, daß er soeben seinen Doktor gemacht habe; er wußte, daß Gerald einer der vielen Enkel war, die im Müßiggang von den Gewinnen der Brennstoff-Firma Great Western Fuel Company lebten. Das waren dieselben Lyncums, gegen die er seinerzeit in seinen Anfängen, als Pfleger des alten Claude, Mrs. Lydia Warrener hatte wettern hören.

Mit einemmal wurde ihm alles klar. Er wußte ohne jede weitere Untersuchung, daß der anonyme Briefschreiber recht hatte. Natürlich würde Lulu Belle mit einem dieser jungen Burschen ihres Alters und ihres Schlags, der nichts anderes zu tun hatte, als sich mit ihr zu amüsieren, eine Liebschaft unterhalten. Jed war ein Dummkopf gewesen, daß er das nicht vorhergesehen und sie nicht von diesem verfluchten Club-Leben ferngehalten hatte. Im selben Moment wurde Jed klar, wie er eigentlich zu Lulu Belle stand; er hatte ihr immer mißtraut, sie gehörte zu dieser reichen Sippschaft, die nichts produziert, aber vornehm tut und sich über die arbeitenden Menschen erhaben dünkt. Sie war von Anfang an ein lockeres Geschöpf gewesen, sonst hätte sie nie das Baby bekommen. Man soll doch Jed nichts von ihrer Unschuld und ihrer schönen Seele erzählen, diese sentimentalen Phrasen, die ihr Großvater gebraucht hatte.

Nein, sie gehörte nicht zu Jeds Klasse. Er glaubte seine Klasse zu kennen, das Bild stand jetzt deutlich vor ihm: Liza, die kräftige, verläßliche, hart arbeitende Frau, die den Unterschied zwischen Recht und Unrecht kannte und ihn Jed von Anfang an beigebracht hatte. So eine Frau hätte er sich suchen müssen. Jetzt natürlich gehörte Liza dem Pfarrer Glaub und hatte für drei Kinder zu sorgen; Jed aber wußte, daß er bei ihr Trost und Sicherheit und Verständnis finden würde, niemals aber bei irgendeinem dieser reichen und nichtsnutzigen Snobs. Die Macys und Warreners würden sich natürlich bei jedem Zwist zwischen ihm und Lulu Belle gegen ihn wenden. Sie war von ihrem Blut und ihrem Schlag. Wally war ja ein braver Kerl, aber ein Dummkopf, er ließ sich von seiner Frau an der Nase herumführen und hatte sich von ihr einreden lassen, daß sie etwas Wunderbares und Besonderes sei. Der typische amerikanische Geschäftsmann, der nicht den Mut hat, an sich zu glauben, und die typische amerikanische, vornehme Dame, die sich aufs hohe Roß setzt, weil sie nichts zu tun hat, als ein bißchen Verse zu lesen und sich Oxforder Literatursnobs anzuhören!

6

JED WIRD ALLEIN SEIN, DAS IST IHM NUN KLAR. GUT, er wird wissen, was er zu tun hat. Jetzt sind ihm die Schuppen von den Augen gefallen, und er wird wie gewöhnlich seine Tüchtigkeit beweisen.

Eine halbe Stunde lang saß er regungslos auf seinem Stuhl, jede Einzelheit des Problems erfassend, jede seiner Seiten erwägend. Schließlich nahm er das Telefon zur Hand und ließ sich mit Dick Sunstorm verbinden. «Dick», sagte er, «ich möchte, daß du in die Stadt kommst. Es ist etwas passiert, worüber ich mit dir reden muß. Nein, nicht telefonisch, komm, so schnell du kannst!»

Das war ein Befehl, und er wurde befolgt. Vier Stunden später stand Dick im Büro, blühend, behäbig und, selbstverständlich, besorgt.

«Kennst du einen ehrlichen Detektiv, Dick?»

«Das ist schwer zu sagen. Es hängt davon ab, worum es sich handelt. Ich kenne zwei bis drei Leute, die mir eine Menge gutes Material gebracht und mich nicht verkauft haben, soweit ich orientiert bin. Aber es ist nicht gerade eine Branche, in der man viele Heilige findet.»

«Sprich von denen, die du kennst.»

Dick berichtete, Jed hörte zu und dachte dann nach.

«Worum handelt es sich, Jed?» fragte Dick schließlich.

«Nur du darfst davon erfahren, Dick. Wohlverstanden, du darfst es nicht einmal Clarice sagen.»

«Gut, du kannst dich auf mich verlassen.»

«Ja, ich will Lulu Belle überwachen lassen.»

«O mein Gott!» sagte Dick. «Das ist ja nicht möglich, Jed! Ist dir denn etwas zu Ohren gekommen?»

Jed schob ihm den Brief hin, und Dick las ihn durch.

«Nur nicht aus dem Häuschen geraten, Jed! Das kann ebensogut ein Konkurrent sein, der dir was antun will.»

«Ich weiß, Dick, und deshalb will ich der Sache nachgehen.»

«Na, ich glaube, ich habe einen passenden Mann; es muß einer von der Universität sein, einer, der bei dieser Sippschaft Zutritt hat. Er muß eine Gastkarte für den Club haben. Ich will dir was sagen, Jed, ich hetze ihn nicht auf Lulu Belle, sondern auf diesen Lyncum. Ich werde ihm sagen, ich müsse etwas über den jungen Lyncum erfahren, um es in einer geschäftlichen Angelegenheit gegen die Familie zu verwenden. Wenn er dann auf Lulu Belle stößt, wird das nur um so bedeutsamer sein.»

«Gut», sagte Jed. «Mach mal!»

22. Kapitel

Das Gesetz

1

Das war nun die Periode der härtesten Kämpfe in Jed Rushers Laufbahn. Seine Feinde rückten ihm auf den Leib, belästigten ihn auf jede erdenkliche Weise, und zwar deshalb, weil es zuviel Petroleum gab und das Profitmachen schwieriger wurde. Männer wie Jed, die allein standen, die jedes Zusammengehen, jede Verbindung ablehnten, wurden wie gefährliche Wölfe behandelt, und jedes Menschen Hand war gegen sie erhoben. Seine Feinde begnügten sich auch nicht mit Preiskämpfen und Börsenattakken, mit der Verbreitung von Gerüchten gegen seine Gesellschaften, mit Prozessen und Anzeigen; sie versuchten ihn mit der tödlichen Waffe des Strafgesetzes zu vernichten.

Bei seiner Suche nach Petroleum hatte Jed zahlreiche Mutungen auf Staatsland angemeldet. Den gesetzlichen Bestimmungen zufolge konnte er die Ölrechte für 2350 Acres solchen Landes beanspruchen, vorausgesetzt, daß er die erforderlichen Bohrungen vornehmen ließ. Nun durfte Lulu Belle ein gleichgroßes Areal besitzen und ebenso Liza, Tom Rusher, Dick Sunstorm und Carrie Meecham, und niemand konnte diesen verschiedenen ehrenwerten Personen verbieten, sich privatim dahin zu verständigen, daß dieses ganze Land Jed gehörte. Aber das alles genügte nicht für einen Mann, der die Erdölindustrie des Westens kontrollieren wollte; Jed mußte noch mehr Land haben und immer mehr. Seine verschiedenen Teereimer-Konzerne meldeten Mutungen an, und um die Sache besser zu verschleiern, traten andere Konzerne mit ganz unschuldigen Namen wie Pionier und Eureka und American und National und Washington und Jefferson und Lincoln auf den Plan; nun lag es an Jeds Feinden, den schützenden Wall der Strohmannverwaltungsräte und -aktionäre zu durchdringen und zu beweisen, daß das alles ein einziger gesetzwidriger Jed Rusher sei! Sie boten ihren ganzen Einfluß auf und brachten die Bundesgrundbesitzverwaltung in Bewegung; sie sollte Jed zwingen, seinen Besitz herauszugeben (und wenn das geschieht, werden andere Gesellschaften die Besitztitel für sich beanspruchen, Gesellschaften, die von Jeds Konkurrenten auf genau dieselbe schlaue Weise organisiert sind!).

Schlimmer noch, Jed verstrickte sich in einen ekelhaften Kampf mit der Anklagebehörde und der Staatsanwaltschaft seines Bezirks. Es war eine so geringfügige Sache, daß sie kaum der Rede wert schien, aber es gelang den Sandersons und ihren Mannen, sie mächtig aufzubauschen. Es handelte sich um Geld, das eine der Gesellschaften Jeds von der Fourth National Bank, deren Aufsichtsrat Jed angehörte, geborgt hatte. In irgendeiner technischen Einzelheit hatte Jed einen Fehler begangen, weil nämlich der Beste aller Syndici, Abe Silberman, an einer Nierenkrankheit litt, die ihn ab und zu ans Bett fesselte, so daß Jed dann gezwungen war, Papiere zu unterzeichnen, die das allsehende Juristenauge nicht geprüft hatte. Sämtliche Banken bedienten sich dieser Form der Darlehensgewährung, es war das eine so allgemein übliche Gesetzesübertretung, daß nur wenige überhaupt von der Existenz dieses Gesetzes wußten, ja, es war damit nicht anders als mit der Gewohnheit der Banken, Geld zu einem ungesetzlichen Zinssatz zu verleihen; der größte Teil der Nationalbanken bediente sich unablässig dieser Taktik, und wie ungeheuerlich wäre es gewesen, wenn eine Anklagebehörde sich einen einzelnen Bankier hervorgesucht und ihn zum Opfer eines Verfahrens gemacht hätte. Diesmal lag der Fall deshalb so schlimm, weil der Staatsanwalt ein Vetter Perry Sandersons war; die Leute von der Central Pete protegierten ihn und benützten ihn natürlich im Kampf gegen ihre Konkurrenten. Dick Sunstorm hatte Jed darauf aufmerksam gemacht; es sei unbedingt nötig, sich an die politischen Kreise von Mountain City heranzumachen und nicht dem Feind das Feld zu überlassen. Jed aber erwiderte, er wolle mit dieser ganzen elenden Schweinerei nichts zu tun haben, er brauche keine Gefälligkeiten von Mountain City und würde sein Feld allein bestellen. Und dann hielt er an dem schlimmsten Fehler fest, den ein Geschäftsmann in der Politik nur machen kann: er steuerte zu dem Wahlfonds der Gegenpartei bei, aber nicht genug, um ihr den Sieg zu sichern!

2

Die Scherereien fingen an, als Jeds Büroleiter einen der Buchhalter beschuldigte, gewisse Dokumente gestohlen zu haben. Der Mann wurde entlassen und ging natürlich sofort zu Perry Sanderson. Perry ging zu seinem Vetter, dem Staatsanwalt, der soeben erst gewählt worden war und sich in seinem Programm verpflichtet hatte, sämtliche Gauner ins Zuchthaus zu bringen. Natürlich konnte er das nicht durchführen, denn dann hätte der Bezirk keine Verwaltung mehr gehabt und man hätte viele neue Gefängnisse bauen müssen, was den Steuerzahlern nicht recht gewesen wäre; der junge Reformer brauchte daher ein Opfer, an dem ein Exempel zu statuieren war, und was konnte es Sensationelleres geben als einen Angriff gegen einen millionenschweren Erdölspekulanten, der erst vor kurzem den Markt geplündert und bei einem Börsenkrach Millionen verdient hatte? Die Stadt wimmelte von kleinen Leuten, die bei diesem Krach hatten bluten müssen und Jed haßten, weil er ihr Geld eingesteckt hatte.

Die erste Warnung wurde Jed in Gestalt einiger Kriminalbeamter zuteil, die, bewaffnet mit einem Haussuchungsbefehl, sein Büro überfielen. Die Anklagebehörde war frühmorgens heimlich zusammengetreten, hatte den entlassenen Buchhalter vernommen und die in seinem Besitz befindlichen Dokumente geprüft; nun stand vor dem Gebäude der Fourth National Bank ein Sieben-Tonnen-Lastwagen, und Jeds sämtliche Bücher und Korrespondenzmappen wurden auf das Auto verladen. Der Vetter der Sandersons sollte das Gespinst des Teereimer-Netzes entwirren und es in den Spalten der Zeitungen von Mountain City ausbreiten.

Jed war natürlich wütend. Und der Vorfall hatte vom ersten Augenblick an ein wichtiges Ergebnis, er brachte ihn mit der Politik in Kontakt. Nie wieder würde er sich einbilden, daß er sein Feld allein bestellen und die Politiker umgehen könne. Von nun an würde er auch in der Stadt und im Staat so vorgehen wie in dem Bezirk, in dem seine kostbaren «Teereimer» lagen. Er wird mit seinem Geld die republikanischen Parteien füttern, und wenn es dann zur Aufstellung der Kandidatenliste kommt, wird er die Listen durchgehen und dafür sorgen, daß kein schurkischer Demagoge in die Lage versetzt werde, mit dem Knüppel einer sub poena duces tecum über ihn herzufallen. Falls seine Feinde ihn überbieten und ihre Leute auf die Liste setzen, wird Jed sogleich eine Reformkampagne entfesseln und das nötige Geld liefern, um die Schurken aus ihrem Amt zu jagen und die Staatsgewalt wieder in die Hände des Volkes zu legen.

Natürlich entbrannte eine wilde Aufregung in allen Zeitungen: «Verfahren gegen Jed Rusher!» – quer über die ganze erste Seite der *Post*. Die Stadt begann sofort in zwei Parteien zu zerfallen, die eine für, die andere gegen. Die Warreners und Macys eilten Jed zu Hilfe, mit Ausnahme des feierlichen Clive, der mit einer Sanderson verheiratet war und plötzlich entdeckte, daß dringende Geschäfte ihn nach Europa riefen. Seine Frau weigerte sich, ihn zu begleiten, sie blieb da, intrigierte heftig gegen die Familienangehörigen ihres Mannes und führte einen Bruch in der Familie herbei, der lange nicht heilen sollte.

Sonderbares Schauspiel, wie die heimlichen Drähte liefen und wie sie in Bewegung gesetzt wurden! Mrs. Lydia Abercrombie Warrener, die Witwe des alten Claude und Gesellschaftskönigin dieses groß gewordenen Goldgräberlagers, gab zu Ehren der Mrs. Gammon, der Witwe des kürzlich verstorbenen Miteigentümers der *Post*, ein festliches und prunkvolles Essen. Und was bedeutete das? Die arme alte Mrs. Gammon, eine Deutsche, hatte als Tochter eines Goldgräbers und Frau eines Schankkellners begonnen und war frei von jeder geistigen oder gesellschaftlichen Prätention; sie hatte es fertiggebracht, einige siebzig Jahre in der Stadt zu leben, ohne jemals mit einer Ehrung belästigt zu werden. Jetzt aber wurde sie aus ihrer Zurückgezogenheit hervorgezerrt, und die Tratschmäuler von Mountain City kicherten über die Neuigkeit, daß die große Mrs. Lydia den Gesellschaftsredakteur der *Post* habe holen lassen, um ihn zu fragen, was Mrs. Gammon für ein Mensch sei und worüber man mit ihr beim Essen reden könne.

Was sollte das für einen Zweck haben? Es war ein glänzender Einfall von Jed Rushers vollkommener Schwiegermama, die ihrer Mutter klargemacht hatte, daß in der Frau und den Töchtern des schrecklichen T. J. Goodson, der die Politik der *Post* kontrollierte, heftige Eifersucht erwachen würde, wenn sie Mrs. Gammon empfinge und zu einer gesellschaftlich bedeutenden Persönlichkeit machte. Die Goodson-Damen würden sich vielleicht veranlaßt fühlen, nachzufragen, warum nicht auch sie in vornehme Häuser eingeladen werden, und sie würden erfahren, daß der Grund dafür in dem empörend erpresserischen Verhalten ihres Familienoberhaupts liege, er habe sich nicht gescheut, auf den Titelseiten seiner Zeitung verleumderische Nachrichten über die gesellschaftliche Elite zu verbreiten.

Ja, und die Wirkung entsprach genau dem, was die scharfsinnige Mrs. Jane vorhergesagt hatte. Der alte T. J. war nun bereits in den Jahren, wo sein Geld ihm genügte; er fing jetzt an, nach gesellschaftlichem Ansehen zu streben und auf die Quengeleien seiner Weiber zu hören. Es dauerte keinen Monat, da fand ein zweites großes Essen statt, zu Ehren der Goodson-Damen, und als Jed Rushers Mißhelligkeiten nun abermals einen Höhepunkt erreichten, setzte die *Post* den Bericht in das Innere des Blattes, ganz ohne alle intimen und persönlichen Einzelheiten, die ihn amüsant gemacht hätten. Zur selben Zeit veröffentlichte T. J., diese alte Hornisse des Journalismus, zum Erstaunen der zivilisierten Welt eine Erklärung, daß der Zweck seines Lebens die Aufzucht eines neuen Geschlechts von Amerikanern nach christlichen Prinzipien sei und daß er einen Teil seines Vermögens einer Stiftung für die moralische Besserung der Menschheit zu widmen gedenke.

3

Inmitten all dieser Aufregungen erhielt Jed von Dick Sunstorm den ersten Bericht über Gerald Lyncum. Es war ein langer und detaillierter Bericht, in dem genau verzeichnet stand, was der junge Bonvivant einige Wochen hindurch Tag für Tag zwischen dem Aufstehen um zwölf Uhr mittags und dem Schlafengehen beim Morgengrauen getan hatte. Der treue Dick war gefälligerweise den Bericht durchgegangen und hatte mit Blaustift alle auf Lulu Belle bezüglichen Stellen angestrichen. Anscheinend war dieser junge Lyncum sehr häufig mit der strahlenden und schönen Mrs. Rusher beisammen, und einmal war er mit ihr im Garten des Landklubs umherspaziert und hatte sie in seine Arme genommen und ihr einen langen Kuß gegeben, der länger war, als die Filmzensur gestattet. Ein andermal war er mit ihr im Auto aufs Land gefahren, aber sie hatten nirgends haltgemacht und auch das Auto nicht verlassen. Der Detektiv erwähnte in seinem Bericht, er wolle, falls das erwünscht wäre, über diese Seite des Falles weitere Einzelheiten besorgen, und Dick hatte ihm einen entsprechenden Auftrag erteilt.

So hatte nun Jed in seinen freien Stunden zwischen den Balgereien mit der Anklagebehörde und den Konferenzen mit seinen Anwälten etwas zum Nachdenken. Das Thema war nicht sehr erheiternd, und er schob es meist beiseite; er würde sich später mit ihm beschäftigen, wenn er genauere Daten besaß. Soviel aber war klar, der anonyme Brief beruhte auf Tatsachen. Innerlich glaubte Jed das Schlimmste, er war darauf gefaßt, es in den Berichten des Detektivs zu finden. Denn er hatte ja schon immer gewußt, daß Lulu Belle ein lockeres Frauenzimmer und daß sein häusliches Glück auf Sand gebaut sei!

Eine peinliche Geduldsprobe für Jed, Tag für Tag und Nacht für Nacht, während diese Stürme in seinem Herzen tobten, mit Lulu Belle zusammen sein zu müssen. Er mußte auch mit ihren Eltern sprechen und durfte sich nicht anmerken lassen, daß etwas nicht in Ordnung sei. Es wurde ihm nicht leicht, Komödie zu spielen; sobald es sich nicht um Geschäfte handelte, war er gewohnt, immer das zu sagen, was er dachte. Jetzt aber mußte er lächeln und lächeln – und wissen, daß seine Frau ein schurkisches Geschöpf ist und daß die vollkommene Schwiegermama genau Bescheid wußte. Er beobachtete sie und dachte viel nach und wunderte sich. Was zum Teufel ist das nur mit den Weibern? Sind sie alle von Natur aus Betrügerinnen?

Lulu Belle war friedlich und heiter wie immer; lächelnd, scheinbar glücklich nahm sie seine Umarmungen bereitwillig hin wie immer. Seinen Sorgen begegnete sie mit großer Teilnahme, sie ließ sich alle Einzelheiten erzählen und bemühte sich sehr, sie zu verstehen. Aber die ganze Zeit über wußte Jed, daß sie heimlich ein zweites Leben führte, wie weit war sie bereits gegangen? Argwohn nagte an den Grundfesten seines Glücks; nicht «Mohn noch Mandragora noch all die Schlummersäfte», die die moderne Wissenschaft aus Kohlenteer zu bereiten versteht, konnten ihm jenen süßen Schlaf verschaffen, den er genossen hatte, bevor er die Rolle des jungen Ritters im Taxi spielte.

Auch den jungen Gerald Lyncum mußte Jed zuweilen sehen. Er kam zwei- bis dreimal ins Haus, oder Jed traf ihn im Landklub, wenn er Lulu Belle abholte. Gerald im Abendanzug mit geblähter Hemdbrust und schwarzen Borten an Jackett und Hose; Gerald in einer Tennishose von fleckenlosem Flanell und einer gestreiften Jacke! Gerald im Golfkostüm, blaßgrüne Garnitur; Gerald in verschiedenen Kostümen, die alle an Spiel und Zerstreuung erinnerten und auf Jed Rusher, der keine Zeit für Vergnügungen hatte, aufreizend wirken mußten. Gerald hatte blondes Haar mit einer anmutigen Welle an der Schläfe, er hatte ein ewiges Lächeln und etwas volle, sinnliche Lippen, die Jed besonders widerlich waren, weil er sie in seiner Phantasie immer auf den Lippen oder den Wangen seines Weibes sah. Wie kommt es nur, daß unserer Einbildungskraft die Küsse anderer Männer weniger angenehm erscheinen als unser eigenes Benehmen in ähnlicher Situation? Jed dachte nicht darüber nach, er beschränkte sich darauf, den jungen Gerald mit seinen leichten Studentenmanieren und seiner literarischen Konversation zu hassen. Immer wieder wanderten die Blicke des jungen Mannes zu Lulu Belle und wandten sich dann schnell wieder von ihr ab. Jed beobachtete ihn heimlich und merkte, daß auch er beobachtet wurde.

Eine andere und ebenso sonderbare Angelegenheit: diese Sache mit dem Detektiv. Der Mann war mit den besten Empfehlungsschreiben in den *Katonah*-Landklub gekommen und ein Mitglied der smarten Blase geworden. Jed mußte sich ihn vorstellen lassen und mit ihm plaudern; dann eines Tages wurde der Kerl zu den Macys eingeladen, und Jed mußte ihn empfangen. Das ließ sich nicht ändern, Jed konnte unmöglich zu verstehen geben, daß der Mann nicht ganz sauber sei; er konnte nicht einmal Dick ersuchen, ihn vom Haus Macy fernzuhalten, denn der Mann sollte nicht wissen, daß Jed mit seinem Auftrag etwas zu tun habe. Jed hatte also einen Detektiv gedungen, damit er in sein Haus komme, beobachte, wie er, Jed, sich gegenüber seiner Frau benimmt und berichte, ob eine Entfremdung zu merken sei.

Wie hatte so ein Bursche bloß angefangen? Dick erzählte Jed die Lebensgeschichte Percy Merrimans, des Sohns eines Ziegelstreichers. Dank seiner abnorm entwickelten Schulter- und Rückenmuskeln hatte er die High School und eine große Universität im Westen absolviert. Er war acht Jahre lang bezahlter Footballheld und eine Berühmtheit in den Sportteilen sämtlicher amerikanischer Zeitungen gewesen. In der Regel wenden sich solche Universitätshelden dem

Verkauf von Obligationen oder dem Grundstückshandel oder vielleicht dem feineren Alkoholschmuggel zu. Dieser Percy aber war aufgefordert worden, seine gesellschaftlichen Gaben zur Bespitzelung der erotischen Verirrungen der Reichen zu verwenden. Eine bequeme und gemächliche Lebensweise: 25 Dollar täglich und die Spesen, einschließlich eines Automobils und des Allerbesten, was die Welt an Essen, Kleidung und Wohnung zu bieten hat. Es gab ja so viele Intrigen und so viele verschiedene Arten der Bespitzelung, er würde nie um Arbeit verlegen sein und früher oder später eine reiche Erbin angeln.

4

JED RUSHER HIELT KONFERENZEN MIT ABE SILBERMAN ab. Kein Zweifel, Jed hatte die gesetzlichen Vorschriften, wie sie in den Statuten festgelegt waren, verletzt. Die Tatsache, daß tausend andere Bankiers und Geschäftsleute dasselbe Gesetz übertreten hatten, würde vor den Geschworenen kein geeignetes Argument sein, und ebensowenig der Umstand, daß er nur deshalb unter den tausend Gesetzesübertretern ausgewählt worden war, weil bestimmte mächtige Petroleumunternehmer und Finanziers ihn als einen gefährlichen Außenseiter aus dem Geschäft verdrängen wollten. Daß Jed den Benzinpreis um mehrere Cents pro Gallone herabgesetzt hatte, würde keinen Eindruck auf diese Geschworenen machen, denn sie waren sicherlich von dem kleinlichen Mißtrauen des erfolglosen kleinen Mannes gegen den großen Erfolgsmenschen beseelt.

Mit dem Staatsanwalt war nichts anzufangen. Erstens war er eine Kreatur Sandersons, und zweitens ging es ihm nicht so sehr um das Geld als um die politische Karriere; er hoffte – auf Grund seiner Aktion gegen Jed –, Richter oder sogar Staatsgouverneur zu werden. Nein, sagte Abe Silberman, es stünden nur zwei Wege offen: der eine, ein Alibi zu konstruieren, und der andere, die Geschworenen zu bearbeiten. Der vorsichtige Anwalt war der Meinung, daß es in diesem gefährlichen Fall klüger wäre, beide Methoden anzuwenden.

Jed hatte selbstverständlich niemals vorgehabt, sich des Meineids und der Bestechung schuldig zu machen. Aber was sollte er tun? Seine Feinde hatten ihn in eine Klemme gebracht und würden ihn zugrunde richten, wenn er sie nicht mit ihren eigenen Waffen bekämpfte. Der biedere Anwalt besänftigte seine Skrupel; man müsse sich an die Spielregeln halten, und es sei eine alte Sitte, daß ein reicher Mann, wenn er in eine Klemme gerät, sich seinen Ausweg erkaufe. Ja, wenn man die Situation richtig überlegte, müsse man einsehen, daß es anders auch gar nicht anständig wäre. Die Geschworenen seien arme Teufel, wer sonst würde sich für die Summe von 3 Dollar am Tag in einen vollgepfropften Gerichtssaal setzen und in der schlechten Luft fast ersticken? Und warum sollten denn diese Leutchen umsonst arbeiten? Fordere nicht der gesunde Menschenverstand, daß der Geschworene, der ein menschliches Interesse für Jed empfindet und ihm aus seinen Schwierigkeiten hilft, eine Belohnung für seine Dienste erwarten dürfe?

Natürlich würde ein alterfahrener Anwalt wie Abe Silberman es nicht riskieren, einem Geschworenen Geld zuzustecken. Aber es gab genug andere Leute, die das besorgten, und Abe kannte ihre Adresse und hatte sie bereits in den schwierigsten Lagen erprobt. Kurz, es war das ein besonderes System, genauso wie jene Systeme, mit deren Hilfe man seinen Gin oder Whiskey für die Abendgesellschaft bekommt oder Telefonleitungen anzapfen, Telegramme kopieren und Papierkörbe durchsuchen läßt, um den Maßnahmen seiner Feinde auf der Spur zu bleiben – oder aber seiner Frau einen Detektiv nachschickt, wenn man vermutet, daß sie einen hübschen jungen Burschen in mondhellen Nächten im Garten des Landklubs küßt.

Was die Zeugen betraf, so wiederholte der biedere Silberman den militärischen Grundsatz, daß die beste Verteidigung der Angriff sei. Sein Plan war, eine Geschichte vorzubereiten, die den Staatsanwalt vor Gericht blamieren würde. Die Anklage stützte sich auf das Zeugnis eines entlassenen Buchhalters, der aus Jeds Büro Papiere gestohlen hatte. Gut, sie würden sich also diesen Buchhalter vornehmen. Erstens hatte Abe bereits festgestellt, daß der Mann ein Doppelleben führte, daß er eine Frau und ein Kind hatte und zu gleicher Zeit mit einer anderen Frau Vergnügungsreisen unternahm; sie würden ihm das vorhalten und ihn dadurch vielleicht ins Bockshorn jagen können. Wenn das mißlänge, würden sie behaupten, daß er die angeblich von Jed stammenden Dokumente gefälscht habe; sie würden als Zeugen einen Papierhändler beibringen, von dem er das Papier gekauft habe, und sie würden beweisen, daß die Schreibmaschine, auf der die Dokumente geschrieben waren, ihm gehöre. Und, was noch wichtiger war, sie würden Angestellte der Fourth National Bank vor Gericht holen, die die echten, Jeds Geschäft mit der Bank betreffenden Papiere vorlegten und bewiesen, daß dieses Geschäft in jeder Hinsicht den gesetzlichen Vorschriften entsprochen habe. All das würde mehr oder weniger riskant sein, aber tüchtige Anwälte reicher Klienten, die in eine Klemme geraten waren, hatten manchmal schon frechere Dinger gedreht.

Die Gerechtigkeit erfordert, hier festzustellen, daß Jed dieses Programm nicht ohne arge Gewissensskrupel genehmigte. Er war eine Säule der methodistischen Erlöserkirche und glaubte an das, was dort gelehrt wurde. Leider aber schien es eine Reihe von Vorschriften für den Sonntag und eine andere für die Alltagswelt zu geben; Jed mußte sich mit dem Bewußtsein trösten, daß er, wenn er erst einmal seine Feinde gelehrt hätte, ihn in Frieden zu lassen, nicht mehr das Gesetz werde verletzen müssen. Unterdessen zollte er seinen Idealen wenigstens insofern einen Tribut, als er Liza nicht sagte, was er vorhatte; er erzählte ihr, seine Feinde hätten eine böse Verschwörung angezettelt, die aber durch die Gnade der Vorsehung bald aufgedeckt werde.

5

Entscheidend für Jed war sein Gespräch mit Mr. Walton Kennealy im *Mountain City Club*. Dieses Gespräch fand an einem Abend statt, an dem Jed allein speiste, Lulu Belle hatte mehrere junge Freunde bei sich, und Jed war es müde, Komödie zu spielen. Er saß da und kaute sein Hammelkotelett und seinen Toast, in Gedanken verloren und vielleicht mit recht finsterer Miene; da kam, liebenswürdig lächelnd, ein alter Herr an den Tisch.

Mr. Kennealy war ein Onkel Gerald Lyncums, obgleich Jed das nicht wußte. Er hatte bei dem letzten Börsenkrach so ziemlich sein ganzes Geld verloren, was Jed auch nicht wußte. Der Smoking des alten Herrn war immer noch tadellos und sein Club-Beitrag war bezahlt, so daß er für Jed nur einer der vielen reichen alten Knaben war, die sich abends hier umhertrieben, Zeitung lasen, Schach spielten und tratschten. Dieser da hatte schneeweißes, in anmutigen Wellen aus der Stirn zurückgekämmtes Haar, einen rosigen Teint und ein Lächeln, das einem Engel hätte gehören können. Er ließ dieses Lächeln spielen, während er sagte: «Na, Rusher, Sie machen ja einen ganz ordentlichen Krach in der Presse!»

«Gewiß», sagte Jed nicht sehr höflich.

«Mir ist etwas zu Ohren gekommen, das wird Sie vielleicht interessieren», sagte der andere. Jed taute nun natürlich ein wenig auf.

«Sie wissen wohl, Rusher, warum man auf Sie so böse ist?» fuhr der andere fort. «Sie sind zu unabhängig und wollen sich nichts sagen lassen.»

«Sagen wir lieber so», erwiderte Jed, «es gibt Leute, die glauben, das Petroleumgeschäft gehört ihnen, und ich will diese Ansprüche nicht gelten lassen.»

«Das läuft aber auf folgendes hinaus, Rusher: wenn es nicht zu einem Kompromiß kommt, geht das ganze Petroleumgeschäft kaputt. Wenn ihr einer den anderen in Konkurs treibt, was soll dann werden?»

«Das Publikum wird sein Petroleum bekommen müssen», sagte Jed. «Die Frage ist nur, wer soll es verkaufen.»

«Ein schwerer Fehler, diese heftige Konkurrenz», sagte der alte Herr. «Es ist die reine Verschwendung, schafft böses Blut, und man erreicht damit gar nichts. Es gäbe genug Profit für alle, wenn ihr vernünftig sein wolltet.» Er hielt eine kleine Predigt über Geschäftsmoral, und Jed hörte zu, ohne ungeduldig zu werden, weil er überzeugt war, dahinter müsse doch etwas Besonderes stecken.

Nach einiger Zeit sprach Mr. Kennealy davon, wie unbequem es sei, ins Gefängnis zu wandern. Könne denn ein Mann wie Jed sich in eine solche Lage manövrieren! Das sei unbequem, unklug und absolut unnötig; erstens ein schlechtes Beispiel für die unteren Klassen – der alte Herr sagte das mit seinem sanftesten Engelslächeln – und zweitens peinlich für die anderen Mitglieder des Clubs, dem Jed angehörte. Diese Seite der Angelegenheit habe Jed vermutlich nicht überlegt.

«Na, Sie wissen ja, daß ich nicht gerade darauf erpicht bin, ins Gefängnis zu wandern», warf Jed ein.

Aber der alte Herr schien das zu bezweifeln. Jeds Haltung habe den Ölleuten keinen anderen Ausweg gelassen. Das wurde in scherzhaftem Ton gesagt, aber Jed begriff, daß es ernst gemeint war. Die Leute, die ihn in ihrer Gewalt hatten, übermittelten ihm hier eine kleine Strafpredigt; wollte man ihm vielleicht noch einmal eine Chance geben?

Er erkundigte sich danach in der ihm eigenen unverblümten Art, fragte Mr. Kennealy rundheraus, ob er den Auftrag erhalten habe, ihm, Jed, einen Vorschlag zu machen. Aber der andere wollte keine klare Antwort geben; so einfach war das in seiner Welt nicht zu machen! Er habe zwar keinen Auftrag, etwas Konkretes vorzuschlagen, aber er habe die Herren, die an den jetzigen Vorgängen beteiligt seien, über Jed reden hören, und wegen seiner freundlichen Gefühle und seiner Besorgnis um den guten Namen des Clubs und um den guten Namen der Warreners und Macys, mit denen er doch seit langem befreundet sei, aus all diesen Gründen fühle er sich veranlaßt, mit Jed in aller Freundschaft zu sprechen.

Gut, Jed würde sich an diese umständliche und elegante Spielregel halten; er würde den feinen Andeutungen lauschen und sich eins mit dem andern zusammenreimen. Was sagten seine Konkurrenten über ihn und was hatten sie mit ihm vor? Mr. Kennealy erwiderte, er fürchte sehr, sie würden keinen Kompromiß zulassen, der Jed auch weiterhin in die Lage versetze, die Ölpreise zu drücken, wie er das in der Vergangenheit mehrere Male getan hatte; aber sie wollten ihm natürlich nicht die Profite wegnehmen, auf die er einen gerechten Anspruch habe. Es sei nicht eine Frage des Geldes, sondern eine Frage der Macht; der sanfte alte Herr mit seinem Engelslächeln schlug Jed vor, er solle sich von den Aktien der Teereimer-Öl trennen, der inneren Gesellschaft, die über das Stimmrecht verfügte. Wenn er diese Aktien verkaufen wollte, könnte er seinen ganzen übrigen Besitz behalten und genauso reich sein wie jetzt...

Jed lachte. Er konnte nicht länger an sich halten. «Wie lange würden sie brauchen, um die Dividenden für sich zu verwenden und meinen Besitz wertlos zu machen?»

«Gewiß», sagte der alte Herr, «das könnte passieren; Sie wissen genauso gut wie ich, daß wir nicht im Paradies leben. Aber Sie könnten Ihren Besitz realisieren...»

«Mit anderen Worten, alles verkaufen und dem Ölgeschäft entsagen! Und was soll ich dann anfangen?»

«Sie sind jung, Rusher, und es gibt so viele interessante Dinge auf der Welt. Vielleicht würde es Ihnen Spaß machen, sich mal Europa anzusehen...»

«Also ins Exil gehen statt ins Gefängnis! In diesem Fall würden sie das Verfahren einstellen?»

«Na, Sie wissen ja, wie das ist, ich bin nicht der Staatsanwalt und kann nicht in seinem Namen etwas versprechen. Aber wenn man den richtigen Einfluß aufbieten und ihm klarmachen würde, daß die Gefahr für die Geschäftswelt beseitigt ist...»

«Dann, glauben Sie, würde er mir vielleicht Bewährungsfrist geben?» Jed saß da und fixierte den alten Herrn mit seinem grimmig starren Blick. «Hören Sie zu, Mr. Kenealy, wenn Sie Perry Sanderson das nächste Mal sehen, sagen Sie ihm, daß Sie mit mir gesprochen haben und daß Sie den Eindruck haben – nichts Genaues natürlich, sondern nur so den Eindruck –, daß Rusher über die Geständnisse einer Reihe von Leuten verfügt, die im Auftrag der Central Pete einen Meineid geschworen haben, und wenn dieser Fall vor Gericht kommt, werden sich noch einige andere Herrschaften außer mir auf dem besten Weg ins Gefängnis befinden. Man wird uns einen Börsenticker in der Strafanstalt installieren und uns unsere Sekretäre und Buchhalter mitschicken müssen, damit wir von unseren Zellen aus das Ölgeschäft leiten können.»

Der alte Kennealy schüttelte den Kopf. «Schade! Schade!» Dieser kriegerische Geist betrübte ihn sehr. «Sie werden sehen, daß das Gefängnis Sie ruiniert, Rusher. Bevor Sie wieder herauskommen, wird man Ihnen alles abgenommen haben.»

«Sie irren sich, Mr. Kennealy, es wird mich nicht im mindesten stören. Ich werde mich auch weiterhin um meine Geschäfte kümmern und die Leute von der Central Pete endgültig erledigen, von der Gefängnizelle aus ebenso gut wie von meinem Büro aus. Und ich habe noch gar nicht richtig zu kämpfen begonnen. Und wenn es erst einmal soweit ist, dann werden die Kerle glauben, sie haben es mit einem ganzen Rudel von Wildkatzen zu tun.»

Nach diesem Gespräch begab sich Jed in die Wohnung seines tüchtigen Anwalts und sagte: «Vorwärts, Abe, mein Entschluß ist gefaßt. Alles genehmigt!»

6

Das Ende dieser Intrige kam als eine Art Antiklimax; wie wenn man von einem wüst aussehenden Köter überfallen wird, der heftig knurrt und großen Lärm macht, aber sobald man ihm mutig entgegentritt, umkehrt und davonläuft. Die eigentlichen Vorgänge waren nur wenigen Personen in Mountain City bekannt und gaben Anlaß zu endlosen Vermutungen. Folgendes berichtet die «geheime» Geschichte:

Abe Silberman schickte einen seiner verläßlichsten Winkelkonsulenten zu dem entlassenen Buchhalter, der den ganzen Klamauk angerichtet hatte. In einer geheimen Unterredung wurden dem jungen Mann sämtliche Tatsachen seines Liebeslebens, die man in Erfahrung gebracht hatte, unterbreitet. Solange der junge Mann – das war eine Eigentümlichkeit des Gesetzes – mit seiner Geliebten innerhalb der Staatsgrenzen verblieben war, konnte man nichts dagegen einwenden, wenn er aber im Verlauf seiner Vergnügungsfahrten mit dieser jungen Person sein Auto über eine der Staatsgrenzen hinausgesteuert hatte, hatte er sich eines Verstoßes gegen die «Weiße-Sklaven-Akte» schuldig gemacht und konnte zu zehn Jahren Gefängnis verurteilt werden. Der Konsulent wußte nicht, ob er ihn mit Recht dieses Verbrechens beschuldigen dürfe, aber er riskierte es und behauptete außerdem, Beweise zu haben. Und vielleicht hatte der junge Mann das Verbrechen wirklich begangen, vielleicht bildete er sich auch nur ein, seine Feinde würden es beweisen können. Auf jeden Fall verlor er die Nerven.

Dann wurde ihm eine kunstvoll ersonnene Geschichte vorgesetzt: man zählte ihm alle die Beschuldigungen des Meineids und der Fälschung auf, die gegen ihn erhoben werden sollten. Der Advokat sagte, sie wüßten, wo er das Papier gekauft habe, auf dem die Fälschungen vorbereitet, und die Schreibmaschine, auf der die Briefe geschrieben worden seien. Sie würden Zeugen beibringen, mit denen er über seine Pläne gesprochen und denen er erzählt habe, wieviel Geld ihm die Sandersons gegeben hätten. Der Buchhalter wußte natürlich, daß das fast alles erfunden war, aber was konnte ihm das nützen, wenn man den Geschworenen die Beweise vorlegte? Er würde als Erpresser gebrandmarkt werden und hätte dann keine Aussichten mehr, je wieder eine Stellung zu finden.

Auf der anderen Seite hatte er die Chance, 25 000 Dollar nebst einem nagelneuen Tourenwagen in die Hand gedrückt zu bekommen, und er konnte dann Weib und Kind oder, je nach Belieben, seine Geliebte nehmen und nach Mexiko oder Kanada fahren. Der Anwalt hatte das Bargeld bei sich und der Wagen stand vor der Tür. Der junge Mann brauchte nichts weiter zu tun, als eine eidesstattliche Versicherung zu unterschreiben, des Inhalts, daß er von Perry Sanderson gedungen worden sei, die Dokumente, mit deren Hilfe Jed Rusher ins Gefängnis gebracht werden sollte, zu fälschen. Nachdem er unterschrieben hätte, in Gegenwart zweier Notare, die seine Identität beschwören konnten, würde die ganze Welt ihm gehören.

Er unterschrieb und ging seiner Wege, seltsamerweise nahm er weder Weib und Kind noch auch die Dame mit, mit der er umhergefahren war, sondern eine Neue, die er erst kürzlich kennengelernt hatte. Aber das war Abe Silberman und seinem Klienten ganz egal. Abe hatte die eidesstattliche Versicherung, er besuchte Perry Sandersons Anwalt und legte ihm dieses und einige andere Dokumente auf den Tisch. In Sandersons Büro befand sich ein Angestellter, der seit einem Jahr in Jed Rushers Diensten stand und bereit war, zu beschwören, daß er Perry und seine Teilhaber belauscht habe, wie sie den Fall gegen Jed konstruierten und die Fälschung planten; zumindest erzählte Abe dem Anwalt, daß es sich so verhalte, und woher sollte der Anwalt es wissen oder woher sollte Perry es wissen? Ferner habe Mr. Walton Kennealy sich Jed Rusher im *Mountain City Club* genähert, erklärt, daß er von Perry Sanderson komme und den Prozeß auszunützen versucht, um Jed seine Anteile an der Teereimer-Öl-Gesellschaft abzuluchsen. Mr. Kennealy könne dieses Gespräch ableugnen; zufälligerweise aber habe ein Kellner hinter seinem Stuhl gestanden und seine Worte mit angehört und sei bereit, das zu beschwören.

Auch den Staatsanwalt besuchte der tüchtige Abe. Wenn, so sagte er zu diesem Beamten, das Verfahren gegen Jed Rusher seinen Fortgang nähme, würde sein Klient vor der Anklagebehörde erscheinen und ein Verfahren wegen böswilliger Verabredung und Erpressung gegen Perry Sanderson und seine Teilhaber beantragen. Abe wollte die Einzelheiten seines Beweismaterials nicht bekanntgeben, aber er sprach von einer großen Menge solchen Materials; seine Andeutungen gaben genügend klar zu verstehen, daß das der schrecklichste Skandal sein würde, der jemals in der Berggegend geplatzt war. Führende Persönlichkeiten der Finanz- und Modewelt, sowohl Männer als auch Frauen, würden mit hineingezogen, Familien würden zerstört, und ein Teil der Leute, die die Ernennung und Wahl des Staatsanwalts finanziert hatten, würden für ewige Zeiten gebrandmarkt werden.

Der Beamte wußte natürlich, daß diese ganze Geschichte zum größten Teil fabriziert war; zumindest glaubte er es zu wissen, aber Abe Silbermans Stimme klang erschreckend überzeugend. Einer der beiden Prozeßgegner war ein Gauner, aber woher sollte der Staatsanwalt wissen, daß nicht sein Vetter Perry Sanderson der Gauner sei? Konnte er sicher sein, daß unter den großen Ölspekulanten gerade dieser eine nicht fähig sein sollte, einen Coup gegen seine Konkurrenten zu konstruieren? Was hatte er denn schließlich für Beweise gegen Jed Rusher, seit der Buchhalter geflüchtet war? Alle die Unregelmäßigkeiten, die er in Jeds Geschäftsbüchern gefunden hatte, würden als Fälschungen bezeichnet werden, und woher sollten die Geschworenen wissen, wem sie zu glauben hätten? Offenbar würde es ein ganz ekliger Fall werden; einen reichen Mann zu erledigen war keineswegs so leicht, wie der Staatsanwalt sich eingebildet hatte.

Das Ergebnis war, daß die Klage gegen Jed fallengelassen wurde und die Tratschmäuler der Stadt ihre große Chance verloren. Jed behielt seine Teereimer-Aktien und fuhr fort, die Preise zu drücken, während Perry Sanderson ins Rutschen kam und sehr bald seines Amtes als Präsident der Central Pete enthoben wurde. Der Staatsanwalt wurde nicht wieder nominiert, und seinen Nachfolger ebenso wie den Bürgermeister von Mountain City ernannte Jed. Walton Kennealy und einige seiner nächsten Freunde sprachen nicht mehr mit Jed im *Mountain City Club*, und Mrs. Clive Warrener weigerte sich mehrere Monate lang, ihre Schwägerin Mrs. Jane Warrener zu sehen. Zu guter Letzt sperrte sich die verlassene Frau des entlassenen Buchhalters mit ihrem Baby in ein möbliertes Zimmer ein und drehte den Gashahn auf; als aber Jed diese Notiz in der Zeitung las, entsann er sich des Namens nicht mehr, so daß die Tragödie ihre Wirkung auf sein Gewissen verfehlte.

23. Kapitel

Der Gipfel

I

An einem schneeigen Winternachmittag erhielt Jed die Nachricht, daß er nun völlig aus den Klauen des Gesetzes befreit sei. Der beste aller Rechtsanwälte benachrichtigte ihn telefonisch, und sie tauschten diskrete Glückwünsche aus, da sie wußten, daß ihr Gespräch wahrscheinlich abgehört wurde. Jed rief seine Schwester an, und als er sie vor Freude und Erleichterung aufschluchzen hörte, begriff er, wie schwer das alles für sie gewesen war. Dann telefonierte er an Dick Sunstorm aufs Feld hinaus; braver, alter Dick, dessen Jubelschreie die unrechtmäßigen Lauscher erschreckt haben müssen. Jed habe sie zu Brei geschlagen! Er würde sie immer zu Brei schlagen! Er sei der größte Mann in ganz Amerika, ja, vielleicht in der ganzen Welt! Jed müsse sich über Perry Sanderson hermachen und diesen gottverfluchten Undsoweiter glatt aus der Branche verjagen. Dem Fluchen per Telefon ist keine Grenze gesetzt, sofern sich die Flüche nicht an die Telefonistin richten. «Nebenbei, Jed», sagte Dick, «ich habe da einen neuen Bericht in der Sache, die ich für dich besorgen soll.»

«Was steht drin?»

«Ungefähr dasselbe wie im ersten, dasselbe in größerer Quantität.»

«Nichts Schlimmeres?»

«Nichts Schlimmeres. Wenn du heute abend nicht verabredet bist, werde ich mich in den Wagen setzen und dir den Bericht bringen.»

«Gut», sagte Jed, «soll mich freuen, dich zu sehen, und wir werden eine kleine Feier veranstalten.»

Dasselbe, aber nichts Schlimmeres! Lulu Belle küßte den jungen Lyncum, sie machte mit ihm lange Autofahrten, aber anscheinend pflegten sie noch nicht in Wirtshäusern zu übernachten. Wie weit war sie gegangen und wieviel weiter gedachte sie zu gehen? Jed hatte jetzt Zeit, sich auf diese Frage zu konzentrieren. Sollte er eine Entscheidung erzwingen? Dann würde es natürlich schwerer sein, in Zukunft Beweise heranzuschaffen. Er mußte sich entschließen: Wollte er Lulu Belle retten oder wollte er sie bestrafen?

Er rief seinen Schwiegervater an und teilte ihm die gute Nachricht mit. Wallys Freude war nicht erheuchelt, ein braver alter Knabe, aber auch ein Dummkopf, wie Jed immer deutlicher merkte. Anscheinend hatten ihn seine Frauen nicht in ihr Geheimnis eingeweiht. Ja, sagte Jed, er werde zum Dinner nach Hause kommen; er erwarte abends Dick Sunstorm zu einer geschäftlichen Konferenz. Dann rief Jed zu Hause an; Lulu Belle und ihre Mutter seien ausgegangen, würden aber zum Dinner erwartet. Unter Anleitung der vollkommenen Schwiegermama hatte Lulu Belle sonst nie versäumt, Jed mitzuteilen, wann sie auswärts zu speisen gedenke und wo. Jed wurde immer eingeladen und bat immer, ihn zu entschuldigen.

Er war bereits zu Hause, als Lulu Belle und ihre Mutter ankamen, die Wangen von der Kälte gerötet und die Augen leuchtend vor Freude über die Neuigkeit, die natürlich bereits in der ganzen Stadt bekannt war, da die Zeitungsjungen sie an allen Straßenecken verkündeten: «Verfahren gegen Rusher eingestellt wegen Mangels an Beweisen, sagt der Staatsanwalt.» Lulu Belle lief zu ihrem Mann hin und nahm ihn bei der Hand. «Oh, ich bin ja so froh!»

Aber sie gab ihm keinen Kuß, das fiel ihm auf, und ihre Haltung hatte etwas Gezwungenes. Sie freute sich, so wie jede Frau sich freut, wenn ihr Name nicht in den Schmutz gezerrt wird. Aber es fehlte jede persönliche Wärme; natürlich, das konnte nicht anders sein, da sie im Geheimen einen anderen küßte. Jed merkte, daß beide Frauen sich in einer gesteigerten Erregung befanden, wie sie gar nicht dem Anlaß entsprach; beide waren aufgeregt, sie spielten offenbar Komödie und übertrieben ihr Spiel.

Nach einiger Zeit sagte Lulu Belle, ohne die Hand ihres Mannes loszulassen: «Was hast du heute abend vor, Jed? Hast du ein wenig Zeit für mich?»

«Ich erwarte Dick zu einer Besprechung, aber er wird erst ziemlich spät kommen.»

«Laß ihn warten, wenn es nicht anders geht, Jed. Ich muß etwas mit dir besprechen. Ich habe damit gewartet, bis du diese aufregende Prozeßgeschichte vom Hals hattest.»

Oh, nun kam es endlich heraus! Gut, wenn sie mit ihm sprechen wollte, Jed würde zuhören; das war seine Spezialität. Während des Essens sperrte er Augen und Ohren auf, und er sah die Angst in den Augen der vollkommenen Schwiegermama; kein Zweifel, die alte Dame war über die Lage unterrichtet und wußte, daß heute abend etwas geschehen sollte; sie lächelte sehr gezwungen, und Jed ertappte sie dabei, wie sie ihn heimlich beobachtete. Wally aber wußte nichts. Wally war in gehobener Stimmung, da Jed die Sandersons verprügelt hatte. Wally war überzeugt, daß Perry einer der schlimmsten Gauner im Staat sei und davongejagt werden müsse. Das hörte Jed gern, aber es erhöhte natürlich nicht seinen Respekt vor seines Schwiegervaters Geisteskräften.

Da saßen sie, alle vier, von zwei stummen Männern in schwarzer Uniform feierlich bedient, kosteten ein wenig von einem halben Dutzend Gängen und plauderten in liebenswürdigem Ton. Wer dabeigewesen wäre und sie gehört hätte, würde gesagt haben, das sei eine glückliche Familie, reiche Leute, die das Leben zu genießen und sich die Gaben des Müßiggangs zu sichern verstehen. Das würde jeder gesagt haben und dann sehr überrascht gewesen sein, wenn er erfahren hätte, daß binnen einiger Stunden eine große Tragödie fällig sei und Jed Rusher, der reichste und erfolgreichste Geschäftsmann der Stadt, soben sein letztes Mahl in diesem Haus verzehre.

2

Lulu Belle ging mit ihm in ihr Wohnzimmer und machte sämtliche drei Türen zu. Sie setzte sich in einen üppig gepolsterten Stuhl, der mit hellem, rotgeblümtem Kattun überzogen war. Sie hatte sich zum Dinner nicht umgekleidet, sondern trug noch das dunkelblaue Kostüm, das sie für den Nachmittagstee gewählt hatte. Vielleicht war das ein psychologischer Trick, sie wollte dem Mann, der sie verlieren sollte, nicht zu verführerisch erscheinen. Er hatte sie billig gekauft, nun mochte er sie teuer verkaufen.

Aber als Jed sie ansah, glaubte er noch nie eine schönere Frau gesehen zu haben. Sie war jetzt 22 Jahre alt und stand in ihrer vollen Blüte, sie hatte einen herrlichen rosigen Teint, jedes bißchen davon war echt. Schnell kam und ging die Farbe mit den Empfindungen, die ihr Herz bewegten; wenn Jed noch Zweifel hegte, was nun kommen solle, brauchte er nur dieses Erröten zu beobachten und ihre Finger, die nervös an ihrem Kleid zupften, und ihre Blicke, die den seinen so gar nicht begegnen wollten. Als sie die Augen niederschlug, sah er ihre Lider beben und ihre Lippen zittern; das Sprechen wurde ihr schwer.

«Jed, was ich dir zu sagen habe, wird dich unglücklich machen, und das tut mir furchtbar leid; ich habe es lange hinausgeschoben, ich brachte es nicht fertig, davon zu sprechen, solange du noch diese andere Geschichte am Hals hattest. Aber das ist jetzt vorbei, und du hast ein Recht darauf, die Wahrheit zu erfahren. Ich bitte dich, mir zu glauben; ich weiß das zu schätzen, was du für mich getan hast, und ich bin dir dafür dankbar und ich werde es auch nicht vergessen. Aber du weißt ja, wie das war, du hast mich nie wirklich geliebt, und auch ich habe dich nicht geliebt. Das habe ich anfangs nicht gemerkt, erst in der letzten Zeit. Wir haben beide so weitergelebt, ohne es zuzugeben, vielleicht nicht einmal uns selbst gegenüber.»

Lulu Belle schloß die Augen, ballte die Fäuste, und er sah ihr zu, wie sie um Fassung rang. «Jed, ich habe mir eingeredet, daß ich dich glücklich mache, und das war das einzige, woran ich zu denken hatte. In den letzten Jahren aber fing ich an, mich zu fragen, ob ich dir überhaupt etwas bedeute und ob du nicht glücklicher wärst, wenn du eine Frau hättest, die kein Spatzenhirn hat, die den Unterschied zwischen einer Aktie und einer Obligation kennt und einigen Anteil an deinem Leben nehmen kann. Du mußt das ja selber wissen, Jed, du warst zu gutmütig, um es zu sagen, aber du mußt es oft gedacht haben, nicht wahr?»

Sie hielt abermals inne, und Jed betrachtete ihre bebenden Augenlider. Er hatte vorgehabt, sie ganz allein reden zu lassen, aber diese lange Einleitung langweilte ihn, und so sagte er unvermittelt: «Du kannst gleich zur Sache kommen, du willst mir mitteilen, daß du in Gerald Lyncum verliebt bist.»

Die Lider hoben sich, die großen blauen Augen blickten ihn an. «Oh, du wußtest es also!»

«Natürlich wußte ich es. Hast du dir eingebildet, daß du mich an der Nase herumführst?»

«Nein, Jed, das ist mir wirklich nicht eingefallen. Aber ich wollte dich nicht unglücklich machen, solange deine Feinde dir zusetzen. Ich konnte mich nicht wehren gegen das, was mir da passiert war – gegen meine Gefühle –, aber ich konnte warten, und das habe ich getan.»

«Nun, ich habe davon erfahren, also weiter!»

Ein schmerzlicher Ausdruck trat in die großen blauen Augen. «O Jed, du hast mich beobachten lassen! Gerald hat es behauptet – daß jemand seine Briefe öffnet –, aber ich wollte es nicht glauben. Jed, wußtest du nicht, daß ich deine Rechte respektieren würde? Weißt du nicht, daß ich dich noch nie belogen habe?»

Jed wollte erwidern, daß die Art seiner Geschäfte ihn skeptisch gemacht habe, aber er hatte gelernt, seine Zunge zu zügeln. Er sagte: «Was hast du mir zu sagen?»

«Weiter nichts als folgendes, Jed. Ich liebe Gerald, und das läßt sich nicht ändern. Ich weiß es seit ungefähr einem Jahr. Ich kann nichts dagegen tun. Ich bin überzeugt, daß ich nicht die richtige Frau für dich bin, und ich weiß, daß du mich nur aus Mitleid geheiratet hast. Jetzt will ich dich also freigeben. Ich will mit Gerald fortgehen, und du kannst dich dann von mir scheiden lassen und dir die richtige Frau suchen.»

Jed konnte sich ein spöttisches Lächeln nicht verkneifen. «Du bist sehr gütig, Lulu Belle, und ich weiß deine rücksichtsvolle Besorgnis zu schätzen. Aber habe ich dir je gesagt, daß ich mit meiner Frau nicht zufrieden sei?»

«O Jed, mach es mir nicht zu schwer! Ich kann ja nichts dafür!»

«Du hast dich in einen anderen verliebt. Ich bin bereit, diese Tatsache hinzunehmen, aber ich gedenke nicht zuzuschauen, wie du dir etwas vormachst. Du sollst nicht so tun, als ob du nur um mich besorgt wärst.»

«Aber ich will dich wirklich nicht unglücklich machen, Jed!»

«Laß mich aus dem Spiel, ich werde mich um meine Gefühle selber kümmern. Du liebst einen anderen, und du willst mit ihm weggehen, und du bittest mich, dabei ein Auge zuzudrücken...»

«Nein, Jed, das verlange ich nicht. Ich versuche nur, ehrlich und anständig zu sein, so wie du es zu mir gewesen bist. Ich bin nicht glücklich, schon seit langem nicht mehr glücklich, ich habe nur so getan, weil das meine Pflicht war.»

«Was hast du an mir auszusetzen?»

«Nichts, Jed! Wenn du die richtige Frau hättest, ein Frau, die versteht, was du machst, und die deine Interessen teilt! Ich verstehe gar nichts von Geschäften, aber ich verstehe etwas von Liebe, und ich weiß, daß wir einander nie geliebt haben. Ich weiß nicht, ob ich dir das erklären kann. Ich kann dir nur sagen, das Herz tut mir weh, weil ich niemanden habe, der mich liebevoll behandelt, der mich morgens küßt und der mich fragt, wie es mir geht, und der sich für meine Gedanken interessiert, wenn sie auch dumm sind, aber ich habe keine anderen. Sie sind nicht die deinen, und ich kann sie nicht dazu machen. Ich habe mich bemüht und bemüht, Jed, das mußt du doch wissen!»

«Habe ich dich je in deinen Wünschen gestört?»

«Natürlich nicht, aber das gehört ja mit dazu. Mir wäre viel lieber gewesen, wenn du mich gestört hättest, dann hätte ich wenigstens gewußt, daß du dich um mich kümmerst und auch weißt, was ich tue. Begreifst du denn nicht, Jed, wenn man einen Menschen in Frieden und allein läßt, dann ist er eben allein.»

«Ich dachte, du wüßtest, was du willst. Es sah so aus.»

«Ich wollte einen Mann haben. Du bist der Vater meiner Kinder, und ab und zu nimmst du mich in deine Arme, aber fünf Minuten später hast du es wieder vergessen, und manchmal habe ich das Gefühl, daß du auch dann nicht an mich denkst, sondern daß deine Gedanken bei irgendeinem Geschäft sind.»

«Ich kann es nicht ändern, daß ich viel zu tun habe, Lulu Belle.»

«Du sagst, du kannst nicht, Jed, aber das ist nur deshalb, weil du nicht willst. Du wirst sagen, ich hätte mich nicht in einen anderen verlieben müssen, aber das ist eigentlich dasselbe, wir sind eben verschiedene Naturen. Wenn ich dich nicht unglücklich machen will, muß ich alle meine Wünsche unterdrücken, und was hat das für einen Zweck, da du innerlich an mir ebensowenig Freude hast wie ich an dir?»

3

Das war die moderne und vornehme Haltung, mit der man an das Problem Ehe und Scheidung herangehen mußte. Jed hatte viel davon gehört; er hatte auch mehrere geistreiche Theaterstücke und Filme gesehen, in denen Ehepaare sich hinsetzten und auf diese Art ihre Angelegenheiten erörterten. Lulu Belle natürlich wußte noch besser Bescheid; sie lebte mit diesen selbstherrlichen jungen Menschen zusammen und nahm ihre Ideen in sich auf. Sie wollten haben, was sie haben wollten, und wenn sie es haben wollten, so gingen sie hin und nahmen sich's; sie ließen sich durch kein göttliches oder menschliches Gesetz daran hindern. Nun sah Jed sich einem solchen Vorschlag gegenüber, und was würde er tun? Jed gehörte einer strenggläubigen Kirche an, er kannte die biblischen Sätze, mit denen Liza diese Ehebrecherin oder künftige Ehebrecherin verflucht hätte. Aber Jed konnte diese Flüche nicht über die Lippen bringen. War er bereits durch die moderne Sittenlosigkeit zu sehr verdorben worden? Er wußte, was die Männer aus der Rindergegend, die kräftigen Pioniersöhne, diese halb primitiven Menschen, in einer solchen Lage getan haben würden; sie würden eine Schrotflinte genommen und dieser eleganten jungen Zerstörerin ihres Heims eine Ladung Schrot aufgepfeffert haben. Jed aber wußte, daß er das nicht tun würde. Anscheinend hatte Lulu Belle recht: es lag ihm mehr an seinen Geschäften als an seiner Frau.

«Was gedenkst du mit den Kindern zu machen, wenn ich fragen darf?»

«Das ist das Wichtigste, das ich mit dir besprechen möchte, Jed. Du wirst mir die Kinder lassen müssen.»

«Oh, ich werde müssen, ja?»

«Jed, aber wirklich! Was soll ich ohne meine Kinder tun? Du weißt, ich würde ohne sie sterben.»

«Bist du nicht auf den Gedanken gekommen, daß ich vielleicht auch ein gewisses Interesse an ihnen haben könnte?»

«Ich weiß, daß dein Interesse nicht sehr groß ist, Jed. Ich habe dich sechs oder sieben Jahre lang beobachtet, und ich bin überzeugt, du denkst sehr wenig an sie.»

«Ich wußte, daß für sie gut gesorgt ist...»

«Ja, Jed, gewiß, und du wirst wissen, daß auch weiterhin für sie genauso gut gesorgt wird wie bisher.»

«Von Gerald Lyncum!»

«Nein, Jed, von ihrer Mutter.»

«Und du glaubst nicht, daß sie einen Vater brauchen könnten, wenn auch der Vater sie angeblich nicht braucht?»

«Jed, ich muß dir etwas sagen.» Lulu Belle begann wieder an ihrem Kleid zu zupfen, sie schlug die großen blauen Augen nieder und ihre Lider bebten. «Ich habe es dir nicht sagen wollen, aber Gerald meinte, es müsse sein: Er ist der Vater des kleinen Claude.»

Das war es also. Endlich war das Geheimnis heraus. Gerald Lyncum war jener «nette Junge», der in Lulu Belles jungem Leben ein kurze, aber wichtige Rolle gespielt hatte.

«Du siehst, Jed», sagte sie, «ich bin nicht ganz so schlecht wie du glaubst. Gerald hat eigentlich ein Anrecht auf mich. Bevor ich dir gehörte, habe ich ihm gehört.»

«Ich dachte, du hättest behauptet, dir liege gar nichts an diesem Jungen.»

«Damals war es auch so. Zumindest wußte ich nichts davon. Aber er hatte mich gern. Siehst du, Jed, das, was mir Spaß machte, hat auch ihm Spaß gemacht. Er fand es nicht empörend, wie du das immer getan hast, ich weiß es. Das war vielleicht einer der Gründe, warum du mich nie geliebt hast, nicht wahr, Jed?»

Er gab keine Antwort. Er interessierte sich weder für psychologische noch für historische Fragen. Eine Pause folgte; dann fuhr Lulu Belle fort: «Du siehst, wie die Dinge stehen. Gerald hat ein Anrecht auf den kleinen Claude.»

«Das bezweifle ich», sagte Jed. «Ich glaube, du wirst erfahren, daß deine Verheiratung mit mir vor der Geburt des Kindes mich zu seinem gesetzlichen Vater gemacht hat.»

«Ich spreche nicht von den Gesetzen, Jed. Ich spreche von dem gesunden Menschenverstand. Du sagst, der kleine Claude braucht einen Vater, und ich sage dir, daß er einen hat.»

Wieder gab Jed keine Antwort. Er war im Vorteil, er konnte schweigen und sie sich abquälen lassen. Als sie fortfuhr, klang ihre Stimme etwas hysterisch.

«Ich könnte auf die Kinder nicht verzichten, Jed. Ich könnte nicht! Ich könnte nicht! Wenn du darauf bestehst, werde ich einfach bei dir bleiben müssen, und was nützt dir das? Denke nur einen Augenblick nach! Eine Frau, die eigentlich gar keine Frau ist, die dich nicht liebt und die du nicht liebst! Nur immer zanken, um einander unglücklich zu machen! Was hat das für einen Sinn? Warum können wir nicht nachsichtig sein und einen Weg finden, der uns beide glücklich werden läßt?»

Wieder sagte er nichts. Sie sollte ihre Vorschläge machen.

Hier wurde gefeilscht und sämtliche Trümpfe waren in seiner Hand.

«Hör zu, Jed», begann sie. «Ich sehe ein, daß ich bisher nur von mir und meinen Wünschen gesprochen habe. Aber auch du hast Rechte, und ich will nicht eigennützig sein. Ich habe mich bemüht, einen gerechten Ausgleich zu finden. Ich habe sehr viel Geld, nichts davon habe ich mir selber verdient, und nur wenig davon brauche ich für mich. Ich glaube, das, was Großpapa mir hinterlassen hat, ist wirklich mein Eigentum; aber du hast es in die Teereimer gesteckt und weiß Gott wieviel daraus gemacht, und damit hatte ich doch gar nichts zu tun. Ich weiß nicht, was ich mit so viel Geld anfangen soll, ich bin nicht klug genug, um es anlegen zu können, und auch Gerald nicht. Er will Gedichte schreiben, und das ist natürlich eine ganz andere Sache.»

Wieder eine Pause. Jed, der Geschäftsmann, wartete.

«Du kannst dieses Geld für dich verwenden, Jed. Du hast es verdient, und du kennst dich darin aus. Du brauchst es für dein Geschäft. Aber die Kinder brauchst du nicht, nicht diese Kinder! Du bist jung, und du wirst dich wieder verheiraten, mit einer passenden Frau, und Kinder haben, die du in deinem Sinn erziehen kannst. Bitte, Jed, bitte, sei vernünftig, du weißt, der Umstand, daß der kleine Claude nicht dein Sohn ist, war immer ein Schatten in deinem Leben, das kannst du nicht leugnen, der Gedanke, ihm dein Geld hinterlassen zu müssen, befriedigt dich ganz und gar nicht. Gut. Wir wollen gesetzliche Schritte ergreifen, um Geralds Vaterschaft anerkennen zu lassen, damit Claude dann keinerlei Ansprüche auf dein Vermögen mehr hat.»

«Ich bezweifle, ob sich das machen läßt, Lulu Belle. Und auf jeden Fall würde es einen riesigen Skandal geben.»

«Was kümmert mich ein Skandal, Jed! Ich schäme mich nicht meiner Handlungen, und ich werde mich jederzeit zu ihnen bekennen. Alles, alles, nur frei werden und meine Kinder frei bekommen! Ich will gar nicht, daß sie so viel

Geld haben, Jed, ich will ins Ausland reisen und ganz schlicht in einer kleinen Villa leben.»

Jed lächelte, ein zynisches Lächeln, das seine Lippen verzerrte. Er konnte sich bereits vorstellen, wie Lulu Belles erste Einkaufsexpedition die «kleine Villa» völlig unbewohnbar machen würde. Das alte Märchen von dem «Raum in der kleinsten Hütte». Offenbar hatte es das Mädchen schwer gepackt. Sie konnte ihm in gewisser Hinsicht leid tun. Jeder, der dumm genug war, sich zu verlieben, tat ihm leid.

4

Sie fuhr hastig in ihrem Betteln fort, als dächte sie, sie könne ihn überrumpeln. «Und die Mädchen, Jed, du weißt, du interessierst dich für Mädchen nicht. Und was soll denn aus Elizabeth und Jane werden, wenn sie zwischen zwei zankenden Eltern aufwachsen müssen? Ich weiß nicht, wie das Gesetz entscheiden wird, aber du kannst sie ja enterben, ich verspreche dir, sie werden nie ihre Ansprüche geltend machen. Ich werde sie erziehen, es soll für sie eine religiöse Überzeugung werden, daß sie gar nichts mit deinem Vermögen zu tun haben. Kannst du nicht ja sagen, Jed, damit wir die Sache in Güte regeln?»

«Deinen Vorschlag, bitte!» sagte er kalt.

«Er ist bereits gemacht, Jed. Ich behalte das Geld, das Großpapa mir hinterlassen hat, gerade nur das und nicht mehr, und alles übrige kannst du haben.»

«Sämtliche Teereimer-Aktien?»

«Sämtliche, Jed.»

«Das ist eine Menge Geld, Lulu Belle. Mindestens zwanzig bis dreißig Millionen!»

«Und wenn es ebenso viele Milliarden wären, Jed, je mehr es ist, desto weniger will ich es haben.»

«Werden deine Eltern damit einverstanden sein?»

«Sie werden natürlich außer sich sein, aber das kümmert mich nicht. Ich bin großjährig und weiß, was ich will.»

Jed saß da und trommelte mit den Fingern auf der Stuhllehne. Schließlich sagte er: «Ich weiß nicht, was für gerichtliche Schritte notwendig wären. Ich weiß nur, daß jede Vereinbarung gerichtlich bestätigt werden müßte und als Scheidungsgrund würde Ehebruch zu gelten haben.»

«Gut, Jed, ich habe nichts dagegen.»

«Du wirst vielleicht irgendein Papier unterschreiben müssen, ein Geständnis, daß du die Ehe gebrochen hast.»

«Ich habe sie noch nicht gebrochen, aber ich kann es natürlich tun.»

«Du wirst vielleicht mit Gerald in ein Hotel gehen und dich dort eintragen müssen, und zwar vor Zeugen. Es wird eine eklige Geschichte werden.»

«Was immer erforderlich ist, Jed, ich werde es tun.»

«Nun, besorge dir einen Rechtsanwalt und schick ihn zu Abe Silberman, und wir werden einen Vertrag ausarbeiten.»

«Können wir das nicht unter uns erledigen, Jed?»

«Wer über den Besitz einer großen Geldsumme ohne einen Anwalt verfügen will, muß viel dümmer sein als ich es bin, Lulu Belle.»

«Gut, wie du willst. Aber kann ich wenigstens sicher sein, daß du meinen Vorschlag annimmst?»

«Ja, ich nehme an. Ich will dich nicht quälen.»

«Vielen Dank, Jed.» Eine Pause, und Tränen der Erleichterung traten ihr in die Augen. «Jed, es tut mir leid, wenn ich dich unglücklich mache. Du mußt wissen, ich werde dir immer dankbar sein dafür, wie du mir geholfen hast.»

«Schon gut», sagte er schroff. «Wir brauchen nicht sentimental zu werden. Ich werde auch allein weiterkommen. Gleich morgen früh ziehe ich von hier aus. Ich würde schon heute abend gehen, bloß, Dick kommt hierher.»

«Du brauchst dich nicht zu beeilen, Jed.»

Wieder lächelte er spöttisch. «Warte nur, bis du deinen Eltern die Bedingungen mitgeteilt hast, auf die wir uns geeinigt haben, und dann wirst du sehen, ob sie mich noch in ihrem Haus dulden wollen.»

5

JED STAND AUF, GING IN SEIN ZIMMER, SPERRTE DIE Korridortür ab, sank auf einen Stuhl und saß eine halbe Stunde lang da, ohne sich zu rühren. So, jetzt war abermals eine Etappe in seinem Leben zu Ende! Ganz allmählich bekam er die Zügel in seine Hand. Es hatte ihn geärgert – mehr als er zugeben wollte –, daß neben ihm noch eine zweite Person gleichberechtigter Teilhaber der Teereimer war. Bisher war das ja nur eine papierene Teilhaberschaft gewesen, eines Tages aber hätte sie real werden und als ein ungeheures Problem in sein Leben treten können. Angenommen zum Beispiel, Lulu Belle hätte ihn hintergangen und würde ihm vor dem Scheidungsgericht einen heftigen Kampf liefern, wie das so viele Frauen getan hatten und immer wieder taten. Nein, er war recht gut dabei weggekommen; er würde jetzt sein eigener Herr sein und nicht mehr die Komödie mitmachen müssen, seine Frau vor einem Notar Papiere unterschreiben zu lassen.

Es würde ihm aber komisch vorkommen, in ein Hotel zu

übersiedeln. Oder vielleicht würde er bei Liza wohnen; das wäre ein bequemerer Weg, um den Bann der Gewohnheit zu brechen. Man gewöhnt sich an gewisse Dinge. Er hatte sich daran gewöhnt, Lulu Belle zur Frau zu haben, und seine Arme würden sich noch eine Zeitlang nach ihr sehnen. Aber er war immer Herr seiner Gefühle gewesen; er war ein starker Mann und würde auch jetzt nicht schwach werden.

Das Klingeln des Telefons unterbrach seine Gedanken. Es war der Architekt, der das achtfach vergrößerte Haddon Hall der Vollendung entgegenführte. Die Freskenmaler seien heute fertig geworden und morgen früh würden die Gerüste weggeräumt, und ob sich Mr. und Mrs. Rusher mit den Innendekorateuren verabreden wollten, um die Vorhänge und Portieren zu besichtigen? Ferner seien die Möbel aus dem Osten eingetroffen und würden aufgestellt werden –

«Entschuldigen Sie», sagte Jed schroff. «Ich bin heute abend sehr beschäftigt. Ich rufe Sie später an.»

Um Gottes willen, was sollte er nun mit diesem ungeheuren Besitz anfangen? Über den Aufregungen des Nachmittags und des Abends hatte er ihn ganz vergessen. Jetzt aber türmte er sich in seinen Gedanken empor, ein Symbol für die Leere seines Lebens. Er hatte sich ausgemalt, wie er mit Lulu Belle in diesen Palast einziehen und ihn mit Leben erfüllen, wie sie Menschen mitbringen würde, die ihn bevölkerten und seine Existenz rechtfertigten. Jetzt aber würde Lulu Belle ihn nie betreten. Nie würde sie das Badezimmer mit dem wunderbaren rotgeäderten Marmor benutzen. Nie würde ihre reizende rosigweiße Gestalt sich in diesen zwei einander gegenüberstehenden Pfeilerspiegeln spiegeln. Nie würde sie auf dem goldenen Toilettensitz sitzen und das lustige kleine Glockenspiel hören. Zum erstenmal, daß Einsamkeit Jed Rushers Herz verwundete.

Aber er raffte sich auf. Er war nicht der Mann, der sich niederdrücken läßt. Nein, er würde ein neues Leben beginnen. So mancher gründet erst mit dreißig Jahren eine Familie. Er würde eine neue Lebensgefährtin finden, nur keine Sorge! Es gab in ganz Mountain City kein junges Mädchen, das sich weigern würde, die Herrin von Schloß Rusher zu werden. Es würde sich schon eine finden; für den Augenblick aber schien ihm diese Aussicht so gar nicht verlockend. Er sah eine Schönheitsparade an seinem inneren Auge vorüberziehen, und nicht eines dieser Weiber erregte sein besonderes Verlangen; ihre übertriebene Bereitschaft stieß ihn ab. Irgendein intrigantes junges Bündel von Eitelkeiten würde ihn zu ihrem Eigentum machen, und er würde abermals die bittere alte Lehre lernen, daß die Ehe eine Lotterie ist.

Nein, er würde nicht in ihre Schlingen fallen. Zum Teufel noch mal, er würde das Haus in eine Kunstgalerie oder vielleicht in ein Waisenhaus für anderer Leute Kinder statt für seine eigenen verwandeln! Aber nein, das ging nicht. Er hörte bereits die Tratschmäuler an diesem saftigen Bissen kauen: Jed Rusher mit gebrochenem Herzen, gramgebeugt, weil seine Frau mit einem hübschen jungen Dichter aus Princeton davongelaufen ist.

Ein Dichter! Jeds Gedanken wanderten zu Gerald Lyncum, und er mußte fast lachen. Schrieben die Menschen immer noch Gedichte? Er hatte fast vergessen, daß es so etwas gibt. Dichtkunst war für ihn etwas, das man an der Universität studiert und worüber man Prüfungen ablegt.

Jed kehrte zu seinem Problem zurück, das so ganz anders war als alle die von den Dichtern behandelten Probleme. Er mußte den Kopf hochhalten und durfte sich keinerlei Schwäche anmerken lassen. Er würde allein nach Schloß Rusher übersiedeln und trotz alldem ein Einweihungsfest veranstalten und seine sämtlichen Bekannten einladen, einschließlich der Warreners und der Macys, ja, zum Teufel, er würde sogar die Lyncums und die Sandersons einladen, die ganze Bande, Freunde und Feinde, und mal sehen, wie viele den Mut haben würden, wegzubleiben! Dann würde er ihnen vielleicht einen Streich spielen: In eine andere Gegend fahren, in der er unbekannt war, und sich dort eine Frau suchen, die ihn nicht wegen seines Geldes nahm. Als Kind hatte er in der Schule eine Geschichte gelesen vom König Kophetua, der eine Bettelmagd heiratete. Natürlich würde es nicht buchstäblich eine Bettelmagd sein, so etwas gibt es nicht in Amerika, dem Land des Wohlstands; aber es würde eine Tochter des Volkes sein, ein vernünftiges Weib, das Frau und Mutter sein will.

Aber gibt es denn noch solche Frauen in Amerika? Oder hat die Vergnügungswut und Prunksucht sie alle gepackt? Und kann man in dieser neuen, jäh reichgewordenen Welt überhaupt noch Kinder erziehen, ohne sie durch Luxus und Müßiggang zu korrumpieren? Wird er nicht eine neue Garnitur von Clubbummlern heranziehen, von der Sorte, mit der sich Lulu Belle und Gerald amüsieren? Da ist etwas nicht ganz in Ordnung, und Jed kann nicht dahinterkommen. Man muß Geld haben, um im Geschäft etwas auszurichten, dann aber ist dieses Geld den Frauen und Kindern zu viel, sie brechen unter seinem Gewicht zusammen und gehen kaputt...

Jed saß da und grübelte emsiger nach, als er je in seinem Leben gegrübelt hatte. Er kam zu der Schlußfolgerung, daß Religion vonnöten sei, Religion, die die Menschen davon abhält, verrückt zu werden. Und nun wurde ihm sofort klar, auf welche Weise er sich eine Frau zu wählen habe; er würde Liza damit beauftragen. Niemand konnte Liza beschwindeln, er würde eine vernünftige Frau bekommen, die genauso vernünftig wäre wie Liza selbst. Sicher gab es junge Mädchen in der Methodistengemeinde, vielleicht keine strahlenden Geschöpfe, sie würden wahrscheinlich als Gastgeberinnen auf Schloß Rusher nicht besonders glänzen, aber das störte ihn nicht, seine Frau würde so sein, wie er es wünscht, und wenn das der eleganten Bande nicht paßte, sollten sie sich zum Teufel scheren! Jed Rusher war ein Bauernjunge, er schämte sich seiner Herkunft nicht, und er würde eine Frau und Kinder haben, die vom gleichen Schlag wären wie er: Gesunde Menschen, die zu arbeiten verstehen und die sich anständig zu benehmen wissen...

6

Ein Klopfen an der Tür, ein Diener, der Dick Sunstorm meldet. Der brave alte Dick, ein Augentrost! Niemand hätte Jed willkommener sein können. Jed drückte ihm herzlich die Hand und klopfte ihm auf die Schulter. Nachdem sie sich hingesetzt und Dick sich seine Zigarre angezündet hatte, sagte Jed: «Na, alter Freund, jetzt ist alles erledigt. Lulu Belle geht zu Gerald.»

«Mein Gott, Jed!»

«Ganz gut so; gar nicht so schlimm, wie man glauben könnte! Wir haben einen Vertrag ausgearbeitet. Sie tritt mir sämtliche Teereimer-Aktien ab.»

«Das ist doch nicht dein Ernst!»

«Sie sagt, sie braucht sie nicht, sie will bloß die Kinder haben.»

«Kannst du auf die Kinder verzichten, Jed?»

«Ich will ihre Kinder nicht haben. Besonders nicht den kleinen Claude, der gar nicht von mir ist.» Jed erzählte nun jene sonderbare Geschichte, die sein Freund sich mit weitaufgerissenen Augen und unter Ausrufen des Staunens anhörte. Er hatte davon nicht die leiseste Ahnung gehabt. Er hatte natürlich gewußt, daß das Kind zu früh zur Welt gekommen war, Lulu Belles Zustand vor ihrer Abreise nach Kalifornien war ihm aufgefallen, aber er hatte angenommen, Jed und sie hätten ein Verhältnis miteinander gehabt.

«Jed», sagte er, «ich finde, du bist dabei recht gut weggekommen. Ja, lieber Freund, jetzt kannst du ein neues Leben beginnen.» Er fing sofort an, Zukunftspläne zu entwerfen, und das erste war, eine Frau für Jed! Unwiderstehliche Versuchung, wenn einer der reichste Mann in der Stadt ist und einen riesigen Palast hat, den man nur zu beziehen braucht; jedermann würde sich versucht fühlen, ihm eine Frau zu finden, die diesen Reichtum mit ihm teilt. Jed sah Liza gleich auf den ersten Wink losmarschieren, ebenso würden Carrie Meechams Hoffnungen abermals aufflackern, Clarice, Dicks Frau, würde eine Kampagne unter den Damen ihres literarischen Clubs beginnen, Jeds junge Sekretärinnen würden sich zu putzen anfangen und sich womöglich noch mehr Schminke und Puder ins Gesicht schmieren, ja, vielleicht würde sogar Mrs. Jane sich bewogen fühlen, jemanden zu finden, der in Lulu Belles Fußstapfen treten könnte.

«Keine Sorge, Dick», sagte er, «ich habe genug mit meinen Geschäften zu tun.»

«Das will ich meinen», sagte Dick. «Ich glaube, du hast diesmal die Möglichkeit, den Aufsichtsrat der Central Pete so zusammenzusetzen, wie es dir paßt, und Perry Sanderson den Laufpaß zu geben. Sieht mir so aus, als ob ihre Aktien für einen neuen Sturz parat wären, Jed. Was hörst du davon?»

Das war die richtige Art, um Jed abzulenken. Wenige Minuten später waren die beiden Busenfreunde hitzig hinterm Geld her und hatten die sämtlichen Weiber mit ihren kleinlichen Angelegenheiten vergessen. Sie sprachen über neue Erweiterungsarbeiten und über die Aussichten eines neuen Feldes. Dann schilderte Jed seinen Waffengang mit dem Staatsanwalt; zumindest erzählte er so viel, wie irgend jemand außer Abe Silberman davon wissen durfte, und Dick zeigte sich als kluger Mann, indem er keine weiteren Fragen stellte.

Ein anderes Gesprächsthema: Dick hatte etwas auf dem Gewissen. Die Angriffe gegen Jed, die feindseligen Stimmungen, die zutage getreten waren, hätten ihm Sorge gemacht. Diesmal sei Jed noch mit einem blauen Auge davongekommen, was aber habe es für einen Zweck, sich bei den Leuten verhaßt zu machen, wenn man es nicht nötig habe? Falls Jed sich aktiv in der Politik betätigen wolle, werde er noch etwas anderes als Geld aufbringen müssen: nämlich ein wenig Diplomatie, ein wenig Takt. Dick sprach sehr vorsichtig, und es dauerte nicht lange, da hatte Jed ihn festgenagelt und herausgefunden, worauf er abzielte. Er wollte, daß Jed einen Pressechef anstelle. Jed sank in seinen Stuhl zurück und lachte.

Aber das dauerte nicht sehr lange, weil schließlich Dick sich von niemandem zum besten halten ließ, und wenn er einen Einfall hatte, kämpfte er für ihn. Mit tiefem Ernst erklärte er, daß reiche Männer heutzutage Figuren der Öffentlichkeit seien, sie müßten so zurechtgemacht werden, wie es ihre Interessen erforderten; es gebe Reklamefachleute, deren Geschäft es sei, diese Figuren zu schaffen und sie instand zu halten. Wenn ein Mann an so auffälliger Stelle stehe wie Jed, könne er sich's nicht leisten, verhaßt zu sein, das sei zu gefährlich. Sieh doch nur, was geschehen ist, alle die Sorgen und Aufregungen und Kosten, das alles hätte sich vermeiden lassen! Wenn Jed eine populäre Figur und ein Freund des Volkes gewesen wäre und nicht ein Börsenwolf und Krisenmacher, würde dann so ein Nebbich von Staatsanwalt gewagt haben, ihn anzugreifen?

«Du glaubst also, du wirst aus mir einen Helden machen!» lachte Jed. Bei dem Gedanken, ein Liebling des Publikums zu werden, konnte er nicht ernst bleiben. «Willst du, daß ich zum Film gehe?»

«Ich verlange von dir nur», sagte Dick, «daß du dir einen Mann suchst, der seine Sache versteht und dir sagen kann, was man tun muß. Wenn er dich in eine Wochenschau bringen will, gut, das ist ein Weg. Es handelt sich hier um eine Wissenschaft und eine Kunst. Es gibt Leute, die konzentrieren ihren ganzen Verstand darauf, und du kannst dir diese Leute kaufen; das geschieht ununterbrochen, das Ergebnis siehst du in den Zeitungen. Nimm den alten Rockefeller. Ich kann mich noch erinnern, als ich ein kleiner Junge war, da war er einer der verhaßtesten Männer in ganz Amerika. Sein Name war ein Symbol für gemeine Raubgier. Er hatte dadurch, daß er sich heimlich Rabatte verschaffte, seine Konkurrenten vernichtet, ihre Tanks und Rohrleitungen gesprengt, er hatte die Parlamentarier bestochen, kurz, er war ein Räuber. Und was geschah dann? Na, er mietete sich einen Pressechef für 1000 Dollar monatlich, so billig kann man sie heute natürlich nicht mehr bekommen, aber da kam nun Ivy Lee und nahm sich des alten John W. an und arbeitete ihn zu einem Liebling des amerikanischen Volkes um, zu dem nettesten alten Kerl, dessen Bild je in einer illustrierten Beilage erschienen ist. Und wie wurde das gemacht? Natürlich hat er eine Menge Geld für medizinische Forschungen gestiftet, aber das machte er auch schon vorher, und es half ihm nichts. Jetzt aber lädt er die Schulkinder zu sich auf sein Schloß, gibt ihnen Limonade zu trinken und schenkt jedem von ihnen einen Nickel. Er lädt die Zeitungsreporter zu sich und plaudert mit ihnen und erklärt ihnen seine Weltanschauung und gibt jedem von ihnen einen Nickel, und das ist ein wirksameres Bestechungsmittel als eine Tausend-Dollar-Note.»

«Du glaubst, ich kann in meinem Geschäft auch Nickel verwenden, Dick?»

«Durchaus nicht. Ich will, daß du dir etwas Neues ausdenkst, etwas, das zu deinem Charakter paßt; oder vielmehr, du sollst dir einen tadellosen Propagandachef engagieren, für 1000 Dollar wöchentlich, und ihn über das Problem nachdenken und dir sagen lassen, was du tun sollst. Vielleicht wirst du diesen Winter durch die Volksküchen Mäntel an hungrige Männer verteilen lassen. Vielleicht wirst du einen warmherzigen Impuls haben und sie auf deine große Besitzung holen und mit heißer Suppe füttern, und nebenbei lädst du auch die Reporter ein, damit sie die Besitzung und dich besichtigen und das alles auf eine menschlich ergreifende Weise beschreiben. Oder vielleicht entsinnst du dich, daß du als Bauernjunge angefangen hast und gründest eine Schule für Bauernjungen, in der sie für deinen Betrieb erzogen werden. Einerlei, was es ist, solange es nur malerisch ist und die Reporter anlockt und sie daran gewöhnt, von deinem Pressechef Material zu verlangen und dich dem Publikum als ein humanes Wesen vorzuführen! Wenn du das machst, kannst du den Markt weiter kaputtschlagen, soviel du willst, du kannst die Republikanische Partei dirigieren und alle Staatsbeamten ernennen und ihnen Aufträge erteilen, aber niemand wird etwas Schlechtes von dir glauben wollen, und niemand wird dir etwas zuleide tun.»

7

Ein Klopfen an der Tür; wieder der Diener mit einer Visitenkarte. Jed warf einen Blick darauf und las vor: «Ernest Aloysius Saybuck, Dr. theol. Was, zum Teufel, glaubst du, weshalb dieser alte Knabe mich besucht?»

«Du weißt, weshalb, Jed», sagte der Praktiker Dick. «Weshalb besucht man dich?»

«Führen Sie ihn herein», sagte Jed zu dem Diener.

So kam also Kanzler Saybuck ins Zimmer gewatschelt, älter, gebrechlicher, ein bißchen weniger dick, das Fett in baumelnden Säckchen unter dem Kinn und unter den Backenknochen, aber so salbungsvoll wie nur je und mit all seinem alten Eifer für die liebe alte Alma Mater, für die Universität von Mountain City, und für das, was sie im Sinne der Aufzucht einer neuen Generation zu nüchternen, gottesfürchtigen , fleißigen Staatsbürgern bedeutete! Nie seien die Mächte des Unglaubens und der rote Radikalismus stärker, nie sei das Bedürfnis nach Beistand größer gewesen. Die «alten Herren» müßten zu Hilfe eilen...

«Was kann ich für Sie tun, Kanzler?» unterbrach ihn Jed, der alles Drumrumreden haßte.

«Ach, Sie wissen ja, Rusher! Sie kennen ja meine ewigen Sorgen. Sie haben seinerzeit mit mir die Kämpfe mitgemacht, Sie waren einer meiner Späher, Sie gehörten zu der Vorhut meiner Goldsucher. Hat er Ihnen schon mal die Geschichte erzählt, Sunstorm, wie er zu dem alten Claudius Warrener ging, um etwas für die Universität zu bekommen, und wie ihm 50000 Dollar versprochen wurden?»

«Ja, das hat er mir erzählt», sagte Dick.

«Das war, glaube ich, das komischste Erlebnis in meinem ganzen akademischen Leben! 50000 Dollar für einen Lehrstuhl für Bodenreform! Und der arme Rusher, er dachte, er habe einen großen Fang gemacht! Freudestrahlend über seine Leistung kam er zu mir, hahaha!»

«Hahaha!» sagte Dick höflich.

«Was ist los, Kanzler?» unterbrach ihn Jed. «Haben Sie die Gehälter zu sehr erhöht?»

«Nein, Rusher, Gehälter erhöhen, das ist nicht meine starke Seite, hahaha! Nun hat aber wegen dieses Börsenkrachs die Rocky Mountain-Zucker keine Dividende bezahlt; und da ich höre, daß Sie eine Menge Geld dabei verdient haben, komme ich zu Ihnen, um unser Defizit zu decken. In diesem Semester sind die Immatrikulaionen um 412 gestiegen, und für mich ist immer der Gedanke entscheidend, was ich diesen famosen Jungens und Mädchen schuldig bin. Sie blicken auf mich, und ich muß ihre Erwartungen erfüllen, Rusher. Sie wissen, wie das ist, denn Sie waren ja einer der unseren, vor gar nicht so langer Zeit. Ich bin überzeugt, unsere Erziehung hat Ihnen genützt, und die nächste Generation blickt jetzt auf Sie...»

«Ich verstehe, Kanzler, und ich werde mein Teil tun. Ich habe schon seit einiger Zeit das Gefühl, daß ich unserer Alma Mater einiges schuldig bin. Ich werde Ihnen die 50000 Dollar geben, die Sie von Warrener nicht bekommen haben.»

«Rusher! Gott segne Sie! Was...»

«Das Geld ist für einen Lehrstuhl zur Bekämpfung der Bodenreform und anderer ökonomischen Irrlehren bestimmt. Wie finden Sie das?»

«Großartig! Großartig!»

«Mir ist klargeworden, daß das unbedingt nötig ist. Ich glaube, jeder Staatsbürger hat die Pflicht, alles zu tun, was in seinen Kräften steht, um ein gesundes Amerikanertum, Kirche und Familie zu verteidigen.» Jed wandte sich zu seinem geschäftlichen Direktor. «Na, wie ist das, Dick? Wird das reichen?»

Dick Sunstorm sprang auf und streckte die Hände aus. «Bei Gott, Jed, du hast es getroffen! Du hast es ganz allein getroffen! Du brauchst gar keinen Propagandachef!»

«Wissen Sie, Kanzler», erläuterte Jed, «Dick hat mich gedrängt, öffentlich Stellung zu nehmen und meine Ansichten über diese Fragen bekanntzugeben.»

«Großartig! Großartig!» rief der alte Mann abermals.

Und Dick, in seiner Begeisterung, packte beide Hände seines Freundes und schüttelte sie. «Du bist ein großer Mann, Jed Rusher! Du bist der größte Mann von Amerika!»

Inhalt